달
리
는
말

달리는 말

honba 奔馬

미시마 유키오

유라주 옮김

민음사

일러두기

1. 본문의 각주는 모두 옮긴이 주이다.
2. 원작에서 강조점을 찍어 구분한 부분은 고딕체로 구분했다.

차례

달리는 말 7

1

1932년, 혼다 시게쿠니(本多繁邦)는 서른여덟 살이 되었다.

도쿄제국대학 법학과 재학 중에 고등 문관 사법시험에 합격했고, 대학을 졸업하고 사법관 시보로 오사카 지방법원에 배치된 뒤로 계속 오사카에 살았다. 1929년에 판사로 임명되어 지방법원 우배석[1]까지 맡았는데, 작년에 오사카 항소원[2]으로 전근하여 항소원의 좌배석이 되었다.

아버지와 친분이 두터운 판사 중 1913년에 법원구성법 대

---

[1] 단독제 재판은 판사 한 명이 담당하고 합의제 재판은 판사 세 명이 담당하는데, 합의제 재판에서 가운데에 앉은 판사를 재판장 또는 부장 판사라고 하고 재판장 오른쪽에 앉은 사람을 우배석, 왼쪽에 앉은 사람을 좌배석이라고 한다.

[2] 1886년부터 1947년까지 있었던 구시대 법원. 지방법원보다 상급이고 대법원보다 하급으로 현재의 고등법원에 해당하며 주로 민사 사건과 형사 사건을 관할했다.

달리는 말

개정 당시 퇴직 명령을 받은 이가 있었고 그의 딸과 스물여덟 살에 결혼했다. 결혼식은 도쿄에서 올렸고 바로 함께 오사카로 왔지만 십 년이 지나도 아이가 생기지 않는다. 하지만 아내 리에가 상냥하고 얌전한 성격이라 부부의 금슬은 좋았다.

혼다의 아버지는 삼 년 전에 타계했다. 도쿄의 저택을 정리하고 어머니를 오사카로 모셔 오는 방법도 생각하였으나 어머니는 거절하고 도쿄에서 혼자 넓은 저택을 지키고 있다.

혼다는 아내와 둘이서 셋집살이를 하며 하인을 한 사람 부린다. 2층에 방 두 개, 1층에 현관을 포함해 다섯 개의 방이 있고 스무 평 정도의 정원이 딸린 집으로 집세는 32엔이다.

일 주일에 사흘 출근하고 다른 요일에는 집에서 근무하는데 출근하는 날은 덴노지 아베노 근처의 집에서 전철을 이용한다. 기타하마 3동에 내려서 도사보리강과 도지마강을 건넌다. 호코나가시 다리를 건너면 그 끝에 법원이 있고, 빨간 벽돌 건물의 현관 처마에 거대한 국화 문양이 찬란하게 빛난다.

판사에게 요긴한 물건은 보자기였다. 출근 때나 퇴근 때나 서류를 들고 다녀야 하는데, 양이 적으면 다행이지만 대개는 가방에 채 들어가지 않았다. 보자기는 부피에 상관없이 활용할 수 있다. 혼다는 다이마루 백화점에서 증정품으로 받은 모슬린 보자기를 쓰는데, 그것만으로 부족할 때를 대비해 한 장을 더 접어서 넣어두었다. 이 보자기는 일의 생명이므로 기차를 탈 때도 결코 따로 선반에 올려두지 않는다. 어떤 판사는 법원에서 돌아가는 길에 동료와 술을 마실 때면 보자기 매듭에 줄을 통과시켜 내내 목에 걸어두기도 했다.

판결문을 법원 판사실에서 쓰면 안 될 이유는 없다. 하지만 재판이 없는 날에는 나가 봐야 책상이나 의자 수가 모자라고, 귓가에서 법률 토론이 격하게 오가고 사법관 시보가 공부를 위해 선 채로 논쟁을 듣거나 가르침을 받곤 하므로, 그 옆에서 판결문이 써질 리 없다. 집에서 밤일로 하는 편이 나았다.

혼다 시게쿠니는 형사 사건 전문인데, 특히 오사카에는 형사부가 적은 까닭에 출세하기 힘들다고들 했지만 그는 개의치 않았다.

자택 근무일에는 법원 심리를 앞둔 다음 사건의 경찰 조서, 검사 조서, 예심 조서를 밤새워 읽고 발췌본을 만들어 우배석 판사들에게 돌린다. 표결이 끝나면 재판장이 읽을 판결문 초고를 작성하고, 날이 밝을 즈음에야 '따라서 주문과 같이 판결한다'라는 말미 문구에 다다른다. 그다음에는 재판장이 정정하거나 추가해서 되돌려 준 것을 붓으로 정서해야 한다. 혼다의 손가락에는 대필가처럼 굳은살이 박혔다.

게이샤를 불러 노는 자리에 나가는 건 일 년에 한 번 있는 송년회가 유일한데, 보통 기타신치에 있는 정관루에서 열린다. 그 자리에서는 부장 판사와 배석 판사가 서로 질세라 주량을 대결하고, 어떤 사람은 항소원장에게 술주정을 하기도 한다.

평소에는 우메다신미치의 카페나 오뎅집에서 술을 마시는 정도가 유흥의 전부였다. 어떤 카페에서는 종업원에게 시간을 물으면 스커트를 걷어올려 허벅지에 찬 시계를 보고 알려주는 서비스를 했다. 물론 개중에 고지식한 판사들은 카페를 그저

달리는 말

커피 마시는 곳이라고 순진하게 생각하기도 했다. 1000엔 횡령 사건 심리에서 피고가 돈을 전부 카페에서 써버렸다고 진술하자 그는 "거짓말 마라. 커피는 한 잔에 겨우 5전 아닌가? 어떻게 그 많은 커피를 마셨단 말이냐."고 크게 화를 냈다.

감봉 문제가 있긴 했지만 거의 300엔에 달하는 혼다의 월급은 군대로 따지면 연대장과 동급이라 충분히 다른 곳에 쓸 여유가 있었다. 소설을 섭렵하는 사람도 있었고, 간제류[3]의 노래와 춤에 푹 빠진 사람도 있었다. 하이쿠나 수묵화를 즐기는 모임도 있었지만 대부분은 끝나고 나서 술자리를 벌이기 위한 구실이었다.

멋쟁이 판사들은 댄스장에 갔다. 혼다는 댄스를 즐기지는 않았지만 댄스를 좋아하는 동료에게서 이야기는 자주 들었다. 오사카는 시에서 댄스장을 금지했기 때문에 교토의 가쓰라 혹은 게아게 쪽이나, 아마가사키 논 한가운데에 있는 구이세 홀에 가는 수밖에 없었다. 오사카에서 택시로 1엔이 나오는 거리다. 비 오는 밤에는 그 논 한가운데 고립된 실내 체육관 같은 건물에서 춤추는 그림자가 불빛을 등지고 창문에 아른거리고, 마치 너구리 장단[4] 같은 폭스트롯[5]이 빗발이 하얗

---

3 観世流. 노래로 된 대사를 읊으며 느린 동작으로 춤을 추는 일본의 전통 무대 예술 노가쿠의 여러 표현 양식 유파 중 하나로 우아하고 섬세한 표현이 특징이다. 그 밖에도 호쇼류, 곤고류, 기타류 등이 있다.
4 너구리가 밤중에 농민의 축제를 흉내내어 제 배를 두드리면서 맞춘다는 장단.
5 1910년대 미국에서 유행했던 4분의 4박자 춤곡.

게 흩뿌리는 논 위에 퍼져갔다.

……이것이 이 즈음 혼다의 대략적인 생활이었다.

달리는 말

2

서른여덟 살이란 얼마나 기이한 나이인가!

먼 옛날에 청춘이 끝나버려 그 이후 지금까지 무엇 하나 선명한 그림자가 비치지 않고, 그래서 오히려 늘 청춘과 벽 하나를 사이에 두고 지내는 듯한 기분이 이어진다. 옆방의 소리는 하나하나 끊임없이 들려온다. 그러나 벽에는 더 이상 통로가 없는 것이다.

혼다의 청춘은 마쓰가에 기요아키(松枝淸顯)의 죽음과 함께 끝나 버린 듯 느껴졌다. 그곳에서 응결하고 결정체가 되어 전부 타올라 버렸다.

지금도 밤중에 판결문과 씨름하다가 혼다는 기요아키의 유품인 꿈 일기를 들추어 보곤 한다.

대부분은 별뜻 없는 수수께끼 같은 말들이지만, 그중에는 요절을 암시하는 불길하고 아름다운 꿈도 있다. 어둑새벽 길은 자줏빛에 물든 창문이 달린 방 한가운데 기요아키가 누운 원목 관이 놓여 있고 그 광경을 기요아키의 영혼이 허공에서 내려다보는 꿈은 일 년 반 뒤에 틀림없는 현실이 되었는데, 꿈에서 관에 매달려 흐느끼던 후지산 이마[6]의 여성은 분명 사토코였을 터이나, 현실의 사토코는 기요아키의 장례식에 끝내 모습을 보이지 않았다.

벌써 십팔 년이 흘렀다. 혼다의 기억 속에서 꿈과 현실의 경계가 모호해졌고, 유일한 유품인 꿈 일기 속 기요아키의 필적 증거에 의지하자면, 일찍이 현실에 있었던 기요아키라는 존재 그 자체보다 꿈만이 키질해 걸러 낸 사금처럼 영묘했다.

시간이 지남에 따라 갖가지 기억들 속에서 꿈과 현실은 등가를 이루어 갔다. '일찍이 있었던' 것과 '이럴 수도 있었던' 것의 경계가 흐려졌다. 꿈이 현실을 빠르게 좀먹는다는 점에서 과거는 또한 미래와 닮았다.

훨씬 젊을 때는 현실은 하나밖에 없고 미래가 여러 가지 변용을 품은 듯이 보였지만, 나이가 들면서는 현실이 다양해지는 반면 과거는 무수히 변용하여 왜곡돼 보인다. 그리고 과거의 변용 하나하나가 다양한 현실과 이어지는 듯 느껴지기에 꿈과의 경계가 한층 흐려진다. 그토록 바뀌기 쉬운 현실의 기억은 더 이상 꿈의 차원과 다르지 않기 때문이다.

어제 만난 사람의 이름도 정확히 기억하지 못하는데 기요아키에 대한 기억만은 늘 선명하게 떠오르는 것은, 오늘 아침

---

6 富士額. M자형으로 후지산 능선을 그리는 이마 모양.

달리는 말

지나갔던 익숙한 길모퉁이 풍경보다 어젯밤의 무서운 꿈이 더 또렷하게 기억나는 것과도 비슷했다. 사람의 이름은 서른 살이 지나면 페인트칠이 벗겨지듯이 차례차례 잊힌다. 그 이름들이 대표하는 현실은 꿈보다 덧없고 무용한 것이 되어 나날의 생활 밖으로 떨어져 나간다.

혼다는 자신의 생활에 더는 시련이 없고, 세상에 어떤 풍파가 일든 자신이 할 일은 가지런한 법체계의 그물코로 그것을 건져 내는 것뿐이리라 생각했다. 그는 이미 분명한 이론 세계에 속해 있었다. 꿈보다, 현실보다 확실한 것은 그것뿐이었다.

물론 수많은 형사 사건을 통해 인간의 격정을 끊임없이 접했다. 자신에게는 그런 일이 한 번도 없었지만, 어떤 유의 인간에게는 한 가지 정념이 마력 같은, 숙명적인 힘을 인생에 끼치는 사례를 수없이 봐 왔다.

그는 과연 안전했을까? 곰곰이 생각하면 멀리서 은의 퇴적물이 차르르 무너지듯이 자기 안의 깊은 곳에서 일찍이 위험이 무너진 뒤로, 어떤 매혹에도 귀기울이지 않는 철벽같은 자유가 갖춰진 것 같았다. 그 깊은 곳에서 차르르 무너져 사라졌던 위험이란 기요아키였다. 그 매혹이란 기요아키였다.

한때 그는 기요아키와 함께 살았던 시대를 이야기하는 것이 기꺼웠으나 살아남은 자에게 시대의 청춘이란 면역질 이상도 이하도 아니었다. 그리고 그는 서른여덟 살이 되었다. 살았다고 말하기에는 묘하게 경솔하고, 젊음이라는 면에서는 본의 아닌 죽음을 질질 끌고 있는 나이. 경험은 희미하게 악취를 풍기고, 신기한 기쁨은 날로 빈약해지는 나이. 어떤 어리석음이든 그 아름다움이 급속히 옅어지는 나이…… 혼다는 일을 향한 열의를 가질수록 감정에서 멀어지게 되는 이 기묘하고 추상적인 직업을 사랑하기 시작했다.

— 집에 돌아오면 서재에 들어가기 전에 아내와 둘이서 저녁식사를 한다. 시간은 들쭉날쭉이라 자택 근무일에는 6시 정도에 저녁을 먹지만 재판이 있는 날 야근하고 돌아오면 8시 정도가 될 때도 있다. 하지만 이제는 예심 판사[7] 시절처럼 한밤중에 문 두드리는 소리에 깨는 일은 없다.

리에는 혼다가 아무리 늦어도 저녁을 같이 먹으려고 기다리고, 늦게 오면 음식을 급히 다시 데운다. 식사 준비를 기다리는 동안 아내와 하인이 부엌에서 바쁘게 오가는 활기찬 소리를 들으며 석간신문을 읽는다. 그런 식사 전후가 하루 중 가장 휴식이 되는 시간이다. 가정의 규모는 다르지만 옛날에 아버지가 자기와 똑같이 느긋한 자세로 저녁을 즐기던 모습이 떠오른다. 어느새 아버지와 비슷해진 것이다.

아버지와의 차이라면 그 부자연스러운 메이지[8] 시대의 엄숙함이 자신에게는 없다는 점일 것이다. 그에게는 위엄을 보여야 할 자식도 없고, 그의 가족은 좀 더 자연스럽고 단순명료한 질서를 가지고 있다.

---

7 1890년에 제정된 구시대 형사소송법에 규정된 제도. 피고 사건이 정식 재판을 열 만한 사건인지 아닌지 여부를 결정하는 단계로 강제 수사나 장기 구금이 가능했다. 예심 판사는 이 단계를 담당했던 판사를 말한다.
8 일본의 연호로 1868년부터 1912년까지 해당한다.

달리는 말

리에는 말수가 적고 반대 의견을 말하는 법도 없고 캐묻는 습관도 없었는데, 약간의 신장염 기운이 있어서 가끔씩 가벼운 부종을 보이곤 했다. 그런 때는 화장을 조금 짙게 해서 졸린 듯한 눈언저리가 오히려 색기 어린 듯이 보였다.

5월 중순의 일요일 밤에도 리에는 오랜만에 그런 얼굴이었다. 다음 날 재판이 있어서 일요일이라도 오후부터 일을 해야 했는데, 이대로 계속하면 저녁식사 전에는 끝낼 수 있을 것 같아서, 혼다는 오늘 밤은 식사 때문에 작업을 중간에 끊고 싶지 않으니 끝나는 시간에 맞춰 달라는 말을 남기고 서재에 들어갔다. 일을 마치고 보니 8시였다. 집에 있는 날 저녁식사가 그렇게까지 늦은 적은 드물었다.

혼다는 이렇다 할 취미가 없었지만, 간사이 지방에서 오래 사는 동안 도자기에 흥미가 생기면서 일상적인 식기로 좋은 물건을 갖추어 두는 작은 사치를 알게 되었다. 닌세[9]식 밥그릇과 삼대 장인이 만들었다는 아와타 도자기[10] 술잔으로 반주를 했다. 리에도 작은 은어를 겨자, 식초, 된장에 무친 요리를 고안하거나, 간토식 장어 초벌구이에 칡물을 바른 동아[11]를 곁들이는 등, 하루 종일 책상 앞에 앉아 있는 남편의 건강을 챙길 만한 식탁을 마련했다.

목제 화로의 불과 단지에서 물 끓는 소리가 지겹게 느껴지

9　仁清. 에도 시대 도자기 장인의 이름으로 색을 넣은 화려한 그림이 특징이다.
10　粟田燒. 교토 아와타 지역에서 발달한 도자기의 총칭.
11　크고 길쭉한 초록색 박과 식물.

는 계절이었다.

"오늘 밤은 조금 과음해도 좋겠어요. 일요일 낮을 희생한 덕분에 일을 다 끝냈으니." 혼다는 스스로를 다독이듯 말했다.

"그거 잘됐네요." 리에는 술을 따르며 말했다.

작은 술잔을 내미는 손, 그 잔에 술을 따르는 손의 왕래에는 산뜻한 조화가 있었다. 손과 손 사이를 잇는 보이지 않는 끈이 서로를 당기는 듯한, 거의 유희에 가까운 자연스러운 생활의 율법이었다. 리에가 결코 이것을 휘저을 여자가 아니라는 사실은 바로 눈앞에 펼쳐져 있는, 후박나무꽃 향기로 가득한 밤의 정원처럼 확고했다.

그 모든 것이 전부, 손에도 눈에도 쉬이 닿는 곳에 나란히 자리 잡고 있는 고요…… 이것이 유능한 청년이 이십 년 후에 얻은 것이었다. 한때는 혼다에게도 손으로 만질 수 있는 실재가 거의 없었던 시절이 있었으나 그것에 조금도 애태우지 않았기에 이렇듯 모든 것을 손에 넣을 수 있었다.

천천히 술을 마시고 완두콩의 선명한 초록색이 알알이 박힌 뜨거운 콩밥의 김에 얼굴을 가져간 혼다가 식사를 시작하려 할 때, 속보 신문을 돌리는 방울 소리가 들렸다.

그는 하인더러 달려가서 사 오라고 했다. 절단면이 고르지 않고 활자 잉크가 손에 묻어날 듯 다급한 그 속보는 5·15 사건[12]의 1보로, 이누카이 수상이 해군 장교들의 총에 맞아 사망했음

12 1932년 5월 15일에 일본 해군 청년 장교들이 이누카이 쓰요시 수상을 암살한 사건. 당시 1930년 런던 군비 축소 회의를 계기로 해군 군비 축소가 결정되자 해군 장교들이 정치인, 은행, 변전소 등을 습격했다.

달리는 말

을 알렸다.

"저런. 혈맹단 사건[13]이 일어난 지도 얼마 안 되었는데."

혼다는 그렇게 말했지만, 세상 사람들이 어두운 얼굴로 세상을 한탄하는 그 평범함에서 벗어난 그는 스스로 더 맑은 세계에 속해 있다는 자부심이 있었다. 취기가 그 세계의 명료함을 한층 확고하게 보여 주었다.

"또 바빠지겠네요."

리에가 말했다. 혼다는 판사의 딸에 걸맞지 않은 그 무지가 사랑스러웠다.

"아뇨, 이건 군법회의 문제예요."

그것은 원래부터 관할이 다른 문제였다.

---

13 1932년에 이노우에 닛쇼라는 승려가 속칭 혈맹단이라는 테러 단체를 만들어 정계와 재계 인물을 암살한 사건.

3

⎯
●

법원 판사실에서도 물론 며칠 동안 그 이야기가 화제였는데, 6월이 되자 매일 밀려드는 소송 사건으로 바빠져서 아무도 관할 외 사건에는 상관하지 않게 되었다. 다만 판사들은 신문 기사에 감춰진 진상을 이미 잘 알고 있었고 정보를 꾸준히 교환했다. 검도가인 스가와 항소원장이 5·15 사건 피고들에게 상당히 동정적인 시선을 가지고 있음이 판사들의 눈에 확실히 보였으나 굳이 그것을 언급하는 사람은 없었다.

사건은 모래밭에서 맞는 밤바다의 파도처럼 차례차례 저편에서 밀려왔다. 먼 바다의 삼각파도가 작고 하얗게 뒤집히며 순식간에 다가와서는 높게 소용돌이치다가 부서지고 다시물러났다. 혼다는 십구 년 전, 기요아키와 시암[14]의 왕자들과

---

14 타이의 옛 이름.

함께 드러누워 밀려왔다가 되돌아가는 파도를 바라보았던 가마쿠라의 모래밭을 떠올렸다. 하지만 사건의 파도 그 자체를 얘기하자면 모래밭에는 책임이 없다. 다만 파도가 결코 육지를 침범해 넘어오지 않도록, 끈기 있게 그것을 밀어서 돌려보내는 것이 임무다. 방대한 악의 바다에서 밀려오는 파도를 몇 번이고 그 본래의 죽음과 회한의 영역으로 돌려보내는 것이.

무엇이 악이고 무엇이 죄인가. 그것을 생각하는 역할은 본질적으로 혼다가 아니라 국가 정의의 몫이었다. 혼다가 마음 깊은 곳에서 생각하는 죄에는, 더러워진 손의 주름에 스며든 레몬즙처럼 짙은 향기를 풍기는 어떤 자극 같은 요소가 숨어 있었다. 아마도 그것은 기요아키가 남긴 지우기 힘든 영향일 것이다.

그렇다 해도 이 '불건전한' 생각은 맞서 싸워야 할 만큼 강력하진 않았다. 혼다는 지극히 논리적인 그 성격 덕분에, 정의를 실천하여 이루어 낸다는 광신은 오히려 없었던 것이다.

6월 상순 어느 날, 오전에 열린 재판이 생각보다 빨리 끝나서 혼다가 판사실에 돌아오고도 점심식사까지 아직 시간이 있었다.

마호가니로 된 불단 모양의 서양식 장롱을 열어 보라색 천이 들어간 검은 법모와, 검은 바탕에 가슴부터 어깨까지 보라색 당초무늬 자수가 놓인 법복을 벗어서 넣어 두었다. 그리고 창가에 서서 멍하니 담배를 피웠다.

내리는 건지 아닌지 모를 비가 오고 있었다. '나는 이제 풋

내기가 아니다.'라고 혼다는 생각했다. '사람들의 평판에 신경 쓰지 않고 내 식대로 일을 하고, 나아가 그 방식에 흠잡을 데 없다는 것에 만족을 느낀다. 나는 이제 내 직업에서 마이스터가 된 것이다. 손 안에서 점토가 저 혼자 움직여, 절로 원하는 형태를 이룬다……'

혼다는 방금 전까지 주시했던 피고의 얼굴이 급격히 잊히려는 것과 싸우려 가볍게 고개를 흔들었다. 하지만 그 얼굴은 두 번 다시 선명하게 되살아나지 않았다.

검사국이 강을 마주 보는 3층 남향의 방을 죄 차지하고 있어서 판사실에는 어둑한 전망의 북향 창문이 나 있었다. 대체로 구치소가 내다보였다.

이 법원은 피고가 외부 시선에 노출되지 않고 출석할 수 있도록 구치소와 법원 사이의 붉은 벽돌 담을 뚫어 통로를 이어 두었다.

혼다는 습기 때문에 페인트칠된 벽에 결로가 맺힌 것을 알아채고 환기를 위해 창문을 열었다. 눈 아래 붉은 벽돌 담 저편은 이층짜리 흰 벽돌 구치소 건물들이 채우고 있다. 건물 사이사이에 목장의 사일로처럼 유난히 높은 감시소가 있고, 그곳 창문들에는 쇠창살이 없다.

구치소의 기와지붕과 굴뚝의 작은 기와지붕이 똑같이 검게 젖어 벼루처럼 빛난다. 그 뒤로는 커다란 굴뚝 하나가 비 내리는 하늘에 우뚝 솟아 있을 뿐, 혼다가 바라보는 창밖 풍경은 거기서 끊겼다.

구치소 벽에 규칙적으로 뚫린 창문 하나하나가 흰색 쇠창살과 가림막으로 덮여 있고, 하나하나의 창문 밑에는 더러워진 셔츠 색처럼 비에 젖은 흰 벽돌에 아라비아숫자로 크게 방 번호가 쓰여 있다. 30, 31, 32, 32, 하는 식으로…… 게다가 1층 창문의 숫자와 2층 창문의 숫자가 한 개씩 밀려서 2층 32 바로 밑에 1층의 31호실이 위치했다. 직사각형 환기구가 줄지어 있고 1층 마루에 해당하는 곳에는 재래식 화장실이 늘어섰다.

혼다는 문득 좀 전에 본 피고는 저 중 어느 방에 있을까 생각했다. 판사로서는 알 도리가 없다. 피고는 고치현에 사는 가난한 농민으로, 딸을 오사카에 팔고 약속한 돈의 절반도 받지 못하자 화를 내며 창가(娼家)에 흥정을 하러 갔는데, 되레 여주인에게 싫은 소리를 듣자 주먹을 휘둘러 죽음에 이르게 했다. 하지만 피고의 돌처럼 무성격한 얼굴은 더는 또렷하게 떠오르지 않았다.

담배 연기가 혼다 손가락 사이에서 안개비 속으로 무기력하게 번졌다. 이 담배가 담장 하나 너머 세계에서는 보석처럼 귀한 물건이 된다. 혼다는 법으로 나뉜 두 세계의 가치가 그토록 대조되는 것에 매우 불합리한 느낌을 받을 때가 있었다. 저쪽 세계에서는 담배를 절정의 진미로 숭상하는데, 이쪽 세계에서 담배는 기껏해야 시시한 심심풀이 도구에 지나지 않았다.

구치소 건물들로 에워싸인 정원에는 부채꼴로 구역이 나뉜 재소자 운동장이 있고, 한 구역당 약 스물세 명이 푸른 수의와 푸르스름한 삭발 머리로 체조를 하거나 빙빙 돌며 걷는 모습을 종종 이 창문으로 내다보는데, 오늘은 비가 오는 탓인지 닭들이 떼죽음한 닭장처럼 운동장이 고요하다.

그때 이 습한 침묵의 풍경을 찢으며 힘껏 덧문을 닫는 듯한 소리가 눈 아래에서 터졌다.

바로 다음 순간 침묵이 그 소리를 사방에서 뒤덮었고, 안개비는 미미한 바람에도 마구 휘몰아치며 혼다의 눈썹에 가루처럼 들러붙었다. 혼다가 창문을 닫으려 하는데 다른 재판이 끝난 동료 무라카미 판사가 들어왔다.

"방금 사형 집행하는 소리가 들려서." 혼다는 변명이라도 하듯 뜬금없이 말했다.

"나도 최근에 들은 적 있어. 기분이 좋진 않지. 주로 저런 담 근처에 집행소를 두는 건 나쁜 설계야." 무라카미는 법복을 장롱에 넣으며 말했다.

"슬슬 식당에 갈까."

"오늘 점심으로는 뭘 먹으려 하나?"

"항상 그렇듯 이케마쓰의 도시락이지." 하고 동료 판사는 대답했다.

— 둘은 같은 3층에 있는 고등관 식당을 향해 어두운 복도를 걸었다. 서로 사건 이야기를 하면서 식사하는 평소 같은 점심시간. 고등관 식당이라고 크게 쓰인 간판이 걸린 문 위로 구불구불한 아르누보 꽃무늬가 들어간 스테인드글라스가 실내 불빛을 받아 빛난다.

안에는 3척 폭의 테이블 열 개가 늘어섰고 각각 주전자와 찻잔이 놓였다. 혼다는 먼저 와 있는 몇몇 중에 항소원장이 있을까 싶어 둘러보았다. 원장은 가끔 판사들과 이야기를 나누기 위해 일부러 여기까지 와서 점심식사를 하곤 한다. 그런 때는 그를 알아본 식당 아주머니가 특별 주전자를 챙겨 다급히 원장 앞으로 가져간다. 그 안에는 차 대신 술이 들어 있다.

원장은 오늘은 오지 않았다.

혼다는 무라카미와 마주 앉아 찬합의 반찬 칸을 꺼냈다. 늘 그렇듯 아래 칸의 밥에서 올라오는 김에 젖어서 붉은 옻칠이 벗겨진 바닥 부분에 밥알이 달라붙은 것을 언짢아하며, 손가락으로 조심스럽게 집어서 입에 넣었다.

무라카미는 혼다의 그런 버릇을 웃으며 바라보고 말했다.

"자네도 매일 아침 책상다리 사이에 도롱이를 긴 작은 농부의 동상에 쌀알을 바치고 기도하면서 자랐나 보군. 나도 그랬어. 식사 중에 밥 한 톨이라도 다다미에 떨어뜨리면 주워서 먹어야 했지."

"사무라이도 사무라이 나름대로 일하지 않고 먹는 데 부채감을 가졌으니까. 그런 교육의 잔재가 아직 남아 있지. 자네 집에서는 아이 교육을 어떻게 하나?"

"아버지가 했던 것과 똑같이 해."

무라카미는 쾌활하고 거리낌 없는 표정으로 말했다. 무라카미는 자기 얼굴이 판사로서 위엄이 없음을 깨닫고 한때 콧수염을 기르기도 했으나 동료들에게서 비웃음을 받은 뒤로 그만뒀다. 문학을 많이 읽어서 그 이야기도 자주 했다.

"오스카 와일드가 지금 세상에 순수한 범죄는 없다, 필요가 낳은 범죄뿐이라고 말했는데, 요즘 사건들을 보면 정말 그런 느낌이 들 때가 많아. 판사로서 실격이겠지." 하고 무라카미는 말했다.

"맞아. 사회 문제의 자연스러운 연장선상에 있는 범죄라고
할까, 사회 문제가 고스란히 범죄라는 결정체가 되어 버린 듯
한 사건이 많지. 더구나 대부분 식자층도 아닌 자들이 아무것
도 모르면서 그런 문제를 체현하는 식이야." 하고 혼다는 신중
하게 대답했다.

"도호쿠 지방 농촌의 기근이 심한 것 같더군."

"다행히 이쪽 항소원 관할 구역은 그 정도는 아니지만."

1913년 이후 오사카 항소원의 관할 구역은 오사카부, 교토
부, 효고현, 나라현, 시가현, 와카야마현, 가가와현, 도쿠야마
현, 고치현의 2부 7현으로, 대체로 유복한 지역들이었다.

그 뒤로 둘은 점점 늘어나는 사상범 문제와 그에 대한 검
사국의 태도 등에 대해 이야기를 나눴다. 대화 중에도 혼다의
귓속 깊은 곳에서는 좀 전에 들었던 사형 집행 소리, 왠지 상
쾌한 나무 향기 같은, 장인의 만족을 부를 듯한 소리가 남아
있었다. 그래도 식욕은 줄지 않았다. 그 소리가 감각적인 불쾌
로 이어지지 못하도록 하는 정묘한 수정 쐐기 같은 것이 자기
마음에 박혀 있음을 혼다는 느꼈다.

— 스가와 항소원장이 들어와서 모두 목례를 했다. 아주머
니가 급히 주전자를 가지러 갔다. 원장은 혼다와 무라카미 근
처 자리에 앉았다.

붉은 얼굴에 몸집이 큰 이 검도가는 호쿠신 잇토류[15]의 교

---

15 에도 시대 후기의 무사이자 검술가인 지바 슈사쿠가 창시한 검술의 유파.

사[16]로 무덕회의 고문을 맡고 있었다. 훈시 때마다 오륜서[17]를 인용하기에 뒤에서 오륜법학이라는 험담이 돌곤 했다. 하지만 지극히 호인이고, 인정적인 판결을 했다. 관할 구역에서 검도 대회나 큰 시합이 열릴 때 축사를 부탁받으면 기꺼이 나가고, 자연히 신사와 연이 생겨서 무술과 연관 있는 신사에 축제가 열릴 때면 내빈으로 참석했다.

"곤란한 일이 생겼다네." 하고 항소원장은 앉자마자 말했다. "전에 수락한 일인데 아무래도 가지 못할 것 같아."

혼다는 어차피 검도 쪽 일이겠거니 생각했는데, 과연 그랬다.

6월 16일 나라현 사쿠라이(櫻井)의 오미와(大神) 신사에서 전국의 숭경자들이 모여 신전 봉납 검도 시합을 한다. 도쿄 소재 대학의 우수한 선수들이 모이고 자신이 축사를 부탁받았는데, 같은 날 항소원장 회의가 생겨 도쿄로 와야 해서 도저히 참석할 수 없다. 판사는 본래 행정적인 일에 얽히면 안 되는 법이니 억지로 부탁할 수는 없지만, 혹시 대신 나가 줄 수 있겠느냐는 정중한 부탁이었다. 무라카미와 혼다는 수첩을 넘겨 봤지만 무라카미는 그날 재판이 있어 불가능했다. 혼다는 마침 그날부터 자택 근무였고 다루는 사건도 까다롭지 않았다.

원장은 만면에 희색이 가득해 이렇게 말했다.

"그것참 고맙네. 그래 주면 내 체면도 서고, 대리로 자네가 온다면 아버지 이름도 있고 하니 신사 쪽에서도 대만족일 거

---

16 教士. 5단 이상의 검도 고단자에게 주어지는 칭호. 그 밖에 연사, 범사가 있다.
17 五輪書. 에도 시대 전기의 무도서.

야. 그러면 아예 이틀 출장으로 칠 테니 시합 날 밤에 나라의 호텔에서 묵고, 아주 조용한 곳이니 호텔에서 조사 작업을 하게나. 그리고 다음 날은 오미와 신사 부속인 나라시의 이사가와(率川) 신사 사이구사 축제를 구경하면 어떤가. 나도 한번 가 보았는데, 그렇게 아름답고 고상한 축제는 또 없어. 어찌 생각하시나. 혼다 군이 혹시 마음이 있다면 오늘이라도 바로 편지를 써서 부치겠네…… 아니, 꼭 그렇게 하게. 그건 꼭 봐야 해."

원장의 선의에 눌린 혼다는 크게 내키지 않는 채로 수락해 버렸다.

검도 시합 같은 건 가쿠슈인 졸업 이후 이십 년 만이다. 그 옛날에는 기요아키와 함께 검도부 무리를, 연습 중에 나는 광신적인 기합 소리를 증오했었다. 소년기의 감수성이 듣기에 그 기합 소리는 자기 내장을 까뒤집어 코끝에 들이미는 듯한, 비릿하고 숨이 막히고 부끄러운 줄 모르는 광기가 신성한 광기인 양 거들먹거리는 듯한 느낌이라 고통 없이는 들을 수 없었다. 다만 기요아키와 혼다에게 그 혐오의 성질은 다소 달랐다. 기요아키는 그 소리를 섬세한 감정에 대한 모욕으로 느꼈고, 혼다는 이성에 대한 모욕으로 느꼈다…….

하지만 그런 감정은 이제 옛날 일이다. 혼다는 무엇을 보고 무엇을 듣든 눈썹 한 올 까딱하지 않는 수련을 마쳤다.

— 오후 재판까지 아직 시간이 남은 오늘 같은 날, 맑으면 도지마강을 따라 산책하면서 이를 가는 듯한 흰 물보라를 일으키며 거룻배에 매달려 가는 목재들을 보는 즐거움이 있지

달리는 말

만, 비가 오면 하는 수 없다. 판사실도 소란스러워 어수선하다. 무라카미와 헤어지자 혼다는 파란색과 흰색으로 올리브나무를 그린 스테인드글라스 창문에서 새어 나오는 창백한 빛이 복도를 따라 늘어선, 공들여 닦인 얼룩덜룩한 화강암 기둥으로 은은히 반사되는 정문 현관에 잠시 멈춰 서 있다가 문득 떠오른 것이 있어 회계실로 열쇠를 가지러 갔다.

열쇠를 빌려서 탑으로 올라가자는 생각이었다.

붉은 벽돌로 된 법원의 높은 탑은 오사카의 명물 중 하나로 도지마 강에 드리우는 아름다운 그림자를 건너편 강가에서 바라볼 수 있었는데, 일각에서는 런던탑으로 불리며, 그 탑 꼭대기에 교수대가 있고 그곳에서 사형이 집행된다는 소문이 돌기도 했다.

영국인 건축가의 이런 짓궂은 도락을 활용할 줄 모르는 법원은 탑 내부가 먼지투성이가 되도록 잠가 두는 것이 다였다. 가끔 판사들이 바람을 쐬러 올라가서 화창한 날은 아와지 섬까지 보이는 전망을 즐겼다.

열쇠를 따고 들어가자 끝이 보이지 않게 펼쳐진 희뿌연 공간이 눈앞을 가로막았다. 정확히 현관 로비의 천장에 해당하는 부분이 탑의 바닥이고, 꼭대기까지 그대로 트여 있다. 사방의 흰 벽은 빗물 얼룩과 먼지로 지저분해졌고, 꼭대기 쪽에만 나 있는 창문 안쪽을 따라 좁은 발코니가 달렸다. 발코니로 올라가는 철계단은 벽을 따라 담쟁이덩굴처럼 구불거리며 뻗어 있다.

혼다는 계단 난간을 잡았지만 나중에는 손가락이 온통 먼지투성이가 되리란 걸 알았다. 비가 온다고 해도 꼭대기 창문들에서 떨어지는 빛은 이 커다란 탑 내부 공간으로 어스름한 새벽 정도의 밝기는 전해 주었다. 아무것도 없는 드넓은 벽도 그렇고, 끝없는 계단도 그렇고, 이곳에 올 때마다 혼다는 크기를 고의적으로 부자연스럽게 늘린 이상한 세계에 들어온 기분이 든다. 이 공간의 중앙에 보이지 않는 거대한 조각상이 서 있어야 할 것 같은 느낌이다. 진에(瞋恚)를 얼굴에 드러낸, 보이지 않는 거인의 상이.

그렇지 않다면 이 공간은 너무도 공허하고, 너무도 무의미하다. 가까이 가면 제법 큰 꼭대기의 창문들도 여기서는 성냥갑 정도로 보인다.

혼다는 아래가 그대로 보이는 철계단을 한 걸음 한 걸음 힘주어 밟으며 올랐다. 발소리 하나하나가 천둥 같은 메아리를 탑 내부에 울렸다. 견고히 설계되었고 불안정한 데가 없을 것임을 알면서도, 한 단씩 올라갈 때마다 장대한 계단의 위에서 아래까지 순식간에 척수를 타고 흐르는 전율 같은 철의 현기증과 경련이 전해졌다. 그와 함께 먼지는 점점 멀어지는 바닥을 향해 소리 없이 떨어져 갔다.

꼭대기에 다다라 창문으로 바라보는 경치는 혼다에게 그다지 새롭지는 않았다. 비 때문에 전망이 좋지는 않으나 도지마 강이 느릿하게 남쪽을 돌아 도사보리강과 합류하는 지점은 잘 보였다. 남쪽으로 공회당과 도서관, 일본은행의 청동 돔 지붕이 강 너머에 웅크리고 있고, 나카노시마의 빌딩들이 평평하게 내려다보였으며, 서쪽에는 우뚝 솟은 도지마 빌딩의

29

그늘 아래 회생병원의 고딕 양식 정면이 보였다. 법원의 동쪽과 서쪽을 잇는 날개의 붉은 벽돌은 비에 젖어 요염해졌고, 중정의 작은 초록 잔디는 당구대의 초록 나사지처럼 꼭 맞게 박혀 있었다.

너무 높아서 사람의 모습은 보이지 않았다. 단지 즐비한 빌딩들만 낮부터 불을 밝혀 속절없이 비에 젖었다. 자연의 예외 없는 냉담한 위자(慰藉)에 몸을 맡기고 있었다.

혼다는 생각했다.

'나는 높은 곳에 있다. 아찔할 정도로 높은 곳에 있다. 그것도 권력이나 돈에 의해서가 아니라 국가 이성을 대표하는, 마치 철골로만 이뤄진 구조물처럼 논리적으로 높은 곳에 있는 것이다.'

이곳에 오자 그는 자신이 판사로서 조감하는 눈을 자기 것으로 삼고 있음을 마호가니 판사석에 있을 때보다 더욱 뚜렷하게 느꼈다. 여기서 바라보면 지상의 여러 일들도, 과거의 일들도 비에 젖은 한 장의 지도처럼 보였다. 이성에도 어린아이 같은 데가 있다고 한다면 모든 것을 내려다보는 것만큼 이성에 적합한 유희는 없으리라.

아래에서는 갖가지 일들이 일어나고 있다. 대장 대신이 사살되고, 총리도 사살되고, 적색 교원이 무더기로 검거되고, 유언비어가 난무하고, 농촌의 위기가 깊어가고, 정당 정치는 와해되기 일보 직전이다. ……그리고 혼다로 말하자면 정의의 높은 곳에 있다.

물론 혼다는 그런 자신을 어떤 식으로든 희화화할 수 있었다. 즉 정의의 높은 곳에 있고, 각종 시커먼 격정을 핀셋으로 집어 값을 매기고, 따뜻한 이성의 보자기에 싸서 집으로 가져가, 판결문이라는 글짓기 소재로 삼는 것. 갖가지 신비를 문전 박대하고, 하루 종일 법의 벽돌을 회반죽으로 굳히는 손작업에 전념하는 것…….

그래도 높은 곳에 있다는 것에는, 인간성의 맑은 웃물에서 바닥을 내려다본다는 것에는 확실히 무언가가 있었다. 현상보다 법률을 더 가까이 하고 사는 일에는 무언가가 있었다. 마부에게 말의 냄새가 배듯이, 그의 서른여덟 살에는 이미 법률적 정의의 냄새가 배어 있었다.

4

6월 16일은 아침부터 굉장히 더웠다. 한여름의 하루가 이렇듯 때 이르게 찾아와 시끄럽게 북과 피리를 울리며 여름을 알릴 때가 있다. 항소원장이 차를 보내 주어서 혼다는 오전 7시에 집을 나서 사쿠라이로 향했다.

관폐대사[18] 오미와 신사는 미와산을 신체로 삼아 속칭 미와묘진(三輪明神)으로 불린다. 미와산은 또 단순히 '산'으로도 부르기도 한다. 해발 467미터, 둘레 약 4리, 산 전체에 우거진 삼나무, 편백나무, 소나무, 모밀잣밤나무 등의 생목은 한 그루도 베지 않고, 부정한 것은 일절 들이지 않는다. 이 야마토쿠니이치노미야(大和國一の宮)는 일본에서 가장 오래된 신사이자 가장 오래된 신앙의 형태를 전한다고 여겨지기에, 옛 신토

---

18 官幣大社. 조정이나 나라에서 공물을 바치는 격이 높은 신사.

(神道)에 뜻이 있는 사람이라면 반드시 한 번쯤 참배해야 하는 곳이다.

'미와'의 어원에는 두 가지 설이 있는데, 묵은 술로 빚은 질그릇을 뜻하는 '미카'의 방언이라는 설과, 한음(韓音)으로 '미온(米醞)'을 뜻한다는 설이 있다. 신주(神酒)와 신(神)을 동일시해 같은 이름으로 부른 것이다. 제신 오모노누시노오카미(大物主大神)는 오쿠니누시노카미(大国主神)의 니기미타마(和魂)로, 예로부터 술 빚는 신으로 믿는 신앙이 있었다.

신사 안에는 아라미타마(荒魂)[19]를 모시는 사이(狹井) 신사가 있다. 군인의 신앙이 두터워 무운장구(武運長久)를 기원하러 오는 사람도 많아서 재향군인회장이 오 년 전부터 이곳에 검도 시합을 봉납하고 싶다 청했는데, 사이 신사는 좁아서 본신사 앞뜰에서 열리게 되었다.

원장은 그렇게 혼다에게 내력을 설명했다.

하차 팻말이 달린 대(大)도리이[20]가 보여 혼다는 차에서 내렸다.

굵은 자갈이 깔린 참뱃길이 느슨하게 우회하고, 양옆 삼나무들 가지에 이어 달린 밧줄에서 흰 종이[21]들이 일정한 간격

---

19 니기미타마, 아라미타마는 신토의 개념으로 각각 신의 영혼이 가진 온화함과 사나움이라는 두 가지 측면을 뜻한다.
20 鳥居. 신사에 세우는 기둥 문으로 인간이 사는 속계와 신이 있는 신역을 구별한다.
21 幣. 미테구라, 헤이, 누사, 시데 등으로 읽는다. 신에게 바치는 종이, 보석, 병기, 화폐 등 제물의 총칭. 자른 흰 종이는 신성함과 정결함을 상징한다.

달리는 말

으로 미미하게 흔들린다. 땅 위로 드러난 소나무와 잣나무 뿌리의 이끼는 어제 내린 비에 젖어 해초 같은 초록색이다. 왼쪽은 이윽고 강을 따라가게 되어 조릿대와 고사리 아래에서 흐르는 물소리가 커지고, 머리 위 삼나무 우듬지 사이로 갈라져 보이는 하늘에서는 눈부신 흰 빛이 잡초 위로 넘쳐난다. 신교(神橋)를 건너자 굽어 있는 돌계단 위 한참 안쪽에 비로소 흰 바탕에 보라색 무늬가 놓인 배전(拜殿)의 장막 끝자락이 언뜻 보였다.

혼다는 돌계단을 끝까지 올라 땀을 닦았다. 미와산에 둘러싸여 위엄 있는 배전이 우뚝 서 있다. 그 앞 넓은 뜰에는 자갈이 네모나게 정돈되어 있고, 약간 불그스름한 흙이 모래 색에 섞였으며, 시합장의 삼면에 의자와 긴 의자가 줄지어 있고 커다란 천막이 양옆의 의자 위에 드리워 있다. 혼다는 그 천막 아래 자기가 앉을 내빈석을 보았다.

흰 옷을 입은 신관들이 나와서 그를 맞으며 궁사[22]가 무척 기다리고 있다고 알렸다. 혼다는 시합장 흙에 내리쬐는 아침 해의 자홍색을 잠시 뒤돌아보고는 그들을 따라 사무실로 향했다.

매사에 근엄한 얼굴을 하는 일에 익숙한 혼다도 특별히 신을 공경하는 사람은 못 되었다. 배전 뒤로 우뚝 솟은 신의 산에서 유달리 튀어나와 있는 삼나무가 아침 하늘 아래 늠름하

22 宮司. 신사의 제사를 맡는 최고위 신관.

게 빛나는 모습을 보니 확실히 이곳에 신이 머물고 있는 느낌이 들지 않는 것은 아니었지만, 마음이 늘 경건한 생각에 사로잡혀 있진 않았다.

신비가 이 세상에 깨끗한 공기처럼 가득함을 느끼는 것과, 설령 신비를 인정하더라도 그것을 예외시하는 것은 매우 다르다. 물론 혼다는 신비에서 다정함을 느끼고 있었다. 그것은 어머니와 같았다. 하지만 어머니가 없어도 해낼 수 있다고 자부했던 젊은 날의 마음가짐은, 혼다가 열아홉 살 때부터 꾸준히 지켜온, 반은 선천적인 것이었다.

내빈객인 지방 인사들과 명함을 교환하며 장황한 인사를 나눈 뒤 궁사의 주도로 배전으로 향했다. 복도에서는 두 명의 무녀가 손님이 내미는 손에 정화의 물을 떠서 부었다. 배전은 이미 연습복 차림으로 늘어앉은 선수 오십 명으로 커다란 쪽빛 덩어리를 이루고 있었다. 혼다는 가장 상석으로 모셔졌다.

연주자가 생황과 피리를 연주하고, 스이칸[23]을 입고 에보시[24]를 쓴 신관이 신 앞에 나아가 "여기 신성한 오미와에서 구시미카타마 대왕 오모노누시, 영원히 하늘의 자리에 오르고, 영원히 햇빛을 받네, 여기 오미와 넓은 앞뜰에서……." 하며 축문을 읽고, 비쭈기나무 이파리에 주렁주렁 매달린 흰 종이를 일동 머리 위에서 좌우로 흔들었다.

---

23 水干. 헤이안 시대의 황실과 귀족의 의상.
24 烏帽子. 신관이 의식을 치를 때 쓰는 모자. 헤이안 시대부터 성인 남성이 썼던 모자이나 현재는 의례용으로만 쓴다.

주최 측에 이어 내빈 대표인 혼다가 다마구시[25]를 바치고, 연습복 차림에 색 바랜 대나무 바구니를 든 육십대 정도의 노인이 이어서 선수 대표로 다마구시를 바쳤다. 이런 엄숙한 의식 속에서도 더위가 점점 심해져서 혼다는 셔츠 아래를 벌레처럼 흐르는 땀을 거슬리게 느꼈다.

이렇게 참배가 끝나자 일동이 앞뜰로 내려와서 내빈은 내빈용 천막 의자에, 선수는 선수용 천막 돗자리에 앉았다. 노천 의자도 이미 참관자들로 가득 찼는데, 배전과 산을 보는 자리가 동향인 탓에 그대로 머리 위로 내리쬐는 오전 햇볕을 부채와 손수건으로 가리고 있었다.

장황한 축사와 인사가 이어지고 혼다도 일어나서 한차례 그럴싸한 연설을 했다. 듣자 하니 오십 명이 이십오 명씩 홍백으로 나뉘고, 홍백에서 각각 다섯 명씩 나오는 승자 진출형 시합이 다섯 번 봉납된다고 한다. 혼다 다음 차례로 일어선 재향 군인회장의 인사가 한없이 이어지는 가운데 옆자리의 사관이 혼다에게 귓속말을 했다.

"건너편 천막에서 가장 앞줄 왼쪽 끝에 있는 남자아이를 봐 주시지요. 도쿄에 있는 고쿠가쿠인 대학[26] 예비학교 1학년인데, 저 아이가 첫 번째 시합에서 백군 선두에 섭니다. 눈여겨보시면 좋을 것이, 검도계에서 매우 촉망받는 소년이에요. 열아홉 살에 3단이니까요."

---

25 玉串. 참배자나 신관이 신에게 바치는 흰 종이를 비쭈기나무 가지에 붙인 것.
26 國學院大學. 신토 의식을 주관하는 신직과 무녀를 양성하는 대학.

"이름이 어떻게 되죠?"

"이누마라고 합니다."

그 이름에 짐작 가는 데가 있어서 혼다는 다시 물었다.

"이누마라면…… 아버지도 검도가인가요."

"아뇨. 이누마 시게유키라고 도쿄의 유명한 국수단체 원장이자 이 신사의 열렬한 숭경자인데, 검도는 하지 않는 것 같아요."

"그 사람은 오늘 여기 왔습니까?"

"아들의 시합이 보고 싶지만, 오늘은 공교롭게도 오사카에서 어떤 모임이 있는 날과 겹쳐 오시지 못했다고 들었습니다."

그렇다면 그 이누마임이 틀림없었다. 이누마 시게유키(飯沼茂之)의 이름은 상당히 유명했는데 그 사람이 기요아키의 서생[27]이었던 이누마와 동일인임을 안 것은 불과 이삼 년 전이다. 법원 판사실에서 사상 운동 이야기가 나왔을 때, 그쪽 정보에 밝은 동료에게서 최근에 나온 각종 잡지 자료를 빌려 읽은 적이 있다. 그중 '우익 인물 총정리'라는 문장이 있고, 이누마 시게유키 항목에 이렇게 나와 있었다.

'최근 눈에 띄게 두각을 나타내는 이누마 시게유키는 가고시마현 토박이로 중학교 시절부터 현에서 제일 뛰어난 수재로 유명했는데, 집이 가난하여 고향 사람들의 추천을 받아 마쓰가에 후작가 자제의 서생으로 들어가기로 하고 도쿄로 와서

---

27 書生. 메이지, 다이쇼 시대에 타인의 집에 묵으며 일하면서 자기 공부를 했던 젊은 사람.

자제의 교육과 자기 공부에 힘을 쏟았으나, 후작가의 하녀 미네 씨와 불타는 사랑에 빠져 출분(出奔)하여, 쓰디쓴 고생 끝에 지금의 이누마 학원을 대성시킨 열혈한이다. 말할 것도 없이 현 아내는 미네 씨이며 슬하에 아들이 한 명 있다.'

혼다는 그때 비로소 옛날에 알던 이누마의 근황을 접했지만 얼굴을 마주하는 교제는 없었고, 마쓰가에 저택의 어둡고 긴 복도를 묵묵히 인도하던 그 울적한, 남색 바탕에 잔무늬가 들어간 우락부락한 등만이 기억에 남은 전부였다. 그 기억 속 이누마는 늘 등 뒤 어둠 속에 가라앉은 '속마음을 알 수 없는' 인물일 뿐이었다.

깨끗하게 비질한 시합장 흙에 등에 한 마리가 그림자를 드리우며 정지하나 싶더니 흰 천이 깔린 내빈석 테이블 쪽으로 와서 갑자기 귓가에서 윙윙 소리를 내었다. 내빈 중 한 사람이 부채를 부쳐 쫓아냈다. 부채를 펴고 휘젓기까지, 뭐라 말할 수 없이 연극적인 몸놀림은 조금 전 그 사람의 명함에서 본 검도 7단 교사라는 직함을 떠올리게 했다. 재향군인회장의 기나긴 인사는 아직도 이어지고 있었다.

눈앞의 네모난 공간에서는 그러나 그동안에도 위압적인 본전(本殿)의 거대한 당파풍 지붕[28]과 신의 산이 지닌 초록, 빛나는 하늘만이 서로 뒤엉키며 거칠고 뜨거운 입김이 피어올랐다. 잠시 후에는 힘찬 고함과 죽도의 타격음으로 가득 찰 이

---

28 唐破風. 헤이안 시대에 발달한 지붕 양식으로 중앙은 위로 솟는 곡선을 그리고 양옆이 완만하게 내려온다. 성이나 절, 신사 등에서 자주 보인다.

공간의 침묵 속을 이따금 바람이 훑고 지나가면, 그 투명한 바람의 사지가 더없이 깨끗한 싸움의 징조에 쫓겨, 부드럽게 굽혔다 펴기를 마다하지 않는 환상이 가득했다.

혼다의 눈은 자꾸 정면에 있는 이누마의 아들 얼굴로 이끌렸다. 이십 년 전 자신과 기요아키보다 다섯 살 정도 많긴 했지만 그래도 한낱 시골 서생에 지나지 않았던 이누마가 이렇게 큰 아들의 아버지가 되었다고 생각하니, 자식을 두지 않은 자기가 언제부터인가 잊고 지낸, 나이가 뒤쫓아 오는 감각에 새삼 눈이 뜨인 것이다.

남자아이는 돗자리에 무릎 꿇고 앉아 꼼짝도 하지 않고 기나긴 인사말을 듣고 있었다. 정말로 듣고 있는지 아닌지는 확실하지 않다. 다만 정면을 노려보며 빛나는 그 눈은 바깥세계의 그 어떤 것도 받아들이지 않는 강철 같다.

눈썹이 두드러지고 얼굴이 거무스름하며 단단하게 다문 입술은 칼날을 옆으로 품은 느낌을 준다. 확실히 이누마의 그림자가 엿보인다만, 그의 탁하고 무겁고 울적한 선을 하나하나 명쾌하게 다시 조각하여 가벼움과 날카로움을 더한 분위기다. '아직 인생을 전혀 모르는 사람의 얼굴이다.'라고 혼다는 생각했다. '막 내려서 쌓인 눈이 머잖아 녹아내려 더러워지리란 것이 믿기지 않을 시절의 얼굴이야.'

선수 한 사람 한 사람의 무릎 앞에는 호구들이 정연히 나열되고 그 위에 손수건으로 싼 호면이 놓여 있다. 손수건 너머 작은 틈새로 면금의 일부가 빛난다. 죽 늘어선 쪽빛 무릎 여기저기에서 새어나오는 이 반짝임은 대결 전의 날카롭고 위험한 괴로움의 정서를 자아냈다.

— 앞뒤 위치의 심판 두 명이 일어서서 "백군, 이누마 선수." 하고 이름을 부르자 호구를 단단히 두른 맨발의 소년이 달구어진 흙 위로 발을 내디디고 신전에 공손히 절을 했다.

혼다는 어떻게든 이 소년을 이기게 해 주고픈 심정이었다. 눈이 번쩍 뜨인 들새의 외침 같은 첫 번째 기합이 소년의 얼굴에서 발했다.

이 외침이 혼다의 마음을 순식간에, 자신의 소년 시절 나날로 돌려 보냈다.

일찍이 기요아키에게 다이쇼[29] 초기를 보낸 자신들의 젊은 시절도 몇십 년 지나면 그 세세한 감정의 주름이 모조리 잊히어 당시의 검도부 패거리와 마찬가지로 시대의 '우신(愚神) 신앙' 아래 묶일 것이라고 한 적이 있는데, 그것은 그 말대로였다. 하지만 의외인 것은 그 우신을 지금은 그리워할뿐더러, 일찍이 자신이 어렴풋하게 믿었던 고상한 신보다 우신이 더 아름답게 보인다는 기분이 어느새 싹텄다는 사실이다. 지금 혼다가 내던져진 소년 시절의 동굴은 정확히는 옛날과 똑같은 위치의 같은 동굴이 아니다.

지금 혼다의 귓불을 때리는 '열백(裂帛)'의 기합은 미세하게 찢긴 틈새로 소년이 내뿜은 영혼의 불길처럼 들렸다. 그 엉클어진 불길을 가슴 속에 안고 있던 나날의 답답함이(실제로 그 시절 혼다는 답답함과 거의 연이 없었음에도) 지금은 마치 당

---

29 일본의 연호로 1912년부터 1926년까지 해당한다.

시의 자신이 생생하게 느꼈다고밖에 생각되지 않을 선명함으로 가슴에 되살아났다.

그것은 시간이란 것이 사람의 마음에 시키는 기묘하고 진지한 연기였다. 과거의 은에 슬었던 기억의 미묘한 거짓 녹을 굳이 벗기지 않고, 꿈과 소원이 뒤섞인 전체 모습을 다시 연기하여, 그 연기에 기대어 옛날의 자신조차 의식하지 못했던 한층 심오한 자신의 본질까지 다다르게 하는 시도였다. 옛날에 살았던 마을을 먼 고개에서 바라보듯이, 그곳에 살았던 세부 경험은 희생되더라도 그곳에 살았다는 사실의 의미는 명확해졌고, 사는 동안 중요하게 여겨졌던 광장 돌길의 굴곡도 멀리서 보면 한 점 물웅덩이의 반짝임만으로 아름다운, 달리 따질 것 없는 미가 되었다.

이누마 소년이 우렁찬 첫 고함을 지른 순간 서른여덟 살의 판사는 이렇듯 그 고함 자체가 화살촉이 되어 소년의 가슴을 깊숙히 찔러서 남긴, 날카롭게 벌어지는 통증에까지 생각이 미쳤다. 피고석 젊은이의 닫힌 마음에 이런 식으로 들어가려 했던 적은 한 번도 없었다.

적인 홍군 선수는 생선이 아가미를 부풀리듯이 호면의 양 날개가 드리운 어깨를 으쓱하며 위협적인 기합 소리를 냈다.

이누마 소년은 조용했다. 두 선수는 중간 자세를 취한 채로 한 바퀴, 두 바퀴를 돌았다.

이누마 소년의 얼굴이 이쪽을 향하자 면금에 발처럼 드리운 그늘과 빛의 안쪽에서 검고 뚜렷한 눈썹과 빛나는 눈, 고함을 지를 때의 흰 치열이 보이고, 등을 돌리자 호면 뒤로 단정하게 접힌 손수건과 남색 끈 아래 깎아 올린 목덜미에서 청쾌함과 늠름함이 드러났다.

갑자기 거센 파도에 휘말려 배 두 척이 부딪치는 듯한 움직임이 일고, 백군을 표하는 가느다란 흰 천이 이누마 소년의 등 위에서 휘날린다 싶더니, 거센 소리와 함께 상대방의 호면이 강타당했다.

박수가 일었다. 이누마가 한 사람을 제쳤다.

새로운 적수를 상대로 몸을 웅크리고 허리에서 가볍게 죽도를 빼내는 동작은 군더더기 없이 깔끔해 이미 적을 제압한 듯 느껴졌다.

검도를 전혀 모르는 혼다도 이누마 소년의 자세가 얼마나 바른지는 알아볼 수 있었다. 어떤 격동의 찰나에서도 그의 형체는 남색 형지(型紙)를 공간에 붙인 것처럼 흐트러짐이 없었다. 몸이 공기의 진흙에 빨려 들어 균형을 잃는 일이라고는 없었다. 그의 주변 공기만 뜨겁고 질척한 진흙이 아니라 거침없이 흐르는 맑은 물처럼 보였다.

이누마 소년이 천막 그늘이 드리우는 자리에서 한 발 앞으로 내디뎠을 때, 그 검은 몸통의 광택은 파란 하늘이 비추는 색으로 채워졌다.

적수는 한 발 물러났다. 여러 번 빨아 색이 바랜 연습복과 하카마의 불규칙한 남색 농담 속에서, 등 뒤에서 십자로 교차하도록 몸통을 동여맨 끈이 닿은 부분은 기울어진 십자 모양으로 한층 희게 바랬다. 그 자리에 선명한 붉은색 천이 달려 있다.

한 걸음 더 내디뎌 다가오는 이누마 선수의 장갑에 위험한 긴장이 어린 것이 슬슬 익숙해진 혼다의 눈에 확연히 보였다.

장갑과 소맷부리 사이에 드러난 전완은 이미 소년답지 않게 굵직하고, 팔 안쪽에선 하얗게 두드러진 근육이 보이며, 장갑 안쪽의 하얀 유피(鞣皮)는 바깥쪽의 쪽빛이 이염되어 새벽 하늘처럼 서정적인 색이 들었다.

두 자루의 죽도 칼끝이 처음 만난 개들처럼 예민하게 서로의 냄새를 맡았다.

"이야!" 적수가 위압적으로 외쳤다.

"으랴 으랴 으랴!" 이누마 소년은 유량(嚠喨)한 기합을 내질렀다.

적이 가슴을 노리는 것을 이누마가 죽도를 오른쪽으로 세워 막아 내자 폭죽 같은 소리가 터졌다. 그리고 두 사람은 죽도를 맞부딪쳐 밀며 얼굴을 맞댔고 심판이 둘을 떨어뜨렸다.

"시작!" 하고 심판이 말했을 때 공세에 들어간 이누마 소년은 숨도 쉬지 않고 덮쳐드는 남색 파도처럼 연속머리치기로 적수를 몰아붙였다.

한 번 한 번이 규칙적으로 힘을 더하며 날카로워지는, 치밀하게 조합된 연속 기술이었기 때문에, 일단 이단까지는 좌우로 막아낸 적수도 삼단째에 정면으로 머리를 맞았을 때는 제 발로 뛰어든 형세가 되었다.

두 심판의 작은 삼각 백기가 동시에 올라갔다.

이렇게 이누마 선수는 두 사람을 제쳤고, 장내에는 박수와 함께 환성이 일었다.

달리는 말

"기백에 눌려 쫓기다가 맞은 꼴이네요." 혼다 옆자리의 검도 교사가 젠체하는 말투로 말했다. "홍군은 백군의 칼끝을 봤습니다. 그러면 안 되죠. 상대방의 칼끝을 봐선 안 됩니다. 마음에 주저함이 생기거든요."

검도는 전혀 모르지만 혼다는 이누마 소년의 내부에 자주색 빛을 내뿜는 용수철이 있고, 그 영혼의 도약이 조금의 흐트러짐 없이 형태의 도약으로 나타나, 적의 마음에 피할 수 없이 순간적인 공백이 생기게 했음을 잘 알 수 있었다.

아마도 그러한 적수의 빈틈이 진공 상태가 곧바로 공기를 유인하여 채우듯이 스스로 이누마의 검을 유인하였고, 단지 올바른 형태로 내밀었을 뿐인 이누마의 검이 열쇠도 없이 활짝 열린 문 안으로 들어가듯이 수월히 적수 안으로 들어간 것일 테다.

세 번째 적은 갓난아기가 보채듯이 몸을 좌우로 꼬면서 다가왔다.

호면 안에서 묶은 수건이 흐트러져서 하얀 면이 이마를 바르게 나누지 않고 한쪽 자락이 오른쪽 어깨 근처까지 흘러내렸다. 약간 등을 구부린 모습은 기괴하고 광기 어린 새 같았다.

하지만 상대는 검을 찌르고 빼는 동작에 은근한 절도가 있는, 시합에 능숙하여 방심할 수 없는 적이었다. 새가 눈 깜짝할 사이 먹이를 물고 날아가 버리듯이, 멀리서 장갑을 노렸다가 거의 매번 능숙하게 장갑을 때리고 다시 멀찍이 도망가서 승리의 함성을 질렀다. 또한 방어를 위해서는 아무리 흉한 자세도 꺼리지 않는 유형이었다.

이 적을 상대하려니 가슴을 펴고 물 위를 미끄러져 가는 듯한 이누마의 기품은 미약하고 위태롭게 보였다. 그는 이번에는 자기의 아름다움과 올바름으로 스스로를 망가뜨릴 듯했다.

일족일도의 거리[30]를 매번 상대가 벌려 냈다. 적은 자신의 추함을 상대에게 옮기고, 자신의 초조함을 상대에게 옮기기를 꾀했다.

혼다는 좀 전부터 더위도 잊고 자주 피우는 담배도 잊어, 눈앞 재떨이에 꽁초가 조금도 늘지 않았음을 깨달았다.

하얀 테이블보에 주름이 심하게 물결치는 것을 보고 바로 잡으려고 손을 내밀었을 때 옆자리의 궁사가 "아." 하는 소리를 냈다.

앞을 보니 심판이 깃발을 교차해 흔들고 있었다.

"다행이군. 까딱하면 손목을 당할 뻔했습니다." 궁사는 말했다.

이누마 소년은 툭하면 멀리 간격을 벌리는 상대를 뒤쫓느라 애를 먹었다. 한 걸음 내디디면 상대는 한 걸음 후퇴하는 식이다. 방어는 굳건했고, 몸을 보호하는 동작에는 교활한 수초 같은 것이 가득 달라붙어 있었다.

"야아!" 하며 이누마 소년이 격돌했을 때 상대는 바로 냉소적으로 몸을 막았기에, 두 사람은 그대로 맞부딪쳐 미는 상태가 됐다.

---

30 검도에서 서로의 칼끝이 교차할 정도의 간격. 일보 앞서면 상대를 공격할 수 있고 일보 물러서면 상대의 공격을 피할 수 있는 거리를 뜻한다.

달리는 말

두 자루 죽도가 거의 똑바로 세워진 채 몸을 맞대고, 정박한 배의 돛대처럼 잘게 흔들렸다. 몸통이 선복(船腹)처럼 매끄럽게 빛났고, 적수들은 지금 힘을 합쳐 하나의 절망적인 파란 하늘을 받쳐 드는 듯 보였다. 그 절박한 숨결, 땀, 대치하는 근육, 길항하는 힘이 나갈 곳을 찾지 못하고 초조해하는 불만…… 그런 것들이 두 사람의 시머트리컬한 부동의 형태에 가득했다.

심판이 둘을 떨어뜨리기 위해서 "멈춰."라고 말하기 직전, 상대의 작은 반동을 이용해 잽싸게 뒤로 물러선 이누마 소년의 죽도가 기분 좋은 타격음을 내며 엉켜 있던 몸통을 때리는 데 성공했다.

두 심판의 손에서 작은 백기가 올라가고 관객들은 큰 박수를 보냈다.

혼다는 겨우 담배에 불을 붙였으나, 테이블보 위로 점점 다가오는 햇빛 속에서 붙었는지 아닌지 알 수 없을 만큼 미약한 불빛을 발하는 담배에 바로 흥미를 잃었다.

이누마 소년의 발밑 흙에 검은 땀방울이 피처럼 번졌다. 웅크린 자세를 일으킬 때, 흙먼지에 더러워진 남색 하카마 자락에서 창백한 아킬레스건이 힘차게 날아오르듯이 늠름한 발돋움을 했다.

5

이누마 3단이 다섯 명을 이기면서 첫 시합은 끝났다.

다섯 번째 시합이 끝나자 백군의 승리를 선언하고 이누마에게는 개인 우승의 은배가 수여됐다. 이것을 받으려 앞으로 나간 그의 얼굴에서는 이미 땀이 닦여 나갔지만 홍조를 띤 뺨에는 승리자의 상쾌한 겸허의 냄새가 풍기는 듯해, 혼다는 이렇게 젊은이다운 젊은이를 오랫동안 가까이서 본 적이 없었다.

혼다는 이 소년과 부친 이야기 등을 나누고 싶었으나 곧 점심식사를 위해 별전으로 가야 했기에 기회를 얻지 못했다. 식사하는 동안 궁사가 "산을 올라 보시지 않겠습니까?" 하고 말을 꺼냈다.

혼다는 큰 방에서 건너다 보이는 정원에 내리쬐는 햇빛을 보고 조금 주저했다.

궁사가 다시 말했다.

"물론 일반인은 들어갈 수 없고, 다른 때는 아주 오랜 숭경
자에 한해 입산이 허락됩니다만, 그게 아주 삼엄합니다. 정상
의 이와쿠라[31]에 절하는 사람은 신비에 도취되어 번개 맞은
듯한 기분이 든다고 하더군요."

혼다는 다시 한번 정원의 초록을 아름답게 비추는 여름 햇빛
을 보고, 그 정도로 밝은 신비라는 것을 상상하며 마음이 동했다.

그가 허용할 수 있는 신비란 우선 밝아야 했다. 구석구석까
지 명석(明晳)한 신비가 있다면 기꺼이 먼저 나서서 믿을 수 있
을 것이었다. 신비가 기적적인 예외이고 한 가지 현상에 머무는
동안은 아직 어스름 속에 숨어 있는 것과 같으며, 만약 가차없
는 햇빛 아래 존재하는 신비라는 것이 있다면, 그 신비야말로 하
나의 확고한 법칙 쪽에, 즉 혼다의 세계 쪽에 속할 것이었다.

식사 후 잠시 쉬고 나서 혼다는 한 신관의 안내로 녹음이
짙은 참뱃길의 완만한 경사를 오륙 분 올라가서 섭사[32]인 사
이 신사에 도착했다. 정확히는 '사이이마스오미와아라미타마
(狹井坐大神荒魂) 신사'라 하는데, 여기서 참배하고 정화를 받
아 산에 오르는 것이 관례였다.

삼나무에 둘러싸인 간소한 편백나무 지붕의 배전은 그야
말로 아라미타마가 깃든 신사의 느낌이 들었고, 지붕 뒤로는
붉은 정강이의 경첩(輕捷)한 고대 무인을 연상시키는 키 큰 적

---

31 磐座. 신이 산다고 여겨지는 바위.
32 攝社. 본사에 부속된 소규모 신사로 섭사, 말사(末社)가 있는데 본사 신
과 연관이 있는 다른 신을 모신다. 깊은 연관이 있으면 섭사, 그렇지 않으면
말사에 해당한다.

송 몇 그루가 수려하였다.

정화를 마치자 혼다는 신관에게서 작업용 버선을 신은 초로의 정중한 안내인에게 넘겨졌다. 산에 오르는 입구에서 처음 야생 백합 한 송이를 보았다.

"이것이 내일 열릴 사이구사 축제의 백합이군요."

"그렇습니다. 이 산에서만 뽑아서는 도저히 삼천 송이가 되지 않으니, 근처에 있는 섭사와 말사에서 모아 이미 본당에 꽂아 두었습니다. 오늘 봉납 시합에 나온 학생 분들이 백합들을 나라까지 운반하는 봉사를 해 주십니다."

안내인은 그렇게 대답하고는 점토질인 산길이 어제 내린 비로 미끄러우니 걸음을 조심하라고 말하며 곧바로 앞서서 올라갔다.

둘레 약 4리의 미와산에는 서쪽 본당 뒤쪽에 있는 오미야 계곡을 포함한 출입금지 구역 주위로 구십구 계곡의 산기슭이 펼쳐져 있었다. 조금 올라가자 오른쪽 울타리 너머로 출입금지 구역이 엿보였는데, 잡초가 무성해지도록 방치된 그 땅의 적송 줄기가 오후 햇빛에 마노처럼 빛났다.

출입금지 구역 안에서는 나무들도, 양치류와 조릿대도, 그 사이에 빈틈없이 짜 넣어진 햇빛도 모두 왠지 모르게 고귀하고 맑아 보였다. 멧돼지가 판 흔적이라고 하는 한 그루 삼나무 밑동의 선명한 흙 색깔에서도 기기[33]에 이민족의 화신으로 나

---

33 記紀. 일본 신화와 고대사를 알 수 있는 역사서 『고사기(古事記)』와 『일본서기(日本書紀)』의 총칭.

타나는 고대 멧돼지가 연상되었다.

하지만 자기 발이 밟고 있는 이 산 자체가 신 혹은 신의 거처라고 믿는 것은 그리 이해하기 쉬운 감정은 아니었다. 초로인데도 걸음이 빠른 안내인에게 놀라며 땀 닦을 새도 없이 따라가던 혼다는 오후가 되어 점점 열기를 더해 가던 햇살이 시냇물을 따라 늘어선 나무 그늘에 가려진 것이 달가웠다.

해는 피했지만 길은 갈수록 험해졌다. 비쭈기나무가 많은 산으로, 마을에서 보던 것보다 훨씬 잎이 널찍한 어린 나무가 여기저기 거무스름한 초록 잎의 그늘에 눈부시게 하얀 꽃을 달고 있었다. 상류로 올라갈수록 물살이 빨라지더니 삼광 폭포에 이르렀다. 목욕재계를 하는 사람의 오두막이 폭포 전경을 반쯤 가리고 있었다. 폭포를 둘러싼 이 주변은 숲이 가장 울창한 곳이라고 하는데, 눈이 닿는 곳마다 빛이 고여 있어 마치 빛의 바구니 안에 있는 것 같았다.

정상에 오르는 길은 실은 여기부터 험난했다. 바위와 소나무 뿌리에 의지하며 길도 없는 벼랑을 기어오르고, 조금 평탄한 길이 이어지는가 싶으면 곧이어 또 오후의 햇빛이 형형하게 비추는 벼랑이 나타났다. 혼다는 숨이 차고 땀에 젖을수록 이러한 고행에 도취해 있을 때 비로소 다가올 신비가 준비돼 있음을 느꼈다. 그것이야말로 법칙이었다.

지름 1척 남짓한 적송과 흑송이 소리 없이 무리 지어 있는 산골짜기도 보았다. 담쟁이와 덩굴풀이 감긴 채로 반쯤 썩은 소나무의 잎이 온통 벽돌색으로 바뀐 모습도 보았다. 또한 벼랑 중간에 선 삼나무 한 그루에 입산한 신자가 어떤 신성을 느끼고 금줄[34]을 달아 공물을 바친 광경도 보았다. 그 삼나무 줄기의 한 면은 이끼 때문에 청동색을 띠고 있었다. 정상에 가까워질수록 나무 한 그루, 풀 한 포기가 당장이라도 신성을 부여받아 자연의 신으로 화할 듯했다.

그리고 이를테면 드높은 모밀잣밤나무의 수관이 바람을 따라 일제히 그 연노랑색 꽃을 흩날릴 때, 인적 없는 깊은 산의 나무 사이를 누비며 비래(飛來)하는 꽃잎이 갑자기 전기를 띠듯이, 그 자체가 신성을 띠는 일도 있을 수 있는 것이다.

"조금만 더 가면 됩니다. 저곳이 정상입니다. 오키쓰 이와쿠라와 고노미야 신사가 있지요." 하고 안내인은 그다지 숨차지 않은 목소리로 말했다.

오키쓰 이와쿠라는 벼랑길 위로 갑자기 나타났다.

난파한 거선(巨船)의 잔해처럼 들쭉날쭉한, 또는 뾰족한, 또는 깨진 거석들이 금줄 안쪽에 웅크리고 있었다. 태곳적부터 이렇듯 이치에 맞는 모습에 반했던 돌의 무리가. 평범한 사물의 질서에는 결코 편입되지 못한 형태로, 무섭도록 순결한 난잡함으로 내팽개쳐진 것이다.

돌은 돌과 맞서 싸우고, 그길로 쓰러지고 깨졌다. 다른 돌은 지나치게 평탄한 경사면을 널찍하게 내밀고 있었다. 모든 것이 정숙한 신의 거처라기보다 싸움의 흔적, 그보다 더 믿기 힘든 공포의 흔적을 상기시켰고, 신이 한번 머문 뒤에는 지상의 사물이 이런 식으로 변모하는 것이 아닐까란 생각을 불렀다.

---

34 七五三繩. 신성한 장소에 부정한 것을 막기 위해 걸어 놓은 새끼줄.

달리는 말

햇빛은 돌의 살갗에 옴이 오른 것 같은 이끼를 무자비하게 비추었고, 여기까지 오니 과연 바람이 살아 있어 주변의 숲이 시원하게 동요했다.

이와쿠라 바로 위에 있는 고노미야(高宮) 신사는 해발 467미터에 달했는데, 이 작은 신사의 간소한 수수함이 이와쿠라가 풍기는 난폭한 공포를 누그러뜨려 주었다. 갓쇼즈쿠리[35] 지붕의 작지만 매우 뾰족하게 각진 통나무[36]는 푸른 소나무에 둘러싸여 말끔히 매듭을 지어 놓은 머리띠처럼 수려하다.

혼다는 참배를 마치자 땀을 닦고 안내인에게 허락을 구해 금지된 담배에 불을 붙여 연기를 깊숙이 들이마셨다. 실로 오랜만에 이렇게 생기발랄한 걸음을 한 일이, 또한 어떻게든 해냈다는 만족이 혼다의 마음을 풀어 놓아, 주변 소나무가 웅성이는 소리에 깃든 밝고 상쾌한 신성 안에서는 아무리 믿기 힘든 것도 믿을 수 있을 듯한 기분이 들었다.

지형과 높이가 비슷해서인지 혼다는 문득 십구 년 전 여름 종남별업(終南別業)의 뒷산을 올랐을 적을 떠올렸다. 그때 나무들 사이로 하세 대불이 보이자 곧장 무릎 꿇고 합장을 하는 시암의 왕자들을 두고 기요아키도 혼다도 속으로 남몰래 웃었지만, 지금 그 모습을 본다면 결코 그러지 않을 것이었다.

웅웅대는 청량한 바람 사이로 고요가 물방울처럼 떨어지

---

35 合掌造り. 합장한 손 모양의 초가 삼각지붕 건축 양식으로 눈이 많이 내리는 지역에서 찾아볼 수 있으며 눈이 떨어지도록 약 50도에서 60도 사이의 급경사로 짓는다.

36 鰹木. 신사 지붕의 마룻대와 직각으로 교차하도록 늘어놓은 통나무.

고, 거칠게 날아다니는 등에 소리가 귀에 거슬린다. 삼나무의 수많은 창끝에 찔린 눈부신 하늘. 흘러가는 구름. 햇빛의 농담이 비추는 벚나무에 우거진 이파리들. ……혼다는 저도 모르게 행복해졌다. 그리고 이 사소하고 이유 모를 슬픔을 박하처럼 품은 행복이야말로 실로 오랜만에 느껴 보는 것이라고 생각했다.

— 내려가는 길은 생각만큼 편하지 않았다. 발이 자꾸 미끄러져서 단단한 나무뿌리를 디디려고 하면 그 위에 붙은 붉은 흙에 또 미끄러졌다. 삼광 폭포 근처의 나무 길에 들어서서야 새삼 셔츠가 땀투성이 된 것을 알아챘다.

"목욕재계를 하심이 어떨까요. 상쾌하실 겁니다."

"그럴 마음으로 하면 죄송한 일이지요."

"아닙니다. 폭포를 맞으면 머리가 맑아지지요. 그것이 곧 수행이니 꺼리실 것 없습니다."

오두막에 들어간 혼다는 두세 벌의 연습복이 못에 걸려 있는 것을 보았다. 먼저 온 이들이 있었던 것이다.

"시합에 나간 학생들일 테지요. 백합 나르는 봉사가 남아 있으니 여기서 몸을 씻고 가도록 이른 것이 아닐까요."

혼다는 옷을 벗고 속옷만 남긴 채로 폭포 쪽 출입구를 나섰다.

폭포 저 높이 밝은 숲에 금줄이 달려 있고, 그 주변만 바람에 수런거리는 초목과 흰 종이가 나부껴 색을 입힐 뿐, 눈길을 아래로 옮기면 모든 것은 어두운 암석들의 보호 아래 부동명

왕[37]의 작은 사당을 석굴에 모시고, 물방울에 젖은 양치류도 자금우도 비쭈기나무도 어둑하며, 단지 한 줄기 가는 폭포만이 하얗다. 물소리는 암석에 반향하여 크게 들린다.

속옷 한 장 차림으로 폭포를 맞고 있는 세 젊은이가 모여 있고, 그 어깨와 머리 위로 물이 부딪혀 사방으로 튀었다. 젊고 탄력 있는 피부를 때리는 물의 채찍 소리가 폭포 소리에 섞여 들고, 가까이 가면 붉게 달아오른 어깨 피부가 물보라 아래로 매끄럽게 비친다.

혼다의 얼굴을 보자 한 사람이 친구를 쿡쿡 찌르고는 폭포에서 떨어져 공손하게 머리를 숙여 인사했다. 폭포를 양보하려고 한 것이다.

혼다는 그 무리에서 이누마 선수의 얼굴을 바로 알아보았다. 사양하지 않고 폭포로 향했다. 그 순간 곤봉으로 때리는 듯한 물의 힘을 어깨부터 가슴까지 느끼고는 곧장 물러나 버렸다.

이누마는 쾌활하게 웃으며 돌아왔다. 폭포 맞는 법을 알려 주려는 듯, 혼다를 옆에 두고 양손을 높이 올려 폭포 아래로 뛰어들더니, 일시적으로 흐트러진 물이 무거운 꽃바구니인 것처럼 손가락을 활짝 펴서 받들며 혼다를 보고 웃었다.

그대로 따라 하며 폭포에 다가간 혼다는 문득 소년의 왼쪽 옆구리를 보았다. 그리고 왼쪽 유두보다 바깥쪽, 보통 때는 팔

---

37 不動明王. 불교의 오대존 명왕의 하나로 모든 화와 악마를 굴복시키기 위해 분노한 모습을 하고 있다.

위쪽에 가려지는 부분에 작은 점 세 개가 모여 있는 것을 분명히 보았다.

혼다는 전율하여 물속에서 웃고 있는 소년의 늠름한 얼굴을 바라보았다. 물 때문에 찡그린 눈썹 아래 연신 깜박이는 눈이 이쪽을 보고 있었다.

혼다는 기요아키의 작별인사를 떠올렸던 것이다.

"또 만날 거야. 분명히 만나게 돼. 폭포 밑에서."

6

───
●

　창밖으로 사루사와 연못의 개구리 울음소리밖에 들리지 않는 조용한 나라 호텔의 객실에서, 혼다는 책상에 쌓인 소송 서류에는 결국 손을 대지 못하고 깊은 생각에 빠져 잠 못 이루는 밤을 보냈다.

　……오늘 저녁 차를 타고 오미와 신사를 떠날 때 저녁노을 빛이 가득한 밭둑 부근에서 짐수레를 마주쳤던 일도 떠올랐다. 수레에는 산의 새벽빛에 물든 것을 베어 온 듯한 연홍색 백합이 산더미처럼 쌓여 금줄에 묶여 있었고, 학모 위에 하얀 머리띠를 맨 학생들 중 한 명이 끌고 두 명이 밀며 흰 종이를 받든 흰 옷의 신관이 앞장섰다. 차 안의 혼다를 알아보자 수레를 끌던 이누마 소년이 멈춰 서서 모자를 벗어 인사를 했고 다른 두 명의 학생도 그렇게 했다.

　폭포 아래에서 그 기이한 발견을 했을 때부터 혼다의 마음은 평정을 잃고 신사가 해 주는 이런저런 대접에도 별 감흥이 없었다. 또다시 밭에 반사된 저녁노을 빛을 받은 백합의 그늘에서 나타난 흰 머리띠의 젊은이를 보고 그의 방심(放心)은 절정에 달했다. 질주하는 자동차의 모래 먼지 속에 남겨진 젊은이는 얼굴 생김새도, 피부색도 전혀 다르지만 그 존재와 형태는 그야말로 기요아키 그 자체였다.

......호텔에서 혼자가 되자 혼다는 지금껏 자신이 살아온 세계가 오늘부로 완전히 변모해 버린 것에 불안해졌고, 곧장 객실을 나가 식당으로 갔지만 서빙된 정식을 먹으면서도 멍한 기분이었다. 객실로 돌아오자 삼각으로 잘 접어 정돈한 침대 시트 끝부분이 하얀 광택을 발하며, 크게 접어둔 책의 흰 페이지처럼 희미한 스탠드 램프 빛 속에 떠 있다.

혼다는 방의 불을 켜서 신비가 가까이 다가오는 것을 막으려 했으나 뜻대로 되지 않았다. 혼다가 살던 세계가 이런 기적을 허락한 이상, 앞으로 무슨 일이 일어날지 알 수 없다.

더군다나 혼다가 생생하게 보았던 환생의 불가사의는 그 순간부터 누구에게도 털어놓을 수 없는 비밀이 되었다. 누군가에게 얘기했다가는 머리가 이상해졌다고 여겨져 판사로서 부적격하다는 말이 나돌 것이 뻔하다.

그러나 신비는 그 자체의 합리성을 갖추고 있었다. 십팔 년 전 기요아키가 "또 만날 거야. 분명히 만나게 돼. 폭포 밑에서." 라고 말한 대로, 혼다는 정말로 폭포 아래에서 기요아키와 똑같은 자리에 검은 점 세 개라는 표식을 가지고 있는 젊은이를 만났다. 그와 관련해 드는 생각은, 기요아키가 죽은 후 월수사 주지의 가르침을 따라 읽었던 여러 불교 서적들에서 사유윤회 (四有輪廻)가 언급된 부분을 떠올리면, 올해 만 십팔 세인 이누마 소년은 기요아키의 죽음에서 환생한 나이와 계산이 꼭 맞는다는 점이다.

즉 '사유윤회'의 '사유'란 중유(中有), 생유(生有), 본유(本有), 사유(死有) 네 가지로 중생의 윤회전생 기간을 나누는 것인데, 두 개의 삶 사이에 잠시 머무르는 과보(果報)가 있어 이것을 '중유'라 하고 기간은 짧게는 칠 일, 길게는 사십구 일이다. 이후 다음 생에 탁태(托胎)되었다고 할 때, 생일까지는 알수 없으나, 이누마 소년은 1914년 초봄 기요아키가 죽은 날로부터 칠 일 혹은 사십구 일 후에 태어났을 수도 있는 것이다.

불교의 가르침을 따르면 중유는 단지 영적인 존재가 아니라 오온[38]의 육체를 지니고 있어 대여섯 살 정도의 어린아이의 모습이다. 중유는 매우 날쌔고 눈과 귀가 아주 밝아 아무리 먼 소리도 들을 수 있고 아무리 두꺼운 장벽도 꿰뚫어 볼 수 있으며 가고 싶은 곳에 즉시 갈 수 있다. 사람과 가축의 눈에는 보이지 않지만 극히 깨끗한 천안통[39]을 얻은 자의 눈에는 하늘을 떠도는 이 어린아이의 모습이 보일 때가 있다.

투명한 아이들은 공중을 날쌔게 뛰어다니며 향을 먹고 생명을 유지한다. 그렇기에 중유는 '심향(尋香)'이라고도 불리는데, 그 어원은 'gandharva'이며 표음은 '건달박(乾闥縛)'이다.

---

38 五蘊. 인간의 심신을 구성하는 다섯 가지 요소. 색(色), 수(受), 상(想), 행(行), 식(識).
39 天眼通. 불교에서 말하는 사물 일체와 미래를 꿰뚫어 보는 힘.

아이는 이렇게 공중을 떠돌던 중 미래의 부모가 될 남녀가 정을 나누는 광경을 보고 매료된다. 중유의 중생이 남성이라면 어머니가 될 여자의 난잡한 모습에 마음이 홀리고, 아버지가 될 남자의 모습에 분개하며, 그때 아버지가 홀린 부정(不淨)이 모태에 들어가는 순간 자기 것이라 굳게 믿고 기쁨에 넘쳐 중유이기를 단념하고 모태에 탁생(托生)한다. 그 탁생의 순간이 '생유'이다…….

불교의 가르침은 이렇다. 원래는 일종의 동화처럼 생각했던 이 이야기를 혼다는 지금 갑자기 떠올렸다.

혼다는 신비라는 것이 이쪽 의사를 아랑곳않고 곧장 불합리하게 엄습하여 눌러앉는 양상이 이 중유의 과정과 닮았다고 생각했다. 위험한 선물. 그것은 차갑지만 정연한 법질서와 이성의 건축 한복판에 갖가지 색으로 바뀌는 아름다운 공[40]이 바깥에서 발로 차여 들어온 것과 같았다. 그리고 공의 색채 변화에도 나름의 엄연한 법칙이 있는데 단지 그 법칙이 우리의 이성 법칙과 다르다는 이유로 공은 사람의 눈을 피해 숨어야 했던 것이다.

그가 인정하든 하지 않든 신비는 이미 그의 마음속 깊숙이 각인을 남겨 버렸다. 이제 도망칠 방법은 없었다. 만약 있다면 그것은 도망치는 것이 아니라 하다못해 비밀을 나눌 상대를 찾는 것이다. 한 사람은 이누마 소년 본인이고 다른 한 사람은 소년의 아버지다. 하지만 둘 중 누구도 그 비밀을 똑똑히

---

40 鞠. 전통 공예품으로 솜 뭉치에 색실을 감아 만든 공.

달리는 말

자각했을 확증은 없다. 다만 일찍이 기요아키의 알몸을 보았을 이누마 시게유키가 아들과의 신체적인 공통점을 알고 있으리란 것은 확실하다. 알고 있다 해도 이누마는 숨기려 할지 모른다. 이 부자를 어떻게 추궁해야 할까. 혹은 추궁 자체가 어리석은 방법일까. 첫째로, 설령 비밀을 알고 있다 해도 그들에겐 그것을 나눌 생각이 있을까. 그렇지 않다면 비밀은 영원히 혼다 한 사람의 마음속에 무거운 짐을 지울지도 모른다.

혼다는 새삼 기요아키가 자신의 젊은 날에 남겼던 그 생의 날카로운 날갯짓을 생각하지 않을 수 없었다. 혼다는 한 번도 타인의 인생을 살려 한 적이 없었으나, 기요아키의 짧고 아름다운 생은 혼다의 생이라는 나무에 중요한 어느 몇 년 동안 연보라색 꽃을 피우는 기생란처럼 뿌리내렸고, 그렇게 기요아키의 생은 혼다의 생의 의미를 대표했으며 혼다가 피우지 않았을 꽃을 성취했었다. 또 그런 일이 일어나려는 것일까? 애당초 이 환생의 의미는 무엇일까.

무리 짓는 수수께끼 속을 헤매면서도 한편으로 혼다의 마음에는 땅 위로 스며 나온 지하수 같은 기쁨이 일었다. 기요아키가 다시 살아났다! 생의 중간에서 갑자기 베어 버린 어린 나무가 다시 초록 싹을 틔웠다. 그리고 십팔 년 전 두 친구는 둘 다 젊었지만, 지금 혼다는 젊음을 잃었고 친구는 여전히 젊음의 단서로 빛나고 있다.

이누마 소년에게는 기요아키의 아름다움이 결여된 대신 기요아키에게 결여되어 있던 용맹이 있었다. 짧은 관찰로는 알 수 없지만, 기요아키의 오만 대신 기요아키가 가지고 있지 않던 소박함과 강의(剛毅)함이 있었다. 두 사람은 빛과 그늘처럼 달랐지만 서로 보완하는 특성이 각자를 젊음의 화신으로 만든다는 점은 같았다.

혼다는 과거 기요아키와 함께한 날들을 생각하자 그리움과 슬픔에 젖어 들었지만 또한 예측할 수 없는 희망을 느꼈다. 이런 심적인 전율을 얻은 이상 지금껏 자신의 이성이 눌러 왔던 확신을 남김없이 내놓아도 후회가 없을 듯한 기분이었다.

그렇다 치더라도 기요아키와 연고가 있는 나라 지역에서 이 환생의 기적을 만난 것은 어떤 기연(奇緣)일까.

'아침을 기다렸다가 가장 먼저 할 일은 이사가와 신사에 가는 것이 아니다. 차를 타고 우선 오비토케로 가서, 아침 일찍부터 움직이는 비구니 절의 사토코를 찾아가, 기요아키 죽음 이후 격조했음을 사과드리고, 설령 믿어 주지 않더라도 이 환생의 희소식을 첫 번째로 알리는 것이 내 역할이다. 선대 주지가 훙거하고 새로운 주지가 된 그 사람의 고귀한 이름은 어렴풋이 들려온다. 약간 수척해 보이는 그 아름다운 얼굴에서, 이번에는 틀림없이 거짓 없는 격렬한 환희를 볼 수 있을 것이다.'

이 발상은 혼다에게 잠시 생기 있는 조급함을 안겨 주었지만, 그는 이윽고 견고한 분별력을 되찾고 이런 생각에 숨겨진 경솔함을 힘주어 억눌렀다.

'아냐. 나는 그래선 안 된다. 기요아키의 장례식에조차 모습을 보이지 않은 그 사람의 철저한 은거의 뜻을 지금 와서 휘저을 권리가 내게는 없다. 설령 기요아키가 몇 번을 다시 태어나든 그 사람이 이미 버린 미계(迷界)의 일이니 그 사람과는

관계없는 것과 같다. 아무리 확실한 환생의 증거를 내밀더라
도 그 사람은 매정하게 뿌리칠 것이 빤하다. 나에게는 기적이
라 해도 그 사람이 사는 세계에는 이제 기적이란 것은 존재하
지 않는 것이다. 일시적인 흥분에 사로잡혀 그 사실을 혼동해
서는 안 된다.

찾아가는 건 자제하자. 혹여 이 환생의 불가사의가 정말로
불교의 연에 의한 것이라면 내가 굳이 뛰어다니지 않아도 사
토코가 다시 태어난 기요아키와 자연히 만날 때가 올 것이다.
그 시기가 어딘가에서 조용히 무르익기를 기다리면 된다.'

이렇듯 종잡을 수 없는 생각이 결국 혼다의 눈을 뜨이게
했다. 베개와 시트가 뜨거워져 편히 잠들 희망이 없어졌다.

……창밖이 밝아 왔다.

모모야마[41] 시대식 나무틀이 달린 창유리에 실내 전등이
새벽달처럼 떠 있었는데, 날이 밝아 온 하늘 아래는 연못을
둘러싼 숲 저편으로 홍복사의 5층탑이 벌써부터 뚜렷하다.
여기서는 위쪽 세 층과 새벽어둠을 꿰뚫듯이 우뚝 선 탑머리
만이 보인다. 하지만 채 밝지 않은 하늘 한쪽에서 아직 거의
그림자로 보이는 그 형체는, 마치 분명히 눈이 뜨인 줄 알았
는데 다시 또 다른 꿈속이고, 하나의 부조리를 벗어났다 싶으
면 다시 더욱 그럴싸한 부조리 속에 있음을 깨닫는 중층적인
꿈 체험과 비슷한 것을, 미묘하게 위로 휘어올라간 그 세 층

---

41 桃山. 16세기 후반 도요토미 히데요시가 정권을 잡았던 약 이십 년간의
시기.

의 지붕으로 역설하고 있는 듯 느껴졌다. 꿈은 그렇듯 탑머리의 지붕과 상륜의 구륜과 수연 장식을 따라 보이지 않는 연기처럼 새벽하늘로 녹아 사라진다. 그 광경을 보면서도 여전히 내가 깨어 있다는 확증은 없다. 깨어 있다 해도 99리까지 현실과 똑같은 또다른 꿈속에서 제자리걸음하고 있을지 모르기 때문이다.

작은 새가 지저귀는 소리가 커졌다. 혼다는 문득 다시 태어난 사람이 기요아키만이었던 건 아니지 않을까 하는 생각에 사로잡혔다. 어쩌면 다시 태어난 것은 혼다 자신이었는지도 모른다. 그런 정신의 빙결, 그런 정연한 죽음에서, 몇천 몇만 장의 종이가 담긴 파일 같은 무관심의 고통으로부터, '나의 젊음은 지나갔다'는, 영원히 반복되는 푸념으로부터…….

과거 기요아키의 생에 그토록 잠식당하고, 그토록 함께 깊이 매몰되었기 때문에야말로, 혼다의 생은 연관되어 있는 공동의 환생을, 마치 한 그루의 우듬지를 밝게 비춘 여명이 바로 다음 우듬지로 옮겨 가듯이 불러들였는지도 모른다.

그렇게 생각하니 비로소 신기한 안도가 찾아와, 혼다는 드디어 가벼운 실신 같은 잠에 빠졌다.

7

모닝 콜을 부탁하는 것을 잊어버려서 깜짝 놀라 일어나서 나갈 준비를 했는데, 이사가와 신사에 도착했을 때는 이미 사이구사 축제의 제의가 시작한 터라, 혼다는 정숙한 군중 사이를 몸을 숙여 통과해서 천막 아래 자신을 위해 비워 둔 의자에 가만히 앉아 주변을 둘러볼 새도 없이 눈앞의 제의에 집중하였다.

이사가와 신사는 나라 역에서 그리 멀지 않은 마을에 있는데, 안쪽에 세 개의 신전이 있어 중앙의 자식 신인 히메타타라이스즈히메노미코토(媛蹈鞴五十鈴媛姬)를 아버지 신과 어머니 신이 양옆에서 보호하는 형태이다. 주홍색 난간이 둘러진 세 개의 아름다운 신전은 흰 바탕에 금벽(金碧)을 아낌없이 써서 소나무와 대나무를 그려 낸 병풍으로 이어져 있다. 각각의 신전 앞에 청결한 세 단의 돌계단이 있고, 문까지는 다시 열 단의 나무계단을 오르도록 돼 있다. 신전의 금줄에 달린 흰 종이가 난간과 그 단면의 노란색, 금벽의 색채를 감춘 지붕 처마의 깊고 어두운 그림자 앞에서 청정한 어금니처럼 도드라졌다.

오늘의 제의를 위해 돌계단에 새 돗자리를 깔고 신전 앞 굵은 자갈을 비질해 놓았다. 바로 앞에 회랑처럼 기둥을 주홍색으로 칠한 배전이 있고 배전 양옆에 신관과 영인(伶人)이 대기하고 있어 군중은 이 배전 너머로 제의를 지켜볼 수 있다.

이미 신관이 정화 의식을 시작해 머리를 숙인 군중 위로 커다란 비쭈기나무 가지에 매단 세 개의 방울이 울렸다. 축문을 읽은 후 오미와 신사의 궁사가 붉은 줄이 달린 금 열쇠를 받들고 나아가 신전의 나무계단 앞에 무릎을 꿇었다. 흰 옷을 입은 등이 양지와 그늘로 나뉜 사이 부궁사(權宮司)가 옆에서 워이, 워이, 하며 크게 두 번 외쳤다. 궁사는 앞으로 나아가 노송나무 문의 열쇠 구멍에 열쇠를 꽂고 정중히 양쪽으로 열었다. 흑자색 신경(神鏡)이 빛났다. 그러는 사이 영인의 현은 희롱거리듯이 몇 차례 불규칙한 음색을 튕겼다.

부궁사가 신전 앞에 새 돗자리를 깔고, 궁사와 부궁사가 네 손을 두른 검은 통나무 책상에 떡갈나무 잎을 얹은 신찬을 바쳤다. 여기서 드디어 사이구사 축제는 가장 아름다운 차례에 들어간다.

백주를 채운 손(罇)과 흑주를 채운 호토기(缶)는 이미 아름답게 장식되어 나르기만을 기다리고 있었다. 손은 흰 나무 통이고 호토기는 초벌구이 항아리인데, 둘 다 백합에 파묻혀

달리는 말

있어서 겉으로는 백합 다발 한 쌍을 세워 둔 것처럼 보였다.

손 주변을 푸르고 싱싱한 백합 줄기로 빼곡하게 둘러싸고 희게 빛나는 모시풀로 엮었다. 줄기를 바싹 당겨 묶었기에 꽃과 잎은 꽃봉오리와 섞이고 뒤엉키고 찢어진다. 초록색과 빨간색이 섞인 꽃봉오리는 촌스럽지만, 활짝 핀 송이 역시 어렴풋하게 초록색을 띤 꽃잎 하나하나에 수줍은 분홍색이 배어 나와, 안쪽은 벽돌색 꽃가루로 더럽혀졌고, 꽃잎 가장자리는 뒤로 젖혀져 한껏 흐트러지고, 투명하게 흰 빛을 비쳐 내었다. 그러면서 하나같이 목덜미를 늘어뜨렸다.

이누마를 비롯한 소년들이 날라 온 삼천 송이 백합 중 가장 모양이 좋은 꽃을 골라 내어 손과 호토기를 장식했고, 다른 것들은 병에 꽂아 신전 앞 여기저기를 화려하게 장식했다. 눈에 보이는 모든 것들이 백합과 연관이 있어, 미풍에도 백합의 향기가 물씬하고, 백합이란 주제가 가는 곳마다 집요하게 반복되어 세계의 의미가 백합 안에 수납되어 버린 듯했다.

신관들이 몸소 손과 호토기를 날랐다. 그 흰 옷, 그 검은 모자, 그 검은 비단으로 된 흘러내린 꼬리에다 눈높이 조금 아래로 받든 손과 호토기의 색색깔 꽃들이 모자보다 높이 솟아 아름답게 흔들린다. 가장 높이 바쳐진 백합 줄기의 봉오리는 긴장한 소년의 실신 직전 모습처럼 창백하다.

피리 소리가 넘쳐흐르고 갈고(羯鼓)가 둥둥 울린다. 거무스름한 돌담 앞에 놓인 백합이 곧 홍조를 띤다.

신관은 웅크린 자세로 백합 줄기를 나누어 술을 국자로 뜨고 다시 몇 명의 신관이 흰 목재로 된 작은 술병을 받들고 와서 이 술을 받아 각각 세 개의 신전에 바치는 광경은 음악 소리와 함께 신들의 잔치 같은 활기를 자아냈고, 낮의 어둠에 잠긴 문으로 어렴풋이 피어오르는 신의 취기를 흘려보냈다.

그러는 동안 배전에서는 네 명의 무녀들의 삼나무 춤을 시작했다. 모두 아리따운 젊은 여성들로, 머리에 삼나무 잎을 꽂고 검은 머리를 홍백 종이로 싸서 금색 끈으로 묶었으며, 얇은 붉은색 하카마 위에 흰 천에 은색 벼 잎을 그려넣은 겉옷을 걸쳤으며, 옷깃에는 홍백의 끈을 여섯 겹으로 매듭지었다.

황갈색 꽃술이 튀어나온, 똑바로 서고 활짝 펼쳐지고 찢어지는 백합 송이들의 그늘에서 나타난 그녀들은 손에 손에 백합 다발을 쥐고 있다.

무녀들이 음악에 맞춰 사각으로 마주 보고 춤추기 시작하자 높이 들린 백합이 위태롭게 흔들렸고, 춤이 이어지면서 기품 있게 우뚝 섰다가 옆으로 뉘어졌다가, 만났다가 다시 떨어졌다가, 허공을 가로지르는 그 희고 보드라운 꽃송이가 마치 칼날처럼 날카로워 보이는 것이었다.

그리고 날카롭게 바람을 가르는 동안 백합은 서서히 시들해져, 음악도 춤도 실로 온화하고 우아한데 손에 들린 백합만이 잔혹하게 우롱당하는 듯 보였다.

……지켜보고 있자니 혼다는 점점 도취되는 기분이었다. 이렇게 아름다운 신사 행사는 본 적이 없었다.

그리고 잠이 부족한 머리가 사고를 흐릿하게 만들어 눈앞의 백합 축제와 어제의 검도 시합이 뒤섞여서 죽도가 백합 다발이 되고, 백합은 다시 도신이 되고, 느릿하게 춤추는 무녀들

의 진하게 분을 바른 뺨 위로 눈썹이 햇빛에 길게 드리운 그림
자는 검도 면금에서 번뜩이는 빛과 하나가 되었다······.

내빈 등의 다마구시 호텐[42] 이후 다시 문이 닫히고, 오후에
접어들어 행사가 끝나자 본전에 마련된 연회장으로 자리를 옮
겼다.

궁사가 혼다에게 소개할 요량으로 처음 보는 중년 남자를
데리고 왔는데 하얀 면 모자를 쓴 이누마 소년이 뒤를 따르는
것을 보고 이누마 시게유키임을 알 수 있었다. 팔자수염을 기
르고 있어서 혼다는 바로 알아보지 못했다.

"세상에, 혼다 씨 아니십니까? 정말 반갑습니다. 벌써 십구
년이 되었나요. 듣자 하니 어제 제 아들 이사오(勳)가 신세를
졌다고 하던데요, 이거 정말 신기한 인연이군요."

이누마는 그렇게 말하더니 품에서 명함 뭉치를 꺼내 자기
명함 한 장을 뽑아서 혼다에게 건넸다. 청결을 따지는 편인 혼
다는 명함 모서리가 살짝 접히고 때가 탄 것이 신경 쓰였다.

'세이켄(靖獻) 학원 원장
　　　　　이누마 시게유키'

명함에는 그렇게 쓰여 있었다.

혼다가 가장 먼저 놀란 것은 전과 다르게 말수가 많고 활
달한 그의 태도였다. 옛날에는 결코 그렇지 않았다. 옷깃 사이
로 지저분하게 엿보이는 가슴털, 각진 어깨, 어둡고 우울한, 조

---

42 玉串奉奠. 참배자가 제단에 다마구시를 바치는 의식.

금 겁을 먹은 듯한 눈빛은 자세히 보면 옛날 그대로였지만 태도와 말씨는 분명히 달랐다.

이누마는 혼다의 직함이 쓰여 있는 명함을 보고 말했다.

"이렇게 말하면 실례지만 정말 훌륭하게 자라셨군요. 사실 그 고명하심은 일찍부터 들었습니다만 저 같은 사람이 옛날 인연으로 들이대면 폐가 될 것 같아 자제했습니다. 그나저나, 얼굴을 뵈니 옛날 그대로시군요. 도련님이 살아 계셨더라면 가장 믿음직한 친구가 선생님이셨을 테지요. 나중에 들었습니다만, 선생님이 실로 두터운 우정으로 도련님을 보살펴 주셨다고요. 참으로 훌륭하다고 다들 그럽디다."

듣다 보니 혼다는 다소 무시당하는 느낌이 들었지만 이렇게 거리낌 없이 기요아키 이야기를 꺼내는 모습을 보니 아들의 환생에 대한 비밀을 모르는 듯하기도 하고, 또한 마음대로 억측해 보자면 활달함을 가장하고 선수를 쳐서 그 비밀을 언급하지 말라는 경고를 보내는 듯 보이기도 했다.

그렇다 해도 이누마가의 문장(紋章)이 들어간 하카마와 뒤를 따르는 이누마 이사오의 모습을 보고 있자니 모든 것이 지극히 상식적이고, 이누마의 피부에 쌓인 세월의 때나 속세의 비늘이 부정할 수 없이 강력한 '존재의 냄새'를 발하고 있어서, 어젯밤부터 꿈을 쫓는 듯했던 혼다의 두서없는 생각은 하룻밤의 환상처럼 여겨졌으며, 그뿐 아니라 이사오의 겨드랑이에 있던 세 개의 점도 잘못 본 게 아닐까 하는 생각이 들었다.

하지만 오늘 밤 끝내야 하는 일거리가 있는데도 혼다는 이누마 부자에게 무심코 이렇게 물어 보지 않을 수가 없었다.

"간사이 지방에는 얼마나 계십니까."

"오늘 밤 야행 열차로 도쿄로 돌아갈 예정입니다."

"그거 유감이네요." 혼다는 조금 생각한 뒤 본론을 꺼냈다. "어떠십니까, 오늘 밤 출발 전에 아드님과 함께 저희 집에 저녁 식사를 하러 오시면. 흔치 않은 기회이니 조금 여유롭게 이야기를 나눠 보지요."

"저야 과분할 정도로 영광이지요. 아들까지 함께 가면 너무 폐를 끼치는데요."

"사양 말고 꼭 아버님과 같이 오려무나. 너도 아버지와 같은 열차로 돌아가지?" 하고 혼다는 이사오를 향해 직접 말했다.

"네." 하며 이사오는 약간 아버지의 눈치를 보는 듯 대답했지만, 이누마 시게유키는 그럼 사양 않고 오후에 오사카에서 볼일 두세 건을 마치고 같이 댁으로 찾아가겠다고 말했다.

"어제 아드님 시합은 아주 훌륭했습니다. 참석하시지 못해서 정말 유감입니다. 가슴이 후련해지는 승리란 그런 것이었지요." 하고 혼다는 부자의 얼굴을 번갈아 보며 말했다.

그때 여위었지만 자세가 곧은 양복 차림의 노인이 서른줄의 아름다운 여자와 함께 이쪽으로 걸어오는 모습이 보였다.

"기토(鬼頭) 중장과 따님이십니다." 하고 이누마가 혼다에게 귓속말로 속삭였다.

"기토 중장이라면, 와카를 지으시는?"

"네, 네. 그렇습니다."

이누마는 온몸에 긴장한 기색이 만연하고, 나지막하게 나누는 대화 소리에도 엄숙함이 깃들었다.

기토 겐스케는 퇴역 육군 중장이자 가인(歌人)으로 알려져 있었다. 긴카이슈[43]의 시가를 현대식으로 재현했다는 평을 받았고, 평판이 훌륭한『헤키라쿠슈(碧落集)』라는 가집은 혼다도 추천받아 읽어 본 적이 있다. 지금 시대 군인이 지었다고는 생각되지 않는 고상하고 간소한 아름다움을 지닌 가집으로, 그중 두세 편은 혼다도 자연스럽게 외울 정도였다.

이누마는 중장에게 매우 정중하게 인사하고 이쪽을 돌아보며 혼다를 소개했다.

"오사카 항소원 판사 혼다 시게쿠니입니다."

이누마가 과거의 인연을 상기시키는 사적인 말로 소개했다면 몰라도 갑자기 스스로를 장식하는 데 쓸 듯한 직함을 꺼내 왔기 때문에 혼다도 덩달아 자기 직업에 걸맞은 얼굴을 하고 위용을 가다듬어야 했다.

계급을 따지는 군대에 익숙한 중장은 그러나 이런 기미에 통달한 사람인 듯, 눈꼬리에 새겨진 주름이 그저 살짝 도드라질 정도의 과장 없는 미소를 띠고는 아주 자연스럽게 말했다.

"기토라고 합니다."

"작품 중『헤키라쿠슈』를 익히 읽은 적 있습니다."

"부끄러울 따름이군요."

노인은 권위에 얽매이지 않고 올곧게 나이 든 군인다운 인

---

43 긴카이와카슈(金槐和歌集)의 줄임말. 가마쿠라 시대 전기의 쇼군 미나모토노 사네토모가 지은 시가집.

달리는 말

품을 지니고 있었다. 젊어서 죽어야 할 직업에서 살아남은 사람의 텅 빈 노년의 밝음이 오래되고 질 좋은 나무로 만든 문의 살 같은, 휘어지지 않고 비뚤어지지 않은 뼈대 사이로 겨울 해가 비치는 장지문의 밝음과 닮았고, 그 장지문 밖으로 여기저기 잔설이 쌓여 있을 듯한 분위기를 지닌 견고한 노인이다.

두 사람이 몇 마디 나누는 가운데 중장의 딸이라고 한 아름다운 여인이 이사오에게 말을 거는 소리가 들렸다.

"어제는 다섯 명을 제치고 개인 우승을 했다죠? 축하해요."

혼다가 흘끗 그쪽을 보자 중장이 "딸 마키코(槙子)입니다."라고 소개했고, 마키코는 공손하게 머리를 숙였다.

혼다는 그 트레머리가 올라오며 얼굴이 나타나는 순간을 기다리기 힘들었다. 가까이서 보니 화장을 거의 하지 않은 얼굴의 흰 피부도, 그곳에 닥나무 종이의 결처럼 희미하게 나이의 흔적이 비쳐 보이는 것도 확연했으며, 단정한 생김새에는 어딘지 모르게 아득한 수심이 있고 지나치게 끌어올린 입술 끝이 냉소도 아니고 체념도 아닌 표정을 띤 것이 마음에 걸렸지만, 눈에는 한없이 상냥하게 수용하는 윤기가 있었다.

중장 부녀와 사이구사 축제가 얼마나 아름다웠는지 이야기하고 있자니 흰 옷에 연노랑 하카마를 입은 신관이 아직 여기저기서 선 채로 대화하는 손님들을 연회장으로 재촉했다.

다른 지인을 만난 중장 부녀가 먼저 자리를 뜨자 곧 북적이는 인파가 그 사이를 메웠다.

"아름다운 따님인데, 결혼 전이신가." 하고 혼다가 혼잣말처럼 물었다.

"한 번 이혼하셨습니다. 벌써 서른두서넛은 되실 거예요. 저런 미인을 놓아 버리는 남자도 다 있군요." 이누마는 팔자수염이 난 입가가 희미하게 삐걱이는 것처럼 불분명한 말투로 대답했다.

한데 몰린 사람들이 객전 현관의 신발 벗는 곳에서 먼저 들어가려고 하거나 서로 양보하려고 하거나 했다. 흐름에 따라 안으로 들어가니 사람들의 어깨 사이로 연회석의 하얀 테이블을 장식한 엄청난 양의 백합이 보이기 시작했다.

혼다는 어느새 이누마 부자와도 떨어져 군중에 밀리며, 이 군중 속에 분명히 환생한 기요아키 본인도 섞여 있다고 생각했으나, 초여름 한낮의 빛 아래서는 지나치게 엉뚱한 공상처럼 느껴졌다. 지나치게 밝은 신비가 이번에는 눈을 속인 것이다.

수평선에서 바다와 하늘이 하나로 녹아들 듯이, 꿈과 현실은 분명 아득한 저편에서 한데 녹아들기도 하지만, 이곳에서는, 적어도 혼다 스스로의 주변에서는 모든 이들이 법 아래 있으며 나아가 법의 보호를 받을 따름이었다. 혼다는 이 세상의 실정법적 질서를 지키는 역할이며, 실정법은 마치 철로 된 냄비 뚜껑처럼 현세의 잡탕 위를 묵직하게 덮고 있다.

'먹는 인간…… 소화하는 인간…… 배설하는 인간…… 생식하는 인간…… 사랑하고 미워하는 인간.'

혼다는 생각했다. 그것이야말로 법원의 지배 아래 있는 인간이었다. 까딱 잘못하면 언제든 피고가 될 수 있는 인간, 그것이야말로 현실성이 있는 유일한 인간 유형이었다. 재채기를 하고, 웃고, 생식기를 달고 다니는 인간…… 이들이 하나의 예

달리는 말

외 없이 그런 인간에 속한다면 그가 두려워하는 신비는 어디에도 없을 터였다. 설사 그중 한 사람, 다시 태어난 기요아키가 숨어 있어도.

안내를 따라 상석에 앉자 눈앞에 음식과 술, 그릇 등이 놓였고, 적당한 간격을 두고 백합을 꽂은 화병이 있었다. 마키코는 같은 방향에 앉아 있었기에 그 아름다운 옆얼굴과 흐트러진 머리카락은 움직임에 따라 한 번씩 스쳐 보일 뿐이었다.

정원에는 초여름의 햇빛이 듬성듬성 떨어지고 있었다. 인간들의 연회가 시작됐다.

8

오후가 되어 집에 돌아온 혼다는 아내에게 손님들 저녁식사를 준비하라고 이르고는 잠시 낮잠을 잤다. 꿈에 갑자기 기요아키가 나타나서 재회를 기뻐하며 말을 걸었는데, 잠에서 깬 혼다는 역시 이 꿈에 마음이 동요되지는 않았다. 어젯밤부터 빠져 있던 생각의 내용이 피곤한 뇌에 남아 고스란히 그림으로 펼쳐 보였을 뿐이다.

6시에 이누마 부자가 왔다. 바로 역으로 갈 수 있도록 여행 가방을 들고 있었다.

앉자마자 또 옛날 이야기로 돌아가는 것이 꺼려져서 혼다와 이누마는 최근의 정치 사회 이야기를 했다. 그렇긴 해도 이누마는 혼다의 직업을 생각해서인지 노골적으로 시세를 분개하는 기색은 내비치지 않았다. 이사오 소년은 꿇은 무릎 위에 주먹을 올린 채로 아버지와 혼다의 이야기를 들었다.

달리는 말

어제 검도 면금 너머에서도 빛이 났던 그 눈은 이렇게 일상적인 자리에 두고 보니 어울리지 않을 만큼 맑고 날카롭게 빛났다. 늘 부릅뜨고 있는 듯 보이는 눈이다. 그 눈이 그 자리에 있고 크게 뜨여 있다는 것만으로 무언가 심상치 않은 예감이 든다.

이누마와 이야기하는 동안 혼다는 그 눈에 신경이 쓰여 난감했다. '이런 이야기에 그 눈은 적절하지 않아.' 하고 소년에게 한마디 가르쳐 주고 싶은 심경이다. 일상생활의 세세한 기복과 그 눈은 너무도 동떨어져서, 여차하면 그 맑은 빛에 이쪽이 꾸중을 받는 듯한 느낌이 드는 것이다.

사람은 공통된 추억에 대해 한 시간 정도는 열광적인 이야기를 나눌 수 있다. 하지만 그것은 대화가 아니다. 고립되어 있던 감회의 정이 스스로를 나눌 수 있는 상대를 발견해 오랫동안 꿈꾸었던 독백을 시작하는 것이다. 각자의 고백이 이어지다가 잠시 후 오늘 우리가 서로 나눌 만한 이야기는 아무것도 없다는 사실을 별안간 깨닫는다. 두 사람은 다리가 끊긴 낭떠러지의 양쪽에 있다.

그러면 또 침묵을 견디기 힘들어서 과거 이야기로 돌아간다. 혼다는 문득 그때 이누마가 우익 단체 신문에 '마쓰가에 후작의 불충불효'라는 글을 실명으로 기고한 동기가 무엇이었는지 묻고 싶어졌다.

"아, 그것 말씀입니까. 저로서는 신세를 진 후작님을 공격하는 셈이라 망설였습니다만, 죽음을 각오하고 충언하는 심정이었고, 나라를 생각하는 일념으로 쓴 글입니다."

이렇게 막힘없이 술술 나오는 대답은 물론 혼다를 만족시키지 못했다. 그래서 혼다는 기요아키가 오히려 그 글에서 이누마의 뜻을 헤아리고, 그를 그리워했다고 말해 주었다.

그러자 약간 취기가 오른 이누마의 얼굴에 보는 이가 당혹스러울 만큼 노골적인 감동이 나타났다. 팔자수염이 미묘하게 떨렸다.

"그렇습니까. 도련님이 그렇게 말씀하셨습니까. 역시 마음이 통했던 거군요. 제가 그 글을 쓴 동기는, 뭐라고 해야 할까요, 도련님에게는 아무런 죄가 없다는 걸 설령 후작 님을 희생시켜서라도 천하에 알리고 싶은 심정이었습니다. 내버려 두면 도련님의 사정이 세상에 새어 나가 예상치 못한 화를 입을까 봐 두려웠으니까요. 그러니 선수를 쳐서 후작 님의 불충을 폭로하면 오히려 도련님에게 누를 끼치는 일을 피할 수 있고, 또 후작 님에게도 정말로 부자의 정이 있다면 자식을 위해 오명을 쓰는 일쯤은 오히려 바라시는 바가 아닐까 하고 헤아렸던 것이지요. 그것이 후작 님의 노여움을 사기만 한 것은 하는 수 없는 일이지만, 도련님은 제 뜻을 알아 주셨다고 생각하니, 정말이지 감사하기 그지없어 몸둘 바를 모르겠습니다.

……혼다 씨, 들어 주세요. 술기운을 빌려 말씀드립니다만, 도련님이 돌아가셨다는 소식을 듣고 저는 과장하지 않고 사흘 밤낮을 울며 지새웠습니다. 적어도 통야[44]만이라도 참석하

---

44 通夜. 장례식 전에 가족과 가까운 친지가 모여 명복을 빌며 하룻밤을 같이 보내는 것.

고 싶어 저택에 갔지만 문전박대를 당했고, 여기저기로 지시가 내려진 모양인지 일반 고별식 때도 청원순사[45]에게 쫓겨나 결국 향도 올리지 못했습니다.

자승자박이라고 해야겠지만 이것이 제 일생에서 가장 원통한 일이라 지금도 가끔 아내 앞에서 한탄하곤 합니다. 도련님이 딱하게도 끝내 뜻을 이루지 못하고 겨우 스무 살에 돌아가신 걸 생각하면……."

이누마는 품에서 손수건을 꺼내 흐르는 눈물을 닦았다.

술을 따르려던 혼다의 아내도 할말을 잃었고, 이사오 소년도 아버지의 이런 흐트러진 모습을 본 적 없는 듯 젓가락질을 멈추고 고개를 숙이고 있었다.

혼다는 밝은 등불 아래 불규칙하게 놓인 접시들 너머로 그런 이누마를 지그시 거리를 재며 바라보았다. 이누마의 진심에는 의심할 것이 하나도 없는 듯 느껴진다. 만약 그렇다면, 이 슬픔이 최종적인 의미를 담고 있다면, 이누마가 기요아키의 환생을 알고 있다고는 볼 수 없다. 알고 있다면 이 슬픔은 보다 불순하고 모호하고 불확실한 것일 테다.

이런 생각을 하며 혼다는 뜻밖에 자기 마음속을 들여다보고 있었다. 이누마의 비탄을 눈앞에 두고도 한 방울의 눈물도 흘릴 수 없는 것은, 하나는 오랜 세월 이지(理智)를 쌓아 온 직업적 훈련 때문이고, 또 하나는 기요아키의 재생에 대한 희망

---

45 請願巡査. 기업 등이 치안 유지를 위해 필요 경비를 부담하고 상주 경찰력 위탁을 요청했던 제도.

이 생겼기 때문이다. 그리고 한번 인간의 재생이 가능하다는 것이 암시되면 이 세상의 가장 절실한 슬픔도 금세 진실다움과 생생함을 잃고 낙엽처럼 스러짐을 느낄 수 있었다. 그것이 어딘지 모르게 슬픔으로 생겨나는 인간의 기품이 본질적으로 손상되는 광경을 목도하는 꺼림칙한 기분을 자아냈다. 그것은 생각하기에 따라서는 죽음보다 무서운 것이었다.

이누마는 눈물을 거두고 갑자기 이사오를 향해 전보 부치는 것을 깜빡했으니 지금 다녀오라고 시켰다. 내일 아침 원생들더러 도쿄 역으로 마중 나오라는 내용이었다. 리에가 하인을 대신 보내려고 했지만 혼다는 이누마가 잠시 아들을 내보내고 싶어하는 기분을 알았기에 밤에도 영업하는 가장 가까운 일등우체국[46]의 약도를 얼른 이사오에게 그려 주었다.

이사오가 나가고, 혼다의 아내도 부엌으로 갔다. 지금이야말로 이누마를 추궁할 기회라고 생각해 마음이 급해진 혼다가 어떤 식으로 말을 꺼내야 자연스러울지 고민하는데 이누마가 이런 말을 했다.

"도련님 교육에는 보기 좋게 실패했기에 제 아들한테는 최대한 제가 이상으로 여기는 교육을 하려고 했습니다만, 이건 또 이것대로 모자랍니다. 성장한 아들 녀석을 보고 있으면 이상하게도 새삼 도련님이 가지고 있던 장점들이 떠올라요. 도련님에게 그렇게까지 애를 먹었는데도요."

---

46 一等郵便局. 기존에 5등급으로 구분된 우편국을 1886년에 3등급제로 개편해 1, 2등급은 국영으로, 3등급은 지방의 명사에게서 건물을 제공받아 운영하다가 1941년에 등급제가 폐지됐다.

달
리
는
말

"하지만 실로 훌륭한 아드님인걸요. 됨됨이로 보면 마쓰가에 기요아키와 비교도 되지 않아요."

"혼다 씨가 인사치레를 하실 줄은 몰랐는데요."

"첫째, 이사오는 몸을 단련한다는 게 다르지요. 마쓰가에는 한 번도 몸을 단련한 적이 없었으니."—혼다는 그렇게 말하며 수수께끼의 급소로 자연히 상대를 이끌어 가는 계획에 가슴이 떨렸다. "그 녀석이 그렇게 폐렴으로 요절한 것도 겉모습은 아름다워도 몸의 심지가 부실해서였어요. 아이 때부터 함께했던 당신은 그 녀석의 몸 구석구석까지 알고 있을 테지만……."

"당치도 않습니다." 하고 이누마는 황급히 손을 내저었다. "저는 도련님의 등을 씻겨 드린 적조차 없습니다."

"왜요?"

이때 우악스러운 학원 원장의 얼굴에 뭐라 말할 수 없는 부끄러움이 떠오르더니 거무스름한 뺨에 피가 솟았다.

"도련님의 몸을…… 저는 눈부셔서 한 번도 똑바로 본 적이 없습니다."

— 이사오가 전보를 부치고 돌아오자 곧 출발할 시각이 되었다. 혼다는 여태껏 이사오와 말을 나누지 않았음을 깨닫고 젊은 사람을 다루는 데 익숙하지 않은 직업인답게 다소 생경한 질문을 했다.

"자네는 요즘 어떤 책을 읽나?"

"네." 하며 때마침 짐을 다시 싸던 중인 이사오가 얇은 가

철본 한 권을 꺼내 혼다에게 보여 주었다.

"지난달 친구에게 추천받아 산 책인데, 벌써 세 번이나 읽었습니다. 이렇게 감동적이었던 책은 처음입니다. 선생님은 읽어 보셨나요?"

혼다는 간소한 장정에 예서체로 '신풍련[47]사화(神風連史話) 야마오 쓰나노리(山尾網紀) 저'라고 쓰인, 책이라기보다 소책자에 가까운 그것을 넘겨 보고 저자뿐 아니라 권말의 발행처도 아는 이름이 아님을 확인하고 말없이 돌려 주려 했는데, 죽도를 쥐느라 단단하게 군은살이 박힌 소년의 손이 그 손을 되밀었다.

"괜찮으시면 한번 읽어 보시지요. 아주 훌륭한 책입니다. 빌려 드릴게요. 나중에 돌려 주시기만 하면 됩니다."

변소에 간 이누마가 이 자리에 있었다면 아들의 막무가내식 행동이 예의에 어긋난다고 꾸짖었을 테지만, 열성을 담아 추천하는 소년의 눈은 빛났고, 늘 가지고 다니는 이런 책을 혼다에게 빌려 주는 것이 자신이 그의 후의에 보답할 수 있는 유일한 방법이라 믿고 있음을 잘 알 수 있었다. 그래서 혼다는 선선히 그 책을 받아들고 감사 인사를 했다.

"네가 그렇게까지 아끼는 책인데 미안하구나."

---

47 1876년에 구마모토에서 메이지 정부의 폐도령(廢刀令. 메이지 정부가 군인, 경찰을 제외하고 무사와 서민들이 칼을 차고 다니는 것을 금지한 법.)에 반발해 '신풍련의 난'을 일으킨 경신당(敬神當) 무리를 뜻한다. 구마모토 내의 정부군을 살해했으나 전세가 역전되자 총을 맞아 사망하거나 중상을 입고 민가로 피신해 칼로 자살하였다.

달리는 말

"아뇨. 선생님이 읽어 주신다면 기쁩니다. 분명 선생님도 감동하실 거예요."

힘주어 말하는 이사오의 말투에서 혼다는 그 나이 특유의 자타의 감동의 질을 구별하지 못하는, 남색 위에 똑같은 잔무늬가 한없이 이어지는 조잡한 옷감처럼, 다다르기 쉬운 정신세계를 언뜻 엿보고 부러움을 느꼈다.

— 손님이 돌아간 뒤에도 그날의 손님에 대해 이러쿵저러쿵 비평하지 않는 점이 리에의 장점이기도 하고, 또 결코 무언가를 쉽게 믿지 않는 점이 초식동물처럼 나른한 그녀의 착실함이기도 했다. 그러면서도 리에는 이삼 개월이나 지나서 어느 날 왔던 손님의 단점을 가볍게 지적해 혼다를 놀라게 하곤 하였다.

혼다는 리에를 지극히 사랑했지만 그녀에게 공상이나 꿈 이야기를 하기는 불가능하다는 걸 알고 있었다. 물론 리에는 기쁘게 들어 줄 것이다. 무시하진 않겠지만, 믿지 않을 것도 자명하다.

직업상의 기밀도 있어 원래 일 이야기를 절대 아내에게 하지 않는 습관을 가진 혼다는, 아주 풍부하다고는 할 수 없는 자신의 상상력에 속하는 부분을 숨기는 데도 어려움을 느끼지 않았다. 어젯밤부터 그토록 마음을 어지럽힌 생각도 기요아키의 꿈 일기와 함께 서랍 깊숙이 넣어 두자고 혼다는 생각했다.

깊은 밤, 서재에 들어가서 내일 아침까지 반드시 처리해야 하는 서류를 앞에 두자 그 의무감이 읽기 힘든 수염 서체[48]로 쓰인 조서의 미농지 위에서 압력을 지니고 튕겨져 나와 일이 잡히지 않았다.

이사오가 두고 간 소책자에 무료한 손이 닿아 아무런 감흥 없이 읽기 시작했다.

---

48 髭文字. 두꺼운 붓으로 기세 좋게 쓴 것 같은 굵고 강한 필적의 서체.

달리는 말

9

신풍련사화　야마오 쓰나노리 저

그 첫 번째　우케이[49]

1873년 여름 어느 날, 구마모토 성에서 남쪽으로 2리 남짓 떨어진 신가이무라의 대신궁에 네 명의 장사가 모여 사관(祠官)인 양사자[50] 오타구로 도모오를 따라 참배한다.

신가이 황대신궁은 이세(伊勢) 대신궁의 분사(分祠)로 그 땅은 이세신가이라고도 불리며, 푸릇한 논 한가운데 숲에 우

49　宇気比. 고대 일본에서 행해졌던 점. 경신당은 국학, 신토에 근거한 교육을 중시한 신도들로 구성원 대부분이 신직이었으며, 신가이 대신궁(新開大神宮)에서 이 '우케이'를 올렸다.

50　養嗣子. 구 민법에서 호주 승계인이 되는 양자. 현재는 폐지됐다.

뚝 솟은 간소한 초가지붕의 신사는 이 지역의 숭경을 받고 있다.

이윽고 참배가 끝나자 네 명은 오타구로 한 사람만 배전에 남겨 두고 그의 집 손님방으로 물러났다. 이제부터 오타구로가 우케이의 비사(秘事)에 관계해야 하기 때문이다.

네 명이란 냉엄한 얼굴의 장년 가야 하루카타, 이미 환갑을 넘은 우에노 겐고, 마찬가지로 오십대인 사이토 규사부로와 아이쿄 마사모토다. 가야는 머리를 한데 묶었고, 모두 허리에 차는 칼을 옆에 내려 두었다.

우케이의 결과를 초조하게 기다리느라, 네 명은 땀도 닦지 않고 무릎을 꿇고 앉아 서로의 얼굴도 보지 않은 채 입을 꾹 다물고 있다.

한낮 공기의 두꺼운 무명을 매미 울음소리가 정성껏 누비옷으로 만들고 있다. 손님방 앞의 정원 연못 위에 와룡 모양의 소나무가 깊이 드리웠고, 잎에 닿는 바람 한 점 없는데 연못 주변에서는 검처럼 섰거나 둥글게 휜 꽃창포 잎이 희미하게 흔들린다. 자잘한 꽃이 만발한 백일홍의 하얀 가지에 연못 그림자가 얼룩처럼 아른거린다.

초록이 누적되어 싸리나무 잎조차 묵직한 초록에 섞였다. 노란색 나비가 난다. 정원 바깥의 삼나무 숲 사이로 파란 하늘이 눈부시고 고요하다.

가야가 매서운 눈으로 신전 쪽을 바라본다. 그는 이 우케이에 다른 이와 다른 기대를 품고 있다.

— 대신궁의 배전은 한가운데 호소카와 다다토시[51]의 맨 나무 칼집과 칼을 가로로 걸고, 왼쪽에는 용이 그려진 에마[52]를, 오른쪽에는 호소카와 노부노리[53]의 흰 닭 자웅 에마를 장식했으며, '1660년 대신궁'이라는 황벽종 승려 설기의 글씨가 있는데, 제후의 직속 또는 대리 참배자를 위해 상단은 비워 두었다.

오타구로 도모오는 흰 옷을 입고 신 앞에 엎드려 있다. 노쇠한 목덜미가 가늘고 안색은 병자처럼 창백하다. 신에게 소원을 빌 때마다 항상 칠 일, 십 일간 별곡[54], 단식[55]하고 오십 일, 백 일간 불로 익힌 음식을 끊는 수행을 하기 때문이다.

신의 뜻을 묻는 우케이는 삼 년 전 이 집에서 세상을 떠난 스승 하야시 오엔이 특히 중시해『우케이 고찰』이라는 저서를 낼 정도였는데, 말하자면 선현의 가르침의 정수라고 할 만한 것이었다.

오엔의 국학은 히라타 아쓰타네의 '유현일관'[56]보다 철저하다. 즉 '신사본야(神事本也), 현사말야(現事未也).'라고 하여 '세상을 다스리고 사람을 다루는 자, 신사를 근본으로 하고 현사를 마지막에 두어 본과 말을 하나로 세상을 다스리고 사람을

---

51 1대 구마모토 제후.
52 繪馬. 그림이 그려진 나무판. 소원을 빌 때나 소원이 이루어져서 감사의 뜻을 표할 때 신사에 봉납한다.
53 4대 구마모토 제후.
54 辟穀. 곡물을 먹지 않는 도교의 수행법.
55 斷食. 모든 음식을 먹지 않는 수행법.
56 幽顯一貫. 눈에 보이는 현세는 눈에 보이지 않는 유세와 서로 떨어질 수 없으며 현세의 행복과 번영은 유세의 은혜를 받은 것이라는 뜻.

다루면 천하를 다스리는 데 부족함이 없으니.'라는 것으로, 그 비의의 근본을 신의 뜻을 점치는 우케이에 둔다.

'우케이는 신토에서 가장 영묘한 신사로서, 그 시작은 입 밖에 내기도 황공한 아마테라스오호미카미 스사노오미코토가 다카마가하라에서 우케이를 지휘했고 그곳에서 아키쓰쿠니에 전해지니라.'가 「우케이 고찰」의 서두이다.

스사노오노미코토가 자신의 깨끗한 마음을 증명하기 위해 우케이로 생기게 한 자식, 아메노오시호미미노미코토가 곧 니니기노미코토의 아버지 신이며, 이 신에서 천양무궁의 아마쓰히쓰기(天津日嗣)[57]가 시작되었으니. 우케이는 신사의 근본 의의다. 이 신사를 통해 신의 가르침을 구하고 나아가 신의 뜻을 알 수 있으나 헤이안 시대 이후로 단절된 것을 오엔은 혼란스러운 지금 세상에 부활시키려 하였다.

이렇게 우케이는 '지극히도 고귀하고 황공한 신의 길'이요, 스메라미쿠니(皇御国)는 원래부터 언령[58]이 도와 번영하는 나라로, 입 밖에 내면 영묘한 말의 묘용으로 천신지기[59]의 도움을 받을 것이 분명하므로, 따라서 '우케이의 신사는 언령의 길이다.'라고 한다.

누군가가 구마모토의 번학[60]인 성리학의 치국평천하를 인

---

57 천황의 후계자.
58 言靈. 말에 담겨져 있다고 믿는 영적인 힘.
59 天神地祇. 천상의 신과 지상의 신.
60 藩学. 에도 시대에 제후들이 각 영지의 자제들을 교육하기 위하여 창설한 학교.

달리는 말

용해 우케이의 신비를 무시했을 때 오엔은 이렇게 말했다.

이 세상은 다스리는 사람도 범인(凡人), 다스려지는 사람도 범인이다. 범인이 범인을 다스리는 일은 망망대해에서 물에 빠진 사람을 배 없이 구하려는 것과 같다. 우케이야말로 물에 뜬 보물, 즉 물에 빠진 사람을 구하는 데 필요한 배다, 라고.

오엔은 가모노 마부치, 모토오리 노리나가의 국학을 토대로 한학은 경전, 공자, 그 밖의 학자들, 불교는 대승, 소승, 게다가 약간의 서양 학문까지 익힌 대학자이다. 안으로는 황도를 밝히고 바깥으로는 국위를 떨치겠다는 뜻을 품었으나, 페리 제독[61]이 내항했을 당시 요직에 있는 자들의 무대책과 양이론[62]을 막부 타도의 구실로 삼으려는 술수에 정이 떨어져, 이후 속세를 떠나 현묘의 이치에 침잠하였다.

그는 신세(神世)의 부활을 바랐다. 마부치와 노리나가의 고전 해석학에 그치지 않고, 고전으로 옛 신토를 밝혀 인심을 바르게 하고 이 세상을 깨끗한 신세로 복구하여 하늘의 도움을 기다리자고 결심한 것이다. 즉 고도(古道)의 실행이자 복고의 실천이었다. 그는 '그리스의 소크라테스'까지 언급했는데, 길은 길 없는 나라에서 외칠 수 있는 것이고, 황국의 이치가 없음은 오히려 자신의 승리라는 설에 찬성을 표했다.

옛 신토는 제정일치이고, 이 현세에 살아 있는 신인 천황

---

61 Matthew C. Perry. 1852년 동인도함대 사령관에 취임하고 1853년과 1854년에 일본으로 항해해 에도 막부를 개항하게 하고 미일친화조약을 체결했다.
62 에도 막부 말기의 외세 배척 운동.

을 섬기는 것은 유세의 선조를 섬기는 것과 같으며, 관련 의식은 뭐든 신명을 받아 행해져야 하는데, 신명을 받을 때는 최대로 경건해야 하니 우케이를 따를 수밖에 없다.

이렇듯 열렬한 경신가의 생애는 오타구로 도모오를 비롯해 수많은 순수한 귀의자를 낳았고, 오엔의 죽음을 한탄하던 제자들의 모습은 석가모니의 열반을 둘러싼 제자들의 모습에 비유될 정도였다.

— 그리고 오늘 오타구로 도모오는 선현의 죽음으로부터 삼 년이 지나, 마음을 바르게 하고 몸을 정화하여 다급히 우케이의 신사를 열려는 것이다.

왕정복고라는 명이 내려졌을 때는 선제 고메이 천황의 양이론 뜻이 되살아나는 듯한 서광이 보였으나, 햇빛은 금세 흐려지더니 매달, 매년 개화책이 진행되어 오늘에 이르렀다. 1870년에는 미쓰노미야 요시히사 친왕의 독일 유학이 허락되었고 그해 말 서민들이 허리에 칼을 차는 것이 금지됐다. 1871년에는 산발과 폐도가 허가되고, 외국과의 조약이 속속 체결됐으며, 작년인 1872년에는 태양력이 채용, 올해 정월 서민의 진무(鎭撫)를 목적으로 한 육진대[63]가 설치되고 오이타현에서 소요 사태가 일어났다. 스승이 가르친 정치의 본래 뜻과는 완전히 거꾸로 움직이는 세상이다. 움직인다기보다 기울어지고 붕괴함에 가깝다. 희망이 배반당하고 인심은 황포해졌으며 깨끗함 대신

---

63 六鎭台. 진대는 메이지 초기의 상비 육군을 가리킨다. 1871년에 사진대가 도쿄, 오사카, 규슈, 도호쿠에 있던 것이 1873년에 도쿄, 센다이, 나고야, 오사카, 히로시마, 구마모토 육진대가 됐다.

달리는 말

부정함이, 고매함 대신 저속함이 승리하는 중이다.

혹시 스승이 살아 계시어 이것을 보았다면 어떻게 생각할까. 만약 선제가 살아 계시어 이것을 보았다면 어떻게 생각할까.

오타구로 무리들은 몰랐던 일이지만, 1871년 이와쿠라 관인이 서양 사절단 대사로 파견됐을 당시 부사로 동행한 기도 다카요시, 오쿠모 도시미치, 이토 히로부미는 배에서 내내 국체변혁론으로 논쟁했으며, 서양 열강과 대치하기 위해서는 일본에 공화제를 실시해야 한다는 목소리가 높았다.

한편 스승이 가르친 왕정복고와 제정일치는 1872년 신기성(神祇省)이 교부성으로 개편되고, 나아가 교부성도 폐지하고 사사국(社寺局)을 설치하여, 기존의 신사가 외래 사원과 동격으로 격하되어 거의 실현될 희망을 잃어버렸다.

……지금 오타구로는 두 가지 우케이를 올리려고 한다. 첫 번째는 가야 하루카타의 뜻으로 '죽음으로 하는 간청을 요직에 있는 자들에게 알려 악정을 개혁하게 하는 것.'이다.

가야는 어디까지나 말을 통해, 칼에 피를 묻히지 않고 적을 굴복시켜, 1870년 사쓰마번[64] 무사 요코야마 야스타케의 장렬한 죽음이 그랬듯이, 건백서를 올림과 동시에 자결하여 간청의 결실을 맺으려 한다. 하지만 다른 동지들은 그 실효성을 의심하고 있다.

두 번째는 이 간청이 통하지 않을 때를 대비한 '암중에 검을 휘둘러 요직의 간신을 쓰러뜨린다.'이다.

---

64 가고시마현의 에도 시대 이름.

오타구로도 혹시 신의 뜻에 어긋나지만 않는다면 이 방법 밖에 없다고 생각한다. 『우케이 고찰』에서는 술독과 물엿을 사용한 진무 천황의 우케이를 추천하지만, 오타구로는 우토의 스미요시 신사에 전해지는 이세 대신궁 계통의 비전(祕伝) 우 케이에 따라, 우선 복숭아 가지를 골라 절차에 맞게 꺾고, 미 농지를 잘라 붙여 흰 종이로 만든 다음, 허락 여부 부분을 비 워 답신 축문을 만들었다.

이어서 '죽음으로 하는 간청을 요직에 있는 자들에게 알려 악정을 개혁하게 하는 것, 가.'를 한 장 쓰고, '⋯⋯하게 하는 것, 불가.'를 세 장 써서, 각각 둥글게 말아서 어느 것이 가이고 불가인지 모르도록 섞어 공물대에 올리고, 배전 계단을 내려 와 다시 본전으로 올라가서 정중하게 문을 열고 본전의 낮의 어둠 속으로 무릎걸음을 한다.

한낮의 본전 내부는 매우 덥고 어둠 속에 모기 소리가 고 여 있다. 햇빛이 입구 가까이에서 절하는 오타구로의 옷자락 에 닿았다. 흰 가리기누[65] 비단 하카마가 뒤에서 빛을 받아 부 용 꽃을 접은 듯이 보인다. 오타구로는 우선 축문을 올렸다.

신경이 어두운 안쪽에서 검은 빛을 발한다. 이 뜨거운 어 둠 속에 신이 계시고 보고 계심을, 오타구로는 이마에서 관자 놀이로 흘러내린 땀이 귓가를 기어가는 감각만큼이나 확실하 게 느꼈다. 가슴에 치는 고동이 그대로 신의 고동이 되어 본전 의 네 벽에 울려 퍼지는 듯하다. 더위에 마비된 오체가 마음을

---

65 狩衣. 헤이안 시대 귀족의 평상복.

달리는 말

담아 동경하는 눈앞의 어둠 일부에서 보이지 않는 깨끗한 것, 샘처럼 시원한 것이 흘러넘치는 느낌이 든다.

오타구로가 흰 종이를 집어 들었을 때 비둘기가 날개 치는 듯한 소리가 종이에서 들렸다. 처음에는 공물대 위를 좌우좌로 세게 흔들어 정화하고, 이어서 마음을 가라앉히고 공물대를 느릿하게 조용히 쓰다듬었다.

네 개의 종이 구슬 중 두 개가 들어 올려진 흰 종이에 걸리며 공물대에서 분리됐다. 그는 이 두 개를 펼쳐서 문 밖의 빛에 비추어 보았다. 종이 주름 속에 '불가'라는 글자가 선명히 보였다. 나머지 하나도 '불가'였다.

……축문을 올린 뒤 두 번째 우케이를 하였다. 즉 '암중에 검을 휘둘러 요직의 간신을 쓰러뜨린다.'라는 소원이다.

같은 순서로 이번에는 네 개의 종이 구슬 중 하나만 흰 종이에 걸린 것을 펼쳐 보니 '불가'라고 나왔다.

— 돌아온 오타구로를 맞은 네 명의 동지는 신의 계시를 묻기 위해 고개를 숙였는데, 가야 하루카타 한 사람만 날카로운 눈길을 내리지 않고 땀에 젖은 오타구로의 창백한 얼굴을 엿본다. 서른여덟 살인 가야는 혹시 신의 뜻에 어긋나지 않는다면 동지들을 대신해 혼자 죽음으로 간청하며 자결하기로 결심한 바 있다.

오타구로는 아무 말도 하지 않는다. 결국 노령의 우에노가 따져 물어서 두 가지 소원 모두 신의 뜻에 맞지 않음을 알았다.

신명이 허락하지 않았다 해도 나라에 몸을 바치려는 일동의 뜻에는 변함이 없었다. 이렇게 된 이상, 소원을 한데 모아 나오비노카미[66]가 되돌려 주기를 기다리고 때가 되면 다 같이 몸과 목숨을 바치자는 서약을 신 앞에서 굳히지 않겠느냐는 이야기가 나왔고, 일동은 배전에서 물러나 신에게 바쳤던 서약을 태워 재로 만든 다음 물에 띄워서 번갈아 마셨다.

* * *

신풍련의 '연'은 구마모토에서 향토를 뜻하고, 평정련(坪井連), 산기련(山崎連), 경정련(京町連) 등 무사의 기풍을 함양하는 지방단체를 일컫는다. 오엔의 제자 중 뜻이 있는 자들이 특히 '신풍련'으로 불린 것은 그 이유만은 아니다. 1874년 현청에서 신직 시험이 치러졌을 때 이 파의 사람들이 합의하기라도 한 듯 답안지에 '인심이 바르고 황도가 흥하면 '고안의 원구'[67]처럼 바로 신풍이 일어 이적(夷狄)을 물리칠 것이다.'라고 써 내어 깜짝 놀란 시험관이 그들을 '신풍련'이라 부른 것이 시작이라고 한다.

이들 중에서도 젊은 도미나가 쓰구오, 노구치 도모오, 이다 와헤이, 도미나가 사부로, 가시마 미카오 등은 이 파의 정신을 그대로 일상 행동에 나타내, 더러움을 기피하고 새로움을 미워했다.

---

66 直日の神. 재해가 끝나고 평상시의 생활로 돌아가게 하는 신.
67 弘安元寇. 가마쿠라 막부 시기인 1281년에 일어난 여몽연합군의 2차 일본 침공. 1차에 이어 여몽연합군이 패하였다.

달리는 말

노구치 도모오는 전기선은 서양에서 온 것이라 하여 결코 그 아래를 지나가지 않았다. 참고로 전신 규칙이 제정된 때는 1873년이다. 매일 가토 기요마사의 묘에 참배하러 갈 때도 일부러 전기선이 없는 길을 찾아 돌아 갔고, 하는 수 없이 아래를 지나가야 할 때는 흰 부채를 펴서 머리 위를 가렸다.

늘 소금을 소매에 넣어 다니며 승려를 만나거나 양복을 입은 사람을 만나거나 장례식에 가거나 할 때면 소금을 뿌려 몸을 정화했는데, 여기서는 이 파의 지도자 중 가장 책을 멀리했던 후쿠오카 마사히코조차 애독했다고 전해지는 히라타 아쓰타네의 『다마다스키(玉欅)』가 청년들에게 끼친 영향을 엿볼 수 있다.

또한 도미나가 사부로는 일찍이 형 모리쿠니의 상전록[68]을 매각하고 시라카와 현청에서 지폐로 대금을 받았는데, 심지어 더러운 서양식 모방이라 하여 지폐에 손대지 않고 젓가락으로 집어서 가져 갔다 한다.

오엔 선생은 젊은이들의 투박함을 사랑했다. 그들은 대부분 멋을 몰랐고, 시라카와 들판에서 달 구경을 할 땐 올해의 명월[69]이 이 세상에서 보는 마지막 명월이라고 생각했고, 벚꽃을 칭송할 때도 올해의 벚꽃은 마지막 벚꽃이라고 생각했다. 그리고 함께 이바라키의 동지 하스다 이치고로의 노래 '미늘창을 들고 달을 볼 때마다 생각하네. 언젠가 내 뼈 위에 비칠

---

68 賞典禄. 메이지 유신 때 공적을 올린 관인에게 지급했던 금전, 물자.
69 음력 8월 15일, 음력 9월 13일에 보는 달.

까.'를 읊곤 했다. 오엔 선생의 가르침에 따르면, 유세에는 생사가 없고 현세의 생사는 이자나기·이자나미 두 부부 신의 우케이에서 처음 생겨났다. 하지만 사람은 신의 자식이니, 심신에 여러 죄악과 불결을 범하지 않고 신으로부터 받은 도리를 따라 곧고 올바르고 깨끗이 살면 현세의 생과 멸의 경계를 벗어나 하늘에 올라 신이 될 수 있다는 것이다.

오엔 선생은 '영혼은 백조가 되어 하늘 높이 올라가니, 유해만이 세상에 남네.'라고 읊었다.

— 1874년, '사가의 난[70]이 일어나 정한당이 군사를 일으켰다. 구마모토 진대도 진압을 위해 출병해 성에는 일시에 이백 명 정도의 군사들만 남았다. 오타구로는 이 기회를 놓쳐선 안 된다고 생각했다.

이미 오타구로의 가슴속에는 악정 쇄신의 군사 전략이 무르익었다. 즉 간신을 제거하고 황군을 확대하기 위해서는 의병을 일으켜 우선 구마모토 진대를 탈취하고, 본성에서 동지들을 규합하여 동서 각지의 동지들과 서로 호응하며 군을 거느리고 동진하는 것이 제일이다. 가장 먼저 착수해야 할 일은 진대 탈취다. 전례 없이 이렇게 한가한 시기가 동지들에게는 절호의 기회가 돼야 한다.

오타구로가 두 번째 우케이로 신의를 점친 것이 이때다.

---

70 현재의 사가현에 해당하는 지역에서 1874년에 메이지 정부에 반대하여 무사들이 일으킨 반란.

달리는 말

전과 같이 오타구로는 며칠의 벽곡과 단식 끝에 신전에 나가 흰 종이를 흔들고 심혈을 기울여 신의를 점쳤다.

이번에는 여름날의 한낮처럼 뜨거운 어둠은 없다. 본전 한 가운데는 이른 봄의 극심한 한기가 차지했다. 게다가 날이 막 밝은 시각이라 부지 뒤에서 닭 울음소리가 들린다. 새벽어둠을 갈라놓는 진홍색 번개 같은 소리다. 터질 것 같은 외침이다. 밤의 목의 어둠을 뚫으며 용솟음치는 피를 떠올리게 하는 소리다.

히라타 아쓰타네는 죽음의 불결함을 요란스럽게 떠들었지만 피의 불결함은 약간의 실혈(失血)을 언급하는 정도에 그쳤다. 신 앞에서 깨끗하게 끓는 피를 떠올리고 간신을 제거하는 피를 떠올리면 신도 그 피를 받을 것이다. 오타구로의 염원은 악한 자를 죽인 칼의 번쩍임에 필적하는 피의 환상으로 채색됐다. 깨끗하고 곧고 올바른 것은 그 피를 제거한 저편에, 먼 바다의 푸른 수평선처럼 응결했다.

아침 바람이 살랑여 신전의 등불이 흔들린다. 오타구로가 거세게 흔드는 흰 종이의 바람으로 그 불꽃은 곧 스러질 것만 같다.

신들은 가만히 눈빛을 발하고 있다. 사람 일을 가늠하는 그 척도는 사람의 척도로는 알 수 없다. 신은 다만 모든 결과를 내다보며 가, 불가를 말씀하실 뿐이다.

오타구로는 흰 종이에 걸린 종이 구슬을 떼어 내 촛불 앞에서 펼쳐 읽었다. '불가'가 나왔다…….

신풍련의 동지들은 장난이나 인정을 모르는 사람들은 아니었다. 청년들은 누구나 사지로 내몰리기를 진심으로 바랐지만 그 일상에는 보통의 청년다움이 약동하고 있었다.

누마자와 하루히코는 힘이 좋아 사천류[71] 격투에 능했는데, 어느 날 정원에서 쌀을 도정할 때 소나기가 내리자 바로 절구와 절굿공이를 방으로 가지고 들어가 태연하게 도정을 계속했다.

사루와타리 히로노부는 두 살 된 딸 우메코를 총애했는데, 어느 날 밤 거나하게 취해 집에 돌아와서는 자고 있는 우메코에게 술병을 안기고 우메코가 좋아하는 수박인 척 "수박이야, 수박." 했더니 우메코가 잠이 덜 깬 눈으로 술병을 어루만졌다. 이 모습을 본 아내 가즈코가 "평소에는 아이도 속이지 말라는 사람이 왜 이런 짓을 하지요?" 하며 웃었더니 사루와타리는 크게 뉘우치고, 제철도 아닌 수박을 찾아 사 와서 우메코에게 주었다.

오니마루 기소는 일찍이 가와카미 겐사이 무리와 함께 정치범으로 투옥되어 일 년을 보냈는데, 술을 몹시 좋아해 옥중에도 얼린 두부를 술에 넣은 사식을 들였고, 정월에는 술 세 되에 얼린 두부를 넣어 큰 찬합에 넣어서 들이도록 했다. 간수가 술 냄새가 난다고 하면 오니마루는 얼린 두부를 술로 끓인 것이라 대답하며 넘겼다.

다시로 기타로는 효자라 의사가 아버지에게 소고기를 추

---

71 四天流. 구마모토에서 전승된 무술의 유파.

천하자 신풍련에서 가장 불결하다고 기피하는 소고기를 매일 가미가와라 도살장에 가서 사 와 아버지에게 올렸다. 하지만 군사를 일으킨 해 여름에 아버지가 결혼하라고 하며 본인과 의논하지 않고 상대쪽 딸과 이미 정해 버린 혼약을 눈물을 머금고 거절했다. 이미 마음속으로 죽음을 결심했기 때문이다.

노구치 도모오는 천성이 강직하여 문을 좋아하지 않고 무에 능하며, 특히 말 타며 활쏘기는 매년 봄가을 제후의 꽃밭 저택에서 열리는 무술 관람에서 백발백중으로 맞혀 실수도 하지 않았다.

또 약속은 결코 잊지 않아서, 어느 날 누군가와 대화하던 중 올해는 무가 나지 않아 단무지를 만들지 못해 곤란하다는 얘기를 듣고 그날 한밤중에 동생과 함께 네 말의 나무통에 절인 음식을 지고 가서 그 사람의 집 문을 두드렸다.

— 1874년 여름, 시라카와현 권령 야스오카 요시스케는 신풍련 전원을 현 하의 크고 작은 신사의 신직으로 기용했다.

원래 오타구로 도모오가 신관으로 있던 신가이 황대신궁에는 노구치 도모오와 이다 와헤이를 하급 신관으로, 니시키야마 신사에는 신관으로 가야 하루카타, 하급 신관으로 고바야스히사, 우라 다테키, 고다마 다다쓰구를 임명했다. 이렇게 동지들은 15사[72] 신직을 함께 이끌게 되었고, 오로지 신만을

---

72 기후현에 있는 신사로 826년에 건립됐으며 일본 신화에서 천지개벽 때 생성됐다고 하는 7대 신들을 모신다.

공경하는 일상이 현 하에 믿음을 더함과 동시에, 각지 신사는 마치 일당의 본영 혹은 분영 같은 것이 되었다.

그리하여 동지들은 처음의 뜻을 잃지 않고, 더더욱 천신지기를 공경하고 국사를 근심했으며, 시간이 갈수록 오엔 선생이 가르친 신세복고(神世復古)의 세상이 멀어지는 정치를 한탄하였다.

1876년에 한 가닥 희망마저 깨트리는 중대한 제재가 내려졌다. 3월 28일 발표된 폐도령과 그 뒤 현령으로 내려진 단발령이 그것이다. 야스오카는 이를 엄격하게 시행했다.

오타구로는 청년들의 격분을 일시적으로 가라앉히기 위해, 칼을 찰 수 없다면 자루에 넣어 들고 다니는 것이 좋겠다고 가르쳤지만 그것만으로는 격분을 완전히 지울 수 없었다. 청년들은 서로 손잡고 오타구로를 찾아가 우리를 언제 죽게 해 줄 것이냐고 재촉했다.

칼을 빼앗기면 일당이 공경하는 신을 지킬 방도가 없어진다. 일당은 언제까지나 신의 친병임을 자임했다. 신을 섬기는 것이 극도로 경건한 의식이고, 신을 보호하는 것은 용감한 야마토 정신의 일본도이다. 여기서 검을 빼앗기면 신정부가 시시각각 능멸하는 일본의 신들은 힘없고 우매한 자들의 신심에 기대는 수밖에 없다.

그러는 동안 그들은 오엔 선생이 그토록 주위 사람들에게 역설했던 신들, 그들의 마음속에 타오르는 불을 지폈던 신들이 달이 가고 해가 갈수록 퇴출당하는 괴로움을 겪고 있음을 느꼈다. 지위를 박탈당하고 경시되고 가능한 한 작게 취급되고, 기독교 국가에 몽매한 이교의 나라로 보일까 걱정하여 점점 제정일치의 이상을 퇴색시키며, 결국에는 시골 강바람에 돋아난 갈대에 하루살이처럼 들러붙어 살아남은 무력하고 작은 신들로 격하하려는 움직임을 분명히 피부로 느낄 수 있었다.

검 역시 신들과 운명을 같이하고 있었다. 국토는 더 이상 신국불멸의 빛줄기를 허리에 찬 대장부들이 보호할 대상이 아니었다. 야마가타 아리토모가 꾀하는 군대는 옛 토족들에게 자리를 주고 국민 개개인도 자발적 의지로 국방에 임하는 군대가 아니라, 계급 타파와 징병제를 결합해 전통을 이탈시키려는 서양식 직업 군대였다. 일본도는 서양의 검으로 대체됐고, 일본도는 이제부터 그 혼을 잃어 미술품, 장식품으로서 유희 거리가 될 운명에 놓였다.

이에 가야 하루카타는 니시키야마 신관직을 내던지고, 패도에 대해 수천 마디에 이르는 의견서를 정부에 올리고자 현령으로 보냈다. 다음은 일본도를 칭송하는 천고의 명시이자 한 마디 한 마디에 심혈을 쏟은 대문장이다.

《금도령 시행에 부치는 청원서》
'미천한 나 하루카타는 죽을 각오를 하고 원로원 회원들께 공손하게 아룁니다. 올해 3월 발표된 칙령 제38호는 군인, 경찰, 관사 등의 규정복을 제외한 모든 이의 패도를 금합니다. 나는 그 금지령이 진무 천황 이래 변함없이 영광스러운 우리 땅의 특성에 부합하지 않음을 말씀드리고 싶습니다. 나는 우국지정으로 침묵을 참을 수 없어 4월 21일 구마모토 현령에 자세한 진술로 청원했으나 현령은 국법에 어긋난다 하여 6월 7일 청원서를 돌려보냈습니다. 배우지 못한 나 같은 평민은 문명 예법을 따를 수 없습니다. 나의 말이 조악하고 철저하지 못하지만, 그래도 헌신과 충성심이 절박하여 다시 의견을 올리는 바입니다.'

이와 같은 전문에는 하루카타의 억누르고 억누른 분노와 근심, 멈출 수 없는 '견마지련(犬馬之戀), 누의지충(螻蟻之忠)'이 가득하다.

'내가 생각하기에 패도는 고대 신들의 시대에도, 진무 천황 시대에도 있었던 우리 고유의 풍습입니다. 그것은 황실의 권위를 높이고 신에게 올리는 의식을 위로하며 악령을 잡고 혼란을 평정합니다. 따라서 나라를 진정시킬 뿐 아니라 개개인의 몸까지 보호합니다. 신을 존경하고 무가 뛰어난 이 나라에서 패도는 불가피합니다. 하물며 경신애국의 일을 하는 분들이 어찌 패도를 경시할 수 있습니까?'

이렇게 하루카타는 많은 사례를 들며 신화 시대부터 현재까지 일본 역사에서 검이 얼마나 중시됐고 나라의 정신을 진흥시켰는지를 실증하고, 아울러 사농공상을 묻지 않고 검을 차는 것이 왜 신들이 '선왕의 법'을 이행하는 길이었는지를 설명했다.

'근래에 패도를 금지하는 칙령이 육군 장관에게서 나왔다

달리는 말

는 설이 있었습니다. 만약 군대 외부인이 이것을 어기면 육군 권한에 해를 끼칠 것이라고 했습니다. 하지만 알고 보니 이는 육군 장관의 말이 아니라 길거리에 도는 허언이었습니다. 군을 이끄는 사람들은 황실의 손톱과 어금니이며, 그들의 자비심, 권위, 관용, 엄격함에 모두가 따라야 합니다. 군에 있는 사람들을 날개와 잎가지로 삼아 천황의 모든 사람들이 검을 차고 천하를 돌아다닌다 해도 그것은 군대의 권한을 강화하고 나라를 시련에 대비하도록 하는 일입니다. 정치를 방해하는 일은 일어나지 않으며 도리어 국위를 빛나게 할 것입니다. (중략)

이렇게 볼 때 지금처럼 진무 천황 국위가 쇠퇴한 적이 없습니다. 나라에 봉사하려는 사람이 나날이 생각 없이 게으르게 지낼 수는 없습니다. 손톱과 어금니인 군자들이 고뇌하고 심려해야 합니다. (중략)

이 칙령은 폐번치현[73]의 대의와 반대되며 명분, 정의, 보안과 나라를 대치하게 합니다. 스스로 나라를 파괴한 후 사람들이 나라를 파괴하고, 스스로를 경멸한 후 사람들에게서 경멸받는 재앙을 초래할 것이고, 이는 앞으로 점점 빨리 일어날 것입니다.'

서두에 나와 있듯이, 현령이 허무하게 간청을 각하하자 가야는 문장을 보충해 의견서를 정리했고, 홀로 도쿄로 가서 원

---

73 廢藩置縣. 1871년에 전국의 번을 폐지하고 현을 설치하여 지방 행정을 중앙 정부가 관할하도록 한 개혁 조치.

로원에 보인 다음 그 자리에서 할복할 각오를 다지고 있었다. 따라서 일당의 출병에 가세하는 심경과는 거리가 멀다.

한편 오타구로는 혈기 왕성한 젊은이들이 '무인은 이미 검을 빼앗겨 버려 사는 보람이 없다. 선생님은 언제 우리를 죽게 해 주실 텐가.' 하고 재촉하는 것을 진정시키며, 날을 잡아 도미나가 모리쿠니, 후쿠오카 마사히코, 아베 가게키, 이시하라 운시로, 오가타 고타로, 후루타 주로, 고바야시 쓰네타로 일곱 참모를 신가이에 모으고, 전국 각지에 있어야 하는 동지들이 일에 착수할 용기가 없는 듯하니 그들이 앞장서서 의군을 일으키고 문무대관을 물리쳐 구마모토를 탈취할 방책을 세웠다. 일동은 오타구로를 깊이 신뢰하며 여기서 세 번째 우케이를 행하여 신의 뜻을 묻기로 했다.

때는 1876년 초여름 5월, 황대신궁에 비밀리에 모인 깊은 밤이었다.

오타구로는 몸을 정화하고 신전으로 들어갔다.

일곱 참모는 배전에 앉아 신의 계시를 기다린다.

본전 안에서 오타구로가 딱딱 손뼉을 치는 소리가 울렸다.

여위었지만 손이 컸기 때문에 오타구로의 손뼉은 한층 크게 울렸고, 거칠게 깎은 삼나무 판자처럼 울퉁불퉁한 같은 손바닥으로 청정하고 맑은 공기를 퍼 올려, 그것을 눌러 부수고 일순 신의 기운이 터져 나오는 듯이 느껴진다.

그래서 이를테면 도미나가는 그 소리를 듣고는, 성심을 담아 깨끗이 정화한 손으로 치는 손뼉은 저렇게 깊은 산속을 떠올리게 하는 울림을 발한다고 말한 것이다.

오늘 밤은 특히 장마철이 가까운 어둠 속에서, 딱딱거리는 손뼉이 강한 신념과 맑은 신앙을 발하여 바로 앞에서 하늘의 문을 두드리는 소리처럼 들렸다.

이어서 축문이 시작됐다. 그 목소리도 맑고 뚜렷하여 깊은 밤 하늘을 열고 동녘을 밝아 오게 하는 듯 느껴진다. 배전에서 바라보는 흰 옷의 등줄기도 똑바르고, 목소리는 검이 되어 악을 시원하게 무찌르는 듯하다.

"……이 간청이 들리면 천하의 온 땅은 신들의 자손의 궁정에서 시작해 모든 더러움에서 벗어나리라. 마치 하늘의 바람이 우뚝 솟은 구름을 흩뜨리듯이, 아침과 저녁의 미풍이 아침과 저녁의 안개를 몰아내듯이, 큰 항구에 정박한 큰 배가 뱃머리와 배꼬리에서 풀려나 넓은 바다로 나아가듯이, 불로 달군 칼이 저기 보이는 우거진 나무를 잘라 내듯이, 모든 더러움이 정화되고 또 정화될 것이다……."

일곱 참모는 배전에서 숨을 멈추고 비밀의 신사를 지켜본다. 만약 오늘 신의 허락이 떨어지지 않는다면 그들은 영원히 기회를 놓치는 것이다.

축문이 끝나고 침묵이 찾아왔다. 오타구로의 모자는 어둠 저편을 향해 엎드려 기원한다.

시골에 인접한 이 배전에는 밤의 새잎 냄새, 밭의 비료 냄새, 꽃이 핀 메밀잣밤나무의 냄새가 신사를 둘러싸고 무겁게 섞여 미풍에 떠다닌다. 빛이 없으니 몰려든 벌레의 날개 소리도 없다.

갑자기 지붕 위에서 소리가 흩어지더니 날아가는 해오라

기의 울음소리가 떨어졌다.

일곱 명은 서로 얼굴을 마주 보았다. 같은 전율을 느꼈음을 안 것이다.

드디어 신전 안쪽의 등불이 일어선 오타구로의 그림자에 가려졌고, 사람들은 배전으로 돌아오는 오타구로의 발소리에서 길조를 읽었다.

오타구로는 신이 그들을 축복했음을 알렸다. 신의 허락이 내려지며 일당은 비로소 신군이 되었다.

* * *

이렇게 되자 오타구로는 동지들을 각지에 파견하여 지쿠고의 야나가와, 후쿠오카, 남분고의 다케다, 쓰루자키, 시마바라, 그 외 사가, 조슈의 하기에 있는 동지들과 비밀리에 동맹을 맺었으며, 구마모토의 동지들은 십칠 일간 고행 기간을 가지며 오랜 숙원의 성공을 기원했다. 거사의 날 중심이 될 다섯 명의 인선도 하나하나 신의 뜻을 물어 정했다.

신의 계시는 거사의 날을 '음력 9월 초파일, 달이 산 뒤로 숨는 때를 신호로.'라고 알려 줬고, 다섯 명이 신성한 제비뽑기에 따라 배정됐다.

즉 전군을 세 부대로 나누고 제1부대를 다시 다섯 부로 나누어, 첫 번째 부는 다카쓰 운키가 인솔하여 구마모토 진대 사령관 육군 소장 다네다 마사아키의 자택을 공격하는 임무를 맡고, 두 번째 부는 이시하라 운시로가 이끌어 구마모토 진대 참모장 육군 포병 중령 다카시마 시게노리의 자택을 공격하고, 세 번째 부는 나카가키 가게즈미가 통솔하여 제13보병 연대장 육군 보병 중령 요쿠라 도모자네의 자택을 공격하고, 네 번째 부는 요시무라 기세쓰가 선두에 서서 구마모토 현령인 야스오카 료스케 자택을 공격하고, 다섯 번째 부는 우라 다테키가 인솔하여 구마모토 현민회 의장 오타구로 고레노부의 자택을 공격해 살해하기로 결정했다. 모두 합치면 삼천 명 남짓의 제1부대가 된다. 적들의 목을 치면 불을 지펴 신호를 보내고 본부대에 합류하기로 했다.

다음 부대는 오타구로 도모오와 가야 하루카타가 함께 인솔하는 중앙군이고, 두 원로 우에노 겐고와 사이토 규사부로 이하 아베 가게키, 오가타 고타로, 오니마루 기소, 후루타 주로, 고바야시 쓰네타로, 다시로 기타로가 참모를 맡고, 쓰루다 고이치로와 그 밖의 용사들이 이들을 도와 제6포병대대를 공격한다. 모두 칠십 명 남짓. 이것이 제2부대다.

다음 부대는 도미나가 모리쿠니, 후쿠오카 마사히코가 참모로 지휘하고, 아이쿄 마사모토를 비롯한 장로들과 우에노 쓰네요시, 시부야 겐고, 노구치 도모오 등의 정예병이 서로 도와 제13보병연대를 공격한다. 총 칠십 명 남짓. 이것을 제3부대라 한다.

— 하지만 한 사람, 가야 하루카타는 아직 출병에 나서지 않았다.

가야는 엄격하고 도덕적인 사람이었고, 그 몸은 용기로 가득 찼으며 그 눈썹에는 열성이 흘러넘쳤다. 문으로는 시, 노래, 문장에 능했고, 무로는 사천류 검법의 달인이었다.

그가 거사에 참여할지의 여부가 전체 사기에 지대한 영향을 끼칠 것이었기에 도미나가를 비롯한 간부들은 번갈아 가며 합세를 설득했지만, 결국 그는 출병 사흘 전에 이르러서야 신의 뜻을 물어 '가'가 나오면 합세하겠다는 마음을 먹었다.

가야는 이미 신관직에서 물러났기에 우라 다테키로 하여금 그의 진퇴를 신에게 묻게 하였다. 서쪽으로는 긴포산을 바라보고 동쪽으로는 안개에 뒤덮인 아소산이 있는 니시키야마 고원 위의 니시키야마 신사에서 우라는 동지를 위해 정성껏 우케이를 거행했다. 신의 계시는 '나아가라.'였다. 이전에 간청서를 가지고 도쿄 원로원에 가려고 했을 때는 '불가'였다.

가야는 출병에 찬성하기 힘들다는 사견은 사견일 뿐, 신은 일개 개인인 자신의 생각을 아득히 넘어 승산이 희박한 이 싸움에 무모하게 나서라고 명했으며, 이 격발이 끝나면 주름 하나 없는 깨끗한 흰 천을 펼쳐 어떤 연회를 베풀어 주실 것임을 믿었다. 이번에는 아무런 망설임 없이 신의를 받고 일어섰다.

그들은 어떻게 전투 준비를 했는가?

밤낮 가리지 않고 천우를 기원하는 것이 최대의 전투 준비였다. 그들이 머무르는 각 신사는 동지들의 참배로 바빴다.

적군은 이천 명이고 그들은 이백 명도 채 되지 않는다. 장로 우에노 겐고는 화기도 함께 사용하면 어떻겠느냐고 제안했지만, 더러운 이적들의 무기를 쓸 순 없다며 동지들이 하나같이 반대해서 무산됐고, 무기는 오로지 검, 창, 미늘창으로 한정되었다.

그러나 적진을 파괴하기 위한 수백 개의 수류탄은 몰래 만들었다. 그릇 두 개를 겹치고 안쪽에 자갈과 화약을 넣어 도화선을 달았다. 같은 목적을 위해 아이쿄 마사모토는 몰래 다량의 석유를 사 두었다.

그들의 전투복은 어떠했는가?

일부는 투구와 흉갑을 썼고 옛 무가의 예복과 모자를 준비했지만 대다수는 평상복에 짧은 하카마를 입고 허리에 칼두 자루를 찼다, 흰 천으로 된 머리띠를 두르고 흰 무명끈으로 소매를 묶은 뒤 흰 천 조각에 '승(勝)'이라고 새긴 견장을 다는 것은 모두 공통이었다.

그 무기와 장비보다, 깃발보다 더 중요한 것은 오타구로 도모오가 어깨에 멘 위패였다. 출진 시 오타구로가 어깨에 짊어진 신, 후지사키하치만궁 군신의 위패야말로 보이지 않는 그들의 사령관이다. 명명(冥冥)의 지휘자다. 또한 돌아가신 스승의 뜻이 담긴 것이기도 했다.

젊은 날의 오엔 선생은 미국 군함의 침입 소식에 격노하여 도쿄로 향하는 길에 같은 위패를 등에 멨던 것이다.

그 두 번째   우케이 전투

일당이 출병한 날 밤 집결 예정이었던 장로 아이쿄 마사모토의 집은 커다란 녹나무에 둘러싸인 후지사키하치만궁 바로 뒤, 옛 성의 두 번째 성곽인 서쪽 끝 고지대에 있어 구마모토 진대에 인접했다. 그런 곳에 이백 명 가까이가 무장하고 모인 것을 들키지 않을 수 있었던 것은 해질녘 곳곳의 작은 집결지에서 우선 만난 뒤 야음을 틈타 삼삼오오 최종 집결지로 향했기 때문이다.

집결지에서는 음력 9월 초파일의 달 아래 밤하늘을 가르는 구마모토 성이 보인다. 중앙에는 달빛을 받은 대천수(大天守)가 우뚝 솟았고, 그 왼쪽에 소천수(小天守)가, 더 왼쪽으로는 본당과 나가쓰보네[74]의 선이 평평히 이어지다가 우토 탑의 윤곽이 우뚝 튀어나온다. 천수각[75] 오른쪽으로는 두세 군데 울퉁불퉁한 지붕 선이 이어지다가 끝에 이르러 삼층탑과 쓰키미 탑이 약간 두드러지고 기와지붕이 달빛에 반짝인다. 제2부대가 공격할 포병들은 그 쓰키미 탑에서 비젠보리 수로를 사이에 둔 서쪽 근처에 있는 사쿠라노바바에 잠들었다.

달빛이 떨어진다.

요인들의 자택을 공격할 제1부대가 출발했다. 밤 11시가 막 지났다. 하늘에는 별이, 후지사키 고원에 우거진 풀에는 이슬이 가득하다. 이어서 오타구로와 가야가 이끄는 제2부대가 포병대로 진군하는 동시에 제3부대는 보병대를 향해 출발했다.

74　長局. 성 안에 있는 여성 하인들의 거주 시설.
75　天守閣. 전국 시대 이후 성에 세운 상징적 건축물.

중앙군에 해당하는 제2부대 약 칠십 명은 게이타구 언덕을 오르자 둘로 나뉘어 포병대의 동문과 북문을 공격했다. 양쪽 다 굳게 닫혀 있다.

동문에서는 검도에 노련한 두 젊은이, 스물두 살 이다 와헤이와 스물여섯 살 다시로 기타로가 용감하게 성벽을 올라 "1번 도착!"이라고 외치고 뛰어들어서 그들을 발견한 보초병을 베어 쓰러뜨렸다. 다음으로 고바야시 쓰네타로, 와타나베 다다지로도 성벽을 넘어 돌격했고, 다시로는 곧장 동문 근처 취사장 쪽에서 절굿공이를 주워 와 문의 빗장을 부쉈다. 문이 열리자 일대가 눈사태처럼 쏟아져 들어왔다.

하야미 간고는 문 바로 안쪽에 서 있던 포병을 깔아 눕혀 포박했다. 진영을 안내하게 하기 위함이었다.

이때쯤 북문도 무너졌고, 돌입한 일대는 동문의 일대와 합세해 함성을 지르며 두 곳의 병영으로 돌진했다.

깊은 잠에 빠져 있던 장병들은 터져 나오는 함성에 눈을 뜨고 어둠 속에서 번쩍이는 칼부림에 경악했다. 궁지에 몰려서 도망치기 바빴던 병사들은 여기저기에 몸을 숨기고 떨었다.

이날 밤 대대 본부 주번 장교로 숙직 중이었던 포병 소위 사카타니 게이치는 2층 사무실에서 아래로 달려 내려와 돌진하는 검들에 서양 검으로 맞섰으나 곧바로 부상을 입고 뒷문으로 탈출했다.

그림자에 숨어 그 모습을 지켜본다. 지휘자 없는 졸개들은 여자나 아이들처럼 허둥지둥 도망쳤다. 그러는 사이 동쪽 진영에서 불길이 솟아올랐고, 검은 연기가 피어오르자 숨어 있던 병졸들이 창문에서 뛰어내리듯이 몸을 날리더니 괴상한 외양의 반군들에 쫓겨 흩어졌다. 젊은 장교는 이 광경을 보고 이를 갈았다.

동쪽 진영에서는 고뱌야시 쓰네타로와 이다 와헤이, 서쪽 진영에서는 요네무라 가쓰타로 무리가 수류탄을 던지고 석유를 부어서 불을 지른 것이었다. 어쩌다 보니 불을 붙일 성냥을 아무도 가지고 있지 않아서 "포스포로 없나? 포스포로?" 하고 외쳐서 동지들에게서 얻었는데, 포스포로는 인, 즉 성냥을 뜻했다.

사카타니 포병 소위는 치솟는 불길을 피해 홀로 수비대 진료소로 달려가서 오른팔의 상처에 재빨리 붕대를 감았다. 돌아오는 길에 장병들을 마주쳐서 그들을 질타하며 지휘하려 했으나 부하들은 겁에 질려 명령을 따르지 않았다. 마침내 몇몇 장병이 마음을 고치고 소위를 따르려 한 순간, 창술의 명인인 사이토 규사부로가 그 움직임을 간파하고 달려왔다.

사카타니 소위는 부상 입은 팔로 서양 검을 휘둘렀지만 곧 사이토의 창에 찔려 "이럴 수가!"라는 외마디 비명을 남기고 쓰러졌다. 첫 번째 관군 장교 사망자다.

이때 제1부대 제4부 요시무라 기세쓰 무리가 야스오카 현령에게 중상을 입혔지만 난투 끝에도 목을 베지는 못했고, 저택에서 후퇴하여 성내에 치솟는 불길과 함성에 이끌려 게바다리를 건너 급히 달려갔다. 적군을 추격 중이던 아베 가게키는 이들을 맞아 제4부 공격의 경과와 함께 아이쿄 모토요시가 약관 십칠 세에 전사했음을 알았다. 신풍련의 첫 사망자다.

포병대에는 소총이 구비되어 있지 않았다. 미처 도망가지 못한 병사들은 타 죽거나 일대가 휘두르는 칼부림에 베였고, 시체는 차곡차곡 쌓였다. 마음껏 칼을 휘두르던 오니마루 기소는 이곳에 나타나 요시무라를 보고 활짝 웃었고, 이미 두 진영을 뒤덮은 불길로 사위가 한낮처럼 밝은 가운데 피 묻은 검을 불길에 비추어 보며 "진대병들은 참으로 강하구나!" 하고 비웃었다. 그 몸이 뒤집어쓴 피도 불길에 환히 빛났다. 오니마루는 다시 남은 적들을 쫓아 달려갔다.

포병대는 이미 무너졌고, 약 한 시간 만에 승리가 확실해졌다.

오타구로와 가야가 군을 재편성하고 철수하며 올려다보니 두 번째 성곽 보병대 위 하늘이 맹렬하게 불타고 있었다.

가야는 보병대 전투가 아직 한창임을 알자 부하들에게 가자고 외쳤고 모두 이에 응했다. 뒤에서는 화염이 포병대 진영을 무너뜨리고, 붉은 하늘을 배경으로 구마모토 성이 시커멓게 서 있었으며, 야마자키 마을과 모토야마 마을도 불이 나, 사방에서 하늘로 치솟는 불길이 동지들의 분전을 알리며, 그 불 아래 오랫동안 서로에게 충실해 온 동지들이 각자 용감하게 칼부림하는 모습이 눈에 보이는 듯했다. 바로 이날을 위해서 동지들은 참기 힘든 일을 참으며 남몰래 칼을 갈아 온 것이다. 오타구로는 가슴속에 이루 말할 수 없는 유쾌함이 북받쳐, '어떠냐. 모두가 싸우고 있다. 싸우고 있다.' 하고 중얼거렸다.

— 한편 도미나가 모리쿠니, 아이쿄 마사모토, 후쿠오카 마사히코, 아라키 히토시 등 제3부대 칠십 명은 오타구로와 가야가 이끄는 중앙군과 동시에 후지사키 신사를 떠났다. 목적지인 보병 제13연대는 두 번째 성곽 동쪽 끝에 있고 후지사키 궁은 서쪽 끝이다. 적의 병력은 이천 명 정도다.

보병대 진영 서문 역시 굳게 닫혀 있어서 스무 살의 누마자와 하루히코가 성벽을 기어올라 "1번 도착!" 하고 외치며 뛰어들어갔고 몇몇 젊은이가 뒤따랐다. 문을 지키고 있던 보초병은 비상 나팔을 불려고 영뜰로 뛰어갔지만 소리가 채 울리기도 전에 칼에 베여 쓰러졌다.

아라키 히토시는 밧줄사다리를 가지고 있었다. 그것을 성벽에 던져 올라가려고 하는데 몇 명이 한꺼번에 매달린 탓에 밧줄이 끊어졌다. 아라키의 충복인 규시치가 어깨를 빌려 주어 몇 명이 차례차례 그 어깨를 타고 성벽을 넘어가 안쪽에서 문을 열었다. 일대는 함성을 지르며 돌진했다.

후쿠오카 마사히코가 큰 망치를 휘두르며 영사의 문을 연달아 부수고, 뒤이은 이들이 수류탄을 던져서 연대 본부, 제2대대의 제1, 제2, 제3중대 영사로 삽시간에 불길이 퍼졌다.

당시의 군규에 따라 평시에는 장병에게 탄약이 배부되지 않았다. 이런 때 쓸 수 있는 무기로는 장교에게는 서양 검, 병사에게는 총검뿐이었다.

울리는 함성, 소용돌이치는 불길, 휘몰아치는 검은 연기, 번쩍이는 칼부림에 장병은 대응할 방법이 없었다. 연대 본부 주번인 대위는 병사들을 채 집결하기도 전에 베여 죽었고, 셔츠 한 장 차림이거나 나체 상태였던 영병들의 시체가 겹겹이 쌓여 불길과 검은 연기 아래 놓였다. 혼자 남아 서양 검을 휘두르며 고전하던 오노 소위를 두 명의 중사가 도우러 달려왔으나 세 사람 모두 베어 죽었다.

때마침 연대장 요쿠라 중령의 자택을 공격했지만 적을 다 잡지 못한 제1부대 제3부가 두 번째 성곽에서 달려와서 제3부대에 합세하여 다시 사기가 올라갔다.

그러나 포병영 전투와 달리 보병영에는 적의 수가 많았다. 칼로 쓰러뜨릴 수 있는 수는 한정돼 있다. 영내 곳곳에서 기습을 받아 부분적으로 혼란에 빠져도, 그 혼란이 퍼지는 데는 시간이 걸린다. 그사이 이성을 되찾을 수 있다. 이성적인 눈으로는 사태를 보다 정확히 파악할 수 있다. 적군을 겁주었던 수류탄 전술이 이제 반대로 일대에게 불리하게 작용했다. 즉 거센 불길에 진영이 한낮처럼 밝아지자 불 주위에서 보이는 일대의 인원수가 극히 적다는 사실이 간파된 것이다.

한 장교가 이것을 목격하고 병사들을 호령하여 영뜰에 두 개의 고리 모양 진을 치고, 총검을 엉겅퀴꽃처럼 사방으로 향하게 하여 반격에 들어갔다. 이에 맞서 장로 아이쿄 마사모토가 노련하게 창을 휘둘렀고 동지 수십 명이 창을 갖추어 돌진했다. 적군은 바로 대열을 무너뜨리고 도망쳤다. 단 한 사람, 다라오 소위보만 남아서 싸우다가 창에 찔려 쓰러졌다.

이보다 앞서 영외에 거주하는 사타케 보병 중위와 누마타 소위보가 진대의 불길을 보고 황급히 귀대하던 도중, 홋케 언덕에서 도망쳐 오는 병사를 만나서 사정을 알았다. 언덕 북쪽의 수로에 불길이 치솟은 하늘이 반사돼 새빨갰다. 두 명, 세 명, 보병영의 불길을 뒤로하고 이탈하는 자들의 그림자가 늘어 갔다. 제대로 복장을 갖춘 사람이 한 명도 없이 공포에 짓눌려 말도 똑바로 하지 못하는 그들을 두 장교가 질책하여 제정신이 들게 했다. 그렇게 열여섯 명의 일대가 만들어졌으나 총도 없었고 탄환도 없었다.

그때 눈치 빠른 배달 상인 다테야마 요시조가 나타나 창고에 저장해 둔 탄환 백팔십 발과 뇌관[76] 천 개를 내놓겠다고 말했다. 두 장교는 크게 기뻐했고 패잔병도 비로소 사기를 되찾았다. 사타케 중위는 뒷문으로, 누마타 소위보는 비상문으로 탄환을 들고 잡입하여, 남은 병사들과 연락해 아직 불타지 않은 병영에 자리 잡고 사격을 시작했다.

— 연대장 요쿠라 도모자네 중령은 교마치 고원에 있는 관사에서 제1부대 제3부의 공격을 받았다. 일당이 현관에 들이닥치는 소리가 들리자마자 아내 쓰루코가 중령을 깨웠고 중령은 바로 신풍련의 공격임을 알아차렸다. 마부 숙소로 달려들어가 작업복을 입고 있는데 일당이 등 뒤에서 칼로 위협하기에 "마부입니다. 봐 주십시오." 하며 간청하고 적들 사이를 빠져나갔다.

니시키야마 신사 뒤쪽의 식당 이치지쓰정으로 숨어들었다. 여기서 급히 상처를 치료했다. 수염을 깎았다. 요리사에게

---

76 雷管. 포탄이나 탄환 등을 점화하는 데 쓰는 발화용 금속관.

달리는 말

옷을 빌려 직공으로 변장했다. 적군을 빠져나가 보병영 뒤쪽 방어벽까지 가서 넘어 들어갔다.

그때 안쪽에서 한 장교가 병사 두 명과 뛰어가는 모습을 알아보고 중령은 다키가와 대위의 이름을 불렀다.

대위는 방어벽 위의 변장한 연대장을 바로 알아보진 못했으나 곧 다가가 전황을 보고했다. 현재 제2대대 주번 스즈키 소위가 한 소대를 지휘하며 버티고 있는데 탄환이 부족한 것이 문제다. 그래서 병사 둘을 데리고 훈련에서 쓰고 남은 탄환을 가지러 창고로 가던 참이라는 것이다.

요쿠라 중령은 "알았네. 빨리 가지고 오게." 하고는 안쪽으로 달려가 패잔병을 지휘하고 전령을 보내 여기저기 흩어져 있던 병사들을 불러 모았다. 연대장의 귀환에 병사들의 사기는 크게 치솟았다.

사타케 중위와 누마타 소위보가 가져온 탄환, 다키가와 대위의 탄환, 여기에 총사령부에서 가져온 탄환을 더해 연대는 진영을 재정비했다.

총사령부에는 고다마 겐타로 소령(후일의 대장)이 이미 도착해 탄환고 문을 열어 요쿠라 중령이 파견한 병사들에게 탄환을 지급하였고, 직접 소대를 이끌고 본성의 높은 곳으로 뛰어 올라가 보병영 영뜰에서 난투 중인 신풍련의, 불길에 선명하게 번쩍이는 갑옷, 옛 무가의 예복, 흰 머리띠를 겨냥하여 일제 사격하라고 병사들에게 명령했다.

제3대대 하나바타 분영은 공격을 받지 않았으므로 전날

지급받은 스나이더 총의 탄환을 꺼내어 각대에 나눠 주고 보병영을 지원하러 갔다. 일대는 게이타쿠 언덕에서, 다른 일대는 게바 다리를 건너 진입했다.

　한편 지원에 나선 오타구로, 가야의 제2부대가 남문을 부수고 보병영에 난입했을 때는 이미 승패가 역전되어 아군은 독 안에 든 쥐 신세였다. 벽과 돌담을 방패 삼아 분투했지만 날아드는 총알에는 맞설 방법이 없어 이를 악물고 주먹을 쥘 뿐이었다.

　하지만 제2부대의 도착이 이들에게 마지막 희망을 주었다. 몸을 드러내면 바로 총에 맞는다. 몸을 숨긴다면 스스로 패배를 받아들이는 것과 같다. 소총에 맞서 공격할 수단이 없기 때문이다.

　예순여섯의 우에노 겐고는 주위의 동지들을 돌아보고는 그늘 속에서 몸을 굽히며 "반드시 소총이 있어야 한다고 주장했거늘 들어 주지 않은 것이 실로 안타깝다."라고 말했는데, 이것은 다들 같은 생각이었다.

　하지만 소총에 소총으로 대응하는 싸움을 거부한 것 역시 이들의 본의이자 각오였음은 분명했다. 신이 우리를 도울 것이기에 신이 꺼리는 적의 서양식 무기를 사용하지 않고 검을 믿고 일어선 것이 그들의 뜻이기 때문이다. 서양 문명은 점점 더 날카롭고 가혹한 무기를 발명해 우리를 겨눌 것이다. 오로지 그에 대응할 생각으로 아수라장에 몰린다면 오엔 선생이 설파한 고도(古道)로의 복귀가 헛되게 된다. 패배를 각오하고 검 한 자루로 맞서는 것이 그들의 마음가짐이라고 할 것이다. 이것이야말로 '용감한 야마토 정신'의 진면목이다.

뜻은 뜨겁게 각자의 가슴에 불을 지폈고, 총화에 몸을 드러내며, 동지들은 차례차례 달아오르는 영뜰로 나갔다.

라이 구니미쓰[77]의 검을 휘두르며 후카미 에이키가 누마자와 하루히코와 함께 빗발치는 총탄 속으로 뛰어갔을 때 누마자와가 먼저 오른팔을 맞았다. 누마자와는 그늘에 몸을 숨기고 이로 옷을 찢어 재빨리 부상 부위를 감았다. 다시 7, 8간 나아간 후카미는 가슴에 총을 맞고 쓰러졌다. 달려가서 그를 안아 일으킨 후쿠오카 마사히코는 후카미의 숨이 이미 끊겼음을 알고 슬픔과 노여움에 소리를 질렀다. 그대로 칼을 치켜들고 적진으로 뛰어들어 몸에 몇 발의 총탄을 맞았다. 이어서 누마자와도 부상을 수습하자마자 칼을 들고 일어났지만 총탄이 왼쪽 관자놀이를 비스듬히 관통하여 다시 일어나지 못했다.

가야 하루카타는 장검과 단검에 모두 능했다. 이미 수십 번을 베어 피가 미끌거리는 검을 치켜들고 적진을 노려본다. 군이 길게 늘어선 황궁을 습격하다가 패해서 덴오산에서 할복한 동생 시로의 얼굴이 심목에 비친다. 자신 역시 동생과 같은 뜻 아래 지금 마흔하나의 나이로 생을 마감하는 것이다. 처음에는 무리의 계획과 달리했지만 불과 사흘 전 신의 계시에 따라 합세한 것은 조금도 후회하지 않는다. 이곳에서 무리와 운명을 함께할 뿐이다.

---

77 来國光. 가마쿠라 시대 말기에 활약했던 칼 장인.

가야는 검을 치켜들고 주위의 동지들을 지휘하며 앞장서서 돌진했다. 이를 겨냥해 포화가 쏟아졌다. 가야는 급소를 맞고 "이럴 수가, 하치만신이시여[78]!"이라는 외마디를 마지막으로 쓰러졌다.

이때쯤 장로 사이토 규사부로를 비롯해 아라키 히토시, 사루와타리 히로노부, 노구치 도모오 등 열여덟 명이 전몰(戰歿)했고, 아이쿄 마사모토, 요시무라 요시노리, 우에노 겐고, 도미나가 요시오 등 스무 명 남짓이 부상을 입었다.

오타구로는 눈을 부릅뜨고, 퇴각하라는 동지들의 말을 듣지 않고 적진으로 뛰어들려 했다. 그때 총탄이 오타구로의 가슴을 뚫었다.

요시오카 군시로가 총검을 휘두르며 다가오는 관군을 저지하는 역할을 오니마루를 위시한 정예병들에게 맡기고 오타구로를 업고 홋케 언덕을 내려가자, 오타구로의 친척인 오노 히데오가 달려와서 도와 주어 함께 언덕 아래의 민가로 옮겼다.

오타구로의 부상은 위중했고 의식을 잃었는가 하면 되찾고 되찾았는가 하면 다시 잃었다. 흐린 의식 속에서 간간이 자신이 머리를 어느 방향으로 두고 있는지 물었다. 서쪽이라고 요시오카와 오노는 번갈아 답했다. "천황은 동쪽에 계시다. 어서 머리를 그쪽으로 두어 달라."고 오타구로가 말하여 둘은 그리했다.

---

78 弓矢八幡. 문어적으로는 무신 하치만 대보살을 가리키나 본문처럼 실패했을 때 내뱉는 감탄사, 또는 무사가 서약할 때 하는 말로도 쓰인다.

더불어 오타구로는 오노에게 어서 자기 목을 치라고 명하고, 그 목을 전투의 신 위패와 함께 신가이 신사로 가져가라고 희미하게 말했다.

적군이 언제 쳐들어올지 모른다. 오노는 차마 친척의 목을 칠 수 없었지만 요시오카의 권유에 따라 결국 칼을 들었다. 적의 피로 더럽혀진 칼을 깨끗이 닦고 높이 치켜들어 푹 숙이고 있는 친척의 얼굴을 살폈다. 요시오카가 도와 그의 몸을 일으키고 동쪽을 보고 앉게 했다. 이미 제대로 앉지도 못하는 친척의 상반신이 앞으로 엎어지려는 찰나, 오노는 개착[79]의 칼을 휘둘렀다.

그 세 번째　승천

긴포산은 구마모토 성에서 서쪽으로 1리 반 떨어져 있으며 그 이름은 야마토에서 본떴다. 이치노타케의 영산으로 불리며 정상에는 자오신을 모시는 신사가 있다.

작지만 오래된 신사로, 1333년 기구치 다케시게 제후가 전투에 앞서 신의 도움을 염원하며 이곳을 올랐고, 승리에 대한 감사로 신사를 재건하고 직접 일도삼례[80]를 하며 신체[81]를 조각해 봉납했다고 전해진다.

그 신체는 정상에 서서 한 손을 들고 아군의 군대를 바라

79　介錯. 할복하는 사람 뒤에서 목을 칼로 치는 행위.
80　一刀三禮. 불상을 조각할 때 한 번 깎고 세 번 절하는 일.
81　神體. 신령을 신성한 물질적 형태로 표현한 것.

보는 모습을 표현했다. 승리의 조각이다. 하지만 봉기 다음 날, 즉 상서로운 음력 9월 9일 아침, 신사 주변에 서거나 앉아서 가을의 냉기가 상처에 스며드는 아픔을 참으며 멍하니 사방을 둘러보고 있는 것은 우선 여기까지 후퇴해 온 마흔여섯 명의 패잔병 동지들이다.

신사 주변에는 오래된 삼나무가 드문드문 늘어서 있다. 맑은 아침 해가 밑가지의 줄무늬를 비추고 새들은 지저귀고 공기는 상쾌하고, 어젯밤 피비린내 나는 전투의 흔적은 진흙과 피가 묻어 더러워진 옷, 초췌한 얼굴에서 남은 앙금을 내보이고 있는 이들의 눈빛에서 엿볼 수 있을 뿐이다.

마흔여섯 명 중에는 이시하라 운시로가 있다. 아베 가게키가 있다. 후루타 주로가 있다. 고바야시 쓰네타로가 있다. 다시로 기타로, 지고로 형제가 있다. 우라 다테키가 있다. 노구치 도모오가 있다. 가시마 미카오가 있다. 하야미 간고가 있다. 모두 말없이 생각에 잠겨 바다를, 산을, 혹은 아직 연기가 피어오르고 있는 구마모토 성을 내려다본다.

한 무리는 경사면에 앉아 노란 들국화를 땄고, 꽃잎을 만지작대는 손가락이 노랗게 물드는 동안 바다 건너 시마바라 반도를 바라보았다.

날이 새기 전에 바다로 피하는 방법도 있었다. 일당 중 가가미 주로가 과거 영지의 한 대갓집 도움을 받아 배 여섯 척을 준비했는데, 마침 오늘 아침 큰 썰물이 있어서 배가 진흙에 낀 채 밀어도 끌어도 움직이지 않았다. 거기서 우물쭈물하고 있다간 적이 닥쳐올 테니 하는 수 없이 배를 버리고 긴포산 정상까지 올라온 것이다.

산기슭을 둘러보니 드문드문 촌락이 형성돼 있고, 제법 높은 곳까지 논과 밭을 일궈 놓았다. 희끄무레한 꽃나무도 있고 무르익은 논도 보인다. 아직 녹음이 짙은 숲에는 조각보처럼 기운 방석을 널어 놓은 듯한 마을이 민감한 아침 햇살을 하나하나 명암을 이루도록 포개며, 부드러운 곡선을 그리는 산세를 따라 펼쳐졌다. 그곳은 일당들과는 다른 삶을 영위하는 이들의 집인데, 그들은 평생 동안 살면서 이렇게 싸움의 승패에 감정이 북받치는 일이 없을까. 겉보기에는 평온하고 기복 없는 생활이다.

강가에서 서쪽으로 해마 모양을 한 초록색 곶이 목을 내밀고 있다. 서쪽 건너편으로 시라카와 하구의 진흙 삼각주가 바다를 향해 부채꼴 모양으로 펼쳐졌고, 근처 산골짜기 마을의 하늘 위를 떠도는 솔개의 날개에서 눈을 돌리면 그 삼각주는 마치, 갈색에 얼룩무늬가 진 거대한 솔개의 날개를 펼쳐 놓은 듯이 보인다.

아래 보이는 바다는 아리아케와 아마쿠사 사이에서 시마바라 반도로 튀어나온 해협이다. 바다는 대체로 짙은 남색이지만 해협의 중간쯤 묽은 먹물을 장난으로 크게 뿌려 놓은 듯한 조류가 있어서 그것이 동지들의 눈에는 불확실한 신시(神示)의 문자처럼 보였다.

패배의 아침, 풍경은 더없이 아름답다. 깨끗하고 맑고 정온하다.

맞은편 시마바라 반도는 운젠산을 중심으로 양옆으로 넓

게 기슭을 펼쳤고, 군데군데 늘어선 집들도 세밀하게 내다보였다. 운젠산의 정상은 구름에 겹겹이 가려져 있다. 북서쪽에도 역시 사가현의 다라산이 안개 속에서 희미하게 윤곽을 드러내었고, 하늘에는 빛을 떼어 내 올려 둔 것 같은 신성한 구름 조각들이 엉겨 있었다.

이 광경을 바라보는 무리의 마음속에 오엔 선생의 가르침인 승천비설(昇天秘說)이 생생하게 떠올랐다.

자고로 하늘에 오르려면 하늘의 기둥이나 부교를 반드시 이용해야 하는데, 이 두 가지 길은 다르지 않다고 선생은 말하였다. 하늘의 기둥, 하늘의 부교는 예부터 변함없이 있어 왔지만 몸이 더러워진 속세 사람들의 눈에는 보이지 않고, 하물며 그것을 타고 오르는 건 생각지도 못할 일이다. 우리 몸의 더러움을 씻어 내고 청정한 마음으로 옛날로 돌아가면 신직자들이 그렇듯 하늘의 기둥과 하늘의 부교가 절로 눈앞에 나타나고, 그것을 타고 다카마가하라에 오를 수 있다.

산 위의 구름, 빛을 품은 형태의 그 신성함은 다름 아닌 하늘의 부교가 지금 눈앞에 나타난 것이 아닌가란 생각이 들게 한다. 그렇다면 때를 놓치지 말고 흔쾌히 자결하여 죽음으로 향해야 할 일이다.

— 한편 동쪽을 향한 절벽 가장자리에 자리 잡은 무리는 아직도 가는 연기가 피어오르는 구마모토 성을 가만히 바라보고 있다.

바로 아래에 왼쪽으로 우뚝 솟은 아라오산이 있고, 앞쪽 삼나무숲 건너로는 덴구산, 본묘사산, 미부치산 등이 첩첩이 보이며, 그보다 멀리, 고개를 든 해태를 뒤에서 바라본 듯한 형태의 이시가미산이 마을 쪽으로 깊숙이 튀어나와 있다. 구마모토는 숲이 많은 지역이다. 여기서 보면 인가보다 숲이 훨씬 울창하고, 구마모토 성의 천수각은 숲 한가운데에 우뚝 솟아 있다. 후지사키 고원 주변도 한눈에 보인다. 지난밤 11시부터 불과 세 시간 정도 벌어졌던 전투와 그 뒤 비참한 패주의 기억이 코앞에서 재현되는 듯하다. 자신들이 지금도 칼을 휘두르며 그 영뜰로 뛰어드는 것처럼 느껴진다. 또는 이미 희부연 아침 햇살이 가득한 영뜰에서, 타오르는 불과 환영과 환영의 군사들이 아직도 싸움을 계속하고 있는 듯하다. 오히려 이렇게 적을 피해 긴포산 정상에서 옛 싸움터를 바라보듯 지난밤의 전장을 바라보는 지금이 더 꿈같다.

그리고 저 멀리 동쪽에서는 아소산 분화구에서 연기가 뿜어져 나와, 구름을 불러들여 하늘 한쪽을 커다랗게 칠하고 있다. 고요하게 보여도 그 연기가 시시각각 움직이는 것이 똑똑히 보인다. 연기는 쉬지 않고 연기를 밀어 올리고, 구름은 멈추지 않고 부풀어 올라 연기를 빨아들인다.

이 광경에 기운을 얻어, 무리의 가슴속에는 다시 일어서자는 뜻이 솟았다.

그때 산 아래 마을에 갔던 동지들이 술이 든 나무통 하나와 하루치 식량을 들고 돌아왔고, 일당은 허겁지겁 먹고, 술도 나눠 가며 마셨다. 죽음을 결심한 사람도 재기를 꿈꾼 사람도 똑같이 기운을 회복하고, 조금쯤 현실을 고려한 판단이 대세를 이루었다. 일례로 오니마루 기소는 재공격을 주장했고, 고바야시 쓰네타로가 이에 반론하여, 결국 우선 정찰대를 파견해 적의 정세를 살핀 후 결정하자는 의견이 거의 만장일치를 이루었다.

정찰대가 파견되고, 남은 이들 사이에서 다시 연소자들을 어떻게 할지 의논이 벌어졌다. 열예닐곱 전후의 소년들이 일곱 명이나 있었기 때문이다. 시마다 가타로, 사루와타리 다다오, 오타 사부로히코, 야노 다몬타, 모토나가 가쿠타로, 모리시타 스스무, 하야미 간고가 그들이다.

그때까지 젊은이답게 장난을 치며 "연장자들은 뭘 우물쭈물하는 것이지? 할복이든 재공격이든 빨리 결정해 주면 좋겠는데." 하며 잡담하던 소년들은, 다리가 부어 걷기 힘든 마흔여덟 살 쓰루다 고이치로가 인솔해 산을 내려가기로 의논에서 결정되었음을 알고 예상치 못한 결과에 거세게 항의했다.

하지만 선배 동지들이 갖은 말로 설득하자 어쩔 수 없어서, 소년들은 쓰루다와 함께 힘없이 산을 내려갔다. 쓰루다의 아들 다나오는 스무 살이었기에 아버지와 떨어져 산에 남았다.

밤이 됐다.

정찰대의 보고는 시마자키 마을에 있는 한 동지의 집에서 듣기로 되어 있었다. 일당은 삼삼오오 산을 내려왔다. 정찰대가 돌아왔다. 보고에 따르면 구마모토와 주변 지역까지 군대와 경찰이 배치돼 엄중히 감시 중이고, 항구에는 출항 금지령이 내렸으며, 마을 입구까지 적의 정찰대가 닥쳤다는 것이었다.

이들은 몰래 지코즈 해안까지 이동해 후루타 주로의 옛 하인이었던 어부에게 바다를 건널 배를 요청했지만, 어부는 자기 배 한 척만 겨우 내 줄 수 있다고 하기에, 여기까지 행동을 같이한 삼십여 명에게는 턱없이 부족하였다.

이에 일당은 군대를 해체하고 각자 도움을 구해 해산하기로 했다. 겨우 얻은 배에는 고노우라로 향하는 후루타, 가가미, 다시로 형제, 모리시타 데루요시와 사카모토 시게타카가 탔다. 봉기는 이것으로 끝났다.

* * *

긴포산을 오른 동지들은 출병 당시에 비해 삼분의 일도 되지 않았다.

삼분의 이는 일부는 전사했고 일부는 부상을 입고 숨어 있다가 관군에게 쫓겨 장렬히 자결했다. 장로 중 한 명인 아키요 마사모토는 미쿠니 고개까지 도망쳤지만 경찰 세 명에게 추격당하자 지체 없이 길가에 앉아 할복하고 죽었다. 향년 쉰넷이다.

스물네 살의 마쓰모토 사부로, 스물세 살의 가스가 스에히코는 집에 돌아가 자결했고, 스물세 살의 아라오 다테나오는 귀가 후 먼저 어머니에게 불효를 사죄하고 자결의 뜻을 밝혔는데 오히려 어머니는 칭찬했다. 아라오는 울며 기뻐했고 아버지의 묘에 참배하고 나서 묘 앞에서 미련 없이 할복했다.

긴포산에서 일곱 소년을 맡아 산을 내려온 쓰루다 고이치로는 소년들을 각자의 집으로 보낸 후 집에 돌아가 자결 준비를 했다.

술과 안주를 준비해 준 아내 히데코와 이별의 술잔을 나누고, 사세(辭世)를 쓰고, 내가 죽은 후에도 외아들 다나오가 살아 있는 이상 낙담할 일은 없다고 하였다.

벌써 봉기로부터 이틀이 지난 밤이었다. 쓰루다에게는 또한 열네 살, 열 살의 두 딸이 있었다. 아내가 자고 있는 아이들을 깨워 아버지에게 작별 인사를 하게 하려는 것을 쓰루다는 "깨우지 마시오. 깨우지 마시오." 하고 말렸다. 웃통을 벗어 배를 가르고 칼을 목에 찔렀다. 그리고 제 손으로 다시 칼을 뽑아 쓰러지려고 하는 참에 잠이 깬 자매가 와서 그 모습을 보고는 오열했다.

날이 샐 무렵, 이어서 외아들 다나오도 할복했다는 소식이 전해졌다. 남편이 그 아이에게 희망을 걸라는 말을 남기고 죽은 다음 날 아침, 아들의 죽음이 히데코의 귀에 전해진 것이다.

다나오는 지코츠 해안에서 해산한 후 이토 마스라, 간 부이치로와 신가이 대신궁으로 가서 친구들과 헤어지고 홀로 겐군 마을로 향했다. 조슈로 탈출하려는 계획이 있었기 때문이다.

겐군 마을에는 다테야마라는 숙부가 있었기에 그것만 믿고 찾아갔는데, 그날 오후 아버지 고이치로가 찾아와서 뒷일을 부탁하고 결의를 전했음을 알게 되었다. 아버지는 지금쯤 틀림없이 자결했을 것이다. 그 말을 들은 다나오는 조슈로 탈출하겠다는 꿈을 버렸다.

그는 숙부의 집 정원을 빌려 큰 나무 아래 짚으로 된 새 깔개를 깔았다. 동쪽을 향해서는 저 멀리 있는 황성에 세 번 절

달리는 말

하고, 가까이는 부모가 계시는 집을 향해 절한 뒤, 단검을 들어 배를 가르고 목을 찔렀다.

이 소식이 곧장 쓰루다의 집에 전해졌던 것이다.

이토 마스라와 간 부이치로는 쓰루다 다나오와 헤어진 뒤 구마모토 남쪽의 우토로 향했다.

우토의 미카 마을은 이토의 형 마사카쓰가 사는 곳이었다. 마사카쓰는 동생의 모습을 보고 분별 없는 행동이라고 크게 꾸짖으며 집에 들이지 않았다.

두 사람은 하는 수 없이 우토 마을을 떠나, 그날 밤 마을 뒤를 흐르는 맑은 강가에서 마주 보고 훌륭하게 할복하였다.

늦은 밤 강가에서 몇 번 손뼉 소리가 난 것을 들은 이들이 있었다. 그것이 할복 전 신과 왕에게 올리는 기도의 소리임을 깨닫고 근처 사람들은 눈물을 머금었다.

이토는 향년 스물한 살, 간은 향년 열여덟 살이다.

쓰루다 고이치로를 따라 집으로 돌아온 일곱 소년 중 세 명, 시마다, 오타, 사루와타리도 장렬한 자결을 결행했다.

열여섯 살 사루와타리 다다오는 봉기를 앞두고 아래와 같은 시를 지어 흰 천에 쓴 뒤 그날 밤에 두를 머리띠로 삼았다.

땅이 나뉘어 야만인에게 팔렸네
위험에 처한 왕실
충성스러운 애국심

집에 돌아온 사루와타리는 많은 동지들이 자결했음을 알고, 친척들의 만류도 듣지 않고, 부모 친척들과 작별의 술잔을 나누고 혼자 다른 방에 들어가 배를 가르고 목을 찔렀다. 잘못해서 칼이 뼈에 닿아 조금 갈라졌다. 사루와타리는 가족을 불러 다른 칼을 가져오라고 하여 다시 성공적으로 찔러 넣고 쓰러졌다.

오타 사부로히코는 열일곱 살. 집에 돌아오자마자 잠자리에 들어 코를 골았고 다음 날 아침 상쾌한 얼굴로 눈을 떴다. 동생에게 결의를 알리고 시마다, 마에다 두 친구를 불러 달라고 부탁해, 그들이 오자 작별의 뜻을 밝힌 뒤 뒷일을 부탁했다.

두 친구가 돌아간 후 오타는 혼자 일어나 방으로 들어갔다. 숙부 시바타 후사노리는 장지문 너머 옆방에서 기다리고 있었다. 벌써 배를 가른 듯했다. "숙부님, 숙부님, 좀 도와주세요." 하는 가련한 목소리가 들렸다. 시바타가 장지문을 열고 들어가자 오타의 목에 이미 칼이 꽂혀 있었다. 시바타가 잠시 손으로 부축해 주었고, 소년은 성공적으로 목숨을 끊었다.

시마다 가타로는 열여덟 살. 집에 오자마자 가족들이 승려로 변장시켜 도망시키려고 했지만 응하지 않았다. 자결을 결심하고 작별 인사를 한 후 유도의 달인 우치시바 주조를 초대해 할복하는 법을 배웠다. 소년은 배를 가른 후 칼을 목에 들이대며 "선생님, 이러면 되겠습니까." 하고 물었다. 우치시바가 "그렇다."라고 대답하자 지체 없이 목을 찔렀다.

달리는 말

주게 가즈오, 이무라 나미히라, 오디 히사하루 세 사람은 패배 후 가키바루 마을의 명가 오야노가에 은신했는데, 아부미다에 갔다가 긴포산에서 내려온 동지들 중 나라사키 다테오, 무쿠나시 다케쓰네 두 사람을 만나자 함께 오야노가에 은신할 것을 권했다. 다섯 사람은 낙원사의 석굴에 몸을 숨겼고, 오야노가는 아낌없이 돌봐 주었다.

봉기 후 칠 일이 지나고 그사이 동지들의 자결 소식이 여기저기서 들려오자, 다섯 명은 더는 도망칠 수 없다고 마음을 굳히고 석굴을 나가 오야노가에 마지막 인사를 하러 갔다. 오야노가는 이별을 아쉬워하며 술과 음식을 준비했다.

주게는 칼로 배를 찔렀을 때 음식물이 나오는 것이 흉하다고 생각해 그다지 젓가락을 들지 않았지만, 건장한 나라사키는 개의치 않고 많이 먹고 마셨다. 이윽고 두 사람은 오야노가의 사람들에게 연지를 가져와 달라고 부탁해 각자의 뺨에 연하게 발랐다. 죽은 후에도 얼굴이 생기를 잃지 않기를 바랐기 때문이다.

밤이 되기를 기다린 다섯 사람은 집을 나가 근처 나리이와로 향했다. 때는 9월 15일 보름이었고, 풀에 맺힌 이슬이 달빛에 보석을 깔아 놓은 것처럼 빛났다. 다섯 사람은 풀밭에 무릎을 꿇고 앉아 제각기 사세를 읊고, 가장 어린 스무 살 오다부터 배를 가르고 나머지도 차례대로 칼 위로 쓰러졌다. 이무라 서른다섯 살, 나라사키와 무쿠나시는 스물여섯 살. 주게는 스물다섯 살.

아부미다에서 아베 가게키, 이시하라 운시로와 헤어진 고바야시 쓰네타로는 오니마루 기소, 노구치 미쓰오와 함께 음력 9월 11일 늦은 밤 집으로 돌아왔다.

고바야시 쓰네타로는 어린 나이에도 지용(智勇)이 공히 뛰어나 호용무쌍한 오니마루의 과격론에는 늘 대치해 온 입장이었는데, 이렇듯 성격이 다른 동지들도 죽는 시간과 장소를 함께하게 되었다.

세 사람은 이곳에서 일당이 뿔뿔이 흩어져 다시 일어서기 어려워졌음을 알고 다음 날 저녁 나란히 배를 갈랐다.

자결 전 고바야시는 우선 어머니에게 불효를 사죄한 다음, 지난봄 결혼한 열아홉 살 아내 마시코와 함께 별실로 들어가 작별을 말했다. 남은 평생을 과부로 살 것이 불쌍해서다. 마시코는 눈물을 흘리며 거절했다.

세 사람은 안쪽 방으로 들어갔고, 가족들은 부엌에서 기다렸다. 고바야시는 "아무도 들어오지 마십시오. 툇마루에 물을 떠 놓기만 하세요." 하고 소리친 후 한가운데의 다다미를 한 장 벗겨서 겹쳐 쌓았다.

오니마루는 동쪽을 향해 앉아 웃통을 벗어 던졌다.

부엌 사람들은 다시금 고바야시가 소리치는 것을 들었다.

"오니마루의 목은 노구치가 쳤습니다."

이윽고 안쪽 방에서 소리가 끊겼다.

들어가 보니 세 사람은 동쪽을 향해, 오니마루를 가운데 두고 가지런히 할복했다.

오니마루는 마흔 살. 고바야시는 스물일곱 살. 노구치는 스물세 살.

아베 이키코는 아베 가게키의 아내다.

이키코는 도리이 기신타의 첫째 딸로 1851년에 구마모토 성하에서 태어났다.

오빠 나오키는 오엔 선생에게서 일본 고전을 배우고 미야베 데이조에게서 군사 전술을 배워 존왕양이를 외치는 애국자였다. 이키코는 오빠와 동지들의 말들을 옆에서 듣고 자랐으며 마음 깊이 영향을 받았다. 집이 가난해 어머니를 도와 열심히 일했다.

열여섯 살 때 한 부자가 시집오기를 권했지만 이키코는 남편은 애국자여야 한다는 굳은 결심이 있었기에 전혀 내키지 않았다. 내키지 않는다는 점에서는 엄마도 오빠도 같았다. 다만 중매인인 마을 촌장과 의리가 있었고 그쪽 집에 신세를 진것도 있어서 할 수 없이 결혼해야 했다.

이키코가 어머니에게 "그렇다면 혼인만 하면 되는 건가요?" 하고 물었더니 어머니는 그러면 된다고 대답했다. 결혼식을 올렸다. 그날 밤 이키코는 무릎 꿇고 앉아 남편을 접근하지 못하게 했고 날이 새기를 기다려 친정으로 도망친 뒤, "결혼을 하고 왔습니다. 이제 이것으로 된 거지요?" 하고 어머니 앞에 손을 모으고 말했다. 이렇게 바로 그날 이혼하였다.

이키코는 열여덟 살이 되었다. 1868년, 오빠 나오키가 조정에 등용됐다.

이 시기 아베 가게키가 동지 도미나가 모리쿠니와 함께 기요미사 공을 기리는 본묘사에 참배하러 갔는데, 흑문 가까이 갔을 때 묘령의 아름다운 여인과 마주치고는 동지 도리이 나오키의 동생임을 알고 가볍게 인사했다. 지나친 후 도미나가가 갑자기 "저 여인과 결혼하면 어떤가?" 하고 물었다. 아베는 그리해도 된다고 대답했다. 도미나가가 중매를 서서 바로 결혼이 성사됐다. 이때 아베는 스물아홉 살이었다.

이키코의 소망이 이루어져 애국자의 아내가 되었다. 하지만 아이는 가지지 않았다.

이키코는 스무 살이 되었다. 구루메에 있던 아베의 동지 가가미야마 기이가 탈옥한 것을 아베가 숨겨 주었다. 가가미야마가 그곳을 떠난 후 아베는 잡혀서 호된 조사를 받고 투옥되었다.

남편이 감옥에 있는 한여름 동안 이키코는 아침밥을 먹지 않았고 남편이 무죄임을 밝혀 달라고 신에게 빌었으며 저녁에는 모기장도 없이 바닥에서 옷 입은 채로 잠들며 남편이 겪을 수난을 가늠하였다.

아베가 석방된 후 마을을 서성이다가 한 가게 앞에서 근사한 복대를 발견했다. 하지만 너무 비싸서 단념하고 사지 않았다고 아내에게도 말했다. 이키코는 몰래 자기 옷과 허리띠를 팔아 그 돈을 남편에게 주었고, 아베는 감사하며 복대를 샀다. 봉기의 날에 두른 것이 그 복대다.

봉기의 날이 다가오면서 아베의 집은 본부처럼 되었다. 이키코는 시어머니와 함께 정성껏 손님을 대접했고, 드디어 출병 준비를 위해 십여 명이 모였을 때는 하나하나 도우며 술과 음식을 제공했다. 이키코는 그들 중 허둥대는 사람이 한 명 있음을 알아보고는 "침착하게 싸움에 임하십시오." 하고 조용히 충고했다.

그날 밤 이키코는 시어머니 기요코와 함께 구마모토 성 위로 타오르는 불길과 교마치, 야마사키, 모토야마 등 다섯 곳에서 일어난 불길을 멀리서 바라보며 "되었다. 되었다." 하고 발을 구르며 기뻐했고, 밤새도록 등불을 켜고 전투의 승리와 남편의 무운을 신에게 기원했다.

그런데 아침이 밝자마자 패배 소식이 잇따라 들려왔고, 전사와 자결 소문이 퍼지면서 남편의 행방을 알 수 없게 되어, 이키코는 단식을 계속하며 오로지 남편의 안녕을 기원했다.

남편이 돌아온 것은 사흘 뒤, 음력 9월 12일 미명이었다.

아베 가게키는 일당이 해산한 후 이시하라 운시로와 함께 지코즈 해안을 떠났고, 다음 날 10일에는 시오야산에 숨어들어 밤이 어두워지기를 기다렸다가 아부미다에 있는 기즈키 궁으로 향했으며, 깊은 밤중 신관 사카모토 오키의 집에 도착해 고바야시 쓰네타로, 오니마루, 노구치 등을 만났다. 11일에는 그곳에 머무르며 앞으로 어떻게 해야 할지 의논했고, 사카모토 오키가 얻은 신시에 재봉기의 허락이 보이자 모두 힘을 얻고, 아베와 이시하라는 고바야시 등과 헤어져 각자의 집으로 돌아갔다.

— 이키코는 덧문 틈새로 조용히 부르는 목소리에 눈이 뜨였다. 남편의 목소리였다. 가슴이 뛰어 덧문을 연다. 남편은 말

없이 들어와서 일어나 나온 어머니와 이키코를 향해 간단하게 패전의 경위를 이야기했다. 이키코는 피가 번진 남편의 옷을 벗겨 집 뒤쪽 대나무 숲에 묻었다.

이후 아베는 해가 떠 있는 동안은 단검을 쥐고 서재 마루 아래에서 숨어 지냈다. 해가 지면 서재로 나왔다. 그리고 이키코를 몰래 이시하라의 집으로 보내 그의 아내 야스코와 상담하게 하였다.

이키코는 야스코와 함께 시마바라 반도로 가는 배를 찾으러 분주했지만, 출항 금지령이 엄중하여 해로로 탈출할 가망은 보이지 않았다.

14일 미명에 이르러 이시하라 운시로는 반은 육로의 경계선을 돌파할 계획으로, 반은 목숨을 끊겠다는 각오를 가지고, 아베와 마지막 행동을 함께하기 위해 아내와 아이들에게 작별을 고하고 집을 나섰다.

여명에 숙부 바바가 아베의 집에 불려 와서 이시하라, 아베, 바바 셋이 의논하며 방책을 세웠다. 바바는 경비가 삼엄하니 탈출은 어려울 것이라 말하고 돌아갔다.

이시하라 야스코는 남편의 형 기무라의 집을 찾아가 도움을 청했다. 그때 수색대 군인이 어지럽게 군홧발 소리를 내며 이시하라의 집 쪽으로 향했다. 기무라는 더는 도망갈 수 없는 상황임을 야스코를 통해 한시바삐 아베의 집에 전해야 한다고 생각했다.

야스코는 인력거를 빌려 아베의 집 근처에 내린 뒤 조용히 뒷문을 두드려서 이키코를 밖으로 불러냈다. 그리고 수색대가

달리는 말

이시하라가 비운 집에 닥쳐오고 있음을 짧게 일러 주었다.

이키코가 목을 찌르는 시늉을 했고 야스코는 고개를 끄덕였다. 이키코는 야스코에게 마지막으로 남편을 만나라고 권했지만 야스코는 저승길을 방해하고 싶지 않으니 만나지 않겠다고 말하고 도망치듯 떠났다.

이키코는 곧 자세한 사정을 아베와 이시하라에게 알렸는데, 두 참모는 바바의 말을 들었을 때부터 재봉기의 희망을 버리고 죽음을 결심한 바였다.

둘은 황태신궁이 그려진 두루마리 앞에 정중히 참배하고 묵념했다. 이키코는 흰 목재로 만든 세 다리 의자에 세 개의 토기를 올리고 마지막 잔을 권했고, 자기도 한 잔을 받았다. 아베와 이시하라는 웃통을 벗어 던지고 단검을 쥐었다. 이키코도 허리띠 사이에서 조용히 단도를 꺼냈다.

아베는 물론이고 이시하라도 놀라 만류했지만 이키코의 결심은 바뀌지 않았다. 아이도 없는 몸이니 부디 동행하게 해 주십시오, 하고 조금도 물러서지 않기에 아베도 억지로 아내의 뜻을 꺾지 않았다.

두 남자가 배를 일자로 가름과 동시에 이키코는 단도로 자기 목을 찔렀다.

음력 9월 14일 정오를 조금 넘은 시간이었다. 아베 서른일곱 살. 이키코 스물여섯 살. 이시하라 서른다섯 살.

자결 후 얼마 지나지 않아 수색대가 도착해 세차게 문을 두드렸다. 아베의 노모는 큰 소리로 "방금 할복했습니다." 하고 외쳤다. 상관을 따라 병사들도 방 안에 들어가 막 숨이 끊어진 세 사람의 시신을 검사했다.

— 지코즈 해안에서 일당이 해산했을 때, 어선 한 척을 타고 구마모토 남쪽 우토의 고노우라로 간 사람들은 여섯 명이었다.

스물여덟 살의 후루타 주로는 고바야시 쓰네타로와 같은 젊은 참모였고, 영내 전투에서 두 자루의 검을 부러뜨리고 세 번째 검을 들고 싸웠다. 오시마 구니히코 중령 등을 베어 쓰러뜨렸지만 자신도 부상을 입었다.

가가미 주로는 마흔 살, 고음악의 대가.

다시로 기타로는 스물여섯 살, 검도의 달인. 포병대 벽을 제일 처음 넘었다.

다시로의 동생 기고로는 스물세 살, 보병영에서 열심히 싸웠다.

모리시타 데루요시는 스물네 살, 다네다 소장을 쓰러뜨리고 장소를 옮겨 진대 장교를 쓰러뜨리는 성과를 거두었다.

사카모토 시게타카는 스물한 살.

여섯 명이 믿고 있던 것은 고노우라 신사의 신관이자 오엔 선생의 제자인 동지 가이 다케오이다. 봉기를 알았다면 합류했을 테지만 멀리 있어서 소식이 닿지 못했다. 가이는 여섯 사람을 후하게 대접했다.

여섯 명이 가이의 집에서 하룻밤을 지내며 재봉기를 의논하는데, 여행 자금과 군수품 조달에 대해 가가미가 한 가지 제안을 했다. 마침 옛 주군 미쓰후치 에이지로가 마스이 저택에 머물고 있음을 알고, 가이에게 편지를 맡겨 미쓰부치에게 여행 자금 조달을 청하기로 생각한 것이다. 가이는 곧바로 편지를 들고 출발했다.

일동은 오로지 가이의 귀환을 기다리며 다음 날 9월 12일 온종일을 보냈다. 가이는 돌아오지 않았다.

가이가 도착했을 때 미쓰후치는 집에 없었고, 심지어 잠복해 있던 순사가 가이가 일당의 한 사람임을 알아보고 체포한 것이다.

여섯 명은 이날 시시각각, 가이의 복귀가 늦어지면 늦어질수록 그만큼 위험이 다가오고 있음을 깨달았다. 어느 시점에 다다르면 각오를 해야 했다.

다시로 기타로, 모리시타, 사카모토 세 사람은 초조함을 참지 못하고 해 질 무렵 근처 오미다케산을 올라 멀리 구마모토 성을 바라보았다. 본성의 모습은 여기서 바라보면 어제와 조금도 다르지 않다. 하지만 산사람들에게 슬쩍 정황을 물어보니, 밤마다 성에 횃불이 오르고 낮에는 수색대가 사방에 군사들을 보내는 데 여념이 없다고 한다. 산을 내려온 세 사람은 남은 세 명에게 각오를 서두르라고 재촉했다.

죽음이 결정되었다. 장소는 오미다케산 정상, 시간은 다음 날 새벽으로 골랐다.

여섯 명은 첫닭 우는 소리를 뒤로하고 오미다케산을 올랐다. 어제저녁 다시로 형제가 미리 봐 둔 깨끗하고 평탄한 자리에 준비해 온 금줄을 사각으로 두르고 흰 종이를 달았다. 아침 바람에 흰 종이가 나부꼈다. 새벽녘 산봉우리에 길게 이어진 구름을 보고 가가미 주로가 사세를 지었다.

야마토 신들의 영혼으로 오랫동안 살았네
오늘부터 오른다 하늘의 부교

말할 것도 없이 승천에 대한 오엔 선생의 가르침에 따라 지은 한 수였다. 가가미는 우리의 마지막을 위해서 자신의 장기인 고음악을 연주하고 싶은 마음이 굴뚝같지만 악기가 없어 원통하다고 말했다.

여섯 명은 금줄 안으로 들어가 작별의 술을 마셨고, 다시로 기타로가 다른 이들의 추천을 받아 개착을 맡기로 했다. 가가미는 다시로 기타로가 마지막에 남는 고통을 안타깝게 여기고 자신도 다시로와 함께 남겠다고 말했다.

먼저 후루타 주로가 가을 아침 바람에 살을 드러내며 배를 일자로 갈랐고, 다시로의 도움으로 목이 떨어졌다.

이어서 모리시타, 이어서 다시로 기고로, 사카모토 시게타카가 할복했다. 나중에 남은 다시로 기타로와 가가미는 함께 배를 갈랐고, 스스로 목을 찔렀다.

— 니미 요시타카 경위는 신고를 받고 경찰 몇 명을 이끌고 산에 올라왔다. 산 중턱에 이르렀을 때 사냥꾼이 황급히 달려 내려오더니 지금 정상에서 신풍련의 잔당 여섯 명이 할복하려 한다고 알렸다. 니미는 서두르려는 부하들에게 "한 대 피우고 가지……." 한 뒤 나무 밑에 앉아 담배에 불을 붙였다. 신풍련의 마지막을 방해하고 싶지 않았기 때문이다.

경찰들이 정상에 도착했을 때 날은 완전히 밝았고, 사각으로 금줄을 친 안쪽에는 여섯 애국자의 시신이 바르게 엎어져

달리는 말

있었으며, 금줄에 달린 흰 종이에는 점점이 피가 튀어서 아침 햇살에 반짝였다.

* * *

패배한 뒤 신의 뜻을 물어 자수하라는 계시가 나오자 그에 따랐고 종신형으로 감옥에 갇힌 참모 오가타 고타로는 저서 『신염패사단서』[82]에서, 왜 신풍(新風)이 불지 않고 왜 우케이가 깨어졌는가 하는 의문에 스스로 답을 찾고 있다.

그토록 경건한 정신들이 그토록 순진무구한 뜻을 모았는데 왜 신의 도움이 따르지 않았는가, 오가타는 남은 평생 옥중에서 이 수수께끼를 풀려고 했지만 풀지 못했다. 아래의 글은 어디까지나 오가타 개인의 해석이다. 오가타 개인의 추측이다. 신의 뜻은 명명하여 끝내 알 수 없다.

'신의 뜻에 따른 일이었거늘 폭풍에 꺾인 꽃처럼, 아름답고 성실했던 사람들도 하룻밤 사이 흩어져 덧없는 서리와 이슬처럼 스러진 것은 얼마나 슬프고 슬픈 일인가.

그래서 나는 어리석은 마음으로 왜 그렇게 됐는지 모르겠고, 의심스럽고 원망스러우면서도 결국엔 신이 정한 일이라고 믿게 됐다.

그렇게나 용감하고 강인한 사람들이 한 일에 신들이 다시

---

82 神焰稗史端書. 신성한 불에 얽힌 역사를 소설로 쓴 책.

한번 눈살을 찌푸렸다면 그들이 모의한 일은 세상에 알려졌을 것이고 위험한 상황에 닥쳤을 것이다. 위험에서 무사하다 해도 한탄과 분개 때문에 스스로 목숨도 끊었을 것이다. 그래서 신들은 이들을 불쌍히 여겨 성심을 다하게 하고 저세상에서 신에게 봉사하며 성심을 다할 수 있도록 하였다. 황공하게도 나는 속으로 이렇게 생각한다.'

이렇게 스스로 위로하고 동지들의 영혼을 위로하려는 문장에는 통렬한 원통함이 숨겨져 있다. 하지만 오가타가 동지들의 굽히지 않은 뜻을 담아 낸 아래의 한 줄은 그들의 진심을 표현했다고 말해야 할 것이다.

'……우리는 끝까지 연약한 여자처럼 행동하지 않았다.'

『신풍련사화』 완(完)

달
리
는
말

— 벌써 장마다. 이누마 이사오는 아침에 등교하기 전 혼다가 보낸 우편물을 받고, 큰 봉투 속에 『신풍련사화』와 한 통의 편지가 들어 있는 것을 보고는 학교에서 천천히 읽어 볼 생각으로 봉투째로 가방에 넣어 가져갔다.

고쿠가쿠인 대학 정문을 들어선다. 현관에는 참으로 이 학교다운 큰 태고(太鼓)가 놓여 있었다. 덴마[83] 마을의 태고 장인 오노자키 야하치의 서명이 새겨진 유서 깊은 태고로, 몸통 부분에 거대한 쇠고리가 달려 있다. 완만한 원을 이룬 가죽은 초봄의 먼지 가득한 누런 하늘 같다. 수없이 두드려서 긁힌 자국이 흰 떼구름처럼 그 하늘 여기저기에 떠 있다. 하지만 오늘처럼 습한 장마철에는 태고도 평소답지 않게 흐릿한 소리를

---

83 伝馬. 에도 시대에 공용 물자를 나르는 데 역참에서 바꿔 타던 말.

낼 듯하다.

이사오가 2층 교실에 들어서자마자 예의 태고가 수업 시작을 알렸다. 1교시는 윤리학이었다. 이 학문에도, 또한 거무칙칙한 교수에도 흥미가 없는 이사오는 슬쩍 혼다의 편지를 꺼내 읽기 시작했다.

(전략)
『신풍련사화』를 돌려 드립니다. 아주 재미있게 읽었습니다. 고맙습니다.

당신이 이 책에 감동한 이유는 잘 알았습니다. 저 역시 지금까지는 열성 신도이자 불평 토족들의 반란으로만 생각했던 사건인데, 사실은 순수한 동기와 마음이 있었음을 배웠고 무지를 깨우쳤지만, 제가 받은 감동의 성질은 아마도 당신의 그것과는 얼마간 다를 것 같아 그 차이점을 조금 자세하게 써 보려 합니다.

즉 내가 만약 당신과 같은 나이였다면 똑같이 감동했을까, 라고 생각한다면 의문을 지울 수 없기 때문입니다. 오히려 나는 마음속에 다소 찝찝함과 선망을 느끼면서도, 그토록 무모한 봉기에 모든 것을 걸었던 사람들을 조소했을 것 같습니다. 당시에 나는 스스로가 사회에 유효하고 유위한 사람이 될 수 있다고 믿었고, 그 나이치고는 감정이 격하지 않았으며, 특출날 것은 없지만 맑은 지성을 가지고 있었습니다. 대개의 정열이 내게 적합하지 않다는 걸 알고 인간에게는 각자의 역할이 있음을 예지하였습니다. 우리가 자신의 육체에서 비어져 나올 수 없는 것처럼 인생에서도 연기해야 할 일정한 대본에서 비어져 나올 수 없다고 믿었습니다. 그렇기에 타인의 정열을 보면 한시바삐 그 부조화, 정열과 그 사람 사이의 미묘한 어긋남을 발견하고, 내 몸을 지키기 위해 가벼운 조소를 띠는 것이 습관이었습니다. 그럴 마음을 먹는다면 '적합하지 않음'은 어디서든 찾을 수 있습니다. 그리고 나의 조소는 반드시 악의에 찬 것이 아니라, 조소 자체에 일종의 온정과 긍정이 포함됐다고 해도 좋았습니다. 왜냐하면 당시 나에게서는, 정열은 애초에 그런 부조화에 대한 자의식의 결여로 인한 것이라는 인식이 싹트기 시작했기 때문입니다.

그런데 당신의 아버지도 이야기했던 마쓰가에 기요아키라는 친우가 그런 저의, 잘 정리되어 있던 인식을 흐트려 버렸습니다. 기요아키가 한 여성에게 정열을 품었던 그때, 친구인 내 눈에 그것은 굉장한 부조화처럼 비쳤습니다. 그전까지는 그를 수정처럼 차갑고 투명한 사람이라 생각했기 때문입니다. 매우 변덕스럽고 매우 감정적인 편이긴 했지만, 나는 기요아키가 그렇듯 정교한 감수성을 지니고 살아간다면 그만큼 단순하고 외곬인 정열에서는 안전해질 수 있으리라 관찰했습니다.

그런데 현실은 그렇게 흘러가지 않았습니다. 우직한 외곬의 정열이 순식간에 그를 바꾸고, 사랑은 서슴없이 그를 더욱 사랑에 적합한 인간으로 바꾸어 버렸습니다. 가장 어리석고 가장 맹목적인 정열이 그에게 가장 적합한 것이 되어 버렸고, 죽기 직전 그는 말 그대로 사랑을 위해 죽으려고 태어난 사람의 얼굴을 보였습니다. 부조화는 이미 완전히 사라져서 흔적도 없었습니다.

사람이 변모하는 기적을 이렇게 두 눈으로 본 이상 나 자신도 조금은 변해야 했습니다. 스스로를 확고한 인간이라 믿었던 나의 소박한 확신은 불안에 휩싸여 절로 어색한 것이 되고, 확신하였던 것이 의지로 바뀌고, 자연스러웠던 것이 당위로 바뀌었습니다. 다만 이것은 판사라는 나의 직업에 어느 정도 이득이 되었습니다. 범인을 대할 때 이른바 응보주의와 교육주의, 인간성에 대한 비관론과 낙관론 그 어느 쪽에도 치우치지 않고, 어떤 상황에서든 사람은 변모할 가능성이 있다고 믿게 되었으니까요.

다시 『신풍련사화』 독후감으로 돌아와서, 현재 서른여덟 살인 나는 신기하게도 이렇듯 비합리로 일관된 역사적 사건의 서술에 감동을 받을 수 있었습니다. 제가 곧장 떠올린 것은 마쓰가에 기요아키였습니다. 그의 정열은 한 여성에게 바쳐진 것에 지나지 않았지만, 똑같이 비합리적이고 똑같이 격렬하고 똑같이 반항적이어서 똑같이 죽음으로만 고쳐질 수 있었습니다. 하지만 내가 받은 감동에 이제는 안심하고 이런 사례에도 감동받을 수 있다는 보장이 있었던 것도 사실입니다. 지금의 나는 과거의 내가 그렇지 않았음이 기정사실이기에, 그럴 수도 있었다는 과거의 모든 가능성을 안심하고 바라볼 수 있을 뿐 아니라, 그쪽을 향해 방사(放射)했다가 다시금 반사되어 돌아온 내 꿈의 유독한 광선을 몸에 쬐는 것에 아무런 위험이 없기 때문입니다.

하지만 당신 나이에 감동이란 건 전부 위험합니다. 온몸이

145

삼켜지는 듯한 감동은 다 위험합니다. 더 위험한 것은, 타인을 범접하지 못하게 하는 당신의 눈빛에는 이런 이야기에 대한 어떤 '적합함'이 태어날 때부터 갖춰져 있는 듯 보인다는 것입니다.

이 나이에 이르자 나는 점점 사람과 정열 사이의 어긋남이 잘 보이지 않습니다. 젊었을 때는 스스로를 보호하려는 심려에서 그렇듯 흠을 들추어 내었지만, 지금은 그럴 필요가 없어졌을 뿐 아니라, 옛날에는 비웃어야 할 큰 상처처럼 여겨졌던 타인의 정열, 또한 그 사람과의 부조화가 지금은 용납할 수 있는 결점이 됐습니다. 남의 실수에 예민하게 반응하고, 그로 인해 자신까지 상처 입는 것을 두려워하는 연약한 젊음이 더는 없기 때문인지도 모릅니다. 그런 만큼 아름다움의 위험보다 위험의 아름다움이 더욱 선명하게 마음에 비치며, 모든 젊음이 우스꽝스러워 보이지 않게 되었습니다. 역시 젊음이 이제는 나 자신의 자의식과 관계없는 것이 되었기 때문이겠지요. 생각해 보면 무서운 일인 것이, 자칫했다간 나는 나에게는 안전한 감동이지만 당신에게는 위험한 감동을 부추기는 어떤 상황을 가져올지도 모릅니다.

그것을 알기 때문에 나는 무익할지라도 당신에게 훈계와 경고를 하고 싶습니다. 『신풍련사화』는 하나의 완결된 비극이며, 거의 예술 작품에 가까운, 수미일관이 훌륭한 정치적 사건이자, 극히 드물게 볼 수 있는 인간의 순수한 마음에 대한 철저한 실험입니다만, 잠시 잠깐의 아름다운 꿈 같은 이 이야기를 현재의 현실과 혼동해서는 안 됩니다.

이야기의 위험은 모순의 배제에 있으며, 이 야마오 쓰나노리라는 저자도 역사적 사실에 최대한 충실했겠지만, 이 얇은 책의 내용적 통일을 위해 많은 모순을 배제했을 것이 분명합니다. 또한 이 책은 사건의 핵심에 있는 순수한 마음을 지나치게 고집한 나머지 외연을 희생해 버렸고, 세계사적 전망은 물론 신풍련의 적이었던 메이지 정부의 역사적 필연성까지 놓쳤습니다. 이 책은 너무나 콘트라스트가 부족합니다. 예를 들어 정확히 같은 시대, 같은 구마모토에 구마모토 밴드란 것이 있었음을 당신은 알고 있나요. 1870년, 남북전쟁의 용사였던 퇴역 육군 포병 대위 제인스가 구마모토 양학교에 교사로 부임해 성경 수업을 시작했고, 개신교를 포교했습니다. 신풍련의 난이 일어났던 1876년 1월 30일, 그의 제자 에비나 단조를 비롯한 서른다섯 명의 젊은이들이 하나오카산에 모여 구마모토 밴드라는 이름으로 '일본을 개신교화하고 그 가르침으로 신일본을 건설하자'라는 맹세를 하였습니다. 물론 박해로 양학교는 해산해야 했지만, 서른다섯 명의 동지는 교토로 몸을 피해 니지마 조를 도와 도시샤 대학의 기초를 세웠습니다. 신풍련의 이상과 정반대이지만, 여기서도 똑같이 순수한, 또 다른 마음이 보이지 않습니까. 당시 일본은 아무리 비현실적이고 아무리 과격해 보이는 사상이라도 일말의 실현 가능성이 있었고, 정반대의 정치 사상도 그 소박하고 순진한 발로에는 공통점이 있었으며, 지금처럼 정치 체제가 이미 견고하게 자리 잡은 시대와는 달랐다는 것을 고려해야 합니다.

나는 개신교 사상의 혁신을 지지하고 신풍련 사상이 촌스럽고 완고하고 편협하다고 비웃는 사람이 아닙니다. 다만 역사를 배울 때는 한 시대의 한 부분만 볼 것이 아니라, 그 시대를 그 시대처럼 만든 수많은 복잡하고 상호 모순적인 요소를 빠짐없이 검토하고, 한 부분을 적절한 위치에 두고 그 부분에 특수성을 부여한 각종 요소를 하나씩 분석한 다음, 전체적이고 균형 잡힌 전망 안에 내려 놓는 작업이 필요하다고 생각할 뿐입니다.

나는 이것이야말로 역사를 배우는 의의라고 생각합니다. 왜냐하면 어느 시대든 현대라는 것은 한 개인의 눈으로 바라보는 범위가 한정적이고, 전체상을 파악하기가 매우 어렵기 때문입니다. 바로 그렇기 때문에 역사의 전체상을 참고하고 거울로 삼을 수 있는 것이며, 지금도 시시각각 부분적 세계상을 살고 있는 인간이 시간을 초월한 역사를 통해 전체적 세계상을 전망하고 원용(援用)할 수 있으며, 그 덕에 자신의 시야를 넓힐 수 있습니다. 그것이야말로 역사에서 현대인이 얻을 수 있는, 기뻐해 마땅한 특권입니다.

역사를 배운다는 것은 결코 과거의 부분적 특수성을 원용하여 현재의 부분적 특수성을 정당화하는 것이 아닙니다. 과거 어느 시대의 지그소퍼즐에서 한 조각을 뽑아 현대의 한 부분에 끼워 맞추고 쾌재를 부르는 것이 아닙니다. 그것은 역사를 단순한 장난감으로 만드는 아이들 놀이입니다. 어제의 순수함과 오늘의 순수함은 아무리 비슷해 보인다 해도 그 역사적 조건이 다름을 알아야 하며, 순수함의 유사성을 찾고 싶다면 오히려 역사적 조건이 같은 현대의 '반대 사상'에서 찾아야 할 것이며, 그것이야말로 특수하고 작은 부분에 지나지 않는 '현대의 나'가 가져야 할 겸허한 태도입니다. 그러면 역사 문제는 사상(捨象)되고, 오직 '순수성'이라는 인간성의 초역사적 계기만 문제로 남는다고 봐야 합니다. 즉 공유된 동시대의 역사적 조건은 방정식의 숫자에 지나지 않기 때문입니다.

젊은이가 가장 경계해야 할 것은 순수성과 역사의 혼동입니다. 『신풍련사화』에 경도된 당신에게게 제가 위험을 느낀 것도 그 점입니다. 어디까지나 역사는 전체이고 순수성은 초역사적인 것으로 생각하는 편이 좋겠습니다.

쓸데없는 노파심일지 모르지만, 이것이 당신에 대한 저의 충고이자 훈계입니다. 어느새 나도 젊은이를 보면 누가 시키지도 않았는데 가르치려 드는 나이가 되었나 봅니다. 물론 이건 당신의 명민함을 믿기 때문이며, 아무런 기대도 없는 청년에게 이렇게 장황한 충고를 하진 않을 겁니다.

당신이 검도 시합에서 보여 준 숭고한 힘, 당신의 순수함과 정열에는 감탄을 금하지 못하였으나, 동시에 나는 당신의 지성과 탐구심을 한층 신의(信倚)하므로, 당신이 학생으로서 본분을 잊지 않고 연찬에 힘써 나라에 유용한 인재가 되어 주기를 진심으로 바랍니다.

오사카에 오게 되면 꼭 찾아 주세요. 언제나 환영합니다.

또한 훌륭한 아버지가 계시니 아무 걱정이 없습니다만, 혹시 마음에 남는 문제가 있어 상담할 사람이 필요할 때는 언제든 응할 테니 주저하지 말기를 바랍니다.

이만 줄입니다.

···.

긴 편지를 드디어 다 읽고 소년은 한숨을 쉬었다. 내용에 감탄하지는 않았다. 내용에는 처음부터 끝까지 반대다. 하지만 아무리 아버지의 옛 지인이라 해도 한 번밖에 만나지 않은 소년에게 항소원 판사라는 사람이 이렇게까지 친근하고 자상하고 성심을 다한 장문의 편지를 보낸 진의를 알 수 없었다. 이례적이라고 하는 것도 바보 같지만, 소년은 편지의 내용보다 그 솔직함과 애정에 감동했다. 그는 한 번도 지위 높은 사람에게서 이렇게 진솔한 감정을 접한 적이 없었다. 결론은 하나밖에 없다. '결국 혼다 씨도 그 책에 감동을 받은 것이 분명하다. 나이와 직업상의 이유로 매사에 조심스러워지신 것 같지만, 혼다 씨도 '순수한' 사람 중 하나임이 틀림없다.'

소년의 감정을 거스를 만한 구절이 길게 쓰여 있었음에도 불구하고, 소년의 눈은 적어도 그 안에서 불결함을 찾을 수 없었다.

그나저나 혼다는 얼마나 교묘하게 역사에서 시간을 빼내어 정지시키고, 모든 것을 한 장의 지도로 바꾸어 버렸나. 판사란 그런 것일까. 그가 '전체상'이라고 말한 한 시대의 역사는 이미 한 장의 지도, 한 폭의 두루마리, 하나의 죽은 사물일 뿐이지 않은가. '이 사람은 일본인의 피라는 것도, 전통이라는 것도, 뜻이라는 것도 전혀 이해하지 못한다.' 하고 소년은 생각했다.

졸린 강의는 아직도 이어지고 있었다. 창밖의 빗줄기가 거세졌고 교실의 습한 온기에는 성장기 젊은이들의 육체가 내뿜는 산성 냄새가 가득했다.

드디어 강의가 끝났다. 죽어 가는 닭이 격하게 몸부림치다가 드디어 숨이 멈춰 조용해진 기분.

이사오는 비 때문에 습해진 복도로 나갔다. 이즈쓰(井筒)와 사가라(相良)가 기다리고 있었다.

"어땠어?" 하고 이사오가 물었다.

"중위가 오늘은 부대 일이 없어서 3시에는 하숙집으로 돌아온다고 했어. 그때쯤이면 하숙집도 조용하니 여유롭게 이야기할 수 있대. 저녁밥도 먹을 겸 오라더군." 하고 이즈쓰가 대답했다. 이사오는 주저하지 않고 말했다.

"그럼 오늘은 검도 연습을 빠져야겠군."

"검도부장이 뭐라고 하지 않을까?"

"뭐라고 해도 돼. 나를 쉽게 제명하지는 못할 거야."

"세게 나오네." 작은 체구에 안경을 쓴 사가라가 말했다.

세 사람은 함께 다음 교실로 이동했다. 모두 외국어로 독일어를 선택했기에 어차피 같은 교실이다.

이즈쓰와 사가라는 이사오를 높이 사고 있었다. 두 사람도 이사오의 권유로 『신풍련사화』를 읽고 감동했는데, 마침 오늘 그 책이 오사카에서 돌아왔으니 이번에는 호리 중위에게 빌려주어야겠다고 이사오는 생각했다. 설마 중위도 혼다 판사처럼 발뺌하는 반응을 보이진 않을 것이다. '전체상이라니.' 이사오는 좀 전에 읽은 편지 구절을 떠올리고는 살짝 웃었다. '그 사람은 부젓가락이 뜨거워서 못 만지니 화로만 만지려고 한다. 하지만 부젓가락과 화로는 지극히 다른 거야. 부젓가락은 금속, 화로는 사기. 그 사람은 순수하지만 사기 쪽에 속하지.'

이사오에게서 나온 순수라는 관념은 다른 두 소년의 머리와 마음에 스며들었다. 이사오는 슬로건을 만들었다. '신풍련의 순수를 배워라'라는, 친구들끼리의 슬로건을.

순수란 꽃 같은 관념, 박하 맛이 강한 양치액 같은 관념, 자상한 어머니의 가슴에 매달리는 듯한 관념을 서슴없이 피의 관념, 부정을 베어 쓰러뜨리는 칼의 관념, 대각선으로 내리치는 동시에 튀어 오르는 피바람의 관념, 또는 할복의 관념으로 이어 주는 것이었다. '꽃처럼 지다'라고 할 때, 피범벅이 된 시체는 곧 향기로운 벚꽃으로 변한다. 순수란 얼마든지 정반대의 관념으로 전환된다. 그러므로 순수는 시(詩)다.

이사오에게 '순수하게 죽는다'라는 건 오히려 쉽게 느껴졌는데, 순수를 관철하려 할 때 예를 들어 '순수하게 웃는다'는 어떤 것일지 고민스러웠다. 감정을 아무리 제어하려 해도 그는 가끔 시시한 광경에 웃음이 나왔다. 길가에서 강아지가 나막신을 가지고 놀고 있으면 또 모르겠는데, 이상할 만큼 큰 하이힐을 물고 와서 휘두르며 놀고 있는 걸 보았을 때도 웃어 버리고 말았다. 그는 그런 웃음은 사람들에게 보이고 싶지 않았다.

"하숙집 위치는 알고 있지?"

"응, 내가 안내할게."

"중위는 대체 어떤 사람일까."

"아마 우리를 '죽게 해 주는' 사람일 거야." 하고 이사오는
말했다.

11

하얀 면 모자에 우산을 쓴 세 소년은 롯폰기에서 전차를 내려 가스미초 3번지 근처에서 아자부 3연대 정문 방향으로 돌아 언덕길을 내려갔다. 이즈쓰가 "저거다." 하고 손가락으로 가리키는 언덕 아래 집 한 채를 보고 걸음을 멈췄다.

지진을 잘도 견뎠구나 싶을 정도로 낡은 2층집이다. 정원은 꽤 넓어 보이는데 문은 없고 판자 울타리가 바로 현관으로 이어져 있다. 2층에는 밑부분이 나무로 가려진 유리문 여섯 개가 나란히 이어져 어둡고 일그러진 비 내리는 하늘을 비추었다.

인적 없는 마을, 비에 젖은 이 집의 모습을 언덕 위에서 한눈에 담았을 때 이사오의 마음속에 순간 기이한 인상이 스쳤다. 왠지 이 집을 처음 본 것 같지 않은 느낌이다. 비에 싸인 이 층집, 낡은 나머지 높은 찬장을 빗속에 버려 둔 것 같은 분위기, 나무가 너무 많고 가지치기를 소홀히 해서 판자 울타리가 마치 잡초가 비어져 나온 쓰레기통처럼 보이는 정원의 광경, 이 음울한 집 전체가 과거의 어떤 극히 감미로운, 마음 깊은 곳에서 솟아 나온 어두운 꿈 같은 기억과 연관되어 있는 듯한 느낌이다. 한 번 와 본 것 같은 신비로운 감명은 생각해 보면 상당히 수상쩍다. 그것은 어쩌면 어린 시절 아버지에게 이끌려 이 근처에 왔던 실제 기억에 따른 것인지도 모르고, 어쩌면 어느 사진에서 봤던 건지도 모른다. 여하튼 이 집의 모습은 이사오의 마음 깊이 낀 안개 속에, 작지만 완전한 모형 정원처럼 말끔히 보존되어 있던 기분이었던 것이다.

이사오는 곧 우산의 그늘이 불러일으켰을 법한 환영에 대한 생각을 제 몸에서 떨쳐 냈다. 그리고 두 사람보다 앞서, 흙탕물이 가득한 가파른 언덕길을 거의 달리다시피 내려갔다.

현관 앞에 섰다. 미즈코시 장지문[84]이 아홉 개 있고 그 촘촘한 격자문 윗부분에 기타자키라고 적힌 문패가 달려 있는데, 비바람에 나뭇결이 깎여서 검은 글자 부분만 두드러졌다. 비는 현관의 썩은 문턱까지 스몄다.

오늘 세 사람이 만나러 온 호리(堀) 육군 보병 중위는 이즈쓰가 군 장교인 사촌에게서 소개받은 사람으로, 두 친구, 특히 세이켄 학원 원장의 아들인 이사오를 데려오는 것을 호의적으로 기다리고 있을 터였다.

이사오는 자신이 신풍련의 혈기 왕성한 젊은이가 되어 가야 하루카타를 만나러 가기라도 하는 것처럼 가슴이 두근거

---

84 아래에 나무판을 대지 않고 문 전면에 종이를 붙인 장지문.

달리는 말

렸다. 하지만 시대는 이제 신풍련의 시대가 아니다. 일본도를 휘둘러 무사가 메이지 정부 군대를 베는, 적과 아군의 말이 장기판 위에 분명하게 보이는 시대가 아님을 이사오는 잘 알고 있다. 지금은 무사의 영혼이 군대 내부에 숨겨져 있으며 중신(重臣)과 연결된 군벌, 군대 안의 '메이지 정부 군대'를 향해 슬퍼하고 분노하고 있음을 알고 있다. 이 누추한 집에 뜨거운 무사 영혼의 소유자가 산다는 것은 습한 숲의 나무 그늘에서 귤나무가 붉고 신선한 열매 하나를 맺은 것과 같다.

검도 시합을 앞두고도 그토록 철저히 지켜 온 냉정함을 이사오는 지금 상황에서 완전히 잃어 버렸다. 내가 곧 만날 사람은 나를 천외(天外)로 데려가 줄지도 모른다. ……지금껏 그가 다른 이에게 걸었던 희망과 꿈은 몇 번이나 배반당하긴 했으나.

— 방문에 응해 나타난 노인은 세 젊은이를 오싹하게 했다. 어둑한 현관에 나타난 그 모습은 키가 매우 크지만 허리가 굽어 있어서, 흰머리와 푹 들어간 눈도 그렇고, 천장에서 내려와 덮치듯이 손님을 맞는 형상이라, 너울거리는 부러진 날개를 접은 산사람을 깊은 산속에서 만난 것 같다.

"호리 씨가 기다리고 계십니다. 이쪽으로 오세요."

노인은 무릎 위에 손을 모으고 말하고는, 손으로 발의 움직임을 조종하는 듯한 걸음걸이로 어둡고 습한 복도를 나아갔다. 구조는 보통 하숙집인데 벽에 가죽 냄새가 뱄고 아침저녁으로 멀리서 들리는 3연대의 나팔 소리가 후스마[85]까지 스

---

85 襖. 나무틀 양쪽에 두꺼운 종이나 헝겊을 바른 문.

며든 느낌이다. 다른 하숙인은 아직 돌아오지 않은 듯 집 안이 적막하다. 노인은 이윽고 삐걱거리는 계단을 숨차게 올라가다가 중간에 쉬기 위한 구실처럼 "호리 씨, 손님이 오셨습니다." 하고 2층을 향해 불렀다. 아, 하고 젊고 굵은 목소리가 대답했다.

호리 중위는 옆방과 벽 하나를 사이에 둔 다다미 여덟 장 크기의, 지극히 혼자 사는 군인답게 책상과 책장 말고는 아무 물건도 없는 간소한 방에 살고 있었다. 이미 남색 잔무늬 홑옷으로 갈아입고 검은 비단 허리띠를 아무렇게나 묶은, 피부가 거뭇한 평범한 청년이다. 군복은 중인방에 걸어 놓은 옷걸이에 단정히 걸려 있고, 붉은 휘장과 3이란 황동 숫자가 이 방에서 유일하게 눈에 띄는 색깔이었다.

"어서 들어와. 오늘은 주번 근무가 낮에 끝나서. 일찍 왔어."

중위는 위엄 있고 쾌활한 목소리로 말했다.

짧게 깎은 머리칼 사이의 피부로 완고한 영혼의 형태가 노골적으로 비쳐 보였으며, 눈은 맑고 날카롭지만 옷차림은 스물예닐곱 정도의 이곳 사람들과 크게 다르지 않다. 다만 옷소매 아래로 보이는 굵은 팔뚝으로 검도를 한다는 건 알 수 있다.

"할아범, 이만 쉬시게, 차는 내가 알아서 할 테니."

삐걱거리는 계단 소리와 함께 노인이 멀어지자 중위는 살짝 일어나 뜨거운 물이 담긴 보온병에 손을 뻗으며 웃으면서 입을 열었다. 말투에는 소년들의 긴장을 풀어 주려는 마음씀씀이가 가득했다.

"유령의 집 같은 꼴이지만 이 하숙집도 저 노인도 역사적 기념물이야. 저 노인은 청일전쟁 용사였고 러일전쟁 때 이 군인용 하숙집을 열어 훌륭한 군인들이 많이 묵었지. 그런 인연이 있고 집세도 싸고 막사 바로 뒤라 편리하니 늘 만실이야."

이사오는 중위의 웃는 얼굴을 보고 벚꽃이 지는 계절에 여길 찾아왔어야 했다고 생각했다. 중위가 하늘을 노랗게 만들듯한 연습장의 먼지 속에서 돌아와, 벚꽃 꽃잎이 붙은 먼지투성이 장화를 벗고, 봄과 말똥 냄새 가득한 카키색 군복 어깨에, 옷깃의 빛나는 붉은색과 금색 광채와 함께 소년들을 맞이해야 했다.

그는 원래 다른 이에게 비춰지는 이미지 같은 것에 신경 쓰지 않는 성격인 듯했다. 스스럼없는 말투로 우선 검도 이야기 등을 했다.

이즈쓰와 사가라는 한 가지 말하려는 것이 있어 숨을 죽이고 있었는데, 바로 이사오가 검도 3단이며 검도계에서 촉망받는다는 사실이었다. 드디어 안경 끼고 체구 작은 사가라가 더듬거리며 그 이야기를 꺼냈다. 이사오는 얼굴을 붉혔고, 중위의 눈에 곧 친근함이 어렸다.

이즈쓰와 사가라는 이 상황을 바랐다. 자신들 뜻의 권화(權化)인 양 이사오를 보는 그들은 그 나이대의 날카로운 찌르기 같은 특권으로 이사오가 외부인과 대등하게 맞서기를 바랐다. 물론 그럴 때 이사오는 한 마디도 거짓을 말해서는 안 되며 자신들의 순수함을 바늘 삼아 상대를 서슴없이 찔러야 했다.

"그럼 물어보자. 이누마, 네가 이상으로 삼는 것은 무엇이냐?"

중위가 지금까지와 다른 말투로 눈을 조금 빛내며 단도직입적으로 묻자 이즈쓰와 사가라도 기다리던 순간이 왔음을 느끼고 가슴이 두근거렸다.

편하게 있으라는 말에도 무릎을 꿇고 앉아 있던 이사오는 가슴을 곧게 펴고 간결하게 대답했다.

"쇼와[86]의 신풍련을 일으키는 것입니다."

"신풍련 봉기는 실패했는데, 그래도 상관없나?"

"그건 실패가 아닙니다."

"그렇군. 그럼 네 신념은 무엇이냐."

"검입니다."

이사오는 한 마디로 대답했다. 중위는 잠시 침묵했다. 다음 질문을 먼저 마음속에서 던져보는 듯했다.

"좋아. 그렇다면 묻겠는데, 네가 가장 바라는 것은 무엇이냐."

이번에는 이사오가 잠시 입을 다물었다. 그때까지 중위를 계속 똑바로 쳐다보던 눈길이 그에게서 잠시 벗어나 비 얼룩이 진 벽에서 꼭 닫힌 불투명유리 창 쪽으로 옮겨갔다. 시야는 거기서 막히고, 비가 촘촘한 유리창살 너머에서 한없이 낮게 깔렸음을 알 수 있다. 창문을 열어도 비가 끊기는 경계는 결코 보이지 않을 것이다. 그래도 이사오는 이곳에 없는, 훨씬 멀리 있는 것을 말하려고 한다.

---

86 昭和. 일본의 연호로 1926년부터 1956년까지 해당한다.

달리는 말

더듬거리며 큰맘 먹고 말을 시작했다.

"태양이…… 동이 트는 낭떠러지 위에서, 떠오르는 해에 기도하고…… 반짝이는 바다를 내려다보며, 고상한 소나무 나무 밑동에서…… 자결하는 것입니다."

"흠."

이즈쓰와 사가라가 놀라서 이사오의 얼굴을 보았다. 이사오는 지금껏 누구 앞에서도, 친구 앞에서조차 이렇게 가장 속 깊은 고백을 한 적이 없었는데, 처음 본 중위 앞에서 오히려 이런 말이 서슴지 않고 나온 것이다.

다행스럽게도 중위는 소년에게 심술궂은 반응을 보이지 않았다. 진지하게, 가만히 이 광기에 가까운 선언을 생각하는 듯하다가, 이윽고 입을 열고 이렇게 말했다.

"그렇군. ……하지만 아름답게 죽기란 어렵다. 기회를 직접 선택할 수 없기 때문이야. 설령 군인일지라도, 자신이 평소 생각해 오던 모습으로 죽을 수 있다는 보장은 없어."

이사오는 그 말을 귀담아듣지 않았다. 전부 굴절된 말투, 주석, '그러나 한편으로'라는 사고…… 그런 것들은 이사오의 이해를 벗어난 것이었다. 사상은 새하얀 종이 위에 선명하게 떨어진 먹물 자국이며, 수수께끼 같은 원전이기에, 번역은 물론이요, 비평도 주석도 필요 없는 것이었다.

그는 이번에는 몹시 긴장해서, 때에 따라서는 따귀도 한 대 맞겠다는 각오로 어깨에 힘을 주고 중위의 눈을 정면으로 바라보며 말했다.

"한 가지 질문해도 되겠습니까."

"좋아."

"5·15 사건 전에, 나카무라 해군 중위가 호리 씨를 방문했다는 소문이 사실인가요?"

순간 중위의 얼굴에 처음으로 차가운 굴 껍데기 같은 것이 붙었다.

"어디서 그런 소문이 나왔나."

"아버지 학원에서 그런 얘기를 한 사람이 있어요."

"아버지가 그렇게 말하셨나?"

"아니요. 아버지는 아닙니다."

"어쨌든 재판에서 밝혀질 일이다. 시시한 소문에 휩쓸리지 마."

"시시한 소문인가요."

"그래, 시시한 소문이야."

중위의 억누른 분노가 나침반 바늘처럼 미세하게 흔들리는 것이 느껴지는 침묵이 흘렀다.

"저희를 믿고 사실을 말씀해 주세요. 만났습니까, 만나지 않았습니까."

"아니, 만나지 않았다. 해군 놈들은 아무도 만나지 않아."

"육군 쪽은 만났나요?"

중위는 일부러 담담하게 웃었다.

"매일 만나지. 나는 육군이니까."

"그건 대답이 되지 않습니다."

이즈쓰는 우려하는 기색으로 사가라와 힐끗 마주 보았다. 이사오가 어디까지 나갈 셈인지 불안해진 것이다.

달리는 말

"동지를 말하는 건가?"

중위가 잠시 사이를 두고 말했다.

"맞습니다."

"너희가 상관할 일이 아니야."

"아니요, 꼭 알고 싶습니다."

"어째서?"

"만약…… 만약 저희가 부탁을 드린다면 호리 씨가 저지할 사람인지 그렇지 않은 사람인지 알고 싶기 때문입니다."

이사오는 상대방의 대답을 기다릴 것도 없이, 지금까지 몇 번이나 겪어 왔듯 말이 통할 거라 믿었던 연장자와 대화한 끝에 갑자기 하얀 강 같은 것이 나타나 자신과의 간격을 벌려 버리는 괴로운 시간이 다가옴을 느꼈다. 그때, 방금 전까지 눈부시게 빛났던 상대방은 불 꺼진 재로 바뀐다. 그것은 그렇게 보이는 상대방에게도 다소 고통스러운 일이지만 보는 쪽은 더욱 고통스럽다. 당겨진 활 같던 시간의 긴장이 갑자기 풀리나 화살은 쏘아지지 않고 활시위가 순식간에 느슨해져서, 참기 힘든 일상적 시간이 쓰레기 더미처럼 쌓여 있는 형상이 갑자기 모습을 드러내기 때문이다. 갖가지 배려와 나이에서 오는 위안을 내던지고 이쪽이 찌르는 '순수함'의 바늘에 곧장 '순수함'이란 바늘로 반응하는 선배는 없는 것일까. 만약 없는 것이 확실하다면, 이사오가 생각하는 '순수'는 나이라는 끈에 묶여 있는 셈이다. (신풍련 사람들에게는 그런 것이 결코 없었는데!) 만약 나이라는 끈에 묶이는 것이 '순수'의 본질이라면, 그것은 눈에 보였다가도 결국은 사라질 것이 분명하다. 이 생각만큼 이사오를 두렵게 하는 것은 없었다. 만약 그렇다면 서둘러야 한다!

연장자들은, 그들이 소년들의 성급함을 누그러뜨리려면 단지 그 성급함을 불평 없이 시인하는 수밖에 없다는 지혜를 모르는 듯 보였다. 만약 시인하지 않으면 소년들은 내일이면 사라질 것이라고 생각하는 극렬한 '순수'를 향해 스스로 점점 더 내몰리게 된다. 누구도 아닌 그 연장자들 때문에.

— 그날, 이사오와 두 친구는 배달 음식을 대접받고 밤 9시까지 중위 집에 머물렀다. 미묘한 질문에서 멀어지자 중위의 이야기는 재미있고 유익했으며 마음을 고양시키는 힘으로 가득했다. 굴욕적인 외교, 농촌의 빈곤을 구제하는 데 아무것도 하지 않는 경제 정책, 정치가들의 부패, 활개 치는 공산당, 그리고 정당은 군대 사단을 반으로 줄이겠다는 군비 감축을 내세우며 내내 군부를 압박하고 있다. 이야기 중에 신카와(新河) 재벌이 달러 매입에 몰두한다는 말이 나왔고, 이사오도 아버지에게서 들은 적 있었는데, 중위의 말에 따르면 이번 5·15 사건으로 신카와 재단이 눈에 띄게 자숙하고 있다고 한다. 하지만 이런 자들의 일시적인 자숙은 절대 신뢰해선 안 된다고 중위는 덧붙였다.

일본은 궁지에 몰렸으며, 어두운 먹구름에 몇 겹이나 감싸여 정세는 절망적이고 황공하게도 왕은 숨겨져 있다. 절망에 대한 소년들의 지식이 크게 늘었다. 어쨌든 중위는 좋은 사람이었다. 이사오는 "저희 정신은 전부 이 안에 있습니다." 하며

달리는 말

『신풍련사화』을 중위에게 건네고 돌아갔다. 주겠다는 말도 빌려 가라는 말도 하지 않았지만, 또 중위를 만나고 싶을 때면 책을 돌려받으러 왔다며 찾아오면 되겠다고 생각했다.

12

이사오는 일요일마다 아침 일찍 근처 경찰 도장에 가서 아이들의 검도 연습을 지도했다. 아버지에게 심취해 가끔 세이켄 학원에도 놀러 오는 경찰서장이 아버지를 통해 부탁했기 때문에 거절할 수 없었다. 일요일 아침만은 늦잠을 자고 싶었던 사범은 마침 아이들에게 인기 있고 영웅시되는 이사오에게 연습 지도를 맡기는 것을 기껍게 생각했다.

흰 바탕에 검은 실로 삼잎 무늬가 수놓인 연습복에서 가는 팔을 내놓은 소학생들이 줄지어 차례차례 이사오 한 사람에게 달려들었다. 면금 너머 진지하고 앳된 눈들이 덮쳐오는 모습은 빛나는 돌멩이들이 잇따라 날아오는 것 같았다. 이사오는 상대방의 키에 맞춰 몸을 숙인 채 허점을 만들어 주며 진퇴하면서, 연신 튕겨 오르는 어린 가지들을 헤치고 숲 한가운데를 나아가는 것처럼 아이들의 죽도 타격을 쉴새없이 받아

냈다. 이사오의 젊은 몸은 기분 좋게 뜨거워졌고 흐린 장마철 아침의 나른함이 아이들의 한결 같은 함성 속에 사라졌다.

연습이 끝나고 땀을 닦는데 구경하고 있던 초로의 경찰 쓰보이가 다가와 말을 걸었다.

"아이들을 상대로 하는 연습일수록 진지해져야 한다는 걸 자네를 보니 알겠네. 아주 훌륭해. 마지막 경례 때도 가장 나이 많은 아이가 '신전(神前)!'이라고 외치는데, 어린아이인데도 그렇게 기합이 들어간 목소리를 내다니, 자네 교육의 성과가 잘 보이더군. 정말로 훌륭해."

쓰보이는 2단이었지만 힘이 떨어지고 어깨만 긴장해서 뻣뻣한 검도를 구사하기에, 가끔 이사오가 경찰서 사람들과 연습할 때면 서른대여섯 살 아래의 이사오에게 기꺼이 가르침을 청했다. 움푹 들어간 눈에는 조금도 표정이 없고 지나치게 높은 주황색 코가 볼품없는 데다 수다스러운 감상가라 도저히 사상과 관계된 형사로는 보이지 않았다.

아이들이 삼삼오오 집으로 돌아가는데 경찰차 한 대가 도장 안뜰로 들어왔다. 차가 멈추더니 장발의 젊은 남자들 몇 명이 길게 결박된 채 내렸다. 한 사람은 작업복 차림이고 두 명은 평범한 양복 차림, 치렁치렁한 기모노에 허리띠를 맨 남자가 한 명이었다.

"이런, 일요일 아침부터 손님이 오셨군."

쓰보이는 귀찮은 듯 일어나 맨손으로 죽도를 몇 번 휘두른 다음 이사오에게 이만 가겠다는 인사를 했다. 이사오가 무심코 지켜본 그 손동작은 날카롭게 정맥이 불거진, 매우 작고 연약한 손이었다.

"어떤 사람들인가요?" 하고 이사오가 평범한 호기심으로 물었다.

"적색분자들. 딱 보면 알잖아. 요즘 적색분자들은 옛날과 달라서 일부러 눈에 띄지 않는 수수한 옷차림을 하든가, 한량처럼 치렁치렁하게 입고 다니든가 둘 중에 하나야. 저기 작업복을 입은 놈이 아마 조직자일 테고 나머지 사람들은 학생일 테지. 아무튼 대접해 드려야겠어." 하며 가냘픈 손으로 죽도 손잡이를 꽉 쥐었다가 놓고는 곧 멀어졌다.

이사오는 감옥에 끌려가는 청년들에게 희미한 질투를 느꼈다. 하시모토 사나이는 스물다섯 살에 투옥되고 스물여섯 살에 사형에 처해졌다.

자신은 언제 사나이처럼 옥중의 죄수가 될 수 있을까. 지금의 자신이 모든 면에서 감옥과 연관 없다는 점이 불만이었다. 아니, 자신은 감옥에 갇히느니 차라리 자결을 택할 것이다. 신풍련 중에 감옥에 간 사람은 극히 소수였다. 만약 자신이 극히 장렬한 상황에 처한다면 구속과 그에 이은 수많은 굴욕을 기다리지 않고 스스로의 손으로 끝맺음을 할 것이다.

가능하다면 어떤 아침, 그의 생각처럼 맑고 상쾌한 아침 해 속에서의 죽음, 절벽 위에 부는 소나무 바람과 바다에 반사되는 빛이 눅눅한 감옥의 오물 냄새 떠다니는 꺼슬한 콘크리트 벽과 섞였으면 했다. 어디서 그 두 가지가 섞일 수 있을까.

늘 죽음을 생각하기에 그 생각이 그를 투명하게 만들어 공중에 뜨게 하고, 세상과 떨어져 허공을 걷게 하여, 이 세상의 것들을 향한 증오와 혐오를 어딘가에서 희석하는 듯이 느껴졌다. 이사오는 그것이 두려웠다. 감옥 벽의 얼룩, 혈흔, 오물 냄새 등이 어쩌면 그 희석을 달랠지도 모른다. 자신에게는 감옥이 필요한지도 모른다…….

— 집에 돌아오니 아버지와 학생들은 아침식사를 마친 뒤라 이사오는 어머니가 차려 준 아침을 혼자서 먹었다.

어머니는 최근 들어 꽤 살이 붙어서 움직임이 둔해 보였다. 명랑하고 활발한 아가씨였던 예전의 낙천적인 겉모습은 그대로인 채로 우울한 지방이 쌓여서 흐린 하늘 같은 감정의 웅덩이가 비쳐 보였다. 눈은 언제나 화난 듯이 험상궂었지만 화난 듯하면서도 눈동자가 요염하게 떨리는 모습은 옛날과 같았다.

세이켄 학원에서 어머니 미네는 열 명이 넘는 학생들을 돌보는 역할이니 바쁠 터였다. 바쁜 와중에도 그렇게 많은 젊은 이들에게서 어머니 대우를 받는 기쁨을 맛보아도 좋을 나이인데, 미네는 제 몸 주변에 어떤 울타리를 쳐 놓고 사람들과 영 가까워지지 않았고, 시간이 나면 각종 주머니들을 만드는 수공예에 열중해서 집 여기저기에 그 수공예품이 넘쳐났다.

단정함을 원칙으로 하는 학원에서 비단이나 유젠[87] 수공예품이 여기저기 눈에 띄는 것은 흰 목재로 만든 배에 색색깔의 해조가 달라붙어 있는 꼴이었다.

술병 받침대도 붉은 비단으로 되어 있다. 지금 이사오의 밥을 푸는 나무통도 화려한 보라색 비단으로 싸여 있었다. 이누

---

87 友禪. 비단에 화려한 색깔로 무늬를 염색하는 일.

마는 이런 궁중 하인 취미를 질색할 것이 분명했지만 딱히 비난하지는 않았다.

"일요일에도 쉴 틈이 없네. 오후 1시에 마스기 선생님 일요 강의가 있잖니. 서생 혼자서는 제대로 못 챙기니까 나도 가서 준비를 거들어야 해."

"손님이 몇 명 정도 오지요?"

"서른 명 정도일걸. 그래도 계속 늘고는 있어."

세이켄 학원은 일요일에는 일종의 교회 역할을 했다. 근처의 유력자들이 모이고, 원장의 인사 후 마스기 가이도가 역대 천황 문서를 연속으로 강의하고, 마지막으로 다 함께 번영을 기원하며 해산하는데, 이 참에 기부금을 모으는 것이다. 가이도의 오늘 강의는 '야마토 다케루에게 동쪽 이적을 정복하게 한다.'라는 게이코 천황의 칙령을 다룰 예정이다. 이사오는 그 구절을 이미 외웠다.

"……다시 산에 악령이 들고, 마귀가 마을을 어지럽히니, 큰길이 막히고 샛길이 막혀 수많은 이들이 고통을 겪는다."

이 구절이 마치 지금 시대를 두고 하는 말처럼 느껴졌다. 산에는 악령이, 마을에는 마귀가 넘쳐 난다.

미네는 말없이 그릇을 하나씩 비워 가는 열여덟 살 아들의 모습을 밥상 너머로 가만히 바라보았다. 크게 움직이는 뺨부터 턱까지의 얼굴선이 제법 남자다워졌다.

나팔꽃과 가지를 부르며 지나가는 행상인의 목소리가 들려서 미네는 정원 쪽을 돌아보았는데, 흐린 하늘 아래 우울하게 우거진 정원수 건너편의 울타리에 가려져서 사람 모습은 보이지 않았다. 행상인의 목소리는 열에 들뜬 듯 지쳐 있고 눈에 떠오르는 나팔꽃은 어린잎도 시든 듯해, 그 목소리가 울적하게, 작은 달팽이가 가득한 정원의 오전 시간을 옮겨 갔다.

미네는 문득 처음 생긴 아이를 중절했을 때를 떠올렸다. 아무리 일수를 계산해 봐도 그 아이가 후작의 아이인지 자기 아이인지 알 수 없다며 이누마가 중절을 권한 것이다.

'이사오 이 아이는 조금도 웃지 않아. 왜일까. 농담도 좀처럼 하지 않고. 요즘에는 나와 말을 나눈 지도 오래되었다.'

그 점은 서생 시절의 이누마와 닮은 듯하기도 하고 닮지 않은 듯하기도 하다. 아버지 이누마는 젊었을 때 누가 보아도 짓눌려 있는 영혼이 비쳐 보였는데 이사오는 어느 각도에서도 끝없이 투명해 두려워진다. 한창 여드름 나는 저 시절에는 좀 더 여름철 강아지처럼 시종일관 떠들어야 옳은 것을.

첫 임신 때 중절을 했기 때문에 두 번째 임신이 불안했지만 오히려 이사오가 수월하게 태어난 뒤에 미네의 몸에 문제가 생겼다. 그러자 이누마는 아내의 힘든 몸을 탓하기보다 마음을 탓하는 쪽이 위로를 보여 주는 방법이라고 생각했는지 어쨌는지, 때때로 전보다 가혹하고 못된 방식으로 잠자리에서 미네와 후작의 옛일을 언급했다. 그것이 미네의 심신을 지치게 했고 야위는 대신 음울하게 살이 쪄 버렸다.

세이켄 학원은 번성했다. 이사오가 열두 살이 된 육 년 전에 미네는 한 학생과 가까워졌다. 그 일을 들켰을 때 끔찍한 구타가 잇따랐다. 미네는 사오일 입원했다.

그 이후 부부 사이는 겉보기에는 평온해졌지만, 미네는 활기를 완전히 잃고 두 번 다시 바람피울 생각을 하지 않았고, 이누마도 여우의 혼이 떨어진 것처럼 후작 얘기를 입에 올리지 않게 되었다. 과거는 절대로 언급해선 안 될 것이 됐다.

하지만 어머니가 입원했을 당시 이사오의 마음에 무언가가 새겨졌을 것이다. 물론 어머니와 아들은 한 마디도 그 얘기를 꺼내지 않지만, 꺼내지 않는다는 것이 이사오 마음속의 둑 안에 무언가가 차 있음을 말해 준다.

미네는 자신의 옛 과오를 이사오에게 말한 자가 분명 있을 것이라고 생각했다. 이사오의 입으로 그 이야기를 듣고 싶다는 묘한 유혹도 들었지만, 어머니로서의 자격에 의심스러운 무언가가 자신에게 있음을 아들이 계속 생각한다는 것도 실은 아주 나쁘지는 않았다. 거기에는 일종의 달콤한 감정이 있었다. 미네는 후두부에 얕은 물웅덩이가 괸 듯한 두통을 느끼면서, 피곤하면 쌍커풀이 지는 무거운 눈꺼풀 아래로 여전히 묵묵하게 밥을 밀어 넣는 아들을 바라보았다.

5·15 사건 이후 갑자기 가계 상황이 좋아졌다는 얘기를 이사오에게 절대 하지 말라고 이누마는 말했다. 이누마는 학원 회계도 아들에게 일절 밝히지 않았다. 성인이 된 후에 알려 줘야 할 것은 알려 주겠다고 하지만, 미네는 가계 상황이 좋아졌으니 남편 몰래 아들의 용돈을 늘려 주지 않을 이유가 없었다.

"아버지한테는 비밀이야." 하고 미네는 허리끈 사이에 끼워 놓은 5엔 지폐를 꺼내 식사를 마친 이사오에게 밥상 밑으로 숨겨서 건넸다.

이사오는 비로소 희미한 미소를 짓고 고맙다고 말했다. 그리고 잔무늬 겉옷 호주머니에 재빨리 집어 넣었다. 지은 미소가 아까운 듯이.

— 세이켄 학원은 고마고메 니시카타 마을 일각에 있는 건물을 십 년 전 매입한 것으로, 원래는 이름 있는 서양화가 소유의 집이었다. 별개 건물의 드넓은 아틀리에를 개조해서 신전과 회당을 만들고, 침식을 같이하는 제자들이 쓴 듯한 본관 일부에 학생들을 거주하게 했다. 뒤쪽 정원의 연못을 메우고 그대로 둔 건 나중에 도장 부지로 쓸 생각이라서였는데 그때까지 무도 연습은 임시로 회당에서 하기로 했다. 하지만 바닥의 스프링 상태가 매우 나빠서 이사오는 그곳에서 연습하기를 좋아하지 않았다.

학생들과 격의가 없도록 이사오는 매일 아침 등교 전에 바닥 청소를 같이 했는데, 이누마는 묘한 배려를 하여 아들을 도련님처럼 대우하지도, 학생들처럼 대우하지도 않으며 개개인과 그리 친해지지 않도록 신경 썼다. 학생은 원장에게 뭐든 털어 놓아도 되지만 아내와 아들에게는 흉금을 털어 놓지 말라고 일러 두고 있었다.

그래도 이사오는 가장 나이 많은 학생인 사와(佐和)와 자연히 친해져 말을 트게 되었다. 사와는 기가 막힐 만큼 비상식적인 마흔 살 남자로 아내를 고향에 두고 도쿄로 왔다. 살이 쪘고 장난기가 있었으며 틈만 나면《고단 클럽》[88]을 읽었다. 일주일에 한 번은 왕궁 앞에 가서 자갈밭에 앉아 머리를 조아려

---

88 1911년부터 1962년까지 간행된 대중문화잡지.

절하고 온다. 언제든 왕을 위해 목숨을 바칠 각오가 돼 있어야 한다고 말하면서 매일 정성껏 옷을 세탁하고 몸을 단정히 하는데, 젊은 학생과 내기를 해서 밥에 벼룩약 가루를 뿌려 먹은 적도 있다. 그래도 아무렇지 않았다. 원장이 말을 전하는 일을 시킬 때마다 나무에 대나무를 잇는 꼴인 생뚱맞은 말을 해서 상대방을 당황하게 만들기 때문에 늘 원장에게 꾸지람을 들었는데, 입이 무겁기로는 제일이었다.

이사오는 뒷정리하는 어머니를 뒤로하고 복도를 따라 회당으로 갔다. 중앙의 단 위에 흰 목재로 된 신전 문이 있고 그 위에 천황과 황후의 초상화를 가린 장막이 있다. 이사오는 회당 입구에서 그쪽을 향해 공손하게 예를 표했다.

학생들을 지도하던 이누마가 멀리서 그 모습을 흘긋 보았다. 아들이 절하는 시간은 항상 약간 길게 느껴진다.

월례 행사로 메이지 신궁과 야스쿠니 신사에 참배를 갈 때도 아들은 어찌 된 일인지 다른 사람들보다 오래 고개를 숙였다. 그리고 부모에게는 아무 말도 하지 않는다. 생각해 보면 자신이 옛날 마쓰가에 후작 저택에서 매일 아침 참배할 때 그토록 저주와 분노를 담고 임한 이유가 무엇이었던가. 그 시절의 자신에 비하면 이사오는 부족할 게 없으니 세상을 원망하고 사람을 저주할 아무런 이유가 없을 터였다.

이사오는 아틀리에 천장의 넓은 채광창에 달라붙은 흐린 하늘이, 의자를 옮기느라 분주한 학생들 위로 탁한 수조 안 같은 빛을 비추는 광경을 보았다.

의자와 벤치가 이미 가지런하게 정리됐건만 사와 혼자 여

173

느 때처럼 살찐 가슴을 드러내놓고 똑같은 의자끼리 위치를 바꾸다가, 다시 살펴보다가, 또 위치를 바꾸다가 하며 쓸데없이 부산했다.

그런 사와를 원장이 나무라지 않은 것은, 단상을 지도하는 데 바쁜 이누마가 칠판 받침대에서 분필을 하나씩 꺼내 근엄하게 살펴보고 있었기 때문이다.

무명 하카마를 입은 젊은이들이 강의대로 쓸 책상을 옮기고 천을 덮은 뒤 소나무 분재를 올렸다. 청자색 사기 화분이 문득 파란색으로 빛나고 소나무가 생명을 되찾은 것처럼 갑자기 침엽을 반짝인 것은 채광창 너머 하늘에 빛이 돌아왔기 때문이다.

"거기서 뭐하냐. 빨리 돕지 않고." 하고 단상에서 뒤돌아본 이누마가 아들에게 소리쳤다.

— 천황 문서 강의에는 이사오의 친구인 이즈쓰와 사가라도 왔고, 끝난 뒤 이사오는 둘을 자기 방으로 데려갔다.

"보여 줘." 너무 큰 안경을 집게손가락으로 올리고는 족제비처럼 호기심 가득한 코끝을 들이대며 체구 작은 사가라가 말했다.

"기다려. 그보다 오늘 내가 군자금이 꽤 있어. 나중에 대접할게." 하고 이사오는 괜스레 애태웠다. 두 소년은 눈을 반짝였다. 그 말만으로 벌써 무언가를 성취할 것 같은 느낌이 든다.

간식과 차를 가져온 어머니의 발소리가 멀어지는 것에 귀기울이다가 이사오는 열쇠로 잠가 놓은 서랍을 열었다. 접힌

지도를 꺼내 바닥에 펼쳤다. 도쿄 중심부 지도인데 여기저기 보라색 색연필이 칠해져 있다.

"보는 대로야." 하고 이사오는 한숨 섞인 목소리로 말했다.

"이렇게나?" 하고 이즈쓰가 말했다.

"그래. 벌써 이렇게나 썩었어." 이사오는 그릇에서 귤을 하나 집어들고 노랗게 빛나는 용암 같은 껍질을 쓰다듬으며 말했다. "만약 과일 중심부가 이렇게 썩었다면 도저히 먹을 수 없지. 버리는 수밖에."

이사오가 보라색 색연필로 칠한 곳들은 부패의 표시였다. 왕궁 주변부터 나가타까지, 도쿄 역 근처의 마루노우치가 유독 보라색이 진했는데 왕궁 안조차 옅은 보라색 부패가 스며들었다.

국회의사당은 짙은 보라색으로 칠해졌다. 그 보라색이 마루노우치의 재벌 빌딩 숲에 칠해진 짙은 보라색과 점선으로 이어졌다.

"이건 뭐야?" 사가라가 조금 떨어진 도라노몬 근처의 보라색 점을 보고 물었다.

"귀족 회관." 이사오는 대수롭지 않게 말했다. "그들은 황실의 수호자를 자처하지만 황실에 기생하는 기생충일 뿐이야."

가스미가세키 근방의 관청가는 농담의 차이는 있어도 온통 보라색으로 칠해져 있다. 연약한 외교의 본가인 외무성은 몇 번이나 덧칠해진 보랏빛을 발했다.

"이렇게나 부패가 퍼졌구나. 육군성에도, 참모본부에도."

이즈쓰는 눈을 반짝이며 나이에 어울리지 않게 굵은 목소

리로 말했다. 하지만 이즈쓰의 그 목소리는 모든 것을 곧이곧
대로 믿는 청정한 통에서 나는 울림 같고 그 어디에도 시기와
의심의 흔적이 없다.

"그렇다니까. 내가 보라색을 칠한 건 그만큼 확실한 정보에
따라서야."

"이것들을 전부 한꺼번에 정화하려면 어떻게 하면 되지?"

"신풍련은 개탄하겠지만, 한꺼번에 하려면 이 방법밖에
없어."

이사오는 손에 든 귤을 높이 들어 올려 지도 위로 떨어뜨
렸다. 귤은 묵직하게 튕기더니 둔탁한 소리를 내며 대각선으
로 굴러가 히비야 공원 근처를 가리며 멈췄다. 그러자 그 노란
빛이 멈춤과 동시에 일상적인 무정한 무게로 응결하더니 히비
야 공원의 누에고치 모양 연못과 그곳을 둥글게 둘러싼 산책
로 위로 완만한 구체의 그림자를 크게 드리웠다.

"알았다. 비행기에서 폭탄을 떨어뜨린다는 거지." 사가라는
흥분해서 코끝에서 안경을 떨어뜨릴 뻔했다.

"맞아." 이사오는 자연스럽게 미소를 지으며 대답했다.

"그렇군. 그렇다면 호리 중위도 물론 적격이지만, 공군 장
교 중에서도 한 사람 포섭할 필요가 있겠어. 계획을 말하면
분명 호리 씨가 소개해 줄 거야. 그러는 동안 틀림없이 둘도
없는 동지가 되어 줄 테고." 하고 이즈쓰가 말했다. 이즈쓰의
그 아름다운 경신(輕信)을 이사오는 조금 여유를 가지고 바라
보았다.

이즈쓰는 물론 결국에는 이사오의 판단에 따르겠지만, 누

군가를 만날 때마다 그 사람이 가진 장점에 온몸으로 빠져드는 편이라, 이런 경신이 그의 정신 세계를 목장처럼 평평하고 밝은 것으로 만들었다. 모순을 두려워하지 않는 대신 비뚤어지지도 않은 그 세계에서 이즈쓰가 생각하는 악이란 최대한으로 평평한 형태였다. 그는 악을 웨이퍼 과자처럼 부술 수 있는 사람이었고 바로 그 점이 그가 가진 담대함의 원천이었다.

"하지만" 하고 이사오는 이즈쓰의 마음에 그 경신이 스며들 때까지 충분히 기다린 후 말했다. "폭탄은 일종의 비유야. 신풍련의 우에노 겐고가 주장했지만 받아들여지지 않았던 소총 같은 거야. 결국에는 오직 검이야. 그걸 잊지 마. 육탄과 검뿐이라고."

달리는
말

13

하쿠산마에 마을에 있는 기토 중장의 집은 세이켄 학원에서 걸어갈 수 있는 거리였다. 그 산꼭대기 집의, 산기슭에서 돌다리를 건넌 뒤 올라야 하는 서른여섯 개의 돌계단 수도 이사오는 기억하고 있었다.

가정에서 중장은 매우 너그러운 편이라 아내가 죽고 없는 집안을 이혼하고 돌아온 딸 마키코에게 전적으로 맡기고 있었다. 세이켄 학원과도 친분이 있고 이사오를 예뻐했기 때문에, 이사오가 종종 중장의 집에 가면 이누마는 "너무 폐 끼치지 마라."라고 말하긴 했지만 결코 금하지는 않았다.

중장의 집에 가면 이사오와 친구들을 대접하는 일은 마키코 몫이다. 마키코는 지극히 친절했다.

젊은 사람들이 놀러 온다면 언제든 오고 싶을 때 오면 되는데 되도록이면 식사 전이 좋다, 한창 잘 먹을 때인 이들에게 음식을 대접하는 것이 제일가는 즐거움이다, 라고 중장은 말했고 마키코도 그렇게 생각했다.

누구에게나 똑같은 친절을 베푸는 마키코의 태도는 한결같았다. 밝고 다정하고 냉정하고, 머리카락 한 올의 흐트러짐도 보이지 않는 사람이었다.

이사오와 이즈쓰와 사가라는 특별히 갈 곳이 없는 일요일 밤을 기토 중장의 집에서 보내기로 했다.

이즈쓰와 사가라가 두 사람에게 크게 대접하려는 이사오의 낭비를 말리고 계획 수행에 필요한 자금을 조금이라도 더 모아 두자고 권유했기 때문에, 돈이 들지 않는 행선지가 필요했던 것이 그 이유다.

중장의 집에 도착하자 연보라색 서지(serge) 기모노를 입은 마키코가 현관에 나왔다. 그 모습을 본 이사오는 이즈쓰와 사가라가 아까 지도에서 봤던 부패의 보라색을 떠올리지 않을까 하여 문득 오싹했다. 마키코는 섬세한 물주전자 손잡이처럼 한쪽 손을 현관 기둥에 올리고 언제나처럼 인사했다.

"어서 오세요. 아버지는 여행 가셔서 안 계시지만 마음 쓸 것 없어요. 자, 들어오세요. 식사는 아직이지요?"

그때 비가 오기 시작했다.

"운이 좋은 사람들이네."

문밖으로 해질녘을 보며 마키코는 그 가는 빗소리에 뒤엉키는 듯한 작은 목소리로 말했다. 그녀는 가끔 그런 목소리로 혼잣말을 할 것처럼 느껴진다. 괜한 대답을 하지 않는 것이 예의

인 것 같아 이사오는 말없이 어슴푸레한 집 안으로 들어갔다.

마키코가 거실의 램프를 켰다. 발끝으로 서서 갓 위에 손을 얹고, 램프가 흔들리고 손이 미끄러져 불이 순간 켜졌다가 꺼지고 다시 켜지는 짧은 시간 동안 마키코의 하얀 버선발이 이사오의 눈에 비쳤다. 발돋움을 한 그 버선의 모양이 언뜻 교활한 하얀색으로 보여 이사오는 왠지 그녀의 비밀을 보아 버린 느낌이 들었다.

─소년들이 늘 신기하게 생각하는 것은 식사 시간에 갑작스럽게 찾아와도 기토가에는 항상 음식이 풍성하다는 점이었는데, 그것은 옛날부터 식욕이 왕성한 젊은 장교들의 급습에 대비해야 했던 기토가의 관습이었다. 식사가 곧 차려지고 마키코도 가정부에게 일을 맡기고 함께 먹었다. 이사오는 마키코처럼 아름답게 식사하는 사람을 본 적이 없었다. 그녀는 부드럽게 고개를 숙이고 젓가락을 흐르듯이 움직이며, 밥도 반찬도 아주 조금씩 집고, 심지어 소년들의 농담에 웃기도 하면서 재빠르게 식사를 끝냈다. 여자들이 하는 소소한 정리정돈을 솜씨 좋게 해치우듯이.

식사가 끝나자 "레코드를 들을까요?" 하고 말했다.

무더운 날씨였기에 비가 조금 들이치더라도 툇마루 쪽 유리문을 열고 그 근처에 자리 잡았다. 방 한구석에 마호가니색으로 칠한 상자 모양 축음기가 있었다. 전기 축음기가 유행인데도 이 집에서는 수입 태엽 축음기를 고수하고 있다. 이즈쓰가 핸들을 잡고 태엽을 끝까지 감았다. 이사오가 해도 되었지만 레코드를 고르는 마키코 옆으로 그렇게 가까이 가기가 망설여졌다.

마키코는 12인치 붉은색 레코드를 골라서 알프리드 코르토가 연주한 쇼팽의 녹턴을 턴테이블에 올렸다. 소년들의 교양이 미치지 못하는 영역이었지만 그들은 알은체하지 않고 주어진 곡에 순순히 귀를 기울였다. 그러자 익숙하지 않은 음악의, 차가운 물에 몸을 담그고 헤엄치는 듯한 기분이 스몄다. 이렇듯 고요한 수용의 마음에 비하면 자기 집 학원에 있을 때는 계속 가면을 쓰고 생활하는 것 같다고 이사오는 생각했다.

그 증거인 것처럼 음악은 이제 그의 마음을 이리저리 표류하게 했고, 기토가에 올 때마다 보고 들은 것들, 하나같이 어떤 문장(紋章)처럼 마키코의 초상을 구석에 작게 새겨 놓은 기억의 조각들이, 피아노 소리를 따라 차례차례 선명하게 눈앞을 지나갔다.

……어느 봄날 오후, 중장과 마키코와 셋이서 이야기하고 있는데 정원에 꿩이 날아왔다. 식물원에서 온 거라고 마키코가 말했다. 그 목소리가 아직 명랑하게 귓속에 남아 있어 붉은 날개의 꿩이 여자 목소리를 낸 것처럼 떠오른다. "식물원에서 왔다……." 그 말이 마치 그가 아직 보지 못한, 여자들만 울창하게 우거져 있는 숲의 영역을 가리킨 것처럼 느껴졌기 때문이다.

이사오의 기억은 다시 피아노 소리에 이끌려 여기저기를 날아다녔다.

5월의 어느 저녁, 똑같은 목소리가 이렇게 말했다.

"꽃꽂이 수업을 가려고 그제 비 오는 아침에 우산을 쓰고 계단을 내려가는데, 제비가 우산 가장자리를 스칠 듯이 날아와서 위험했어요."

돌계단에서 굴러떨어지지 않아서 다행이라고 중장이 대답하자, 마키코는 위험했다는 게 그런 뜻이 아니라고 말했다. 뾰족한 우산살에 제비가 다치진 않았을까 싶었다는 것이다.

그 말을 듣고 있던 이사오의 뇌리에 순간 선명한 위험이 그려졌다. 우산 그늘 아래 기름종이를 통과한 옅은 초록빛 속에 조금 창백한, 빗방울과 불안에 젖은 여자의 얼굴이 번쩍였다. 여자 중에서도 더욱 여자이고, 여자의 벼랑 끝에 서 있는 여자의 얼굴. 그리고 제비는 여자의 걱정과 위로를 받으며 유희하는 죽음을 향해 몸을 던지며, 상처를 입으면서도 상처를 입히려 하는 하나의 무모한 충동이었다. 무상(無上)의 순간을 발견하고 5월의 보라색 꽃창포마저 잘라 버리는 칼. ······하지만 무상의 순간은 피해가 버렸다. 불안은 온화한 시적 정경으로 끝나 버렸다. 꽃꽂이 수업을 가는 아름다운 여자와 제비는 스쳐지나 멀어졌다.

··.

"이사가와 신사에서 받은 백합은 잘 보관하고 있나요?"

갑자기 마키코가 이사오를 향해 묻기에 이사오는 무심코 네? 하고 되물었다. 레코드는 이미 끝나 있었다.

"거기서 받은 백합, 오미와 신사에서 나르던 백합 말이에요."

"아뇨, 사람들에게 나눠 줬어요."

"한 송이도 남김없이?"

"네."

"아깝게. 아무리 시들어도 내년까지 소중히 보관하면 그동안 전염병에 걸리지 않는다고 하는데. 우리 집에서는 신단에 잘 모셔 두었어요."

"압화로 해서요?" 하고 사가라가 난데없이 질문했다.

"아뇨, 압화로 하진 않았어요. 신에게 드리는 꽃을 무거운 것으로 눌러 으스러뜨려선 안 되니까, 그 상태 그대로 물에 담겨 있지요."

"하지만 벌써 한 달이나 지났는데요." 이사오가 물었다.

"그게 참 신기하게도 거뭇한 색으로 시들지가 않아요. 지금 보여 줄게요. 역시 신의 꽃인가 봐요."

마키코는 이윽고 백합이 소담하게 꽂힌 백자 화병을 조심스럽게 받들고서 소리 없이 돌아왔다. 테이블 위에 올려놓고 모두에게 보여 주었다. 절화한 백합은 확실히 시들기는 했지만 불에 그은 듯한 색으로 보기 싫게 시든 것이 아니라, 흰 부분이 노랗게 변색되어 빈혈인 것처럼 푸른 혈관이 두드러져 보이는 것이 한결 작은, 전혀 본 적 없는 어떤 다른 꽃으로 변신한 것 같았다.

"한 송이씩 나누어 줄 테니 집에 가져가서 소중하게 보관해 둬요. 전염병 부적이니까." 하며 마키코가 작은 꽃가위로 꽃 근처 줄기를 하나씩 잘랐다.

"저희는 그런 거 안 해도 병에 걸리지 않아요." 이즈쓰가 웃으며 말했다.

"그런 말 하지 말고요, 이사오 씨가 봉사하며 오미와 신사에서 힘들게 날라 온 백합이니까. ······그리고, 병만 그런 것이 아니라……."

마키코가 가벼운 가위 소리를 내며 말을 멈췄다. 굳이 다가가서 여자에게 꽃을 받는 것이 부끄러워 완고하게 툇마루 끝에 앉아 있던 이사오는 말을 멈춘 마키코에게 무언가를 느끼고 문득 그쪽을 보았다. 자단나무 테이블에 기댄 마키코는 램프 아래 아름다운 옆얼굴을 보이고 있었는데, 그 순간 그것은 명백히 누군가가 보고 있다는 것을 아는 얼굴이 되었다.

이사오는 백합에 몰려드는 젊은이들을 위협하듯, 자리에 어울리지 않게 기이하고 큰 소리로 말했다.

"이봐, 너희는 오늘 일본에서 누구 한 사람을 죽인다면 누구를 죽이면 좋을 것 같나? 죽인다면 일본이 조금이라도 정화될 것 같은 녀석."

"이쓰이 주고로?" 하고 사가라가 받은 꽃을 손끝으로 돌리며 말했다.

"아니야. 돈은 있지만 잔챙이야."

"신카와 남작은?" 하고 이즈쓰가 이사오의 꽃을 건네주며 말했다. 벌써부터 눈이 반짝였다.

"열 명을 꼽는다면 그 안에는 들까. 하지만 5·15 사건을 반성하는 척 들락날락하는 기회주의자에 지나지 않는 것 같군. 물론 비국민으로 처벌해야겠지만."

"사이토 수상은?"

"역시 다섯 명을 꼽는다면 들겠지. 그런데 사이토 뒤에 있는 재계의 흑막이 누구겠어?"

"아, 구라하라 부스케."

"맞아." 이사오는 받은 꽃을 조심스레 품 안에 넣으며 단정적으로 말했다. "그 녀석 하나만 죽이면 일본은 좋아질 거야."

그 눈에 멀리 램프 아래 자단나무 테이블에 보드랗게 올려진 흰 여자의 손과 물처럼 빛나는 꽃가위가 비쳤다. 마키코는 젊은이들끼리 하는 대화에 참견하지 않는 것이 습관이었지만 큰 목소리로 나누는 이 대화에서는 들어 주길 바라는 낌새를 명백히 알아채고 있었다. 이사오를 향한 눈은 다정하고 모성적인 자애가 넘쳤지만, 밤의 정원에서 젖은 초목 어딘가에 숨겨진 핏빛 저녁놀의 흔적을 찾듯이, 그를 본다고도, 그의 등 뒤 정원을 본다고도 할 수 없는 아득한 시선이었다.

"나쁜 피는 뽑아내면 돼요. 그러면 나라의 병이 나을지도. 용기 없는 사람들은 중한 병에 걸린 나라 주변을 서성대기만 하지요. 이대로는 나라가 죽어 버릴 거예요."

마키코가 그 말을 노래하듯 가벼운 투로 한 것이 이사오의 굳어 있던 마음이 편하게 해 주었다.

등 뒤에서 성급하게 헐떡이는 소리와 풀 밟는 소리를 듣고 이사오는 뒤돌아보았다. 가슴이 두근거린 것이 부끄러웠다. 비 내리는 정원에 몰래 들어온 들개 같았다. 잘게 헐떡이는 천한 콧숨이 잡초를 헤치고 가는 소리를 듣고 알았다.

달리는
말

장마철 후반 들어 비가 적게 내리고 날이면 날마다 빛이 흐린 참마 같은 하늘이 이어졌는데, 마침내 날이 개고 대학은 방학에 들어갔다.

이사오는 호리 중위에게서 굵고 진한 연필로 큼직하게 쓴 엽서를 받았다. 『신풍련사화』를 재미있게 읽었다, 친구들도 읽었으면 해서 연대에 놓아두었다, 언제든 찾으러 오면 만나 주겠다는 내용이었다.

이사오는 어느 오후 아자부 3연대로 중위를 만나러 갔다.

연대는 여름 햇살에 빛나고 있었다.

영문(營門)에서 둘러보면 오른쪽으로 유명한 근대 막사 건물이 눈에 띄는데, 멀리 영뜰 나무숲 끝자락에서 피어오르는 먼지와 어디선가 풍겨 오는 마구간 냄새가, 이 드넓은 부지 전체가 성별(聖別)되어 명예와 모래 먼지의 하늘로 솟아올라 있는, 다름 아닌 육군임을 잘 보여 주었다.

영문에서부터 멀리 카키색 크레용 무리가 부대 교련을 위해 석양에 그림자를 드리우고 늘어선 모습이 보였다. 안내하러 온 경비 일등병이 "호리 중위는 저곳에서 초년병 교육을 하고 있습니다. 이십 분 정도 지나면 끝날 것 같은데, 견학하시겠어요?" 하고 물었다. 이사오는 강한 여름의 석양 속으로 일등병을 따라 걸었다.

모든 것이 햇빛 아래 드러나 있었다. 이윽고 카키색 무리가 햇빛에 빛나는 단추, 황동으로 된 숫자 3, 보병의 붉은 휘장으로 연쇄되며 눈에 선명히 들어왔다. 지금 소대는 행진 중이고 군화가 무언가를 씹는 것처럼 쿵쿵 땅을 밟는 소리를 내고 있었다. 호리 중위는 뽑아 든 군도를 오른쪽 가슴에 세우고, 굳게 침묵한 소대를 향해 날갯짓으로 해를 가리며 가로지르는 맹금류처럼 힘찬 목소리로 밀집 교련[89]의 호령을 내렸다.

"소대 오른쪽. ──"

예감을 품고 길게 끄는 목소리 후, "행진!" 했을 때 종대의 피벗 병사가 땀에 젖은 얼굴로 즉시 오른쪽을 보았고, 몇 번 제자리걸음을 하며 바깥 열이 크게 회전하는 것을 기다렸다. 회전하는 전환점에서 종대 네 열은 차례대로 울타리를 이루고 회전이 끝나자 다시 부채처럼 차례로 접혔다.

"왼쪽으로 정렬⋯⋯ 행진."

중위가 외치자 수식이 시원하게 풀리듯이 소대가 해체되어

─────────
89 일정한 간격으로 대형을 지어 하는 훈련.

187

일동은 잰걸음으로 분대장을 중심으로 선을 이어 횡대를 만들었다. 이렇게 측면 종대가 같은 방향의 횡대가 되어 행진했다.

"오른쪽으로 바꿔…… 행진."

중위의 씩씩한 목소리가 군도의 번쩍임과 함께 여름 하늘로 똑바로 쏘아졌다. 횡대는 방향을 바꿔, 이사오의 눈에 땀으로 검게 얼룩진 등을 나란히 보이며 멀어졌다. 그 등에서 그들이 방금 전 방향 전환으로 거칠어진 호흡을 필사적으로 참고 있음을 알 수 있었다.

"해산!"

중위가 그렇게 외치고 이쪽으로 달려오다가 갑자기 멈춰 "집합!" 하고 외쳤다. 달려올 때 햇빛에 빛나는 검은 차양 아래로 햇볕에 그은 콧날과 꽉 다문 입술에서 땀방울이 흩날리는 것이 보였다.

중위는 이쪽을 보고 멈췄기 때문에 멀리서 질세라 달려온 병사들은 크게 우회해 이사오의 눈앞에서 앞다투어 이열횡대를 만들었다. 엄하게 줄을 정돈한 후, 다시 "해산!" "집합!"이 떨어지자 그들은 총을 들고 햇볕에 탄 흙 위를 쏜살같이 달려갔다. "해산!" "집합!"은 몇 번이나 반복되어, 때로는 이사오와 일등병이 서 있는 바로 옆을 먼지와 땀과 가죽 냄새와 헐떡이는 숨소리의 무리가 일으킨 회오리바람이 거칠게 지나갔고, 나중에는 마른 흙 위에 점점이 검은 땀방울이 떨어졌다. 그리고 저편에 있는 중위의 등에도 검은 땀 얼룩이 보였다.

영뜰을 에워싼 나무들이 드리우는 농밀하고 아름다운 그늘을 방치한 채, 환영처럼 먼 여름 구름이 펼쳐진 하늘 아래 병사 무리가 모이고, 흩어지고, 방향을 바꾸고, 대형을 재구성하며 정교하게 움직였다. 보이지 않는 거대한 손가락이 그 위에 있어 그들을 움직이는 것만 같았다. 그것은 분명 태양의 손가락이리라고 이사오는 생각했다. 이렇게 사방으로 움직이는 병사들을 조종하는 손가락, 중위는 말하자면 고독한 대리인일 뿐이었다. 크게 호령하는 그 목소리도 그렇게 생각하면 공허하게 들렸다. 장기판 위의 말을 움직이는 거대하고 보이지 않는 손가락, 그 손가락 힘의 근원은 다름 아닌 머리 위 태양, 죽음을 충분히 머금고 빛나는 태양에 있었다. 그것이야말로 천황이었다.

여기서만 태양의 손가락은 명쾌하고 적확하고 수학적으로 움직였다. 정말이지 여기서만! 폐하의 명령은 젊은이들의 땀과 피와 살을 엑스레이처럼 관통했다. 본부 현관 높이 찬란하게 빛나는 국화 문장은 이 아름답고 땀 냄새 나는. 죽음의 정밀한 질서를 내려다보고 있었다.

다른 곳에서는? 다른 곳에서는 그렇지 않다. 천일(天日)은 가려져 있었다.

─교련이 끝나자 호리 중위는 먼지로 하얘진 가죽 각반을 삐걱거리며 다가와서 이사오를 보고 "잘 왔다." 하고 말했다. 그리고 일등병에게 "수고했어. 나머지는 내가 안내하지." 하고 말한 후 먼저 보냈다.

커다란 노란색 타원형 건물을 향해 걸으면서 중위는 "어때. 일본 제일로 모던한 막사야. 엘리베이터도 있어." 하고 자랑스럽게 말했다.

마구간과 마주한 입구 돌계단을 올라갈 때였다.

"오늘 훈련은 꽤 혹독했지. 그래도 초년병 티가 나긴 하지?"

"조금도 흐트러짐이 없어 보였습니다."

"그렇군. 그래도 하절기에는 낮잠 시간이 있으니까. 낮잠 뒤에는 그 정도는 시켜 줘야 잠이 깨거든."

호리 중위가 중대 장교로 근무하는 1대대 장교실은 3층에 있었다. 간소한 방으로, 벽에 총검 연습에 쓰는 보호 장비가 대여섯 벌 걸려 있었다. 창가에 책상이 놓여 있고 지푸라기가 비어져 나온 의자가 있었다.

중위가 윗옷을 벗고 땀을 닦는 동안 이사오는 창밖으로 커다란 타원형 안뜰을 내려다보았다. 당번병이 차를 가져와 책상 위에 놓고 갔다.

안뜰에는 한 무리가 총검 연습을 하고 있어 기합 소리가 창가까지 찌를 듯이 올라왔다. 안뜰로 나가는 여섯 개 출구에 돌계단이 있고, 이쪽은 반지하에 3층까지 있는 4층 건물이지만 건너편은 반지하를 포함해 3층이었다. 각 출구에는 '14' '13' 하는 숫자가 흰색으로 크게 쓰여 있었다. 은행나무 세 그루가 짙고 무성한 잎이 달린 가지를 위협하듯이 내뻗고, 히말라야 삼나무 여러 그루가 하얀 새싹을 가지 끝에 매달고 있었는데, 그조차 흔들리지 않을 만큼 바람 한 점 없었다.

흰 반소매 셔츠로 갈아입고 온 중위가 단번에 차를 비운 후 당번병을 불러서 한 잔 더 요청했다.

"참. 책을 돌려주지."

중위가 책상 서랍에서 『신풍련사화』를 툭 꺼내 이사오 앞에 놓았다.

"어땠습니까?"

"이거 참, 감동했어. 네 뜻도 조금 알았고. 그런 의욕으로 하겠다는 거지. 한 가지 묻겠는데……."

그렇게 말하는 중위의 입가에는 약간 비꼬는 미소가 나타났다.

"너는 이 신풍련처럼 군을 상대로 싸울 생각인가?"

"그렇진 않습니다."

"아니라면?"

"호리 씨라면 이해해 줄 것이라 생각했습니다. 신풍련이 싸운 상대는 그저 군대만이 아닙니다. 진대병 배후에 군벌의 싹이 있었죠. 신풍련은 군벌을 적으로 삼아 싸운 겁니다. 군벌은 신의 군대가 아니며, 신풍련이야말로 폐하의 군대라고 자신했기 때문입니다.

중위는 대답하지 않고 잠시 방 안을 둘러보았지만 다른 인기척은 없었다.

"이봐, 그런 말은 큰 소리로 하지 마. 못 말릴 녀석이군."

중위가 친근감 섞인 충고를 한 것이 이사오를 기쁘게 했다.

"어차피 아무도 없잖아요. 평소 마음에만 담아 둔 말들이 중위 님을 만나니 절로 나와 버리는군요. 신풍련은 일본도만으로 싸웠는데, 저희도 마지막 순간에 가서는 일본도로 싸워야 한다고 생각합니다. 하지만 계획은 크게 잡으려면 얼마든지 커질 수 있지요…… 혹시 공군 장교 한 사람을 소개해 주실 수 있겠습니까?"

"이유는?"

"하늘의 지원을 받아 요소에 폭탄을 떨어뜨리기 위해서입니다."

"흠."

중위는 신음할 뿐 딱히 화내지는 않았다.

"누군가가 일어나야 합니다. 그러지 않으면 일본에는 희망이 없어요. 왕의 안위를 지켜 드리기 위해선 그 방법밖에는 없습니다."

"황공한 말을 가볍게 입에 담는 게 아니다."

중위가 갑자기 성난 듯이 말했다. 하지만 감정이 실린 목소리는 아님을 바로 알 수 있었다. 이사오는 순순히 사과했다.

"네. 죄송합니다."

중위가 자신 안의 무엇을 꿰뚫어 봤을지, 이사오는 생각했다. 중위의 불타는 눈은 분명 이 일개 대학 예과생의 영혼의 형태를 파악했을 터였다. 평판으로 보아도 중위는 결코 계급이나 나이에 연연할 사람은 아니다.

이사오는 자신이 한 말이 미성숙하다는 것을 잘 알고 있었지만, 뜻이 그 미숙함을 보완해서 불길처럼 상대방의 불길과 감응하리라 믿었다. 특히 지금은 여름이었다. 모직물같이 두껍고 무거운 숨 막히는 열기 속에 마주 앉아, 뭐라도 불똥이 튀면 바로 옮겨 붙고, 아무 일도 일어나지 않으면 녹은 금속처럼 그대로 덧없이 녹아 사라질 것만 같았다. 문제는 기회를 잡는 것이다.

"여기까지 와 주었으니, 그래, 더위도 쫓을 겸 도장에 가서 가타[90]로 대련해 볼까? 가끔 하사관과 상대하는데, 그만큼 기력 보충에 좋은 건 없지." 하고 중위가 침묵을 풀 요량으로 말했다.

"네. 저도 그 대련을 좋아합니다. 잘 부탁드립니다." 하고 이사오는 선뜻 응했다. 군대에서는 승패가 중요하니, 중위도 보는 눈이 있는 데서 좀처럼 연습을 할 수 없었을 것이다. 어쨌든 그는 중위가 검으로 대화하려 한다는 점이 기꺼웠다.

― 낡은 나무에 둘러싸인 도장 안은 서늘했다. 세 쌍 정도가 연습하고 있었는데 척 봐도 1급이나 초급 정도임을 알 수 있었다. 성급하고 부산스러운 동작에 발소리가 산만했기 때문이다.

"너희는 잠깐 쉬어라. 오늘은 손님과 가타로 할 테니 견학하라고."

중위가 거칠게 소리 질렀다.

이사오는 빌린 검도복에 빌린 목검을 들고 도장으로 나섰다. 견학하게 된 여섯 명은 면금을 벗고 일렬로 무릎을 꿇고 앉아 있다. 이사오는 신전에 예를 갖춘 후 앞으로 나가 중위를 마주했다. 중위가 공격을 맡고 이사오가 수비를 맡았다.

서쪽의 높은 창문으로 햇빛이 길게 들어와 잘 닦인 바닥 군데군데가 기름을 바른 것처럼 빛났다. 쉬지 않는 매미 울음

---

90 形. 기술 향상을 위해 실전을 예상하며 하는 연습.

달리는 말

소리가 도장을 감쌌다. 발바닥 밑이 뜨겁고, 탄력 좋은 마룻장이 떡처럼 부드럽게 감겼다.

둘은 앉은 채로 목검을 서로 겨누고, 일어나서 중단 자세를 취했다. 침통한 매미 울음소리와 섞여 하카마가 스치는 미세한 소리까지 또렷하게 들렸다.

이사오는 중위의 자세를 보자마자 큰 아량을 느꼈다. 어딘가 대담하면서도 방만한 느낌이 있어, 규칙적이기만 하지는 않고, 색 바랜 남색 검도복 틈새로 가슴이 보이는 모습까지 여름날 이른 아침의 공기 같은 상쾌함이 가득했다. 힘주지 않고 자연스러운 자세에서 검이 능숙한 사람임을 알 수 있다.

둘은 각자 검을 오른쪽으로 올리고 종종걸음으로 다섯 보 후퇴하고는, 검을 내리고 예법을 마친 뒤 첫 시합에 들어갔다.

다시 다가가 중단에서 자세를 풀고 중위는 왼쪽 위, 이사오는 오른쪽 위로 검을 올리고 앞으로 나아갔다.

"이얏!"

주위가 오른발을 디디면서 정면으로 크게 공격했다.

이 기백으로 가득 찬 첫 타격은 이사오 머리 위를 우박처럼 빠르게 내리쳤다. 목검은 겨냥하는 곳으로 정확히 힘을 모았고, 그 한 점에서 무겁고 두꺼운 공기의 모직물이 찢겨 나갔다.

이사오는 중위의 목검이 머리 위에 떨어지기 직전에 왼발로 한 걸음 물러나, 오른쪽 위로 손을 올린 다음 크게 뒤를 찌르고 "토!" 하고 외치면서 상대의 머리를 공격했다.

중위가 이글거리는 눈으로 노려봤다. 짧게 자른 중위의 정수리로 이사오의 목검이 아슬아슬하게 떨어졌다. 그때 마주친 눈에서, 이사오는 그 어떤 말보다 빠른 대화를 나누었다고 느꼈다. 중위의 콧날과 턱은 유감없이 햇빛에 그을어 있었는데 군모 챙 아래 가려진 이마만 하얘서 눈썹이 짙게 도드라졌다. 이사오의 검은 중위의 하얀 이마를 똑바로 내리쳐 깨뜨릴 힘으로 가득했다.

내려치기 직전 검이 공중에서 순간 멈춰 물음을 던졌을 때, 어쩌면 빛보다 빠르게 서로의 직관이 교차했다.

이사오는 중위의 머리를 공격한 검을 거두어 목에 들이대고, 천천히 왼쪽 위로 올려 반격에 대비했다.

첫 시합은 이렇게 끝났다. 두 사람은 중단 자세를 잡고 두 번째로 들어갔다…….

— 땀을 씻어 내고 막사로 돌아가는 길에, 아직 젊은 중위는 심신이 상쾌해진 김에 이사오에게 동년배 대하듯 말을 걸었다. 물론 그의 검 솜씨를 여실히 알았기 때문이기도 했다.

"도인노미야 하루노리 전하 얘기를 들어 본 적 있나?"

"아뇨."

"지금 야마구치 연대장이야. 훌륭한 분이지. 황실 근위대 출신이라 나와 병과는 다르지만, 내가 임명됐을 때 사관학교 동급생이 데려가서 처음 뵌 뒤로 호리, 호리 하며 예뻐해 주셔. 의지가 강한 분이고 무엇보다 젊은이들의 포부를 듣기 좋아하시지. 부하를 아주 소중히 대하고, 조금도 오만한 데 없이 훌륭한 군인이야. 어때, 내가 알현을 청해 볼까? 자네 같은 젊은이가 있다는 걸 알면 아주 기뻐하실 거야."

달리는 말

"네. 부탁드립니다."

이사오는 그렇게 존귀한 사람을 만나는 것이 썩 내키지 않았지만, 이 제안이 중위의 특별한 호의임을 알았기 때문에 그에 따랐다.

"여름 동안 사오일 정도 도쿄에 가니 놀러 오라는 말씀이 있었어. 그때 같이 데려가도록 하지." 하고 호리 중위는 말했다.

15

가마쿠라의 종남별업을 일찍이 처분하고 가루이자와에서 여름을 지내게 된 마쓰가에 후작은 같은 가루이자와에 광대한 별장을 둔 신카와 남작에게서 만찬 초대를 받고 영 꺼림칙하게 느껴지는 점이 한 가지 있었다. 거기 모이는 손님들 모두 '표적이 된' 사람들이었는데 마쓰가에 후작만은 전혀 '표적이 된' 적이 없기 때문이다.

후작에게는 좌우익의 정체 모를 이들이 협박 편지는 물론 온건한 편지조차 보내지 않았다. 이미 환갑을 지난 이 귀족원 의원은 조금이라도 혁신의 냄새가 나는 법안이면 심의 보류에 힘을 보태 왔지만 그렇다고 무슨 문제가 일어나진 않았다. 너무 이상해서 옛날 일을 이리저리 떠올려 보니 딱 한 번, 이누마가 십구 년 전 실명으로 기고한 글이 우익의 공격이라 할 만했고, 관련해서 생각해 보면 그 뒤로 부자연스러울 정도로 평온했던 것은 다름 아닌 공격자였던 이누마가 몰래 후작을 보호해 주어서가 아니었을까 추측되었다.

그것은 후작의 긍지를 상당히 훼손하는 추측이었고, 또한 생각하면 생각할수록 터무니없는 구석이 있었다. 후작의 지위에서 사건의 진상을 찾아내기는 간단하지만, 그 결과 이 추측이 맞는다면 이누마의 은혜를 입은 셈이 되니 이중으로 불쾌할 테고, 맞지 않는다면 그것도 그것대로 꼴사납다.

어쨌거나 신카와 남작가의 만찬회는 항상 화려했고, 손님들 한 명 한 명에 경호로 붙은 경찰들이 만찬 동안 바로 옆방에서 식사를 제공받았는데 그 인원수가 손님의 수와 거의 비슷했다. 따라서 그릇 수도 음식도 서로 비교도 되지 않는 두 종류의 식사가 동시에 이뤄졌는데, 사복으로 챙겨 입은 양복의 뭐라 할 수 없는 초라함, 날카롭고 불안한 눈빛과 상스러운 얼굴, 말없이 먹기만 하다가 작은 소리라도 들리면 일제히 그쪽으로 날카롭게 고개를 돌리는 사냥개 같은 몸짓, 식사 후 앞다투어 이쑤시개를 집어 들고 이를 쑤시는 느긋한 모습 등…… 모든 면에서 경호원들의 만찬회가 이채롭고 볼만했다. 하지만 이 많은 인원 중 슬프게도 마쓰가에 후작의 경호원만은 없었다.

이렇게 상당히 머쓱한 상황을 후작은 인위적으로 바꾸려 하진 않았다. 경찰이 후작의 신변이 반드시 안전할 거라 생각하는 이상 이쪽에서 경호를 요구하면 웃음거리가 되기만 할 것이다.

무엇보다 후작이 결코 직시하고 싶지 않은 사실은, 이 시대는 신변의 위험이 그 사람이 가진 권력의 현실을 보장한다는 점이었다.

그래서 걸어서 갈 수 있는 거리인데도 후작 부부는 신카와 별장에 갈 때면 최소한 자가용인 링컨 차를 타고 갔다. 아내는 남편의 오른쪽 무릎 관절통을 덜어 줄 담요를 접어서 무릎에 올려 두었다. 신카와 가에서는 해가 지고 날이 싸늘해질 때까지 으레 바깥에서 식전주를 마시곤 했기 때문이다. 그럴 때면 아사마산을 바라보는 드넓은 정원의 자작나무숲 여기저기에 경호를 맡은 형사들이 불분명한 실루엣이 될 때까지 서 있었다. 눈에 띄지 말라고 배려한 윗사람의 지시가 오히려 그들을 정원에서 식전주를 즐기는 손님들을 노리고 숨어 있는 자객처럼 보이게 했다.

신카와 남작은 이미 쉰이 넘었다. 이 에드워디안 양식의 별장에서 남작은 매일 아침 일본 신문보다 새로 나온 타임스 사설을 먼저 읽었고, 영국 식민지 외교관처럼 흰색 리넨 양복을 대여섯 벌 두고 매일 갈아입었다.

자기 자신에 관한 남작 부인의 수다는 수십 년간 이어졌다. 부인은 아직도 매일 새롭게 스스로에게서 신선한 놀라움을 발견하는 감각을 지니고 있었다. 하지만 조금씩 살이 찌고 있다는 사실은 결코 발견하려 하지 않았다.

이제는 '새로운 사상'에도 질렸다. 청탑파[91]를 후원했던 '하

91　青鞜派. 1911년에 히라쓰카 라이초를 중심으로 노가미 야에코, 이토 노

늘의 불 모임(天の火會)'도 폐지된 지 오래다. 그녀가 '새로운 사상'에 위험을 느낀 계기는 여대를 나와 공산당원이 된 조카가 보석으로 풀려나 집에 온 날 밤, 경동맥을 끊고 자살한 사건이었다.

그래도 온몸에 넘치는 정력이 여전했기 때문에 자신을 '몰락하는 계급'의 일원으로 여기기란 불가능했다. 무섭도록 시니컬할뿐더러 싸움이라고는 모르는 남편이 우익의 블랙리스트에 오른 이후로 좌우 양쪽에서 구적 취급을 받는 자신들이 어떤 야만적인 나라에 어쩔 수 없이 머물고 있는 흰 피부의 문명인처럼 느껴졌다. 절반은 재미있으면서도 절반은 런던에 '돌아가고' 싶었다.

"일본이란 나라가 점점 지긋지긋하네요."

어느 날 입에 담은 그 말이 남작 부인의 입버릇이 됐다. 인도 여행에서 돌아온 친구가, 알고 지내던 인도인의 아이가 장난감 상자에 손을 넣어서 뒤지다가 바닥에 숨어 있던 독사에 물려 죽었다는 이야기를 했다.

"일본이 딱 그런 꼴이에요." 남작 부인은 말했다. "순전히 장난으로 손을 넣었는데 바닥에 독사가 숨어 있어서, 아무런 죄도 없는 무구하고 깨끗한 사람을 물어 죽인단 말이죠."

맑은 저녁, 매미가 조용히 우는 하늘 한 구석 저 멀리 천둥이 울렸다. 다섯 쌍의 부부 손님이 모였다. 마쓰가에 후작이

<hr />

에 등이 결성한 여성 문인 단체 청탑사 구성원들을 가리킨다. 《청탑》은 청탑사의 문예 잡지로 1911년부터 1916년까지 52호를 발행했으며 정조, 낙태 등 여성 문제를 다룬 페미니즘 계몽 잡지였다는 평가를 받는다.

등나무 의자에 앉고 아내가 그 무릎 위에 담요를 펼치자 타는 듯이 붉은 스카치 체크무늬가 땅거미 진 풀밭의 색과 어우러졌다.

"정부는 앞으로 한두 달 안에 만주국을 승인하지 않을 수 없겠지요. 총리도 이미 마음을 먹었으니."

손님 중 한 대신이 그런 말을 했다. 그리고 후작을 향해 이렇게 말했다.

"요전에 이야기했던 모모시마 백작의 아드님과는 만나셨습니까?"

후작은 입 속으로 으음, 하는 소리를 낼 뿐이었다. '이 자는 저쪽 손님에게는 만주국 이야기를 하더니 내게는 양자 입양 이야기를 한다. 그렇게 말을 가릴 일인가?' 후작 부인은 기요아키의 죽음 이후 양자 입양 이야기를 계속 거절해 왔는데, 요즘 들어 마음이 풀렸는지 종질료[92]에서 하는 말에도 조금 이끌려 가게 되었다.

숲이 끝나는 곳에 시냇가로 내려가는 길이 있고, 마침 그 방향에 석양에 물든 아사마산이 보인다. 천둥소리는 어디서 들리는지 분명하지 않다. 사람들은 각자의 얼굴과 손을 조용히 침범하는 석양을 즐기고, 마음을 수런거리게 하는 천둥소리의 불안을 즐겼다.

"다른 분들이 모두 모였으니 슬슬 구라하라 씨가 오실 시

---

92 宗秩寮. 황실 사무를 맡아보는 내각부 행정기관인 궁내성에서 특히 황족, 황족 회의 등에 관한 사무를 담당했던 곳.

간이군." 하고 신카와 남작이 아내에게 말하자 모두 그 말을 듣고 웃었다.

구라하라 부스케는 항상 가장 늦게 도착하는 것이 습관이었는데, 도를 지나치지 않은 그 지각에는 천균(千鈞)의 무게가 있었다.

외관을 꾸미지 않는 성격에 억지스러운 곳은 조금도 없고, 딱딱한 이야기밖에 할 줄 모르는 말투에 애교가 스민 데다, 좌익 만화에 나올 법한 금융 자본가와는 도무지 닮은 구석이 없었다. 앉을 때는 반드시 벗은 모자를 옆에 두었고 양복의 두 번째 단추가 세 번째 단춧구멍과 이상하게도 친했고, 넥타이는 목깃 위에서 묶는 경향이 있었고 자꾸 자기 오른쪽 접시의 빵에 손을 뻗었다.

구라하라 부스케는 여름 동안은 주말을 가루이자와에서 보내고 다른 때는 이즈산에서 보냈다. 이즈산에 구천 평에 달하는 귤밭을 가지고 있었는데, 그곳 귤의 따뜻한 광택과 단맛에 자부심을 가지고 지인 외에도 복지 시설과 고아원 두세 곳에 기부하며 기쁨을 느끼는 사람이 어째서 어떤 이들에게는 원망의 대상인지 이해하기 어려웠다.

아마도 이렇게 낙천적인 외관과 행동을 하는 사람이 그토록 비관적인 공적 의견을 가진 사람이라고는 그 누구도 꿈에도 생각하지 못하기 때문일 것이다. 신카와 별장에 모이는 손님들은 일본 금융 자본의 정점에 서 있는 이 사람의 입으로 이윽고 슬픈, 이윽고 파괴적인, 이윽고 걱정스러운 미래의 이야기를 듣는 것이 스릴 있는 즐거움이었다.

이누카이 수상의 죽음보다 다카하시 재무 대신의 퇴진을 훨씬 슬퍼했던 구라하라다. 물론 사이토 수상도 내각을 형성하기가 바쁘게 구라하라에게 연락해서 그의 협력 없이는 움직일 수 없는 자신의 입장을 제법 과장스럽게 호소했지만, 구라하라는 새 수상에게서 어쩐지 수상쩍은 낌새를 채고 있었다.

다카하시야말로 내각을 형성하자마자 금 수출 금지를 단행한 이누카이 내각 내부에서, 고전적인 중금주의자들의 뜻을 몰래 수용하고 이렇게 유행을 좇는 정책을 사보타주하여, 앞서 선전한 것과 같은 즉효가 없고, 경기는 회복되지 않고, 물가는 침체되어 결국 옛날이 더 좋았음을 스스로 증명하는 역할을 일관되게 연기해 온 터였다.

한편 신카와 남작은 오로지 런던의 유행에만 관심이 있었으므로 작년 9월 영국이 금 본위제를 정지한 뉴스를 런던 타임스에서 자세하게 읽고 입장을 정했다.

와카쓰키 내각은 일본은 금 수출을 금지할 예정이 없다고 대대적으로 언명한 뒤 우익을 선동해 달러 매입을 국가적인 약탈로 취급했지만 정부가 언명할 때마다 불안은 커져만 갔다. 신카와 남작은 달러를 대량 매입해서 감시를 피해야 할 금액을 모조리 스위스 은행에 넣어 두고 나자, 하룻밤 만에 바뀌어 버릴 정책을 기다릴 것 없이 금 수출 금지로 리플레이션을 꾀하는 정책을 지지하는 편에 섰다. 따라서 그는 전 내각의 미지근한 경제 정책보다 새 내각에 큰 기대를 걸고 있었다. 국내의 경기 부양책 저편에는 눈부신 만주의 산업 개발이 기다리고 있다. 지금도 여전한 남작의 습관적인 방심 사이에는 이 가루이자와의 화산재 쌓인 메마른 땅 한가운데, 카페로열 메뉴처럼 다종다양한 만주국 지하자원의 환영이 나타났다. 그는 어리석은 군인들을 사랑할 수도 있을 거라 생각했다.

— 옛날에 신카와 남작 부인은 남자들끼리만 토론하는 것을 용납하기 어렵다고 생각했었는데 세월이 지나면서 생각이 바뀌었다. 남자들이 토론하도록 두고 여자들은 감독하면 되는 것이다. 구라하라 주변에 몰려든 남자들을 본 그녀가 "벌써 시작한 듯하네요." 하고 구라하라 부인과 마쓰가에 후작 부인을 뒤돌아보고 말했다. 마쓰가에 부인의 슬퍼 보이는 팔자눈썹은 흰머리가 조금 눈에 띄는 귀밑머리로 죽은 듯이 이어졌다.

"올봄 영국대사관에 기모노를 입고 갔더니 그때까지 저의 서양식 옷차림밖에 보지 못했던 대사가 깜짝 놀라더니 크게 칭찬하시며 역시 기모노가 더 어울린다고 말씀하셔서 정말로 실망했어요. 그런 위치에 있는 분도 일본 여성은 일본 여성으로만 바라보는 것이지요. 게다가 그날 밤 입은 기모노는 모모야마 시대 노가쿠 의상인 빨간 바탕에 눈 덮인 버드나무와 나비 디자인이었고, 화려해질 것을 감안하고 금색 은색 실로 수놓았기에 엄청나게 번쩍거려서, 저로서는 서양 옷을 입은 것이나 다름없는 기분이었거든요." 하고 신카와 부인은 대접하는 예의에서 자기 이야기를 먼저 화젯거리로 꺼냈다.

"대사님은 준코 씨에겐 가장 화려한 옷이 어울린다는 말을 하시고 싶었던 것이겠지요. 서양 옷이라면 그렇게 과감해지지 않고 아무래도 수수해 보이기 마련이니까요." 대신 부인이 말했다.

"맞아요. 서양 옷은 아무래도 색감부터 수수하지요. 아주 화려한 꽃무늬 같은 걸 입으면 오히려 나이 들어 보여서 웨일스에서 온 시골 할머니 같아요." 신카와 준코는 거듭 말했다.

"그 옷은 정말 색깔이 좋네요." 마쓰가에 부인은 하는 수 없이 준코의 밤 의상을 칭찬했다. 부인은 사실 남편의 무릎 통증만 신경 쓰고 있었다. 그 통증이 마쓰가에가 전체에 퍼져 일족의 관절이 죄 느슨해진 듯이 느껴진다. 부인은 담요를 덮은 남편 쪽을 살짝 돌아보았다. 옛날에는 그토록 호방하고 혼자서 말하기를 즐기던 사람이 지금은 어른스럽게 남의 말에 귀를 기울이고 있다.

신카와 남작은 토론에 절대 끼지 않는 성격이었기에 자신과 의견이 같고 나아가 책임질 지위가 아닌 젊은 마쓰다이라 자작을 부추겨 구라하라에게 데려갔다. 군부와 친교가 있는 이 젊고 난폭한 귀족원 의원은 구라하라를 향해 아무렇지도 않게 도전적인 자세를 보였다.

"무엇을 하든 위기다, 비상이다, 하는 것이 저는 마음에 들지 않습니다." 마쓰다이라 자작은 말했다. "모든 것이 좋은 쪽으로 흘러가고 있어요. 5·15 사건은 분명 슬퍼해야 할 사건이지만 이로써 정부에 결단력이 생겼기 때문에 일본 경제를 불경기에서 구하고 결국에는 일본을 좋은 방향으로 이끌 겁니다. 전화위복이란 이런 것이지요. 역사는 늘 그런 식으로 움직이지 않던가요."

"그렇게 되기만 한다면 좋겠지만," 구라하라는 느긋하고 탁한 목소리로 서글프게 말했다. "나는 도저히 그런 생각이 들지 않습니다.

도대체 리플레이션이란 게 뭡니까? 인플레이션 통제라고 말하면 듣기에는 좋은지 몰라도, 인플레이션이라는 맹수를 우리 밖으로 풀어 놨지만 목에 사슬을 매어 뒀으니 괜찮다는 소리 아닌가요. 하지만 쇠사슬 같은 건 쉽게 끊어집니다. 핵심은 우리 밖으로 풀어 놓지 않는 겁니다.

나한테는 똑똑히 보입니다. 처음에는 농촌 구제, 실업 구제, 리플레이션 모두 지극히 당연한 것으로 보여 반대 의견을 내는 사람이 아무도 없습니다. 그러는 동안 그것이 군수품 인플레이션으로 이어지죠. 인플레이션이라는 맹수가 사슬을 끊고 날뛰는 겁니다. 그렇게 되면 아무도 멈출 수 없어요. 군부가 그때 가서 당황해 봐야 더는 손을 쓸 수 없죠.

그러니 맹수는 처음부터 금을 준비해 둔 황금 우리에 가둬 두어야 했다는 것입니다. 이 황금 우리만큼 안전한 건 없어요. 신축성이 있어서, 맹수가 커지면 우리의 그물코가 성겨지고 작아지면 그물코도 미세해져요. 정화[93]를 충분히 준비해서 환율 하락을 방지하고 국제적인 신용을 얻는 것 외에 일본이 세계에서 살아남을 길은 없습니다. 경기 회복 수단으로 맹수를 우리 밖으로 풀어 놓는다면 일시적 현상에 사로잡혀 국가의 백년지계를 그르치게 됩니다. 하지만 이렇게 금 수출 금지

---

93 正貨. 명목 가치와 소재 가치가 같은 본위 화폐로 금, 은 등이 있다.

조치를 취한 이상, 되도록 금 본위제 원칙에 따라 건전한 통화 정책을 펼쳐서 신속히 금 본위로 복귀하는 것을 목표로 삼아야 하는데, 5·15 사건으로 겁을 먹은 정부는 역방향으로 달려가고 있어요. 내가 걱정하는 건 그것입니다."

"지당한 말씀입니다만," 마쓰다이라 자작은 물러서지 않았다. "이대로 농촌 피폐와 노동 불안이 계속된다면 5·15 사건이 문제가 아닙니다. 혁명이라도 일어나면 손쓸 수 없어요. 6월 임시 의회에 몰려든 농민들을 보셨습니까? 농촌 모라토리엄[94]을 즉각 실시하라며 청원서를 제출한 농민 단체의 기세를 보셨는지요. 농민은 의회로 만족하지 못하고 군대에 달려가서 병농협동으로 서명 운동을 벌이고, 사령관을 통해 왕에게까지 가져가는 소동을 벌였습니다.

리플레이션이 일시적인 정책이라고 하셨습니다만, 재정이 확충되면 국내에 유효 수요가 생길 것이고, 금리가 인하되어 소상공인이 활기를 얻을 것이며, 만주 개발을 통해 대륙에서도 발전할 수 있습니다. 군비 확충으로 중공업과 화학공업이 흥하고, 쌀 가격 상승으로 농촌에도 도움이 되고, 실업자도 구제되고, 정말이지 좋은 일만 가득하지 않습니까.

우리는 전쟁이 일어나지 않도록 주의하면서 일본의 공업화를 향해 한 걸음 한 걸음 전진하면 되는 겁니다. 제가 '좋은 방향'이라고 한 것은 이런 얘기입니다."

---

94 전시 및 천재지변 등으로 인한 비상시에 국가나 지방자치단체가 채무 이행을 연기하는 일.

"젊은 사람들은 낙천적이군. 하지만 노인에겐 다소 경험으로 쌓인 지식이 있으니, 미래를 마냥 밝게만 볼 수는 없어요.

농민, 농민 하시는데 그저 감성적인 생각만으로는 나라를 구제하지 못해요. 전 국민이 이를 악물고 버텨야 하는 시기에 국민의 결속을 무너뜨리고, 상층부가 나쁘네, 재계가 나쁘네 하는 건 모두 자기 이익만 좇는 자들입니다.

첫째로, 생각해 보십시오. 1918년 쌀 소동 때 이 '쌀의 나라'가 위기에 빠졌지만, 조선 쌀과 대만 쌀의 증산이 성공해 지금은 국내에 넘쳐나지 않습니까. 농민 외의 국민들은 농산물 가격 폭락으로 먹는 데 지장이 없으니, 이 정도로 불황이 심하고 실업자가 나와도 좌익에서 말하는 혁명 분위기는 고조되지 않고 있잖습니까. 한편 농민들은 아무리 굶어도 좌익이 하는 말에는 귀 기울이지 않고요."

"하지만 사건은 군이 일으키지 않던가요? 농촌이 있어야 육군도 있는 것이니까요."

젊은 자작의 그렇듯 단정적인 말투는 옆에서 듣기에도 다소 무례했지만 구라하라는 결코 감정적이 되지 않는 사람이었다. 마치 중세 기독교 미술의 판화 속 인물이 성스러운 말이 적힌 흰 깃발 같은 것을 입에서 내뱉듯이, 그의 입에서는 논리 정연하고 억양이 평탄한 말들이 흘러나왔다. 그리고 구라하라가 단 맨해튼을 마시고 있었기 때문에 입술의 수분이 탁한 목소리를 닿고 매끄럽게 만들어 주었다. 딱딱한 얼굴이 희미하게 미소 짓는 듯했고, 이쑤시개 끝으로 빨간 체리를 입에 머금자 작금의 사회 불안을 한 모금에 삼키는 듯 보였다.

"그 대신 빈농의 장정들을 군이 먹여 살리고 있지 않습니까." 하고 구라하라는 느긋한 투로 반박했다. "나는 재작년 풍작에 비하면 작년 흉작은 아무래도 외국산 쌀에 대항하는 농민들의 사보타주가 아닌가, 하는 의심이 듭니다."

"목숨을 걸고 사보타주를 할 수 있을까요?"

뺨에 윤기가 나는 자작이 말했다. 구라하라는 대답하지 않고 이렇게 말했다.

"현상황 분석은 제쳐 두고, 나는 미래를 이야기하는 겁니다. 일본 국민이 어떻다는 정의는 저마다 다르겠지요. 내가 생각하는 일본 국민은 인플레이션 재앙에 무지한 국민입니다. 인플레이션이 일어나면 환물해서 재산을 지킨다는 정도의 지혜도 없어요. 우리는 나이브하고 무지하고 정열적이며 감정적인 국민을 상대하고 있음을 한시도 잊어선 안 됩니다. 제 몸을 지킬 줄도 모르는 국민은 아름답지요. 확실히 아름다워요. 나는 일본 국민을 사랑하기 때문에, 이 아름다운 무지를 이용해 인기를 얻으려는 자들을 증오하지 않을 수 없습니다.

언제나 긴축 재정은 인기가 없고 인플레이션 정책은 인기를 부릅니다. 하지만 우리만이 무지한 국민의 궁극적인 행복을 알고 있고 그것을 위해 노력하고 있으니, 다소의 희생은 어쩔 수 없습니다."

"국민의 궁극적인 행복이 뭔가요?" 자작은 기다렸다는 듯이 물었다.

"모르시겠습니까?"

구라하라는 애태우듯이 따뜻한 미소를 지으면서 아주 약

달리는 말

간 고개를 기울였다. 열심히 듣고 있던 사람들도 무심결에 함께 고개를 갸웃했는데, 그때 해가 뉘엿뉘엿 지는 정원의 자작나무숲은 소년들의 하얀 정강이가 늘어선 것처럼 괴로운 듯이 멈춰 있었다. 풀밭 위로 거대한 그물을 친 듯이 땅거미가 내렸다. 순간 모든 이들이 계시를 받은 듯이, 말 그대로 금처럼 빛나는 '궁극적인 행복'의 환영을 보았다. 해질녘의 그물이 당겨지면서 그 아래 거대한 금색 물고기 한 마리가 비늘을 번쩍이며 힘차게 뛰어올라 모습을 드러낸 듯했다. 구라하라는 이렇게 말했다.

"모르시겠습니까? ……그건 말이죠, ……통화 안정입니다."

예상하지 못한 말에 되레 공허한 전율이 목덜미를 흘러 사람들은 잠자코 있었다. 구라하라는 청중의 반응 따위는 조금도 개의치 않았다. 그의 자비로운 표정에 희박한 슬픔이 점점 니스처럼 덧칠되었다.

"비밀이란 너무도 별것 아닌, 너무도 주지의 사실이라 비밀로 취급되는 것인데…… 어쨌든 그 비밀을 아는 것이 사실상 우리뿐이니 매우 막중한 책무가 있습니다.

우리는 무지한 사람들은 무지한 대로 한 걸음 한 걸음 궁극의 행복으로 이끌려 하는데, 사람들은 길이 험해서 꺼려진다며, '여기 더 편한 길이 있다.'라고 속삭이는 악마의 말에 귀가 쫑긋해서는, 겉으로는 그쪽이 꽃도 흐드러지게 피고 편해 보이니 금세 우르르 몰려가서, 종국에는 파멸의 강바닥으로 잠겨 버리지요.

경제는 자선 사업이 아니니 1할의 희생은 예상해야 합니다.

나머지 9할이 확실하게 구제된다면. 하지만 내버려두면 10할 모두 보기 좋게 전멸해 버려요."

"그러니까 1할의 농민은 굶어 죽어도 어쩔 수 없다는 말이군요."

마쓰다이라 자작은 경솔하게도 '굶어 죽다'라는 표현을 썼는데, 그것은 이 자리에 있는 누구도 감각적으로 이해되지 않는 말이었다. 어떤 윤리적 공포를 주는 공치사 같은 말이 있는 법이다. 아무런 형용사를 더하지 않아도 그 자체에 일종의 과장이 담겨 있는 말. 취향의 문제로 봐도 향긋하지 않고 지나치게 현란하고 선천적으로 '경향적'인 말. 자작은 굳이 이 말을 쓴 것이 아무래도 부끄러웠다.

구라하라의 장광설이 계속되는 동안 프랑스인 지배인이 와서 만찬 준비가 끝났다고 여주인에게 작게 일렀지만, 남작 부인은 구라하라가 제풀에 지칠 때까지 기다릴 수밖에 없었다. 겨우 끼어들어 말을 전하자 구라하라는 의자에서 일어났는데, 이미 어둑해진 등나무 의자 한가운데에 은으로 된 그의 담배 케이스가 하얀 치열처럼 담배를 보이며 열려져 있었다. 게다가 구라하라의 무게에 담배가 모조리 으스러져 있었다.

"아니, 이분이 또!"

남작 부인이 발견하고는 큰 소리로 말해서 주위에 모여 있던 손님들은 구라하라의 그런 버릇을 접할 때마다 늘 그러듯 스스럼없이 웃었다.

구라하라 부인이 으스러진 담배를 버리면서 이렇게 말했다.

"아니, 왜 또 이렇게 두셨담."

달리는 말

"이 담배 케이스가 뚜껑이 쉽게 열려서 예전부터 불편했어."

"그러니까 왜 열린 채로 엉덩이 밑에 두는 거예요."

"그게 구라하라 씨만 하실 수 있는 일인 거죠." 신카와 부인이 창문마다 달린 등이 풀밭 위로 쏟아내는 빛의 한가운데로 걸음을 옮기며 놀렸다.

"이상해요. 그걸 깔고 앉았으면서 아프지도 않았어요?"

"등나무 의자라서 그런가 보다 했지."

"그럼요, 그럼요. 우리 집 등나무 의자는 엉덩이가 아프지요." 하고 신카와 부인이 외쳐서 다들 웃었다.

"하지만 가루이자와의 활동사진관 의자보다는 나아요." 하고 신카와 남작이 반쯤 건성으로 말했다. 가루이자와에는 마구간을 개조한 오래된 영화관이 딱 한 곳 있었다.

마쓰가에 후작은 화제에서 동떨어져 있었다. 식사 자리에 앉자 옆자리의 대신 부인은 할말이 궁해 "근래에 도쿠가와 요시치카 님을 만난 적 있나요?" 하고 물었다.

후작은 생각했다. 훨씬 전에 만난 듯하기도 하고 불과 이삼 일 전에 만난 듯하기도 했다. 어쨌든 도쿠가와 후작이 마쓰가에 후작에게 어떤 중대한 상담을 청한 적은 한 번도 없었다. 귀족원 대기실이나 화족회관에서 마주쳤을 때도 스모 이야기를 두세 마디 나눈 정도다.

"글쎄요, 근래에는 뵙지 못했습니다만." 하고 마쓰가에 후작은 말했다.

"요전에 명륜회 같은 재향군인회를 만드셨는데, 그런 걸 좋아하시나 봐요, 도쿠가와 님은."

"그분은 우익 떠돌이들한테 추대받기를 아주 좋아해서 점점 불장난이 진지해지더군요." 하고 맞은편 자리의 한 남자 손님이 말했다.

"여자와 하는 불장난이 더 나을 텐데요."

신카와 준코는 테이블 위의 꽃마저 터져 나갈 듯한 목소리로 말했다. 그녀가 불장난이라는 말을 입에 담았을 때 아무런 정서도 수줍음도 없었기에, 다들 이 사람은 밀통 같은 건 하지 않을 사람임을 한눈에 알아보았다.

스프가 나오자 대화는 귀족적인 화제로 옮겨 갔다. 즉 올해 마을 사람들의 봉오도리[95]에 어떤 옷차림으로 숨어들까 하는 이야기였다. 가루이자와에서는 음력으로 오봉을 지냈다. 마쓰가에 후작은 도쿄의 저택에서 오봉을 보낼 때 거실 가득히 달았던 기후 초롱불[96]을 떠올리고 죽은 어머니가 임종 때까지 안고 있었던 걱정을 떠올렸다. 시부야의 14만 평 부지는 어머니가 당신 주식을 팔아서 3000엔에 샀던 땅으로, 다이쇼 중기에 그중 10만 평을 매각했는데, 평당 5엔에 사들인 하코네 부동산 회사가 아무리 기다려도 입금하지 않는 것을 돌아가시기 직전까지 근심했던 것이다.

"아직 돈이 들어오지 않았니? 아직도."

---

95 盆踊り. 8월 중순 조상의 혼을 맞이하고 보내는 명절인 오봉 때 마을 주민들이 모여 북소리에 맞춰 추는 윤무로 지역마다 특색을 보인다.
96 岐阜提燈. 기후현에서 발달한 전통공예 초롱불로 기후현 특산품인 미농지와 대나무로 만든다. 흰색이나 옥색 바탕에 꽃이나 자연 풍경이 그려졌다.

환자가 가끔 그렇게 물으면 더 이상 체면 깎는 질문을 하지 않게 하려고 주위 사람들은 '들어왔다.'고 거짓말을 했지만, 빈사의 환자는 결코 믿지 않았다.

"거짓말 마라. 그만한 돈이 들어왔다면 온 집 안에 삐걱삐걱 돈의 발소리가 울릴 텐데 아직 그렇지 않잖아. 어떻게든 그 발소리를 듣고 편히 죽고 싶구나."

어머니는 연신 그렇게 말했다. 어머니가 돌아가시고도 한참이 지나 우여곡절 끝에 전액이 지불되었다. 하지만 후작은 그중 절반 이상을 1927년 제15 국립은행의 파산으로 잃어버렸다. 다리에 장애가 있던 집사 야마다는 그것에 책임을 느끼고 목을 매어 죽었다.

어머니가 기요아키에 대해 말하진 않고 돈 얘기만 하다 돌아가신 일은 정말이지 그 죽음에서 위대함과 서정성을 잃게 했다. 후작은 자신의 죽음과 만년에도 고귀한 여운이 그다지 남아 있지 않으리란 것을 어렴풋이 예감할 수밖에 없었다.

……신카와 남작가에서는 영국식으로 식후 남성 손님은 식당에 남아 엽권을 나눠 피우고 부인들은 거실로 자리를 옮겨 서로 떨어졌다. 더욱이 빅토리아 시대의 관습에 따라 남자들은 충분히 술기운이 돌 때까지 부인들 쪽으로 가려 하지 않았다. 이것이 신카와 부인에게는 괴로움의 싹이었지만 영국식이라 하니 하는 수 없었다.

식사 중반부터 비가 내려 평소보다 기온이 내려갔으므로 급히 벽난로의 자작나무 장작에 불을 피웠다. 마쓰가에 후작은 이제 담요가 필요 없었다. 남자들은 램프 불을 끄고 벽난로 근처에 자리 잡았다.

그리고 또 마쓰가에 후작이 소외되는 화제가 나왔다. 대신이 이렇게 말했다.

"좀 전의 이야기는 총리에게 차근차근 말씀해 주시면 고맙겠군요. 총리는 확실히 초연하고 싶은 마음이 있으면서 시대의 흐름에 눌리는 경향이 있으니까요."

"그야 언제나 차근차근 말씀드리고 있습니다." 하고 구라하라는 말했다. "시끄러워하신다는 걸 잘 알면서도요."

"총리를 시끄럽게 하는 일은 안전하니까 괜찮지만……." 하고 대신은 말했다. "……아까는 부인께서 예민하게 받아들이실까 봐 말하지 않았는데, 구라하라 씨는 좀 더 몸을 사리시는 게 좋겠어요. 일본 경제의 기둥이신데 이노우에 씨나 단 씨처럼 되면 큰일이지요. 아무리 조심해도 지나치진 않을 겁니다."

"그렇게까지 말씀하시는 걸 보니 여러 가지 확실한 정보가 있으신가 보군요." 구라하라는 표정 없고 탁한 목소리로 말했다. 설령 이때 그의 얼굴에 불안이 스쳤다 해도, 흔들리는 난롯불이 두툼한 뺨을 날개 치게 하는 그림자를 드리웠기에 알아볼 수 없었다. "내게도 이른바 협박 편지가 여러 통 와서 경찰이 걱정하고 있는데, 나는 이 나이에 무서울 것이 하나도 없습니다. 무서운 건 국가의 장래지 나의 신변이 아닙니다. 경호원의 눈을 피해 원하는 일을 하는 것을 오히려 어린아이처럼 즐기고 있어요. 걱정한 나머지 시시한 권유를 하는 사람도 있고,

신변의 안전을 위해 돈을 쓰라며 누구를 소개해 주겠다는 사람도 있지만, 그런 건 전혀 내가 원하는 바가 아니에요. 지금 와서 돈으로 내 목숨을 사는 것에 무슨 의미가 있겠습니까."

이것은 지나치게 의기양양한 선언이었기에 그 자리에 있던 사람들은 조금 기분이 상했지만 그런 반응을 바로 알아챌 만한 사람은 아니었다. 매끈한 손에 불을 쬐고 있던 마쓰다이라 자작은 단정하게 자른 손톱부터 손등까지 장밋빛이 되었다. 자작은 손끝의 두툼한 엽권의 재를 바라보면서, 사람을 위협하려는 의도가 명백한 이야기를 시작했다.

"만주에 소대장으로 갔던 사람이 있는데, 이렇게 비참한 이야기는 들어 본 적이 없어서 잘 기억하고 있습니다. 어느 날 소대장 앞으로 부하 군인의 빈농 출신 아버지에게서 편지가 왔습니다. 일가족이 굶주림에 지쳐 울고 있다. 효자인 아들에게 면목이 없지만 부디 아들을 빨리 전사하게 해 달라. 유족 보상금에 매달리는 것 말고는 생활을 보장받을 방도가 없다고 쓰여 있었습니다. 아무리 그 편지를 부하에게 보여 줄 용기는 없어서 그냥 넣어 뒀는데, 얼마 지나지 않아 다행히도 그 아들은 명예롭게 전사했다고 합니다."

"그 이야기가 정말인가요." 하고 구라하라가 물었다.

"그 소대장에게서 직접 들은 이야기이니 틀림없지요."

"그렇군요."

구라하라의 대꾸와 동시에 난롯가에는 장작의 수액이 거품을 일으키는 소리뿐 사람의 말소리는 끊겼다. 이윽고 사람들은 구라하라가 손수건을 꺼내 코를 푸는 소리에 그의 얼굴을 보았다. 불빛에 비친 눈물 몇 방울이 구라하라의 두툼한 뺨을 타고 흐르고 있었다.

이 난해한 눈물은 그 자리에 있는 사람들의 가슴을 쳤다. 구라하라의 눈물을 보고 가장 놀란 것은 마쓰다이라 자작이 었는데, 그는 자신의 화술을 감탄하는 데 그쳤다. 마쓰가에 후작은 따라 울었다. 결코 감상적이지 않은 이 사람이 남의 눈물에 감응한 것은 자기 마음의 확고한 고유의 형태를 좇을 수 없게 된 늙음 때문이라고밖에 할 수 없었다. 어떻게 해석하든 여분의 수수께끼가 남는 구라하라의 눈물을 한 사람, 신카와 남작만은 적확하게 보고 있었다. 남작은 마음이 식어 있기에 무슨 일에든 안전했다. 하지만 눈물에는 위험한 소질이 있다. 만약 그것이 반드시 지성의 쇠퇴로 이어지는 것이 아니라면.

남작은 조금 감동하고 또 조금 놀라서, 늘 절반만 피우고 버리는 엽권을 난롯불 속으로 무심하게 던져 버릴 기회를 놓쳤다.

16

이사오는 도인노미야를 알현할 때 자기 뜻을 직접 말하는 대신 『신풍련사화』를 들고 가려고 생각했지만 아무리 그래도 빌려 줄 수는 없는 노릇이라 새로 한 권을 사서 헌상하기로 했다. 처음으로 어머니가 도움이 됐다. 되도록 수수한 비단을 골라 책 표지를 만들어 달라고 부탁한 것이다. 어머니는 혼신을 담아 세공을 했다.

그런데 이 말이 아버지 귀에 들어갔다. 이누마는 아들을 불러 도인노미야를 만나지 말라고 일렀다.

"왜요?" 하고 이사오는 놀라서 물었다.

"아무튼 '안 된다.'고 했다. 이유는 말할 필요 없어."

이누마의 응어리진 감정이 더 깊고 어두운 곳에서 얼마나 전면(纏綿)하여 있는지 아들은 알 수 없었다. 왕자가 기요아키의 죽음에 어떤 연관이 있는지 이사오는 조금도 몰랐다.

이해시키기 불가능한 분노임을 알고 있기에 이누마의 분노는 점점 더 향할 곳이 없어졌다. 물론 과거 사건에서 도인노미야도 피해자였음을 잘 알면서도, 기요아키 죽음의 원인을 더 듣어 가면 이누마의 마음은 늘 아직 만나 보지 못한 왕자에게로 거슬러 올라갔다. 왕자 전하만 없었다면, 만약 그때 그 장소에 왕자 전하만 안 계셨더라면, 이누마가 되풀이하는 말은 늘 같은 결론에 다다랐다. 사실 도인노미야가 없었다면 기요아키는 오히려 그 우유부단함 때문에 사토코와 맺어질 기회를 놓쳤을 게 분명한데도, 자세한 내막을 모르는 이누마의 마음은 오로지 도인노미야를 원망하는 쪽으로 기울었다.

이누마는 정치적 신조와, 신조의 근원을 이루는 뜨거운 감정의 오랜 불일치에 여전히 괴로워했다. 왜냐하면 그가 소년 시절부터 경험했던 뜨겁고 다정한, 때로는 분노와 경멸을 품으면서도 때로는 폭포처럼 덮쳐오고 때로는 화산처럼 분출하는 그 틀림없는 충성은 기요아키에게 바쳐진 것이었기 때문이다. 더 미묘한 의미에서, 기요아키의 아름다움에 바쳐진 충성이라고 해도 좋았다. 그것은 거의 배신과 아슬아슬하게 스쳐가는 충성, 끝없이 울적한 분노를 품은 충성이었고. 바로 그렇기 때문에 다른 어떤 이름도 부여할 수 없는 감정이었다.

그는 그 감정을 충성이라고 명명했다. 좋다. 하지만 그것은 이상을 향한 헌신과는 거리가 멀고, 이루 말할 수 없는 미의 유혹이 그를 이상에서 멀어지게 하려는 것에 저항하여, 마음 속에 품은 이상과 미의 조화를 꾀하려는 초조함에 가득 찬, 혹은 조화시켜야만 한다는 일종의 강한 필요에서 생겨난 감정이었다. 그 충성은 처음부터 고독의 그림자를 띠고 있었고, 소년이었던 그의 앞에 숙명처럼 놓인 한 자루 감정의 단검이 었다.

이누마는 문하생들을 가르칠 때도 '연군의 정'이라는 말을 즐겨 썼다. 그가 이 말을 하는 입술에 생기가 넘치고 듣는 이의 눈을 반짝이게 하고 몸을 떨게 하는 감동을 담을 수 있었다고 한다면, 그 감정의 근원은 소년 시절 자신의 체험에서 얻은 것이 분명했다. 다른 어디에서 그런 것을 찾을 수 있었을까.

이누마는 이른바 의식 높은 사람은 아니었기 때문에 먼 곳에서 유래한 자기 감정의 근원을 종종 잊을 수 있었고, 그 불꽃을 시간을 초월해 자유롭게 움직이고 옮겨 가 원하는 곳에 불을 지피고서 제 몸도 잠시 그 불에 감싸여 똑같은 뜨거움과 도취를 맛보는 것에 별다른 가책을 느끼지 않았으나, 만약 좀 더 스스로에게 엄격했더라면 자신이 감정의 비유를 과도하게 사용하고 있음을 분명 알아챘을 것이다. 과거에는 혼카[97] 속에서 살았던 그가 지금은 혼카도리 위에 살며, 해마다 변하는 풍물에 과거에 보았던 어느 해의 달, 눈, 꽃을 무한으로 적용하려는 스스로를 분명 보았을 것이다. 그는 스스로 알지 못하는 사이에 이중의 말을 쓰고 있었다.

그리고 황실에 대한 경애, 누가 의심하기라도 한다면 바로 그 자리에서 베어 버려야 할 그의 경애의 뜻에 마치 유리 지붕

---

97 本歌. 혼카도리(本歌取り)는 와카를 지을 때 원래 있던 옛 와카의 시구나 취향을 빌려서 짓는 것을 말하는데 이때 원래의 와카를 혼카라고 한다.

을 흐르는 빗물처럼 차가운 그림자를 언제고 드리우는 것이 바로 도인노미야라는 이름이었다.

"도인노미야 전하에게 누가 널 데려가기로 했느냐?" 하고 이누마는 조금 온화하게 우회하여 물었다. 소년은 아무 말 하지 않았다.

"누구냐. 왜 말하지 않아."

"그건 말할 수 없습니다."

"왜 말할 수 없어?"

소년은 또 침묵을 지켰다. 이누마는 감정이 격해졌다. 왕자를 알현하지 말라는 건 부모가 자식에게 하는 명령이다. 이유를 알릴 필요가 없다. 하지만 이사오가 소개자의 이름을 말하지 않는 건 부모를 거스르는 일이나 마찬가지다.

사실 도인노미야를 꺼리는 이유를 아버지 된 입장에서 아들에게 알기 쉽게 설명해 줄 수 없는 것은 아니었다. 자신이 모셨던 도련님을 죽음으로 내몬 원인이 된 분이니 만나면 안 된다고 할 수도 있었을 것이다. 하지만 붉게 달아오른 바위 같은 수치심이 목에 차오르는 탓에 이누마는 도저히 말을 꺼낼 수 없었다.

이사오가 이렇게까지 아버지에게 반항하는 것 또한 드문 일이었다. 평소의 이사오는 아버지 앞에서 과묵하고 공손한 아들이었다. 처음으로 자기 자식에게 범접하기 어려운 핵심 같은 것이 있음을 느끼자, 기요아키를 교육하는 데 실패했던 자신이 세월이 흘러 이번에는 완전히 반대 방향에서 아들 교육에도 애를 먹고 있다는 무력감을 슬퍼하지 않을 수 없었다.

……이렇게 부자가 마주 앉은 방의 정원에는 이른 저녁 소나기가 내린 후 석양이 들어 여기저기서 물웅덩이가 빛을 발했고, 정원수의 초록은 정토처럼 빛났다. 바람이 시원하고 머리는 상쾌하여 분노가 맑은 샘의 바닥처럼 또렷하게 보이자, 이사오는 그 분노를 바둑돌처럼 자유자재로 바둑판 위에서 옮길 수 있을 듯이 느꼈다. 아버지의 내부에서 거칠게 동요하는 불투명한 감정은 여전히 이사오의 이해 밖에 있었다. 매미가 엄숙하게 울었다.

탁상에는 어두운 주색과 녹색 비단으로 싸 둔『신풍련사화』가 놓여 있었다. 이사오는 갑자기 책을 집어 들고 일어섰다. 말없이 방으로 가져갈 생각이었다.

아버지가 그 책을 도로 뺏은 움직임이 더 빨랐다. 그러고는 마주 섰다.

부자는 순간 눈을 마주치고 말았다. 아버지의 눈이 몹시 소심하여 용기가 없음을 이사오는 보았다. 하지만 그 눈에는 마음속 깊은 곳에서 발굽을 울리며 뛰어오른 분노가 발버둥치고 있었다.

"아무리 말해도 듣지 않겠다는 거냐."

이누마는『신풍련사화』를 정원으로 던졌다. 주홍빛으로 빛나는 웅덩이에서 물이 튀었다. 책은 흙탕물을 튀기며 나동그라졌다. 자신이 가장 신성시하는 물건이 흙탕물에 잠긴 광경을 본 순간 이사오는 눈앞의 벽 같은 것이 갑자기 폭발한 듯한 신선한 분노에 직면했다. 저도 모르게 주먹을 쥐었다. 아버지는 떨고 있었다. 그 손이 아들의 뺨을 세게 때렸다.

낌새를 챈 어머니가 들어왔다. 미네는 방 안에 서 있는 두 남자의 그림자를 거대하게 느꼈다. 때린 쪽인 이누마의 유카타 옷단이 흐트러지고 맞은 쪽인 아들의 옷단은 오히려 흐트러지지 않은 것을 순간적으로 보았다. 석양에 빛나는 정원을 맞은편으로 바라보았다. 미네는 자신을 초주검으로 만들었던 남편의 격앙을 떠올렸다.

미네는 다다미 바닥을 미끄러지듯이 두 사람 사이에 끼어들어 이렇게 외쳤다.

"이사오! 뭐 하는 거야. 아버지께 사과드려. 부모에게 그런 건방진 얼굴을 하다니 무슨 짓이야. 자, 어서 거기 엎드려서 사과해."

"저걸 보세요."

이사오는 맞은 뺨에 손을 대지도 않고 다다미에 한쪽 무릎을 꿇더니 어머니 옷소매를 잡아당겨 정원을 보게 했다. 미네는 머리 위에서 남편이 개처럼 헐떡이는 소리를 들었다. 정원의 빛과 달리 집 안은 캄캄했고, 그 어둠 한가운데서 올려다보면 눈을 가려야 할 만큼 기괴한 것이 한가득 떠다니고 있을 듯한 느낌이 들었다. 미네는 무심결에 옛날 후작가의 서고에서 있었던 일을 떠올렸던 것이다.

낮은 목소리로 헛소리처럼 "얼른 사과해, 얼른." 하고 중얼거리는 사이 눈이 점점 뜨이더니, 선명해진 사물이 물웅덩이에 반쯤 잠겨서 반짝거리는 주색과 녹색 비단의 형체를 맺었다. 미네는 깜짝 놀랐다. 석양에 빛나며 흙탕물에 잠겨 있는 비단은 그녀 자신이 벌을 받는 것처럼 느끼게 했다. 미네는 그

223

것이 무슨 책이었는지도 잠시 떠올리지 못했다.

* * *

도인노미야에게서 일요일 저녁에 방문하라는 연락이 와서, 호리 중위는 이사오를 데리고 시바에 있는 저택으로 찾아뵈었다.

도인노미야가에는 연이어 불행이 겹치는 흉운이 닥쳤는데, 원래부터 건강이 좋지 못했던 형이 숨을 거둔 뒤 아버지와 어머니도 연이어 세상을 떠났고, 하루노리 왕자가 유일하게 건재하여 가문을 잇게 되었다. 근무지에 있는 동안 빈 저택을 지키는 것은 아내와 아이들뿐으로, 한 공가 출신인 왕자비는 수수하고 조용한 분이라 평소 저택은 적막하다는 말밖에 할 수 없었다.

이사오는 좀처럼 구하기 힘들었던 세 권째 『신풍련사화』를 겨우 헌책방에서 손에 넣고, 최대한 노력해 질 좋은 종이로 책을 싸서 '헌상'이라고 먹으로 쓴 다음, 두꺼운 무명으로 된 여름 교복의 겨드랑이에 끼고서 중위를 따라 걸었다. 처음으로 부모를 속이고 나온 외출이었다.

도인노미야가의 거대한 문은 닫혀 있고 등도 어두워서 주인이 집에 있는 활기는 느낄 수 없었다. 쪽문이 열리고 경호원의 등불 빛이 자갈밭 위로 새어 나왔다. 중위가 그 문을 들어설 때 군도의 칼집이 가볍게 닿는 소리가 났다.

경호원은 중위의 방문을 미리 알고 있었지만 내부 전화로 다시 보고하는 데 시간이 걸려, 그 동안 이사오는 오래된 경비 초소의 처마등 주위로 몰려드는 나방과 날벌레와 작은 갑충들이 내는 날갯짓 소리가 들릴 만큼, 저택을 둘러싼 나무와 달 아래 하얗게 빛나는 자갈길 언덕이 고요에 잠겨 있음을 알았다.

이윽고 두 사람이 자갈길을 오르자 중위의 장화가 자못 야간 행군을 떠올리게 하는 어둡고 끈적한 발소리를 냈다. 이사오는 낮의 열기에 충분히 달구어진 흔적이 아직 자갈 밑바닥에 희미하게 남아 있음을 느꼈다.

완전히 서양식인 요코하마의 별장과 달리 이 본가는 일본식으로 지어졌고, 달밤에 하얗게 보이는 주차 공간 위로 현관의 무거운 당파풍 지붕이 굽어보고 있었다.

도인노미야 전속 사무관의 집무실은 현관 바로 옆에 있는 듯했지만 이미 불이 꺼져 있고, 늙은 집사가 대신 맞으러 나와서 중위의 군도를 받아 두고 두 사람을 안내했다. 집 안 어디에도 인기척이 없었다. 적갈색 양탄자가 깔린 복도 한쪽에는 서양식으로 아래쪽에 판자를 댄 벽이 있었다. 집사는 어둠 속으로 문을 밀어 열고 불을 켰다. 방 한가운데 무겁게 늘어진 샹들리에가 한꺼번에 사방으로 빛을 내뿜으며 이사오의 눈을 찔렀다. 무수한 유릿조각이 마치 빛의 안개 덩어리가 현현한 것처럼 공중에 영롱하게 떠 있었다.

하얀 리넨을 깐 안락의자에 무릎을 바짝 당기고 앉은 중위와 이사오의 뺨 위로, 회전하는 선풍기 바람이 미지근하게 불어 왔다. 창 덧문에 벌레가 달라붙는 기척이 느껴졌다. 중위가 아무 말도 하지 않기에 이사오도 가만있었다. 이윽고 시원한 보리차가 나왔다.

벽에는 서양의 전장을 그린 거대한 고블랭 직물이 걸려 있었다. 말 탄 기사가 찌른 창끝이 뒤로 젖혀진 보병의 가슴을 관통하고 있다. 그 가슴에 피어난 피바람은 낡고 퇴색해 거무스름해졌다. 오래된 보자기 등에서 자주 보이는 색이다. 피와 꽃은 빨리 마르고 빨리 변질되는 점에서 많이 닮았다고 이사오는 생각했다. 그렇기에 피도 꽃도 명예로 바뀌어야 살아남고, 모든 명예는 금속인 것이다.

문이 열리고 하얀 리넨 양복을 입은 하루노리 왕자 전하가 납시었다. 조금도 허식이 없는, 오히려 다소 경직된 이 방의 공기를 부드럽게 풀어 주려는 듯한 소탈한 행차였는데, 중위는 곧장 자리에서 일어나 부동자세를 취했고 이사오도 이에 따랐다.

이사오는 태어나서 처음으로 이렇게 가까이 있는 황족의 모습을 짧은 순간 관찰했다. 전하는 그렇게 키가 크지는 않지만 아주 건장한 체격이고, 양복의 배 부분이 튀어나와 윗옷 단추가 겨우 잠겼으며, 어깨와 배도 실로 탄탄해서, 하얀 리넨 옷에 주황색 넥타이를 맨 모습은 언뜻 정치인처럼 보이기도 했다. 하지만 햇빛에 유감없이 탄 얼굴색, 짧게 자른 머리, 약간 매부리코인 반듯한 코, 위엄에 가득 찬 길고 가느다란 눈, 코밑에 자란 칠흑색 팔자수염은 역시 군인의 위풍에 귀인의 기품을 더했다고밖에 말할 수 없었다. 눈빛은 생기 있게 사람을 쳐다보지만 좀처럼 눈동자를 움직이지 않는다는 느낌이었다.

중위가 곧바로 이사오를 소개해서 이사오는 고개를 깊게

숙였다.

"이 사람이 자네가 요전에 말한 청년인가? 그렇군. 자, 편히 앉길. ……나는 요즘 청년이라면 군대에 있는 사람밖에 만난 적이 없어서, 민간인 중 실로 청년다운 청년이 있다면 만나 보고 싶었네. 이누마 이사오라고 했나. 네 아버지 이름은 들어서 알고 있어." 하고 전하는 허물없는 투로 말했다.

중위가 무엇이든 생각나는 대로 말씀드리라고 해서 이사오는 곧바로 "제 아버지가 예전에 전하를 알현한 적 있습니까." 하고 물었는데, 그렇지는 않다는 대답이 돌아왔다. 아버지가 한 번도 알현한 적 없는 왕자에게 그 정도 감정을 품고 있다니 수수께끼는 점점 더 깊어져 풀기 어려웠다.

그러고서 전하와 중위는 군인끼리 격의 없이 회고담을 나누었다. 이사오는 책을 헌상할 때를 기다리고 있었는데 중위가 그 기회를 주리라는 기대는 옅어졌다. 중위는 이미 책에 대해선 잊어버린 듯했다.

자연히 이사오는 침묵한 채로 탁자 맞은편에서 대화를 즐기는 왕자의 모습을 바른 자세로 지켜보는 수밖에 없었다. 그을지 않은 하얀 이마가 샹들리에 아래에서 고상하게 빛났고, 막 자른 것처럼 짧은 머리가 불빛을 받아 고르고 뾰족하게 보였다.

그런 이사오의 날카로운 눈을 알아챈 것인지, 왕자는 그때까지 중위에게만 향하던 눈을 흘끗 이사오 쪽으로 돌렸다. 그 눈과 이사오의 눈이, 마치 오랫동안 울리지 않아 녹슬어 있던 매우 오래된 쇠방울이 어떤 진동으로 추가 풀려 종 안쪽에 닿은 듯이 서로 맞닿았다. 그 순간 왕자의 눈이 무엇을 말했는지 이사오는 알 수 없었고 왕자 자신도 몰랐을 것이다. 하지만 그 순간 교차한 것은 보통의 애증을 넘은 신기한 인연의 감정이었고, 왕자의 움직이지 않는 눈동자에 어딘가 멀리서 온 슬픔이 찰나에 샘솟아, 이사오의 불 같은 주시를 왕자가 그 슬픔의 물로 순식간에 식혀 버린 듯 느껴졌다.

'중위도 검도 대련에서 나를 이런 식으로 보았다.' 이사오는 생각했다. '하지만 그때는 분명 깊은 곳에서 나누는 무언(無言)의 말들이 번뜩였다. 왕자 전하의 눈에는 말이 없다. 혹시 전하는 나에 대해 좋지 못한 첫인상을 가지신 게 아닐까.'

그때는 이미 중위와 나누는 대화로 돌아와 있던 왕자가, 이사오가 미처 듣지 못한 중위의 어떤 격한 발언에 고개를 끄덕이며 이렇게 말하는 소리가 들렸다.

"그래, 화족도 나쁘지. 화족이 황실의 수호자라는 말은 듣기에는 그럴듯하지만 그중에는 힘을 믿고 왕을 없는 사람처럼 취급하는 자들도 있어. 지금만 그런 것이 아니야. 호리 중위, 그런 일은 옛날부터 있었어. 특히 국민의 모범이 되어야 할 사람들의 우쭐거림은 벌해야 할 필요가 있다는 데 나도 전적으로 동의해."

17

왕자가 출신이 비슷한 화족들을 그 정도로 증오하는 것을 이사오는 의외라고 생각했지만, 아마 왕자의 입장에서는 그들의 부패를 접할 기회도 그만큼 많을 것이다. 정치인이나 사업가의 부패는 멀리서도 마치 여름날 들판 저편에서 동물의 시취가 풍겨 오듯이 코를 찌르는데, 화족의 악취는 그만큼 향 냄새로 속일 수 있는 법이다. 이사오는 왕자가 특히 나쁘게 생각하는 화족의 이름을 알고 싶었지만 신중한 왕자는 밝히지 않았다.

조금 마음이 편해진 참에 이사오는 종이로 싼 책을 꺼냈다.

"헌상하고 싶어 가지고 왔습니다. 지저분한 헌책이지만 우리의 정신이 빠짐없이 담겨 있기에, 이 책의 정신을 계승하고 싶습니다." 이사오는 지금은 그렇게 막힘없이 말할 수 있었다.

"오, 신풍련이군." 왕자는 포장을 풀더니 제목을 보고 말했다.

달리는 말

"신풍련의 정신을 매우 효과적으로 전달하는 책입니다. 이 학생들은 쇼와의 신풍련을 만들기로 뜻을 모았습니다." 중위가 말을 거들어 주었다.

"호, 그럼 구마모토 진대 대신 아자부 3연대로 쳐들어가겠다는 얘기인가?" 하고 농담을 하면서도 왕자는 결코 가볍지 않게, 정중하게 책장을 넘겼다. 그리고 문득 책에서 눈을 떼고는 소년을 날카롭게 쳐다보며 이렇게 말했다.

"묻겠는데, ……만약 폐하가 너희의 정신 혹은 행동을 달갑게 여기지 않으신다면 어쩔 셈이냐?"

이것은 왕자만이 할 수 있는 질문이자, 동시에 하루노리 왕자가 아닌 다른 왕자들은 결코 하지 않으리라 여겨지는 질문이었다. 중위와 이사오는 다시 긴장해서 몸을 굳혔다. 그 자리의 분위기로 직감적으로 깨달은 것은, 마치 이사오 한 사람에게 한 질문 같지만 실은 중위에게도, 즉 중위가 직접 밝히지 않은 뜻과, 처음 보는 소년을 데리고 이렇게 저택으로 찾아 뵌 중위의 속마음…… 그런 것들을 함께 묻는 듯이 느껴졌다. 직속 상관은 아니지만 연대장 입장에서 일개 중위에게 직접적으로 묻기 어려운 점이 있음을 알아채고, 이사오는 자신이 중위에게나 왕자에게나 일종의 통역사처럼, 의사를 전달하는 인형처럼, 하나의 장기말로 쓰이고 있는 상황을 갑자기 깨달았다. 물론 그것은 이치를 따지지 않는 순수한 문답이었지만 이사오가 자신의 미숙한 몸이 어떤 정치적 소용돌이에 놓여 있음을 느낀 것은 처음 겪는 일이었다. 다소 마음이 불편했지만 이사오는 이사오대로 가능한 한 솔직하게 대답하는 수밖에 없었다. 옆자리 의자의 팔걸이 안쪽에서 중위의 칼집이 희미하게 부딪혔다.

"네. 신풍련처럼 곧장 할복하겠습니다."

"그렇군." ─ 연대장인 왕자의 표정은 이런 대답에 익숙한 눈치였다. "그렇다면, 기쁘게 여기신다면 어쩔 셈이냐."

이사오는 주저하지 않고 대답했다.

"네. 그때도 곧장 할복하겠습니다."

"흠." ─ 왕자의 눈에 처음으로 생생한 호기심의 빛이 드러났다. "그건 또 무슨 말이지? 설명해 봐."

"네. 제가 생각하는 충성이란 손이 델 정도로 뜨거운 밥을 쥐어 오로지 폐하께 드린다는 일념으로 주먹밥을 만들어 올리는 것입니다. 그 결과 만약 폐하가 공복이 아니시라면 박정하게 돌려 주실 것이고, 아니라 해도 '이렇게 맛없는 걸 먹을 수 있느냐.' 하시며 제 얼굴로 주먹밥을 던지신다면 얼굴에 밥풀이 붙은 채로 물러나서 감사한 마음으로 배를 갈라야 합니다. 또는 폐하께서 공복이라 기쁘게 그 주먹밥을 드신다 해도 곧바로 물러나 감사한 마음으로 배를 갈라야 합니다. 왜냐하면 초망[98]의 손으로 만든 주먹밥을 폐하께 올린 죄는 죽어 마땅하기 때문입니다. 그렇다면, 주먹밥을 만들어서 올리지 않고 그대로 제 손에 둔다면 어떻게 되겠습니까. 밥은 결국 썩어 버릴 것입니다. 이 또한 충의라 할 수 있겠지만, 저는 이것을 용기 없는 충의라고 부르겠습니다. 용기 있는 충의는 죽음을 두려워

---

98 草莽. 초야에서 벼슬 없이 나랏일을 근심하는 사람.

달리는 말

하지 않고 그 일념으로 만든 주먹밥을 올리는 일입니다."

"죄라는 걸 알면서도 그렇게 한다는 말인가."

"네. 전하를 비롯한 군인 분들은 행운아입니다. 폐하의 명령에 따라 목숨을 버리는 것이 곧 군인의 충성이기 때문입니다. 하지만 일반 민초들은 명령받지 않은 충의는 언제든 죄가 될 수 있음을 각오해야 합니다."

"'법을 따르라.'는 건 폐하의 명령이 아니냐. 법정 역시 폐하의 법정이다."

"제가 말하는 죄는 법률상의 죄가 아닙니다. 이렇게 신성한 빛으로 뒤덮인 세상에 살면서도 아무것도 하지 않고 오래 살기만 하는 것이 가장 큰 죄입니다. 그 대죄를 씻으려면, 신을 모독하는 죄를 범했어도 어떻게든 뜨거운 주먹밥을 만들어 올리고 자신의 충심을 행동으로 드러낸 후 즉시 배를 갈라야 합니다. 죽으면 모든 것이 깨끗해지지만, 살아 있는 한은 오른쪽으로 가도 죄, 왼쪽으로 가도 죄, 어차피 죄를 범하게 되어 있습니다."

"이거 얘기가 어려워졌군."

이사오의 진지함에 눌린 왕자는 조금 난처한 듯이 미소를 지으며 그렇게 말했다. 그때를 틈타 중위가 "이제 됐어. 알아들었다." 하며 이사오를 제지했다.

이사오는 이 교의문답에 한층 흥분한 상태였다. 상대는 황족이고, 그 황족에게 지극히 솔직한 대답을 하여 왕자 바로 뒤에 있는, 이 세상 것이 아닌 빛을 향해 마음속을 전부 털어놓은 기분에 빠져들었다. 이사오는 왕자의 어떤 질문에도 바로 대답할 수 있었던 것은 평소부터 마음속으로 사상을 다지고 닦아 왔기 때문이었다.

그저 팔짱만 끼고 아무것도 하지 않는 자신의 모습을 생각하는 것만으로 이사오는 나병에 걸린 자신을 보는 듯이 몸서리가 쳐졌다. 그런 상태를 보편적 죄, 우리가 서 있는 땅, 마시는 공기처럼 불가피한 숙명적 죄로 생각하기는 어렵지 않았다. 그 속에서 나 한 사람이 순수하기 위해서는 죄의 다른 형식을 빌려야 하고, 결국에는 근원적인 죄에서 양분을 취해야만 한다. 그때 비로소 죄와 죽음, 할복과 영광이 소나무 바람이 부는 절벽, 떠오르는 아침 해 속에서 결합할 것이었다. 그가 육군이나 해군 사관학교를 지망하지 않았던 것은 그곳에는 이미 만들어진 영광이 준비돼 있으며, 무위의 죄가 씻기기 때문이었다. 그렇다면 이사오는 자기 혼자만이 생각하는 영광에 닿기 위해 조금은 죄 자체를 사랑했는지도 모른다.

신풍련의 스승 하야시 오엔의, 사람은 모두 신의 아이라는 가르침의 의미로 보면 이사오는 자신이 무구하고 순수하다고 생각하진 않았다. 그저 조금만 더 손을 뻗으면 순수가 닿을 것 같은 초조함이 끊임없이 있는데, 그것도 위험한 발판에 서서 가까스로 손끝에 닿는 정도이며, 그 발판조차 순간순간 무너져 가고 있음을 느꼈다. 오엔 선생이 가르친 우케이 신사도 현대에는 불가능함을 알고 있다. 다만 그는 신의 뜻을 묻는 우케이에 역시 당장이라도 무너질 것 같은 위험한 발판의 요소가 있었다고 생각했다. 그 위험이란 죄가 아니고 무엇이겠는가. 그 불가피한 위험만큼 죄와 닮은 것은 없다.

달리는 말

"과연. 이런 젊은이가 나타났군."

왕자는 중위를 뒤돌아보고 감개무량한 듯이 말했다. 이사오는 자신이 하나의 견본처럼 보이고 있다는 생각이 들었다. 그러자 자신을 왕자의 눈에 비친 하나의 전형으로 어서 완성되어 버리고 싶다는 고통스러운 충동을 느꼈다. 그러기 위해선 죽어야만 한다.

"이런 학생이 나타났다니, 일본의 미래에도 작은 희망이 보여. 군대에서는 자발적인 목소리를 좀처럼 접할 수가 없지. 좋은 사람을 데려왔네."

왕자가 일부러 이사오를 무시하고 중위에게만 감사를 표했기 때문에 중위도 면목이 섰고, 이사오도 직접 칭찬을 듣는 것보다 훨씬 진실한 후의를 느꼈다.

왕자는 집사를 불러 고급 스카치위스키를 가져오게 하고는 직접 따라 중위에게 권했고, 이사오에게도 "이누마는 미성년자인 것 같은데, 아까 말한 각오를 가지고 있다면 어엿한 어른이라 하겠어. 오늘 밤은 마음껏 마시지. 취하면 집까지 차로 데려다 줄 테니 걱정 말고." 하며 황송한 말씀을 했지만, 그 순간 이사오는 도인노미야가에서 술에 취해 차로 실려 온 아들을 맞닥뜨린 아버지의 얼굴을 상상하고 오싹해졌다.

이 상상이 일어나서 왕자가 유리잔에 따라 주는 술을 받는 손을 떨리게 했다. 갑자기 잔이 기울어 술이 탁자를 덮은 섬세한 흰색 레이스로 쏟아졌다.

"아!"

이사오는 허둥대며 손수건을 꺼내 급히 그 자리를 닦았다.

이어서 "죄송합니다." 하며 깊게 숙인 얼굴에 스스로를 부끄러
워하는 눈물이 갑자기 흘렀다.

그가 계속 고개 숙인 채로 멈춰 서 있자 눈물을 본 왕자는
이렇게 농담을 했다.

"괜찮네, 괜찮아. 당장이라도 할복할 것 같은 얼굴은 하지
말라고."

"저도 사죄하겠습니다. 감격한 나머지 손이 떨렸나 봅니다."

중위가 옆에서 덧붙였다. 이사오는 겨우 자리에 앉았지만
그 후로는 머릿속이 자신이 저지른 실수로 가득해서 한 마디
도 할 수 없었다.

하지만 동시에 왕자의 말이 온몸으로 뜨겁게 퍼지며, 술보
다 더 몸속을 달아오르게 했다. 왕자와 중위는 이어서 여러 가
지 정치 문제를 논했지만 자신의 추태를 떨치지 못한 이사오
는 귀에 들어오지 않았다. 왕자는 논의에 열중하는 동안 이사
오를 조금도 돌아보지 않다가, 갑자기 눈길을 돌리더니 조금
취기가 오른 명랑한 목소리로 크게 말했다.

"왜 그러냐. 기운 내. 너도 상당한 논객일 텐데."

이사오는 하는 수 없이 소극적으로 논의에 합류했다. 중위
가 전에 말했듯이 왕자가 얼마나 군인들에게 인기가 있는지
여실히 느껴졌다.

밤이 꽤 깊어 가고 시각을 보고 놀란 중위가 인사를 하자,
왕자는 중위에게는 고급 양주와 황실 문양이 들어간 담배를,
이사오에게는 황실 문양이 들어간 과자를 내려 주었다. 돌아
오는 길에 중위가 말했다.

달
리
는
말

"전하는 널 몹시 마음에 들어하신 것 같군. 때가 되면 분명 힘이 되어 주실 테지만, 신분을 생각해서 절대로 먼저 전하께 뭔가를 부탁하는 태도는 보이지 말도록. 그래도 넌 운이 좋은 녀석이야. 작은 실수는 신경 쓰지 마."

중위와 헤어진 후 이사오는 곧장 집으로 가지 않고 이즈쓰의 집에 들러서, 이미 잠들어 있는 이즈쓰를 깨우고 황실 과자 꾸러미를 건네 주었다.

"대신 잘 보관해 줘. 절대 집에 있는 사람들한테 보여 주면 안 돼."

"알았어."

한밤중에 현관 밖으로 고개를 내민 이즈쓰는 긴장한 나머지 목덜미가 뻣뻣해져서는 작은 꾸러미를 받아 들었지만, 생각보다 훨씬 가벼운 그 무게에 의아한 표정을 지었다. 이즈쓰는 한밤중에 동지에게서 건네받은 물건은 응당 폭발물일 거라 생각한 것이다.

———
●

　그해 여름, 이사오의 동지는 스무 명에 달했다. 이즈쓰와 사가라가 나누어 일일이 만나 보고 그 뒤에 다시 이사오가 만나서 선별하여, 지조 높고 입이 무거운 학생들만 들어오게 허락했다. 그 과정에서 『신풍련사화』가 사용됐다. 『신풍련사화』를 읽고서 쓴 감상으로 먼저 판별한 것이다. 그중에는 문장과 이해력이 뛰어나도 직접 만나면 유약해서 실망한 경우도 있었다.

　이사오는 검도 연습에 열의를 잃었다. 여름 합숙에 참가하지 않겠다고 말했을 때 올해 고교 대회 우승을 이사오에게 걸고 있던 선배들에게서 거의 몰매를 맞을 뻔했다. 이사오의 마음이 바뀐 이유를 추궁하던 한 선배가 "너 뭐 꾸미는 일이 있어? 검도보다 매력적인 뭔가가 있는 거야? 네가 어떤 소책자를 추천해서 읽었다는 학생이 있던데, 무슨 사상 운동을 하려는 건 아니겠지." 하고 말했을 때, 이사오는 선수를 쳐서 이렇게 대답했다.

"『신풍련사화』 말씀이신가요. 메이지 역사 연구회를 만들려고 의논하는 중입니다."

실제로 이사오의 검도 경력은 남몰래 동지들을 모으는 데 도움이 됐다. 그의 이름으로 가지는 경외심은 곧바로 그의 일언반구와 날카롭게 긴장한 눈에 경도되는 것으로 이어졌다.

이사오는 이 단계에서 일단 동지들을 모아 각오와 정열을 시험하는 기회를 가지고 싶어서, 일부러 새 학기가 시작되기 이 주일 전 여름방학 동안 고향에 가 있는 사람들에게 전보를 보내 도쿄로 오라고 명령했다. 방학 중인 학교는 비밀을 지키는 데 안전한 곳이다. 늦더위가 남은 오후 6시에 교내 신사 앞에서 모이기로 했다.

고쿠가쿠인 대학에서는 다들 '신사'라고만 부르는, 이 팔백만 신을 모시는 작은 신사 앞에 학생들이 모이는 일은 조금도 이상하지 않다. 장래에 가계를 이어 신관이 되려는 양성부·신토부 학생들은 이곳에서 축문 연습을 하는 것이 일상이었고, 운동부 학생들도 여기서 승리를 기원하거나 패배를 반성했다.

집합 시각 한 시간 전, 이사오는 신사 뒤편에 있는 숲에서 이즈쓰와 사가라를 만나기로 했다. 흰색 잔무늬 유카타에 하카마를 입고 흰색 교모를 썼다. 풀밭에 앉자 히카와(氷川) 신사 경내 너머 시부야 사쿠라가오카의 고지대에 드리운 석양빛이 이사오의 하얀 잔무늬 옷의 가슴과 모밀잣밤나무의 검은 줄기로 내리쬐었다. 이사오는 그래도 그늘을 찾으려 하지

238

않고 교모의 차양을 깊숙이 내려 지는 해를 마주했다. 가슴팍이 땀이 밴 피부가 발하는 열기로 가득했고 그것이 풀밭에서 올라오는 열기와 합쳐져 이마까지 기어올랐다. 숲은 온통 저녁매미 울음소리로 가득하다.

눈 아래 샛길을 지나가는 자전거가 석양에 빛난다. 빛은 낮은 집들 사이를 누비듯이 이어졌는데, 처마 사이 한 군데에 계속 빛나는 유릿조각 같은 것이 기울어 있었다. 자세히 보니 얼음 가게 차가 서 있는 것이었다. 얼음에 닿은 강한 석양에서 위기가 느껴졌고, 여름의 마지막 더위에 무참하게 녹아 가는 얼음의 날카로운 비명이 아득히 들려오는 듯했다.

뒤돌아보니 등 뒤로 길게 뻗은 모밀잣밤나무 그늘은 여름 끝자락에서 헛되이 길게 끌었던 그의 뜻이 드리운 그림자 같기도 하다. 몸을 자르는 듯한 여름의 끝. 태양과의 결별. 그는 저 둥글고 붉은 대의가 계절의 변화와 함께 한동안 퇴색해 가리라는 공포에 사로잡혔다. 올해도 또 격렬한 여름의 아침 해 속에서 죽을 기회를 잃어버렸다.

이사오는 다시 눈길을 들어, 아주 천천히 붉은 기를 더해 가는 하늘에서 모밀잣밤나무 가지의 우거진 이파리 사이로, 붉은 틈새 하나하나가 그대로 날개를 얻어 날아다니는 듯 거대한 고추잠자리 무리를 보았다. 이것도 가을의 징조다. 격정 속에서 서서히, 서서히 서늘한 지성이 싹트는 느낌은 어떤 이에겐 기쁨이겠지만 이사오에게는 슬픔이었다.

"이렇게 더운 곳에서 기다렸단 말이야?" 흰색 셔츠에 교모를 쓴 이즈쓰와 사가라가 놀라서 물었다.

"봐. 저기 서쪽 태양 한가운데에 천황 폐하의 얼굴이 보여."

이사오는 풀밭에 앉은 자세를 고치고 말했다. 그의 이런 말에는 어떤 마법 같은 힘이 있어서, 이즈쓰와 사가라는 겁을 먹으면서도 바로 마음이 홀리는 게 일상이었다.

"폐하께선 근심하시는 얼굴이야." 하고 이사오가 말을 이었다.

이즈쓰와 사가라는 옆에 망연하게 앉아 풀잎 하나를 잡아뜯으며 이사오의 옆에 있을 때마다 느끼는, 칼날에 가까이 다가간 듯한 느낌에 잠시 젖어 있었다. 두 소년은 때때로 이사오에게 두려움을 느꼈다.

"다들 모이겠지?" 하고 사가라가 안경을 밀어 올리면서, 이유 모를 불안을 좀 더 이해가 가는 불안으로 바꾸고자 입을 열었다.

"모일 거야. 안 모이면 안 되지." 하고 이사오는 아무렇지 않게 말했다.

"드디어 검도부 합숙을 탈출했구나. 훌륭해." 하고 이즈쓰가 다소 창피할 정도로 존경을 표하며 말했다. 이사오는 그 이유를 설명하려다가 그만두었다. 이쪽 활동은 아직 그럴 시간조차 없을 정도로 바쁘지는 않다. 합숙에 참가하지 않은 것은 단지 죽도에 질렸기 때문이다. 죽도의 승리가 너무 쉬워서 질렸고, 죽도가 단지 검의 상징일 뿐이라 질렸으며, 또 죽도가 '진짜 위험'은 아무것도 수반하지 않아서 질렸다.

세 사람은 스무 명이나 되는 동지를 모으는 것이 얼마나 힘들었는가 하는 이야기에 열을 올렸다. 얼마 전 로스앤젤레

스 올림픽의 수영 경기에서 일본이 크게 이름을 떨쳐 어느 학교든 수영부는 사람을 모으기가 쉬웠다고 하는데, 그들이 하는 일은 운동부의 부원 모집과 달랐다. 화려한 인기에 편승하는 것과는 사정이 다르다. 이른바 이거다 싶은 사람 하나하나가 목숨을 걸어 줘야 하는 것이다. 게다가 목숨을 건다고 확답할 때까지는 모집의 목적을 분명히 해선 안 된다.

목숨을 바칠 생각인 젊은이, 그렇게 공언하는 젊은이를 찾아내는 건 그리 어렵지 않았다. 그러나 그들은 열이면 열 곧바로 사람들한테 공언할 수 있는 목적을 원했고, 자신의 장례식에 되도록 화려한 화환을 바랐다. 일부 학생들은 기타 이쓰키의 『일본 개조 법안 개요』를 몰래 읽었는데, 이사오는 그 책에서 어떤 악마적인 교만의 냄새를 맡았다. 가야 하루카타의 '견마지련, 누의지충'과 한참 거리가 먼 그 책은 확실히 청년들의 혈기를 돋우긴 했지만, 그런 청년은 이사오가 원하는 동지가 아니었다.

동지는 말로서가 아니라 깊고 은밀한 눈빛을 주고받음으로써 얻을 수 있는 것이다. 사상 같은 것이 아니라 더 멀리서 온 어떤 것, 또는 더욱 명확한 외면적 징표, 상대에게 뜻이 없다면 결코 알아볼 수 없을 어떤 것이야말로 동지를 만드는 근원임에 다름 아니다. 만난 학생들의 출신은 제각각이라 고쿠가쿠인 대학 외에 니혼 대학이 있는가 하면 제1고등학교도 있었고, 게이오에서도 한 명을 소개받았는데 그 학생은 달변이긴 해도 첫인상부터 경박해서 적합하지 않았다. 『신풍련사화』에 감격했다고 했는데 이야기를 나눠 보니 순전히 꾸며낸 애

달리는 말

기였고, 말투로 보아 염탐하러 온 좌익 학생이라고 판단되었던 적도 있었다.

과묵함과 소박함과 명쾌한 웃음은 대부분 신뢰 가는 성격, 용감한 기상, 나아가 죽음을 가벼이 보지 않는 의기의 표출이었고, 달변, 호언장담, 조소 등은 종종 겁쟁이의 특징으로 드러났다. 창백한 얼굴과 병약한 몸이 다른 이를 능가하는 엄청난 정력의 원천일 때도 있었다. 대개 살찐 자는 겁이 많으며 신중하지 않았고, 마르고 논리적인 자는 직관이 부족했다. 얼굴과 외모가 실로 많은 것을 말함을 이사오는 깨달았다.

하지만 이십만 명에 달하는 농어촌 결식아동의 그늘은 도시 학생들의 등 뒤에 요예(搖曳)하지 않았고, '결식아동'이란 말은 대식가를 놀리는 유행어로만 쓰였기에, 뼈에 사무치는 분노의 목소리를 접하기는 어려웠다. 스나마치의 한 소학교에서는 결식아동이 급식으로 받은 귀한 주먹밥을 동생들에게 주려고 집에 가져갔다는 이야기가 장학사들 사이에서 문제가 됐다고 전해지는데, 여기에는 그 학교 출신인 학생이 없었다. 지방 중학교 교사나 신관의 자녀가 많은 이 대학에는 부유한 집안 출신이 많지 않은 만큼 세 끼 식사에 곤란을 겪는 집도 드물었다. 다만 이런 시골의 정신적 지도자 집안에서는 농촌의 황폐함, 피폐함, 심각하게 비참한 상황을 보고 들어서 알고 있었다. 그리고 그들의 아버지는 대체로 눈으로 본 것을 슬퍼했고, 눈에 보이지 않는 것에 화를 냈다. 적어도 그들은 화낼 수 있었다. 왜냐하면 신관이든 교사든, 이렇게 비참한 빈곤과 그것이 방치된 상황에 아무런 직업상의 책임이 없었기 때문이다.

정부는 부자와 빈자를 서로가 보이지 않는 상자에 잘 선별해 놓았다. 그리고 좋든 나쁘든 개혁을 피해 가는 데 익숙한 정당 정치는 1876년의 폐도령처럼 과감한 정신적 학살을 저지를 힘을 잃었다. 모두 초주검으로 몰아가는 방식이었다.

이사오는 강령을 만들지 않았다. 갖은 악이 우리의 무력과 무위를 시인하듯이 움직이는 세상이니, 어떤 행위를 하든 그 행위의 결의가 우리의 강령이 될 것이다. ……따라서 이사오는 동지들을 선택하는 면접 자리에서 자신의 의도를 전혀 밝히지 않았고 어떤 약속도 하지 않았다. 이 사람은 들어오게 하자 싶으면, 이사오는 그때까지 짐짓 딱딱한 표정을 짓고 있던 얼굴을 풀고 상대방의 눈을 친근하게 들여다보며 이렇게 한마디만 할 뿐이었다.

"어때. 함께하겠나?"

— 이즈쓰와 사가라는 이사오의 지시에 따라 이렇게 모은 스무 명의 신상명세서를 만들었다. 가족 구성, 아버지와 형제의 직업, 본인의 성격, 체격, 운동 능력, 특기, 좋아하는 책, 애인의 유무 등을 본인이 말하는 대로 자세히 기록하고 사진을 넣은 자료였다. 스무 명 중 무려 여덟 명이 신관의 아들이란 점이 이사오를 행복하게 했다. 신풍련은 결코 그 옛날 죽음으로 끊긴 사건이 아니었던 것이다. 그리고 스무 명의 평균 나이는 열여덟 살이었다.

이즈쓰가 한 장씩 내미는 그 자료를 이사오는 재차 읽고서 머릿속에 넣었다. 이름과 얼굴을 잘 조합해 기억해야 한다. 그리고 동지의 사적인 일에도 때때로 마음에 닿는 사려 깊은 말

달리는 말

을 해야 함을 잊어서는 안 됐다.

정치가 잘못되었다는 확신은 현실이 잘못되었다고 생각하기 일쑤인 소년기의 마음과 실제로 잘 들어맞았다. 이사오는 그 둘의 혼동에 개의치 않았다. 눈에 거슬리는 광고판이 길모퉁이에 서 있고, 그 단정치 못한 미인화가 통학길에 마음을 어지럽힌다면, 그것은 정치가 잘못된 탓이었다. 동지와의 정치적 결합은 소년기의 수치심에 근거해야 했으며, 이사오는 현상황을 '부끄럽게' 생각했다.

"한 달 전에는 도화선과 도폭선도 구별 못 했으면서." 하며 사가라가 이즈쓰와 작은 언쟁을 벌였다.

이사오는 미소를 지으며 가만히 듣고 있었다. 그는 두 친구에게 폭약 사용법을 잘 연구해 오라고 명했고, 사가라는 토목건축업에 종사하는 사촌에게, 이즈쓰는 군인인 사촌에게 여러 가지 가르침을 받아 왔다.

"도화선을 수평으로 자르는지 대각선으로 자르는지 너도 몰랐잖아." 하고 이즈쓰가 반박했다.

이어서 두 사람은 발아래의 참억새를 뽑아 도화선으로 가정하고, 가늘고 속이 빈 마른 나뭇가지를 부러뜨려 뇌관으로 가정한 다음 기폭 연습을 시작했다.

"그럴싸한 뇌관이 만들어졌어." 사가라는 짧은 나뭇가지 중앙에 손끝으로 흙을 채워 넣으며 자랑스럽게 말했다. "절반은 비었고 절반은 화약으로 꽉 채웠지."

물론 나뭇가지에는 손목 하나쯤은 가볍게 날려 버릴, 불성실하고 변덕스러운 폭발력을 숨긴 붉은 놋쇠 뇌관의, 금속으로 된 송충이처럼 위험한 매혹은 없었다. 그것은 말 그대로 시들고 말라붙어 껍질만 남은 가느다란 나뭇가지일 뿐이었다. 하지만 히카와 신사의 숲으로 형형하게 가라앉는 여름 해의 나머지 빛줄기가 두 소년의 더러워진 손끝의 움직임 사이로 비쳐 들었고, 시간이 미끄러지는 저편에서 반드시 실현될 살육의 아득한 화약 냄새가 풍겼다. 어쩌면 근처 민가에서 저녁밥 짓는 연기일지도 모르는 그 냄새와 그 빛은 흙을 화약으로, 마른 나뭇가지를 뇌관으로 순식간에 변신시켰다.

이즈쓰는 기다란 풀잎을 뇌관 속으로 신중하게 집어넣었다 뽑은 다음, 화약이 채워지지 않은 부분의 길이를 재고 손톱으로 표시했다. 그리고 도화선이 될 참억새 줄기에 그 풀잎을 대고 길이를 가늠해 천천히 뇌관 속으로, 표시한 자리까지 집어넣었다. 만약 거칠게 찔러 넣으면 뇌관은 폭발할 것이다.

"뇌관 집게가 없네."

"손가락을 써. 그게 집게라 치고, 긴장해서 해."

땀이 흐르는 이즈쓰의 얼굴에 성실한 긴장의 붉은빛이 돌았다. 배운 대로 뇌관 끝을 왼손 검지로, 화약부를 중지로, 빈 부분의 입구를 엄지와 약지로 잡은 후, 집게인 셈 치는 오른손 엄지와 검지를 입구에 댔다. 그리고 양손을 힘껏 몸 왼쪽으로 가져와서 고개를 오른쪽으로 돌린 뒤 쭉 뻗은 오른손에 힘을 주어 도화선을 뇌관에 완전히 고정하는 동작을 취했다. 그 동안 뇌관 쪽을 보지 않고 고개를 돌린 것은 혹시라도 폭발할 때 얼굴을 지키기 위해서였는데, 옆에서 사가라가 "고개를 너무 돌렸어. 그렇게까지 몸을 비틀면 정작 작업을 해야 하는 손이 흔들리잖아. 네 변변치 않은 얼굴을 뭐하러 그렇게까지 지키는 거야." 하고 놀렸다.

남은 건 뇌관을 화약 속에 집어넣어 고정하고 도화선의 반대쪽 끝에 불을 붙이는 과정뿐인데, 이때는 사가라가 흙덩이를 화약으로 간주하고 신중하게 도왔다. 이어서 점화. 아직 푸릇한 참억새 줄기 가까이 가져간 성냥불은 좀처럼 옮겨 붙지 않았다. 석양 속에서, 불은 보이지 않는 사이 성냥을 반쯤 태우고는 꺼졌다. 30센티미터의 도화선이 타들어가기까지는 사십 초에서 사십오 초 정도 걸린다. 참억새 줄기를 35센티미터쯤으로 부러뜨렸으니 두 사람은 오십 초 정도 초침의 움직임을 지켜봐야 했다.

"이봐, 도망쳐!"

"좋아, 벌써 100미터 도망쳤다!"

두 사람은 앉은 채로 멀리까지 도망쳐 온 양 숨을 헐떡이는 시늉을 하며 마주 보고 웃었다.

삼십 초가 지나고 또 십 초가 지났다. 관념상으로, 혹은 시간상으로 뇌관을 집어넣은 화약은 이제 저 멀리 있었다. 하지만 도화선에는 이미 불이 붙었고, 기폭의 조건은 전부 갖춰졌다. 불은 집중한 무당벌레처럼 도화선을 기어갔다.

마침내 보이지 않는 저편에서 보이지 않는 화약이 폭발했다. 반쯤 썩은 추악한 무언가가 갑자기 격렬하게 딸꾹질하는 듯한 움직임을 얼핏 보이더니 저녁 하늘로 흩어졌다. 주변의 모밀잣밤나무가 몸을 떨었다. 모든 것이 투명해져 소리조차 투명했고, 붉은 구름의 하늘로 물결치며 퍼졌다가…… 이윽고 사라졌다.

자료를 열심히 살펴보던 이사오가 문득 말했다.

"그것보다 일본도가 낫겠어. 어떻게든 스무 자루는 마련해야 돼. 집에서 몰래 가지고 나올 녀석도 있겠지만."

"발도술[99]을 익혀서 스에모노기리[100]를 잘 가르쳐 두면 되지 않을까?"

"이제는 그렇게 여유 부릴 시간이 없어."

이사오의 조용한 그 말이 두 젊은이에게는 백열(白熱)하는 시처럼 들렸다.

"그보다 가능하면 여름방학 동안, 그게 어려우면 학기 시작 후 마스기 가이도 선생님의 정화 의식 훈련에 다 같이 참가하면 좋겠어. 거기서는 무슨 이야기든 할 수 있고, 어떤 훈련이든 선생님이 너그럽게 봐 주시니. 첫째로 그 훈련에 참가한다면 떳떳하게 집을 비울 수 있어."

"마스기 선생님의 불교 험담을 종일 들으려면 힘들겠는걸."

"그 정도는 감수해야지. 그 선생님은 끝까지 우리를 이해해 줄 사람이야." 하고 이사오가 말했다. 그리고 시계를 보더니 갑자기 자리에서 일어났다.

— 셋은 일부러 6시 정각이 조금 지날 때까지 기다렸다가 이미 닫힌 교문 옆 쪽문으로 교내 신사 앞을 엿보았다. 석양

---

99 居合. 칼집에서 빠르게 칼을 뽑아 상대를 공격하는 검술의 한 종류.
100 据物斬り. 검의 예리한 정도를 시험하는 베기로 짚단, 다다미 거죽, 대나무를 베며 에도 시대에는 죄인의 사체를 이용하기도 했다.

달리는 말

속에 학생들이 무리 지어 있다. 각자 다른 곳을 향한 그 모습에서 정처 없는 불안이 보인다.

"세어 봐." 이사오가 소리 낮춰 말했다.

"······다들 왔어!"

이즈쓰가 기쁨을 참지 못하고 말했다. 이사오는 자신이 신뢰받고 있다는 기쁨에 오래 젖어 있을 수 없음을 알고 있었다. 전원이 모인 것은 모이지 않은 것보다는 낫다. 하지만 그들이 모인 것은 전보 때문이다. 행동을 기대하기 때문이다. 이른바 혈기가 왕성하기 때문이다. 그들의 뜻을 굳히려면 이 기회에 찬물을 끼얹어야 했다.

검붉은 구리판으로 덮인 신사 지붕은 지는 해를 등지고 어둡게 보였지만 감탕나무와 느티나무의 반짝이는 우듬지 사이로 훌륭하게 만들어진 지기[101] 장식만은 빛나고 있다. 신사 울타리 안쪽에 깔린 검은 화강암 자갈 위로 부분적으로 뒤쪽의 석양이 비쳐 들어 하나하나의 그림자가 가을 끝자락의 포도 같다. 두 그루의 비쭈기나무도 반은 신사 그늘에 가려져 어두웠고 반은 반들반들하게 빛났다.

신사를 등지고 서 있는 이사오의 주위로 스무 명의 젊은이들이 모였다. 이사오는 그들의 무언의 눈이 똑같이 석양빛을 받아 타오르고 몸도 마음도 하늘 높은 곳으로 데려다 줄 들끓는 힘을 갈망하며 자신에게 매달리려 한다는 걸 느꼈다.

"오늘 잘 모여 주었다." 하고 이사오는 입을 열었다. "멀리서

---

101 千木. 신사 지붕 양끝에 X자로 목재를 교차시킨 것.

는 규슈에서, 한 사람도 빠짐없이 정각에 모여 주다니 이렇게 기쁜 일은 없다. 하지만 오늘 모인 것은 너희가 기대하는 어떤 목적을 위해서가 아니다. 목적은 없다. 일본 여기저기서 제군은 그저 한 사람 한 사람 가슴에 꿈을 안고 이유 없이 모인 것이다."

스무 명의 젊은이들이 갑자기 수군거리며 동요를 보였다. 이사오는 더욱 소리 높여 이렇게 말했다.

"알겠나? 오늘 모임은 완전히 무의미해. 아무 목적도 없고, 제군이 할 일도 아무것도 없다."

이사오가 입을 다물자 수군거림이 잦아들고, 일동 위로 황혼이 번진 침묵이 덮였다.

갑자기 한 사람이 화난 목소리로 말했다. 도호쿠 지방 신관의 아들인 세리카와라는 소년이었다.

"왜 이러십니까? 놀리려는 거라면 참을 수 없습니다. 나는 아버지와 물을 나눠 마시며 작별을 나누고 집을 나섰습니다. 아버지는 항상 농촌의 현실에 개탄하시며 지금이야말로 청년들이 일어나야 할 때라고 말씀하시는 분이라, 전보가 오자 아무 말씀 없이 물을 나눠 마시고 보내 주셨습니다. 만약 내가 속았다고 하면 아버지도 가만있지 않을 겁니다."

"맞아. 세리카와 말대로야." 다른 소년이 곧바로 화답했다.

"무슨 소리야. 나는 아무것도 약속한 기억이 없는데. 너희는 단지 '모여라.'라는 전보를 보고 좋을 대로 상상의 나래를 펼치고 여기 온 것이잖아. 전보에 뭐라고 쓰여 있었나. 일시와 장소 말고 또 뭐가 쓰여 있었어? 말해 봐." 이사오는 차분한 목소리로 나무랐다.

"상식이란 게 있죠. 거사를 실행하는데 그 내용을 전보에 쓸 리가. 암호를 정해서 미리 언질을 받아 뒀어야 했어. 그러면 이런 일이 없었을 텐데." 하고 이사오와 나이가 같은 제1고등학교 세야마가 말했는데, 원래 시부야에 사는 그는 여기 오는 것이 힘들 이유가 없었다.

"'이런 일'이라는 게 무슨 일이야. 아무 일도 일어나지 않은 상태일 뿐이잖아. 제군의 상상이 틀렸음을 스스로 깨닫지 못했을 뿐이다." 하고 이사오는 조용히 반박을 이어갔다.

서로의 얼굴을 점점 분간하기 힘들 만큼 어스름이 짙어졌다. 모두가 오랫동안 말이 없었다. 벌레 울음소리가 어둠을 채웠다.

"이제 어떻게 하지." 한 사람이 슬픈 목소리로 중얼거리자, 이사오는 바로 이렇게 대답했다.

"돌아가고 싶은 사람은 돌아가."

그러자 어둠 속에서 흰 셔츠를 입은 사람 한 명이 일어나 정문 쪽으로 향했고, 이어서 두 사람이 뒤를 따라 멀어졌다. 세리카와는 돌아가지 않았다. 신사 울타리 옆에 웅크리고 앉아 머리를 쥐어 싸고 있다. 이윽고 흐느껴 우는 소리가 들리며 사람들의 마음속 어둠에 작은 은하처럼 차고 하얀 시냇물을 흐르게 했다.

"나는 돌아갈 수 없어. 나는 돌아갈 수 없어." 세리카와는 울면서 중얼거렸다.

"왜 다들 돌아가지 않지? 이렇게까지 말했는데 아직 모르겠나." 하고 이사오는 외쳤지만 이에 대답하는 목소리는 하나도 없었고, 더욱이 이번 침묵은 아까와 달리 어떤 어둠 속에서 따뜻하고 커다란 짐승 한 마리가 몸을 일으킨 것 같은 침묵이었다. 이사오는 처음으로 분명한 반응을 느꼈다. 그 반응은 뜨겁고 짐승 냄새가 나며 피로 가득하고 맥박이 뛰었다.

"좋아. 그러면 남은 너희는 아무런 기대도 희망도 없이, 아무것도 아닌 일에 목숨을 걸겠다는 거군."

"그렇습니다." 한 사람의 늠름한 목소리가 들렸다.

세리카와가 일어나 이사오에게로 한 걸음 다가갔다. 얼굴을 바짝 가져다 대지 않으면 보이지 않을 만한 어둠 속에서 세리카와의 눈물에 젖은 눈이 다가와, 눈물로 목이 막힌, 매우 낮은 굵고 목소리로 이렇게 말했다.

"나는 남겠습니다. 어디든 군말 없이 따라가겠습니다."

"좋았어. 그럼 함께 신 앞에 맹세하자. 두 번 절하고 두 번 손뼉을 치고 내가 맹세의 말을 하지. 한 절씩 모두 따라 해."

이사오, 이즈쓰, 사가라와 남은 열일곱 명의 손뼉 소리가 어두운 바다가 나무 뱃전을 때리듯이 선명하고 정연하게 울렸다. 이사오가 선창했다.

"하나. 우리는 신풍련의 순수를 배우고 몸을 바쳐 간악한 신과 영혼을 정화할 것이다."

일동의 젊은 목소리가 복창했다.

"하나. 우리는 신풍련의 순수를 배우고 몸을 바쳐 간악한 신과 영혼을 정화할 것이다."

이사오의 목소리는 어슴푸레한 신사의 흰 문에 부딪쳐 반

향했고, 비장한 가슴에서 강하고 깊은 젊음의 몽환적인 안개가 솟아오르는 듯이 들렸다. 하늘에는 이미 별이 떠 있었다. 전철 소리가 멀리서 흔들렸다. 그는 다시 선창했다.

"하나. 우리는 막역한 우정을 나누고 동지끼리 서로 도와 국난에 맞설 것이다."

"하나. 우리는 권력을 추구하지 않고 입신을 원치 않으며 목숨을 바쳐 유신의 초석이 될 것이다."

— 맹세가 끝나자마자 한 사람이 이사오의 손을 쥐었다. 양손을 모아 잡은 것이다. 이어서 스무 명이 번갈아 악수를 나누고, 앞다투어 이사오의 손을 잡았다.

눈이 어둠에 익숙해져 사물의 형체가 보이기 시작한 별하늘 아래, 손들은 계속 아직 잡지 않은 손을 찾아 여기저기서 반짝였다. 모두 아무 말도 하지 않았다. 무슨 말을 하면 경박해지기 때문이다.

어둠 속에서 나눈 악수의 강한 인연은 곧 담쟁이덩굴로 살아나, 이파리 하나하나의, 땀이 배거나 마른, 단단하거나 부드러운 감촉이 힘을 준 순간 끈끈하게 들러붙어 서로의 피와 체온을 나누었다. 이사오는 언젠가 어둠의 전쟁터에서 소리도 내지 못하는 빈사의 동지와 이렇게 작별 인사를 나누는 광경을 꿈꿨다. 일을 끝냈다는 뚜렷한 만족감과 자신의 몸에서 흘러나오는 핏물에 몸을 담그고, 최후의 고통과 기쁨의 홍백 실로 꿰맨 신경의 끄트머리에 의식을 맡기며…….

— 스무 명이나 모이려면 세이켄 학원은 적당한 장소가 못

되었다. 아버지가 바로 이사오의 계획을 알아챌 것이다. 한편 이즈쓰의 집도 작다. 사가라의 집도 적절치 않다.

세 사람은 이 점을 처음부터 염두에 뒀지만 묘책은 없었다. 셋의 용돈을 모아도 스무 명을 음식점에 데려갈 비용으로는 부족하고, 그렇다고 찻집에서 대사를 논할 수도 없는 노릇이었다.

저녁별 아래에서 맹세의 악수를 나눈 뒤, 오늘 이대로 헤어지기는 어렵겠다고 느낀 것은 오히려 이사오 쪽이었다. 게다가 배도 고팠다. 소년들도 모두 배가 고플 것이다. 그는 망설이는 눈을 어두운 문등이 비치는 정문 쪽으로 돌렸다.

문등 아래를 약간 벗어나 박꽃 같은 것이 떠 있는 형체가 보였다. 고개를 숙이고 사람 눈을 피해 서 있는 여자의 얼굴이었다. 이사오는 일단 그 사람을 알아보자 눈을 뗄 수 없었다.

마음 한구석에서는 이미 누구인지 알아보았다. 하지만 마음의 큰 부분이 잠시 동안 그것이 누구인지를 알아보지 못하는 상태를 지키기를 바라고 있다. 그윽한 어둠 속에 떠 있는 여자의 얼굴에는 아직 이름이 지어지지 않은, 이름에 앞선 향기로운 현전(現前)이 있다. 그것은 밤에 샛길을 걸을 때 꽃을 보기에 앞서 풍겨 오는 목서의 향기와 같다. 이사오는 다른 무엇보다도 그것을 한순간이라도 더 오래 그대로 두고 싶다고 느꼈다. 그때야말로 여자는 여자일 뿐, 이름이 지어진 어떤 사람이 아니기 때문이다.

그뿐만이 아니다. 그것은 비밀스레 숨겨진 이름으로 인해, 그 이름을 말하지 않는 약속으로 인해, 마치 숨겨진 기둥으로 어둠 속에 높이 떠오른 박꽃처럼 더욱 훌륭한 정수가 되었다. 존재보다 앞선 정수가, 현실보다 앞선 몽환이, 현전보다 앞선 징조가 분명하게 보다 강한 본질을 풍기며 드러나 떠도는 듯한 상태, 그것이 바로 여자였다.

이사오는 아직 여자를 안은 적이 없었지만, 이렇게 이른바 '여자보다 앞선 여자'를 생생하게 느끼는 때만큼 자신 역시 도취가 무엇인지 확실히 안다고 절감한 적이 없었다. 그렇다면 지금 당장이라도 안을 수 있었다. 즉 시간적으로는 극도의 미묘함에 접근하고 공간적으로는 조금 멀어짐으로써…… 가슴을 가득 채우는 연모의 형태란 그 상태 그대로, 마치 가스처럼 상대를 범하고 있었다. 그러면서도 그녀가 완전히 존재하지 않는 곳에서는 이사오는 아이처럼 태연하게 잊을 수 있었던 것이다.

하지만 짧지 않은 일정 시간 동안 실컷 그것을 마음에 두고 나니, 처음에는 그 시간이 되도록 길기를 바랐으면서 이사오는 벌써 그 몽롱함을 참을 수 없게 되었다.

"잠깐 기다려." 이사오는 모두에게 들릴 만한 명령조로 이즈쓰에게 말하고 정문을 향해 한달음에 달려갔다. 마르고 고르지 못한 소리를 내는 나막신의 질주가 그의 흰 옷을 어스름 속으로 도약하게 했다. 쪽문을 빠져나갔다. 그곳에 서 있는 사람은 역시 마키코였다.

마키코의 머리 모양이 평소와 다르다는 건 그런 것을 잘 모르는 이사오도 바로 알 수 있었다. 귀를 가리며 물결치듯 손질한 유행하는 머리 모양이 그 얼굴을 더욱 사연 있어 보이게 했다. 무늬가 없는 듯한 남색 비단 기모노를 입은 목덜미가, 결코 화장을 짙게 하지 않는 사람임에도 부조처럼 도드라졌고, 땀을 막는 향수 같은 것의 냄새가 이사오의 가슴을 세게 두드렸다.

"저기, 무슨 일로 여기 오셨습니까."

"무슨 일이냐니, 여러분이 6시부터 여기 모여서 서약을 했잖아요?"

놀란 이사오가 반문했다.

"어떻게 아세요?"

"바보 같긴." 하고 마키코는 매끄러운 이를 보이며 웃었다. "직접 말했으면서."

그러고 보니 모임 장소가 마땅치 않다는 걱정이 늘 머릿속에 있어서, 요전에 마키코 씨 앞에서 의도치 않게 서약 장소와 일시를 말해 버렸는지도 모른다. 원래 마키코 씨에게는 모든 일을 털어놓지만, 그 마키코 씨에게조차 중요한 정보를 흘리고 잊어 버린 것이 이사오는 부끄러웠다. 사람을 이끌고 일을 도모하는 중요한 자질이 자신에게는 결여됐을지도 모른다. 무엇보다 이렇게 중대한 일을 잊어 버린 것에는 마키코 씨에게 유독 뭔가를 의지하고 편하게 여기는 태도가 숨어 있음을 이사오는 스스로 인정해야 했다. 청년들 앞에 있을 때와 다르게, 마키코 씨 앞에서는 일부러 경솔한 남자로 보이고 싶다는 미묘한 욕구…….

"그래도 놀랐네요. 어쩐 일이신가요."

"학생들이 많이 모이면 데려갈 곳이 마땅치 않을 것 같아서. 일단 배가 고플 시간이잖아요?"

달리는 말

이사오는 숨길 것 없이 머리를 긁적였다.

"집에서 저녁을 대접하는 것도 좋겠지만 거리가 멀어서, 아버지께 여쭈었더니 시부야에서 소고기 전골이라도 사라며 용돈을 주셨어요. 아버지는 오늘 밤 와카 모임에 가셔서 안 계시니 내가 여러분에게 식사를 사려고 왔지요. 군자금은 충분하니 안심하고요."

마키코는 밤낚시에서 생선을 낚듯 문득 하얀 손을 들어 올리며 커다란 파나마 손가방을 보였다. 소매 아래로 보이는 가는 손목은 그러나 우아하고 섬세한 관절에 늦여름의 피로를 담고 있는 듯이 느껴졌다.

●

19

이 즈음 혼다는 우타이[102]를 하는 동료의 권유로 덴노지도 가시바의 오사카 노가쿠 극장에서 노구치 가네스케가 연기하는 「마쓰카제(松風)」를 보았다. 도쿄에서 오랜만에 온 가네스케가 시테[103]를, 다무라 야조가 와키[104]를 맡은 공연이었다.

노가쿠 극장은 오사카 성과 덴노지가 이어지는 우에마치 언덕 동쪽 경사면에 있었는데, 다이쇼 시대 초기에는 별장지였던 이 주변에는 높은 벽으로 둘러싸인 조용한 저택이 많았으며, 그중 한 곳에 스미토모가에서 세운 노가쿠 극장이 있었다.

손님은 대부분 이름 높은 상인들이었고 혼다가 얼굴을 아

---

102 謠. 노가쿠의 구성 요소 중 하나인 성악을 뜻한다. 그 밖에 반주(囃. 하야시), 춤(所作. 쇼사)이 있다.
103 노가쿠의 주연.
104 노가쿠 주연의 상대역.

는 사람들도 많았다. 동료는 혼다에게 미리 주의를 주며 목소리가 거친 노구치 명인은 거위 목을 조르는 듯한 목소리를 내는데 그래도 절대 웃지 말라고 일렀다. 그리고 노가쿠에 무지한 혼다도 일단 시작하면 바로 감동할 것이라고 예언했다.

혼다는 그런 말에 야이 같은 반감을 가질 나이는 아니었다. 초여름에 이누마 이사오를 만났을 때부터 조금씩 이성의 주춧돌이 무너지고 있었지만, 매일 생각에 잠기는 습관은 변하지 않았다. 다시금 그는 자신이 매독에 걸린 적이 없는 것과 마찬가지로 자신이 감동할 일은 없다고 믿기 시작했다.

와키 승려와 교겐 역[105]의 문답이 끝나자 곧장 왼쪽 뒤쪽에서 시테와 쓰레[106]가 입장했는데, 이때 연주되는 극히 장엄한 신노잇세[107]는 원래 와키노모노[108]에서 전반부에 시테와 쓰레가 등장할 때만 나오는데, 와키노모노가 아닌데도 그 노래가 나오는 것은 「마쓰카제」가 유일한 예외라고 혼다의 동료는 설명했다. 그만큼 이 곡의 그윽한 경지가 중시되어 왔다는 뜻일 것이다.

붉은 속치마가 아래로 흘러내린 흰 옷을 입은 마쓰카제와

---

105 노카구는 두 종류의 극인 '노(能)'와 '교겐(狂言)'이 합쳐져 구성되는데, '노'는 가면을 쓰고 신화나 역사적 이야기가 진행되는 극이고, '교겐'은 '노'와 '노' 사이 막간에 가면을 쓰지 않고 서민적이고 일상적 이야기가 진행되는 희극이다.

106 시테의 조연 역.

107 真ノ一声. 노가쿠의 구성 부분 중 하나. 와키노모노에서 전반부에 시테가 쓰레와 함께 등장했을 때 연주되는 음악.

108 初能物. 신이 주인공으로서 세상의 평화와 안전을 축복하는 노가쿠.

무라사메가 통로에서 마주 보더니 모래밭에 스미는 항구의 비처럼 조용히 "해수 수레가 이 세상 한 순간을 돌아가는 덧없음이여."라고 노래를 시작했을 때, 혼다는 노가쿠 극장 치고는 조금 강한 조명 아래, 깨끗이 닦인 무대의 노송나무 바닥이 너무 매끈하게 빛나며 소나무 배경그림의 그림자가 생긴 것에 정신을 빼앗겼으나, 쓰레의 얕고 밝은 목소리에 노구치 가네스케의 깊고 어두운 목소리가 뒤얽히는 듯한, 끊길 듯 끊어지지 않게 흔들리는 목소리가 노래한 마지막 구절 '덧없네.'만은 명료하게 들렸다.

귀를 방해되는 것은 애초부터 아무것도 없었던 터라 바로 귓속에서 단어를 더듬어 '해수 수레가 이 세상 한 순간을 돌아가는 덧없음이여.'라는, 다소 여위고 보드라운 허리의 우아한 시구가 고스란히 머릿속에 떠올랐다.

그때 혼다는 저도 모르게 전율했다.

노래는 바로 두 번째 구절로 옮겨가, "파도가 가까이 부딪치는 여기 스마 해변, 달조차 소매를 적시네." 하고 두 사람의 노래가 끝나자, "상념에 젖게 하는 가을바람, 바다는 조금 멀리 있고." 하는 시테의 독백이 시작되었다.

그토록 아름답고 젊은 여자의 가면을 쓰고 있음에도, 노구치 가네스케의 목소리에는 여성의 향기를 떠올리게 하는 것이 전혀 없었다. 붉게 녹슨 철을 문지르는 듯한 목소리다. 더욱이 목소리는 뚝뚝 끊기며 우아한 가사를 갈기갈기 찢듯이 노래하는데도, 듣다 보니 말할 수 없는 아름답고 어두운 안개가 피어오르며, 마치 황폐해진 궁전 한구석에서 소품의 자개가 달빛을 받고 있는 광경을 보는 느낌이 들었다. 일종의 생리적인 황폐한 밭을 통과해, 벗겨져 나간 우아한 파편이 오히려 선명하게 보이는 것이다.

그리고 차츰 그 거친 목소리가 신경 쓰이지 않는 것이 아니라, 그 목소리를 통해서만, 소나무 바람의 바닷물 섞인 슬픔과 어두운 명계를 헤매는 연모를 비로소 알 수 있을 듯한 느낌이 들었다.

어느 순간부터 혼다는 눈앞에서 움직이는 사물이 현실인지 환상인지 구분되지 않았다. 깨끗이 닦인 무대의 노송나무 바닥에는 바닷가의 수면처럼, 아름다운 두 여인의 흰 옷과 속치마 위에서 반짝이는 자수가 비쳤다.

또 다시 노래되는 독백의 가사와 겹쳐져 첫 시구가 집요하게 마음을 쫓아왔다.

"해수 수레가 이 세상 한 순간을 돌아가는 덧없음이여."

떠오르는 것은 이 구절의 의미가 아니라, 통로에서 시테와 쓰레가 마주 보고 노래했을 때의, 완전한 고요에 노래라는 비가 더해져 내린 순간의 이루 말할 수 없는 전율의 의미인 듯했다.

그건 무엇이었을까. 그때 확실히 아름다움이 걷기 시작했다. 나는 데는 익숙하지만 걷는 데는 서투른 물떼새처럼 하얀 버선발 끝을, 우리가 있는 현세로 간신히 내민 것이다.

하지만 그 아름다움은 엄밀한 일회성을 지니고 있었다. 사람이 할 수 있는 건 이것을 곧장 기억에 담아 추억 속에서 돌아보는 일뿐이다. 또한 그 아름다움은 고귀한 무효성과 무목적성을 지키고 있었다…….

그런 혼다의 생각의 끝자락을, 「마쓰카제」는 조금도 정체하지 않는 정념의 시냇물처럼 쉬지 않고 흘러갔다.

"이렇게 살기 힘든 세상에서 부럽도록 맑은 달이 부른 조수를 이제 퍼내자꾸나."

무대 위 달빛 속에서 노래하며 움직이는 것은 더 이상 아름다운 두 여인의 망령이 아니라, 뭐라 말로 할 수 없는 것, 이를테면 시간의 정수, 정서의 핵심, 현실로 비어져 나온 꿈의 집요한 체류 같은 것이었다. 그것은 목적도 없이, 의미도 없이 이 세상 것이 아닌 아름다움의 지속을 자아냈다. 아름다움 바로 뒤에 또 다른 아름다움이 오는 일은 이 세상에 있을 리 없지 않은가.

……이렇게 점점 침울한 기분에 빠진 혼다가 무엇을 생각했는지는 이미 명확했다. 기요아키의 존재, 그 생애, 그것들이 뒤에 남긴 것들을 그가 온 마음을 다해 생각한 것은 그러고 보니 실로 오랜만이었다. 기요아키의 생애가 한 시대 위를 희미하게 맴돌다가 사라진 한 자락 향기 같은 것이었다고 생각하기는 쉽다. 하지만 그렇게 생각한들 기요아키의 죄도 무념도 사라지지 않고, 혼다도 영원히 만족할 수는 없다.

눈이 그치고 날이 갠 어느 아침, 수업 전 교정에서 화단에 둘러싸인 정자에 앉아 사방에서 녹아 떨어지는 눈의 소리를 들으며 드물게 기요아키와 길고 깊은 대화를 나누었던 때를 떠올렸다.

때는 1913년 이른 봄이었다. 기요아키도 혼다도 열아홉 살이었다. 그 후로 십구 년이 지났다.

그때 혼다는, 앞으로 백 년만 지나면 둘은 좋든 싫든 하나의 시대사조 안에 짜 맞춰지고, 전망되고, 당시 자신들이 가볍게 봤던 사람들과 같이 묶이고, 그 사람들과 몇 가지 공통점만으로 개괄될 것이라고 주장했었다. 또한 역사와 인간 의지가 맺는 역설은, 의지를 가진 사람이 모두 좌절해 '역사에 관여하는 건 단 하나, 빛나는 영원불변의 아름다운 입자 같은 무의미의 작용'일 뿐이라고 열정적으로 논했던 기억이 있다.

추상적인 표현만 썼지만 그때 혼다의 눈앞에 있던 것은 눈이 그친 아침에 찬란히 빛나는 기요아키의 미모였다. 그 무의지, 무성격, 걷잡을 수 없이 감정에만 충실한 청년을 앞에 두고 혼다가 했던 말 속에 기요아키의 초상이 자연스레 담겼을 것이 틀림없다. '빛나는 영원불변의 아름다운 입자 같은 무의미의 작용'은 명백히 기요아키의 삶의 방식을 가리켰다.

그때로부터 백 년이나 지나면 보는 방식도 달라질 것이다. 십구 년이란 세월은 개괄하기에는 너무 짧고, 세밀히 살피기기에는 너무 길다. 또한 기요아키의 이미지는 거칠고 무신경하고 완고한 검도부 학생들과 어우러지진 않지만, 다이쇼 초기, 마음껏 감정에 탐닉할 수 있었던 짧은 박명의 시대의 선구자였던 기요아키가 보였던 일종의 '영웅적 모습'은 이제 시대의 흐름으로 색이 바랬다. 당시의 진지한 정열은 지금은 개인적인 기억으로 가지는 애착을 빼면 어딘가 비웃을 만한 것이 된 것이다.

시간이 흐를수록 숭고한 것은 조금씩 우스운 것으로 바뀌어 간다. 어디가 좀먹는 것일까. 만약 외부부터 좀먹는다면, 원래 숭고함은 외부에 있고 우스운 부분은 안쪽의 알맹이를 이루었던 것일까. 아니면 숭고함만이 전부이고, 그저 외부에 우스운 먼지가 내려 쌓인 것뿐일까.

스스로를 되돌아보면 혼다는 분명 의지가 있는 사람이었다. 하지만 그 의지로 역사까지는 아니더라도 사회의 무언가를 바꾸고 그로써 무언가를 성취했는가 한다면 의문이 들 수밖에 없었다. 판결로 사람의 목숨을 좌우한 적은 몇 번 있다. 그때는 중대한 결정으로 생각됐지만 시간이 지나고 보니 원래부터 죽어야 했던 사람의 운명을 거들었을 뿐, 그 죽음은 역사의 한 점으로 보기 좋게 들어맞아 이윽고 묻힌다. 그리고 지금처럼 불안한 세상은 특별히 그의 의지가 초래한 것이 아닌데도, 오히려 판사이기 때문에 그는 그런 불안한 세상에 쉬지 않고 사역(使役)하고 있다. 그의 의지를 결정하는 일 자체에 얼마나 순수한 이성이 작용하는지, 아니면 저도 모르는 사이 시대의 생각에 떠밀려 움직이는 것인지 확실한 판단은 할 수 없는 것이다.

한편 현대의 주변을 자세히 둘러봐도 기요아키라는 한 명의 청년, 그 정열, 그 죽음, 그 아름다운 생애가 끼친 영향은 어디에도 남아 있지 않다. 그 죽음의 결과로 무언가가 움직이고 무언가가 바뀌었다는 증거는 어디에도 없다. 그 증거는 마치 역사에서 보기 좋게 사라져 버린 것처럼 느껴지는 것이다.

그렇게 생각하는 동안 혼다는 십구 년 전 자신이 역설했던 말에 이상한 예견이 들어 있었음을 깨달았다. 왜냐하면 혼다는 그토록 역사에 관여하려 하는 의지의 좌절을 설명하면서, 자신의 유용성을 의지의 좌절 그 자체에서 찾고 있었는데, 십구 년이 지난 지금 다시 어떤 흔적도 남기지 않은 기요아키의 무의지를 부러워하며, 역사 속으로 완전히 모습을 감춘 기요아키의 내면에서 혼다보다 뛰어난 역사 관여의 본질을 인정할 수밖에 없었기 때문이다.

기요아키는 아름다웠다. 무용하게, 아무런 목적 없이 이 인간 세상을 빠르게 지나갔다. 그리고 아름다움의 엄격한 일회성을 지니고 있었다. 좀 전의 첫 시구가 "해수 수레가 이 세상 한 순간을 돌아가는 덧없음이여." 하고 노래한 그 짧은 순간처럼.

날카롭고 사나운 또 한 명의 젊은이 얼굴이, 사라져 가는 아름다움의 물거품 속에서 떠올랐다. 기요아키에게 정말로 일회적인 것은 아름다움뿐이었다. 그 외의 것은 확실히 소생을 필요로 했고 환생을 희구했다. 기요아키가 이루지 못했던 것들, 그에게는 전부 음수의 형태로밖에 주어지지 않았던 것……

또 한 명의 젊은이 얼굴은 여름 햇빛에 반짝이는 검도 면금을 벗어 던지고, 땀에 젖은 채 숨을 몰아쉬며 콧구멍을 벌렁거리고, 칼을 옆으로 문 듯한 입술 선을 보이며 나타났다.

혼다가 빛이 자욱한 무대 위로 보고 있던 것은 더 이상 아름다운 시테와 쓰레 두 여인이 해수를 퍼내는 광경이 아니었다. 그곳에 앉아서, 혹은 서서 달빛 아래 기이할 정도로 우아하고 헛수고로 가득한 일을 수행하는 사람은 시대를 지나온 두 젊은이, 멀리서 보면 아주 닮았지만 가까이서 보면 각각 대조적인 풍모가 두드러진 또래의 두 젊은이였다. 한 사람은 굳은살이 박힌 우람한 손가락으로, 한 사람은 희고 게으른 손가락으로 번갈아 가며 열심히 해수를 퍼내고 있다. 구름 사이로 새는 달빛처럼 이따금 피리 소리가 이승에 사는 두 젊은이를 관통했다.

두 사람은 붉은 비단으로 장식하고 3척 2촌 경의 바퀴가 달린 해수 수레를 물가의 수경(水鏡) 위로 번갈아 가면서 끌었다. 하지만 그때 혼다의 귀에 들린 말은 그 우아하고 다소 지친 시구, "해수 수레가 이 세상 한 순간을 돌아가는 덧없음이여."가 아니었다.

갑자기 시구가 바뀌어서 "유정(有情)윤회하여 살아가는 여섯 길의 바퀴는 시종 멈추지 않고."가 되었다. 보고 있자니 무대 위에서 해수 수레의 바퀴가 쉼 없이 돌아갔다.

혼다는 기회가 될 때마다 열중해서 읽은 윤회와 환생에 대한 몇 가지 설교를 떠올렸다.

윤회도 환생도 원어는 산스크리트어 삼사라(samsāra)다. 윤회란 중생이 미계(迷界), 즉 여섯 길 — 지옥, 아귀, 축생, 수라, 인간, 천상 — 을 끝없이 돌고 도는 것이다. 하지만 환생이란 말에는 이따금 미계에서 오계(悟界)로 가는 것도 포함하는데 이때 윤회는 끝나게 된다. 윤회는 반드시 환생이지만, 환생이 반드시 윤회라고 할 수 없다.

어쨌든 불교에서는 이런 윤회의 주체는 인정하나 상주불변의 중심이 있는 주체란 것은 인정하지 않는다. 자아의 존재를 부정하므로 영혼의 존재 역시 인정하지 않는다. 그저 윤회를 따라 태어나고 죽으며 유전(流轉)하는 현상법의 핵심, 이른바 심식(心識) 안에서 가장 미세한 단위를 인정할 뿐이다. 그것이 윤회의 주체이고, 유식론이 말하는 아뢰야식(阿賴耶識)이다.

세상 만물은 생물이라 해도 중심 주체로서 영혼이 있는 것이 아니고, 무생물도 인과로 생긴 것으로 중심 주체가 없으므로, 우주에는 고유의 실체를 지닌 것이 아무것도 없다.

윤회의 주체가 아뢰야식이라면 윤회가 작용하는 방식은 업(業)이다. 그리고 학설이 여러 가지로 나뉘며 불교 특유의 수천 가지 이론 이설이 생겨난다. 어느 학설은 아뢰야식이 이미 죄로 오염됐으므로 업 그 자체라고 말하는가 하면, 어느 학설은 아뢰야식의 반이 오염됐고 반은 깨끗하기 때문에 해탈로 가는 다리가 될 수 있다고 말한다.

혼다도 분명 번거로운 업감연기설(業感緣起說), 오온상속(五蘊相續)의 복잡한 형이상학을 읽고 배운 기억이 있지만 어디까지 기억하고 있는지는 막연했다.

……그 와중에도 「마쓰카제」는 진행되어 전반부의 정점으로 들어섰다.

'시테: 여기에도 달이 들어 있구나.

합창: 기쁘구나, 여기에도 달이 있다.

시테: 달은 하나.

합창: 그림자는 둘. 만조의 밤에 수레에 달을 실으니 돌아가는 길이 우울하지 않네.'

다시 무대 위에는 아름다운 마쓰카제와 무라사메가 있었

고, 와키 역을 맡은 승려도 와키 좌석에서 일어나, 관객 한 사람 한 사람 얼굴을 구분할 수 있었으며 북 치는 소리 하나 하나도 구분할 수 있었다.

기요아키가 환생했다는 증거를 보았다고 믿고 나라 호텔에서 잠 못 이루었던 6월의 하룻밤이 지금은 멀고 모호하게 느껴졌다. 이성의 주춧돌에는 확실히 균열이 생겼으나 곧바로 흙이 그 균열을 메웠고, 무성한 여름풀이 그 위에 자라 그날 밤의 기억을 덮어 버렸다. 지금 여기서 보고 있는 노가쿠처럼 그것은 자신의 이성을 찾아왔던 환성이자, 뜻하지 않은 이성의 휴가였다. 기요아키와 같은 곳에 점이 있는 젊은이가 이사오 한 사람일 리도 없고, 폭포 아래서의 만남 역시 기요아키가 헛소리처럼 말한 그 폭포와 똑같은 폭포라고 할 수는 없다. 그저 두 가지가 겹친 우연은, 환생의 증거로 삼기에는 빈약하다.

형법의 증거 추구 절차에 그토록 숙달되어 있는 혼다가 그 정도 증거로 환생을 믿어 버린 것은 지금 와서 생각하면 경솔했다. 마음 깊은 곳에서 환생을 믿었던 심정이 마른 우물 바닥의 얕은 물웅덩이처럼 빛났지만, 그 우물이 말라 있음을 이제 혼다의 이성은 알고 있다. 그 이성의 근거에 무언가 의심스러울 만한 것이 있는지는 새삼 점검할 필요가 없다. 그대로 내버려 두면 되는 것이다.

'바보 같은 생각이다.' 혼다는 눈이 뜨인 것처럼 생각했다. '참으로 바보 같은 생각이야. 서른여덟 살의 판사가 할 생각이 아니다.'

불교의 설법이 아무리 정교한 체계를 구축했어도 그것은

관할이 다른 문제였다. 그의 안에서 몇 달 동안 숨이 막힐 듯한 수수께끼로 고여 있던 것이 이 순간 시원하게 풀린 기분이 들었다. 영혼의 대낮이 돌아왔다. 자신은 일각을 다투는 격무에서 잠시 빠져 나온, 이 노가쿠 극장의 유능한 관객 중 한 사람일 뿐이었다.

노가쿠 무대는 바로 손이 닿을 듯한 거리에서 결코 만질 수 없는 내세처럼 빛났다. 한 가지 환영이 제시되었고, 혼다는 그에 감동했다. 그것으로 충분하다. 십구 년 전의 애석함이 되살아나 6월의 하룻밤 나라에서 그토록 가슴을 앓았던 일도, 지금 생각하면 기요아키가 아니라 혼다 자신의 애석한 마음이 되살아난 것뿐이었을지도 모른다.

혼다는 오늘 밤 집에 돌아가면 오랜만에 기요아키의 유품인 꿈 일기를 펼쳐야겠다고 생각했다.

●

20

10월이 되자 쾌청한 날이 이어졌다.

학교에서 돌아오던 이사오는 집에 거의 다다랐을 때 그림연극꾼이 아이들을 모으는 딱따기 소리에 이끌려 조금 멀리 돌아가는 골목으로 들어갔다. 길가에 어린아이들이 모여 있었다.

따뜻한 가을 해가 자전거 위에 설치된 그림연극 무대의 막을 비추었다. 그림연극꾼은 한눈에 실업자임을 알 수 있는 남자다. 수염이 무성했다. 더러운 셔츠에 낡고 구겨진 겉옷을 입었다.

도쿄의 실업자들은 미리 짜기라도 한 것처럼 한눈에 티가 나는 겉모습을 하고, 굳이 실업자임을 감추려는 모습이 보이지 않았다. 얼굴에 무슨 보이지 않는 병반(病斑)이 있고, 실업이 은밀하게 퍼지는 병인 것처럼, 그 환자들은 다른 사람들과 일부러 구별되고 싶은 듯이 보였다. 그림연극꾼은 딱따기를 치

달리는 말

며 이사오를 흘끗 보았다. 이사오는 그가 자신을 막 데워 온 부드럽고 순수한 우유의 막처럼 보고 있음을 느꼈다.

"우아하하." 하고 아이들이 저마다 황금박쥐의 웃음소리를 흉내 내며 시작을 재촉했다. 이사오는 걸음을 멈추지 않았지만 지나갈 때 양옆으로 열린 막 사이에서 황금박쥐의 짙은 노란색 해골 가면이 초록색 옷에 하얀 타이츠를 신고 붉은 망토를 휘날리며 하늘을 날아가는 그림이 눈에 들어왔다. 서툴고 추한 그림으로, 언젠가 이사오는 가난한 소년이 저런 그림을 그리고 하루 1엔 50전 정도의 수입을 얻는다는 얘기를 들은 적이 있다.

그림연극꾼은 목을 가다듬고, 자, 정의의 투사 황금박쥐는, 하며 서두를 열었다. 그 쉰 목소리가 이미 그림연극과 아이들 무리를 뒤로하고 걸어가는 이사오의 귓가를 따라왔다.

니시카타 마을의 조용한 담장 길에 들어서면서 이사오는 하늘을 나는 황금 해골 환영에 쫓겼다. 그것은 기이한 황금색에 그로테스크한 모습을 한 정의였다.

돌아오니 집 안이 쥐 죽은 듯 조용해서 뒤뜰로 나갔다. 사와가 콧노래를 흥얼거리며 우물가에서 빨래를 하고 있다. 빨래가 잘 마르는 날씨라 기쁜 것이다.

"어서 와. 오늘은 다들 고야마 선생님의 칠십칠 세 생신 축하연 준비를 도우러 가서 아무도 없어. 어머니도 같이 가셨어."

그 노선생은 우파 세계의 지도자로, 이누마도 예전부터 많은 도움을 받고 있었다.

사와는 실수가 잦으니 집을 지키라고 시켰을 것이다. 무료해진 이사오는 잡초밭에 앉았다. 낮 벌레들이 희미하게 울고 있지만 물소리에 묻혀 버린다. 하늘의 색이 너무 맑아 사와가 휘젓는 대야의 물에도 비쳤다가 부서졌다. 이 세상에는 아무 일도 없다. 세상의 모든 것이 이사오의 계획을 가상의 것으로 보이게 하려 애쓰고, 나무들과 하늘의 색도 힘을 합쳐 이사오의 불타는 뜻을 얼려 버리고, 감정의 격류를 진정시키며, 마치 이사오가 가장 비현실적이고 불필요한 변혁의 환상에 사로잡힌 것처럼 만들려 한다. 젊음의 칼날만이 가을 하늘을 비추며 필요 이상으로 푸르게 빛난다.

이사오의 이런 침묵의 의미를 사와는 곧 알아차린 듯했다.

"요즘에도 검도 연습 하나?" 사와는 살찐 손으로 떡을 반죽하듯이 하얀 세탁물을 대야 속에서 뭉치며 물었다.

"아뇨."

"그렇구나."

사와는 왜냐고는 묻지 않았다.

이사오는 대야 속을 들여다본다. 들이는 공에 비해 세탁물은 적다. 원래 사와는 자신의 옷밖에 세탁하지 않는다.

"이렇게, 힘을, 들여서, 빨면, 언젠가, 도움 되는, 날이 올까?" 하고 사와가 숨차하며 말했다.

"내일 당장 그런 날이 올지도 몰라요. 아마 사와 씨가 빨래하는 중에." 하고 이사오는 조금 놀리는 투로 말했다.

사와가 말한 '도움 되는'이 무슨 뜻인지 분명하지는 않다. 다만 그런 날에 남자는 눈부시게 빛나는 순백의 옷을 입어야 한다는 말이 있다.

사와는 드디어 세탁을 마친 옷을 짜며 마른 땅에 칠흑 같은 물방울을 떨어뜨렸다. 이사오의 얼굴을 보지 않고 익살스러운 투로 말했다.

"아무래도 선생님을 따르는 것보다 이사오 님을 따르는 쪽이 훨씬 기회가 빨리 올 것 같네."

이사오는 그 말을 들은 순간 자신의 얼굴색이 바뀌지 않았을까 걱정됐다. 사와는 분명 무슨 낌새를 챈 것이다. 이사오가 어떤 실수를 했을까.

그 반응을 전혀 알아채지 못한 듯, 사와는 물기를 짠 세탁물을 한쪽 팔에 안고 다른 쪽 손으로 걸레를 들고 건조대를 좌우로 아무렇게나 닦으면서 "가이도 선생님 훈련에는 언제 가나?" 하고 물었다.

"결국 10월 20일부터 일 주일 동안으로 결정됐어요. 그 전에는 인원이 다 차서. 요즘에는 사업가들도 참가한다고 들었어요."

"누구하고 가?"

"학교 연구회 사람들을 데리고 가려고요."

"나도 같이 가고 싶네. 선생님한테 부탁해 봐야겠어. 어차피 나는 여기 있어 봐야 집 지키는 역할만 하니까 부탁하면 허락해 주시겠지. 나도 너희 같은 젊은 사람들과 어울려서 훈련 받는 편이 좋아. 이 나이가 되면 아무리 기분을 다잡아도 몸이 저 혼자 게을러지려고 하거든. 어때, 그래도 되지?"

이사오는 말문이 막혔다. 아닌 게 아니라 사와가 부탁하면 아버지는 분명 허락하실 것이다. 하지만 사와가 온다면 동지들과 회의하며 마지막 결정을 내릴 기회를 방해받는다. 어쩌면 사와는 그것을 알고 일부러 떠 보는 것인지도 모른다. 아니면 혹시 이것이 사와의 진심이라면, 훈련에 참가하고 싶다는 말은 이사오의 동지들과 함께하고 싶다는 마음을 우회적으로 밝히는 것인지도 모른다.

사와는 이사오에게 등을 돌리고 자기 셔츠와 속바지를 장대에 걸고 들보 속옷의 끈을 묶었다. 물기를 충분히 짜지 않아서 비스듬한 장대를 타고 물방울이 떨어지는데도 사와는 태연하다. 카키색 셔츠를 입고 그렇게 일하는 등의 모양이, 이사오의 눈에는 그 무겁고 둔감해 보이는 지방 덩어리만큼이나 대답을 요구하는 듯이 느껴졌다.

그래도 이사오는 대답할 수 없다.

적당한 높이를 가늠해 건조대를 걸었을 때 바람이 불어 뺨에 셔츠가 달라붙자, 사와는 크고 하얀 개가 뺨을 핥기라도 한 듯이 황급히 떼어 내고 뒤로 물러났다.

"그렇게까지 내가 가면 난처할 이유가 있나?" 하고 사와는 이사오를 뒤돌아보고 태평하게 물었다.

이사오가 조금 약은 젊은이였다면 뭐라고 눈치 빠른 대답을 했을 것이다. 하지만 사와가 오면 난처하다는 마음이 앞섰기 때문에 농담도 나오지 않았다.

사와는 그 이상 추궁하지 않고, 자기 방에 맛있는 과자가 있는데 오지 않겠느냐고 권했다. 나이 든 자의 특권으로 사와는 다다미 세 장짜리 방을 혼자 쓰고 있었다. 표지가 너덜너덜한 《고단 클럽》 몇 권 말고는 책다운 책이라곤 없었는데, 누가

달리는 말

뭐라고 하면 책을 읽고 일본의 정신을 음미한 기분이 드는 놈들은 가짜 애국자라고 말하곤 했다.

사와는 구마모토에 있는 아내가 보내 준 히고모치라는 과자를 권하며 차를 내어 주었다.

"그나저나 선생님은 너를 정말 사랑하신단 말이야."

아무 맥락 없는 말을 하며 한숨을 쉰다. 그러고는 바닥에 널려 있는 잡동사니를 뒤적여 미인화 부채를 꺼냈다. 근처 술집에서 여름에 보낸 감사 선물로 술집 이름과 전화번호가 요란하게 인쇄된 그것을 이사오에게 주려고 하기에 거절했다. 야위고 아련하고 덧없는 눈을 한 그 미인화의 눈에서 눈썹 사이가 마키코와 약간 닮아 이사오는 바로 매정하게 거절해 버린 것이었지만, 사와는 아무런 저의 없이 평소처럼 변덕스럽고 비상식적으로 행동했을 뿐이었다.

자신이 너무 거칠게 거절한 것 같아 이사오는 문득 아까부터 응어리진 것을 빨리 풀고 싶은 마음에 "사와 씨, 정말로 훈련에 가고 싶어요?" 하고 물었다.

"아니, 그 정도까지는 아니야. 결국 무슨 바쁜 일이 생겨서 못 갈 거야. 그냥 물어본 것뿐이야." 사와는 맥빠질 정도로 가볍게 흘러 넘겼다.

"선생님은 너를 정말 사랑하신단 말이야." 하고 또 아무 맥락 없는 혼잣말을 했다.

그러고는 두꺼운 찻잔을 손가락 하나하나의 뿌리 부분에 보조개가 생긴 통통한 손으로 감싸고, 묻지도 않은 이야기를 시작했다.

"이사오도 이제 어른이니 알아도 될 것 같은데, 세이켄 학원 형편이 넉넉해진 건 아주 최근이고, 내가 들어왔을 때는 운영이 꽤 힘들었어. 네 귀에 들어가지 않도록 하는 것이 선생님 교육 방침임은 알지만 나는 너도 슬슬 추한 사실도 알 나이라고 생각해. 알아야 할 것을 모르고 자라면 결국에는 발이 걸려 넘어지니까.

벌써 삼 년이 지났나, 《일본신론》에 마침 오늘 생신인 고야마 선생님을 대놓고 공격하는 글이 실린 적이 있어. 이누마 선생님은 가만있어서는 안 된다며 고야마 선생님을 만나러 갔는데, 그때 이야기가 어떻게 됐는지 나도 자세히는 몰라. 그저 이누마 선생님의 명령으로 신문에 사과문을 3단 크기로 내보내라는 요구를 하러 일본신론사에 찾아갔어. '돈을 준다고 해도 절대 받지 말고 화를 내고 돌아와라. 하지만 상대방이 돈을 주겠다는 말이 없으면 그것은 네가 협상을 잘못한 것이야.'라고 이누마 선생님은 수수께끼 같은 말씀을 하셨지.

화가 나지 않았는데 화난 척해야 하는 건 제법 재미있었어. 다른 사람이 겁에 질린 얼굴을 보는 것도 나쁘지 않았고. 특히 일본신론사에서 젊고 건방진 기자들이 대응하러 나온 것이 나로서는 오히려 편했어.

이누마 선생님의 작전은 시종일관 훌륭했어. 처음에는 나 같은 사람을 내세우지. 내 입으로 말하기 좀 그렇지만 왠지 미워하기 힘든 타입이고, 아무리 불같이 화를 내도 빈틈이 보이니까 상대방은 돈 몇 푼으로 해결하려 해. 그것이 예상치 못하게 결렬되면 상대방은 조금 기분이 상하는 거지.

선생님은 절대 고야마 선생님을 직접 만나게 하지 않고, 그 사이에 다섯 명 정도 배우를 배치해서 점점 높아지는 다섯 개의 장해물을 놓았어. 안으로 갈수록 위협적이고 경험도 많은 상대가 나오는데, 어디까지 가야 해결되는지 짐작하지 못한 채로 깊이 들어가기만 하지. 하지만 공갈협박하는 것도 아니고 오히려 '돈 문제가 아니다.'라고만 하니까 경찰에 넘길 수도 없어. 두 번째 배우로는 예전 6월 사건과 관련 있는 무토 씨가 등장했는데, 일본신론사도 이때는 놀라서 비로소 사태가 만만치 않음을 느낀 것 같더군.

게다가 두 번째에서 세 번째 배우로 넘어갈 때는 중간에 되도록 애매모호한 간격을 두며, 세 번째 배우를 만나면 해결될 것 같은 희망을 주기만 하고 좀처럼 만나질 않았지. 가까스로 세 번째 배우와 만나자 문제는 이미 미지의 네 번째로 넘어가 있어. 거기까지 가면 얼굴은 보이지 않지만 '가만있지 않을 젊은이들'이 백 명 이백 명 정도로 그칠 일이 아니야.

물론 일본신론사도 서둘러 전직 형사를 고용해서 사장의 결재까지 받아 와 싹싹 비는 전법으로 나왔어. 회견 장소도 어떻게 할지 제법 고심했는데, 네 번째 배우 요시모리 씨는 제법 으리으리한 무대에서 등장했지. 요시모리 씨가 관여하고 있는 건축사의 공사 현장 합숙소 사무실에서 만난 거야.

넉 달이나 옥신각신하다가 마지막으로 온화한 타입의 거물이자 다섯 번째 배우, 이름은 말할 수 없지만, 이 사람이 나와서 마무리를 해 줬지. 장소는 야나기바시. 일본신론사 사장까지 나와서 절을 했고, 그러고도 무려 5만 엔 정도를 받았어.

이누마 선생님이 1만 엔을 가져가셨을 거야. 덕분에 세이켄 학원은 일 년간 꽤 풍족했지."

— 이사오는 열심히 초조함을 억눌렀지만, 이제는 그렇게 하찮은 악에 겁먹지 않을 만큼 굳건한 허영심이 있었다. 다만 참기 힘든 점은 자신이 지금까지 그 하찮은 악의 혜택을 누리며 살아왔다는 사실이었다.

하지만 엄밀히 말해, 그가 이런 진상에 처음으로 눈을 떴다고 생각하는 건 과장이었다. 자기 생활의 근본을 들여다보지 않은 점이 알지 못하는 사이 점점 이사오의 순결의 근거가 되었음을, 그것이 또한 정체를 알 수 없는 분노와 불안의 이유였음을 지금 인정하는 것에 이사오는 인색하지 않았다. 악 위에 서서 정의를 실현한다는 과장스러운 생각은 확실히 청년의 허영심을 부추기기는 했지만, 그가 상상한 악은 좀 더 그럴싸한 악이었다.

한편 그런 이야기는 이사오 자신의 순수를 의심하는 이유로는 너무 빈약했다.

그는 최대한 냉정하게 반문했다.

"아버지는 지금도 그런 일로 생계를 꾸리시는 건가요?"

"지금은 아니야. 중요한 사람이 되셨잖아. 이젠 그런 고생을 할 필요가 없어. 여기까지 오면서 선생님이 얼마나 고생하셨는지를 너도 알기를 바랐어."

사와는 잠깐 뜸을 들였다가 또 아무 맥락 없는 말을 내뱉었다. 하지만 이번에는 그 말이 이사오를 흠칫 놀라게 했다.

"누구를 노리든 상관없는데, 구라하라 부스케만은 노리지

마. 만약 그 사람에게 무슨 일이 생기면 가장 상처받는 사람은 이누마 선생님이니까. 충(忠)이라 믿고 저지른 일이 둘도 없는 불효가 될 수 있어."

·

21

사와가 한 말의 뜻을 곰곰이 생각하려고 이사오는 서둘러 사와의 방을 나와 자기 방에 틀어박혔다.

매운 산초 열매도 입안이 얼얼해지면 그 맛이 덜해지듯이, '구라하라 부스케만은 노리지 마.'라는 말의 충격도 처음에 들었을 때보다는 덜해졌다. 그것은 반드시 사와가 이사오의 비밀을 염두에 두고 한 말은 아니었다. 구라하라 부스케는 이미 여러 사람들에게 자본주의 악의 원흉으로 간주되고 있기 때문이다.

이사오가 무슨 일을 꾸미고 있다는 걸 알아차렸다면, 그 목표 중 하나에 당연히 구라하라의 이름이 들어가리라는 것은 상상할 수 있다. 구라하라를 노리지 말라고 충고하는 데 이사오가 그를 노리고 있다는 사실을 알 필요는 없다.

남은 의문은 단 한 가지, 사와가 구라하라의 이름과 아버

달리는 말

지의 이름을 연결하며 어떤 암시를 내비치려 했는가다. 구라하라는 정말로 아버지의 중요한 자금줄이자 세이켄 학원의 비밀 후원자일까. 이것은 아무래도 참기 어려운 생각이었다. 그러나 지금 바로 증명할 수 없는 문제인만큼, 그 생각의 진위 여부는 잠시 제쳐 둬야 한다. 분노보다도 불확정에서 오는 이런 초조함이 그의 가슴속을 구석구석 태워 갔다.

사실 이사오는 구라하라에 대해 신문 잡지에 실린 사진을 살펴보고 그 언동을 자세하게 읽은 것 외에는 아무것도 알지 못했다. 분명 구라하라는 금융 자본의 무국적성을 대표하는 존재였다. 아무것도 사랑하지 않는 남자의 환영을 그린다면 구라하라보다 잘 들어맞는 사람은 없었다. 어쨌든 어디를 보아도 숨이 막힐 듯한 이 시대에 오직 한 사람, 편하게 숨을 쉬는 듯 보이는 남자는 그것만으로도 충분히 범인으로 의심받을 자격이 있었다.

그가 어느 신문 지면에서 말해 문제가 됐던 발언, 경솔했지만 그저 경솔해서가 아니라 주의 깊게 지어낸 경솔함이라는 느낌을 주었던, "실업자가 많은 건 물론 바람직한 일은 아니지만 그것이 곧 불건전한 경제를 뜻하지는 않는다. 오히려 그 반대가 상식이다. 국민의 부엌이 흥청거리는 것만이 일본의 안녕으로 이어지는 것은 아니다."라는 말은 원망과 분노를 불러일으키며 여전히 잊히지 않았다.

구라하라는 말하자면 이 나라의 땅과 피와는 관계가 없는 지성의 악이었다. 그래서인지 아닌지, 이사오는 구라하라에 대해 거의 아는 것이 없는데도 그 악만은 분명하게 느낄 수 있었다.

오직 영국과 미국만 신경 쓰며 일거수일투족에 색기가 스미고 낭창한 허리로 걷는 것 외에는 재주가 없는 외무성 관료. 사리사욕의 악취를 풍기고, 땅바닥의 냄새를 맡으며 먹이를 찾아다니는 거대한 개미핥기 같은 재계인들. 스스로 부패덩어리가 된 정치인들. 출세주의의 갑옷을 두르고 딱정벌레처럼 꼼짝 못 하게 된 군벌. 안경을 쓰고 축 늘어진 하얀 구더기 같은 학자들. 만주국을 첩의 자식 보듯이 하며 벌써부터 이권 다툼에 손을 뻗는 사람들. ……그리고 거대한 빈곤은 지평선의 아침노을처럼 하늘에 비쳐 든다.

구라하라는 이런 비참한 풍경화의 한가운데 차갑게 놓인 하나의 검은색 실크해트다. 그는 무언으로 사람들의 죽음을 바라고 그것을 찬양했다.

서글픈 해, 희고 쌀쌀맞은 태양은 한 줄기 빛의 은혜도 주지 못하고, 그럼에도 아침마다 근심스럽게 떠올라 하늘을 돌았다. 그것이야말로 폐하의 모습이었다. 태양의 기쁜 얼굴을 다시금 우러러보고 싶지 않은 사람이 어디 있을까?

— 만약 구라하라가…….

이사오는 창문을 열고 침을 뱉었다. 자신이 오늘 아침에 먹은 밥, 점심에 먹은 도시락 역시 구라하라의 은혜에서 나온 것이라면 알지 못하는 사이 자신의 내장과 육체 모든 것이 독에 오염되었을 터였다.

아버지를 비난하고 다그치자. 하지만 그런다고 아버지가 사실을 말해 줄까. 아버지가 교묘하게 회피하는 말을 들을 바

달리는 말

에야 차라리 침묵하고 모르는 척하는 편이 낫다.

몰랐더라면, 이런 일을 모르고 지나갔더라면, 하고 이사오는 발을 구르며 이미 그것을 알고 들어 버린 자신의 귀를 저주했다. 또한 자기 귀에 독을 부어 넣은 사와를 원망했다. 아무리 모른 척해도 언젠가는 사와가 이사오에게 미리 그 이야기를 해 주었다는 사실을 아버지에게 알릴 것이다. 자신은 알면서도 아버지를 배신한 아들이 될 것이다. 알면서도 일가의 은인을 죽인 배은망덕한 놈이 될 것이다. 자신의 행위의 순수함이 의문시될 것이고, 순수하다고 생각해서 한 행위 자체가 가장 불순한 행위가 될 것이다.

그렇다면 순수를 지키기 위해서는 어떻게 해야 하는가. 아무것도 하지 않는 것? 암살자 명단에서 구라하라만을 제외하는 것? 아니, 그러면 내가 불쌍한 효자 아들이 되기 위해 일국의 독을 못 본 척하고, 폐하를 배반하고, 나아가 자신의 진심을 배반하는 꼴이 된다.

생각해 보면 구라하라를 잘 모를수록 이사오의 행위는 정의에 가까워지는 셈이었다. 구라하라는 되도록 멀리 있는, 추상적인 악이어야 했다. 은혜와 원한은 물론이고 살아 있는 그에 대한 애증마저 희박한 곳에 비로소 살인이 정의가 되는 근거가 존재했다. 그는 그저 멀리서 그 악을 느끼는 것만으로 충분했던 것이다.

미운 사람을 죽이는 건 간단하다. 비열한 사람을 쓰러뜨리는 것은 어렵지 않다. 그는 그런 식으로 적의 인간적 결함을 들어 스스로를 이해시키며 죽이고 싶지는 않았다. 그의 머릿

282

속에 있는 구라하라의 커다란 악은 자기 안전을 위해 세이켄 학원을 매수하는 작고 하찮은 악과 연결되어서는 안 됐다. 신풍련의 젊은이들도 구마모토 진대 사령관을 결코 그런 작은 인격적 결함 때문에 죽이지는 않았다.

이사오는 괴로움에 신음했다. 아름다운 행위란 얼마나 망가지기 쉬운가. 자신은 아름다운 행위를 할 가능성을 불합리하게도 송두리째 빼앗겼다. 그저 그 한 마디 때문에!

단 한 가지 가능한 행위는 오직 그 자신이 '악'이 되는 것뿐이다. 하지만 그는 정의였다.

— 이사오는 방 한구석에 세워 둔 목검을 들고 황급히 뒤뜰로 달려갔다. 사와의 모습은 보이지 않았다. 우물가의 편평한 땅을 밀어걷기로 나아가면서 빠르게 휘두르기를 미친 듯이 반복했다. 허공을 가르는 목검의 질타 소리가 귓가를 스쳤다. 그는 생각하지 않으려고 했다. 목검을 크게 높이 올린 다음 내리치며, 마치 술을 급하게 마셔서 빨리 취하려는 사람처럼 뜨겁고 절실한 행위가 온몸에 빠르게 퍼지도록 안달했다. 흉곽이 끌어올려졌다가 다시 닫히는 그 불꽃 같은 호흡과 함께 흘러내려야 할 땀이 좀처럼 흐르지 않아 보람이 없었다. 선배가 가르쳐 줬던 오래된 검도 노래,

'생각하지 않겠다고 생각하는 것이 생각하는 것.

그러니 생각하지 않겠다고도 생각하지 마라.'

혹은,

'뜨고 지는 것도 달은 생각하지 않으니,

뜨고 지는 것을 괘념하는 산 능선도 없다.'

등을 떠올려 보아도 별수 없었다. 벌레 먹은 밤나무 잎 사이로 아름다운 저녁 하늘이 비쳤고, 사와가 널어 둔 빨래의 흰색이 조금씩 스며드는 듯이 두드러졌다. 자전거의 저녁 방울 소리가 담 밖에서 얽히며 사라졌다.

이사오는 목검을 든 채로 다시 사와의 방 문을 두드렸다.

"무슨 일이야. 배고파? 오늘 저녁은 배달 주문을 해도 된다고 했어. 뭐 먹을래?" 일어나서 문을 연 사와가 말했다.

이사오는 대뜸 얼굴을 들이대고 말했다.

"아까 이야기가 사실인가요? 우리 학원이 구라하라와 어떤 관련이 있다는 이야기."

"무섭게 하지 마. 목검까지 들고선. 우선 들어와."

이사오는 자신이 아무리 열성적으로 다그쳐도 진의가 간파될 염려가 없음을 좀 전의 연습을 하는 동안 계산해 두었다. 왜냐하면 세이켄 학원이 구라하라의 지원을 받은 사실이 있다면 순진한 청년이 격노하지 않는 편이 더 부자연스럽기 때문이다.

사와는 침묵했다.

"사실을 말해 주세요." 이사오가 목검을 왼쪽에 내려 두고 무릎에 손을 올리고 말했다.

"사실을 말하면 어쩔 셈인데."

"아무것도 안 합니다."

"아무것도 안 할 생각이라면 사실이 어떻든 상관없잖아."

"어떻든 상관없는 일이 아니에요. 만약 제 아버지가 그런 대악당과 관계가 있다면."

"만약 관계가 없다면, 죽일 셈이냐."

"죽이냐 아니냐의 문제가 아닙니다." 하고 이사오는 약간의 궤변을 꺼냈다. "나는 아버지와 구라하라 둘 다 번듯한 이미지로 보존하고 싶어요. 구라하라는 번듯한 악당으로."

"그렇게 하면 너도 번듯해지나?"

"난 번듯할 필요가 없어요."

"그러면 어떻든 상관없는 거잖아."

이사오는 하마터면 말문이 막힐 뻔했다.

"사와 씨. 넌지시 내비치는 건 비겁해요. 나는 그저 현실을 인식하고 싶은 겁니다. 직시하고 싶어요."

"무엇 때문에? 현실을 알면 네 확신이 바뀌나? 그렇다면 너의 뜻은 지금까지 환영에 매달리고 있었다는 말이야? 그렇게 쉽게 바뀌는 뜻이라면 버려. 나는 네가 믿고 있는 세계에 금을 내고 싶었을 뿐이야. 그 정도 말로 이렇게까지 동요한다면 너의 뜻도 의심스럽군. 남자의 불굴의 결의는 어디 갔어? 네게 그런 것이 있기는 해? 있다면 여기서 말해 봐."

이사오는 다시 말문이 막혔다. 사와는 도무지 《고단 클럽》만 읽는 남자 같지 않았다. 이사오를 비난하고 역이용해서 젊은이의 목에 걸린 뜨거운 덩어리를 토해 내게 만들려 했다. 이사오는 흥분한 나머지 뺨이 화끈거림을 느꼈지만 가까스로 자신을 추스렸다. 그리고 이렇게 말했다.

"사와 씨가 사실을 말해 줄 때까지 나가지 않겠습니다."

"그래?"

사와는 잠시 침묵했다. 이 살찐 마흔셋의 남자는 어스름이 밀려오는 다다미 세 장짜리 방에, 원장이 준 무릎이 헐렁한 플란넬 바지를 입고 책상다리를 하고 앉아 있었다. 카키색 셔츠를 입은 등의 지방 덩어리는 호로[109]처럼 부풀어 처져 있다. 좀 전의 뾰족한 느낌이 사라진 그 모습은 졸고 있는지 생각에 잠겨 있는지 분간이 되지 않았다.

사와가 갑자기 일어섰다. 벽장을 열고 뭔가를 찾았다. 무릎을 꿇고 앞에 내려 놓은 것은 나무 칼집에 든 단검이었다. 이어서 그것을 뽑았다. 방 안 어스름에 날카롭고 창백한 틈새가 생겼다.

"나는 너를 단념하게 하고 싶어서 말한 거야. 너는 세이켄 학원의 귀한 후계자잖아. 선생님은 너를 정말 사랑하시고 말이야.

나는 괜찮아. 처자식이 있지만 아무런 미련도 없고 그들도 내게 정을 버렸어. 언제라도 죽을 수 있는 몸인데 지금까지 살아온 것만으로 면목이 없어.

나라면 선생님한테 폐를 끼치지 않고, 퇴직서만 내고 홀가분하게 구라하라를 찌를 수 있어. 나 혼자의 책임으로 구라하라를 찌를 수 있어. 어쨌든 그놈이 모든 악의 근원이니, 최악의 경우 그놈만 처치하면 그놈이 조종했던 정치인과 기업가의 숨통이 끊어지리라는 걸 알고 있어. 어떻게든 구라하라는 죽여야 하지. 나는 계속 이 일을 생각해 왔으니, 부디 구라하라

109 母衣. 무사가 입었던 갑옷 뒤에 달았던 폭이 넓은 천으로 바람을 이용해 부풀려서 화살이나 돌을 막았다.

를 죽이는 일만은 내게, 이 단검에 맡겨 줘.

구라하라만은 내게 양보해. 구라하라는 내가 처치하고, 그 뒤에도 여전히 일본이 좋아지지 않으면 그때 너희 젊은이들이 모여서 뭔가를 하도록 해.

혹시 구라하라를 반드시 너희가 처치하고 싶다면 이 자리에서 나를 동지에 넣어 줘. 나라면 분명 도움이 될 거야. 세이켄 학원에 타격을 주지 않고 할 수 있는 건 나뿐이야.

아무쪼록 이렇게 엎드려 부탁할게. 네 뜻을 분명히 해 줘."

이사오는 사와가 카키색 소매를 눈에 대고 흐느껴 우는 소리를 들었다. 더는 구라하라에 관한 진위 여부를 다그칠 수 없었다. 사와의 이 말, 이 태도 전부가 그것이 사실임을 암시하는 듯하기도 했고, 보고 듣기에 따라서는 구라하라의 이야기를 꺼낸 것부터가 사와가 이런 간청을 하기 위해 쓴 방편 같기도 했다. 어쨌든 지금 몰려 있는 쪽은 이사오였다.

이사오는 매우 혼란스러웠지만 좀 전처럼 스스로를 억제하지 못하는 위험은 없었다. 이제 고용을 결정하는 입장에 있는 건 이사오였다. 흐느껴 우는 사와의, 조금 듬성듬성한 머리카락을 내려다보는 입장이 이사오에게 세심하게 이치를 따져 판단할 여유를 허락하였다.

이 순간에는 푸른 하늘을 가르는 날카로운 대나무 울타리를 조립한 것처럼 이해득실이 얽혀 있었다. 이사오는 사와를 동지에 넣어 줄 수도 있는가 하면 그러지 않을 수도 있다. 자기 뜻을 사와에게 밝힐 수 있는가 하면 밝히지 않고 밀어붙일 수도 있다. 아름다움과 순수를 지킬 수 있는가 하면 포기할 수

달리는 말

도 있다.

사와를 동지에 넣는 것은 곧 뜻을 밝히는 일이다. 대신 사와의 입으로 구라하라에 대한 진상을 들을 수 있다. 이사오의 유신은 그 순간부터는 더 이상 순진하다고 할 수 없지만, 사와의 행동을 저지하고 거기서 오는 위험을 막아 일거에 녹아들게 할 수는 있을 것이다.

사와를 동지에 넣지 않는다면 자신도 뜻을 밝힐 필요가 없는 대신, 상대방도 추악한 진실을 밝힐 필요가 없다. 하지만 사와가 먼저 나서서 구라하라를 죽이면 적들이 경계 태세를 더욱 강화하여 유신이 좌절될 위험이 있다.

이사오는 가혹한 판단을 내렸다. 자신들의 행위의 미와 순수와 정의를 지키려면 사와가 독자적으로 구라하라를 찌르게 하면 된다. 하지만 그 사실을 자기 입으로 인정할 수는 없다. 혹시라도 구라하라를 '양보'하는 듯한 기색을 보여서는 안 된다. 그런다면 이사오는 불순한 수단을 이용해 순수를 지키는 셈이 되기 때문이다. 모든 일은 자연스럽게 이루어져야 한다.

이런 판단을 내렸을 때 이사오는 무의식적으로 사와를 증오했을지도 모른다.

이사오는 입가에 어른스러운 미소를 지었다. 그는 이미 지도자였다.

"사와 씨, 이제 그만합니다. 나도 아까 사소한 일로 흥분해서 사와 씨에게 오해를 안겼는지도 모르겠네요. 동지라뇨, 우리는 아무것도 계획하는 게 없습니다. 메이지 역사 연구회 회원끼리 모여서 기분을 내고 있을 뿐이에요. 청년이라면 누구나 하는 일이죠. 전부 사와 씨의 지나친 생각이에요. 이만 실 례하겠습니다. 오늘 밤은 친구 집에서 저녁을 먹으려 하니 나 가 볼게요. 음식은 주문하지 않아도 됩니다."

이사오는 사와와 단둘이서 저녁을 먹는 어색함을 저어하 며 말했다. 칼집에서 뺀 단검을 어스름 속에 물웅덩이처럼 남 겨 두고 일어섰다. 사와는 따라오지 않았다.

이사오는 이즈쓰의 집에 갈 생각이었다. 문득 언젠가 마키 코 씨가 준 백합을 이즈쓰가 잘 돌보고 있는지 신경이 쓰였다. 이사오의 백합은?

자신이 집에 없을 때 누가 버리지 않도록 그는 백합을 작 은 꽃병에 꽂아 유리문이 달린 책장에 넣어 두었다. 처음에는 매일 물을 갈아 줬지만 요즘에는 곧잘 잊어버려 건너뛰고 있 는 것이 부끄러웠다. 유리문을 양옆으로 열고 몇 권의 책을 꺼 낸 뒤 들여다보았다. 백합은 어둠 속에 고개 숙이고 있었다.

등불 아래로 꺼내 온 백합 한 송이는 이미 백합의 미라가 되었다. 살짝 건드리면 갈색 꽃잎은 금세 가루가 되어 아직 희 미한 녹색이 남아 있는 줄기에서 떨어질 것이 분명하다. 그것 은 더는 백합이라고 할 수 없고, 백합이 남긴 기억, 백합의 그 늘, 싱싱한 불후의 백합이 보금자리를 떠난 뒤 남겨진 백합의 누에고치 같은 것이 되었다. 하지만 여전히 그곳에는 백합이 이 세상에서 한때 백합이었다는 의미가 그윽하게 풍기고 있다. 일찍이 그 위에 쏟아졌던 여름 햇빛의 불씨가 남아 있었다.

이사오는 꽃잎에 살짝 입술을 대었다. 만약 닿은 감촉이 입술에 분명히 느껴진다면 그때는 이미 늦다. 백합은 부서져 내릴 것이다. 입술과 백합은 마치 여명과 산 능선이 닿듯이 서로 닿아야 한다.

　이사오의 젊고, 아직 누구의 입술과도 닿은 적 없는 입술은 입술이 가진 가장 미묘한 감각을 죄 발휘하며 시든 백합 꽃잎에 살며시 닿았다. 그리고 그는 생각했다.

　'나의 순수의 근거, 순수의 보증은 여기에 있다. 틀림없이 여기에 있다. 내가 자결할 때, 떠오르는 아침 해 속에서 아침 이슬에 깨어난 백합이 꽃잎을 피우고 나의 피 냄새를 백합의 향기로 씻어내 줄 것이다. 그걸로 충분하다. 근심할 일이 뭐가 있겠는가.'

혼다는 법원에서 한 달에 한 번 열리는 '시국 조사회'에서 지난 6월 시암에서 일어난 입헌혁명 이야기를 들었다. 대법원 장의 제안으로 열리게 된 모임이라 처음에는 의리로 나오는 사람이 많았지만 점점 일 때문에 바빠 결석하는 사람이 늘었다. 주로 소강당에 외부 강사를 불러 강연을 듣고 의견을 나누는 식이었다.

비록 지금은 연락이 끊겼지만 옛날 파타나디드 왕자와 크리사다 왕자와 교유했던 추억이 있는 혼다는 이번 일에 관심을 가지고, 어느 종합상사의 외국 지점장이라는 사람이 우연히 혁명 현장에 맞닥뜨린 이야기를 재미있게 들었다.

혁명은 6월 24일 밝은 아침, 방콕 시민들이 조금도 깨닫지 못하는 사이 온화하게 일어나고 끝났다. 차오프라야강에는 평소처럼 보트와 거룻배가 오갔고, 아침 시장의 떠들썩함도 변

달리는 말

함없었으며, 관청의 사무도 여느 때와 같이 느슨하기 이를 데 없었다.

왕궁 앞에 간 사람들만이 하룻밤 사이 그 모습이 바뀌었음을 깨달았다. 왕궁을 둘러싼 길을 탱크와 기관총이 점령했고, 왕궁에 접근하려는 차를 총검을 든 군인들이 제지했다. 멀리 보이는 왕궁의 위층 창문들에서는 기관총 총구가 내밀어져 햇빛에 반짝거렸다.

이때 라마 7세 왕은 왕비와 함께 동쪽 해안의 피서지 파인에 행차해 있었다. 왕의 숙부 파리바트라가 그 절대군주제의 실권력을 쥐고 있었다.

파리바트라 왕자의 저택을 새벽에 장갑차 한 대가 습격했고, 왕자는 잠옷 바람으로 순순히 그 차를 타고 왕궁으로 향했는데, 이때 경찰 한 명이 부상당한 것이 입헌혁명의 유일한 유혈 사태였다.

파리바트라 왕자를 비롯해 왕족 정치를 지탱해 온 주요 왕족과 관료들이 차례차례 왕궁으로 불려 와 한 곳에 모였고, 쿠데타의 지도자인 프라야 파혼 폰파유하세나 대령의 신정부 이념에 대한 연설을 들었다. 국민당이 정권을 쥐고 임시정부가 수립되었다.

이 소식을 접한 국왕은 다음 날 아침 일찍 무전을 쳐서 입헌군주제에 찬성 의견을 밝힌 뒤, 국왕 만세를 외치는 소리를 뒤로하고 특별열차를 타고 수도로 이동했다.

6월 26일 라마 7세는 조칙을 내려 신정부를 승인하였는데, 그 직전에 국민당의 두 젊은 영수인 민간 지도자 루앙 프라디

트와 청년 장교 대표자 프라야 파혼 폰파유하세나를 불러, 국민당이 제출한 헌법 초안에 동의의 뜻을 밝히고, 오후 6시에 왕실 인장을 날인했다. 이로써 시암은 명실상부한 입헌군주국이 되었다.

……혼다는 파타나디드 왕자와 크리사다 왕자의 소식이 알고 싶었지만 일단 피를 흘린 사람은 경찰 한 명뿐이라고 하니 두 사람이 무사함은 틀림없었다.

이야기를 들은 사람들은 모두 마음속으로, 일본의 현 상황이 이토록 핍색(逼塞)한데도 왜 일본의 혁명은 5·15 사건처럼 무익한 유혈 사태에 그치고 이렇게 온화한 성공에는 이르지 못하는가 하며 비교하지 않을 수 없었다.

— 이 이야기를 듣고 얼마 지나지 않아 혼다는 도쿄 출장 지시를 받았는데, 딱히 어려운 용무는 아니고 대법원장이 오랜만에 전하는 위로의 뜻이 담긴 것이었다. 10월 20일 밤에 출발해서 21일에 회의에 참석하는 것이 전부고, 다음 날 22일은 토요일이니 월요일까지만 오사카로 돌아오면 된다. 오랜만에 이삼일을 머물게 된 아들을 어머니는 기쁘게 맞아 줄 것이다.

이른 아침 도쿄 역에 내린 혼다는 집에 돌아가 천천히 짐을 풀 시간은 없으니 마중 나온 사람들과 헤어진 후 역 안에 있는 '쇼지'라는 업소에서 목욕을 하려고 했는데, 오랜만에 접하는 도쿄의 공기에서 곧 왠지 익숙하지 않은 냄새를 맡았다.

역 플랫폼과 로비의 인파는 예전 그대로다. 묘하게 긴 치마를 입은 여자들의 모습이 눈에 띄었으나 이런 건 오사카에서도 이미 익숙한 유행이었다. 어디가 어떻게 다른지 집어내기 어려웠다. 하지만 왠지 다들 저도 모르게 보이지 않는 가스를 흡입한 듯, 촉촉하고 꿈을 꾸는 듯한 눈으로, 어떤 일이 다가오기를 갈망하는 듯한 느낌이 있다. 가방을 든 저임금 샐러리맨도, 전통 예복을 입은 남자도, 서양식 옷을 입은 여자도, 담뱃가게 점원도, 구두닦이 젊은이도, 모자를 쓴 역무원도 모두 같은 암호에 묶인 듯한 분위기다. 그게 무엇일까.

사회가 어떤 일이 일어나기를 두려워하며 기다릴 때, 바야흐로 시기가 무르익어 뭔가가 일어나지 않을 수 없는 사태일 때 사람들은 이런 표정을 짓지 않을까.

그것은 아직 오사카에서는 볼 수 없다. 혼다는 도쿄라는 도시가, 벌써 절반은 모습을 드러내었으나 전신은 드러나지 않은 기이하고 거대한 환영을 앞에 두고 긴장하며, 소름 끼쳐하고, 경련하듯이 웃는 소리를 들은 듯한 느낌이 들었다.

─ 일이 끝나고 충분히 휴식을 취한 토요일 저녁, 혼다는 문득 생각나서 세이켄 학원에 전화를 걸었다. 전화를 받은 이누마가 과장되게 반가워하는 목소리를 냈다.

"아니, 도쿄에 오셨다고요. 저 같은 사람한테 연락을 다 해 주시고 영광입니다. 지난번에는 댁에서 식사도 대접해 주시고 아들 놈까지 챙겨 주셔서 감사했습니다."

"이사오는 잘 지내나요?"

"그제부터 집에 없습니다. 야나강이란 곳에서 마쓰기 가이도 선생이 여는 정화 의식 훈련에 가서요. 사실 저도 아들이 신세 지고 있으니 내일 일요일에 인사하러 갈 참이었는데, 혹시 시간 있다면 함께 가시는 게 어떻겠습니까? 단풍도 꽤 들었을 테고요."

혼다는 조금 망설였다. 이누마의 집을 방문하는 건 옛 인연이 있으니 괜찮지만, 현직 판사가 굳이 우익 학원의 훈련에 가는 것은 설사 의식에 참여하지 않더라도 좋지 않은 소문이 날 수 있었다.

어쨌든 내일 밤이나 모레 이른 아침에는 도쿄를 떠나야 한다. 혼다는 거절했지만 이누마는 끈질기게 권했다. 달리 환대하는 방법을 몰라서일 것이다. 결국 혼다는 신분을 감추는 조건으로 같이 가기로 승낙했고, 출장 마지막 날 아침만은 충분히 늦잠을 자고 싶었던 혼다의 사정을 고려해 11시에 신주쿠역에서 만나기로 했다. 주오 선 전철로 두 시간 가까이 걸리는 시오쓰 역에서 다시 1리 정도 가쓰라강을 따라 걸으면 된다고 한다.

마쓰기 가이도는 옛날 가이국이었던 기타쓰루군 야나강이 가쓰라강과 직각으로 만나며 물살이 세지는 모토자와란 곳에, 좌판처럼 돌출된 칠천오백 평 정도의 논을 가지고 있었다. 논을 마주 보는 곳에 수십 명이 묵을 수 있는 도장과 신사가 있다. 서쪽의 현수교 근처에 오두막이 있었고 거기서 계단을 내려가면 정화 장소가 있었다. 논은 원생들이 경작했다.

마쓰기 가이도는 불교를 꺼리는 것으로 유명했다. 아쓰타네 파이니 당연한 일이기도 했지만, 그는 아쓰타네의 불교 매도, 석가모니 매도를 그대로 옮겨서 원생들에게 가르쳤다. 그는 불교가 결코 생을 긍정하지 않으며 따라서 대의를 위한 죽음을 긍정할 수 없다는 점, 불교가 끝내 '영혼 가득한 생명'에 접촉하지 않고 따라서 '생명'의 '연결'의 정도인 천황도(天皇道)에 다다르지 않은 점을 비난했다. 업의 사상이야말로 모든 것을 니힐리즘으로 녹이는 악의 철학이었다.

"불교의 선조…… 이름은 싯다르타라고 할 수 있는데 원래부터 극히 어리석어…… 깊은 산속에 들어가 온갖 고행을 했으나 세 가지 고난(늙음, 병, 죽음)을 벗어날 방법을 터득하지 못했으니…… 인내의 악심을 일으켜 수년간 산속에 살면서 환술을 터득하여 그것을 신비술로 부리며 부처라는 것이 되어…… 무상지존 부처라는 교리를 만들었으니. 또한 이 망설(妄說)의 죄를 범해 스스로 오히려 천구도(天狗導)라는 악도를 만들어서 세 가지 고난을 받는 마귀로 변하였다."

"불교가 전파되기 전 이른바 유교의 도래로 인간의 마음이 교활해졌는데, 또 불법의 인과설이 도를 넘어 인간의 마음이 연약해졌고, 곧이어 높고 낮음을 막론하고 그 망설에 현혹되었으며, 이 믿음이 점점 굳어지면서 인간들은 스스로 고대 신들의 신칙[110]이라 할 중요한 의식을 멀리하고 예로부터 내려온 신사도 소홀히 했으며, 나아가 신사에도 불교의 방식이 섞여버리는 형국이 되었다……."

이러한 아쓰타네의 교리를 끊임없이 원생들의 귀에 집어넣는 사람이므로, 가이도 선생을 만나면 절대 불교를 찬양하

---

110 神勅. 신이 부여한 명령 또는 문서.

는 말은 하지 말라고 가는 길 내내 이누마는 혼다에게 일렀다.

그런 가이도가, 여러 가지 사전지식을 통해 혼다가 상상했던 희고 긴 수염을 기른 숭고한 노인이 아니라, 작은 체구에 이가 빠진 붙임성 있는 노인이고, 그러면서 눈만은 사자의 눈을 하고 있는 것에 혼다는 강한 인상을 받았다. 이누마가 그를 예전에 신세를 진 관리라고 소개하자 그 사자의 눈으로 혼다의 눈을 지그시 들여다보더니 이렇게 말했다.

"당신은 아주 많은 사람들을 만나 온 것 같군요. 그래도 눈이 더럽혀지지 않았어. 보기 드문 일인데, 역시 이누마 씨가 존경하는 분답습니다. 나이는 아직 젊으신 것 같지만." 그렇게 인사치레를 하는가 싶더니 곧바로 불교를 비판하기 시작했다.

"초면에 갑작스럽게 말씀드리지만, 사실 그 부처란 자는 가짜예요. 나는 그 남자가 일본인이 본래의 야마토 정신, 영웅심을 잃어버린 원흉이라고 보고 있습니다. 불교는 야마토 정신이란 것, 그 영혼을 부정하지 않습니까."

이누마가 정화 의식에 참석하기 위해 자리를 떴기 때문에 도장 한쪽에는 가이도와 혼다만 남았고, 한동안 혼다 혼자 설교를 듣는 신세가 되었다.

정화 의식을 끝내고 흰 옷에 흰 하카마를 입은 이누마가 가이도의 수제자들과 돌아오는 것을 보자 혼다는 구제받은 기분이 들었다.

"물이 아주 깨끗해서 심신의 때가 씻겼습니다. 고맙습니다. 그런데, 제 아들을 만나고 싶은데 어디 있을까요." 하고 이누마가 말해서 가이도는 제자들에게 이사오를 불러오게 했다. 혼다는 아버지와 똑같이 흰 옷에 흰 하카마를 입고 나타날 이사오를 상상하고 흥미가 생겼다.

그러나 이사오는 좀처럼 나타나지 않았다. 제자 혼자 와서 문턱에 무릎을 꿇었다.

"원생들에게서 들었는데, 이사오는 좀 전에 질책을 받고 격노하여 문지기에게서 엽총을 빌려서는 바람을 쐴 겸 개나 고양이라도 쏘고 오겠다며 산으로 갔다고 합니다. 아마 단자와 쪽으로 간 것 같습니다."

"아니, 정화 의식이 끝나고 동물 피를? 안 될 말이지." 하고 가이도는 사자의 눈을 부라리며 일어섰다.

"이사오 연구회 녀석들을 모두 불러. 각자 다마구시를 들고 이사오와 대결하라고 해. 이사오는 스사노오노미코토[111]가 했던 일을 그대로 해서 신성한 도장을 어지럽히려 하는 거야."

이누마는 눈에 띄게 힘이 빠지고 당황해했는데, 그것이 옆에서 보는 혼다의 눈에는 이상하게 비쳤다.

"도대체 아들 놈이 무슨 짓을 했습니까? 왜 질책을 받은 거지요?"

"아무런 나쁜 짓도 하지 않았으니 안심하세요. 그 아이는 그저 아라미타마가 강할 뿐입니다. 그래서 수행으로 니기미타마를 맞아들이지 않으면 길을 잘못 들게 될 거라 꾸짖었지요. 그 아이에게는 사나운 신이 들려 있어요. 사내아이이니 기뻐

---

111 행동이 난폭해서 천상에서 쫓겨난 신화 속의 신. 현재 시마네현에 해당하는 이즈모에 내려와 구시나다 공주와 결혼한 후 이즈모국을 세웠다.

할 만한 일이지만 그 아이는 도가 지나칩니다. 그래서 한마디 했더니 그때는 가만히 고개 숙이고 듣고 있었는데, 분명 나중에 다시 아라미타마가 날뛴 것이겠지요."

"제가 다마구시를 들고 그 아이를 정화하러 가야겠습니다."

"그게 좋겠습니다. 그 아이의 몸이 더럽혀지기 전에 서두르세요."

혼다는 이 대화를 듣는 동안 처음에는 그 자리의 심상치 않은 분위기에 압도당했지만, 금세 지성이 고개를 들자 뭐라 말할 수 없이 우스꽝스럽다는 기분이 덮쳐왔다. 이 사람들은 육체를 보지 않고 영혼만 보고 있다. 현실적으로 보면 자유분방한 한 소년이 질책을 받고 화가 난 흔하디흔한 상황인데, 이 사람들은 심령 세계의 무서운 힘이 움직였다고 보고 있는 것이다.

이때 혼다는 이사오에 대한 기묘한 친근감 때문에 여기까지 와 버린 것을 후회했으나, 눈앞에서 이사오의 행동에 어떤 알 수 없는 위험이 닥쳤기에, 자신도 그것을 막는 데 힘을 보태야 할 것 같다는 느낌이 들었다.

문밖으로 나가자 흰 옷에 흰 하카마를 입은 젊은이들 스무 명 정도가 하나같이 다마구시를 들고 긴장한 얼굴로 모여 있었다. 이누마가 다마구시를 높게 들고 걷자 모두 따라 움직였다. 유일하게 양복 차림인 혼다는 이누마 바로 뒤에서 걸었다.

이 순간 혼다는 뭐라 말할 수 없는 기분이었다. 어떤 먼 기억으로 이어지는 것 같았는데, 혼다가 이렇게 흰 옷을 입은 젊은이들 무리에 둘러싸인 적이 있을 리 없었다.

달리는 말

하지만 매우 중요한 어떤 기억을 파내려고 하는 괭이 소리가, 땅속의 첫 번째 돌에 닿아 쨍 하고 울렸다. 그 소리는 머릿속에 똑똑히 울렸다가 곧바로 환영처럼 사라졌다. 그런 이미지가 순간 떠올랐다.

그것은 무엇일까.

지금 분명히, 아름답고 굵은 금색 실이 우아하게 몸을 비틀며 스쳐 가는 모습이 혼다의 감각 말단의 바늘에 닿았다.

닿기는 했으나 바늘 구멍을 통과하기 직전에 몸을 피해 버려 통과하지 못했다. 옅은 밑그림만 그려진, 아직 하얀 한 장의 자수 천 속으로 단숨에 짜여 들어가는 것이 두려운 듯, 바늘귀 바로 옆을 스쳐 간 것이다. 어떤 이의 거대하지만 섬세한, 잘 휘어지는 손가락에 이끌려서.

————
●

　때는 10월 하순 오후 3시 정도, 이미 해가 산그늘로 떨어지기 시작한 시각이라 구름으로 얼룩진 하늘의 빛이 안개처럼 주변 풍경을 에워쌌다.

　이누마 일행은 낡은 줄다리를 서너 명씩 묵묵히 건넜다. 혼다가 발밑을 내려다보니 다리 북쪽은 깊은 물이 고여 있는 못인데 남쪽의 정화 장소는 자갈 깔린 뭍을 앞에 두고 얕고 빠르게 흐르고 있었다. 이 반쯤 썩은 줄다리가 마침 그 중간을 가르고 있다.

　맞은편으로 건너간 혼다는 엄숙하게 줄다리를 건너오는 젊은이들을 뒤돌아보았다. 다리 판자에는 끊임없이 가벼운 진동이 배어들었다. 뒤로한 물가의 상수리나무 숲, 뽕나무밭, 야윈 붉나무의 단풍, 관능적일 정도로 검은 줄기에 빨간 열매 하나를 달고 있는 감나무, 산기슭의 오두막을 배경으로, 한 사람

달리는 말

한 사람 다마구시를 들고 오는 젊은이들이, 다리 중간쯤에서 산 가장자리의 구름을 간신히 뚫고 나온 석양빛에 비쳤다. 그 빛은 흰 하카마의 주름을 예리하게 부각시켰고, 흰 옷은 마치 안쪽에서 빛을 발하는 듯 형형했으며, 다마구시의 비쭈기나무 잎에 거무스름할 만큼 짙은 녹색 광택을 띠게 하였고, 흰 종이에 섬세한 그림자를 가득 드리웠다.

스무 명 가까운 인원이 다리를 건너는 데는 꽤 시간이 걸렸다. 혼다는 시오쓰에서 야나강까지 1리 정도를 지나오는 동안 눈에 익은 가을 산의 정경을 다시금 둘러보았다.

산속 깊은 곳이라 먼 산과 가까운 산의 농담이 겹쳐서 덮쳐오는 듯하다. 어디에나 삼나무가 많았는데, 주위의 온화한 단풍 속에서 그 부분만 어둡고 늠름했다. 단풍이라 해도 아직 초가을이라 누레진 모직물의 기다란 팔다리 사이에 군데군데 녹슨 붉은색이 눈에 띌 뿐, 그 빨강, 노랑, 초록, 갈색 등을 무엇 하나 선명하게 만들지 않는 어렴풋한 억압이 떠다녔다.

모닥불 연기 같은 냄새와 엷은 안개 같은 빛이 온통 위를 덮었다. 외려 먼 산이 안개 속에서 옅은 남색으로 두드러졌다. 하지만 이 주위에는 험한 산세가 눈에 띄지 않는다.

— 일행이 모두 다리를 건너자 이누마가 다시 선두로 나서고 혼다가 뒤를 따랐다.

다리를 건너기 전에는 발밑에 상수리나무 낙엽이 눈에 띄었다. 지금 절벽을 따라 올라가는 자갈길은 벚꽃 낙엽으로 가득하다. 다리 맞은편에서는 붉은 낙화처럼 보였던 것이었다. 벌레 먹은 잎도 누런 연분홍빛으로 젖어서, 혼다는 왜 쇠퇴는 이런 빛깔을 띠는 것일까 하고 이유도 없는 생각을 했다.

절벽을 다 올라가자 소방탑이 있고 연푸른 하늘에 어둡고 작은 경종이 달려 있었다. 여기부터는 길이 감나무 낙엽에 덮였다. 미즈나[112]밭과 농가가 있고, 불그스름한 보라색의 들국화가 보이고, 집집마다 마당에 이파리가 떨어진 감나무가 설장식처럼 주렁주렁 열매를 맺었으며, 집들의 울타리 사이로 구불구불하게 길이 이어졌다.

나아가자니 한 집의 바깥쪽에서 시야가 탁 트였다. 길도 갑자기 바뀌어서, 가에이 시대[113]의 대불 공양 비석이 잡초로 덮여 있던 언저리에서 밭들 사이로 난 널찍한 길로 빠졌다.

남서쪽에는 작은 산이 하나 있을 뿐, 가는 방향 앞에 높이 솟은 고젠산도, 북쪽을 에워싼 산들도 전부 강과 길 저편으로 멀어졌고, 여기까지 오니 고젠산 기슭에 있는 마을을 제외하고는 사람이 사는 듯한 집도 보이지 않는다.

볏짚이 깔린 길에 붉은 개여뀌가 무리 지어 폈고 귀뚜라미 울음소리가 희미하게 들렸다.

주위의 논들은 대부분 갈라진 검은 흙 위에 볏단을 늘어놓거나, 막 베어 낸 벼를 한가득 깔아 놓았다. 새 자전거를 탄 소년이 이 이상한 행렬을 뒤돌아보며 과시하듯이 유유히 지나갔다.

남서쪽의 작은 산은 분을 바른 것처럼 단풍으로 뒤덮였는

112 겨잣과에 속하는 채소.
113 일본의 연호로 1848년부터 1854년까지 해당한다.

데, 북쪽은 가쓰라강의 절벽 끝까지 길이 이어졌다. 논밭에 번개를 맞아 찢긴 삼나무가 한 그루 서 있고, 찢겨 나가 조금 뒤로 젖혀진 줄기에 달린 잎은 전부 말라붙은 피 색깔이다. 밑동은 논바닥보다 조금 높고, 참억새 풀숲이 여기저기 하얗게 돋아 있었다.

그때 길 끝에 서 있는 흰 옷 입은 사람을 보고 한 젊은이가 외쳤다.

"저기 있다!"

혼다는 알 수 없는 전율에 휩싸였다.

—삼십 분 정도 전, 이사오는 무라타 총[114]을 한 손에 들고 충혈된 눈으로 주변을 배회하고 있었다.

가이도 선생의 질책에 화나지는 않았다. 질책을 받으며 참기 어려운 한 가지 생각이 떠올랐으니, 자신이 도달하고자 하는 아름다움과 순수를 담은 수정 그릇이 이미 땅에 떨어져 산산조각 났는데 자신은 그것을 인정하려고 하지 않는다는 생각에 사로잡힌 것이다.

왠지 자신이 행위에 도달하려면 어딘가에서 몰래 악의 계기를 빌려 그 힘으로 도약하는 수밖에 없다는 느낌이 든다. 마치 아버지가 그랬던 것처럼? 아니, 아니, 결코 그렇지는 않다. 아버지처럼 악으로 정의를 흐리고 정의로 악을 흐리는 방식을

---

114 村田銃. 1880년에 개발된 소총으로 개발자 이름을 땄다. 메이지 시대 일본군이 주로 썼던 소총이다.

써서는 안 된다. 자신이 자신의 몸 안에 은밀하게 간직하고 싶은 악은 정의가 순수한 정도만큼이나 순수해야 했다. 어쨌든 생각한 바를 달성하면 자결할 몸이다. 그때 몸 안의 순수한 악도 행위의 순수한 정의와 서로 맞찔러 죽을 것이다.

사사로운 감정으로 사람을 죽이고 싶다고 생각한 적이 한번도 없는 이사오는, 살의가 어떻게 생겨나고 신중한 일상이 어떤 식으로 살의와 이어지는지, 그 이음매를 알 수 없어 전부터 불안했다. 우선 작고 순수한 악, 작은 신성 모독으로 손을 더럽혀야 한다.

아쓰타네를 숭경하는 가이도 선생이 그렇게까지 짐승 고기와 피의 더러움을 역설하니, 엽총을 빌려 가을 산의 멧돼지나 사슴을 사냥하는 것이 가장 좋을 테지만, 만약 어렵다면 개나 고양이라도 쏴서 피 흘리는 시체를 가져오면 된다. 그 결과 자신과 동지들이 쫓겨나도 할 수 없다. 그러면 또 그런 대로 모두에게 새로운 용기와 각오가 생겨날 것이 틀림없다.

그는 남서쪽 정면, 단풍에 둘러싸인 작은 산을 바라보았다. 자세히 보니 산 서쪽의 경사면은 뽕나무밭이 잠식했고 뽕나무밭과 대나무 숲 사이에 산으로 올라가는 샛길이 있다. 뽕나무밭 위에는 삼나무가 무성했는데 그곳에도 나무 아래로 길이 있다고 한다.

곱자 2척 3촌의 쇠막대 같은 무라타 총의 단순한 총신에서는 가을 공기에 식은 주철이 삐걱거렸다. 이미 들어 있는 산탄이 이것을 뜨겁게 만드리라는 사실이 믿기지 않았다. 흰 옷의 품에 넣은 세 발의 산탄도 가슴에 닿을 때마다 무기적인 차가움이 느껴져, 살의 있는 총탄이 아니라 세 개의 '세상의 눈'을 품에 넣고 걷는 듯했다.

주위에 개 고양이가 보이지 않아서 이사오는 대나무 숲과 뽕나무밭 사이의 길을 따라 산에 오르기로 했다. 숲속은 빨간 열매가 달린 덩굴과 담쟁이덩굴이 복잡하게 얽혀 있었다. 뽕나무밭 한쪽에는 뽑힌 나무뿌리가 쌓여 이끼가 낀 채로 길을 막고 있다. 잡목림에서 섬촉새가 가까이서 울었다.

이사오는 어리석은 사슴이 총구 앞에 느긋하게 모습을 드러내는 장면을 상상했다. 쏘는 것을 망설이리라고는 생각하지 않는다. 이쪽은 살의가 있고 상대방은 무지하다. 증오가 필요할 일 있을까. 사슴은 살해당함으로써 비로소 악의 격렬한 전모를 드러낼 것이다. 내장에서 흘러나오는 피로 뒤덮인 창백한 빛 속에서.

귀를 기울인다. 낙엽 밟는 소리가 전혀 들리지 않는다. 길 위를 지그시 바라본다. 사슴 발자국 비슷한 것도 보이지 않는다. 무언가가 숨을 죽이고 있다면 공포 때문도 적의 때문도 아니고, 이사오의 살의를 비웃기 때문이라고밖에 생각되지 않는다. 이사오는 단풍나무 숲, 대나무 숲, 삼나무 숲이 가득 담고 있는 침묵의 만면에서 비웃음을 느꼈다.

삼나무 숲까지 올라간다. 나무와 나무 사이에 단정하고 어두운 침묵이 가득하다. 생물의 흔적은 어디에도 없다. 경사면을 가로질러 걷고, 거기서부터 갑자기 밝아지는 듬성듬성한 잡목림으로 들어갔다. 그러자 갑자기 발밑에서 꿩이 날아올랐다.

이사오에게 그것은 눈앞을 가릴 정도로 크고 소란스러운 표적이었다. 아까 문지기가 말했던 '시작'이라는 말이 지금을 가리킨 거라 생각했다. 그는 바로 무라타 총을 들고 쐈다.

머리 위에서는 노란색과 빨간색이 섞인 이파리 사이로 지는 해가 비쳤다. 그 사이로 엿보이는 근심스러운 저녁 하늘에, 지극히 무겁고 번쩍이는 초록색 왕관이 일순 걸려서 정지한 듯이 보이는 찰나가 지나갔다. 위로 던져진 이 왕관은 날갯짓으로 해체되고 영광은 부서졌다. 휘젓는 날갯짓에 공기가 무거워지고, 모유처럼 진해지고, 끈끈이처럼 날개에 들러붙는 것을 알 수 있다. 새는 스스로도 모르는 사이 갑자기 새로 존재하는 의미를 잃은 것이다. 퍼덕이는 날갯짓은 새를 생각지 못한 방향으로 미끄러지게 한다. 아무리 자세히 보려고 해도 보이지 않는 언저리에서 새는 힘없이 곤두박질쳤다. 그렇게 멀지는 않았다. 이사오는 좀 전에 올라온 덤불 근처일 것이라고 짐작했다.

아직 검은 연기가 총구에서 피어오르는 무라타 총을 겨드랑이에 끼고, 이사오는 잡목림에서 대나무 숲 쪽으로 길이 아닌 길을 달려 내려갔다. 옷소매가 가시에 걸려 찢어졌다.

대나무 숲에는 물 같은 빛이 떠 다녔다. 몸에 걸리는 덩굴을 총으로 걷으면서, 대나무 잎의 색에 꿩이 뒤섞이지 않도록 뚫어지게 응시했다. 드디어 발견했다. 이사오는 무릎을 꿇고 꿩의 사체를 안아 올렸다. 가슴에서 흘러나온 피가 흰 하카마에 떨어졌다.

새는 눈을 굳게 감고 있었다. 붉은 독버섯 같은 반점이 가득한 깃털이 감은 눈을 에워쌌다. 부푼 금속성 광채, 푹신한 갑옷, 암울하게 살찐 밤의 무지개 같은 새다. 이사오의 가슴에서 고개를 떨구니 드러난 뒷부분은 깃털이 성기고 또 다른 광채를 보였다.

목 주위에는 검은색에 가까운 포도색 비늘털이 나 있다. 가슴에서 배까지는 앞치마를 두른 듯이 진한 초록색 깃털이 겹쳐져 빛을 받아 반짝인다. 피는 보이지 않는 상처에서 암록색 깃털을 타고 흘러내렸다.

이사오는 상처로 짐작되는 곳에 손가락을 찔러 넣었다. 총알에 찢긴 가슴속으로 손가락은 끝없이 들어갔고 다시 끄집어내니 손끝이 붉게 젖어 있었다. 살육이 어떤 감각인지 그는 알려고 노력했다. 그 순간에는 총을 겨누고 방아쇠를 당기는 동작이 물 흐르듯 빠르게 이어졌지만 살의라고 할 만한 것은 희미했다. 그것은 나중에 총구에서 피어오른 한 줄기 검은 연기만도 못했다.

총알은 확실히 무언가를 대리했다. 처음부터 그가 꿩을 쏘려고 산에 오른 것은 아니었지만, 총은 어떤 눈부신 기회를 지나치지 않았다. 그리고 작은 유혈과 죽음이 지체 없이 일어났고, 꿩은 한마디 말 없이 당연한 듯이 그의 가슴에 안기었다.

정의와 순수는 접시 위에 남은 생선뼈처럼 냉담하게 배척됐다. 그가 먹은 것은 뼈가 아니라 살이었다. 썩기 쉽고, 빛나고, 부드럽고, 혀에 닿을 때 일정한 맛을 느끼게 하는 그것이었다. 그는 그것만을 맛보았고, 그리하여 깊이 마비된 듯한 도취와 만족이 주는 지금 같은 안도감을 얻었다. 감각이 맛본 것은 정확히 그것뿐이었다.

꿩은 악의 화신이었을까? 그렇지 않다. 자세히 보니 깃털 속에서 날개 달린 미세한 벌레들이 꿈틀댔다. 그대로 두면 개미와 구더기가 몰릴 것이다.

새가 굳게 눈을 감고 있는 것이 그는 화가 났다. 미리 거절한 듯이, 그가 지금 소리치고 싶을 정도로 알고 싶은 사실을 미리부터 차갑게 거절한 듯이 보였다. 그러자 자신이 알고 싶은 것이 과연 죽일 때의 감각인지, 아니면 자신이 죽을 때의 감각인지 이사오는 더 이상 알 수 없었다.

그는 한 손으로 새의 목을 거칠게 틀어쥐고 총으로 덩굴을 걷으면서 가까스로 덤불을 빠져나갔다. 노박덩굴의 붉은 열매가 몇 개 매달린 덩굴이 잘려서 목에 감기고 어깨와 가슴 부근에서 열매가 흔들렸는데, 양손을 모두 쓸 수 없는 이사오는 걷어 내는 것조차 성가셔서 그대로 두었다.

뽕나무밭으로 내려와 논두렁길로 나갔다. 왠지 멍한 기분이었고, 발이 붉은 개여뀌를 수도 없이 밟는 것도 개의치 않았다.

건너편에 반쯤 붉게 말라 버린 삼나무가 한 그루 서 있었는데, 그것을 보고 아까 지나온 길이 이 논두렁길과 직각을 이루는 밭 사이에 난 넓은 길임을 알았다. 그 길로 나갔다.

멀리서 흰 옷을 입은 무리가 다가왔다. 얼굴을 확실히 알아볼 순 없었지만 저마다 손에 다마구시를 들고 있는 것이 묘한 느낌이었다. 여기서 흰 옷을 입었다면 분명 원생들일 텐데, 동지들이 저런 식으로 엄숙하게 인솔자를 따르리라고는 생각하기 힘들다. 선두에 선 사람은 나이가 들어 보였고 그 뒤에 유일하게 양복 차림인 남자가 있다. 드디어 나이 든 인솔자의 얼굴에서 아버지의 팔자수염을 알아보고서 이사오는 깜짝 놀랐다.

이때 석양이 깔린 하늘이 새의 지저귐으로 가득 차고 수많은 작은 새들이 산그늘에서 나타나 하늘을 덮었다. 새들이 다 지나갈 때까지 흰 옷의 행렬도 시선을 빼앗긴 채 잠시 걸음을 멈춘 듯이 보였다…….

— 이사오와 흰 옷 행렬의 거리가 가까워지면서 혼다는 왜인지 자신이 이 어스레한 들판에 그려지는 그림에서 튕겨져 나가는 느낌이 들었다. 발길을 조금씩 논 쪽으로 옮겨 볏단 사이를 나아가며 행렬에서 멀어졌다. 지극히 중요한 어떤 순간이 다가오고 있었다. 그것이 뭔지는 알 수 없었다. 이사오의 모습은 이제 선명하게 보였고, 그 가슴에 붉은 구슬 목걸이처럼 걸려 있는 나무 열매 같은 것도 알아볼 수 있었다.

혼다의 심장이 격렬하게 뛰었다. 지금 거부할 수 없는 힘이 다가와서 자신의 이성을 때려 부수려 하고 있었다. 그 힘의 긴박한 숨결과 날갯짓이 벌써부터 느껴졌다. 예감이라는 것을 믿지 않지만, 사람이 자신의 죽음, 혹은 가까운 이의 죽음의 예감에 휩싸이면 이런 느낌이 들지 않을까 하는 생각이 들었다.

"뭐야. 꿩 한 마리 잡은 거냐. 그나마 다행이군." 이누마의 목소리가 귀에 울렸다. 혼다는 밭에서 그쪽을 돌아보지 않을 수 없었다.

"그나마 다행이야." 하고 이누마가 다시 말했다. 그리고 이번에는 농담처럼 이사오 머리 위에서 다마구시를 흔들었다.

저녁 해 속에서 흰 종이는 깨끗하고 하얬고, 바스락거리는 소리가 마음에 스몄다. 이누마는 이어서 말했다.

"큰일이군. 총까지 들지 않나, 가이도 선생님이 말한 대로야. 너는 난폭한 신이야. 틀림없어."

— 이 말을 들은 순간, 혼다의 기억이 비로소 무자비하게 명확한 형태를 띠었다. 지금 의심의 여지 없이 눈앞에 되살아난 것은 1913년 여름의 어느 밤, 마쓰가에 기요아키가 꾸었던 꿈의 광경이었다. 그 특이한 꿈을 기요아키는 꿈 일기에 자세히 적었고, 혼다는 바로 지난달에 그것을 다시 읽었다. 그 내용이 구석구석 생생하게, 혼다의 눈앞에서 십구 년이 지난 지금 이 세상의 일부가 된 것이다.

기요아키가 이사오로 환생했음을 설사 이사오는 모를지라도 혼다는 이성의 힘을 모조리 동원해도 부정할 수 없었다. 그것은 사실이었다.

───
●

다음 날 저녁, 이사오는 수업이 끝나고 매일 비밀 회합을 여는 장소로 동지들을 데려갔다. 그곳이라면 사람 눈에 띄지 않고, 설령 띈다 해도 젊은이들끼리 느긋하게 이야기를 나누는 모습으로만 보이리라는 것이 선택의 이유였다.

학원의 논밭이 모토자와의 절벽과 마주한 곳에 석가산처럼 초목으로 뒤덮인 큰 바위가 있었는데, 그 뒤로 가면 학원 쪽에서는 아무것도 보이지 않는다. 밑으로는 물살이 거센 강이 흐르고 건너편에는 암벽이 하늘 높이 솟아 있다. 바위 뒤에 조그만 풀밭이 있어 둥그렇게 앉아 이야기하기에 더할 나위 없이 적합했다. 여름이면 더 쾌적했을 테지만 10월 하순 고슈의 저녁 바람은 매우 쌀쌀하다. 하지만 누구도 추위에 신경 쓰지 않을 정도로 열중했다.

이곳까지 논길을 걸어오며 선두에 서 있던 이사오는 어제까지 없었던 검은 모닥불 흔적을 발견했다.

짚이 탄 재에 아직 형체가 남아 있었는데, 바큇자국만 시커멓고 게다가 붉은 흙이 섞여 있어서 탐스러웠다. 의외로 신선한 짚이 남겨진 모닥불의 흔적보다 검고 굳게 땅에 새겨진 바큇자국이 활활 타올랐을 모닥불의 색깔을 연상케 했다. 불길의 강렬하고 야만적인 붉은색, 바큇자국의 천박할 정도로 짙은 검은색…… 이상할 것 없는 광경이고 이상할 것 없는 대조였다. 타오르고, 그 다음에는 짓밟히고, 똑같은 강함과 똑같은 선명함을 유지하는 것. 그곳을 지나치는 한 걸음을 내디디는 동안 이사오의 마음속에 떠오른 것은 말할 것도 없이 봉기의 환영이었다.

일동은 묵묵히 이사오를 따라 논 남쪽 끝, 큰 바위가 있는 숲 그늘에 둘러앉았다. 내려다보니 가쓰라강이 직각으로 꺾이는 지점에서 물 흐르는 소리가 높고 떠들썩했다. 건너편의 험준한 절벽에서는 회색 바위 표면이 이를 가는 듯이 강인한 인내를 내보이고, 거기서 뻗은 단풍나무 가지들도 벌써 그늘 속에 들어가 침울한 색을 띠었지만, 높이 올려다본 꼭대기의 나무 위 하늘만은 흐트러진 저녁 구름 사이로 밝게 빛났다.

"오늘 드디어 결행의 일시를 정한다. 다들 각오는 돼 있겠지. 그 전에 계획의 개요와 각자 맡은 임무를 확인할 테니, 사가라부터 자금 계획을 보고하도록. ……결행의 일시는 원래 신풍련처럼 우케이 의식으로 정해야 하는데…… 뭐, 그 얘기는 나중에 하자."

이사오가 막힘없이 말을 시작했다. 하지만 마음속은 전날 일어난 작은 사건에 아직 붙잡혀 있었다. 아버지와 혼다 둘 다 간단하게 저녁식사를 하고 바로 도쿄로 돌아갔다. 의례적으로 방문한 것은 알겠는데, 아버지는 왜 일부러 여기까지 상황을 보러 온 걸까? 아버지와 사와 사이에 무슨 이야기가 오간 것은 아닐까? 한편 혼다의 이상한 행동은 무엇인가. 처음 만났을 때와 장문의 편지 속에서 보였던 냉정하고 사려 깊은 친절 대신, 어제 혼다는 이사오에게 별로 말을 걸지도 않고 얼굴색이 창백했으며 저녁식사 자리에서도 문득 보니 멀리 상석에서 이사오에게서 눈을 떼지 않고 주시하고 있었던 것이다.

이사오는 생각을 과거로 돌려보내려 하는 어두운 지렛대를 마음에서 떼어 내고 풀밭 위에 계획서를 펼쳤다.

하나, 결행 일시   월   일   시

하나, 계획 개요

본 계획의 목적은 수도의 치안을 혼란에 빠뜨리고 계엄령을 내리게 해 유신 정부를 수립하는 데 있다. 우리는 유신을 위해 최소한의 인원으로 최대한의 효과를 발휘하며, 이에 호응하여 전국에서 동지들이 일어설 것을 믿고, 비행기에서 선언문을 산포하며, 도인노미야 전하에게 대명(大命)이 내려졌음을 선전하고, 그 대명이 사실이 되도록 실행할 것이다. 계엄령 선포와 함께 우리의 임무는 완수되며, 성공 여부에 관계없이 다음 날 새벽까지는 전원 미련 없이 할복 자결을 결행한다.

메이지 유신의 목표는 통치권과 군사권을 천황에게 봉환하는 것이었다. 우리 쇼와 유신의 목표는 금융산업의 대권을 천황

직속에 두고, 서구의 유물적 자본주의와 공산주의를 뿌리 뽑아, 국민들을 도탄지고에서 구원해 밝은 천일 하로 이끌며, 황도 회홍의 친정(親政)을 희구하여 받드는 것이다.

수도의 치안을 혼란에 빠뜨리는 목적을 위해 우선 도시 곳곳의 변전소를 폭파하고 한밤중에 구라하라 부스케, 신카와 도루, 나가사키 주에몬 등 금융 산업의 거물을 암살한다. 동시에 일본 경제의 중핵인 일본은행을 점령하여 방화하고, 동틀녘까지 황궁 앞에 모여서 일제히 할복 자결한다. 단, 모일 수 없을 상황에서는 각자 다른 장소에서 할복하는 것을 허락한다.

하나, 편성

제1대(변전소 공격)

　도덴 가메이도 변전소

　　하세가와

　　사가라

　기누덴 도쿄 변전소

　　세야마

　　쓰지무라

　하토가야 변전소

　　요네다

　　사카키바라

　도덴 다바타 변전소

　　호리에

　　모리

　도덴 메지로 변전소

오하시

세리카와

도텐 요도바시 변전소

다카하시

우이

제2대(요인 암살)

신카와 도루 암살

이누마

미야케

나가사키 주에몬 암살

미야하라

기무라

구라하라 부스케 암살

이즈쓰

후지타

제3대(일본은행 점령 및 방화)

호리 육군보병중위의 지휘 하에, 변전소 폭파 후 자전거로 모인 열두 명에 두 명(다카세·이노우에)이 합류해 총 열네 명으로 결행한다.

특별기동대

시가 중위가 조종하는 비행기로 조명탄을 투하하고 선언문을 산포한다.

……사실 지금까지도 구라하라 부스케 담당에 대해서 이

사오의 마음은 동요하고 있었다. 실은 자신이 직접 맡고 싶지만 무언가가 자꾸 걸렸다. 사와의 말이 신경 쓰이는 것이다.

지금 이러고 있는 중에도 사와가 먼저 나서서 혼자 구라하라를 암살할 것만 같다는 기분이 든다. 그러면 이쪽의 전반적 계획은 세상의 폭풍이 가라앉을 때까지 연기할 수밖에 없다.

한편, 사와가 그렇게 말한 것은 그저 허세이거나 협박일 뿐 실제로 그는 아무 일도 하지 않을지도 모른다.

사와의 말을 일절 무시하고 구라하라를 죽인다면 그 역할은 원래 이사오여야 한다. 경비가 가장 삼엄할 것이 뻔하기 때문이다. 이것을 이즈쓰에게 양보하면서, 이사오는 믿음이 경솔하고 대담한 이 밝은 청년에게 우정을 구실 삼았다. 이즈쓰는 감격했지만 이사오는 마음속으로 자신이 처음으로 뭔가에서 '도망쳤다.'고 느꼈다.

비행기에서 투하하는 물건을 폭탄이 아니라 조명탄과 선언문으로 바꾼 것도 호리 중위의 충고에 따른 것이었다. 친우인 시가 중위의 참여는 그가 보장하겠다고 했다.

문제는 무기다. 스무 명 중 열 명은 일본도를 한 자루씩 가지고 있지만 변전소를 폭파하려면 허리에 찬 물건이 방해될지도 모른다. 단검을 숨겨 가는 것으로 충분하다. 화약은 신식으로 구할 계획이 돼 있었다. 호리 중위가 적어도 두 자루의 기관총을 준비해 줄 것이다.

"사가라. 우선 필요 품목을 읽어 줘."

"네." 사가라가 주변을 살피며 작은 목소리로 읽어서 모두 귀를 세웠다.

달리는 말

"흰 대폭 무명천

슬로건을 써넣은 깃발용으로 약 1척 6촌 정도. 자결 시 옆에 둔다. 나머지는 각자 복대로 쓴다.

머리띠, 완장, 완장 핀, 작업용 버선

각 이십 명분

종이

백지 한 묶음, 색상지 두세 묶음. 선언문 인쇄에 필요한 양.

벤진

방화용. 서너 군데 가게에서 두세 병씩 되도록 분산해서 구입할 것.

등사기 한 대 및 부속품 일습

필묵류

붕대, 지혈제, 회복제용 소주

물통

손전등

……대략 이 정도입니다. 각자 사서 모은 다음 미리 준비한 보관 장소에 숨겨 두는데, 도쿄로 돌아가면 이 장소부터 물색하겠습니다."

"필요한 비용은 충분한지?"

"네. 이누마가 저금한 85엔에 각자 저금을 모아 총 328엔입니다. 그리고 여기 오기 직전에 '메이지 역사 연구회 일동' 앞으로 익명의 서류가 와 있어서 다들 모인 앞에서 열어 보려고 가져왔습니다. 돈일지도 모르겠습니다. 조금 꺼림칙하긴 하지만."

사가라가 봉투를 열었다. 100엔 지폐 열 장이 들어 있었다.

모두 놀랐다. 동봉된 편지의 두세 줄을 사가라가 읽었다.

"국유지 숲을 급하게 팔아 마련한 돈입니다. 깨끗한 돈입니다. 부디 사용해 주세요. 사와."

"사와?"

이사오는 그 말을 듣고 마음에 충격을 받았다.

사와는 또 이해하기 어려운 행동을 했다. 깨끗한 돈임은 믿는다 해도 이 기부로 구라하라 암살을 대신하겠다는 뜻인지, 아니면 천 엔이라는 거금을 명분으로 삼아 단독 행동에 나서겠다는 뜻인지는 전혀 알 수 없다.

하지만 이사오는 바로 판단을 내릴 필요가 있었다. 이렇게 말했다.

"학원에 있는 사와 씨야. 암묵의 동지지. 받아도 돼."

"이거 잘됐다. 이제 자금은 충분해. 신이 우리를 도우시는 구나."

사가라가 우스개를 부리며 지폐를 안경 위에 대고 참배하는 흉내를 냈다.

"이어서 자세한 사항을 설명하겠습니다. 먼저 일시를 정해야 합니다. 시각은 계획을 세우며 정해진 셈입니다. 너무 늦은 밤이면 정전의 효과가 없으니 오후 10시가 한계입니다. 그 후 한 시간 이내에 일본은행 공격. 그리고 날짜는……."

이때 이사오의 마음속에는 신가이 대신궁의 신전에서 공손히 절하고 신시를 기다리는 오타구로 도모오의 모습이 어렴풋이 떠올랐다.

그때 여름 한낮의 본당에서 물었던 두 가지 우케이,

달리는 말

'죽음으로 간청하여 악정을 바로잡는 일'

'암중에 검을 휘둘러 간신을 쓰러뜨리는 일'

이 두 가지를 신은 달갑게 여기지 않았다. 지금 이사오와 동지들은 그중 후자를 신에게 물으려 한다.

여름과 가을, 구마모토와 고슈, 메이지와 쇼와 등의 차이가 있지만, 피에 굶주린 젊은이들의 검은 당장이라도 어둠 속에서 휘둘러지기를 바랐다. 그 소책자의 이야기는 어느덧 둑을 뚫고 현실의 논밭으로 흘러나왔다. 이야기를 읽으며 불붙은 영혼들은 그것만으로 만족할 수 없어 정말로 불을 질러야만 했다.

'영혼은 백조가 돼 하늘 높이 올라가니,

유해만이 세상에 남네.'

오엔 선생의 시가 어제 지어진 것처럼 생생하게 지금 이사오의 머릿속에서 날갯짓을 했다.

아무도 의견을 내지 않고 말없이 이사오의 얼굴색만 살피고 있다. 그 이사오도 강 건너편 절벽 위의 하늘을 올려다본다. 흐트러진 저녁 구름의 빛은 아까보다 조금 흐려졌다. 하지만 가느다란 빗에 빗긴 듯한 줄무늬는 뚜렷하게 남았다. 저곳을 통해 신이 내려다보지는 않을까, 이사오는 은근히 기대했다.

절벽은 이미 어스름에 물들었고 아래의 하얀 물살만이 눈에 띄었다. 자신은 이야기 속 인물이 되었다. 지금은 그야말로 후세 사람들이 기억할 영광의 순간인지도 모른다. 그 때문인지 차가운 저녁 바람 속에는 기념비의 청동이 품은 차가움이 숨어 있다. 이제 신도 나타날 만하지 않은가.

……어떤 날짜도, 어떤 숫자의 계시도 보이지 않는다. 고상한 저녁 구름의 빛 속에서 그의 마음을 끌어당길 만한 것은 나타나지 않는다. 말이 필요 없이 곧바로 교감을 이룰 만한 것이 생겨나지 않는다. 현이 끊어진 것처럼 아무 소리도 울리지 않는다.

하지만 오타구로 도모오가 그토록 명백히 깨달았던 것처럼 신은 거절하지 않았다. 거절 또한 명료하지 않은 것이다.

그것이 무엇을 의미하는지 이사오는 생각했다. 지금 여기, 스무 살도 되지 않은 젊음 넘치는 사람들이 열렬하게 반짝이는 시선을 이사오 한 명에게 집중하고, 그 이사오는 높은 절벽 위의 신성한 빛을 올려다본다. 사태는 여기까지 다다랐고 때는 여기까지 무르익었다. 무언가가 나타나야 한다. 그러나 신은 수락하지도 거절하지도 않았고, 결단하지 못하고 여의치 않은 지상을 그대로 모방한 듯이, 높은 하늘의 빛 속에서 신의 발에서 무신경하게 벗겨진 신발처럼 결정을 방기하고 있는 것이었다.

대답을 서둘러야 했다. 이사오의 마음속에서 무언가가 일시적으로 뚜껑을 닫았다. 대합이 닫히듯이 잠시 동안, 늘 공공연하게 바닷물에 드러나야 할 '순수'의 살이 덮였다. 작은 악의 관념이 마음 한구석을 갯강구처럼 빠르게 지나갔다. 이렇게 필요에 따라 뚜껑을 닫는 것을 언제 어디서 배웠는지 확실하지는 않지만, 한 번 그렇게 한 이상 곧바로 습관이 될 것이다. 두 번 세 번 반복하는 사이 마침내 그것은 일상다반사가 될 것이다.

이사오는 자신이 거짓말을 한다고는 생각하지 않았다. 신이 거짓으로도 참으로도 지시하지 않는 일을 인간이 함부로 거짓이라고 생각하는 것은 분명 주제넘은 일이다. 다만 그는 새가 새끼에게 먹이를 주듯이 급하게 무언가를 내놓아야 했다.

"12월 3일 밤 10시다. 일종의 신시(神示)가 있었어. 그렇게 정하자. 아직 한 달 넘게 남았으니 준비는 충분히 할 수 있어. 그리고 사가라, 너는 중요한 걸 잊었어. 이건 청정무구한 전쟁이야. 흰 백합 같은 전쟁이라 후세 사람들이 '백합 전쟁'이라고 부를 수 있도록, 기토 씨가 주었던 사이구사 축제의 백합을 다들 한 송이씩 나눠 가지고, 출진할 때 반드시 가슴주머니 깊숙이 넣어 두었으면 해. 분명 사이 신사 아라미타마의 가호가 있을 거야. ……그리고 12월 3일 금요일 결행에 이의가 있는 사람은 이 자리에서 바로 말해 줘. 개인 사정이 있을 테니."

"죽기로 결정한 사람에게 개인 사정 같은 게 있을까?"

한 사람이 큰 소리로 말하자 모두가 웃었다.

"그럼 각자 보고를 시작하자. 오하시, 세리카와. 메지로 변전소 조사와 폭파 계획을 모두에게 보고하도록." 하고 이사오가 명령했다. 오하시와 세리카와는 말할 순서를 잠시 서로에게 미루었지만 결국 달변인 오하시가 말을 시작했다.

세리카와는 이사오를 향해 무슨 말을 할 때는 신병처럼 긴장하고 가슴을 폈지만, 격한 감정이 앞서 말을 우물거렸기 때문에 알아듣기 어려울 때가 있었다. 그에 비해 행동은 확실해서 명령한 일을 잊은 적이 없다. 그가 뭔가를 열정적으로 말할 때 목소리만 들으면 울면서 말하는 것처럼 들린다. 조리 있게 보고하는 일은 특기가 아니었다. 그래서 재빨리 달변인 오하시가 대신한 것이다. 세리카와는 그 옆에서 보고를 들으며 한 마디 한 마디에 힘주어 고개를 끄덕였다.

"메지로 변전소에 갔더니 입구에서 푸른색 작업복을 입은 남자가 구리선을 수리하고 있었습니다. 우리는 전기학교 야간 학생인데 변전소 안을 견학하고 싶다, 하고 부탁했더니, 다른 변전소에 갔을 때는 학생증을 보여 달라는 등 까다롭게 굴면서 내보냈는데, 이 남자는 의외로 친절해서 2층으로 가라고 가르쳐 주더군요. 2층에 가니 세 명 정도의 사무원이 있었는데 그중 한 명이 작업복 남자에게 우리를 안내하라고 지시했어요. 일하는 도중에 나온 남자는 흔쾌히 의기양양하게 구석구석 안내하며 설명해 줬습니다. 기계 구조 등을 질문하면 상세하게 알려 주었고요. 그래서 그 변전소에는 유냉식 변압기와 수냉식 변압기가 둘 다 있다는 것을 알았습니다.

대체로 변전소의 주요 부분은 변압기, 배전반, 냉각용 워터 펌프로 나뉩니다.

워터 펌프만 파괴할 생각이라면 망치 같은 것으로 펌프 모터 스위치를 부수고 수류탄을 던지면 되지만, 이것만으로는 그다지 효과가 없습니다. 물론 워터 펌프를 파괴하면 자연히 변압기 냉각수가 끊기고 기계가 과열되어 쓸 수 없게 되겠지만 여기까지 다소 시간이 걸립니다. 무엇보다 유냉식 변압기는 여전히 작동하니까요.

하지만 공격의 난이도를 말하자면, 펌프는 본관 건물 밖에 있고 감시도 없으니 손쉽게 접근할 수 있지만, 철저하게 하려면 우선 한 명이 감시하는 사람을 죽이고 건물 안에 들어가고 또 한 사람이 배전반에 화약을 설치한 뒤 도화선에 불을 붙이고 도주하는 방법이 제일입니다. 현장에서 예상치 못한 방해물이 생기면 펌프만 파괴해야겠지만요.

앞으로 변전소를 조사하러 갈 사람들에게 말씀드리는데, 전기학교에 다니는 사람을 찾아서 학생증을 빌려 들어가는 방법이 수월할 듯합니다. 이상입니다."

이 보고는 조리 있고 명해했기 때문에 이사오는 만족했다.

"좋아. 다음은 다카세가 일본은행 설계도 제작을 보고하도록."

"네." 하고 폐질환으로 쉰 목소리로, 그러나 어깨가 튼튼한 다카세가 붉게 열이 오른 듯한 눈으로 이사오를 날카롭게 바라보고는, 이 자리에 없는 이노우에를 대신해 말을 시작했다.

"사실은 여러 가지를 생각했는데 좋은 방안이 떠오르지 않아 야간 경비로 채용되는 수밖에 없다고 생각했습니다. 그러려면 까다로운 신체검사와 신원조사를 거쳐야 합니다. 저는 신체검사에 합격할 가능성이 없기 때문에 이노우에에게 부탁했습니다. 어쨌든 이노우에는 유도 2단이니까요.

목숨을 버릴 각오가 된 이노우에는 조금도 두려워하지 않고 실행했습니다. 학비 때문에 야간 경비 일을 하고 싶다고 말하고 대학교 학생회장에게서 추천서를 받았고, 유도 2단 자격증을 가지고 은행에 찾아가서 수월하게 채용됐습니다. 늘 사상적으로 무해한 책을 가져가서 공부하는 척을 한다기에 저도 한 번 방문했는데, 다른 경비들에게서도 존경을 받고 있더군요. 저녁식사로 기쓰네우동을 얻어 먹곤 한다고 말했는데, 결국은 이곳에 자기 손으로 불을 지를 거라고 생각하면 아무리 이노우에라도 조금 죄책감이 든다는 모양입니다."

젊은이들의 웃음소리가 어둠 속에 일었다.

"이노우에는 결행의 날까지 시치미떼고 경비 일을 하며 내부에서 조력하겠다고 했으니, 저는 호리 중위와 다른 동지들과 함께 문을 안에서 열어 줄 때 쓸 암호를 연구하려고 합니다. 설계도는 결행 이 주일 전까지 이노우에와 제가 책임지고 만들어서 호리 중위에게 확인받을 예정입니다. 이노우에도, 성급하게 내부를 조사해서 의심을 사기보다 열심히 일하면서 자연스럽고 천천히 배우는 길을 택하겠다고 했습니다. 그 녀석은 그렇게 말없고 무뚝뚝한데도 눈이 가늘어서 웃을 때 귀여운 편이라 인기가 있다고 합니다." 그렇게 말한 다카세가 손목시계를 봤다.

"아, 이제 슬슬 은행 업무가 끝나고 녀석이 근무할 시간입니다. 여기에 오지 못하는 것을 굉장히 안타까워했는데, 지금 그 녀석은 가장 중요한 일을 맡고 있습니다. 보고를 마칩니다."

이 보고가 길게 이어지는 동안, 이미 내용을 알고 있었던 이사오는 마음을 딴 데 둘 수 있었다.

그러자 곧바로 생각하고 싶지 않은 사람들, 아버지, 사와, 혼다, 구라하라 등의 이름이 눈앞을 거슬리게 날아다니는 나방 떼처럼 몰려든다. 이사오는 억지로 노를 붙잡고 자신에게 가장 바람직한, 가장 빛나는, 가장 도취를 불러오는 생각으로 마음의 뱃머리를 돌렸다. 일출의 절벽 위에서 떠오르는 해에

달리는 말

절하고…… 반짝이는 바다를 내려다보며 고상한 소나무 밑동에서 자결하는 일. 하지만 도쿄 시내에서 봉기한 후 그렇게 이상적인 해변까지 이동하기란 어렵다. 만약 변전소 공격이 효과를 거둔다면 어둠 속에서 교통이 두절될 것이고, 기차에서 뛰어내리기도 요원할 것이다. 무엇보다 암살 현장에서 무사히 빠져나와 멀리 도망치는 것이 가능할지 확신이 서지 않는다.

그래도 이사오는 어딘가에 자신이 기다리는 청정한 할복의 자리가 있으리라고 꿈꾸었다. 그것은 분명 신풍련의 여섯 동지가 할복했던 오미다케산 정상의 환영이다. 아침 바람에 흰 종이가 펄럭이고, 여명 속의 산 정상에서 가로진 구름을 바라보는 사소(死所)의 환영이다.

이사오는 지금 그 장소를 확실하게 정하고 싶지 않다. 정했다 해도 결행 후 그곳까지 가지 못한다면 보람이 없다. 굳이 정해 두지 않고, 끝까지 자신을 놓지 않은 어떤 신의 뜻에 따라 자연히 그곳으로 인도되어, 날이 밝아올 즈음 소나무 바람이 불고 웃통을 벗은 맨살에 매서운 겨울 아침의 바다 공기가 스며들고 떠오르는 해가 그의 피로 물든 주검과 적송 줄기를 환하게 비추어 줄 장소가 분명 어딘가에 있을 것이다.

만약 황성 앞까지 도망갈 수 있다면. ……그는 황송한 공상을 떠올렸다. 엷게 얼음이 낀 해자를 헤엄쳐 건너편에 있는 절벽에 올라, 절벽의 소나무 그늘에 몸을 숨기고 아침을 기다린다. 혹은 쓰키시마 바다에 떠 있는 배들 너머로 멀리 밝아오는 새벽을 바라보고, 눈앞의 마루노우치 빌딩가가 아침 해의 첫 광선에 드러나기 전, 칼에 쓰러질 수도 있는 것이다!

●

　— 혼다는 도쿄 출장에서 돌아온 후 왠지 모르게 사람이
변했다는 얘기가 돌고 있음을 스스로도 알았다.

　현실은 확고했던 외관을 잃었고, 그 현실에서 일어난 일을
종횡으로 재판하는 직무에 갑자기 보람이 없어졌다. 생각에
빠져 있을 때가 많아서 말을 거는 동료의 목소리도 못 듣고 대
답하지 않을 때가 자주 있었다. 이 소문을 들은 대법원장은
과로가 그의 비할 데 없는 명석한 두뇌를 해친 것은 아닌지 걱
정했다.

　판사실 책상 앞에 앉아 서류를 뒤적여도, 혼다의 마음은
자꾸 그날 야나강에서의 저녁 시간을, 선명하게 현실의 형태
를 띤 기요아키의 예전 꿈속 정경을 다시 떠올리고 전율했다.
또 떠오르는 것은 그다음 날 아침 기차를 타고 오사카로 돌아
가기 전에 이상한 충동에 휘말려 잠깐 아오야마에 있는 기요

아키의 묘를 찾은 일이다.

어머니는 아직 기차 출발까지 시간이 있는데 아침 일찍 황급히 집을 나서는 아들을 의아해했으나, 혼다는 차를 불러 아오야마로 가게 한 후, 묘지 중앙을 통과하는 언덕길을 올라 광활한 묘지 한가운데 있는 원형 교차로에 내렸다. 운전기사를 기다리게 하고 기억나는 대로 길을 따라 마쓰가에가의 묘지로 서둘렀다. 설령 길을 잊었더라도 마쓰가에가의 묘지는 멀리서도 눈에 띌 정도로 크다.

혼다는 차도를 조금 되돌아와서 아침 해를 등지고 묘 사이의 길을 걸어갔다. 돌아보니 늦가을의 아침 해가 야윈 소나무 너머에서 힘없이 빛나는 손을 내밀고 있었다. 뾰족한 비석과 어둑한 상록수 사이로 새어 나오는 그 빛은 새로 생긴 대리석 묘비의 광택을 가라앉게 하였다.

혼다는 길을 나아갔다. 이미 앞쪽에 우뚝 솟아 보이는 마쓰가에가의 묘지로 가려면 오른쪽으로 돌아서 낙엽과 솔이끼를 밟고 가야 한다. 근처의 작은 묘지 여럿을 마치 신하처럼 거느리고, 마쓰가에가의 흰 대리석 대(大)도리이가 높이 서 있다. 그것은 저택 안에 있는 '황족'의 신메이 도리이[115]를 본뜬 것이었다.

지금은 아무래도 이런 메이지 시대식의 '위대함'이 고상하지 않게 비춰지기도 한다. 도리이를 통과하자 중앙에 1척 반

---

115 神明鳥居. 도리이의 한 종류. 도리이는 형태, 색, 소재에 따라 여러 종류가 있는데 양쪽 기둥 위에 놓인 긴 가로대가 수평이냐, 위로 휘었느냐에 따라 크게 신메이 도리이와 묘진 도리이(明神鳥居)로 나뉜다.

정도는 될 듯한 거대한 화강암 비석이 눈에 들어오는데, 산조 공작이 비문을 쓰고 유명한 중국인이 새긴 것으로, 기요아키의 조부 생애를 상세하게 쓴 뒤,

'비석을 우러러보며,

온 세상이 경외하리라.'

하고 자화자찬하는 내용이었다.

그 아래 마쓰가에 각각의 묘지와 비문이 있는데 이 거대한 표창비에 압도되어 눈길이 가지 않는다. 여기서 오른쪽으로 계단을 올라가면 돌담이 둘러진 곳이 있고, 여기 기요아키와 조부의 묘가 나란히 있다. 여러 번 와서 익숙한 혼다는 표창비는 제대로 쳐다보지도 않고 바로 돌계단을 올라갔다.

나란히 있다곤 해도 조부와 기요아키가 동격으로 어깨를 나란히 하는 건 아니다. 조부의 거대한 묘는 중앙에 우뚝 솟아서, 니시노아[116] 모양의 석등 네 개가 참배 길을 엄숙하게 지키고 있다. 기요아키의 묘는 조부 구역의 대칭을 빤히 침범하며 그 오른쪽에 얌전히 자리하고 있는데, 워낙 거대한 조부의 비석에 비하면 작아 보이지만 그래도 높이가 주춧돌부터 6촌은 충분히 됐다. 다만 무덤 자체도 그렇고 물 공양 그릇도, 가문의 문양이 그려진 꽃병도 조부의 것과 재료며 모양이 완전히 똑같아서, 하나부터 열까지 그저 크기만 축소한 것으로 보였다. 이미 거무스름해진 대리석에는

'마쓰가에 기요아키의 묘'

---

116 西之屋. 갓이 사각형인 석등의 한 종류.

달리는 말

라는 글자만 멋들어진 예서체로 새겨져 있다. 꽃병에는 꽃이 아니라 윤기 나는 붓순나무 가지가 한 쌍이 꽂혀 있었다.

혼다는 합장하기 전에 잠시 그 앞에 멈춰 섰다.

그렇게까지 감정을 삶의 원천으로 삼았던 젊은이가 이렇게 일기(一基)의 석탑 아래를 안식처로 삼은 것만큼 어울리지 않는 일은 없었다. 혼다의 추억 속 기요아키는 확실히 죽음의 징조가 엿보이긴 했지만, 그 징조조차 투명하게 비치는 불꽃 같았고. 말하자면 그의 안에서는 죽음조차 윤택하게 부동(浮動)하고 있었다. 이렇게 차가운 돌의 그림자는 기요아키의 그 어디에서도 찾아볼 수 없었다.

혼다는 눈을 돌려 마쓰가에가 묘지 뒤편을 바라보았다. 겨울 나무 사이로 좀 전에 차에서 내렸던 원형 교차로가 아침 햇살에 뿌옇게 보였고, 어둑하게 가라앉은 상록수 사이로는 다른 집들의 비석이 등지고 있었으며, 그 양쪽으로 노란색과 보라색의 국화가 넘쳐나도록 바쳐져 있었다.

묘한 반항심이 일어서 합장하기보다 기요아키를 난폭하게 불러내 어깨를 흔들고 싶어진 혼다는, 한쪽에 질서 정연하게 서 있는 돌담으로 불만스럽게 눈을 돌렸다. 그리고 그 난간에서 아주 작은 붉은색 담쟁이덩굴 잎을 발견했다. 가까이 가서 보니 은밀하게 담의 돌기둥을 타고 반짝이는 표면에서 미끄러지지 않도록 단단히 붙어서 간신히 난간 높이까지 올라와 기요아키의 비석으로 손을 뻗으려 하는 담쟁이덩굴은, 작은 건과자 같은 붉은 잎에 노란 잎맥이 세세하게 그려져 있고, 펼쳐진 끄트머리는 붉은색으로 물들어 있었다.

이것을 보았을 때 비로소 혼다는 마음이 진정되어 다시 기요아키의 묘 앞으로 갔다. 고개를 깊이 숙인다. 합장한다. 눈을 감는다. 방해하는 소리는 어디서도 들리지 않는다.

그 순간, 의심의 여지 없는 직관이 덮쳐 혼다는 전율했다. 직관은 이 무덤 안에 아무도 없다고 말하고 있었다.

26

●

이사오는 아직 호리 중위에게 계획 개요도, 비행기에서 산 포할 선언문 초안도 보여 주지 못했다. 호리 중위가 가을 훈련 으로 바빠서 면회 신청을 해도 수락되지 않았기 때문이다. 결행의 날까지 한 달 조금 더 남았다. 11월이 되면 중위는 여가 시간을 모두 계획을 지도해 주는 데 쓸 예정이었다.

집에 돌아온 이사오를 어머니와 사와, 원생들은 여느 때처럼 따뜻하게 맞아 주었다. 단둘이 이야기할 기회가 없었기 때문이기도 하겠지만, 사와는 직전까지 그렇게 긴박하게 논의했던 문제를 조금도 입 밖에 내지 않았다. 그래서 이사오도 돈에 대해 감사 인사를 할 기회를 놓쳤다.

그날 밤 아버지는 무슨 모임이 있다며 나갔고, 원생들이 훈련 이야기를 듣고 싶어해서 이사오는 학원 식당에서 그들과 함께 저녁을 먹기로 했다. 어머니가 원생들을 위해 평소와 다른 특별한 식단을 준비했다.

"남자끼리 얘기하는 편이 더 재미있겠지? 너도 도와서 이 접시만 좀 가지고 가렴."

사내아이는 부엌에 들어가지 못하게 하는 가풍이었기 때문에 이사오는 어머니가 주는 오색찬란한 큰 도자기 접시를 복도에서 건네받았다. 도미, 줄무늬전갱이, 잿방어, 광어, 방어, 학꽁치 등 서생의 식탁에서는 좀처럼 볼 수 없는 생선회가 탐스럽게 담겨져 있다. 그는 영문을 알 수 없는 어머니의 대접을 의심했다. 그리고 미네 역시 어두운 복도에서 내키지 않은 듯 큰 접시를 건네받는 아들의, 고집스럽게 틀어박힌 아름다운 얼음 같은 얼굴을 보고 충격을 받았다.

"왜 이렇게 호화롭게 챙기신 거예요."

"네가 돌아온 걸 축하하는 마음이지."

"그냥 일 주일 동안 근처에 다녀온 것뿐이잖아요. 외지에 갔다면 또 몰라도."

이사오는 구라하라의 이름과 그 돈을 떠올리지 않을 수 없었다. 자기 집에서 끊임없이 그 이름에 위협받는 것만큼 불쾌한 예도 없었다. 세이켄 학원의 공기 속에도, 물속에도, 입에 들어가는 음식 속에도 독소처럼 그 이름이 고여 있었다.

"모처럼 특별식을 준비했는데 기뻐하지 않고."

불만을 말하는 어머니의 눈을 이사오는 쏘아보았다. 어머니의 눈동자는 끊임없이 흔들리고 수준기 속의 기포처럼 불안정하다. 그리고 이사오의 직시에 곧 눈빛이 공허해지더니 미끄러지듯이 시선을 돌리는 것이었다.

호화로운 식사는 그저 어머니의 변덕인지도 모른다. 그러나 이사오는 이런 기분이 일종의 불안에서 온다는 것을 알면서도, 지금은 집안에서 좋은 일이든 나쁜 일이든 어떤 이례가 일어나는 것이 달갑지 않았다. 아주 작은 변화도 무거운 짐이 된다.

"가이도 선생님께 혼났다면서. 아버지한테서 들었어."

어머니는 농담하듯이 가볍게 말했다. 그럴 때 투명한 학꽁치 회 위로 어머니의 침이 튀는 것 같아서 이사오는 불결함을 느꼈다. 어머니의 침이 신선한 생선회와 그에 곁들인 녹색 김 위로 소나기처럼 쏟아지는 부정한 상상으로 다른 부정을 씻어 내려 한 것이다.

"별로 대수로운 일은 아니었어요."

웃지도 않고 말하는 이사오의 대답은 물론 어머니가 바라던 것이 아니다.

"왜 그러니, 남 말 하듯이 대답하고. 엄마가 이렇게 여러모로 마음 쓰고 있는데."

어머니가 갑자기 접시에서 생선회 한 조각을 집어 이사오의 입에 밀어 넣었는데, 양손으로 큰 접시를 들고 있던 이사오는 피할 겨를이 없었다. 엉겁결에 입을 벌린 것은 순간적으로 움직인 그 손가락의 찌를 듯한 힘에 반응해서였을 것이다. 억지로 입에 넣어서 눈앞이 흐려졌는데, 어머니가 눈물을 감추듯이 황급히 등을 돌리고 부엌에 들어가는 모습을 본 이사오는 전쟁에 나가는 자식을 대하기라도 하는 듯한 그 행동이 마음에 들지 않았다. 어머니의 슬픔이 이물질처럼 입속에 남아서, 생선회가 이에 달라붙는 것이 짜증스럽다.

어째서일까. 모든 것이 상궤를 이탈했다. 그렇다고 어머니가 단순한 직감으로 이사오의 눈에서 죽음의 결의를 읽어 냈다고는 믿기 힘들었다.

생선회 접시를 들고 식당으로 가니 원생들이 환성을 지르며 이사오를 맞았는데, 이사오는 평소처럼 테이블 주위에 둘러 앉은 똑같은 얼굴들이 갑자기 낯설게 느껴졌다. 나 한 사람은 행동을 결심했다. 하지만 다른 무리는 여전히 노래나 지으며 지극한 헌신, 뜻, 유신, 열정 같은 말만 되뇌고 있다. 그중 한 사람, 선승처럼 공연히 생글거리고 있는 사와의 얼굴이 끼어 있다. 지금까지 사와가 결행에 나서지 않은 것을 보면 그때 그를 훈련에 참가시키지 않은 것은 분명 현명한 조치라고밖에 할 수 없었다.

이사오는 가면을 쓰고 사람을 대하는 태도를 좀 더 연습해야겠다고 절감했다. 자신은 이제 평범하지 않은 사람이 되었다. 겉으로 드러나지 않더라도 방심하면 사람들이 바로 알아챌 것이다. 이사오의 안에서 이미 연기를 피우기 시작한 도화선의 냄새를 맡을 것이다.

"가이도 선생님은 가장 주목하고 가장 사랑하시는 학생을 가장 엄하게 꾸짖는다고 하더군요. 이사오 군에게도 그러셨다지요?" 하고 한 원생이 말해서 그날의 작은 사건에 대한 소문이 얼마나 퍼졌는지 알았다.

"그 꿩은 어떻게 했어요?"

"그날 밤 다 같이 먹었습니다."

"맛있었겠네요. 그나저나 이사오 군이 그렇게 사격에 능한 줄은 몰랐는데."

"아뇨, 그건 제가 쏜 것이 아니라," 하고 이사오는 가볍게 대답했다. "가이도 선생님 말씀에 따르면 제 안의 아라미타마가 쏘았기에 명중할 수 있었어요."

"이사오 군에게 니기미타마를 안겨 줄 미인이 곧 나타나려나요."

다들 잘 먹고 잘 떠들었다. 사와 혼자만 시종일관 미소를 머금고 한마디도 하지 않았다. 이사오는 담소를 나누면서도 어쩔 수 없이 그쪽으로 눈이 가는 것을 막지 못했다.

갑자기 사와가 소란스러운 말소리를 뚫고 말했다.

"오늘 이사오 군이 훈련을 마치고 한층 씩씩해졌음을 축하하며 시 한 수 읊고 싶습니다."

조용해진 식당에 사와의 목소리가 은은하게 울려 퍼졌다. 그 목소리는 조금 높고, 폐를 매달아 올린 듯한 열광을 품었으며, 폭풍을 예감한 말의 울음소리처럼 들렸다.

"서양의 악을 제거하고 나라의 은혜에 보답하라.

반역자의 말은 단호하게 듣지 않으리.

천년만년 위대한 대의를 계승하자.

죽음을 두려워 말고."

이사오는 그것이 미노우리 이노키치의 시임을 곧바로 알았는데, 사카이 사건[117] 당시 젊은 소대 사령관의 이 절명사(絕

---

117 堺事件. 1868년 현재의 오사카 이즈미시에 해당하는 이즈미국 사카이

命辭)는 어떤 의미에서 봐도 축하의 시는 아니었다.

일동이 박수를 치자 사와는 곧바로 "그럼 한 수 더. 이 시는 가이도 선생님을 기쁘게 해 드리기 위함입니다." 하고 서두를 열고, 도모바야시 미쓰히라의 시를 읊었다.

"이곳 신의 청결한 땅의 사람들.

잘못해서 부처의 노예가 되어 모두 똑같은 티끌임을 설교하네.

이제 부처를 버리고 부처를 원망하는 마음도 쉬게 하라.

이곳 신의 청결한 땅의 사람들."

'잘못해서 부처의 노예가 되어.'라는 구절에서 모두 가이도 선생의 얼굴을 떠올리고 웃었고 '부처를 원망하는 마음도 쉬게 하라.' 구절에서는 더더욱 웃었다.

이사오는 함께 웃으면서도 사와가 처음으로 읊은 시의, 너무나도 씩씩한 시구의 그늘에서 분사(憤死)하는 젊은이의 감정을 속으로 반추했다. 사와는 그렇게까지 스스로 죽음을 맹세했으면서 아직 살아 있는 것에 조금도 부끄러워하지 않고, 오히려 갈수록 더 이사오의 마음속으로 1868년에 분사한 청년의 감정을 주입하려고 하고 있다.

그때 이사오에게 통절한 수치심이 덮쳤다. 사와가 느껴야 할 부끄러움 대신 자신에게 수치의 화살 끝이 향한 것이다.

그것은 분명 사와가, 아니, 오직 사와만이, 죽음을 결심한

항구에서 일어난 사건으로 사카이 항구로 상륙하려는 프랑스 해군을 도사번 무사들이 살해하고 그 대가로 할복했다.

달리는 말

젊은이가 달콤한 죽음의 꿀에 몸을 담근 쾌락과 매의 자부심
을 양쪽 다 알아보았다는 확신에서 나온 수치심이었다.

사와는 말하자면 돈으로 이 수치심을 산 것이다.

27

11월 7일 호리 중위에게서 급히 이사오 혼자 하숙집으로 오라는 연락이 왔다. 이사오가 도착하니 중위는 군복도 갈아입지 않고 앉아 있었다. 평소와 분위기가 다르다. 방에 들어서자마자 이사오는 불길한 예감이 들었다.

"같이 식사하면 어때? 아래층에도 그렇게 말해 두었어." 호리 중위가 일어서서 등불을 켜며 말했다.

"식사보다 이야기를 먼저 듣겠습니다."

"그렇게 서두르지 마."

장식 하나 없이 간소한 다다미 여덟 장짜리 방은 불을 켜니 그대로 밝은 빈 상자처럼 붕 떠 보였다. 상당히 추웠는데 화로에는 불기운이 없었다. 닫힌 장지문 밖으로 복도를 일부러 힘주어 걷는 듯한 발소리가 들리고, 다시 돌아와서는 계단 위에서 "할아범, 밥 좀 빨리 부탁해!" 하고 소리치더니, 발소리는 장지문 앞을 다시 지나 멀어졌다.

"저 중위는 건너편 끝 방이야. 이야기가 들리진 않을 테니 걱정 마. 옆방 사람은 오늘 주번이고."

이 말이 이사오에게는 왠지 둘러대는 것처럼 들렸다. 이사오는 이야기를 하러 온 것이 아니라 들으러 온 것이다.

호리 중위는 담배에 불을 붙였다. 입술에 붙은 담배 찌꺼기를 커다란 손톱으로 떼어 내더니 마지막 개비를 꺼내고 비어 버린 황금박쥐 담뱃갑을 쥐어서 구겼다. 중위의 주먹 안에서 초록 바탕에 그려진 금색 박쥐의 날개가 무참히 구겨지는 것이 손가락 사이로 힐끗 보였다. 언젠가 호리 중위가 말한 85엔의 월급이, 하숙살이의 적적함이, 구겨진 종이 소리에서 한기와 함께 올라왔다.

"무슨 일 있었나요?" 이사오가 먼저 물어도 "응." 하는 대답이 돌아올 뿐이었다.

결국 이사오는 가장 입에 담고 싶지 않았던 예측을 말했다.

"알겠습니다. 들킨 거죠."

"아냐. 그건 아니야. 그 점은 안심해도 돼. 실은 내가 급하게 만주로 발령이 났어. 3연대에서 나만 가는 걸로 사령부 통보가 왔거든. 극비 사항인데, 네게만 말하자면 만주 독립수비대로 가."

"언제요?"

"11월 15일."

"……이제 일 주일밖에 남지 않았군요."

"그래."

이사오는 눈앞 장지문의 당지가 자신을 향해 쓰러질 듯이 느껴졌다.

여기까지 와서 호리 중위의 지휘를 잃었다. 중위에게 전적으로 기대는 건 아니지만 군인의 전문적 지휘가 일본은행 방화에 얼마나 큰 도움이 될지는 가늠도 할 수 없다. 그뿐 아니라 직전의 한 달 동안 상세한 전술과 순서 등에 대해 하나하나 중위의 조언을 구하려 했었다. 이사오에게는 정신은 있지만 기술은 없다.

"출발을 연기할 수는 없습니까?" 이사오는 미련을 숨기지 못하고 물었다.

"명령이야. 이것만은 바꿀 수 없어."

호리 중위의 이 말을 마지막으로 두 사람 사이에는 긴 침묵이 흘렀다. 이사오는 마음속으로 중위의 바람직한 모습을 이리저리 탐색했다. 희망하는 바를 따르자면 상식에서 벗어나 모든 면에서 바람직하게 호리 중위가 바뀌어 가는 것 같았다. 그 모습은 봉기 직전 가야 하루카타가 내린 영웅적 결단이기도 하다. 호리 중위가 갑자기 관직을 내던지고 일개 지방민이 되어 몸을 바치며 소년들의 봉기를 지휘하는 환영이다. 그 여름날 오후, 매미 울음소리에 둘러싸인 도장에서 검도 대련을 했을 때는 호리 중위의 눈에 그만한 기백이 흘러넘친다고 느꼈다.

아니면 중위는 이미 마음속으로 결단을 내렸고, 충분히 이사오를 당혹하게 만든 다음 뜻을 밝힐 생각인 걸까?

"그럼, 중위 님은 참가하지 않는 겁니까?"

"아니……." 하고 중위가 바로 부인해서 이사오는 눈을 반짝였다.

"그럼, 참가하는 겁니까?"

"아니, 군대에서 명령은 명령이야. 결행일을 11월 15일 전으로 조정한다면 기꺼이 참가하지."

이 말을 들은 순간 이사오는 무슨 당치 않은 소리인가 싶었지만, 곧이어 중위에게 참가할 의지가 없다는 걸 알았다. 일주일 만에 봉기가 가능할 리 없음은 중위도 잘 알고 있으므로 그렇게 말했을 뿐이다. 이사오는 중위가 참가하지 않는 사실보다 이런 식으로 돌려 말한 중위에게 훨씬 낙담했다.

중위가 군복 차림으로 기다린 것도 추측해 보면 당연한 이유가 있었다. 이만한 선언을 내리기에는 범접하기 힘든 위엄이 필요하기 때문이다. 조잡한 상 맞은편의 호리 중위는 편하게 앉지도 않고 군복을 입은 가슴을 펴고 실로 믿음직스럽게 보이는 넓은 어깨에서 휘장을 빛내며, '3'이라는 황동 숫자가 붙은 붉은 보병 휘장 위에 강건한 턱을 세우고 있었다. 힘을 빌려주지 않겠다고 선언하기 위해 평소보다 더욱 힘을 과시하고 있는 것이다.

"그건 어렵습니다." 이사오는 대답했지만, 그 대답은 패배를 뜻하는 게 아니라, 왠지 그렇게 대답함으로써 자신이 더 넓고 자유로운 장소로 내보내진 느낌이 들었다.

중위는 이사오의 이런 순간의 변화를 알아채지 못한 듯, 기세가 꺾였다고 보고 한층 고압적으로 나왔다.

"어렵다고 생각한다면 중지해. 알겠나? 나는 계획 전체가 허술한 점, 참가 인원이 너무 적은 점, 따라서 계엄령 선포 등의 효과는 어림도 없는 점, 시기상조라는 점…… 처음부터 약간 의문이 들었던 점들이 점점 굳어지는 느낌이야. 지금은 천운도 시대운도 우리 편이 아니야. 네 뜻은 훌륭하고 그래서 나도 힘을 빌려 줬지만, 지금 결행하는 건 단연코 불리해. 알겠지, 때를 기다려. 지금 내가 갑자기 발령이 난 것도 중지하라는 하늘의 목소리일지 몰라. 만주에 오래 있지는 않을 거야. 내가 돌아올 때까지 기다려. 그때는 기꺼이 참가할 테니, 그동안 작전 계획을 충분히 재검토하고 연구해 두라고. ……만주에 가도 나는 젊은 너희와 즐겁게 교제한 일을 떠올릴 거야. ……어때, 여기서 내 충고를 받아들이고 확실하게 중지하겠다고 말하지 않겠나? 가던 길을 버리고 결단을 내리는 것이야말로 진짜 남자라고 생각하지 않아?"

이사오는 침묵했다. 하지만 중위의 말에 조금도 놀라지 않는 자신에게 놀랐다. 자신의 침묵이 길어지면 길어질수록 중위를 불안에 빠뜨린다는 점도 알고 있었다.

한 가지 현실이 무너진 뒤에도 곧바로 다른 현실이 결정(結晶)을 맺기 시작하고 새로운 질서가 생긴다는 관념에 어느새 스스로 익숙해져 있음을 깨달았다. 그 새로운 결정에서 중위는 이미 튕겨져 나갔다. 그리고 그 고압적인 군복 차림은 출구도 입구도 없는 투명한 결정체 주위를 서성댔다. 이사오는 보다 고도의 순수에, 보다 확실성이 높은 비극에 다다른 것이다.

중위는 이 젊은이가 당황해서 자기 무릎에 매달려 눈물 흘리며 애원하는 모습을 상상했는지도 모른다. 그러나 이사오는 교복 차림으로 단정하게 앉아 있을 뿐, 오히려 차갑고 차분한 얼굴로 아무 말도 하지 않았다. 이어서 한 말은 이사오 자신의 성실함과 매우 거리가 멀어서 중위가 자신을 놀린다고 느낄 위험이 있을 정도였다.

"그러면 시가 중위라도 만나게 해 주시겠어요? 선언문 산포만이라도 부탁하고 싶습니다."

이사오는 그렇게 말하며 가방 안에 넣어 온 선언문 초안을 절대로 호리 중위에게 보여 주지 않겠다고 생각했으나, 여전히 이사오의 변화를 알아채지 못한 중위는 정직하게 반응했다.

"안 돼. 그건 안 돼. 내가 중지하라고 한 말에 너는 아직 대답도 하지 않았어. 나도 좋아서 그렇게 말한 게 아니야. 아무리 봐도 상황이 불리하니 눈물을 머금고 충고한 거라고. 깊이 생각하고 한 말이니, 내가 중지하라고 한 이상 군의 조력은 일절 없다고 생각하길 바라. 내가 중지하라는 결정을 내린 데는 시가 중위의 의견도 들어 있어. 그 정도는 알겠지…… 물론 그래도 너희끼리 하고 싶다면 그건 너희 자유야. 하지만 나는 상담 요청을 받은 사람으로서 진심으로 말릴게. 젊은 생명을 헛되게 지게 하는 일은 나로서도 보고 있을 수만은 없어. 알겠나, 중지해." 호리 중위는 호령을 내리듯이 큰 소리로, 이사오의 이마를 향해 "중지해."란 말을 했다.

이사오는 여기서 중위를 속이고 중지를 맹세할까 생각했다. 그렇다. 만약 모호하게 대답하고 돌아가면 중위는 걱정해서 만주로 가는 날까지 일 주일 동안 방해 공작에 나설지도 모른다. 하지만 그런 거짓 맹세는 순수성에 어긋나지 않는가.

중위가 이어서 한 말이 이사오의 기분을 갑자기 전환했다.

"알겠나. 어떤 종잇조각에도 나와 시가의 이름이 남아 있으면 안 돼. 중지하라는 권유를 거절할 생각이라면 더더욱 그래. 빨리 우리 이름을 지우도록 해."

"네. 그렇게 하겠습니다." 이사오는 막힘없이 대답했다. "말씀은 잘 알겠습니다. 이름은 책임 하에 모두 지우겠습니다. 그리고 중지라고만 하면 사람들을 설득할 수 없으니 무기한 연기로 하겠습니다. 사실상 중지입니다."

"그래. 이해해 주었군."

중위의 표정이 곧바로 풀어졌다.

"그렇습니다."

"그러면 됐어. 신풍련을 되풀이해서는 안 돼. 유신은 무슨 일이 있어도 꼭 성공시켜야 돼. 언젠가 또, 싸울 기회가 반드시 올 거야. 어때, 한잔하겠나?"

중위가 찬장에서 위스키 병을 꺼내 권했지만 이사오는 이만 돌아가겠다고 잘라 말했다. 토라진 인상을 주고 싶지 않았기 때문에 되도록 명랑하게 자리에서 일어섰다.

'기타자키'라는 문패가 달린 격자문을 나섰다. 처음 여기 왔던 오후처럼 세차게 내리지는 않았지만 겨울비가 밤길에 빛나고 있었다. 비옷이 없지만 잠시 혼자 걸으며 생각을 정리하고 싶어서 류도 마을 쪽으로 걸어갔다. 왼편에 3연대의 붉은 벽돌담이 높게 서 있고, 어슴푸레한 가로등 아래 빗물에 젖은 벽돌 표면이 우아하게 보인다. 지나가는 사람은 없다. 방금까지 머릿속이 긴장하고 정리된 상태였는데 이때 갑자기 눈이

달리는 말

그 머리를 배반하여 눈물이 나왔다.

이사오는 검도부 활동에 열심이었던 시절, 가끔 도장을 방문했던 유명한 검도가 후쿠치 8단과 대련했던 때를 떠올렸다. 물 같은 자세에 압도되어 무턱대고 공격했다가 빗나가서 엉겁결에 뒤로 물러난 순간, 면금 안쪽에서 조용하고 쉰 목소리가 이렇게 말했다.

"물러나면 안 돼. 그 자리에서 할 일이 있지 않나."

28

|

•

새로 빌린 요쓰야 사몬의 은신처에서는 동지들이 모여 이 사오가 돌아오기를 기다렸다. 중위가 이사오 혼자만 불렀으니 그만큼 중대한 지시가 있을 것이라고 짐작했기 때문이다.

은신처는 신풍련과 연관되는 은어인 '가미카제(神風)'로 칭 했다. 즉 가미카제에서 모인다고 하면, 사몬 시영전철 정류소 에서 2정 정도 들어가면 나오는, 방 네 개짜리 2층 건물에 모 인다는 뜻이었다.

상대가 학생들인데도 흔쾌히 집을 빌려준 이유를 나중에 알 았는데, 지난여름 목매달고 죽은 사람이 있어 그 뒤로 임대가 되 지 않았다고 한다. 남쪽은 2층까지 사사라코시타미바리[118]로 처

---

118 簓子下見張り. 건축 외장 양식으로 나무판자를 조금 겹치게 가로로 나
열하고 가늘고 긴 나무를 세로로 놓아 고정한다.

달리는 말

리해 작은 창문만 두 개 있고, 툇마루가 동쪽으로 나 있는 점도 특이했다. 이전 세입자가 이사 갈 때 노파가 떠나고 싶지 않다며 계단 난간에서 밧줄로 목을 맸다고 한다. 사가라가 이 이야기를 근처 빵집에서 자세하게 듣고 와서 모두에게 이야기해 주었다. 빵집 주인이 양귀비씨가 박힌 단팥빵을 종이봉투 가득 담아 양끝을 잡고 능숙하게 한 번 돌린 뒤 사가라에게 건네주면서, 그동안 그만큼의 이야기를 한 것이다.

이사오가 현관 격자문을 열고 들어오자 2층에 모여 있던 일동이 소리를 듣고 옷자락을 서로 스치며 계단의 어둑한 등불 밑에 모여들었다.

"어땠어?" 하고 이즈쓰가 멋대로 기대하며 기쁨에 찬 목소리로 물었다. 이사오가 아무 말 없이 그 옆을 지나가자 나쁜 소식이 전기처럼 모두에게 전해졌다.

─2층 복도 끝에 있는 자물쇠 달린 찬장은 무기고로 쓰였다. 이사오는 여기 올 때마다 반드시 사가라에게 열쇠로 문을 열게 하고 안에 있는 검의 개수를 확인하는 것이 습관이었는데, 오늘은 그것도 잊고 바로 손님방으로 들어갔다. 비에 젖은 어깨의 오한이 자리에 앉자마자 온몸으로 퍼졌다. 오래된 신문지 위에 좀 전까지 까 먹고 있던 땅콩 껍질이 흩어져 있다. 예민하게 긴장한 그 견과는 등불 아래 광택 없이 새하얗게 등불 아래 가라앉아 있었다.

이사오는 책상다리를 하고 앉아 모두가 모이는 동안 무료하게 땅콩 한 개를 집어 손끝으로 부쉈다. 껍질이 찌부러져 두 개로 갈라졌고, 알은 껍질에 든 채로 손가락이 움직이는 힘을 따라 부스럭거렸다.

"호리 중위가 만주로 발령을 받았어. 이제 우리를 도와 주지 못할뿐더러, 결행을 중지하라고 강제하기까지 했어. 비행기 쪽의 시가 중위도 마찬가지야. 이렇게 군대와는 연이 끊겼어. 앞으로 우리가 어떻게 해야 할지 생각해 보자."

이사오는 여기까지 단숨에 말했다. 가득 찼던 물이 갑자기 빠져나가는 듯한 일동의 얼굴을, 이사오는 시선에 탄력을 주고 억지로라도 둘러봐야 한다고 느꼈다. 바로 지금 '순수'가 벌거벗었다. 그것을 체현할 사람은 이사오밖에 없었다.

이즈쓰는 그 경솔함의 미덕을 보였다. 마치 좋은 소식을 들어 용기가 생기기라도 한 것처럼 얼굴에 홍조를 반짝였다.

"계획을 재검토하면 돼. 나는 결행일을 바꿀 필요는 없다고 생각해. 문제는 정신이야. 기백이야. 군인들도 어차피 자기 출세만 생각하는 거야."

이 말에 대한 반응에 이사오는 귀를 기울였으나 아무 소리도 들리지 않았다. 작은 동물이 각자의 작은 덤불 밑에서 한숨을 쉬는 듯한 침묵이 이사오를 조금 잔인하게 만들었다 해도 이상할 것 없다. 그는 지금이야말로 부조리한 힘을 행사할 때라고 생각한 것이다.

"이즈쓰가 말한 대로야. 날짜는 바꾸지 않는다. 어차피 지휘자 문제만 빼면 비행기에서 선언문 뿌리는 것과 경기관총 몇 자루 구하는 것이 불가능해졌을 뿐이니까. 선언문은 일단 인쇄하고, 산포 방법만 다시 생각하면 돼. 등사기는 이미 샀지?"

"내일 삽니다." 사가라가 말했다.

"좋아. 우리에겐 검이 있어. 쇼와의 신풍련도 결국에 의지한 건 검이었으니 수미일관이야. 공격 범위를 줄이고 공격 정신은 강화하자. 일단 맹세했으니 다들 따라와 주리라고 믿어."

이 말에는 역시 찬성을 표하는 목소리가 높았지만 그 불길이 이사오가 생각하는 만큼 높이 솟지는 않았다. 1척은 되어야 할 불길의 높이가 실제로는 그보다 2, 3촌 낮아서, 그 미묘한 차이가 차가운 눈금처럼 분명하게 마음에 비쳤다. 세리카와 혼자 눈에 띄게 흥분한 기색을 보이더니 땅콩 껍질을 발로 차며 다가와 "하자! 하자!" 하고 외쳤다. 이사오의 손을 꽉 잡고 흔들며, 늘 그러듯 눈물을 글썽였다. 이사오는 이 젊은이의 시끄러운 정서가 성냥을 강매하는 소녀 같다고 느꼈다. 지금 바라는 건 이런 것이 아니었다.

─그날 밤 늦게까지 다 함께 계획 축소를 논의하면서 일본은행 공격을 포기하자는 쪽과 포기하면 안 된다는 쪽으로 나뉘었으나 결론이 나오지 않아 다음 날 밤 다시 모이기로 하고 해산했다.

이윽고 하나 둘 돌아가려는데 세야마, 쓰지무라, 우이 세 사람이 이사오와 할 이야기가 있다고 말했다. 사가라와 이즈쓰도 같이 남으려고 했지만 이사오가 돌려 보냈다. 숙직 당번인 요네다와 사카키바라도 일단 밖으로 내보냈다.

네 사람은 다시 온기 없는 실내로 돌아왔다. 이사오는 세 사람이 무슨 이야기를 하려는지 듣기도 전에 알았다.

제1고등학교의 학생 세야마가 두 사람을 기다리지 않고 먼저 입을 열었다. 여드름 흔적이 양볼에 벌판처럼 나 있는 얼굴을 숙이고, 불이 꺼진 화로에 남은 굳은 재를 부젓가락으로 부수면서 추워하는 목소리로 말했다.

"내가 우정을 생각해서 하는 말이라는 걸 믿어 줬으면 하는데, 지금은 일단 결행을 연기해야 한다고 생각해. 다들 있는 앞에서 말하지 않은 건, 결행을 전제로 논의하고 있는데 찬물을 끼얹으면 오해를 살 것 같아서였어. 물론 우리는 신 앞에 맹세를 했지. 하지만 그건 상황이 크게 변하지 않는 것을 전제로 한 맹세였으니, 계약과 같은 정신이라고 생각해도 되지 않을까?"

"맹세와 계약은 달라!"

옆에서 쓰지무라가 분개하며 끼어들었는데, 그 말은 오히려 이사오가 할 법한 말을 앞질러서 해 버린 느낌을 풍겼고, 이사오를 대변하는 듯하면서 사실은 세야마에 대한 미묘한 아첨이 배어 있었다. 이어서 말을 받은 세야마도 이사오를 짜증스럽게 했다.

"아, 물론 다르지. 혼동하면 안 돼. 말실수였으니 철회할게. 하지만 계엄령이 내려질 정도로 큰일을 벌이려 한다면 군의 협력이 필수야. 비행기에서 선언문을 뿌리는 정도가 아니라, 처음에 네가 말했듯이 국회에 폭탄을 떨어뜨리는 일 정도는 되어야 해. 전문가의 지휘가 있고 없고의 차이는 현장의 일사분란함에서 결정적으로 드러나. 그게 없는데도 검과 일본 정신만으로 싸우면 폭거 아니겠어? 지나친 정신주의는 경계해야 한다고 생각해."

"폭거지, 맞아. 당연해. 신풍련도 폭거였어." 이사오는 처음으로 낮게 말했다. 그 목소리가 너무도 차분해서, 게다가 이미 설득을 포기했음이 분명했기 때문에 세 사람은 서로를 힐끗 마주 보고 입을 다물어 버렸다.

이사오의 마음속에 침울한 폭포가 떨어졌다. 자존심이 서서히 잘게 썰리고 있었다. 지금 그가 소중히 하는 것은 자존심이 아니었기 때문에, 버려져 있던 자존심이 그만큼 숨길 수 없는 아픔으로 돌아왔다. 그 아픔 저편에는 구름 사이로 보이는 맑은 저녁 하늘과 같은 '순수'가 떠 있었다. 그는 염원하듯이, 암살되어야 할 나라의 약탈자들의 얼굴을 꿈꿨다. 그가 고립되면 고립될수록 지방이 두툼한 놈들의 현실성은 강해졌다. 그 악의 냄새도 점점 심해졌다. 불안하고 불확정한 세계로 던져진 그들은 마치 밤바다의 해파리 같았다. 그것이야말로 놈들의 죄였다. 그들의 세계를 이렇게까지 모호하고 믿기 힘든 것으로 만들어 버린 것. 이쪽 세계의 불신의 근원은 전부 반대편의 그로테스크한 현실성에 있었다. 놈들을 죽였을 때, 놈들의 고혈압과 피하지방을 청정한 칼이 확실하게 찔렀을 때, 그때 비로소 세계를 바로잡게 될 것이다. 그때까지는…….

"그만두고 싶으면 말리지 않겠어."

그 말은 이사오 자신이 막을 새도 없이 입에서 흘러나왔다.

"아니……." 하고 침을 삼킨 세야마가 서둘러 말했다. "……아니, 만약 우리 제안이 받아들여지지 않으면, 그만둘 수밖에 없다는 생각으로 한 말이었어."

"네 제안은 받아들일 수 없어."

이사오는 그렇게 말하는 자신의 목소리가 아주 멀리서 들려오는 것 같다고 느꼈다.

─ 그들은 매일 회의를 했다.

첫날에는 처음 세 명 외에 탈락자가 없었다. 그다음 날에는 두 파가 격렬하게 언쟁했고 소수파의 네 명이 그만뒀다. 또 그다음 날에는 두 명이 그만뒀다. 이렇게 동지들은 이사오를 포함해 열한 명이 되었고, 결행일은 약 삼 주 뒤로 다가왔다.

호리 중위에게서 버림받은 11월 7일 이후로 여섯 번째 회의가 열린 11월 12일에 이사오는 삼십 분 정도 지각했다. 2층으로 올라가니 열 명은 이미 모여 있었다. 그리고 초대받지 않은 손님이 한 명 앉아 있었다. 그 남자만 다른 사람들에게서 조금 떨어져 구석에 있었기 때문에 이사오는 바로 알아보지 못했다.

사와였다.

사와는 이사오가 놀라고 화내리라고 계산하고 왔음이 분명하니 어린아이처럼 놀라면 안 되었다. 이사오는 순간 사와까지 이 은신처를 안 이상 이제 끝이라고 생각했다. 열 명 중 한 사람이 이사오에게 비밀로 하고 사와에게 도움을 청했다면, 열 명 중 어느 한 사람도 믿을 수 없기 때문이다. 하지만 그것은 병적인 발상이라고 곧 생각을 고쳤다. 탈락자가 양심의 가책을 달래려 사와에게 도움을 청하며 자신을 대신해 달라고 했을 가능성이 훨씬 높다.

"다들 배고플 것 같아서 오사카 초밥을 가지고 왔어."

낡은 양복을 갑갑하게 챙겨 입고, 그렇게까지 속옷에 결벽이 심했던 남자가 땀자국이 난 하얀 셔츠 옷깃에 누추한 넥타이를 매고 이 집에 딱 한 장 있는 방석에 책상다리를 하고 앉아 있는 모습은 마치 목탁 같았다.

"고마워요."

이사오는 되도록 침착하게 인사했다.

"여기 내가 와도 괜찮겠지? 나는 이른바 후원자이니…….
자, 어서들 먹으라고. 다들 고집이 세서 네가 오기 전까지 젓가락을 들지 않겠다고 고집을 부리네. 좋은 동지들이야. 이런 때 흔들리지 않는 동지를 가진 것이야말로 남자의 복이지."

이사오는 할 수 없이 호방함을 가장하고 "그럼, 사양 않고 먹겠습니다." 하고 말한 뒤 먼저 나서서 초밥을 집었다.

초밥을 먹으며 사와를 어떻게 다루어야 좋을지 생각했지만 저작 활동이 생각을 방해했다. 그뿐 아니라 초밥을 먹는 동안 이어진 침묵이 자신에게는 유리했다. 남은 기간은 삼 주. 죽을 때까지 앞으로 몇 번이나 이렇게 먹고 마시는 방탕한 즐거움을 누릴 수 있을까. 이사오는 할복 직전에 많이 먹고 마셨다는 신풍련의 나라사키 다테오의 일화를 떠올렸다. 주위를 둘러보니 다른 사람들도 말없이 먹고 있었다.

"동지들에게 나를 소개해 주지 않겠어? 두세 명은 학원에서 본 얼굴인데." 사와가 생글거리며 말했다.

"이즈쓰입니다. 사가라입니다. 그리고 세리카와, 하세가와, 미야케, 미야하라, 기무라, 후지타, 다카세, 이노우에입니다." 하고 이사오가 차례대로 소개했다.

생각해 보니 변전소 공격대 중 남은 사람은 하세가와, 사가라, 세리카와 세 명뿐이고, 일본은행 점령대인 이노우에는 자기 임무가 어떻게 바뀌든 충실하게 다카세와 함께 남았으며, 요인 암살대는 모두 그대로 있었다. 제2대와 제3대에 가장 과감한 동지들을 배치한 이사오의 눈은 틀리지 않았다.

명랑하고 경솔한 이즈쓰, 작은 체구에 안경을 쓴 기민한 사가라, 도호쿠 지방 신관의 아들로 실로 소년다운 세리카와, 과묵한데다 익살스러운 구석이 있는 하세가와, 성실하고 후두부가 납작한 미야케. 곤충처럼 어둡고 딱딱하고 건조한 얼굴의 미야하라, 문학을 좋아하고 집안이 천황을 숭경하는 기무라, 매우 격정적이지만 과묵한 후지타, 폐질환이 있지만 다부진 어깨를 가진 다카세, 유도 2단에 온화하고 큰 체격의 이노우에…… 이들이 지금까지 남은 진짜 동지들이었다. 목숨을 거는 일이 무얼 뜻하는지 아는 젊은이들만 남았다.

이사오는 이 방의 어둑한 전등 아래, 곰팡내 나는 다다미 위에서 자신의 불길의 확증을 보았다. 시들기 시작한 꽃에서 꽃잎은 전부 떨어지고 튼튼한 꽃술만 한데 모여 빛나고 있다. 이 날카로운 꽃술만으로도 푸른 하늘의 눈을 찌를 수 있다. 꿈이 스러질수록 굳게 서로 몸을 맞대어, 이치가 파고들 틈이 없을 정도로 단단한 살육의 옥수(玉髓)가 되었다.

"훌륭한 청년들이야. 세이켄 학원 젊은이들은 창피하군." 사와가 약간《고단 클럽》같은 말투를 쓴 뒤 단숨에 그 고양감에 젖어서 이렇게 말했다.

"나는 이제 오늘 밤부터 제군의 동지가 되든가, 제군에게 죽든가, 둘 중의 하나를 택해야 하는 갈림길에 있어. 만약 나를 놓치면 위험할 거야. 무슨 말을 하고 다닐지 모르니까. 나는 무엇 하나 맹세한 적이 없어. 자, 이제 제군은 나를 철저하게 믿든가 철저하게 의심하든가 한 쪽을 택해야 해. 도움 되기를 바란다면, 믿는 쪽이 영리한 선택이겠지. 의심한다면 너희에게 해가 될 게 분명하니. 어떤가, 제군."

이사오가 대답을 망설이자 놀랍게도 사와는 큰 목소리로 혼자 맹세의 말을 읊었다.

"하나. 우리는 신풍련의 순수를 배우고 몸을 바쳐 간악한 신과 영혼을 정화할 것이다.

하나. 우리는 막역한 우정을 나누고 동지끼리 서로 도와 국난에 맞설 것이다."

사와가 읊는 맹세를 듣는 동안 '막역한 우정을 나누고'란 말이 이사오의 가슴에 와 닿았다.

"하나. 우리는 권력을 추구하지 않고 입신을 원치 않으며 목숨을 바쳐 유신의 초석이 될 것이다."

"맹세의 말을 어떻게 아시죠?" 따지듯이 묻는 이사오의 목소리에는 무심결에 아이 같은 불평이 깃들었다. 살찌고 둔중한 체구에 어울리지 않게 사냥꾼같이 기민한 사와는 이사오의 순진함을 바로 알아차렸다.

"내 영감으로 알았지. 자, 이제 맹세했다. 피로 도장을 찍어야 한다면 그것도 할게."

이사오는 동지들의 얼굴을 힐끗 보고 희미하게 수염이 난 입가로 쓴웃음을 지었다.

"사와 씨에게는 못 당하겠네요. 그렇다면, 동지가 되어 주십시오."

"고맙다."

사와는 매우 기쁜 얼굴이었다. 비상식적인 진면목을 드러낼 때 보이는 무구함이 그대로 흘러나왔다. 이사오는 지금에야 이 남자의 이가 시종 세탁하던 그의 속옷처럼 새하얗다는 것을 알아차렸다.

— 그날 밤 회의에서는 결실이 있었다. 사와가 계엄령 선포 같은 허황된 꿈을 버리고 암살에만 집중하라고 갖은 말로 설득했기 때문이다.

정의의 검이 어둠 속에서 한 번 번쩍인다면 충분하다. 그 검의 빛에 사람들은 새벽이 가까이 왔음을 알고, 검의 섬광이 날카로운 산 능선의 연푸른 여명과 닮았음을 알 것이다.

암살자는 고독해야 한다고 사와는 말했다. 여기 있는 열두 명으로 열두 명의 인간을 죽일 수 있을 만큼 무시무시한 용기와 결의가 필요하다. 12월 3일이라는 날짜는 바꿀 수 없지만, 변전소 공격 계획이 무산된 이상 밤보다 새벽 시간을 노려야 한다. 잠귀 밝은 노인들이 잠자리에서 눈을 뜨고 있을 시간, 희미한 새벽빛으로 그 얼굴을 알아볼 수 있는 시간, 그리고 놈들이 베개에 머리를 댄 채 그날 하루 일본 전역에 지배의 독한 숨결을 내뿜을 계획을 아침에 처음 우는 참새 소리를 들으며 검토하고 있을 시간, 그 시간을 노려야 한다. 이제부터 한 사람 한 사람 놈들의 잠자리를 조사하고, 한 사람 한 사람 하늘로 치솟는 불길 같은 성실함으로 수행해야 한다.

사와가 이렇게 조언한 후 암살 계획이 다음과 같이 변경되었다. 재계의 수뇌부는 이에 따라 제거될 것이다.

구라하라 부스케	사와
신카와 도루	이누마
나가사키 주에몬	미야하라
마스다 노부히사	기무라
야기 쇼노스케	이즈쓰
데라모토 히로시	후지타
오타 젠베이	미야케
가미야 류이치	다카세
고타 미노루	이노우에
마쓰바라 사다타로	사가라
다카이 겐지로	세리카와
고비나타 도시카즈	하세가와

이 표는 일본의 금융 자본가와 산업 자본가의 개요나 마찬가지였다. 재벌이 지배하는 중공업, 그 아래의 철강, 경금속, 조선 등을 각각 대표하는 눈부신 이름의 나열이다. 그리고 그날 아침 일제히 죽음으로써 일본 경제를 확실하게 좌절에 빠뜨릴 것이다.

그 와중에도 구라하라의 이름을 자기 앞으로 따로 빼놓은 사와의 교묘한 설득에 이사오는 혀를 내둘렀다. 구라하라의 삼엄한 경호에 용기를 돋우고 있던 이즈쓰는, "구라하라가는 오후 9시부터 아침 8시까지 경호 경관을 세우지 않아 가장

공격하기 쉬우니, 연장자인 나에게 맡겨 줬으면 해." 하는 사와
의 말에 바로 풀이 꺾였다.

"이제부터 매일 내가 와서 사람을 죽이는 요령을 가르쳐
줄게. 밀짚 인형을 만들면 좋겠는데, 뭐든 연습이 중요하니까."

사와는 그렇게 말하더니 바지 속에 손을 넣어 언젠가 이사
오가 봤던 나무 칼집에 담긴 단검을 꺼냈다.

"내가 가르쳐 주지. ……알겠나. 여기 적이 있어. 공포에 떨
고, 비참하고, 평범하고, 조금 나이를 먹었을 뿐 우리와 똑같
은 일본인이야. 연민은 금물이야. 놈들의 악은 놈들 자신도 의
식하지 못할 만큼 놈들의 육체에 단단히 뿌리내리고 있어. 그
악을 봐야 해. 보이나? 보이는지 안 보이는지가 성공 여부를
결정하는 거야. 육체라는 방해물을 파괴하고 놈들 내부에 둥
지를 튼 악을 찌르는 거야. 알겠지, 자, 잘 봐."

사와가 벽을 향해 고양이처럼 등을 구부리고 자세를 잡
았다.

그 모습을 보는 이사오는 그렇게 몸끼리 부딪치기 전에 몇
개의 강을 넘을 필요가 있으리라고 깨달았다. 인간주의의 찌
꺼기가 강의 상류 공장에서 배설된 광독(鑛毒)처럼 끊임없이
흐르는 어두운 샛강. 아아, 상류에는 또한 밤낮 없이 가동
하는 서구 정신의 공장 불빛이 반짝인다. 그 공장의 폐수가 숭
고한 살의를 얕보고, 비쭈기나무 잎의 초록을 시들게 한다.

그렇다. 뛰어들기다. 죽도를 쳐든 몸이 보이지 않는 벽을 어
느새 꿰뚫고 나가 반대편으로 나가는 그것이다. 감정은 근사한
속도로 닳아 없어져 불꽃을 튀긴다. 적은 당연히 칼끝에, 묵직

하게 스스로 달라붙을 것이다. 덤불을 뚫고 나갈 때 절로 소매에 붙는 우슬처럼, 암살자의 옷에는 어느새 피가 점점이 튀어 있을 것이다……

사와는 오른쪽 팔꿈치를 옆구리에 꽉 붙이고, 칼이 위로 향하지 않도록 오른쪽 손목을 왼손으로 억누른 다음, 마치 살찐 몸에서 직접 튀어나온 듯한 칼날을 "야아!" 하는 소리와 함께 온몸을 던져 벽에 찔렀다.

— 다음 날부터 이사오는 신카와 저택의 구조를 연구했다.

다카나와에 있는 그 집은 높은 담에 둘러싸여 있었지만, 이사오는 뒤쪽 언덕길에서 정원의 큰 소나무 때문에 길 쪽으로 굽은 담의 한 군데를 깎아 낸 곳을 발견했다. 이 정도면 발판으로 삼고 올라가 소나무를 타고 정원 안으로 잠입할 수 있을 것이다. 물론 도둑에 대비해 나무 몸통에 가시철조망이 둘러쳐져 있었지만 다소의 상처를 감수한다면 두려워할 정도는 아니다.

주말여행을 자주 가는 신카와 부부도 금요일 밤이면 자택에서 잘 것이다. 뭐든 서양식을 좋아하니 더블 베드를 놓는 등 순수 영국식으로 침실을 같이 쓸 것이다. 이 정도 규모의 저택이면 방 수도 많을 테지만 부부는 당연히 남향의 쾌적한 방을 차지하고 있을 것이다. 그러나 바다 경치는 동쪽이니 남동쪽을 향한 어느 한 방이 생활하기 적합하고 경치도 아름다울 것이다.

신카와 남작가의 건물 설계도는 입수하기가 매우 어려웠

다. 우연히 접한 『문예춘추』 과월호 수필란에 신카와 도루가 다음과 같이 젠체하는 글을 써 놓은 것이 눈에 띄었다. 일찍 이 신카와는 자신의 문학적 재능에 자신이 있었는데, 그 수필 같은 글에는 반드시 '아내가…….' '아내가…….' 하는 구절이 들어갔다. 그것은 무의식적 중에 잘난 척하는 것일 수도 있고, 자기 배우자를 지칭할 때 '가인(家人)'이라는 표현을 선호하는 일본의 관습을 암암리에 비꼬는 것일 수도 있었다.

그 수필의 제목은 '심야의 긴팔원숭이'였는데, 필요한 부분만 인용하면 다음과 같다.

    ……………………………………………….

(전략) 누가 뭐라 해도 에드워드 기번은 명문이다. 나같이 지식이 얕은 사람이 그 묘한 진리를 도저히 이해할 수 없음은 주지의 사실이지만, 그래도 일본어 번역을 거치면 『로마 제국 쇠망사』 같은 기념비적 작품의 목소리가 명백히 사라진다. 풍부한 삽화가 들어간 1909년판은 J. B. 베리 교수가 편집한 총 일곱 권의 무삭제판으로 단연 독보적이다. 머리맡의 불빛에 기대어 기번의 책을 탐독하노라면 늘 취침 시간이 늦어지고, 옆에서 들리는 아내의 한숨 소리와, 내가 베리 교수 판본의 기번 책을 넘기는 소리와, 파리의 르 로이 골동품 시계가 똑딱거리는 소리가 이윽고 침실의 침묵을 밀어내고 희미한 심야의 삼중주를 이룬다. 한편 기번의 책을 비추는 어렴풋한 등불 빛은 우리 집에서 마지막까지 남아 있는 지성의 불이다.

    ……………………………………………….

달리는 말

이 글을 읽은 이사오는 일단 야음을 틈타 정원에 숨어들면 서양관의 2층 동남쪽을 보고, 커튼 너머로 새어 나오는 불빛이 보이면, 또한 그 불빛이 마지막까지 켜져 있으면 남작의 잠자리 스탠드 램프임을 알 수 있겠다고 생각했다. 그러려면 우선 한밤중에 저택에 들어가 마지막 등불이 꺼질 때까지 몸을 숨겨야 한다. 넓은 저택이니 정원을 도는 야간 경비가 있을 게 분명하다. 하지만 몸을 숨길 만한 나무 그늘은 충분히 찾을 수 있을 것이다.

여기까지 생각한 이사오에게 또 다른 의혹이 싹텄다. 신변이 위험하다고 공공연하게 알려져 있는 남작이 대중 잡지에 군이 자신의 위험을 드러내는 글을 쓴 것이 수상쩍다. 어쩌면 이 수필 자체가 함정인 것은 아닐까.

29

11월이 끝나갈 무렵, 이사오는 기토 마키코에게 넌지시 작
별 인사를 하고 싶다는 마음에 시달렸다. 마키코와는 전혀 연
락하지 않고 있었다. 바쁜데다 상황이 시시각각 변해 그럴 만
한 시간적 여유도 마음의 여유도 없다는 것이 한 가지 이유였
고, 또 한 가지는 죽음을 결심한 작별 인사라는 것을 수치심
이 가로막아서인데, 한편 지나치게 긴장하거나 생각지 못한 감
정이 솟아오를까 봐 무섭기도 했다.

이대로 만나지 못하고 죽으면 자기 기분이야 아름답게 남
겠지만, 세상 사람들이 보기에는 의리를 저버리는 꼴이다. 게
다가 동지들 한 사람 한 사람이 마키코에게서 받은 백합 한 송
이를 몸에 품고 사지로 향할 각오를 하고 있다. 마키코는 말하
자면 백합 전쟁, 이 신의의 싸움을 주관하는 무녀였다. 이사오
는 어떻게든 동지들을 대표해서 자연스럽게 작별 인사를 하러

달리는 말

가야 했다. 이 생각이 드디어 그에게 용기를 주었다.

갑자기 방문해서 마키코가 집에 없을 경우를 생각하면 몸서리가 쳐졌다. 두 번이나 찾아가는 건, 그만큼 기분을 다잡는 건 불가능하다. 밤 시간, 어찌어찌 현관 앞까지 찾아온 이사오에게 마키코는 그 아름다운 마지막 얼굴을 보여 주어야만 한다.

평소 습관에서 벗어나면 그만큼 자연스럽지 못한 행동이 된다는 걸 알면서도 이사오는 굳이 전화를 걸어 부재 여부를 확인했다. 마침 그날 집으로 굴 선물이 들어와서 그것을 나눠 주러 가겠다는 구실이 생겼다.

아버지의 옛 제자가 고향인 히로시마로 돌아간 뒤 계절마다 보내 오는 굴인데, 아들이 항상 신세 지고 있는 기토가에 어머니가 심부름으로 들려 보내는 것은 자연스러울뿐더러 행복한 우연이기도 했다.

이사오는 교복에 나막신을 신고 한 손에 조그만 나무통을 들고 집을 나섰다. 저녁식사 시간은 이미 지났다. 상대의 부엌 사정을 생각해서 서두를 필요는 없다.

이사오는 죽음을 결심한 사람의 암시적인 작별 장면에 굴이 든 나무통이 어울리지 않아 원망스러웠다. 걸을 때마다 굴이 암벽을 핥는 낮은 파도의 혀 같은 물소리를 냈다. 바다가 그 작은 어둠에 꽉 눌러 담겨 썩어 가는 느낌이었다.

자주 다닌 이 길도 아마 마지막일 것이며, 자주 오른 서른여섯 개의 돌계단도 생의 마지막이다. 바람이 불지 않는데도 뼛속까지 시린 한밤중에 폭포처럼 솟은 돌계단을 올라가니, 보통 때는 그렇지 않았는데 돌아서서 왔던 길을 되돌아보고 싶은 기분이 들었다.

기토가의 남쪽 경사면에는 종려나무가 두세 그루가 겨울 하늘의 별빛을 몸통의 털에 감고 있고, 아래로 보이는 집들은 불빛이 약하지만 하쿠산우에 정류장 주변의 상점가는 처마 끝에서 화려한 빛을 발했으며, 전철의 모습은 보이지 않지만 오래된 서랍을 여는 듯한 소리가 밤공기에 울려 퍼졌다.

특별할 것 없는 장면이다. 모든 것이 피와 죽음과는 멀다. 자신이 죽은 뒤에도 계속될 일상생활의 풍경은 아래쪽, 벌써 덧문을 꼭 닫은 빨래 너는 공간에 분재가 네다섯 개 늘어서 있는 광경에서도 연상되었다. 자신의 죽음은 결코 이 사람들에게 이해받지 못할 것이며 자신들이 일으킬 소란도 결코 이 사람들의 잠을 방해할 일이 없으리라고 이사오는 믿었다.

기토가의 대문을 들어선다. 현관 벨을 누른다. 마키코가 현관에서 기다렸다는 듯이 바로 미닫이문을 열었다.

보통 때면 그대로 나막신을 벗고 들어갔을 텐데, 안에 들어가서 이야기가 길어지면 감정이 겉으로 드러날 것 같다. 이사오는 작은 나무통을 내밀고 말했다.

"어머니가 전해 드리라고 해서 왔습니다. 히로시마에서 온 굴인데, 조금이지만 맛을 보시라고요."

"고마워요, 귀한 선물을. 어서 들어와요."

"오늘은 이만 돌아가겠습니다."

"왜요?"

"공부를 해야 해서요."

"거짓말. 공부로 바쁜 사람은 아니면서."

마키코는 억지로 이사오를 잡아 두고 안으로 들어갔다. 들어오라고 해, 하는 기토 중장의 목소리가 들렸다.

이사오는 살짝 눈을 감고 방금까지 눈앞에 있었던 마키코의 모습을 마음으로 탐했다. 그 희고 아름다운 웃는 얼굴을 조금도 건드리지 않고 고스란히 가슴속에 간직하려 했지만, 초조해할수록 그 얼굴은 떨어진 거울처럼 산산조각이 나고 만다.

이대로 도망치듯이 가 버리는 것이 좋겠다. 그러면 잠깐의 결례는 젊은이의 변덕으로 받아들여지고, 나중에 작별의 진의를 헤아려 줄 것이다. 현관의 어둑한 등불이 이사오의 감정을 완벽하게 가려 주는 동안에.

신발을 벗어 두는 돌 받침대가 하얗게 도드라지고, 낮은 마루는 선착장처럼 차갑게 가라앉은 어둠과 맞닿아 있다. 자신은 출항하는 배다. 마루의 가장자리는 누군가가 거부되고, 환영받고, 혹은 작별 인사를 하는 반듯한 부두다. 그리고 자신은 감정의 짐을 한계 직전까지 싣고 흘수선까지, 겨울 바다라는 죽음의 어둠 속에 잠겨 있는 것이다.

이사오가 등을 돌리고 현관을 나서려 할 때 마키코가 다시 나타나 큰 소리로 물었다.

"어머, 벌써 가게요? 아버지도 들어오라고 하시는데."

"실례했습니다."

그렇게 말하고 뒤로 미닫이문을 닫자 이사오는 어려운 일을 해낸 것처럼 심장이 뛰었다. 달려갈까 했지만 그러면 모든 일이 부자연스러워지고 소용없어진다고 생각을 고쳤다. 올 때와 다른 길로 가면 된다. 돌계단을 내려가지 않고 뒤쪽 하쿠산 신사 방면으로 돌아서 신사 경내를 통과하는 것이다.

하지만 이사오의 발길이 하쿠산마에의 인적이 끊긴 밤길에서 하쿠산 신사 쪽으로 꺾으려고 할 때, 따라잡으려 하지도 않고 일정한 속도로 다가오는 마키코의 하얀 숄이 등 뒤로 보였다.

이사오는 상관하지 않고 계속 걸어갔다. 두 번 다시 마키코의 얼굴을 보지 않기로 결심했기 때문이다.

그 길은 신사 뒤쪽의 하쿠산 공원을 따라 나 있었다. 길이 끝나는 곳, 배전과 사무실을 잇는 다리가 걸려 있고 어둑한 등불이 비치는 격자문 밑을 몸을 굽혀 통과하면 신사 바깥으로 나갈 수 있다.

드디어 마키코가 불렀다. 이사오는 멈춰 서야 했다. 하지만 여기서 뒤돌아보면 말할 수 없이 불길한 일이 일어날 것만 같았다.

그는 대답 대신 걸음을 돌려서 공원 맞은편의 야트막한 언덕을 올라갔다. 꼭대기에는 국기 게양대가 있다. 아래는 잡목이 무성한 절벽이다.

이윽고 어깨 뒤로 마키코의 나직한 목소리가 들렸다.

"왜 화가 났죠?"

목소리가 어둠 속에서 불안하게 떨렸다. 이사오는 뒤돌아보지 않을 수 없었다.

마키코는 은백색으로 빛나는 모직 숄을 코끝까지 두르고 있었는데, 먼 마을의 불빛이 여기까지 다가와 마키코의 눈에서 반짝이는 눈물을 비추었다. 이사오는 숨이 막힐 지경이었다.

"화 같은 건 나지 않았어요."

"작별 인사를 하러 온 거지. 그렇죠?"

뜬금없는 말인데도 마키코는 흰 바둑돌을 놓듯이 적확하게 말했다.

이사오는 말없이 아래의 경치를 내려다보았다. 왕성한 뿌리를 드러낸 커다란 느티나무가 잔가지로 밤하늘 전체에 균열을 내고, 그 우듬지마다 별이 희미하게 빛난다. 절벽을 마주한 두세 그루의 감나무는 빈약한 잎으로 새까만 그림자를 드리웠다. 계곡 건너편 고지대에서는 집집의 처마마다 도심의 불빛이 안개처럼 감겼다. 나머지 불빛들도 이 언덕에서 보면 상당히 밝지만 조금도 번잡한 느낌 없이, 물밑의 작은 돌처럼 침잠해 있다.

"그렇죠?"

마키코가 다시 한번 말했다. 그 목소리는 이사오의 뺨 바로 옆에 다가와 있었다. 이사오의 뺨은 그 목소리에 타들어 가듯이 뜨거워졌다.

목덜미를 감은 마키코의 양손이 느껴진 것은 그때였다. 차가운 손가락이 칼날처럼, 머리를 짧게 친 이사오의 목덜미에 닿았다. 할복 시 뒤에서 내려치는 칼이 목에 닿았을 때, 목이 정말로 잘린다는 예감이 엄습할 때도 이렇듯 차가울 것이 분명하다. 이사오는 전율했지만 눈으로는 아무것도 보지 못한 것이나 다름없었다.

그도 그럴 것이 이사오의 목에 이렇게 팔을 뻗으려면 마키코는 일단 이사오 앞에 있어야 했다. 그런데 이사오는 그 움직

임을 보지 못했다. 마키코는 믿지 못할 만큼 빠르거나 믿지 못
할 만큼 느릿하게 움직인 것이 분명하다. 그것을 미처 보지 못
한 것이다.

여전히 마키코의 얼굴은 보이지 않았다. 보이는 것은 가슴
팍 앞에서 흘러넘치는, 밤보다 검은 머리칼뿐이었다. 마키코
는 그의 가슴에 얼굴을 묻고 있었다. 마키코에게서 풍기는 향
수 냄새가 눈앞을 덮고, 그 향기만큼 감각이 고였다. 이사오의
나막신이 떨려서 희미하게 삐걱거렸다. 발이 휘청이는 바람에,
물에 빠진 사람에게 붙잡혀 균형을 지키려는 듯이 이사오는
양손을 마키코의 등 뒤로 뻗어 안았다.

안은 것은 그러나 겉옷 안쪽, 북처럼 딱딱하게 겹쳐 맨 허
리띠뿐이었다. 그것은 안기 전의 마키코보다 한층 소원한 물
질이었다. 하지만 이 감각이 이사오에게 전해 준 것은, 그가 그
동안 여자의 몸이라는 것에 입혀 온 온갖 관념들의 여실한 모
습이자, 알몸보다 더 벌거벗은 어떤 것이었다.

그때부터 이사오는 취하기 시작했다. 취기는 어느 한 점에
서 피어올라, 갑자기 달리는 말처럼 멍에를 벗어났다. 여자를
안은 팔에 광적인 힘이 더해졌다. 서로 껴안은 채로, 이사오는
자신들이 돛대처럼 흔들림을 느꼈다.

그의 가슴속에 파묻혀 있던 얼굴이 고개를 들었다. 마키
코가 고개를 들었다! 그것은 이사오가 매일 밤, 마지막 작별을
할 때 마키코의 얼굴이 이렇기를 꿈꾸었던 바로 그 얼굴이었
다. 분을 바르지 않은 아름다운 흰 얼굴이 눈물로 반짝이고,
감은 눈이 그 어떤 시선보다도 강렬하게 이사오를 보았다. 그

달리는 말

것은 엄청나게 깊은 바닥에서 올라온 커다란 물거품처럼 지금 눈앞에 떠오른 얼굴이었다. 입술은 어둠 속에서 짧은 한숨을 연발하며 떨렸고, 이사오는 그곳에 그 입술이 있다는 사실을 참을 수 없었다. 그 입술의 존재를 없애려면 입술이 닿는 방법 말고는 없었는데, 땅에 떨어져 있는 낙엽 위에 또 다른 낙엽이 떨어지듯이 생애 최초이자 최후의 입맞춤은 자연스럽게 떨어졌으며, 이사오는 마키코의 입술에서 예의 야나강에서 본 붉은 벚나무 낙엽을 떠올렸다.

입술이 한 번 닿으면서 시작된 부드럽고 달콤한 흐름이 이사오를 놀라게 했다. 입술의 접점에서 세계가 전율했다. 그 접점에서부터 자신의 몸이 점점 변질되어 비할 데 없이 따뜻하고 매끄러운 것에 젖어 드는 느낌은 마키코의 타액을 삼켰음을 깨달았을 때 절정에 달했다.

마침내 입술이 떨어졌을 때 두 사람은 껴안고 울고 있었다.

"하나만 말해 줘요. 언제인지. 내일? 모레?"

자신이 냉정함을 되찾으면 절대 대답하지 않으리란 걸 알기에 이사오는 바로 대답했다.

"12월 3일입니다."

"삼 일밖에 남지 않았는데. 한 번 더 만날 수 있나요?"

"아뇨, 안 될 거예요."

두 사람은 말없이 걸음을 뗐다. 마키코가 왔던 길을 돌아가기에 이사오도 하는 수 없이 하쿠산 공원의 작은 광장을 빠져나가 신사의 가마 보관소가 늘어선 어두운 골목으로 들어섰다.

"나, 결정했어요." 하고 마키코가 어둠 속에서 말했다.

"내일이라도 사쿠라이로 출발해서 오미와 신사에 가겠어요. 사이 신사에서 당신들의 무운을 빌고, 참가하는 인원만큼 부적을 받아 와서 12월 2일 안에 전해 줄게요. 몇 장이나 필요할까요?"

"열하나…… 아니, 열두 명이에요."

이사오는 일종의 수치심 때문에, 다 함께 백합 꽃잎을 품에 넣고 출진하기로 한 것은 마키코에게 굳이 말하지 않았다.

두 사람이 신전의 등불 아래로 나오고도 앞뜰에는 인기척이 없었다. 부적을 세이켄 학원으로 보내면 일이 복잡해질지 모르니 은신처 주소를 알려 달라고 해서 이사오는 작은 종잇조각에 써서 건넸다.

등불은 하쿠산시타의 사진관에서 기증한 5촉광의 상야등뿐이었다. 그 빛이 돌사자상과 금자 편액(扁額), 불을 내뿜는 용의 부조, 배전 나무계단을 희미하게 비췄다. 하얗게 보이는 건 신전의 금줄에 매달린 흰 종이뿐이다. 약한 불빛이지만 2, 3간 떨어진 사무실의 흰 벽까지 닿아 비쭈기나무 잎의 그림자가 아름답게 드리웠다.

두 사람은 엄숙하게 묵념하고, 도리이를 나와 긴 돌계단 위에서 헤어졌다.

달리는 말

12월 1일 아침, 이사오는 학교에 가는 척하며 곧장 은신처로 향했다. 사와는 원장의 심부름을 가서 이날 회의에 참석하지 못했지만 다른 열 명은 모두 모였다. 결행을 이틀 남겨 두고 세부 사항을 의논하고, 어려운 정도는 각자의 상황에 따라 다르겠지만 결행 후 전원이 자결한다는 결심을 새롭게 다지기 위함이다.

동료들의 얼굴이 하나같이 맑다고 이사오는 느꼈다. 일본도를 두 자루 팔고 단검을 여섯 자루 삼으로써 모두에게 예리한 단검이 한 자루씩 돌아갔는데, 만약의 사태에 대비해 예비용을 한 자루 더 갖추어야 한다고 누군가 말해 모두 찬성했다. 빨리 죽는 방법으로는 음독이 유효하겠지만 누구도 여자 같은 자결은 원하지 않았다.

회의에 사람들이 모이면 으레 그러듯 현관을 잠가 두었는데 문 두드리는 소리가 들려서, 사와가 일을 보다 말고 왔나 보다 생각했다.

이즈쓰가 내려가서 "사와 씨입니까?" 하고 물었다.

"그래." 하고 느긋한 대답이 들려서 문을 열었다. 처음 보는 남자 한 명이 들어왔다. 이즈쓰를 밀어내고 신발을 신은 채 계단을 뛰어올라 가려고 해서 "도망쳐!" 하고 소리쳤지만 이미 두 번째, 세 번째 남자가 들어와서 양손을 비틀었다.

2층에서 지붕 처마를 따라 정원으로 뛰어내린 사람도 뒤쪽에서 기다리던 경찰에 잡혔다. 이사오는 근처에 있던 단검을 빼서 배를 찌르려고 했는데 그 손목이 잡혀서 뒤엉켜 싸우는 동안 경찰이 손가락에 가벼운 부상을 입었다.

이노우에는 경찰과 대치하다 한 명을 발을 걸어 넘어뜨렸지만 두세 명이 이어서 덮쳐 와 바닥에 엎어뜨렸다.

이렇게 열두 명은 수갑을 차고 요쓰야 경찰서에 연행되었다. 같은 날 오후 세이켄 학원으로 돌아온 사와도 마찬가지였다.

31

‘우익 급진 분자 열두 명

아지트에서 일거에 검거

일본도와 불온 서적도 압수

당국은 중대 사건으로 봄’

아침 신문에서 이 헤드라인을 보았을 때 혼다는 또? 하는 정도로만 반응했지만, 구속자 명단에서 이누마 이사오를 발견하고는 곧바로 마음의 평정을 잃었다. 당장 도쿄의 이누마에게 전화를 걸려고 했지만 그럴 입장이 아니라는 생각이 가로막았다. 다음 날 아침 신문의 헤드라인은 더 컸다.

“쇼와 신풍련’ 사건의 전모 판명나다

한 사람씩 암살해 재계 궤멸을 꾀함

주동자는 십구 세 소년’

이때 처음 이사오 얼굴 사진이 실렸다. 조악하게 인쇄된 흐릿한 사진이었지만, 예전에 혼다의 집에 왔을 때 그 자리에 결코 어울리지 않는, 비일상적일 정도로 맑은 빛으로 깊은 인상을 남겼던 눈은 그대로였다. 늘 부릅뜬 느낌을 주는 그 눈은 정말이지 이날을 기다렸던 것이다. 혼다는 새삼 법률의 그물코를 통과한 사람만을 상대로 움직이는 자신의 편향된 통찰력을 탓했다.

이미 만 십팔 세인 이사오에게는 소년법이 적용되지 않는다. 신문 기사를 읽어 보니 사와라는 괴짜 중년 남성을 제외하고 모두 이십 세 전후의 젊은이들이라 당연히 소년법이 적용되는 대상도 있겠지만 이사오는 아니다.

혼다는 법적으로 최악의 사태를 상상했다. 모호한 신문 기사의 뒤에 뭔가가 숨겨져 있는 기분이 들고, 표면적으로는 무분별한 소년들이 무모한 암살 계획을 세운 것에 지나지 않지만, 수사가 진행되면 더 넓고 깊은 것을 바닥에서 찾아낼지도 모른다.

실제로 오늘 조간에는 군부가 유언비어에 항의하고 5·15 사건 이후에 퍼진 편견에 대응하고자 육군 당국자가 다음과 같은 성명을 발표했다.

"이번 사건에 육군 장교는 일절 관련되지 않았다. 이런 유의 사건에서 매번 청년 장교와의 연관성을 암시하는 것은 유감천만이며, 5·15 사건 발발 이후 군부가 내부 군기 통제에 특히 유의하며 각고의 노력을 쏟고 있음은 주지의 사실이다."

이 말은 오히려 그 뒤에 다른 힘이 움직이고 있다는 의심을 불렀다.

만약 사건이 발전해 형법 제77조에 해당하는 '조헌문란(朝憲紊亂)'의 의도가 밝혀진다면 큰일이지만, 애초에 사건이 '미수'에 초점을 맞춰 논해질지 '예비 음모'로 논해질지 신문 기사만으로는 확실히 알 수 없다. 혼다는 과거 이사오의 권유로 읽었던 『신풍련사화』를 떠올리고 지금 그들이 제창하는 '쇼와 신풍련'이란 이름을 겹쳐 보자 불길한 예감을 지울 수 없었다.

그날 밤 꿈에 기요아키가 나타났다. 그는 도움을 요청하는 듯하기도 했고, 요절한 자신의 운명을 한탄하는 듯하기도 했다. 눈을 떴을 때 혼다의 마음은 정해졌다.

— 법원에서 혼다는 기분 탓인지 몰라도 예전에 비해 평판이 떨어졌고, 대화를 나누는 동료들의 반응도 가을 도쿄 출장 이후로 어딘지 모르게 차가웠다. 혼다가 사람이 변한 이유가 가정 문제 아니면 여자 문제일 거라는 소문이 퍼져서 그렇게 명성 높았던 명민함이 의심받게 된 것이다. 이 분위기를 알아챈 대법원장은 혼다의 특출함을 누구보다 빨리 알아본 사람인만큼 남몰래 마음 아파했다.

세속적인 사람들이 꿈꾸는 시(詩)가 여자로 귀착된다면, 가을 도쿄 출장에서 돌아온 혼다를 좀먹는 병을 여자 문제라고 생각한 동료들의 직관은 그 병을 일종의 시적인 것으로 느꼈다는 점에서는 틀리지 않았다. 혼다가 이성의 궤도를 벗어나 어떤 감정이 우거진 샛길에서 헤매는 모습을 정확히 꿰뚫어 본 직관은 범상치 않았다. 하지만 이십 대 청년이면 몰라도 혼다의 나이에 그렇듯 인간적인 사고는 어울리지 않았기에 비난은 주로 그 점에 맞춰졌다.

이와 같이 이성을 직업으로 삼는 세계에서, 저도 모르게 로맨틱한 병에 침범당한 남자를 보는 눈이 존경을 담은 눈일 리는 없다. 국가 정의의 관점에서 죄라고 할 수는 없어도 어떤 '불건전한' 것에 그가 빠져 버린 것은 확실하기 때문이다.

하지만 이 사태에 누구보다 놀란 사람은 혼다 자신이었다. 이미 자신의 일부가 된 법률적 정의의, 아찔할 정도로 높은 곳에 형성된 독수리 둥지가, 설마하니 지금 와서 꿈의 홍수, 시의 침투에 위협받을 줄이야! 그 정도면 다행이지만 더욱 무서운 사실은 그러한 꿈의 습격이 지금까지 혼다가 믿어 온 인간 이성의 선험성과, 현상보다 법칙에 가깝게 산다는 자랑스러운 기쁨을 근원부터 파괴하는 것이 아니라, 오히려 더 강화하고 높여서, 지상의 법칙 뒤에 우뚝 솟은 가장 높고 가장 준엄한 법칙의 흰 벽을 엿보게 했으며, 한번 그것을 본 이상 두 번 다시 느긋한 일상성의 신앙으로 돌아갈 수 없을, 궁극적인 고리의 빛을 엿보게 해 주었다는 것이다. 그것은 실로 퇴보가 아닌 전진이고, 회고가 아닌 선견이었다. 이사오가 기요아키의 환생임이 틀림없다는 것이 그에게는 이미 일종의 법을 초월한 법적인 진리처럼 보였다.

뜻하지 않게 혼다는 어린 시절 월수사 주지의 설법을 들었을 때부터 유럽 자연법 사상에 어딘지 불만족스러움을 느끼고, 윤회와 환생조차 법조문으로 수용했던 고대 인도의 『마누법전』에 마음이 움직였던 때를 떠올렸다. 그때 이미 자신의 마음속에는 무언가가 싹튼 것이다. 형태로서의 법이 그저 혼돈을 정리하는 것이 아니라 혼돈의 근저에 있는 원리를 발견하여, 마치 대야의 물에 비친 달을 보듯이, 법 체계를 고안함에 있어 자연법을 기조로 하는 유럽의 이성 신앙보다 더 깊은 근원이 존재하는 것은 아닐까 하고 느꼈던 직관은 아마 옳았을 것이다. 그러나 그 옳음과 실정법의 수호자인 판사로서의 옳음은 별개다.

　이런 사람과 같은 건물에서 동료로 일하는 것이 얼마나 꺼림칙했을지 혼다 스스로도 쉽게 상상할 수 있었다. 그것은 맑은 정신의 방에 딱 하나 먼지 쌓인 책상이 놓여 있는 꼴이며, 이성의 관점에서 보면 꿈에 집착하는 것만큼 게으름뱅이의 오점 같은 것도 없었다. 꿈은 사람을 왠지 단정치 못하게 만든다. 더러워진 옷깃, 구겨진 등판, 무릎이 튀어나온 바지 같은 풍모를 정신에 부여한다. 혼다는 아무 행동도 아무 말도 하지 않았지만 저도 모르는 사이 공중도덕을 어겼기에 동료들이 자신을 깨끗한 공원 길에 떨어진 휴지 조각 보듯 하고 있음을 알았다.

　집에서는 어떤가 하면, 아내 리에는 아무 말도 하지 않았다. 리에는 절대로 남편의 내면을 파고들려 하지 않는 사람이다. 남편의 변화를 눈치채지 못했을 리가 없고, 무슨 일인가에 정신이 팔려 있음을 알아차리지 못했을 리가 없다. 하지만 리에는 아무 말도 하지 않는다.

　그러므로 혼다가 아내에게 털어놓으려고 하지 않는 것도 비웃음이나 모욕이 두려워서가 아니었다. 그가 입을 다문 데는 미묘한 수치심이 깔려 있었고, 그런 유의 수치심이야말로 그들 부부의 특징이라 할 수 있었다. 말하자면 다소 구식이고 조용한 이 부부의 가장 아름다운 부분이었다. 그런 부분에 저촉되는 무언가가, 자신의 새로운 발견과 변화에 포함되어 있음을 혼다도 무의식중에 알아차렸을 것이다. 그래서 부부는 침묵과 밝혀지지 않은 비밀을 그 가장 아름다운 부분에 그대로 지켜 두기로 했다.

리에도 요즘 남편이 힘들게 일하는 듯 보여 의아했다. 일하면서 먹는 식사에 세심하게 신경을 써도 예전만큼 마음이 편한 것 같지 않았다. 불평도 하지 않고, 슬픈 얼굴을 보이지도 않고, 슬퍼 보이는 얼굴을 보이지 않으려 애씀으로써 상대의 마음을 찌르지도 않으면서, 리에는 신장이 좋지 않을 때마다 보이던, 안에 깊숙이 파묻혀 얼굴선이 흐려진 궁전 인형[119] 같은 앳된 얼굴이 어느새 일상의 표정이 되어 버렸다. 미소에는 다정함이 넘쳤지만 결코 기대를 보이지는 않았다. 리에를 이런 여자로 만든 것은 반은 아버지, 반은 혼다의 힘이다. 적어도 혼다는 리에가 질투로 고뇌하게 만든 적은 없기 때문이다.

이사오 사건이 그렇게 대대적으로 신문에 실렸는데도 혼다가 아무 말도 하지 않아서 리에 역시 말을 삼갔다. 하지만 입을 다물고 있는 것이 명백히 부자연스러운 식사 시간에, 담담하게 "이누마 씨 아들도 큰일이네요. 우리 집에 왔을 때는 정말 어른스럽고 성실해 보이는 학생이었는데." 하고 말했다.

---

119 御所人形. 에도 시대 궁전에서 사랑 받았던 장식용 인형으로 통통하고 머리가 크고 얼굴과 몸이 새하얀 아기의 모습이다.

달리는 말

"음. 하지만 어른스럽고 성실한 것과 이런 범죄는 모순되지 않아요." 혼다는 그렇게 반박했는데, 그 반박이 지나치게 부드럽고 고심 끝에 나온 말이라는 것이 리에의 마음에 걸렸다.

혼다의 마음은 혼란스러웠다. 기요아키를 구하려 했지만 구하지 못했던 것이 청춘의 가장 큰 원한이었다면 이번에는 반드시 구해야 했다. 무슨 일을 해서라도 그를 위기와 오명에서 구해 내야 했다. 세간의 동정심도 기댈 만하다. 참가자들이 이례적으로 젊은 탓에 사람들이 이 사건을 증오하지 않을뿐더러 오히려 동정하는 분위기가 벌써 읽히고 있었다.

혼다가 결심한 것은 그날 밤 기요아키의 꿈을 꾸고 다음 날 아침이 되어서였다.

* * *

혼다를 도쿄 역에서 맞이한 이누마는 해달 털을 목깃에 두른 인버네스 외투를 입고 12월의 추위에 팔자수염을 떨고 있었다. 플랫폼에서 오랫동안 기다린 피로가 목소리와 물기 어린 충혈된 눈에 드러났다. 기차에서 내리는 혼다의 손을 잡아채듯이 쥐고, 원생을 나무라며 그의 가방을 들게 하고, 혼다의 귀에 대고 몇 번이나 감사 인사를 했다.

"정말 고맙습니다. 천만 아군을 얻은 심정입니다. 아들 놈은 얼마나 행운아인지요. 하지만 무엇보다 혼다 씨가 그렇게나 중대한 결정을 내리셨다니!"

짐은 원생을 시켜 먼저 어머니 집으로 보내 두고, 혼다는 이누마의 권유로 긴자의 긴차료에서 저녁식사를 했다. 거리는 크리스마스 장식으로 빛났다. 도쿄 인구가 오백삼십만 명을 돌파했다고 하는데, 이렇게 북적이는 사람들을 보니 불경기도 굶주림도 여기서는 보이지 않는 먼 땅의 끝에서 일어난 화재 정도로 느껴졌다.

"아내도 편지를 읽고 기쁨의 눈물을 흘렸습니다. 편지는 계속 신단에 모셔 두고 아침저녁으로 절을 드리고 있습니다. 그런데 판사는 원래 종신관 아닌가요? 왜 그만두셨습니까?"

"아프면 어쩔 수 없지요. 주위에서 아무리 말려도 의사 진단서를 방패로 썼습니다."

"어디가 아프신데요?"

"신경쇠약입니다."

"설마요."

이누마는 입을 다물었지만 그의 눈에 순간적으로 스친 불안의 정직함을 느껴 혼다에게 후의를 가졌다. 그다지 호감이 가지 않는 피고가 보이는 순간의 정직함에, 아무리 감정의 벽을 치려고 해도 판사로서 어떤 후의를 가질 수 있음을 아는 혼다는, 원래부터 변호사였던 사람이 의뢰인에게 가질 법한 감정을 마음속으로 조금 헤아려 보았다. 그것은 좀 더 연극적인 감정이어야 했다. 판사의 마음을 순간적으로 스치는 후의에는 어떤 윤리적인 원천이 있겠지만 변호사라는 입장은 그런 것들을 빠짐없이 이용해야 한다.

"말하자면 의원면관(依願免官)이지만 신분은 아직 판사여서 퇴직판사로 불리고 있습니다. 내일 변호사협회에 등록해야 변호사로서 일을 시작할 수 있어요. 제가 먼저 나선 일이니 최선을 다할 생각입니다. 사실 주임관 정도에서 그만뒀으니 변호사로 큰 대우는 받지 못하겠지만 제가 원해서 그만뒀으니 할 수 없지요. 아무래도 재판은 사선 변호가 제일이에요. 그리고 제 보수는 편지에 쓴 대로……."

"아, 혼다 씨, 정말로 큰 후의입니다. 그 후의를 이용해서는 안 되는데……."

"그러니 전부 무료로 받아 주시길 부탁드립니다. 그 조건으로만 사건을 맡겠어요."

"아니, 뭐라고 말해야 좋을지……."

이누마는 뻣뻣한 자세로 몇 번이나 고개를 숙였다.

"그런데 이런 결심을 하셨다면 아내 분도 틀림없이 놀라셨겠지요. 어머님도 걱정이 크실 테고요. 반대가 이만저만이 아니었을 것 같은데……."

"아내는 담담했습니다. 어머니에게는 전화로 말씀드렸는데, 한숨을 한 번 쉬고는 잠시 생각하시는 듯하더니 네가 좋을 대로 하라고 흔쾌히 말씀하셨고요."

"아아, 정말로 훌륭한 어머니에 훌륭한 아내 분이십니다. 정말로 근사한 어머니와 아내를 두셨군요. 제 아내는 무슨 수를 써도 못 따라갑니다. 이 김에 아내 교육 비결을 좀 배워서 제 아내도 본받을 수 있도록 착실하게 가르쳐야 할 것 같은데요. 이미 너무 늦었겠지만."

비로소 경직된 분위기가 풀리고 주객이 웃었다.

그러자 편해진 혼다의 마음에도 그리움이 솟구쳤다. 마치 이십 년 전으로 되돌아가서, 학생 혼다와 서생 이누마가 지금 자리에 없는 기요아키를 구하기 위해 머리를 맞대고 있는 기분이 든 것이다.

유리창에 거리의 불빛이 반짝였다. 하지만 이 번화한 밤거리가 어딘가에서 굶주림과 불행으로 이어져 있는 듯 확실히 이중적인 모습을 띠었고, 식탁 위를 수놓은 남은 음식마저 어둡고 추운 감방의 밤으로 이어질 것을 말하고 있었다. 그런 식으로 과거 역시 어딘가 본의 아닌, 결코 채워지지 않는 희망과 함께 현재 장년의 두 사람으로 이어졌다.

혼다는 자신의 인생에서 이렇듯 커다란, 스스로 선택한 방기(放棄)가 두 번은 없으리라고 다짐하고. 지금 몸속에서 끓어오르는 기묘한 열정을 마음에 잘 새겨 두자고 생각했다. 만인이 어리석다고 여기는 결단을 스스로 내린 뒤에 찾아오는 이 심신의 상쾌함, 이 가슴 따뜻함을 무엇에 빗댈 수 있을까. 그것도 세상 이치를 알 만큼 아는 지금!

이사오의 감사를 받을 것이 아니라 오히려 이사오에게 감사해야 한다. 이사오의 환생과 이사오의 행위에 촉발되지 않았다면 혼다는 언젠가 빙산에서 사는 것에 기쁨을 느끼는 사람이 되었을지도 모른다. 그가 안온하다고 느낀 것은 얼음이었다. 완성이라고 생각했던 것은 고사(枯死)였다. 자신이 다른 어떤 생각을 할 수도 있다는 발상을 미숙하다고만 여겼던 시절, 그는 성숙의 진정한 의미마저 모르고 있었던 것이다.

왠지 초조하게 쫓기는 것처럼 술잔을 쉬지 않고 입에 가져가는 이누마의 팔자수염 끝에 매달린 물방울은, 말하자면 한

달리는 말

가지 사상적인 열정을 팔면서 살아온 남자의 사상의 물방울이 순진하게 맺혀 있는 듯 보였다. 어떤 신념을 생계 수단으로 삼고 사상을 생활 수단으로 삼음으로써, 이누마가 범한 무리와 과오는 그의 얼굴에 일말의 낙천성을 띤 자기 기만의 그림자를 드리웠다. 반듯한 자세로 연거푸 술을 마시며, 감옥에서 12월의 추위에 떨고 있을 아들은 아랑곳하지 않는다는 기세로, 감정도, 그 감정의 겉치레도 모두 하나의 형태로 연기하는 그의 거침없는 태도에는 여관 현관에 세워진 용의 수묵화 칸막이 같은 정취가 있었다. 그는 사상을 하나의 냄새처럼 기꺼이 몸에 두른 것이다. 옛날 깊고 어두운 눈을 했던, 육체적으로 지나치게 우울한 느낌을 풍겼던 청년 시절에서 벌써 오랜 세월이 흘렀다. 그가 겪은 역경, 고뇌, 무엇보다 굴욕이 지금은 가슴을 펴고 아들의 광휘를 자랑스러워하고 있었다 해도 이상하지 않다. 혼다가 생각하기에 이 아버지는 침묵 속에서 무언가를 아들에게 맡겼던 것이 틀림없었다. 아버지의 오랜 굴욕이, 권문에 맞서는 순결한 소년의 우렁찬 외침과 챙강거리는 검의 소리로 바뀌어.

혼다는 이쯤에서 이사오에 대한 이누마의 진실한 말을 한마디 듣고 싶어졌다.

"이사오 군은, 당신이 마쓰가에를 가르쳤던 시절부터 가슴에 품고 있었던 가장 큰 꿈의 실현이라고 할 순 없을까요?"

혼다의 질문에 이누마는 "아뇨. 녀석은 그저 저의 아들일 뿐입니다." 하고 잘라 말하고 기요아키 이야기를 시작했다.

"지금 생각하면 도련님은 그런 생애를 보내신 것이 가장

자연스럽고 가장 하늘의 뜻에 맞았는지도 모르겠습니다. 이사오야 제 부모를 닮은 아이이고, 나이도 어리고 시대도 이러하니 그런 일을 저지른 것이겠지만, 도련님께 무용(武勇)의 도를 가르치려 했던 것은 저의 천박한 근성이었는지도 모릅니다. 도련님은 분명 아깝게 돌아가셨지만,"— 그렇게 말한 뒤 이누마의 목소리는 돌변해 감정이 흘러넘쳤고, 한번 흘러넘친 감정은 곧 둑을 넘어 버릴 듯 느껴졌다. "……하지만 동시에, 그만큼 자신의 감정에 충실히 행동하셨으니 일루의 만족도 있었을 것이 분명합니다. 적어도 제 안에서는 그렇게 믿고 싶은 마음이 점점 강해졌습니다. 그저 제가 그렇게 믿지 않으면 견딜 수 없어서였기도 하고요. 어쨌든 도련님은 도련님다운 생애를 보내셨어요. 저 혼자 옆에서 애태웠던 건 전부 소용없고 덧없는 일이었습니다.

그에 비하면 이사오는 제 자식이죠. 엄격하게 제 생각에 따라 교육했고, 본인도 잘 따라 주었다고 생각합니다. 십 대에 이미 검도 3단을 딴 것까지는 좋았는데, 그 후로는 이상하게 도를 넘어 버렸습니다. 부모의 생활을 너무 고스란히 받아들인 탓도 있겠죠. 뿐만 아니라 너무 일찍 부모의 지도를 벗어나, 자신을 과신하며 행동한 것이 화근이었습니다. 이번 일이, 혼다 씨가 힘을 써 주시어 어떻게든 가벼운 형을 받고 넘어간다면 녀석에겐 무엇보다 좋은 뜸 치료를 받은 셈이 될 겁니다. 설마 사형이나 무기징역이 구형되진 않겠지요?"

"그럴 걱정은 없습니다." 혼다는 간결한 말로 안심시켰다.

"아아, 고맙습니다. 혼다 씨는 저희 부자의 인생에서 최고의 은인입니다."

"감사 인사는 판결이 나오고 나서 받겠습니다."

이누마는 또 연신 고개를 숙였지만 한번 감정에 빠지자 그때까지의 속된 말투가 단번에 사라지고, 취기에 더해 눈에 위험한 빛이 감돌며, 무슨 말을 할지 알 수 없다는 느낌이 온몸에서 보이지 않는 아지랑이처럼 피어올랐다.

"지금 혼다 씨가 무슨 생각이신지 저는 잘 압니다."라고 말을 꺼낸 이누마의 목소리가 약간 높아졌다. "⋯⋯압니다. 나는 아주 불순하고 아들은 순수하다고 생각하시지요."

"그럴 리가요⋯⋯."

혼다는 조금 성가셔져서 모호하게 대답했다.

"아뇨. 그렇습니다. 그럴 게 당연해요. 말하는 김에 더 털어놓자면, 아들이 결행일 이틀 전에 검거된 것이 누구 덕분이라고 생각하십니까?"

"글쎄요."

혼다는 이누마가 지금 말하지 말아야 할 것을 말하려 한다는 걸 알아챘지만 저지할 틈이 없었다.

"혼다 씨에게 이렇게나 신세 지면서 후의를 저버리는 이야기를 털어놓기가 괴롭습니다만, 원래 의뢰인과 변호사 사이에는 아무런 비밀이 없어야 하죠. 그래서 말씀드리는 건데, 사실 저였습니다. 제가 경찰에 아들을 밀고했습니다. 그리고 까딱하면 잘못되기 직전에 아들의 생명을 구했지요."

"왜 그러셨죠?"

"왜냐니요, 그러지 않았으면 아들은 산 목숨이 아니었을 겁니다."

"하지만 계획의 선악을 떠나서, 아버지로서 아들이 뜻을 이루게 해 주자는 마음은 없으셨던 겁니까."

"저는 앞일을 내다보기 때문입니다. 항상 앞일을 내다봐요, 혼다 씨." 이누마는 취기에 붉어진 털 많은 손발을 민첩하게 움직여 방 한구석 옷상자 위에 개어 놓은 해달 털 옷깃 인버네스를 집어 들더니, 먼지가 피어오르는 것도 아랑곳않고 펄럭거리며 펼친 다음 호로처럼 부풀려서 들어 보였다. "이거예요. 이게 접니다. 이 인버네스가 저란 말입니다. 무슨 눈속임을 하려는 것이 아닙니다. 이 인버네스가 아비라는 존재입니다. 어두운 겨울의 밤하늘이죠. 이것이 멀리까지 옷자락을 펼쳐서 아들이 돌아다니는 땅 위를 덮고 있는 겁니다. 아들은 이리저리 뛰어다니며 빛을 보려고 합니다. 하지만 뜻대로 되지 않죠. 이 검고 거대한 인버네스가 아들의 머리 위를 드넓게 덮어서, 밤이 이어지는 동안은 밤을 차갑게 인식시킵니다. 아침이 오면 인버네스는 땅에 떨어지고, 아들의 눈이 빛으로 가득 채워지게 합니다. 아비란 그런 존재예요. 그렇지 않습니까, 혼다 씨?

아들은 이 인버네스를 제대로 인식하지 않고 행동하려 했으니 벌을 받는 것이 당연합니다만, 아직 밤이라는 것을 인버네스가 알고 있으니, 아들을 죽게 둘 수는 없습니다.

좌익 놈들은 탄압할수록 세력을 키우고 있어요. 놈들의 세균이 일본을 좀먹고, 또 그 정도에 좀먹을 정도로 일본을 약골로 만든 건 정치인과 기업가들이죠. 그 정도는 아들이 말해 주지 않아도 압니다. 이 일본이 누란(累卵)의 위기에 처했을 때 결연히 일어나 황실을 수호할 첨병이 우리임은 말할 것도 없습니다. 하지만 시기라는 것이 있어요. 조시(潮時)라는 것이 있지요. 뜻만 가지고는 아무것도 할 수 없습니다. 아들이 그렇게 통찰하기에는 너무 어렸다고 말할 수밖에요.

부모인 제게도 뜻이 있습니다. 아니, 아들 이상의 우국충정이 있습니다. 저에게 모든 것을 숨기고 일을 벌이려 하다니, 정말이지 자식은 부모 마음을 모른다는 옛말 그대로이지 않습니까.

저는 늘 앞일을 내다봅니다. 결행하기보다도, 결행하지 않고 수확을 얻을 수 있다면 그보다 좋을 일은 없습니다. 그렇지 않습니까? 5·15 사건 때도 감형 탄원서가 쇄도했다고 들었습니다만, 사람들은 분명 젊고 순진한 피고를 동정할 겁니다. 그건 거의 확실해요. 그렇다면 아들은 목숨을 잃지도 않고, 오히려 경험을 쌓고 돌아올 수 있는 것입니다. 그런다면 아들은 평생 가도 굶을 일이 없어요. 쇼와 신풍련의 이누마 이사오라는 이름으로, 영원히 세상의 경외를 받을 테니까요."

혼다는 일단 아연했다. 아연함에 이어, 과연 그게 전부일까 하는 의구심이 들었다.

이누마의 말이 사실이라면, 이사오를 처음으로 구한 사람은 아버지고 이제부터 구하려고 하는 혼다는 말하자면 이누마의 의도를 실현하는 조수에 지나지 않는 셈이다. 판사직도 내던지고 무상으로 이사오의 변호를 맡은 혼다의 후의를 이렇게까지 저버리는 말은 없다. 또한 혼다의 행동에 깃든 품위를 이렇게까지 모독하고 유린하는 말도 없다.

그러나 혼다는 이상하게도 화가 나지 않았다. 자신이 변호하려 하는 것은 이사오이지 그 아버지가 아니다. 아버지가 아무리 더럽혀져 있어도 그 더러움이 아들에게 미치지는 않는다. 이사오가 취한 행동의 청정한 동기는 조금도 흐려지지 않는다.

그렇다 해도, 눈앞에 있는 이누마의 무례한 말에 조금 울컥했어야 할 혼다가 평정을 지킬 수 있는 데는 이유가 있었다. 밀담이니 들어오지 말라며 종업원을 내보낸 이 작은 방에서 이누마가 그렇게까지 솔직하게 말한 뒤 털 많은 손가락을 떨며 서둘러 술을 따르는 모습에서, 혼다는 이누마가 결코 말하지 않을 어떤 감정을, 아마도 그가 아들을 밀고한 가장 깊은 동기를, 즉 아들이 곧 실현하기 직전이었던 피의 영광과 장렬한 죽음에 대한 억누를 수 없는 질투를 읽었기 때문이다.

32

도인노미야 하루노리 왕자도 이번 사건으로 큰 충격을 받았다.

원래 한두 번 인사하러 온 사람을 잘 기억하지 못하는 것이 보통인데 이사오가 왔던 그날 밤은 기억이 생생하였고, 특히 호리 중위가 데려왔기 때문에 남의 일처럼 생각할 수 없었다. 다만 왕자는 당연히 배려 차원에서, 사건이 일어나자마자 관리인에게 장거리 전화를 걸어 이사오가 찾아왔던 일을 절대 발설하지 말라고 당부했다. 하지만 그 관리인이 실은 궁내성 소속이므로 왕자는 크게 신뢰하진 않았다.

중위와는 오래전부터 함께 시대를 한탄하고 뜻을 같이하는 사이였다. 이를 달갑게 여기지 않은 궁내성에서는 신분 고하를 가리지 않고 무차별적으로 방문을 허락하지 말라고 곧잘 훈계했지만, 작은 여행에도 보고를 요구하는 궁내성의 구속에 반감을 가진 왕자가 순순히 따를 리도 없었다.

야마구치의 연대장이 된 이후 한층 과격한 언동이 전해져서, 왕자가 도쿄에 올 때를 기다려 궁내성 대신과 종질료 총재가 자연스러운 만남을 가장해 찾아가서 은근히 훈계한 적이 있었다. 왕자는 가만히 듣고는 있었지만 아무 대답도 하지 않아 긴 침묵이 이어졌다.

대신과 총재는 왕자가 군 문제에 참견하지 말라고 화낼 것을 각오했었다. 그렇게 말한다면 사실상 다른 방도가 없다.

하지만 왕자의 태도는 매우 차분했고 지금 와서 두 사람에게 큰소리를 낼 기미는 없어 보였다. 이윽고 위엄 가득한 가느다란 눈을 반쯤 뜬 채로 두 손님을 번갈아 보며 이렇게 말했다.

"당신들의 간섭은 새삼스럽지 않아. 하지만 간섭을 하더라도 모든 황족에게 똑같이 했으면 해. 옛날부터 나에게만 가혹하게 대하는 건 어째서인가?"

대신이 절대 그렇지 않다며 반박할 틈도 주지 않고, 왕자는 깊은 분노를 억누른 나머지 끊기는 목소리로 "옛날, 나의 아내가 될 사람에게 마쓰가에 후작이 입에 담을 수 없이 무례한 언동을 하며 나를 모욕했을 때도 궁내성은 후작을 지지하고 조금도 내 편이 되어 주지 않았어. 황족이 한낱 신하에게 모욕을 받을 때조차 그랬단 말이야. 궁내성은 누구를 위해 있는 건가? 그때 이후 내가 당신들의 행동을 미심쩍게 여기는 것은 조금도 이상한 일이 아니야." 하고 말했다. 궁내성 대신과 종질료 총재는 대답할 말이 없어 서둘러 자리를 떠났다.

왕자는 호리 중위를 비롯한 청년 장교 두셋의 격렬한 대화를 듣는 것에 어느새 각별한 위로를 얻었고, 일본을 뒤덮은 먹구름 사이로 비치는 푸른 하늘처럼 자신이 추앙받는 것도 기쁨으로 여겼다. 마음속 깊이 남아 있는 큰 상처가 어떤 이들에겐 빛이 되고, 쓸쓸한 이단아의 감정이 고스란히 사람들의 희망이 되는 전화(轉化)가 기뻤다. 하지만 그 이상의 행동을 할 생각은 전혀 없었다.

이사오 사건이 일어난 후 만주의 호리 중위에게서 연락이 끊겼고 왕자는 단 한 번이었던 이사오의 방문을 기억해 내며 사건을 억측하는 수밖에 없었지만, 그 여름밤 소년의 눈에서 서늘하게 타오르던 빛이 머릿속에 되살아나자, 그것은 죽음을 결심한 눈이었다, 하는 생각에 이르렀다.

그때 선물 받아 훑어보았던 『신풍련사화』가 연대장실 책장에 있었기에, 왕자는 그것에서라도 사건의 진의를 찾아보고자 업무 틈틈이 책을 넘겨 보았다. 전체적인 내용보다도 한 줄 한 줄에서 그날 밤 이사오의 긴장한 눈빛과 불 같은 말이 날아올랐다.

군대의 소박한 공동생활은 이 세상 모든 것에서 격리되어 있는 듯한 왕자의 의식을 어느 정도 완화해 주었고, 그렇기 때문에 더욱 군대를 사랑하고 있었지만, 무엇보다 이곳에는 겸손이 있고 계급이 있었다. 일개 민간인 소년의 그토록 순수한 불길에 화상을 입을 정도로 가까이 갔던 경험은 그전까지 없었다. 그날 하룻밤의 대화를 잊기 힘든 것은 그 때문이었다.

충의란 무엇인가? 군인은 그것을 의심할 필요가 없지만, 군인의 그것은 말하자면 임무로서 주어진 충의라고 그 과격한 젊은이는 말했다.

그 말은 확실히 왕자 안의 무언가를 일깨웠다. 생각해 보면 무뚝뚝함을 가장하고 용맹을 과시하며 군인으로서 당연한 충성의 표준에 스스로를 맞춰 온 왕자는, 사실은 마음을 다치게 하는 온갖 것에서 도망쳐 그곳으로 향한 것인지도 몰랐다. 육신을 멸하고 불태울 정도의 충의는 알지 못했다. 또한 그런 것이 있으리라고 생각하고 살펴볼 필요도 없었다. 이사오를 만난 그날 밤, 왕자는 비로소 그렇듯 뜨거운 충의, 생생하게 살아 있는 충의의 실물을 본 것이다. 그 일은 왕자의 마음을 거세게 자극했다.

물론 왕자는 폐하를 위해 언제든 목숨을 내던질 준비가 돼 있었고, 자신보다 열네 살 어린, 아직 보산(寶算) 서른한 살인 폐하에게 다정한 형 같은 애정을 가지고 있었으나, 그 감정은 맑고 고요하여 짙은 나무 그늘처럼 쾌적한 충성심이었고, 한편으로 자신을 향한 신하들의 충의에는 약간 거리를 두는 듯하며 왠지 모르게 미심쩍게 여기는 습관이 있었다.

한번 이사오의 언동에 깊은 인상을 받은 후로 왕자는 군인다운 솔직한 감정에 흔쾌히 몸을 맡기기로 했다. 이번 사건에서 군과의 관계가 일절 드러나지 않은 이유는 피고인들이 다름 아닌 호리 중위를 감쌀 생각으로 입을 다물었기 때문이라는 생각이 들었고, 그렇게 추측하면서 왕자의 후의는 더욱 깊어졌다.

왕자는 『신풍련사화』의 한 구절, '그들은 대부분 멋을 몰랐고, 시라카와 들판에서 달을 보며 놀 땐 올해의 명월은 이 세상에서 보는 마지막 명월이라고 생각했고, 벚꽃을 칭송할 때도 올해의 벚꽃은 마지막 벚꽃이라고 생각했다.'를 이사오가 얼마나 자신의 몸에 비유해서 읽었을지 생각했다. 젊은이들의 뜨거운 피가 마흔다섯 살 연대장의 가슴 깊은 곳을 흔들었다.

왕자는 어떻게든 자기 손으로 그들을 구할 방법이 없을까 진지하게 고민하기 시작했다. 생각이 많아 정리되지 않을 때는 서양 음악 레코드를 듣는 것이 어릴 적부터의 습관이었다.

당직자를 불러 넓은 관저의 쌀쌀한 응접실에 불을 피우고, 직접 레코드를 골라 틀었다.

왠지 즐거운 음악을 듣고 싶은 마음에 리하르트 슈트라우스의 「틸 오일렌슈피겔의 유쾌한 장난」[120]을 빌헬름 푸르트뱅글러가 베를린 필하모닉 오케스트라를 지휘한 폴리도르 레코드의 음반을 고르고 당직자를 물러가게 한 후 혼자 들었다.

「틸 오일렌슈피겔의 유쾌한 장난」은 16세기 독일의 풍자적 색채를 띤 민담이다. 게르하르트 하우프트만이 쓴 희곡과 슈트라우스가 작곡한 교향시가 유명하다.

연대장 관저의 넓은 정원의 밤을 12월의 바람이 지나갔고, 난로에서 불꽃이 튀는 소리가 바람 소리와 섞였다. 왕자는 군복 목깃을 풀지도 않은 채로 차가운 하얀 리넨을 깐 안락의자에 몸을 묻고서, 다리를 꼬고 앉아 하얀 면양말을 신은 발끝

---

120 슈트라우스가 1894~1895년에 걸쳐 완성한 작품으로 독일 민화 속 인물 틸 오일렌슈피겔을 다루었다. 이 인물은 14세기 중세 독일을 떠돌아다닌 장난꾼으로 가는 곳마다 위선, 탐욕, 악덕을 풍자하다가 1350년에 페스트로 사망했다고 알려졌다.

을 공중에 띄운 채로 꼼짝도 하지 않았다. 바지 아랫부분의 단추가 정강이를 조이기 때문에 군화를 벗으면서 그 단추를 푸는 사람이 많지만, 왕자는 가벼운 울혈에 정강이가 무지근해지는 정도는 개의치 않았다. 손가락으로 가볍게 팔자수염을 만지며, 왁스로 모양을 잡은 끄트머리를 사나운 새의 꽁지깃을 건드리듯이 어루만졌다.

이 레코드를 듣는 것은 오랜만이었다. 즐거운 음악을 듣고 싶어 골랐지만, 시작 부분에서 주제부를 연주하는 약한 호른 소리를 듣자마자 그 선택이 잘못되었음을, 지금 자신이 듣고 싶은 음악은 이것이 아님을 느꼈다. 푸르트뱅글러가 만들어낸 그것은 명랑하고 장난기 가득한 틸이 아니라 쓸쓸하고 고독한, 의식의 밑바닥까지 수정처럼 투명하게 보이는 틸이었기 때문이다.

하지만 왕자는 그대로 앉아, 신경 다발을 먼지떨이 삼아 바닥을 쓸고 다니는 듯한 틸의 광란이 끝나고 결국 사형 선고를 받고 마지막을 맞는 부분까지 듣고 나서 문득 일어나 벨을 눌러 당직자를 불렀다.

도쿄에 장거리 전화를 걸어 관리인을 호출하라고 명한 것이다.

왕자가 마음을 정한 내용은 이러했다. 첫째는 다가오는 설을 맞아 도쿄에 가면 폐하에게 몇 분이라도 시간을 내어 달라고 부탁해서 이사오를 비롯한 젊은이들의 충정을 말씀드린 뒤, 어떻게든 은혜로운 말씀을 받아 내어 대법원장에게 비밀리에 전달하자는 것. 또 하나는 그 준비 단계로서 섣달그믐 전

달리는 말

에 이사오를 담당한 변호사를 초대해 사정을 자세히 들어 보자는 것이었다.

전화는 관리인에게 변호사 이름을 알아내라고 지시하고, 12월 29일 도쿄 행에 맞추어 시바의 저택으로 데려오라고 말하기 위함이었다.

*　*　*

혼다는 적당한 사무실을 찾을 때까지 우선 마루노우치 빌딩 5층에 있는 친구의 사무실을 빌리기로 하고 간판을 걸었다. 그 친구 역시 변호사로 대학 동기였다.

어느 날 도인노미야가의 사무관이 방문하여 하루노리 왕자의 속뜻을 전했다. 이런 일은 극히 이례적이기에 혼다는 놀랐다.

갈색 리놀륨 바닥을 발소리도 내지 않고 걷는 검은 양복 차림의 체구 작은 남자를 보았을 때 혼다는 형언하기 힘든 꺼림칙함을 느꼈는데, 응접실에 들이고 나서 그런 느낌은 더욱 강해졌다. 물결 무늬 유리벽 하나로 사무 공간과 분리되어 있는 작은 응접실을 작은 남자는 차가운 표정으로, 그러면서 불안한 듯이 둘러보았다. 말소리가 들릴까 봐 우려하는 것이다.

금테 안경을 쓴 창백한 물고기 같은 그 얼굴은 자신이 서식하는 물의 냉기와 어둠, 결코 빛을 볼 일 없이 번문욕례(繁文縟禮)의 해초 아래 가만히 숨 죽이고 있는 생활상을 고스란히 보여 주었다.

아직 판사의 권위를 지우지 못한 혼다는 저도 모르게 단도 직입적으로 말을 꺼냈다.

"우리는 비밀을 지키는 일이 직업이기 때문에 아무런 걱정하실 필요 없습니다. 특히 각별한 분의 의뢰에는 더욱 주의하고요."

사무관이 폐질환이라도 있는 것처럼 알아듣기 힘들 만큼 낮은 목소리로 말해서, 혼다는 의자에 앉은 채 몇 번이나 몸을 앞으로 숙여야 했다.

"아니요, 무슨 비밀 같은 얘기를 하려는 건 결코 아닙니다. 전하가 이 사건에 흥미를 갖고 계시는바, 12월 30일 저택으로 방문하시어 아는 것을 솔직하게 말씀해 주시면 그걸로 충분합니다. 다만……." 하고 남자는 딸꾹질을 멈추려는 것처럼 발작적으로 말을 더듬었다.

"다만 그…… 제가 이런 말씀을 드렸다는 게 알려지면 굉장히 큰 문제가 되기 때문에 전하께는 비밀로 해 주셨으면 하는데……."

"알겠습니다. 기탄없이 말씀해 주세요."

"이것은 그…… 결코 저 개인의 의견은 아니니 그 부분은 이해해 주셨으면 합니다만, 만약 그날 감기라도 걸려서 방문하시지 못하게 된다면, 그렇게 말씀해 주시면 충분할 것으로 압니다만…… 전하의 뜻은 이미 전해 드렸으니 말입니다."

혼다는 놀라서 이 궁내성 사람의 무표정한 얼굴을 바라보았다. 그는 초대를 위해 찾아오긴 했지만 그 초대를 거절하라고 암시하고 있는 것이다.

기요아키의 죽음과 간접적으로 관련이 있는 도인노미야에게서 십구 년 후 초대를 받은 것도 기이한 인연이지만, 이렇게 번거로운 방식으로 뜻을 전달받은 것이 처음인 혼다는 기괴한 이야기를 들은 이상 어떻게든 왕자를 뵈어야겠다는 충동에 사로잡혔다.

"알겠습니다. 그럼 만약 그날 제가 감기 기운 하나 없이 팔팔하다면 찾아뵈면 되는 것이지요."

사무관의 얼굴에 처음으로 표정이라 할 만한 것이 나타났다. 슬픈 듯한 곤혹이 그 차가운 코끝에 잠시 머물렀지만, 아무렇지 않게 다시 바람에 대나무 잎이 스치는 목소리가 이어졌다.

"그야 물론입니다. 그러면 12월 30일 오전 10시에 시바의 저택으로 오시지요. 정문 경비에게 미리 말해 놓을 테니 존함만 말씀하시면 됩니다."

* * *

혼다는 가쿠슈인에 다니면서도 같은 학급에 황족 학생이 없었던 이유도 있어 황가를 찾아뵌 적이 없었다. 굳이 그런 기회를 얻으려고 하지도 않았다.

하루노리 왕자가 기요아키의 죽음과 연관이 있음을 혼다는 알고 있지만, 왕자는 혼다가 기요아키의 친구임을 아마 알지 못할 것이다. 하지만 공평하게 생각해 당시 왕자는 사건의 피해자이기도 했으므로 먼저 언급하지 않는 한 침묵해야 할 것이고, 기요아키의 이름을 꺼내는 것 자체가 예의에 어긋난다. 혼다는 물론 이런 마음이었다.

하지만 요전날 그 사무관의 태도를 보았을 때, 어떤 이유인지 몰라도 왕자가 이번 사건에 후의를 가지고 있음을 혼다는 직감했다. 이사오가 다름 아닌 기요아키의 환생임은 꿈에도 모른 채!

혼다는 그 사무관이 어떻게 생각하든, 왕자가 청하는 대로 알고 있는 것을 모두 말씀드리고 불경하지 않은 범위에서 사건의 전모를 알려 주는 것이 최선이라고 생각을 정했다.

그래서 그날 집을 나서면서는 마음이 평온했지만, 전날부터 내린 겨울비가 아침에도 이어져서, 저택으로 자갈길 언덕을 오르면서는 돌 사이를 흐르는 물이 신발을 적셨다. 현관으로 나온 예의 사무관은 공손히 맞아 주었지만 태도에서는 냉랭함이 역력하게 묻어났다. 그 냉기는 남자의 흰 피부가 보이는 모든 곳에서 분비되고 있었다.

작은 응접실은 비에 젖은 발코니를 바라보는 문과 창문 두 면이 둔각을 이룬 재미있는 구조로, 게다가 한쪽 벽이 도코노마[121]처럼 올라와 있고 그 위에서 태우는 향이 붉게 타오르는 가스난로의 열기에 더해 방 안 가득 집요한 냄새를 풍겼다.

이윽고 진갈색 양복을 입은 풍채 좋은 연대장 왕자가 손님의 긴장을 풀어 주기에 그만인 쾌활한 발걸음으로 나타났다.

---

121 床の間. 일본 주택에서 한쪽 벽면에 설치한 바닥보다 한층 높은 공간으로 주로 응접실을 꾸미는 장식용 공간이다. 꽃꽂이 같은 장식물을 놓거나 족자를 걸어 놓는다.

달리는 말

"아아, 이른 시간부터 잘 오셨습니다." 하고 왕자는 지나치게 큰 목소리로 말했다.

혼다는 명함을 꺼내고 몸을 깊이 숙여 인사했다.

"편히 있으세요. 오시라고 부탁한 이유는 다름 아니라 이번 사건 때문인데, 듣자 하니 판사직에서 물러나 변호를 맡으셨다고요……."

"네. 피고인 중 한 명이 지인의 외아들이라는 연유가 있어서요."

"이누마 말입니까?" 왕자가 군인답게 단도직입적으로 물었다.

온기로 물방울이 맺힌 창문으로는 넓은 정원의 마른 나무들, 서리를 막기 위해 거적을 덮어 놓은 앞뜰의 소나무와 종려나무에 쏟아지는 겨울비가 흐릿하게 보였다. 영국식 차가 나오고 흰 장갑을 낀 급사가 은색 찻주전자의 가는 주둥이에서 보드랍게 흐르는 홍차를 하얀 도자기 찻잔에 채웠다. 혼다는 은스푼으로 빠르게 전해지는 열에 손가락을 뗐다. 그는 문득 이 은처럼 과민한 열에 시달리고 있는 황실 법전의 황족 징계 조항을 떠올렸다.

"이누마 이사오는 사실 누군가와 동행해 이곳에 온 적이 있습니다." 왕자는 담담하게 말했다. "그때의 인상이 강하게 남았는데, 실로 과격한 말을 하면서도 순수 그 자체라는 느낌이 들었지요. 머리도 아주 좋아. 우수하죠. 이리저리 짓궂은 질문을 해도 통찰력 좋은 대답을 하더군요. 약간 위험하긴 하지만 경박하진 않고. 그렇게 훌륭한 청년이 넘어진 것이 유감이었는데, 당신이 판사직을 버리면서까지 변호를 맡겠다고 나선 얘기를 듣고 무척 기뻐서 만나고 싶었습니다."

"그 아이는 황가에 충성하는 집안에서 자랐고, 방식이 잘 못되긴 했지만 모든 것을 나라를 위하는 마음으로 했을 거라 저는 믿습니다. 그런 말을 이곳에 알현했을 때도 했는지요?"

"충의란 자기 손으로 만든 뜨거운 주먹밥을 폐하께 드리는 것이라고 하더군요. 그리고 그 결과가 어떻든 배를 가르는 것 이 충의라고. 『신풍련사화』란 책을 내게 주었는데…… 설마 자 결할 일은 없겠지요?"

"경찰에서도 교도소에서도 그 점은 충분히 주의를 기울이 고 있으니 걱정하실 필요는 없을 겁니다. 하지만 전하……" 하 고 혼다는 조금씩 대담해지며 생각하는 쪽으로 이야기를 이 끌었다. "전하는 그들 무리의 행동을 인정하실 수 있습니까. 표면에 나타난 것뿐 아니라, 그들 계획의 어느 부분까지 그들 편에 서십니까. 아니면 무엇이든 그들의 열의에서 나온 것이라 면 전부 인정하시겠습니까."

"어려운 질문이군요." 왕자는 수염 위로 김을 피우는 찻잔 을 내려놓고 머쓱해하는 표정을 지었다.

혼다는 이때 갑자기, 기요아키의 죽음이 가져온 통한을 왕 자에게 말하고 싶은 설명하기 어려운 충동에 휩싸였다.

왕자는 기요아키 사건으로 분명 자존심에 깊은 상처를 입 었지만 그 상처가 어떤 정열 때문이었는지는 확실하지 않았 다. 하지만 만약 바로 그때, 왕자 역시 귀천빈부를 가리지 않 고 사람을 죽음의 지옥으로 끌고 가는 그 빛나는 환영에 사로

달리는 말

잡혔다면, 빛 앞에서 사람을 눈멀게 하는 가장 맹목적이고 가장 고귀한 정열로 인해 상처를 입은 것이라면…… 그리고 사토코와 관련해서도 다른 무엇도 아닌 오로지 그 사람 때문에 왕자의 정열이 재가 되었던 것이라면…… 그것을 지금 확실히 알 수 있다면…… 그것만큼 기요아키에게 어울리는 공양은 없으며 그것만큼 기요아키의 영혼에 위로가 되는 일은 없다고 생각한 것이다. 사랑도 충성도 원천은 같다. 만약 지금이라도 왕자가 그것을 눈앞에서 선명하게 보여 준다면 혼다는 목숨을 걸고 왕자를 보호할 진심이 있었다. 어쨌든 기요아키 이름은 금구이므로, 혼다는 기요아키를 죽음에 이르게 한 불가사의한 감정을 폭풍에 은유하여 왕자를 떠 보기로 하고, 지금껏 감춰 왔던 불경한 생각을 드디어 입 밖에 낼 용기를 냈다. 이사오의 공판에 불리하게 작용할지도 모르고, 변호사로서 하지 말아야 할 말인지도 모르지만, 기요아키와 이사오가 한목소리로 지금 자신의 안에서 외치고 있다는 생각을 지울 수가 없었다.

"실은 수사 결과를 조사해 보았더니, 아직 극비 사항이긴 하지만, 이누마 일당은 그저 재계 거물만 암살하려고 한 것이 아닌 듯합니다."

"무슨 새로운 사실이 나왔는지요?"

"물론 그 계획은 준비 단계에서 무산됐지만, 그들은 젊은이 나름의 생각으로 천황의 직접 통치를 진심으로 바랐습니다."

"그야 그렇겠죠."

"그 첫 번째 목표로 황족으로 내각을 구성해야 한다고 믿었고, 말씀드리기 굉장히 송구하오나, 전하의 이름을 명시한 전단지를 몰래 인쇄한 것이 발견됐습니다."

"제 이름을요?" 하며 왕자는 순식간에 얼굴색이 바뀌었다.

"결행 직후 뿌리는 것을 목적으로, 전하에게 대명이 내려졌다는 거짓 사실을 사람들에게 믿게 하는 내용을 등사기로 인쇄한 것이었습니다. 이에 검사국이 매우 경악해서 저희 쪽에서 대책을 고심 중입니다. 어느 정도로 받아들이느냐에 따라 죄목이 엄청나게 무거워질 수도 있습니다."

"그건 대권을 모욕하는 일 아닙니까. 말도 안 되는 짓을. 충격적입니다."

왕자는 점점 목소리를 높였지만 그 음성 뒤에는 전율이 돋아 있었다. 혼다는 조용히 왕자의 속뜻을 떠보듯이 물었다. 시선은 왕자의 길고 가느다란 눈에서 떼지 않았다.

"실례되는 질문입니다만, 군에서도 그런 기미가 조금이라도 있었습니까?"

"아뇨, 군은 일절 관계없습니다. 군과 연관 짓는 것은 터무니없어요. 민간 서생들의 망상일 게 빤하지 않습니까."

왕자가 손님의 코앞에서 분연히 문을 닫으며 군을 비호하는 것을 혼다는 보았다. 그의 가장 깊은 희망이 깨졌다.

"그토록 우수한 청년도 그런 어리석은 생각을 했다니. 정말 실망이군요. 게다가 내 이름까지 들먹이고. 한 번 만난 나를 그런 식으로 이용하다뇨, 황가의 이름을. ……이 무슨 망은입니까. 아니, 망은까지 갈 것도 없이 절도라는 것을 모르는군요. 대권 모욕보다 더한 불충이 없다는 것을 몰라요. 그게 무슨 충의입니까. 무슨 진심입니까. 젊은이들은 이래서 골치 아파요."

왕자가 혼자 중얼거리는 말에는 군 지도자의 관대함이 남아 있지 않았다. 마음은 급속하게 식었다. 듣고 있는 혼다도 아까 보였던 열의가 순식간에 냉각되는 것을 생생하게 읽을 수 있었다. 왕자 안에 한 번 피어올랐던 불꽃은 불씨도 남기지 않고 꺼져 버렸다.

왕자는 오늘 변호사를 만나기를 잘했다, 이러면 신년 인사 때 폐하께 아무 말도 하지 않을 것이고 나중에 창피를 당할 일도 없다, 고 생각했다. 그리고 동시에 의심이 몰려왔다. 그러한 대권 모욕은 아이들의 지혜인 것 같지는 않다. 사건이 일어난 뒤 호리 중위에게서 아무런 소식도 없는 점이 수상하다. 중위의 만주 발령 소식을 듣고는 딱하게 여겼지만, 지금 생각해 보면 중위가 직접 희망하여 사전에 만주로 도망간 것이 아닌가 하는 의심까지 든다. 만약 그렇다면 왕자는 가장 신뢰했던 중위에게 이용당하고 배신당한 것이다.

왕자의 증오는 불안에 뿌리를 두었던만큼 끝이 없었다. 지금까지 궁내성 사람들에게도, 한 줌의 상류 계급 사람들에게도 불신과 혐오만 가졌던 왕자가 딱 한 군데 마음이 편해지던 장소에서도 불신의 냄새가 피어오른 것이다. 그 냄새는 낯이 익었다. 생각해 보면 아주 어린 시절부터 왕자는 그 냄새에 둘러싸여 있었다. 여우 굴 같은 냄새. 지워도 지워도 고귀한 신분 주위에 달라붙어 떨어지지 않는, 음침한, 코를 찌르는 그 불신의 배설물 냄새……

혼다는 창밖으로 내리는 비를 바라보았다. 창문이 점점 흐려지고, 바로 앞 종려나무를 덮어 높은 거적의 색깔만 어두운 빗속에 두드러져서 마치 카키색 군복을 입은 사람들이 창밖에 몰려 있는 듯이 보인다. 자신이 판사 시절에는 생각지도 못했던 위험한 도박을 하려고 한다는 것을 혼다는 알았다. 저택에 오기까지는 마음속 어디에도 그런 꿍꿍이가 깃들어 있지 않았지만, 왕자의 열정이 어이없이 사그라지는 것을 목도하자 갑자기 불기(不羈)한 희망이 싹튼 것이다.

왕자가 조금 전 이사오를 구하려고 했던 방식과는 정반대의 방향에서, 오히려 더 유효하게, 게다가 이번에는 이사오를 구하겠다는 마음이 일절 없어도 지극히 원활하게 그쪽으로 움직이게 할 만한 길이 남아 있다. 지금의 혼다 말고는 왕자에게 그런 결의를 촉구할 사람도 없고 이런 기회도 더 없다면, 황공한 일이나 혼다가 그 길을 교묘하게 권유해야 했다. 그 불온한 자료는 아직 세상에 알려지지 않은 채 검사국 손에 있다.

혼다는 최대한 목소리를 낮추어 말했다.

"아까 말씀드린 전하의 이름이 들어간 전단지 말입니다만, 그대로 놔 두었다가 혹시 전하께 누를 끼친다면 실로 불충한 일이 되겠지요."

"누라니 무슨 말씀입니까. 전혀 모르는 일인데."

왕자는 처음으로 분노가 선명한 눈으로 혼다를 쳐다봤다. 하지만 목소리는 그렇게 크지 않았고 분노 자체를 꺼리는 느낌이 들었다. 이 분노가 소중하다, 여기에 매달려야 한다고 혼다는 생각했다.

"실례했습니다. 그러나 위험한 물건임은 사실인데, 아무리 전하를 위하고 싶어도 저에겐 그것을 인멸할 힘이 없습니다. 하루바삐 거두지 않으면 언젠가 세상에 알려져서, 전하가 연관되지 않았음에도 마치 연관된 것처럼 억측의 씨앗을 틔울 것입니다."

"내게 그것을 거둘 힘이 있다는 말인가요?"

"그렇습니다. 전하에게는 그럴 힘이 있습니다."

"어떤 방법으로?"

"궁내 대신에게 하명하시는 겁니다." 혼다는 한 마디로 대답했다.

"궁내 대신에게 무릎을 꿇으라, 이 말인가?"

왕자가 드디어 원래의 큰 목소리를 냈다. 의자 팔걸이를 두드리는 손가락이 분노로 떨었으며, 눈동자가 움직이지 않는 근엄한 눈을 크게 뜨고, 말에 탄 채로 부하를 질책할 때 이런 얼굴이지 않을까 싶은 준엄한 모습이었다.

"아뇨. 그저 명령만 내리시면 궁내 대신이 원활하게 처리할 겁니다. 저도 판사 시절 황실 관련 문제만은 항상 공손하게 처리했습니다. 궁내 대신이 사법 대신과 상의하고, 사법 대신이 검사 총장에게 명령하면, 그 전단지는 처음부터 없었던 것으로 만들 수 있습니다."

"그렇게 간단한 일일지."

왕자는 불쾌하고 온화한 미소를 내내 띠고 있는 궁내 대신의 얼굴을 그려 보며 작게 한숨을 쉬고 말했다.

"네. 전하의 힘이라면……." 하고 혼다가 진지하게 단언하자 왕자는 그에 고무된 듯 승낙했다.

　이로써 이사오의 죄에서 위험하고 불길한 그림자를 하나 걷어 냈다고 혼다는 생각했다. 하지만 다행히 일이 그렇게 되더라도 여전히 검사국의 은밀한 복수라는 위험이 남아 있었다.

33

경찰서 유치장에서 신년을 맞은 이사오는 기소 후 1월 하순에 이치가야 교도소로 옮겨졌다. 이틀 내내 내린 눈이 그늘진 곳에 지저분하게 쌓인 거리를 이사오는 삿갓 틈새로 어렴풋이 내다보았다. 시장의 오색찬란한 깃발이 겨울의 지는 해 아래에서 활기를 띠었다. 이치가야 교도소 남문인 15척 정도 높이의 철문이 경첩에서 새된 비명을 내지르며 열렸다가 이사오가 탄 자동차가 들어가자 바로 닫혔다.

1904년에 완공된 이치가야 교도소는 목조 건물에 외부는 회색 모르타르, 내부는 거의 흰색 회반죽벽으로 마감되어 있었다. 남문으로 들어가 차에서 내린 미결수는 처마가 달린 통로를 지나 '중앙'이라고 불리는 조사실로 이동한다. 10평 조금 넘는 휑뎅그렁한 방 한쪽에는 공중전화 박스 같은 작은 칸막이가 줄지어 있고, 다른 한쪽에는 벽이 유리로 된 변소가 있으며, 판자 울타리로 둘러싸여 교도관이 앉아 있는 높은 단 너머에는 얇은 돗자리 한 장만 깔린 탈의실이 있었다.

몹시 추웠다. 이사오는 탈의실로 끌려가 실오라기 하나 걸치지 않은 알몸이 됐다. 입을 벌리게 하여 어금니까지 살폈고, 콧구멍, 귓구멍도 면밀히 들여다보았으며, 양팔을 올린 상태에서 몸의 앞쪽을, 네 발로 기게 해서 뒤쪽을 검사했다. 육체가 이렇게 단적인 취급을 받자 이 몸은 남의 것인 듯 느껴지고, 자신이 가진 것은 결국 사상뿐이라는 생각이 들었다. 이런 생각이 이미 굴욕에서의 도피였다. 옷을 벗고 온몸에 소름이 돋았을 때, 몸 둘 곳을 알 수 없게 한기가 채찍질하는 동안 그는 화려하게 번쩍이는 붉은색과 파란색의 환영을 보았다. 무엇이었을까. 경찰서 다인실에 함께 있었던 상습 도박범 문신사가 이사오의 피부에 반해 출소하면 돈을 안 줘도 좋으니 문신을 하게 해 달라고 집요하게 부탁한 것을 떠올렸던 것이다. 그 남자는 이사오의 젊은 등 한가득 모란과 사자를 새기고 싶다고 말했다. 왜 모란과 사자일까. 그 붉은색과 파란색의 도안은 어두운 골짜기 사이의 늪에 비치는 오색찬란한 저녁 구름처럼, 굴욕의 밑바닥에서 반사되는 석양빛이었을 것이다. 분명 문신사는 그런 유의, 깊은 골짜기 아래에서 비치는 석양빛을 본 적이 있을 것이다. 그것은 반드시 모란과 사자여야만 했을 것이다.

……하지만 옆구리의 점을 교도관이 손가락으로 건드리고 슬쩍 집어 보았을 때 이사오는 결코 굴욕으로 자살할 수는 없다고 새삼 생각했다. 유치장에서 잠 못 들던 밤마다 그럴 방도

를 이리저리 생각해 보지 않았던 것은 아니다. 그러나 이사오에게 자살은 여전히 각별하고 청아하며 사치스러운 관념이었다.

미결수에게는 사복이 허용되지만 입고 있던 옷은 증기 소독한다고 하여 하루만 푸른색의 수의를 입었다. 개인 소지품도 일용품 외에는 보관소로 넘겨진다. 단상에 앉은 교도관이 외부 반입, 접견, 서신 등에 대한 주의사항을 읊었다. 밤이었다.

예심 판사를 만나기 위해 수갑과 포승줄에 묶여 지방법원으로 향할 때 외에는 이사오는 종일 이치가야 교도소 13번 건물 독방에서 보냈다. 아침 7시에 기상 경적이 울렸다. 증기 기관을 이용해 취사장 위에서 울려 퍼지는 그 경적은, 소리는 날카롭지만 활기찬 김을 내뿜는 생활의 온기를 품고 있었다. 저녁 7시 30분 취침 시간에도 똑같은 경적이 들렸다. 어느 날 밤, 그 경적과 함께 비명 소리가 들리더니 이어서 시끌시끌한 욕설이 오갔다. 그 일이 연이틀 이어졌다. 이틀째에 이사오는 비명처럼 들렸던 그것이 경적에 맞추어 외친 "혁명 만세" 소리이며, 맞은편 창문의 동지와 함께 만세를 외친 그들에게 교도관이 욕설을 퍼부은 것임을 알았다. 그 재소자는 처벌실로 옮겨졌는지 다음 날부터는 목소리가 들리지 않았다. 이사오는 인간도 개와 마찬가지로 추운 밤, 멀리서 짖어 뜻을 전달하는 지경에 이를 수 있음을 알았다. 묶인 개들이 불안함에 발버둥치는 소리와 시멘트 바닥을 발톱으로 긁는 소리도 들리는 것 같았다.

이사오도 물론 동지가 그리웠다. 그러나 예심 판사의 조사를 받기 위해 버스로 호송되어 대기한 다인실에서도 동지들의 얼굴을 보기는커녕 소식 한 조각도 들을 수 없었다.

나날이 조금씩 길어지는 해가 봄이 다가오고 있음을 알릴 뿐, 독방의 다다미는 여전히 서릿발을 엮어 만든 듯했다. 무릎이 추위에 뻣뻣했다.

함께 구속된 동지들이 그리웠지만, 결행 직전 그토록 수월히 손가락 사이로 빠져 나간 사람들을 생각하면 화가 나기에 앞서 신비로움을 느꼈다. 그들의 재빠른 이탈 이후 자신이 더더욱 맑아졌다고 느낄 수 있었던 것은 가지치기를 하고 가벼워진 나무와도 같았다. 그런데 무엇이 그 신비로움을 마련하고, 무엇이 이런 좌절을 맛보게 했는지, 답이 나오지 않는 생각에 괴로워할수록 이사오의 마음은 '배신'이란 말을 피하려 했다.

좀처럼 과거를 생각하지 않고, 생각한다 해도 1873년 신풍련에 관련된 것 정도였던 투옥 전과 달리, 지금은 모든 것이 가까운 과거에 대한 성찰로 이사오를 떠밀었다. 맹세를 나눈 동지들이 그렇게 쉽게 떨어져 나간 직접적인 원인은 호리 중위라 하겠으나, 원래도 계획이 가능함을 확신하고 맹세를 나누었던 건 아니다. 그저 그때 무언가가 급격하게 무너진 것이다. 마음속에서 불문곡직으로 눈사태가 일어났다. 이사오 스스로도 그 눈사태를 속으로 전혀 느끼지 못했던 건 아니다.

하지만 그때 남아 뜻을 지킨 동지 한 사람으로서, 지금 같은 상황을 예측한 이는 한 명도 없었다고 단언할 수 있다. 생각한 것은 죽음뿐이었다. 싸우고 죽을 생각으로만 가득했다. 그 상념을 지키기 위한 준비가 부족했던 것은 사실이지만, 그 부족함의 결과조차 죽음 외에는 없다고 생각했기에 태연했다. 어째서 죽음이 아닌, 이런 굴욕과 인고가 온 것일까. 이사오는 자신이 가졌던 '순수'의 관념, 태양을 향해 날아올라 날개가 타서 죽을 운명이었던 청아한 새를 산 채로 포획할 수단이 있었다고는 생각지도 못했다. 체포 당시 같이 없었던 사와는 그 뒤로 어떻게 됐는지 알 수 없지만, 생각하려 하지 않아도 사와의 얼굴은 이사오의 답답한 가슴 밑바닥에서 불쾌하게 어른댔다.

치안유지법 14조는 매우 단호하게 '비밀 결사를 금지한다'고 규정하고 있다. 이사오와 동지들의, 뜨거운 피로 굳게 묶여 그 피를 내뿜으며 하늘로 오르려 하는 태양의 결사는 처음부터 금지된 것이었다. 하지만 자기 배를 불리기 위한 정치 결사, 이익만을 추구하는 영리 법인은 얼마든지 만드는 것이 허가되었다. 권력은 그 어떤 부패보다 순수를 두려워하는 성질이 있다. 야만인이 질병보다 의약을 두려워하듯이.

이사오는 드디어 지금껏 피해 온 말을 맞닥뜨렸다. '혈맹 자체가 배신을 부르는 법인가.'…… 이것은 가장 무시무시한 생각이었다.

인간은 어느 정도 이상으로 마음이 가까워져 하나가 되려고 하면, 그 잠깐의 환상 뒤에 반드시 반작용이 일어나고, 반작용은 단순히 등 돌리는 것에 그치는 것이 아니라 모든 것을 와해시키는 배신을 부를 수밖에 없는 것인가? 어딘가에 확고한 인간성의 불문율이 있어서 인간끼리의 맹약을 금지하고 있는 것인가? 그는 굳이 나서서 그 금기를 어긴 것일까?

보통 인간관계에서 선과 악, 신뢰와 불신은 혼탁한 형태로 조금씩 섞여 있다. 하지만 일정수의 인간이 이 세상 것이 아닌 순수한 인간관계를 성취한다면, 악 또한 한 사람 한 사람에게서 추출되고 모여서 순수한 결정체로 남을 것이다. 그리고 그 순백의 보석 무리에 칠흑의 보석이 반드시 한 알 섞여 들지도 모른다.

그러나 이런 생각에서 한 발 더 나아가면 사람은 무시무시하게 어두운 사상을 맞닥뜨린다. 악의 본질은 배신보다는 혈맹 그 자체에 있으며, 배신은 같은 악에서 파생된 부분일 뿐, 악의 근원은 다름 아닌 혈맹에 있다는 생각이 그것이다. 즉 인간이 도달할 수 있는 가장 순수한 악은, 뜻을 같이하는 사람들이 완전히 같은 세계를 보고, 삶의 다양성에 반역하고, 개개의 육체가 지닌 자연스러운 벽을 정신으로 무너뜨리고, 상호 간의 침투를 막고 있는 그 벽을 무용하게 만들어, 육체가 이룰 수 없는 무언가를 정신으로 성취하는 것인지도 모른다. 협력과 협동은 인류적이고 온화한 어휘에 속했다. 하지만 혈맹은, ……그것은 자신의 정신에 타인의 정신을 거뜬히 더하는 것이었다. 그 자체가 개체발생(ontogeny) 속에서 영구히 반복되는 계통발생(phylogeny), 즉 조금만 더 손을 뻗어 진리를 쥐려고 하면 죽음으로 좌절하고, 다시금 양수 속에 잠든 상태에서 시작해야 하는, 그 허무한 모래 강가[122] 같은 인류적 영위에 대한 명랑한 모멸이었다. 이렇듯 인간성을 배신함으로써 순수를 얻으려 한 혈맹이 다시금 그 자체의 배신을 부르는 것은 지극

---

122 賽の河原. 불교에서 전해지는 설화로, 부모보다 먼저 죽은 아이가 저승의 모래 강가에서 부모를 공양하기 위해 돌을 쌓아 탑을 만들지만 악귀가 그것을 부순다는 내용이다.

히 당연한 귀결인지도 모른다. 그들은 처음부터 인간성을 존경하지 않았다.

물론 이사오는 거기까지 생각하진 않았다. 하지만 사고(思考)를 통해 무언가를 돌파해야 하는 장소에 다다른 건 명백했다. 그는 자신의 사고에 날카롭고 잔인한 송곳니가 없다는 것이 원망스러웠다.

7시 30분은 취침하기에는 너무 이른 시각이었고, 밤새 꺼지지 않는 20촉광의 전등, 희미하게 꿈틀거리는 이, 구석에 있는 타원형 나무 변기의 냄새, 얼굴이 되레 달아오를 정도의 한기가 불면을 더욱 심하게 만들었지만, 이치가야 역을 지나는 화물 열차의 기적이 어느새 밤이 깊었음을 알렸다.

'어째서, 어째서' 하고 이사오는 이를 갈며 생각했다. '인간에게는 어째서 가장 아름다운 행위가 허용되지 않는가. 추악한 행위, 더러운 행위, 이익을 위한 행위는 얼마든지 허용되는데.

최고로 도덕적인 것이 오직 살의에만 숨겨져 있음이 명백한 시대에, 그 살의를 죄로 만드는 법률이 저 원죄 없는 태양, 저 천황의 존함으로 시행된다는 것은(최고로 도덕적인 것 자체가 최고로 도덕적인 존재에 의해 벌해진다는 것은) 대체 누가 꾸며 놓은 모순인가. 폐하는 과연 이렇게 무서운 사실을 알고 계실까. 이것은 정교한 '불충'이 시간과 노력을 들여 만들어 낸 독신(瀆神)의 기구가 아닌가.

나는 모르겠다. 나는 모르겠다. 도저히 모르겠다. 살육 뒤에 지체 없이 자결한다는 맹세를 거스르는 사람은 그 누구도 없었을 것이다. 그랬더라면 우리는 소매 끝, 옷자락 끝 하나 그

번잡한 법률의 덤불에, 밑가지에 달린 잎사귀에조차 닿지 않고 수월하게 빠져나가, 하얗게 빛나는 천공으로 곧장 달려 올라갈 수 있었을 것이다. 신풍련 사람들도 그랬다. 1873년에는 법률의 덤불이 지금보다는 성겼을 것이나…….

법률이란 인생을 한순간의 시로 바꾸고자 하는 욕구를 부단히 가로막는 무언가의 집적이다. 피보라로 써 내려간 한 줄의 시와 인생을 맞바꾸는 행위를 만인에게 허용하는 것은 물론 온당하지 않다. 하지만 자기 안에 영웅심을 품고 있지 않은 대다수의 사람들은 그런 욕구를 조금도 알지 못한 채로 인생을 보낸다. 그렇다면 법률은 본래부터 극소수를 겨냥해 만들어진 셈이다. 극소수의 비정상적인 순수, 이 세상의 규칙을 벗어난 열성, ……그것을 도둑이나 치정 범죄와 조금도 다를 바 없는 '악'으로 폄하하는 기구인 것이다. 나는 그 교묘한 함정에 빠졌다. 다름 아닌 누군가의 배신으로!'

이런 사고를 날카롭게 베며 이치가야 역을 통과하는 열차의 기적이 지나갔다. 마치 옷에 불이 붙은 사람이 그것을 끄려고 흙 위를 구르는 절박한 감정을 퍼뜨리는 듯 들렸다. 어둠 속을 구르는 비통한 외침이, 심지어 스스로 뿌려 대는 불씨에 휩싸인 채, 스스로 내뿜는 불길에 환하게 비친 채.

게다가 열차의 기적은 가짜 생활의 온기가 넘치는 교도소의 경적과 달리, 슬픔으로 몸을 뒤트는 소리가 그대로 어떤 무제한의 자유로 흘러넘치며, 미끄러지듯이 미래로 펼쳐졌다. 다른 장소, 다른 아침, 하얗고 불쾌한 새벽의 플랫폼에 줄지은 세면대 거울 속에 갑자기 얼굴을 드러내는 녹투성이 아침의 환영조차, 이 기적이 말하는 강렬한 미지를 해치기에는 부족했다.

그렇게 옥창에 새벽이 찾아왔다. 삼 열로 이뤄진 13번 건물 중 오른쪽, 동쪽 끝 방의 창문으로, 잠을 이루지 못한 아침에 붉은 겨울 해가 뜨는 것을 이사오는 보았다.

그것은 높은 담벼락을 지평선 삼아, 뜨겁고 부드러운 떡처럼 지평선에 달라붙어 천천히 떠올랐다. 그 태양이 비추는 일본은 이제 이사오와 동지들의 손을 거부하고, 질병, 부패, 붕괴에 몸을 맡기고 있었다.

……이곳에 와서 처음으로 이사오는 꿈을 꾸게 되었다.

처음으로, 라는 말은 정확하지 않다. 물론 예전에도 꿈을 꾼 적은 있다.

그러나 예전에는 건강한 소년답게 아침이 되면 바로 잊어버리는 꿈뿐이었고, 꿈이 계속 머무르며 낮 생활에 침투한 적은 한 번도 없었다. 이번에는 달랐다. 아침은 물론이고 하루 종일 마음속에 탁하게 고여 있는 전날 밤의 꿈이, 때로는 다음 날 밤 꿈의 기억과 중복되고, 나아가 전날 밤 꿈에 이어지는 꿈을 꾸기도 했다. 비가 오는데 걷는 것을 잊은 색색깔의 세탁물이 언제까지고 마르지 않은 채 그 자리에 그대로 걸려 있는 기분이다. 비는 계속 내린다. 아마도 그 집에 사는 사람은 광인이고, 다시 새로운 비단 세탁물을 빨랫줄에 더하여 암울한 하늘을 채색하는 것이다.

어느 날은 뱀 꿈을 꾸었다.

장소는 열대지방, 어디 넓은 저택의 정원 같은데 밀림에 둘러싸여 담벼락은 보이지 않았다.

그는 밀림의 정원 한가운데로 여겨지는 곳, 무너진 회색 석조 테라스 위에 서 있다. 테라스에서 이어지는 건물은 보이지 않고, 난간에서 고개를 쳐든 코브라 석조상이 손바닥처럼 사방으로 열대의 무거운 공기를 밀어내고 있는 그 정사각형의 작은 테라스만 희끄무레한 돌로 이루어진 공간의 한적함을 지키고 있다. 그것은 밀림 한가운데에서 잘라 낸 네모나고 뜨거운 침묵이다.

모기 소리가 들린다. 파리가 날아다니는 소리가 들린다. 노란 나비가 날아간다. 푸른 물방울처럼 새소리가 뚝뚝 떨어진다. 저 깊숙한 곳, 울창한 초록 숲속을 미친 듯이 찢어발기는 듯한 다른 새소리도 들린다. 매미가 운다.

그러나 이 소리들보다 한층 깊숙이 귀를 공격하는 것은 소나기가 몰려오는 듯한 소리였다. 물론 소나기는 아니다. 밀림의 우듬지는 아주 높이 있고, 햇빛은 얼룩을 만들며 테라스로 떨어지지만, 지나가는 바람은 훨씬 높은 곳을 소리 내며 흔들 뿐 지상으로 내려오지 않기 때문에, 뱀의 머리로 떨어지는 얼룩진 햇빛의 이동에서만 바람의 움직임을 알 수 있다.

그것은 우듬지에서 낙엽이 바람에 흔들리고 가지를 따라 떨어지는 소리가 소나기처럼 들린 것이다. 낙엽은 지금 막 가지에서 떨어진 것이 아니다. 서로 교차하는 나뭇가지가 덩굴처럼 빈틈없이 막아 주어, 이미 떨어진 잎이 그에 막혀 있다가 바람이 불면 다시 떨어지면서, 가지를 따라 하나하나 정성스

달리는 말

레 떨어지는 소리가 모이자 잎을 세차게 때리는 빗소리처럼 들렸다. 마르고 넓은 잎들이라 소란스러운 메아리가 울린다. 나병처럼 흰 이끼가 긴 석조 테라스로 떨어지는 잎들은 하나같이 컸다.

열대의 햇빛은 그러나 어딘가에 군단처럼 무리 지어 수만 개의 창끝을 늘어 놓았다. 반사된 빛이 나뭇잎 사이로 떨어져 몸 주위에 얼룩을 만들었지만, 본체는 직접 보면 눈이 멀고 만지면 손을 델 것처럼 형형하게 밀림 저편을 포위하고 있다. 여기 테라스에서도 그 기척을 생생하게 느낄 수 있다.

이사오는 그때 돌난간 사이에서 작은 녹색 뱀이 머리를 내민 모습을 보았다. 뻗어 나와 있던 덩굴이 갑자기 쭉 늘어난 것이다. 녹색과 연두색이 섞인, 밀랍 세공품처럼 생긴 상당히 굵은 뱀이다. 몹시 인공적인 색깔을 번들거리는 그 뱀이 덩굴의 일부가 아니었음을 깨달았을 때는 늦었다. 뱀은 이사오의 복사뼈를 겨냥했고, 감겼나 싶었을 때쯤 이미 물려 버렸다.

죽음의 한기가 열대지방 한가운데에서 솟아올랐다. 이사오는 몸을 떨었다.

더위가 순식간에 물러나고 뱀독이 온몸의 피에서 온기를 몰아냈으며 모공 하나하나가 죽음의 한기에 놀라 눈을 떴다. 얕게 숨을 쉬는 것이 고작인데 뱉는 숨이 충분하지 않자 점점 들이쉬는 숨도 적어졌다. 그러는 사이 이 세상에서 이사오의 입으로 흘러갈 숨이 없어졌다. 하지만 생명의 운동은 온몸의 민활한 전율 속에서도 여전히 이어졌다. 의지와 달리 피부는 마치 소나기를 맞은 못의 수면처럼 오그라졌다. '이렇게 죽을 생각은 없었다. 배를 가르고 죽을 생각이었다. 절대 이런 식으로, 수동적이고 비참한, 자연의 작은 악의로 숨을 거두며 죽음을 맞을 줄은 몰랐다.' 이사오는 그렇게 생각하면서 망치로 두드려도 깨지지 않는 냉동 생선처럼 몸이 딱딱하게 얼어붙는 것을 느꼈다…….

눈을 떴을 때 이사오는 이불을 걷어찬 채로, 이른봄의 한기가 유난히 강한 가운데 하얗게 새벽이 밝아 오는 독방에 누워 있었다.

또 이런 꿈도 꾸었다.

그 꿈은 너무나 기이하고 불쾌해서 아무리 떨쳐 내도 마음 한구석에 남았다. 이사오가 여자로 변신한 꿈이었다.

하지만 자신의 몸이 어떤 여자로 변했는지는 확실하지 않다. 눈이 멀었는지, 직접 손으로 몸을 더듬어 보는 것 말고는 확인할 방법이 없다. 어딘가에서 세상이 뒤집힌 느낌이었고, 자신은 낮잠에서 막 깬 듯 옅게 땀을 흘리며 창가의 긴 의자에 누워 있었다.

요전번의 뱀 꿈이 중복된 것이리라. 귀에 들리는 건 밀림의 새소리, 파리가 날아다니는 소리, 낙엽이 비처럼 바스락거리는 소리였다. 이어서 백단 같은 냄새가 났다. 이사오가 한 번 아버지가 아끼는 백단 담배 케이스의 뚜껑을 열고 냄새를 맡아 본 적이 있어 기억하는, 우울하고 적막하지만 오래된 나무의 체취 같은 달콤한 냄새다. 문득 이사오는 야나강 논길에서 발견했던 검은 모닥불 흔적의 냄새가 이것과 비슷했음을 떠올렸다.

이사오는 자신의 육신이 명확한 모서리를 잃고 부드럽게 유동하고 있음을 느꼈다. 내부가 부드럽고 나른한 육신의 안개로 가득 차고, 모든 것이 모호해지고, 어디에서도 질서와 체계를 찾을 수 없었다. 즉 기둥이 없었다. 일찍이 그의 주변에서 반짝이며 끊임없이 그를 매료시켰던 빛의 파편은 사라져 버렸다. 유쾌함과 불쾌함, 기쁨과 슬픔이 모두 비누처럼 피부에서 미끄러지고, 육신은 황홀하게 육신의 욕조에 잠겨 있었다.

욕조는 결코 감옥이 아니었다. 언제든 나갈 수 있지만 너무도 나른하고 쾌적해 나갈 수 없으므로 영구히 잠겨 있는 상태, 나가지 않는 상태가 바로 '자유'였다. 따라서 지금 그를 엄격하게 통제하고 규정하는 것은 아무것도 없었다. 백금 밧줄처럼 그를 이중 삼중으로 구속했던 것은 모두 풀어졌다.

반드시 어떠해야 한다고 믿었던 것들은 끄트머리부터 무의미해졌다. 정의는 한 마리 파리처럼 하얀 분 상자 속으로 굴러떨어져 질식했고, 그 정의를 위해 목숨을 바치려 했던 것들은 위에 뿌려진 향수로 흐늘거렸다. 모든 영광은 미지근한 진흙 속에 융해되었다.

반짝이던 흰 눈은 흔적 없이 녹아 버렸고, 자신의 몸 안에는 미지근한 봄의 진흙뿐이다. 그 진흙이 서서히 형태를 이루더니 자궁이 되었다. 자신이 곧 아이를 낳게 될 거라 생각하고 이사오는 전율했다.

자신을 늘 행위로 이끌었던 그 격렬한 초조로 가득한 힘은, 끝없이 펼쳐진 황야를 암시하며 멀리서 부르는 외침에 반응했는데, 이제는 그 힘도 없어지고 목소리도 끊겼다. 더 이상 부르지 않는 바깥세계는 대신에 더 가까이 다가와 그저 닿기만 했다. 그리고 자신은 일어나 이곳을 떠날 기력조차 없었다.

일종의 강철처럼 날카로운 기구는 죽었다. 대신에 썩은 해조처럼 완전히 유기적인 냄새가 어느새 몸에 스몄다. 대의, 열혈, 우국, 죽음을 무릅쓴 뜻도 사라지고, 대신에 주변의 것들, 옷가지와 일상품, 바늘꽂이, 화장도구 같은 소소하고 아름답고 다정한 것들과 자신이 서로 섞여 드는, 뭐라 말할 수 없는 사물과의 친밀함이 생겨났다. 눈짓이나 미소로 가득 찬 거의 외설적인 그 친밀함은 이사오가 과거에 모르던 것이었다. 그가 친밀히 여긴 사물은 오직 검뿐이었으니!

모든 것이 풀처럼 달라붙고, 동시에 그 초월적인 의미를 모조리 잃었다.

무언가에 도달하는 것은 더 이상 문제가 아니었다. 저편에서 이쪽으로 도달해야 하는 것이다. 그곳에는 수평선이 없거니와 섬도 없었다. 원근법이 성립하지 않는 곳이기에 항해도 불가능하다. 바다가 넓게 펼쳐져 있을 뿐이다.

이사오는 한 번도 여자가 되고 싶다고 생각하지 않았으며, 남자로서 남자답게 살고 남자답게 죽는 일 외에는 바라는 것이 없었다. 그리고 남자는 부단히 남자임을 증명할 것을 요구받으며, 오늘은 어제보다 더 남자답고, 내일은 오늘보다 더 남자다워야 했다. 남자는 부단히 남자의 절정을 향해 기어올라야 하며 그 절정에는 흰 눈 같은 죽음이 있었다.

하지만 여자는? 처음부터 여자이고 영원히 여자인 듯했다.

향 연기가 흘러왔다. 징과 피리 소리가 들리고, 창밖에서 장례 행렬이 지나가는 모양이었다. 사람들의 흐느낌 소리가 새어 들었다. 하지만 여름날 낮잠을 즐기는 여자의 기쁨은 흐려지지 않았다. 피부에 골고루 희미한 땀이 번진 채, 갖가지 관능의 기억을 저장하고, 잠든 숨소리를 따라 희미하게 부푸는 배는 육신의 눈부신 영일(盈溢)을 품은 돛 같다. 그 돛을 안에서 잡아당기는 배꼽은 산벚나무 꽃봉오리처럼 조금 촌스러운 붉은빛을 띠며 땀방울이 괸 웅덩이에 작고 조용하게 틀어박혀 있다. 아름답고 팽팽한 두 가슴은 그 당당한 모습에 오히려 육체의 멜랑콜리아가 떠도는 듯 보이는데, 팽팽하게 당겨진 얇은 피부가 속에서 등불을 비추듯이 투명하게 빛난다. 살결의 부드러움이 절정에 달하자 고리 모양 산호초에 몰려드는 파도처럼 유륜 바로 옆에 돌기가 돋았다. 유륜은 고요하게 퍼진 악의로 가득한 난초의 색, 사람들의 입 안에 들어가기 위한 독소의 색을 띠었다. 그 어두운 보랏빛에서 유두는 마치 약삭빠른 다람쥐가 고개를 쳐든 것처럼 기이하게 솟아올랐다. 그 자체가 어떤 작은 장난인 것처럼.

이 잠든 여자의 모습을 분명히 보았을 때, 얼굴은 잠의 안개에 싸여 알아볼 수 없지만, 이사오는 마키코가 틀림없다고 생각했다. 그러자 헤어지던 날 마키코가 뿌리고 있던 향수 냄새가 강하게 풍겼다. 이사오는 사정하고 잠에서 깼다.

말할 수 없는 슬픔이 남았다. 분명 자신이 여자로 변신한 꿈의 기억이 한쪽에 남아 있는데, 어디서 그 꿈의 경로가 꼬여 버려 마키코임직한 여체를 바라보는 기억으로 바뀌었는지, 그 경계를 알 수 없다는 점이 불쾌했다. 게다가 자신이 모독한 것은 마키코일 텐데, 모독한 자신의 안에 세계가 뒤바뀐 듯한 방금 전의 이상한 감각이 또렷이 남은 것이 기괴하다.

몸을 쓸쓸하게 감싼 소름 끼칠 정도로 어두운 감정이(이런 불가해한 감정을 이사오는 난생처음 맛보았다.) 눈을 뜨고 나서도 천장의 20촉광 전구가 던지는 누렇게 바랜 압화 같은 빛 아래를 언제까지고 떠나지 않고 떠다녔다.

신은 건물 담당 간수가 삼베 짚신을 신고 복도를 걸어오는 소리를 듣지 못한 이사오는 당황해서 눈을 감을 새도 없이, 가로로 가느다란 감시 구멍으로 자신을 엿보는 간수의 눈과 정면으로 마주쳤다.

"자도록."

간수는 쉰 목소리로 타이르고 자리를 떴다.

— 봄이 다가왔다.

어머니는 종종 와서 반입품을 주고 갔는데 언제부터인가 면회가 허락되지 않았다. 혼다가 변호를 맡아 준다는 내용이 담긴 어머니의 편지를 받고 이사오는 긴 답장을 써서, 기대하지 않았던 반가운 소식이지만 만약 동지들 전부를 함께 변호해 주는 것이 아니라면 사양하겠다고 말했다. 그에 대한 답장은 결국 오지 않았다. 당연히 허락되어야 할 혼다의 면회도 없었다. 어머니의 편지도 여기저기 검은 먹으로 지워져 있었다. 지워진 부분은 이사오가 가장 알고 싶은 동지들의 소식인 것 같았다. 아무리 자세히 살펴도 검은 먹으로 칠해진 몇 줄은 한 글자도 읽을 수 없었고, 앞뒤 맥락도 분명하지 않았다.

마침내 이사오는 가장 편지를 쓰고 싶지 않은 사람에게 편지를 썼다. 되도록 감정을 억제하면서, 아마도 기부금 때문에 검사국 조사 정도는 받았을 사와에게 폐가 되지 않는 말을 고르면서, 그가 양심의 가책을 받아 어떤 편의를 제공해 주기를 바랐다. 그에 대한 답장도 아무리 기다려도 오지 않아 이사오의 분노는 한층 침울해졌다.

이사오는 어머니의 답장을 받지 못한 상태에서 자택 주소로 혼다에게 보내는 긴 감사 편지를 썼다. 그리고 동지들을 함께 변호해 달라고 열의를 담아 부탁했다. 이번에는 바로 답장이 왔다. 혼다는 자상한 문장으로 이사오의 현재 심정을 배려하며, 어차피 한 배에 탔으니 동지들 전부를 변호하는 것은 어렵지 않지만 혹시 소년법이 적용되는 사람이 있다면 별개의 문제라고 말했다. 이 편지만큼 옥중의 이사오에게 힘을 주는 것은 없었다. 자기 혼자 죄를 떠맡아도 되니 동지들에게 누를 끼치고 싶지 않다는 말에, '당신 심정은 알지만, 재판과 변호는 감정으로 하는 것이 아닙니다. 비장함이란 결코 오래 지속되는 감정이 아니므로 지금은 평정심을 가지는 것이 중요합니다. 검도에 통달했으니만큼 내가 하려는 말이 무엇인지 잘 이해하리라 생각합니다. 모든 건 내게 맡기고(그게 내 일이니까요.) 오로지 건강에 유의하고 인내하며 하루하루를 보내기를. 운동 시간에는 꼭 몸을 충분히 움직이고요.'라고 답한 혼다의 말이 이사오의 마음을 울렸다. 이사오의 마음속에서 석양빛이 시시각각 바래듯이 비장함이 바래지고 있음을 혼다는 분명히 꿰뚫어 본 것이다.

혼다와 면회가 허락될 기미가 보이지 않아, 어느 날 이사오는 예심 판사의 배려심 많은 인품에 기대어 자연스럽게 물어보았다.

"도대체 언제 면회를 허락해 주시나요?"

예심 판사는 순간 대답을 망설이는 듯 보이더니 이렇게 말했다.

"접견 금지가 풀려야지요."

"그건 누가 금지한 겁니까?"

"검사국이요."

예심 판사는 자신도 그 조치에 불만이라는 듯한 심경을 어미에 내비치면서 그렇게 말했다.

34

어머니 편지는 더 자주 왔지만 이렇게까지 먹으로 지워진 부분이 많고 어떤 때는 창문처럼 잘려 나가 있기도 하고 어떤 때는 한 장이 통째로 사라져 있는 편지는 또 없었다. 검열될 만한 표현을 피하면서 편지를 쓸 만한 감각이 어머니에게는 전혀 없는 듯이 보였다. 그런데 어느 시기부터 상황이 달라졌다. 서신 검열 담당자가 바뀌었을 것이다. 지워진 부분은 눈에 띄게 적어졌지만, 어머니는 이전 편지들이 온전히 전달됐다는 전제로 썼기 때문에 마치 나중에 도착한 편지를 먼저 읽는 듯한 판독의 어려움과 초조가 더해졌다. 그런데 그중 다음과 같은 구절이 있었다.

'……편지가 산더미처럼 쌓여서 오천 통은 되는 것 같은데, ……를 생각하면 눈물이 난다.'

여기의 '……' 부분이 지워지긴 했지만 실수로 옅은 먹으로 지운 듯 가장해 두어서, 이사오에게 힘을 주려는 담당자의 진의를 알 수 있었다. 즉 '……편지' 부분은 뚜렷하게 '감형 탄원 편지'로 읽혔고, '……를 생각하면' 부분은 모호하긴 했지만 '세상 사람들의 선의'로 읽을 수 있었다. 이사오는 이번 사건에 대한 세간의 반응을 처음으로 알았다.

그는 사랑받고 있었다! 사랑받는 것을 조금도 바라지 않았던 그가.

아마도 그 감형 탄원서들은 그의 어린 나이 때문에, 어린 나이이기에 당연히 짐작되는 미숙한 순수 때문에, 사람들이 그에게 기대하는 '유망한' 미래 때문에 다정한 위로와 동정에서 보내졌으리라는 추측이 이사오를 조금 괴롭게 했다. 5·15 사건에 대한 그 산더미 같은 탄원서와는 질이 다르다고 그는 생각했다.

'세상은 진지하게 받아들이지 않는다.'라는, 투옥 이후 끊임없이 어둡게 곱씹곤 했던 이 생각에 이어서 이사오는 생각했다. '내가 생각하는, 무시무시한 피투성이 순수성을 조금이라도 안다면 사람들은 나를 도저히 사랑할 수 없을 것이다.'

두려워하기는커녕 미워하지도 않고, 그저 사랑받는다는 상태가 그의 자긍심에 상처를 입혔다. 봄이었다. 마키코가 착실하게 일정한 주기로 보내오는 편지가 이 세상에서 그가 가장 간절히 기다리는 것이라는 의식은 가슴속에 여전히 품고 있는 단단한 유리 같은 뜻과 어울리지 않았다.

그러고 보면 자신은 묘하게 계속 사랑받아 온 것 같다. 그 바닥에는 불투명한 무언가가 있다. 국가와 법률도 어쩌면 세상 사람들과 마찬가지로 그를 진지하게 받아들이지 않는 것이 아닐까.

먼젓번에 경찰 취조실에서 신문을 받을 때도 경찰들은 날이 추우니 화로의 불을 쬐라고 권했고 배가 고플 때쯤 기쓰네 우동을 갖다주곤 했다. 경장은 탁자 꽃병에 꽂힌 꽃을 가리키며 "어때, 동백꽃이 아름답지? 집 정원에 핀 겨울 동백을 아침에 따 가지고 왔어. 취조 시에는 마음을 편히 하는 것이 제일이고, 꽃은 마음을 온화하게 해 주니까."라고 말했다.

이 말에는 자연을 이용하는 세속적 풍류심의 화를 돋우는 냄새가, 며칠 내내 입었을 경장의 와이셔츠 소매에 구름 모양으로 진 때처럼 배어 있었다. 그래도 순백의 동백꽃 세 송이는 거무스름한 억센 초록색 잎을 밀어내고 피어 있었다. 꽃잎은 물을 튕겨 내는 기름층처럼 하앴다.

"햇볕이 좋군." 하고 경장은 옆에 서 있던 경찰에게 창문을 열라고 명했는데, 이사오가 앉은 의자 위치에서는 시야의 절반을 동백꽃이 차지하고 있었다. 창문의 쇠창살은 따뜻하지만 그 격자의 그림자는 추상적인 겨울 햇볕을 한층 추상적으로 느끼게 잘라 드리웠다.

이사오의 어깨에 얹힌 따뜻한 손바닥 같은 햇볕…… 그것은 예전에 아자부 3연대에서 보았던, 번쩍이는 금빛 명령처럼 군인들의 머리 위로 쏟아지던 여름 햇볕과는 다른 것이었고, 몇 번의 우여곡절을 거쳐서 그의 어깨에 다다른 검사국의 온정이라는 기구를 말해 주었다. 이사오는 이것이 여름의 태양과도 같은 천황의 자비심, 그 먼 파편을 뜻한다는 생각은 들지 않았다.

"너희 같은 애국자가 있어서 일본의 미래는 안심이야. 물론 법을 어긴 것은 잘못이지만 우리도 너희의 불타는 한 조각 진심은 알고 있어. 그런데 동료들과 맹세는 언제, 어디서 했지?"

이사오는 기계적으로 대답했다. 지난여름 저녁 신사 앞에서, 가지가 휠 정도로 주렁주렁 열린 하얀 과일처럼 악수를 나누던 스무 명의 손들이 떠올랐다. 하지만 떠올려서 위안으로 삼기에는 이미 괴로운 기억이었다. 대답하면서 종종 자신을 지켜보는 경장에게서 눈을 돌리면 겨울 햇빛과 하얀 동백꽃 한 송이가 번갈아 눈에 들어왔고, 빛에 눈이 부시자 하얀 동백꽃이 칠흑같이 검게 보이고 한 송이 한 송이의 형태가 작게 틀어 올린 윤기 나는 머리처럼 보였다. 그리고 거무스름한 초록 잎은 순백의 옷깃처럼 보였다. 그런 감각의 장난은 이사오의 입에서 나오는 '진실', 예를 들어 "네. 그때 스무 명이 신전에서 두 번 합장하고 두 번 박수를 치고, 내가 맹세의 말을 한 줄씩 읊으면 모두가 복창했습니다." 하는, 결코 지어낸 이야기가 아닌데도 일단 검사국 앞에서 하면 순식간에 온몸에 비늘이 돋는 것처럼 오싹해지는 말, 거짓에 휩싸인 듯한 마음의 동요를 조용히 참아 내는 데 필요했다.

그때 갑자기 하얀 겨울 동백이 신음하는 소리를 이사오는 들었다.

이사오는 놀라서 경장에게로 눈길을 돌렸다. 경장의 눈에는 놀란 기색이 없었다.

하필 이날 2층 취조실이 사용 중인 것이 우연이 아니라면 창문이 열려 있는 것도 우연이 아님을 이사오는 나중에 깨달았다. 취조실의 좁은 복도 건너편에 도장이 있고 채광창으로 그 안이 내다보였는데, 낮부터 덧문을 닫아 놓았지만 채광창으로는 불빛이 보였다.

"어때, 자네도 검도 3단이라고 들었는데, 이런 일을 저지르지 않고 검도에 전념했다면 저 도장에서 나랑 유쾌하게 대련이라도 했을 수 있지 않나."

"지금 검도 연습 중인가요?" 이사오는 물었지만 그 자신도 그렇게 생각하지 않았고 경장도 대답하지 않았다.

검도 기합 같은 소리도 들려왔지만, 동백꽃에서 들려온 듯한 신음은 달랐다. 죽도 소리도, 두꺼운 누비옷 연습복에 닿는 소리도 아니었다. 살을 때리는 둔감하고 엄숙한 소리가 들려왔다.

이사오는 떠올린다. 그때 투명한 겨울 햇빛에 젖어 땀이 밴 듯했던 하얀 동백꽃은 고문의 비명과 신음을 투과하여 비로소 신성한 무언가가 되었음을. 경장의 천박한 풍류심을 벗어나 꽃이 국법 그 자체의 향기를 풍기게 되었음을…… 그의 눈은 보지 않으려고 했지만 보았다. 매끄러운 동백꽃 너머, 낮부터 밝혀진 창문 너머의 불빛 속에서 굵은 밧줄이 묵직한 살덩어리를 매달고 분명하게 흔들리는 모습을.

이사오는 다시 한번 경장의 눈을 보았다. 경장은 묻지 않은 말에 답했다.

"그래. 적색분자야. 고집 센 놈들은 저런 꼴을 당하지."

그리고 그에 반해 이사오는 모든 면에서 온화하게 다루고,

국법의 따뜻한 은혜를 입었음을 명심케 하려는 것이다. 하지만 그때 이사오는 오히려 가슴속에 격정과 굴욕이 쌓여 할 말을 잃었다. '그렇다면 나의 사상은 무엇이란 말인가. 저렇게 구타당하는 것이 사상의 특질이라면, 내가 가진 것은 사상이 아니란 말인가…….' 이사오는 자신이 그만한 일을 꾸몄음에도 충분히 부정되지 않는다는 초조함에 발을 굴렀다. 만약 그들이 이사오가 품은 순수의 무서운 핵심을 알았다면 분명 미워할 것이다. 천황의 관리라 해도 미워할 것이다. 반면에 만약 그들이 영원히 알지 못한다면, 이사오의 사상은 결코 육체의 무게를 지니지 못할 것이며, 고통의 땀에 젖지도 않을 것이고, 따라서 육체가 거세게 구타당하는 저 소리를 한 번도 내지 못할 것이다.

이사오는 신문자를 날카롭게 노려보며 소리쳤다.

"나를 고문하십시오! 지금 바로 고문하십시오. 왜 나는 고문하지 않습니까? 어떤 이유로……."

"자, 진정해, 진정하라고. 바보 같은 소리 하지 말고. 이유는 간단해. 너는 까다롭지 않기 때문이야."

"제 사상이 우익이라서입니까?"

"그 이유도 있지만, 우익이든 좌익이든 까다로운 놈은 심한 꼴을 당하기 마련이야. 하지만 뭐니 뭐니 해도 저 적색분자들은……."

"적색분자는 국체를 부정하기 때문에요?"

"그래. 그에 비해 이누마, 너희는 애국자이고 사상의 방향은 틀리지 않았어. 다만 젊고 순수한 나머지 과격해진 것이 문제지. 방향은 좋아. 그러니 수단을, 좀 더 점진적으로, 조금 부드럽고 느슨하게 가면 되는 거야."

"아뇨." 이사오는 온몸을 떨면서 반대했다. "조금 부드럽게 하면 다른 것이 되어 버립니다. 그 '조금'이 문제예요. 순수성에 조금 느슨하게 한다는 건 없어요. 아주 조금이라도 부드럽게 하면 그것은 전혀 다른 사상이 되고, 이미 우리의 사상이 아닌 것이 됩니다. 그러니 옅어질 수 없는 사상 자체가 지금 상태 그대로 나라에 유해하다면 저 사람들의 사상과 유해함은 똑같으니 나를 고문하세요. 그러지 않을 이유가 있습니까."

"꽤나 이치에 맞는 말을 하는군. 그렇게 흥분할 것 없어. 한 가지는 알아 두면 좋겠는데. 적색분자 중에는 누구도 너처럼 고문을 자청하는 사람은 없더군. 녀석들은 소극적이야. 너처럼 고문자를 믿어 주지 않아."

●

35

마키코의 편지에는 물론 직설적인 표현은 없었지만 이사오에 대한 변함없는 마음이 가득했고, 아버지가 첨삭해 준 시 두세 편이 반드시 달려 있었다. 검열관이 쓰는 작은 벚꽃 모양의 붉은 먹 도장이 찍혀 있는 것은 같지만 마키코의 편지만 이렇게 수월하게, 크게 삭제되지 않고 도착하는 것에는 기토 중장의 모종의 조력이 있으리라고 여겨졌지만, 이사오의 답장이 반드시 전달되는 것 같지는 않았다.

마키코는 절대 묻지도 답하지도 않고, 현실을 언급하지도 회피하지도 않고, 무언가를 알리지도 않고 숨기지도 않고, 계절이 바뀜에 따라 눈이 가는 아름다운 것, 여러 가지 재미있는 것, 시시콜콜한 것에 대해 썼다. 작년 봄에 그랬듯이 식물원에서 정원으로 날아온 꿩 한 마리, 최근에 산 레코드, 그날 밤을 떠올리며 하쿠산 공원에 가끔 산책을 가는데, 비에 젖

달리는 말

은 벚꽃 잎이 유동원목[123]에 달라붙은 채 밤을 밝히는 가로등 아래 희미하게 흔들리더라는 것, 그 광경을 보고 방금 전까지 유동원목에 한 쌍의 어른들이 타고 있었으리라 짐작한 일, 가구라덴[124]의 유독 깊은 어둠 속을 흰 고양이 한 마리가 달려갔다는 것, 꽃꽂이 연습에 쓰는, 일찍 핀 복숭아꽃, 호국사에 갔을 때 경내에서 들국화를 발견하고 자꾸 꺾는 바람에 소매가 묵직해졌다는 얘기…… 이 모든 묘사에 시가 달려 있었기에 읽는 이사오도 문득 그곳에 함께 있는 듯이 느꼈다. 어머니에게 없는 감각을 마키코는 가지고 있어서, 엄격한 검열을 피해 가는 문장을 손쉽게 자기 것으로 익힌 것 같았다. 하지만 편지에 드러나는 마키코에게서는, 남편이 지른 봉기의 불을 멀리서 바라보고 시어머니와 함께 춤추며 기뻐했던 그 신풍련의 아베 아키코를 떠올리게 하는 면모는 거의 없었다.

마키코의 편지를 몇 번이고 다시 읽으며, 정치에 대한 언급은 한마디도 없지만 왠지 모르게 이중적인 뜻으로 읽히는 부분, 어떤 열정의 비유로 생각되는 구절을 한참 동안 고심하며 해독하는 동안, 이사오는 이 편지들이 제 몸에 뻗는 관능적인 매혹에 저항하고픈 마음에, 애써 다정함이나 선의가 아닌 부분을 찾으려 했다. 하지만 마키코가 어떻게 악의로 이 편지들을 쓸 수 있겠는가. 설사 그런 부분이 숨어 있다 해도 무의식적으로 나온 말일 것이다.

---

123 遊動円木. 통나무를 수평으로 달아서 그 위에 탄 뒤 앞뒤로 움직이는 놀이기구.
124 神楽殿. 신사 안에서 제례 의식 때 무악을 연주하는 곳.

그 부드러운 문체, 그 활달한 내용은 분명 일종의 줄타기였다. 줄타기에 능숙해지기까지 그 위험을 피하는 법 자체를 즐기게 되는 것을 어떻게 비난할 수 있겠는가. 그리고 한 걸음 나아가 부도덕할 정도로 줄타기에 흥미를 느끼고, 검사국을 꺼린다는 명목 하에 오로지 감정의 유희에 열중하는 듯 보이기까지 했다.

편지에는 그런 내용이 조금도 쓰여 있지 않았다. 그저 어떤 냄새가 있었다. 경쾌한 정서가 있었다. 그로써 유추하건대 마키코는 가끔 이사오의 투옥을 즐기고 있는 듯했다. 무정한 이별이 감정의 순도를 지켜 주고, 만날 수 없는 고통이 조용한 기쁨으로 바뀌고, 위험이 관능을 불러일으키고, 불확실함이 꿈을 키우고…… 옥창으로 불어 드는 미풍처럼 이사오의 마음이 끊임없이 유혹에 떨고 있음을 똑똑히 안다는 데서 나오는 즐거움을 아무렇지 않은 표현으로 암시하는 부분, 거의 잔혹하기까지 한 이 교류가 마키코가 전부터 바랐던 꿈을 실현해 주었다는 증거는 그렇게 생각하고 읽을수록 곳곳에서 읽혔다. 말하자면 마키코는 이 상황에서 그녀의 왕국을 발견한 것이다.

옥중 생활로 예민해진 감각으로 이를 알아차린 이사오는 갑자기 흥분해 편지를 찢어 버리고 싶은 심정마저 들었다.

마음을 다른 곳으로 돌리고 뜻을 굳히고자 『신풍련사화』 반입을 요청했지만 당연히 거절당했다. 구매를 요청할 수 있는 잡지도 《어린이 과학》《현대》《웅변》《고단 클럽》《킹》《다이아몬드》에 한정되었고, 관본이든 사본이든 일 주일에 한 권

반입이 허락되는 서적에서 가슴에 불을 지필 만한 것은 없었다. 그래서 전에 아버지에게 부탁해 둔 이노우에 데쓰지로 박사의 『일본 왕양명 학파의 철학』 반입이 허가됐을 때 이사오의 기쁨은 이루 말할 수 없었다. 오시오 주사이에 대한 장을 읽고 싶었던 것이다.

오시오 헤이하치로 주사이(大塩平八郎中斎)는 1830년 서른일곱 나이에 경찰직을 그만두고 집필과 강연에 전념해 양명학파 학자로 명망이 높았으며 창술의 달인이기도 했는데, 1833년에서 1836년에 걸친 전국적인 대기근에 위정자도 부유한 상인도 민중의 굶주림을 구하려고 하지 않음을 보다 못한 오시오가 애장서를 팔아 민중을 구제한 행위가 이름을 팔려는 행위로 비쳐 양아들 가쿠노스케가 견책 처분을 받자, 1837년 2월 19일 끝내 병력을 일으켰다. 수백 명이 부유한 상인들의 창고를 태우고 돈과 곡식을 민중에게 나누어 주었으며 오사카시 사분의 일 이상이 화재로 잿더미가 되었는데, 결국 싸움에 진 오시오 헤이하치로는 폭약을 껴안고 죽었다. 향년 마흔넷이었다.

오시오 헤이하치로는 양명학의 지행합일(知行合一)을 몸소 실천하고 '지이불행(知而不行), 지시미지(只是未知)'라는 왕양명의 사상을 체현하였는데, 이사오가 양명학에 기초한 지행합일, 이기합일(理氣合一)에 앞서 흥미를 가진 부분은 그 사생관이었다.

'생사에 관한 주사이의 생각은 불교의 열반과 상당히 유사했다.'라고 이노우에 데쓰지로는 썼다.

주사이가 말하는 '태허(太虛)'란 모든 심적 작용이 절멸한 소극적 상태가 아니라, 그저 사욕을 제거하고 양지(良知)가 빛을 발하게 하는 것으로, 주사이는 태허를 우리의 본체로 삼고, 상주불멸의 태허로 돌아가는 것이 불생불멸의 영역으로 들어가는 것이라 말했다.

나아가 저자는 '마음이 태허로 돌아가면 육체가 죽어도 사라지지 않는 것이 있다. 따라서 육체의 죽음은 두렵지 않고 마음의 죽음이 두렵다. 마음이 죽지 않음을 알면 세상에 두려울 것이 없다. 여기에 결심이 생겨난다. 이 결심은 어떤 것에도 동요하거나 흔들리지 않는다. 따라서 이것이 천명임을 알아야 한다.'라는 『선심동차기(洗心洞箚記)』의 구절을 자주 인용했다.

그중 '육체의 죽음은 두렵지 않고 마음의 죽음이 두렵다.'라는 한 구절이 이사오의 가슴을 찔렀다. 그 글자들이 현재의 자신에게 내려진 철퇴처럼 다가온 것이다.

─5월 20일에 예심이 종결되고 '이 사건은 도쿄 지방법원 공판에 부친다.'라는 주문이 나왔다. 예심 단계에서 면소(免訴)되기를 바란 혼다의 희망은 꺾였다.

첫 공판은 6월 말에 열릴 예정이었다. 공판 며칠 전까지도 여전히 면회가 허락되지 않았지만 마키코에게서의 반입품이 있었다. 이사오는 깊이 감동하며 그것을 받았다. 사이구사 축제의 백합이었다.

긴 여정을 거쳐 경찰들 손에 시달린 한 송이 백합은 약간 시들고 흐늘해져 있었다. 그래도 결행일 아침 몸에 품으려 한 백합에 비하면 그 생기와 윤기가 비할 바가 아니었다. 또한 신전 광장에 맺힌 아침 이슬의 흔적을 담고 있었다.

마키코는 이 한 줄기 백합을 이사오에게 건네기 위해 일부러 나라까지 갔을 것이다. 그리고 가져온 수많은 백합 중 가장 하얗고 가장 모양이 좋은 한 송이를 골랐을 것이다.

생각해 보면 작년 이맘때 이사오의 몸은 자유와 힘으로 가득 차서, 신전 검도 시합 승리의 남은 불씨를 신성한 산의 삼광 폭포로 잠재웠고, 깨끗한 마음으로 봉사하여 신에게 바치는 어마어마한 양의 백합을 모았으며, 흰 머리띠를 땀으로 적시며 나라까지 짐수레를 끌고 갔다. 사쿠라이 마을은 여름 해에 빛났다. 이사오의 젊음과 산의 초록이 서로를 비추었다.

백합은 그 기억의 문장(紋章)이며 마침내 결의의 표지가 되었다. 이후 그의 열정, 맹세, 불안, 몽상, 죽음에의 기대, 영광에의 동경, 모든 것의 중심에 이 백합이 있었다. 거대하고 어두운 계획을 지탱하는 곧은 기둥, 우뚝 솟은 그의 의지였던 기둥 위쪽에는 언제나 백합 장식이 어둡고 높은 곳에서 찬란하게 빛났다.

그는 손에 쥔 백합을 바라보고 손바닥으로 줄기를 돌려 보았다. 구부러진 꽃이 한 바퀴 돌며 손 안에 마른 잎이 스친 자국이 남았고, 반대편으로 완전히 꺾이는 순간 금빛 꽃가루가 조금 휘날렸다. 옥창으로 들어오는 햇빛이 이미 강했다. 이사오는 작년의 백합이 되살아났음을 느꼈다.

36

예심 종결 결정문이 송달됐을 때 공동 피고인 명단에서 사와의 이름을 발견한 이사오는 오랫동안 품었던 의혹을 부끄럽게 여겼다.

사와의 얼굴을 마음속에 떠올리고 사와의 이름을 생각하기만 해도 솟구치던, 억누를 수 없는 불쾌함이 부끄러웠다. 그때 자신에게는 배신자의 역할을 맡을 한 사람이 필요했던 것은 아닐까. 사와가 아니라 다른 누군가라도, 자신의 억누르기 힘든 의혹의 형상을 띤 존재가 필요했던 것은 아닐까. 그 누군가가 없었다면 스스로를 지킬 수 없었던 것이 아닐까.

하지만 더욱 무서운 건 그 전까지 가장 그럴싸하게 여겨졌던 사와의 이름이 지워진 뒤였다. 그는 그 의혹이 다른 사람에게 옮겨갈까 봐 두려웠다. 체포 당시 그 자리에 있던 사람은 미야하라, 기무라, 이즈쓰, 후지타, 미야케, 다카세, 이노우에, 사가라, 세리카와, 하세가와 열 명이다. 그중 만 십팔 세가 되지 않은 세리카와와 사가라는 소년법이 적용되므로 당연히 공동 피고인 명단에 없다. 이사오는 늘 그림자처럼 자신을 따랐던 작은 체구에 안경을 쓴 기민한 사가라, 예전에 신전에서 "나는 돌아갈 수 없어." 하며 울었던, 실로 소년 같은 도호쿠 지방 신관의 아들 세리카와를 떠올렸다. 그 두 사람이 자신을 배신했다고는 생각하기 어려웠다. 그렇다면 외부인은? ……이사오는 그 이상 생각하기가 두려웠다. 풀숲을 헤쳐 나간 끝에 백골을 마주치는 것처럼, 발견해서는 안 될 무서운 무언가가 숨겨져 있는 기분이 들었다.

물론 중도 포기자들도 12월 3일이 결행일임을 알고 있었다. 하지만 그들은 결행일 삼 주 전의 일밖에 알지 못한다. 계획이 그런 식으로 무산된 이상 결행일이 연기될 가능성, 혹은 앞당겨지거나 중지될 가능성도 충분했다. 그들 중 한 명이 검사국에 정보를 팔았다 해도 결행일 이틀 전까지 체포를 보류한 이유를 알 수 없다. 결행의 수단이 간단했던만큼 앞당겨질 위험도 있다고 보지 않았을까.

생각하지 말자, 생각하지 말자, 하고 이사오는 되뇌었다. 하지만 그러면서도, 마치 살충등에 꾀인 나방이 보지 않으려 해도 불빛으로 눈이 이끌리듯이 가장 생각하고 싶지 않은 불길한 관념으로 마음이 기울었다.

6월 25일 공판일은 쾌청하고 매우 무더웠다.

호송차는 햇빛에 반짝이는 황궁 해자를 통과해 붉은 벽돌로 된 대심원(大審院) 뒷문으로 들어갔다. 이곳 1층에 도쿄 지방법원이 있다. 이사오는 반입물이었던 하얀 잔무늬 하카마를 입고 법정으로 나갔다. 호박색 법단의 광택이 눈을 찔렀다. 입구에서 수갑을 풀었을 때 교도관이 방청석을 볼 수 있도록 몸 방향을 바꾸는 인정을 베풀어 주었다. 반년 동안 보지 못한 부모의 모습이 있었다. 어머니는 눈이 마주치자마자 손수건으로 입을 가렸다. 오열을 참는 것일 테다. 마키코는 보이지 않았다.

피고인들은 방청석을 등지고 일렬로 섰다. 동지들과 나란히 섰다는 사실이 이사오에게 용기를 주었다. 바로 옆에는 이즈쓰가 있었다. 말을 나눌 수도, 얼굴을 마주 볼 수도 없지만 이즈쓰의 몸이 잘게 떠는 것이 보였다. 법정에 서서 긴장한 것이 아니라 오랜만에 동지를 만난 감동을 뜨겁게 땀이 밴 몸의 파동으로 고스란히 드러낸 것이라고 이사오는 느꼈다.

눈앞에는 피고석이 있었다. 그 너머 연한 마호가니색 법단이 눈부셨고, 나뭇결을 드러낸 널빤지들이 깔려 있었다. 엄숙함을 풍기는 단상의 중앙 안쪽에는 마찬가지로 연한 마호가니색에 바로크 양식 박공을 한 장엄한 문이 있었다. 세 개의 의자에 각각 목각 화관이 달려 있는데 중앙에는 재판장이 앉고 좌우 양쪽에 배석 판사가 앉았다. 맞은편 오른쪽에는 법원 속기사가, 왼쪽에는 검사가 앉았다. 판사들이 입은 검은 법복의 가슴부터 어깨까지 보라색 당초무늬 자수가 은은하게 빛났고, 위압적인 검은 법관에도 보라색 면이 달려 있었다. 이곳은 정말로 바깥세상과 다르다는 것을 한눈에 알 수 있었다.

어느 정도 마음이 가라앉자 이사오는 오른쪽 변호인석에서 가만히 자신을 지켜보는 혼다를 알아보았다.

재판장이 이름을 묻고, 이어서 나이를 물었다. 체포된 뒤로 자신을 부르는 목소리가 언제나 위에서 권위에 가득 차 들려오는 것에 익숙해진 이사오도 이렇게까지 높은 곳에서, 국가 이성 그 자체의 목소리인 것처럼, 빛의 안개로 뒤덮인 하늘의 먼 번개처럼 울려 퍼지는 것은 처음 들었다.

"네. 이누마 이사오. 이십 세." 하고 이사오는 대답했다.

37

두 번째 공판은 7월 19일에 열렸다. 날은 맑았지만 서늘한 바람이 법정 가득 들어와 서류가 펄럭이는 바람에 정리(廷吏)가 창문을 반쯤 닫았다. 이사오는 옆구리에서 땀과 더불어 가려움을 유발하는 빈대 한 쌍에 물린 자국을 몇 번이나 긁고 싶은 유혹을 참았다.

개정과 함께 재판장이 검사 측이 첫 번째 공판에서 신청한 증인 한 명을 각하했기에, 혼다는 만족한 나머지 책상 위의 종이로 빨간 색연필을 가볍게 굴렸다.

1929년 판사 임용 때부터 거의 무의식적으로 생긴 버릇으로, 그 뒤로 참으려고 노력했다가 사 년 만에 다시 나타난 것이었다. 판사에게 그런 버릇이 있으면 피고에게 주는 영향이 좋을 리 없지만 지금 입장으로서는 마음껏 그럴 수 있다.

각하된 증인은 호리 중위, 그야말로 문제의 증인이었다.

달리는 말

검사의 얼굴에 순간 불만이 퍼져 나가는 모습을 혼다는 알아보았다. 바람이 갑자기 수면을 가로질러 가듯이.

호리 중위의 이름은 신문 조서에도, 청취록에도, 참고인으로 소환된 중도 포기자들의 청취록에도 몇 번 등장했다. 다만 이사오만은 그 이름을 말하지 않았다. 원래부터 호리 중위가 계획에서 맡은 역할은 아주 모호했고, 경찰이 압수한 최종 명단에도 그 이름은 없었다. 최종 명단이란 재계 거물 열두 명 각각의 이름을 공동 피고인의 이름과 선으로 연결한 표를 가리킨다. 요쓰야의 은신처에서 압수한 이 표에는 그러나 암살을 분명하게 제시하는 무언가는 없었다.

공동 피고인은 대부분 호리 중위에게서 정신적인 감화를 받았다고 밝혔을 뿐, 확실한 지도를 받았다고 공술한 것은 한 명뿐이었다. 또한 포기자들 중에는 호리 중위를 만난 적도 없고 이름도 모른다고 말한 사람도 많았다. 검사 측이 의심하는, 대량 포기자가 나오기 전의 대대적인 계획서는 피고들의 뒤죽박죽인 자백을 제외하면 어디서도 드러나지 않았다.

한편 검사 측이 훑어본 문제의 전단지, 도인노미야 왕자에게 대명이 내려졌다는 전단지는 이미 어둠에 묻혔다. 검사가 이렇게 거창한 내용의 전단과 실제로는 빈약했던 암살단의 불균형에 주목해 중위를 중요 증인으로 지목한 것은 당연했다.

검사 측으로선 매우 불만스러울 이 결과는 사와의 움직임 덕분이리라고 혼다는 짐작했다. 이누마가 그렇게 암시했던 것이다.

"사와는 좋은 사람이에요." 하고 이누마는 말했다. "사와는 끝까지 이사오와 운명을 함께할 생각이었습니다. 저에게는 비밀로 하고, 이사오가 뜻을 이루게 해 주고 자기도 죽으려고 했어요. 그러니 저의 밀고로 가장 상처받은 건 사와일지도 모릅니다.

하지만 사와는 역시 어른이라 실패할 때를 대비해 주도면밀하게 준비를 해 놓았어요. 이런 운동에서는 중도 포기자가 나오는 경우가 가장 위험하니, 포기자가 나온 것을 알고 바로 대활약해서 한 사람 한 사람 설득하러 다녔으리라 봅니다.

만약 사건이 미연에 발각되면 너희도 참고인으로 소환될 텐데, 참고인과 공범은 종이 한 장 차이다, 그렇게 되고 싶지 않으면 군과의 연관은 정신적인 영향 정도로만 언급해야지, 아니면 사건이 커지면서 덩달아 휘말려 직접 목을 매게 될지도 모른다, 하고 말이죠.

한편으로는 결행할 생각이 있었겠지만, 또 한편으로는 만약의 사태에 대비해 철저하게 증거를 인멸해 두었을 겁니다. 젊은이들은 그렇게까지 머리를 쓰지는 못하죠."

— 개정과 함께 재판장이 몹시 무표정한 얼굴로, 호리 중위는 본건과 직접적인 관계가 없으므로 증인 신청을 각하한다고 말했을 때, 혼다는 바로 '아, 예의 신문에 실린 '육군 당국자 담화' 덕분이구나.' 하고 알아차렸다.

군부는 5·15 사건 이후 이런 유의 사건에 세간이 보이는 반응에 민감했다. 특히 호리 중위는 5·15 사건과 관련해 요주의 딱지가 붙은 장교다. 만주 발령에도 그런 이유가 있었는데, 여기서 또 민간 사건의 의심스러운 증인이 되어선 곤란하다. 만약 증인으로 나가면 증언 내용이 어떻든 간에 사건 직후 공표한 '육군 당국자 담화'의 신빙성을 이후로 오랫동안 잃게 될 것이며, 나아가 군 자체의 위신이 손상될 것이다.

짐작건대 군은 이런 심정으로 이 재판을 지켜보고 있을 것이 틀림없다. 그리고 호리 중위의 증인 신청이 나오면서 검사 측은 무거운 부담감을 느끼기를, 판사에게는 오직 무표정하게 각하하기를 기대했을 것이다.

어쨌든 검사국은 경찰 조사에서 아자부 3연대 뒤쪽, 기타자키라는 군인 하숙에서 호리 중위가 학생들을 만난 동정을 파악하고 있었다.

— 혼다는 불만에 찬 검사의 얼굴에서 짜증과 초조를 읽고, 나아가 그 초조의 이유를 읽었다.

혼다가 짐작한 바는 다음과 같다.

검사는 예심 종결 결정문에서 단순히 살인 예비죄만 공소 사실로 다룬 것이 불만이다. 사건을 좀 더 크게 만들어, 가능하다면 내란 예비죄로 끌고 가고 싶다. 그래야만 이런 유의 사건을 뿌리째 근절할 수 있다고 믿고 있다. 하지만 그렇게 믿으면 논리가 흐트러진다. 대계획에서 소계획으로 축소 변경했다는 사실을 입증하는 데 골몰한 나머지, 살인 예비죄의 구성 요건마저 충족하지 못하는 것이다.

'이 간극을 노려서 될 수 있으면 살인 예비죄까지 한 번에 부정해 버리자.'는 것이 혼다의 생각이었다. '가장 걱정되는 것은 이사오의 순수함과 정직함이다. 이사오를 혼란에 빠뜨려야 한다. 내가 내놓는 증인은 적뿐 아니라 우리 편에 대한 공격이

기도 하다.'

　줄지어 선 젊은 피고인들 중에서도 특히 아름답고 늠름하고 맑은 이사오의 눈을 향해 혼다는 마음속으로 외쳤다. 사건 소식을 들었을 때 더할 수 없이 어울린다고 느꼈던 그 부릅뜬 눈이 새삼 이 자리에 걸맞지 않은, 어울리지 않는 것으로 느껴졌다.

　'아름다운 눈이여,' 하고 혼다는 외쳤다. '맑게 빛나며 늘 사람들을 당황하게 하고 그 삼광 폭포의 물을 갑자기 맞는 것처럼 이 세상 것이 아닌 비난을 느끼게 하는 젊은이의 무쌍한 눈이여. 뭐든 말해라. 뭐든 정직하게 말하고 마음껏 상처를 받아라. 너는 이제 스스로를 지키는 법을 알아야 할 나이다. 뭐든 말하면 나중에 너는 '진실은 누구도 믿어 주지 않는다.'라는, 인생에서 가장 소중한 교훈을 얻을 것이다. 이것이 그 아름다운 눈에 내가 할 수 있는 유일한 교육이다.'

　─그리고 혼다는 단상에 앉은 히사마쓰 재판장의 얼굴을 살펴보았다.

　예순을 조금 넘은 재판장은 희고 건조한 피부에 희미한 기미가 낀 반듯한 얼굴에 금테 안경을 썼다. 말투는 명확한데 중간중간 상아로 된 장기말을 맞부딪치는 듯 한아한 무기질적 소리가 나서, 말하는 내용만큼이나 국화 문장이 빛나는 법원의 문처럼 차가운 위엄을 더했지만, 이유는 그저 틀니인 것 같았다.

　히사마쓰 재판장의 인격은 매우 평판이 높았고 혼다도 그 강직한 인품을 좋아했다. 하지만 그 나이에 여전히 1심에 머물러 있는 것은 적어도 수재라고 할 만한 사람은 아니기 때문이다. 변호사들 사이에 도는 얘기로는 겉으로는 이성적으로 보이지만 실은 인정에 약해, 내면의 불길과 싸우기 위해서 차가운 외관을 가장하고 있다는 것을, 격노할 때나 깊이 감동받았을 때 노인의 그 희고 건조한 뺨이 홍조를 띠는 모습에서 알 수 있다고 했다.

하지만 판사의 내면을 조금은 아는 혼다였다. 얼마나 격렬한 싸움인가. 감정, 정념, 욕망, 이해득실, 야심, 수치, 광기, 그 밖의 갖가지 잡다한 표류물, 널빤지, 폐지, 기름, 귤껍질, 그것으로 모자라 물고기와 해조까지 품고서 닥쳐오는 모든 인간성의 바다를 그저 한 줌의 법률적 정의의 암벽으로 버텨 내는 싸움이란!

— 히사마쓰 재판장은 살인 예비죄의 간접 증거로 그들이 일본도를 팔고 단검을 입수한 사실을 중시하는 듯했다. 증인 신청을 각하한 뒤 곧바로 증거 조사를 시작했다.

....

히사마쓰 재판장: 이누마 씨에게 묻습니다. 결행 전 일본도를 팔고 단검을 구입한 것은 암살 목적을 위해서였나요?

이누마: 네. 그렇습니다.

재판장: 그때가 몇 월 며칠이었습니까?

이누마: 11월 18일로 기억합니다.

재판장: 그때 일본도 두 자루를 팔고 그 돈으로 단검 여섯 자루를 샀고요.

이누마: 네.

재판장: 직접 갔습니까?

이누마: 아뇨. 동지 두 명에게 부탁했습니다.

재판장: 그 동지가 누구누구입니까?

이누마: 이즈쓰와 이노우에입니다.

재판장: 왜 한 사람씩 따로 보냈습니까?

이누마: 젊은이들이 검을 두 자루나 팔러 가면 눈에 띌 것 같아서 되도록 밝고 온화한 인상인 두 명을 뽑아 멀리 떨어진 가게 두 곳에 따로 보냈습니다. 만약 가게에서 이유를 묻는다면, 검술을 했는데 이제 그만둬서 나무 칼집이 있는 단검을 새로 구해 형제끼리 나눠 가지기로 했다고 말하라고 했습니다. 두 자루를 팔고 단검 여섯 자루를 사면 원래 있던 여섯 자루와 합해 열두 명 전부에게 돌아갈 수 있어서입니다.

재판장: 이즈쓰 씨. 칼을 팔러 갔을 때 어떤 상황이었는지 말해 주세요.

이즈쓰: 네. 고지 마을 3동의 무라코시 가게로 가서 최대한 아무렇지 않은 얼굴로 칼을 팔고 싶다고 말했습니다. 몸집 작은 할머니가 고양이를 끌어안고 가게를 보고 있었는데, 여기가 샤미센 가게라면 고양이도 참 괴로울 텐데 칼 가게면 그럴 일은 없겠구나 하는 생각이 문득 들었습니다.

재판장: 상관없는 얘기는 하지 않아도 됩니다.

이즈쓰: 네. 용건을 말하자 할머니가 곧바로 안으로 들어가고 대신 얼굴색이 좋지 않은 주인 남자가 언짢은 기색으로 나오더군요. 검을 뽑아서 경멸하는 눈빛으로 여러 각도로 자

세히 살피다가 잠금 장치를 풀고 칼날을 보고는, '그럴 줄 알았다. 제작자 이름은 나중에 새겼군.' 하더군요. 파는 이유는 묻지 않았고, 가격에 맞춰 나무 칼집에 든 단검 세 자루를 주기에 잘 살펴본 후 들고 나왔습니다.

재판장: 이름이나 주소는 묻지 않았습니까?

이즈쓰: 네. 아무것도 묻지 않았습니다.

재판장: 어떻습니까, 변호인은 이누마 혹은 이즈쓰 씨에게 질문 있습니까?

혼다: 이즈쓰 씨에게 질문 있습니다.

재판장: 하세요.

혼다: 검을 팔러 갈 때, 혹시 이누마 이사오 씨가 장검은 암살에 불편하니 단검으로 바꿔야겠다고 말했습니까.

이즈쓰: ……아니요, 그런 말은 없었다고 기억합니다.

혼다: 그렇다면 그런 말 없이 그저 단검으로 바꿔 오라는 명령만 받고, 이유도 모르고 가게에 간 것입니까.

이즈쓰: ……네. ……하지만 대충 상상은 갔고, 당연하게 생각했습니다.

혼다: 그렇다면 그때 갑자기 결심이 바뀐 것은 아니었단 뜻이군요.

이즈쓰: 네. 그렇지는 않았습니다.

혼다: 본인의 검을 가지고 갔습니까?

이즈쓰: 아닙니다. 이누마의 검이었습니다.

혼다: 당신이 원래 가지고 있던 건 어떤 검입니까.

이즈쓰: 처음부터 단검을 가지고 있었습니다.

혼다: 언제 생긴 거죠?

이즈쓰: 네. ……아, ……그래요, 작년 여름입니다. 대학 신사 앞에서 맹세를 한 후 단검 정도는 가지고 있어야 부끄럽지 않겠다 싶어서 검을 수집하는 삼촌을 찾아가 얻어 왔습니다.

혼다: 그렇다면 그때는 구체적인 사용 목적은 뚜렷하지 않았군요.

이즈쓰: 네. 언젠가 무슨 일에 써 보고 싶다고 생각은 했지만…….

혼다: 그렇다면, 당신이 구체적인 사용 목적을 안 것은 언제입니까.

이즈쓰: 야기 쇼노스케의 암살 임무를 맡았을 때였던 것 같습니다.

혼다: 제 질문은, 암살 수단이 반드시 그 단검이어야 한다고 자각한 것이 언제냐는 것입니다.

이즈쓰: ……네. ……네, 그건 잘 모르겠습니다.

혼다: 재판장님, 다음으로 이누마 씨에게도 질문이 있습니다만…….

재판장: 하세요.

혼다: 당신이 원래 가지고 있던 검은 어떤 것입니까.

이누마: 제가 이즈쓰에게 팔라고 준 검입니다. 히젠 다다요시[125]의 이름이 새겨진 검으로, 재작년 검도 3단을 땄을 때 아

---

125 肥前忠広. 일본도 장인의 이름. 에도 시대 현재 사가현에 해당하는 히젠 사가번에서 활약했다.

버지에게 축하 선물로 받았습니다.

혼다: 그렇게 소중한 검을 단검으로 바꾼 것은 자결을 위해서가 아니었습니까?

이누마: 네?

혼다: 당신은 『신풍련사화』를 애독했다고 공술했고, 신풍련 지사들의 자결에 큰 감동을 받아, 자신도 그렇게 죽고 싶다, 나아가 동지들에게도 그런 식의 죽음을 찬양했다고 공술했습니다. 지사들이 싸움에서 쓴 것은 보통 검이고 자결에 쓴 것은 단검입니다. 그 사실로 보건대…….

이누마: 네, 생각났습니다. 검거된 날 회의에서 누군가가 '만약의 사태에 대비해 예비용을 한 자루 더 갖추어야 한다.'고 말했고 다들 찬성했습니다. 그 예비용이 자결을 위한 것은 맞으나, 입수하기 전에 체포됐습니다.

혼다: 그렇다면 그 전까지는 예비용 흉기를 갖출 생각이 없었던 거군요.

이누마: 네, 그렇습니다.

혼다: 그런데 당신은 예전부터 자결에 대해 확고한 결의를 가지고 있었죠.

이누마: 네.

혼다: 그렇다면 그때 구한 단검은 타살을 위한 것이기도 하고 자결을 위한 것이기도 하다, 즉 두 가지 목적이 있었다고 할 수 있습니까?

이누마: 네, 그렇습니다.

혼다: 그렇다면 보통 검을 굳이 단검으로 바꾼 행위에는

타살과 자결 두 가지 목적이 있었던 것이고, 특별히 타살만을 목적으로 흉기를 소지한 것은 아니었던 셈이군요.

이누마: ……네.

검사: 재판장님. 혼다 변호사의 신문은 지나친 유도 신문으로 보입니다. 항의합니다.

재판장: 변호인 질문은 이것으로 충분합니다. 검을 팔고 산 건은 일단 여기까지 듣겠습니다.

검사 측 증인 나오십시오.

……………………………………………….

─자리에 앉은 혼다는 이 신문을 통해 검을 팔고 산 행위를 살인 예비죄의 간접 증거로 삼으려는 논리를 다소나마 혼란에 빠뜨린 것에 만족했다. 그러나 히사마쓰 재판장은 사상 문제에 그다지 흥미가 없는지, 첫 번째 공판 이후 직권을 사용해 얼마든지 이사오의 정치적 신조를 말하게 할 수 있었음에도 조금도 그러지 않은 점이 마음에 걸렸다.

……불규칙하게 지팡이를 짚는 소리가 법정 입구에서 들려서 사람들의 눈길이 그쪽을 향했다.

키가 매우 크지만 허리가 굽었고, 위쪽에서 무언가를 힘껏 잡아 누르듯이 삼베 홑옷의 가슴팍을 자기 공간으로 감싸면서, 백발 아래 움푹 들어간 눈만 위로 치뜬 노인이 나타났다. 증인석까지 가자 지팡이에 기대어 섰다.

재판장이 일어나 선서서를 읽고, 증인은 떨리는 손으로 서명과 날인을 했다. 신문에 들어가기 전에 의자가 주어졌다.

달리는 말

재판장의 질문에 노인은 알아듣기 힘들 만큼 작은 목소리로 "기타자키 레이키치라고 합니다. 칠십팔 세입니다."라고 말했다.

....

재판장: 증인은 전부터 그곳에서 하숙업을 하고 있죠?

기타자키: 네, 그렇습니다. 러일 전쟁 때 군인 하숙을 시작해서 지금까지 계속 같은 장소에서 영업하고 있습니다. 하숙인 중에 훌륭한 군인이 많아서 대장, 중장이 된 분들도 있고, 운이 따르는 하숙이라는 평판을 받았기에, 보기에는 너저분하지만 군인 분들, 특히 3연대의 장교 분들이 큰 힘이 되어 주시고 계십니다. 홀몸인지라 소박하게 살면서 남들한테 손 벌리지 않고 살아가고 있습니다.

재판장: 검사 측 질문 있습니까?

검사: 네. ……댁에서 호리 육군 보병 중위가 하숙한 것은 언제부터입니까?

기타자키: 네. ……그러니까, 삼 년…… 아니, 이 년…… 최근 들어 기억력이 좋지 않아서요, 이것 참…… 네, 이 년 정도이지 싶습니다…….

검사: 호리 중위가 중위로 승진한 것이 삼 년 전, 즉 1930년 3월이니 하숙에 들어왔을 때는 이미 중위였군요.

기타자키: 그건 틀림없습니다. 처음부터 별 두 개였습니다. 그 뒤에 승진 축하 인사를 한 기억이 없으니까요.

검사: 그렇다면 적어도 삼 년 이내, 일 년 이상이군요.

기타자키: 네, 그렇습니다.

검사: 호리 중위를 찾아오는 손님이 가끔 있었습니까?

기타자키: 아주 많았습니다. 여자 손님은 한 명도 없었지만 젊은이들, 학생들이 중위의 이야기를 들으러 자주 찾아왔습니다. 중위도 그런 손님들이 좋았던지 식사 때가 되면 배달 음식을 시켜 주는 등 인심을 쓰고, 주머니를 많이 털었지요.

검사: 언제부터 그런 경향을 보였습니까?

기타자키: 그건 처음부터 쭉 그랬습니다, 네.

검사: 중위는 당신에게 손님들 이야기를 많이 했습니까?

기타자키: 아뇨, 미우라 중위 같은 사람과 다르게 저와는 거의 대화를 하지 않는 무뚝뚝한 사람이었는데요, 하물며 손님들 이야기를 허물없이 할 정도는…….

검사: 잠깐만요. 미우라 중위는 누구입니까?

기타자키: 그분도 전부터 우리 하숙에서, 2층 호리 중위의 방 맞은편 끝의 방을 쓰고 있습니다. 난폭하지만 재미있는 사람이지요…….

검사: 호리 중위 손님 중 특별히 기억에 남는 사람이 있으면 말씀해 주세요.

기타자키: 그러니까, 그래요. 하루는 미우라 중위의 방으로 저녁식사를 나르면서 호리 중위 방 앞을 지나가는데, 장지문이 꽉 닫혀 있고, 안에서 갑자기 호리 중위가 무슨 호령을 내리는 것처럼 큰소리를 질러서 간이 떨어질 뻔한 적이 있습니다.

검사: 호리 중위가 뭐라고 말했습니까?

기타자키: 그것만은 분명히 기억합니다. "알겠나. 중지해." 라고 소리쳤어요.

달리는 말

검사: 뭘 중지하라는 건지는 알 수 없었고요?

기타자키: 그렇죠, 그것까지는. 여하튼 지나가는 길에 들은 소리였고, 저녁식사 쟁반을 떨어뜨리면 안 된다는 생각이 먼저였으니, 보시다시피 다리가 불편한 몸인지라 미우라 중위의 방으로 서두르는 것이 고작이었습니다. 그날 저녁은 미우라 중위도 유독 배가 고팠던지 '이봐, 할아범. 밥 좀 빨리 부탁해!' 하고 미리부터 재촉을 했기에 이대로 쟁반을 떨어뜨렸다가는 미우라 중위에게도 큰소리를 들을 것 같았어요. 미우라 중위 앞에 쟁반을 내려놓자 중위는 싱글거리며 '드디어 왔군.'이라고만 하고 다른 험담은 하지 않았습니다. 그런 면이 군인의 좋은 점이라고 생각합니다만.

검사: 그날 저녁 호리 중위를 찾아온 손님은 몇 명이었습니까?

기타자키: 음, 한 명이였던 것 같은데…… 네, 한 명입니다.

검사: '중지해.'라고 호리 중위가 말한 그날이 언제였습니까. 매우 중요한 부분이니 정확히 떠올려 주십시오. 몇 년 몇 월 며칠 몇 시인지. 당신은 일기를 쓰십니까?

기타자키: 아뇨, 어림도 없습니다.

검사: 제 질문을 이해하셨는지요?

기타자키: 네?

검사: 당신은 일기를 쓰십니까?

기타자키: 아, 일기요. 쓰지 않습니다.

검사: 그래서, 그날이 몇 년 몇 월 며칠 몇 시쯤입니까.

기타자키: 글쎄요, 작년인 건 확실합니다. 그렇죠. 장지문

이 그렇게 꽉 닫혀 있는데 이상하다 싶지 않았으니 여름은 아니었을 테고, 초여름이나 초가을도 아니었을 겁니다. 꽤 추운 날이었는데 극한이라고 할 정도도 아니었으니, 작년 4월 전 아니면 10월 이후일 겁니다. 시간은 저녁식사 즈음. 날짜는······ 이건 모르겠군요.

검사: 적어도 4월인지 10월인지, 혹은 3월인지 11월인지는 정해 주시겠습니까?

기타자키: 네. 지금 기억하려고 애쓰고 있습니다. ······어디 보자, 네, 10월 아니면 11월이겠군요.

검사: 10월입니까, 11월입니까?

기타자키: 그것까지는······.

검사: 10월 말이나 11월 초라고 생각하면 될까요?

기타자키: 네, 뭐, 그러면 되겠습니다. 정확하지 못해 죄송합니다.

검사: 그때 온 손님은 누구였습니까?

기타자키: 이름은 모릅니다. 호리 중위는 항상 몇시쯤 젊은 이들 몇 명이 올 테니 들여보내라고만 말했습니다.

검사: 그날의 손님도 젊었나요.

기타자키: 네, 학생이었던 것 같습니다.

검사: 얼굴도 기억하십니까.

기타자키: 음······ 네.

검사: 증인은 뒤를 돌아보세요. 서 있는 피고인 중 그날의 손님이 있습니까? 일어서서 한 명 한 명 얼굴을 자세히 봐도 괜찮습니다.

이사오는 눈앞에 허리가 굽은 키 큰 노인이 다가와 자기 얼굴을 들여다보는 것을 느꼈다. 움푹 팬 눈은 굴처럼 혼탁했다. 검붉은 핏발이 흰자위를 덮었고, 눈동자는 결코 빛나지 않는 한 개의 점처럼 구석에 몰려 있었다.

'그때 거기 있었던 사람은 나잖습니까.'

이사오는 눈으로 열심히 말하려 했다. 입으로 말하는 것은 금지였다. 그러나 노인의 눈은 이사오의 얼굴을 눈앞에 두고도, 두 사람 사이에서 흔들리는 어떤 희미한 그림자에 휘감기기라도 한 듯이 불안정한 시선으로 계속 쳐다보기만 했다.

지팡이가 바닥에 희미하게 끌렸다. 노인은 이어서 이즈쓰를 봤다. 이사오 말고는 누구도 그렇게 오랫동안 쳐다보지 않았기 때문에, 이사오는 노인이 결국에는 자신을 알아보았다고 확신했다.

증인석 의자로 돌아온 기타자키는 연기처럼 뇌리를 벗어나는 기억을 어떻게든 붙잡아 정리하려고 노력하는지, 팔꿈치를 지팡이에 기대고 이마에 손가락을 짚은 채 멍하니 있었다.

법단의 검사가 짜증스러운 말투로 물었다.

"어때요. 기억이 나십니까?"

기타자키는 검사를 보지 않고 알아듣기 힘든 목소리로, 법단의 널빤지에 어렴풋하게 비치는 자신의 그림자에게 말을 거는 듯이 입을 열었다.

"네. 그게 확실하지 않네요. 그런데 첫 번째 피고는……."

"이누마 씨 말입니까."

"이름은 모르지만, 가장 왼쪽의 젊은이 얼굴은 어디선가 본 기억이 있어요. 저희 집에 오셨던 건 틀림이 없겠지만 그날의 손님인지는 확신하지 못하겠습니다. 어쩌면 호리 중위가 아니라 다른 용건으로 오셨을 수도 있고요."

"그렇다면, 미우라 중위의 손님입니까."

"아뇨. 그것도 아닙니다. 아마도 예전에, 별채 손님방에 여자와 함께 온 젊은 분이 있었는데 그 사람이 아닐까 싶습니다만……."

"이누마 씨가 여자와 함께 왔다고요?"

"확실히는 모르겠지만 아마도 그렇지 않을지……."

"그게 언제였습니까?"

"지금 생각하는 중인데요, 한 이십 년 전이었던 것 같습니다."

"이십 년 전에, 이누마 씨가, 여자와 함께요?" 하고 검사가 무심코 말해서 방청석에서 실소가 터졌다.

노인은 이런 반응에 조금도 개의치 않고 집요하게 같은 말을 했다.

"네, 그렇습니다. 아마도 이십 년 전쯤에……."

이 증인에게 증언 능력이 있는지의 여부가 이제 분명해졌다. 사람들은 기타자키의 노망을 비웃었다. 혼다도 처음에는 그중 한 사람이었지만, 노인이 다시 한번 매우 진지하게 "이십 년 전쯤에."라고 말하자 비웃음이 갑자기 전율로 바뀌었다.

혼다는 예전에 기요아키에게서 기타자키의 군인 하숙 별채에서 사토코와 밀회했던 이야기를 자세히 들은 적이 있다.

달리는 말

당시의 기요아키와 이사오는 같은 나이라는 사실 말고는 외견
상 비슷한 구석이 한 군데도 없었다. 그러나 죽음에 가까이 있
는 기타자키의 마음속에서 기억이 혼란해지고, 그 오래된 집
한 채에서 일어난 수많은 사건의 색채의 농담만이 시간을 초
월해 서로 이어지며, 옛 사랑의 정열과 새로운 충의의 정열이
각자 법도를 초월하고 규칙을 벗어난 곳에서 섞여 들어, 흐리
멍텅하게 휘저은 늪과도 같은 생애의 기억 위에 핀 홍백의 연
꽃 두 송이가 하나의 관념으로 자리 잡았을 수도 있다. 그리고
그런 착각으로 인해 노쇠한 기타자키의 마음속, 탁한 회색 늪
에 갑자기 기이하고 밝은 광선이 나타나 가득 채웠을 것이 틀
림없다. 그 말할 수 없이 맑은 빛다발을 붙잡기 위해, 그는 사
람들의 비웃음과 검사의 노여움을 아랑곳하지 않고 완고히
같은 말을 되풀이한 것이다.

그렇게 깨닫고 나자 혼다는 눈부시게 닦인 호박색 법단과
판사들의 엄숙한 검은 법복이 창밖의 따가운 여름 해에 곧바
로 퇴색해 버리는 느낌이 들었다. 눈앞에서 위엄 있게 그 정교
한 구조를 과시하는 법질서가 여름 해의 강렬함에 마치 얼음
성처럼 순식간에 녹아내리는 느낌이 들었다. 기타자키는 분명
평범한 사람들의 눈에는 보이지 않는 거대한 빛의 끈을 엿보
았다. 창밖 정원의 소나무 잎 하나하나를 예리하게 비추는 여
름 해는 분명 실내를 채운 법질서보다 훨씬 준엄하고 장대한
빛의 밧줄에 기인한 것이었다.

"변호인은 증인에게 질문 없습니까?"

판사의 물음에 혼다는 "특별히 없습니다." 하고 아직 망연

한 상태에서 대답했다.

"그럼, 수고하셨습니다. 증인은 퇴장하십시오." 재판장이
말했다.

—"……여기서 재정증인[126]을 요청합니다. 이름은 기토 마
키코. 이누마 피고인 및 공동 피고인 일동의 이익을 위해, 결행
예정일 사흘 전 이누마 피고인의 번의(飜意) 사실에 대해 신문
하려 합니다. 또한 당시 증인이 쓴 일기를 제출하므로, 이에 바
탕해 신문하고 싶습니다." 하고 혼다는 말했다.

형사소송법에 재정증인 규정은 없지만 증언 취지에 따라
재판장이 검사나 배석의 의견을 물은 후 재정증인을 허락할
수 있는데, 혼다는 이 관행을 사용한 것이다.

재판장이 의견을 묻자 검사는 냉담하게 수긍했다. 전혀 타
격이 되지 않는다는 태도의 표명이었다. 재판장은 이어서 우
배석 쪽으로 고개를 숙여 속삭이며 물었고 좌배석에도 똑같
이 물은 끝에 "좋습니다. 허가합니다." 하고 말했다.

그리고 법정 입구에 남색 줄무늬 비단 기모노에 하얀 하카
타 허리띠를 맨 마키코가 나타났다.

여름날 속 마키코는 얼음처럼 하얗게 타고난 피부 덕분에
귀를 가린 칠흑 같은 머리칼과 남색 옷깃에 둘러싸인 아득한
풍경 같은 고요한 얼굴이 두드러졌다. 촉촉하고 생기 있는 눈

126 在廷證人. 미리 소환하지 않고 법원 안에 있는 사람 중에서 택해 신문
하는 증인.

461

아래의 피부는 땅거미를 솔로 한 번 펴 바른 듯이 수척해 보였다. 약간 비스듬하게 맨 허리띠 중앙에 진녹색 비취로 된 은어 장식을 달았다. 그 경옥의 녹색 광택이 조금 느슨한 마키코의 옷차림을 단단하게 죄고 있었다. 좀처럼 동요하지 않는 모습 아래 긴장한 섬세함이 엿보였고, 그녀의 무표정에 담긴 것이 애수인지 냉소인지 알 수 없었다.

마키코는 이사오 쪽을 흘끗 보지도 않고 증인석으로 향했다. 그리하여 이사오의 눈에는 마키코의 서늘한 등줄기와 두툼한 허리띠의 뒷부분만이 남았다.

"양심에 따라 진실을 말하고 아무것도 숨기거나 더하지 않을 것을 맹세합니다." 하고 재판관이 선서서를 읽고, 마키코는 증인석으로 전달된 선서서에 조금도 떨리는 기색 없이 서명한 뒤, 소매에서 작은 도장 주머니를 꺼내 아름다운 손가락이 뒤로 젖혀질 만큼 힘을 주어 가느다란 상아 도장을 찍었다. 옆에서 지켜보던 혼다의 눈에 그 손가락 사이로 피 같은 인주가 언뜻 엿보였다.

혼다의 책상 위에는 마키코가 공개를 허락한 일기장이 놓여 있었다. 이것을 증거로 제시하고 마키코를 증인으로 세운 것은 혼다의 뜻이었지만, 별말 없이 허락한 재판장의 진의는 짐작하기 어려웠다.

··.

재판장: 증인은 피고와 어떤 관계로 알게 되었습니까?

마키코: 네. 아버지가 이사오 씨의 아버지와 친분이 있으신 데다 워낙 젊은 분들과 교제하기를 좋아하셔서, 자주 집으

로 찾아오시면서 친척 이상으로 가까운 사이가 되었습니다.

재판장: 피고를 마지막으로 만난 날짜와 장소는요?

마키코: 작년 11월 29일 저녁입니다. 집으로 찾아오셨습니다.

재판장: 제출하신 일기에 사실과 다른 내용은 없습니까.

마키코: 없습니다.

재판장: ……다음은 변호인이 질문하십시오.

혼다: 네. 이 일기는 증인이 작년에 쓴 일기죠.

마키코: 네.

혼다: 날짜별로 나뉘어 있지 않아 자유롭게 쓸 수 있는 형식의 일기장인데, 오랫동안 꾸준히 긴 일기를 써 오셨군요.

마키코: 네, 그렇습니다. 가끔 와카를 완성했을 때도 옮겨 써 두곤 해서…….

혼다: 옛날부터 이런 식으로, 페이지를 넘기지 않고 한 줄만 띄워서 다음 날 일기를 이어 썼나요?

마키코: 네. 이삼 년 전부터 점점 쓰는 양이 많아져서, 페이지를 넘기면 아무리 자유 형식이라도 가을이 끝날 때쯤엔 한 권을 다 써 버릴 것 같아서요. 그런 식으로 매일 이어 썼습니다.

혼다: 그렇다면 작년, 즉 1932년 11월 29일의 일기는 절대 나중에 더한 것이 아니라 그날 밤에 쓴 것이라고 증언할 수 있겠군요.

마키코: 네. 일기 쓰기를 빠뜨린 날은 없습니다. 그날 밤도 자기 전에 썼습니다.

혼다: 그럼 1932년 11월 29일 일기 중, 이누마 피고인과 관

달리는 말

런 있는 부분을 읽어 보겠습니다.

'……오늘 밤 8시쯤 갑자기 이사오 씨가 찾아왔다. 한동안 만나지 못했는데 웬일인지 오늘 밤은 이사오 씨가 생각나서 벨이 울리기 전에 현관으로 나간 것은 내 기묘한 예감 능력 때문일까. 교복을 입고 나막신을 신은 차림새는 평소와 같았지만 얼굴을 본 순간 무슨 일이 있음을 알았다. 행동이 유독 딱딱하고 얼굴도 굳었다. 손에 들고 있던 나무통을 문득 들이밀며 "어머니가 전해 드리라고 해서 왔습니다. 히로시마에서 온 굴인데, 조금이지만 맛을 보시라고요."라고 말했다. 어두운 현관에서 나무통에 담긴 물이 입맛 다시는 듯한 소리를 냈다.

해야 할 공부가 있으니 이만 가겠다며 서둘러 핑계를 댔지만 얼굴에는 거짓말이라고 쓰여 있었다. 평소의 이사오 씨와 어울리지 않았다. 억지로 붙잡아 둔 후 나무통을 받아 들고 아버지에게 가서 말씀드리니 "들어오라고 해."라고 흔쾌히 말씀하셨다.

서둘러 현관으로 돌아갔다. 이사오 씨는 벌써 나갈 채비를 하고 있었다. 급히 밖으로 쫓아 나갔다. 무슨 일인지 이사오 씨에게 꼭 물어보고 싶었다.

내가 뒤따라오는 걸 알았을 텐데 이사오 씨는 뒤돌아보지도, 걸음을 늦추지도 않았다.

하쿠산 공원 앞까지 와서 "왜 화가 났죠?"하고 물었더니 드디어 걸음을 멈추고 뒤돌아보았는데, 수줍은 듯이 긴장한 웃음을 띠고 있었다. 그리고 우리는 차가운 밤바람 속에서 하쿠산 공원 벤치에 앉아 이야기를 나누었다.

계획 중인 운동은 어떻게 됐는지 물었다. 전에 친구들과 집에 와서 "일본은 이대로는 안 된다."라며 토론하기도 했고, 나도 몇 번 그 동지들에게 소고기 전골을 대접한 적이 있었다. 요즘 들어 이사오 씨가 전혀 얼굴을 비추지 않는 것은 그 운동으로 바빠서라고 생각했다.

그러자 이사오 씨는 쓸쓸한 얼굴로 "사실 그 운동 이야기를 하고 싶어서 왔는데, 마키코 씨 얼굴을 보니, 전에 열띠게 토론한 적도 있는만큼 입이 떨어지지 않아서, 도망치듯이 나온 거예요." 하고 괴로운 듯이 천천히 끊어 말했다.

이야기를 들어 보니 이러했다. 내가 모르는 사이 운동이 점점 과격해졌는데, 실은 서로 자신의 공포를 숨기고 동료에게서 용기를 찾아내기 위해 말로만 과격하게 앞서간 것이었고, 그런 말들에 두려움을 느끼고 중도 포기한 동지가 점점 늘었으며, 남겨진 소수는 더욱 어깨에 힘을 주게 되어, 결행할 용기는 줄어드는 한편 말과 계획은 꿈같은 유혈 참사로 향해서, 더는 내부에서 수습할 수 없는 상황이다. 아무도 약한 소리를 하지 않으니 누가 회의하는 모습만 본다면 겁을 먹겠지만 실상 아무도 결행할 용기가 없다. 그러나 비겁자라는 오명을 쓰면서까지 중지를 주장할 용기 역시 아무도 없다. 게다가 이대로 질질 끌려가면 의도하지 않은 행동으로 돌진할 위험도 커진다. 지도자 입장인 자신도 이제 의욕이 없어졌다. 상황을 되돌릴 만한 무슨 묘책이 없을까. 사실 오늘 밤도 그 지혜를 빌리고 싶어서 왔다. ……라는 것이다.

나는 갖은 말로 중지를 권유하며, 중지를 결의하는 것이야말로 진정 남자다운 용기이니, 일시적으로는 동지들이 등을 돌리더라도 분명 이해해 줄 날이 올 것이다, 나라를 위하는 길은 그 외에도 많다, 필요하다면 내가 여자 입장에서 동지들을 설득해 보겠다고 했다. 하지만 내가 나서면 오히려 번거로워진다고 하기에 그 말도 타당하다 싶어 생각을 접었다.

하쿠산 신사 앞으로 와서 헤어지기 전에 함께 기도를 했다. 이사오 씨가 "덕분에 마음이 개운해졌습니다. 이제 의욕이 사라졌어요. 가까운 시일에 적당한 때를 봐서 동지들에게 중지를 권하겠습니다." 하고 상쾌하게 웃으며 말해서 나는 얼마간 마음이 놓였지만, 여전히 가슴 깊은 곳에 불안이 남았다.

일기를 쓰면서도 눈이 감기지 않으니 오늘 밤은 잠들지 못할 것 같다. 아버지도 기대하고 계시는 유망한 청년에게 혹시 무슨 일이 생긴다면, 조금 과장해서 일본에 큰 손실이 되리라는 생각마저 든다. 오늘 밤은 괴로워서 시를 쓰지도 못하겠다.'

— 이상입니다. 증인이 쓴 것이 확실합니까?

마키코: 네. 제가 썼습니다.

혼다: 나중에 가필 수정한 부분도 없고요.

마키코: 보시다시피, 한 군데도 없습니다.

재판장: 그렇다면 증인이 보기에 그날 밤 이누마 피고인은 범행 결의를 완전히 포기했다는 거군요.

마키코: 네, 그렇습니다.

재판장: 이누마 씨가 결행일을 말하던가요?

마키코: 아뇨. 말하지 않았습니다.

재판장: 일부러 숨겼던 것 같지는 않습니까?

마키코: 결행을 포기하겠다고 확실하게 말했으니 전에 정한 결행일을 밝힐 이유가 없었겠죠. 원래 정직한 사람이니, 거짓말이었다면 제가 바로 알아차렸을 거라 자신합니다.

재판장: 그 정도로 피고와 가까운 사이였습니까?

마키코: 네, 누이와 동생처럼 생각했습니다.

재판장: 그렇게 가까운 사이였는데, 일기에 쓴 것처럼 불안을 느꼈다면 증인이 남몰래 움직여서 중지시켜야겠다는 생각은 들지 않았습니까.

마키코: 여자가 나서면 도리어 일을 그르칠 것을 알았기에 오직 기도할 따름이었습니다. 그러다가 체포 소식을 듣고 깜짝 놀랐습니다.

재판장: 그날 밤 일을 아버지께 말씀드렸나요?

마키코: 아뇨.

재판장: 그 정도로 중대한 이야기고, 나아가 사정이 바뀌었다면 아버지께 말씀드리는 것이 자연스럽지 않습니까?

마키코: 그날 밤 집에 돌아와서도 아버지는 아무것도 묻지 않으셨고, 무엇보다 아버지는 오랫동안 군인이셨기에 청년의 열성이란 것을 항상 진지하게 대하셨으니, 그렇듯 심경이 바뀌었다는 이야기를 해서 이사오 씨를 아끼는 아버지의 마음을 배신하고 싶지 않았고, 제가 말하지 않아도 언젠가 아시리라 생각해서 가슴속에만 담아 두었습니다.

재판장: 검사는 기토 증인에게 질문 있습니까?

검사: 특별히 없습니다.

재판장: 그럼 증인은 퇴정하십시오. 수고하셨습니다.

달리는 말

── 마키코는 인사를 하고 두툼한 흰색 하카타 허리띠를 보이며 등을 돌리더니, 피고인 쪽은 조금도 쳐다보지 않고 나갔다.

……이사오는 주먹을 쥐었다. 주먹 안에서 땀이 끓었다.

마키코가 위증을 했다! 대담하기 짝이 없는 위증을 했다! 만약 위증임이 드러나면 위증죄를 쓸 뿐만 아니라 상황에 따라 공범으로 간주될 위험도 있음을 아랑곳하지 않고, 이사오가 분명히 거짓임을 알고 있는 공술을 했다.

아마 혼다도 거짓임을 모르고 마키코를 증인으로 신청했을 것이다. 설마 혼다가 직업상의 위험을 무릅쓰면서까지 마키코와 말을 맞추었을 리는 없다. 그렇다면 혼다 역시 마키코의 일기 내용을 그대로 믿은 것이다!

이사오는 눈앞이 아득해지는 기분이었다. 마키코를 위증죄로 몰지 않으려면 자신은 가장 소중한 '순수성'을 희생해야 한다!

하지만 마키코가 그날 밤 정말로 그런 내용의 일기를 썼다면(그 사실 자체는 의심의 여지가 없어 보인다), 그토록 아름답고 비장했던 이별을 왜 이렇게 잔악한 장면으로 바꿔 놓았을까. 그 교묘함은 악의일까. 불가사의한 자기 모독일까. 아니, 그럴 리는 없다. 총명한 마키코는 그렇게 헤어진 직후 이미 오늘 일을 예감하고 자신이 증인으로 나설 이 순간을 위해 무장한 것이 틀림없다. 무엇을 위해? 의심의 여지 없이, 오로지 이사오를 구하기 위해서!

이제 마키코가 밀고했음이 분명해졌다고 생각했으나, 법원이 밀고자를 이런 간접 증거의 증인으로 부르는 일은 있을 수 없다고 이사오는 생각을 고쳤다. 만약 마키코가 공소 사실의 밀고자라고 가정하면 그 사실을 부정하는 지금의 위증과 명백한 모순이 생기기 때문이다. 빠르게 뛰는 심장과 함께 눈앞에 잇따라 반복되는 몇몇 불쾌한 상상 중에서 마키코가 밀고자라는 카드만은 버릴 수 있음에 이사오는 순간 안도했다.

생각할 수 있는 동기는 사랑, 그것도 관중 앞에서 굳이 위험을 무릅쓰는 사랑뿐이었다. 얼마나 대단한 사랑인가! 자신의 사랑을 위해서라면 마키코는 이사오가 가장 소중히 여기는 것을 진흙투성이로 만들어 놓고도 부끄러워하지 않는다. 게다가 더욱 괴로운 것은 이사오가 그 사랑에 대답해야 한다는 점이었다. 마키코를 위증죄의 범인으로 만들 수는 없다. 한편 그날 밤의 진실을 알고 마키코의 위증을 고발할 수 있는 사람도 세상에서 이사오 단 한 사람뿐이다. 그리고 마키코는 그것을 똑똑히 알고 있었다! 알기 때문에 위증을 한 것이다. 이사오가 가장 꺼리는 방식으로, 마키코를 구함으로써 이사오 자신도 구하게 되는 함정을 파 두었다. 그뿐 아니라 마키코는 이사오가 반드시 그렇게 할 것임을 알고 있었다! ……이사오는 온몸에 묶인 밧줄을 어떻게든 풀어내려 몸부림을 쳤다.

그런데 옆에 서 있는 동지들은 마키코의 거짓 증언을 어떻게 들었을까. 동지들이 자신을 믿고 있음을 이사오는 믿는다. 그러나 이토록 공공연하게 법정에서 행해진 증언을 하나부터 열까지 거짓이라고 생각하기는 어려울 것이다.

마키코가 증언하는 동안에도 이미, 밤이면 우리에 갇힌 짐 승들이 내는 은밀한 신음 소리와 은근히 판자벽을 걷어차는 소리, 형용할 수 없는 불만과 울적한 소변 냄새가 한층 강해지 듯이, 동지들이 입을 다문 채 온몸으로 반응하고 있음을 이사 오는 느꼈다. 한 명이 발꿈치를 의자 다리에 비비는 희미한 소 리마저 이사오의 귀에는 자신을 향한 비난으로 들렸다. 옥중 에서 이사오를 괴롭힌 '배신당했다'는 불안, 어둠 속에 떨어뜨 린 바늘을 손으로 더듬어 찾는 막막한 감정이 지금 입장을 바 꾸어서 동지들 각각의 마음속으로 시커먼 독처럼 빠르게 퍼지 고 있음을 알 수 있었다. 백자 꽃병 같은 순수성에 이미 한가 득 소리가 나며 균열이 나기 시작했다.

멸시받는 건 좋다. 업신여겨도 된다. 그런 것은 그나마 참 을 수 있다. 도저히 참을 수 없는 것은 마키코의 증언에서 타 당한 유추를 통해, 그 갑작스러운 체포가 이사오가 동지들을 팔았기 때문에 일어난 것이라고 의심하는 것이다.

생각만으로도 끔찍한 그 의심을 없애는 길은 단 하나고, 의심을 없앨 수 있는 사람도 단 한 사람이다. 즉 이사오가 나 서서 마키코의 위증을 폭로하는 것이다…….

─혼다는 어땠는가 하면, 사실 그 역시 마키코의 일기 내 용을 그대로 믿지는 않았고, 판사가 이 일기의 증거 능력을 무 조건적으로 인정할 것이라고도 믿지 않았다. 다만 혼다는 이 사오카 절대 마키코를 위증죄에 빠뜨리지 않으리라고 믿었다. 이사오를 구하려는 마키코의 일념은 이사오에게도 분명히 드

러났을 것이기 때문이다.

　그는 피고와 증인 사이에 싸움이 일어나기를 바랐다. 즉 이사오가 생각하는 순수하고 투명한 뜻의 밀실을, 고뇌하는 여자의 감정이 지닌 붉은 석양빛으로 물들이는 것. 상대의 세계를 서로 부정할 수밖에 없어 자신이 가진 가장 진실한 칼로 싸우게 만드는 것. 이런 유의 싸움이야말로 이사오가 지금까지 이십 년의 반생을 살아오며 상상도 하지 못하고 꿈도 꾸지 못한, 그러나 어떤 '생의 필요'로 인해 반드시 알아야만 하는 싸움이었다.

　이사오는 자신의 세계를 지나치게 믿었다. 그것을 깨뜨려야 한다. 왜냐하면 그것은 가장 위험한 확신이고, 그의 생을 위험하게 만들기 때문이다.

　만약 이사오가 계획대로 결행하고 암살하고 자결했다면, 그의 인생은 누구와도 '타인'으로 만나지 못하고 끝난 생애였을 것이다. 그가 죽인 '거물'들은 결코 그와 대립하는 타인이 아니라, 그저 젊은이의 순수한 뜻에 따라 추하게 깨부수어질 토기 인형으로 존재할 따름이었다. 아니, 오히려 늙고 추한 육체에 칼을 찔렀을 때, 이사오는 오랫동안 자신의 세계에서 덥혀 왔던 관념을 구상화하고 육친 이상의 친근함을 느꼈을지도 모른다. 공술서에서도 이사오는 '결코 미워서 죽이는 것이 아니다.'라고 말했다. 그것은 순수한 관념의 범죄였다. 하지만 이사오가 미움을 모른다는 것은 곧 그가 누구도 사랑한 적이 없음을 뜻했다.

　지금에서야 이사오는 미움을 알았을 것이다. 그것이야말로 그의 순수한 세계에 처음으로 나타난 이물(異物)의 그림자

달리는 말

였다. 아무리 예리한 칼날로도, 아무리 빠른 발로도, 아무리 기민한 행동으로도 총괄하고 제어할 수 없는 강력한 외계의 이물이었다. 즉 그는 지금까지 그 안에서 살아온 금구무결의 구체에 '외부'가 존재함을 배운 것이다!

— 퇴정하는 증인을 지켜보면서 재판장은 돋보기안경을 벗었고, 종이처럼 혈색이 좋지 않은 피부를 실내 가득한 밝은 여름 햇빛 아래 드러냈다.

'무슨 생각이지. 대체 무슨 생각인 거야.' 혼다는 그런 그를 보며 가볍게 전율했다.

늙은 재판장이 관중 앞에서 마키코의 뒷모습이 가진 선연한 아름다움에 마음을 빼앗길 리는 없다. 오히려 높은 법단 위의 히사마쓰 재판장은 그의 나이와 법률적 정의만큼 높은 탑의 고독한 파수꾼처럼 보였다. 그는 노안 덕분에 멀리 있는 것에서 더 잘 볼 수 있는 능력을 지녔다. 그래서 일기를 읽고 신문하는 동안 물샐틈없이 보였던 마키코의 행동거지보다, 안심하고 자리를 뜨는 마키코의 뒷모습에서 더 많은 것을 읽으려 한 것이 틀림없다. 이토록 황량한, 초목도 꽃도 없는 감정의 메마른 들판 너머로 멀어지는 여름 허리띠의 뒷모습에서. ……그리고 그는 지금 확실히 무언가를 읽었다. 수재라는 명성은 없지만 적어도 사람을 꿰뚫어 보는 힘이 있다는 건 이상한 일이 아니었다.

재판장이 이사오를 향해 물었다.

"기토 증인의 방금 증언은 틀림이 없습니까?"

혼다는 책상 위로 굴러가려는 빨간 색연필을 집게손가락

으로 잡아 누르고 귀를 세웠다.

이사오가 일어섰다. 주먹을 꽉 쥔 나머지 희미하게 떠는 듯 보이는 것이 혼다는 마음에 걸렸다. 이사오의 옷 사이로 보이는 하얀 가슴에 땀방울이 반짝였다.

"네, 틀림없습니다." 하고 이사오는 대답했다.

···.

재판장: 당신은 11월 29일 저녁, 기토 마키코 씨를 방문해 결심을 바꾸었다고 말했지요.

이누마: 네, 그렇습니다.

재판장: 대화 내용도 앞서 말한 것과 틀림이 없고요.

이누마: 네, ……하지만…….

재판장: 하지만, 뭡니까.

이누마: 제 심정은 달랐습니다.

재판장: 어떻게 다르다는 거죠?

이누마: 제 심정은…… 사실은…… 마키코 씨에게도 기토 중장에게도 예전부터 크게 신세를 졌기 때문에 결행 전에 잠 깐이라도 작별 인사를 하고 싶은 마음이 있었고, 또한 전부터 마키코 씨에게는 저의 뜻을 다소 밝혀 왔으니, 혹시라도 결행 후 마키코 씨가 휘말려서는 안 된다고 생각해서, 어디까지나 마키코 씨가 그렇게 믿게 하기 위해, 일부러 결심이 흔들렸음을 내보이고 거짓말을 해서, 도리어 마키코 씨를 실망시키고, 그렇게 해서…… 저에 대한, 그러니까, 애착을 잘라 내려 했습니다. 그때 제가 한 말은 모두 거짓입니다. 마키코 씨는 그 거짓말에 완전히 속은 겁니다.

재판장: 그렇습니까. 그러면 결행의 뜻은 그때도 전혀 흔들리지 않았다는 말이군요.

이누마: 네.

재판장: 기토 마키코 씨가 동지들 앞에서 당신의 나약함과 변심을 증언해서, 그것을 무마하기 위해 급히 꾸며 낸 말은 아닌지요?

이누마: 아뇨, 그렇지 않습니다.

재판장: 내가 보기에 증인은 그리 쉽게 속을 사람은 아닙니다. 당신은 그때 증인이 별말 없이 듣고는 있어도 실은 속은 척한 것처럼 느껴지지 않았습니까?

이누마: 아뇨, 그렇진 않았습니다. 저도 진지했으니까요.

……………………………………………….

— 혼다는 이 문답을 들으면서 이사오가 예상치 못하게 열어젖힌 돌파구에 갈채를 보냈다. 드디어 이사오는 궁지에 몰린 끝에 어른의 지혜를 배웠다. 마키코도 구하고 자신도 구하는 단 하나의 방향을 지금 스스로의 힘으로 발견한 것이다. 적어도 이 순간 이사오는 돌진밖에 할 줄 모르는 어리고 우둔한 짐승이 아니었다.

혼다는 계산했다. 원래 '예비'죄란 범죄 의도를 표명한 것만으로는 부족하고 그 과정을 입증할 행위가 필요하다. 그 관점에서 보았을 때, 어떤 행위에도 관여하지 않고 의도만이 드러난 마키코의 증언은 전체 재판에서 플러스도 마이너스도 되지 않는다. 하지만 판사의 심증이란 것을 고려하면 문제는 달라진다. 살인 예비죄를 규정한 형법 201조는 상황에 따라 형을 면제할 수 있다고 밝히고 있기 때문이다.

그 상황을 참작해야 하는 심증은 판사의 성격에 따라 다소 달라진다. 히사마쓰 재판장이 지금껏 내린 판례를 살펴보아도 혼다는 그의 성격을 확실히 파악했다는 자신이 없었다. 그렇다면 판사의 심증 형성에 필요한, 상반되는 두 가지 데이터를 제공하는 것이 현명한 방법이다.

만약 판사가 이른바 심리주의를 중시한다면 마키코의 증언에 바탕한 범죄 의도의 동요를 상황 근거로 삼을 것이다. 또한 만약 판사가 사상, 신념을 중시하는 사람이라면 이사오의 주장에 바탕한 일관되고 순수한 뜻에 마음이 움직일 것이다. 어느 쪽으로 기울든 그것을 뒷받침할 만한 자료를 준비해서 제출하는 것이 관건이다.

'뭐든 말해라. 주장해라. 진심을 털어놔라. 아무리 피비린내 나는 내용이더라도, 그건 어디까지나 너의 마음속 세계의 사건이란 것을 기억해라. 그것이 너를 구하는 유일한 길이다.' 하고 혼다는 또 다시 이사오의 마음을 향해 말했다.

⋯⋯⋯⋯⋯⋯⋯⋯⋯⋯⋯⋯⋯⋯⋯⋯⋯⋯⋯.

재판장: 이누마 피고인은 결행이라고 말할 때도 있고 뜻이라고 말할 때도 있는데⋯⋯ 공술서에도 여러 이야기를 했습니다만, 결행과 뜻은 어떤 관련이 있다고 생각합니까?

이누마: ⋯⋯네?

재판장: 그러니까, 왜 뜻만으로는 안 됩니까. 왜 우국의 뜻만 있으면 안 되는 겁니까. 게다가 왜 결행이라는 위법 행위를 목표로 해야 했습니까. 그에 대해 말해 보십시오.

달리는 말

이누마: 네. 양명학의 지행합일이라고, '아는데 행동하지 않는 것은 그것을 아는 것이 아니다.'라는 철학을 실천하려고 했습니다. 작금 일본의 퇴폐를 알고, 미래를 막는 먹구름을 알고, 농촌의 피폐와 빈민 계급의 고난을 알고, 이것이 전부 정치 부패와 그 부패를 자기 이득으로 삼는 재벌 계급의 비국민성에 있음을 알고, 황공하게도 천황의 자비의 빛을 막는 근원이 여기 있음을 알면, '알고 행한다.'는 것이 절로 명백해지리라 생각합니다.

재판장: 그렇게 추상적으로 말하지 말고, 조금 길어져도 좋으니, 당신이 어떻게 느꼈고 어떻게 분개했으며 어떻게 결의했는지 그 경과를 말해 보세요.

이누마: 네. 저는 어려서부터 검도에 전념해 왔으나, 메이지 유신 당시 청년들이 검을 들고 직접 싸워서 부정을 물리치고 유신의 대업을 이루었다고 생각하니, 죽도를 들고 하는 도장 검도라는 것에 형언할 수 없는 불만을 느꼈습니다. 하지만 그때는 특별히 내가 어떻게 행동해야 한다고 생각을 굳히진 않았습니다.

1930년 런던 해군 군축 회의[127]가 열려 굴욕적인 조건을 강요받고 대일본제국의 안전이 위험에 처했음을 학교에서 배우고 국방의 위기에 눈을 떴을 즈음, 하마구치 수상이 사고야 도메오에게 저격당한 사건이 일어났습니다. 일본을 뒤덮은 먹

---

127 일본, 미국, 영국, 프랑스, 이탈리아 5개국이 1930년 1월부터 4월까지 런던에서 개최한 해군 군비 축소 회의. 보조 함정 제한이 주요 의제였으나 이해관계가 엇갈려 결렬됐다.

구름이 심상치 않음을 깨닫고 그 후 선생님과 선배들에게 시국의 상황을 여쭙고, 직접 여러 책을 찾아 읽었습니다.

점점 사회문제에 눈뜨면서, 세계 대공황 이후 이어져 온 만성적인 불황과 정치인의 무위무책에 놀랐습니다.

이백만 명에 달하는 실업자들은 전에는 도시에서 돈을 벌어 집으로 보냈지만 이제는 귀농해 농촌의 가난을 더욱 심화하였습니다. 여비가 없어 걸어서 고향으로 돌아가는 사람들을 위해 후지사와의 유행사라는 절에서 죽을 나눠 줬더니 엄청난 인파가 몰렸다고 합니다. 그런데 정부는 이렇게 심각한 문제를 무시하고, 당시 아다치 내무 대신은 "실업 수당을 주면 게으른 사람들이 양산되므로 그런 폐해를 적극 방지해야 한다."라고 큰소리쳤습니다.

이듬해에는 도호쿠 지방과 홋카이도에 대흉년이 덮쳤습니다. 팔 수 있는 것을 전부 팔고 집도 땅도 잃고서 온 가족이 마구간에 살며 풀뿌리와 도토리로 연명하는 형편이었습니다. 관청 앞에도 '딸을 팔고 싶은 사람은 상담소에 문의하세요.'라는 안내문이 나붙고, 팔려 가는 누이동생과 전쟁터에 나가는 군인이 눈물바람으로 헤어지는 광경이 드문 일이 아니었습니다.

흉작에 더해 금 본위제와 긴축 재정이 점점 농촌에 부담을 지우며 농업 공황은 극에 달했습니다. 도요아시하라미즈호노쿠니[128]은 민초들이 굶주림에 울부짖는 황무지가 되었습

128 豊葦原瑞穂國. '풍요로운 갈대밭, 싱싱한 벼이삭의 나라'라는 뜻으로 일본 신화에 나타나는 국호 중 하나.

니다. 게다가 외래산 쌀 수입으로 시장이 교란되고 가격이 폭락하는 한편 소작농이 늘어나, 생산한 쌀의 절반을 소작료로 지불해야 하고 백성들 입에는 한 톨도 들어가지 않습니다. 농가에는 현금이 한 푼도 없고 모든 거래가 물물교환으로 이루어져, 시키시마 담배 한 갑이 쌀 한 되, 머리 자르는 데 쌀 두 되, 황금박쥐 담배 한 갑이 순무 백 다발, 누에고치 세 관이 10엔인 식입니다.

아시는 바와 같이 소작 쟁의가 연일 벌어지고 있고, 농촌은 공산주의화의 위험에 시달리며, 황국의 군인으로서 충성스러운 신민으로 부름받은 장정들의 가슴속을 맑은 애국심이 채우지 못하고, 그 재앙이 군대에까지 미치려고 합니다.

이런 궁핍을 무시하고 정치는 부패 일로를 걸으며, 재벌은 달러 매수 같은 망국적 행위로 막대한 부를 쌓고 국민들의 고통은 여전히 외면하고 있습니다. 여러 책을 읽고 연구한 결과 현재 일본을 이 지경에 빠뜨린 책임은 정치인뿐 아니라, 그 정치인을 사리사익을 위해 조종하는 재벌 수뇌부에 있다는 생각이 깊어졌습니다.

하지만 저는 절대 좌익 운동에 가담할 생각은 없었습니다. 좌익은 뭐니 뭐니 해도 폐하를 적대시하는 사상이기 때문입니다. 예로부터 일본은 폐하를 숭상하고, 폐하를 일본인이라는 대가족의 가장으로 모시며 상호 화합하는 나라였습니다. 바로 이것이 황국의 참모습이자 천양무궁의 국체임은 말할 필요도 없습니다.

그렇다면 이토록 황폐하고 국민들이 굶주림에 울부짖는

일본은 어떤 일본입니까. 천황 폐하가 계시는데도 이러한 요계지세가 된 것은 어째서입니까. 폐하를 모시는 고위 고관도, 도호쿠 지방의 한촌(寒村)에서 굶주림에 울부짖는 농민도 똑같은 천황의 자식이라는 것이 스메라미쿠니[129] 세계가 자랑하는 특색이 아니던가요. 저는 폐하의 자비로 곤궁한 민중들이 반드시 구원받을 날이 오리라고 확신했습니다. 일본과 일본인은 지금 잠깐 길을 벗어났을 뿐이다. 때가 되면 야마토 정신에 눈을 뜨고 충성스러운 신민으로서 거국일치하여 황국을 본래 모습으로 되돌릴 것이라는 희망을 가졌습니다. 햇빛을 가로막은 먹구름이 언젠가 걷히고 맑고 밝은 일본이 올 것이라 믿었습니다.

하지만 아무리 기다려도 그날은 오지 않았습니다. 기다리면 기다릴수록 먹구름은 짙어질 뿐입니다. 제가 한 책을 읽고 계시를 받은 듯 느낀 것은 그 즈음이었습니다.

바로 야마오 쓰나노리의 『신풍련사화』입니다. 그 책을 읽은 후 저는 이전과 다른 사람이 되었습니다. 지금까지처럼, 그저 앉아서 기다리기만 하는 태도는 충성스러운 지사의 태도가 아님을 알았습니다. 저는 그때까지 '필사(必死)의 충'이라는 것을 모르고 살아왔습니다. 충의의 불꽃이 마음에 옮겨붙은 이상 반드시 죽어야 한다는 진리를 깨닫지 못했던 것입니다.

저곳에 태양이 빛나고 있습니다. 여기서는 보이지 않지만 주위에 고여 있는 회색빛 역시 태양에서 온 것이 명백하니 하

---

129 皇ゟ国. 천황이 다스리는 나라.

늘 한쪽에는 틀림없이 태양이 빛나고 있을 것입니다. 그 태양이야말로 폐하의 참모습이기에, 그 빛을 직접 몸에 맞는다면 민초들은 환희의 함성을 지를 것이고, 황무지는 곧 윤택해질 것이며, 옛날의 도요아시하라미즈호노쿠니로 돌아갈 것이 분명합니다.

하지만 낮고 어두운 구름이 땅을 덮고 그 빛을 막고 있습니다. 하늘과 땅은 무참히 가로막히고, 만나기만 하면 웃음을 나누며 포옹할 하늘과 땅은 서로의 슬픈 얼굴조차 보지 못합니다. 땅을 뒤덮은 민초들의 탄식 소리도 하늘의 귀에 가 닿지 않습니다. 소리 질러도 소용없고 울어도 소용없고 호소해도 소용없습니다. 만약 그 목소리가 귀에 닿는다면, 하늘은 새끼손가락 하나만 움직여도 그 먹구름을 걷고 황폐한 늪지대를 윤택한 촌락으로 바꿀 수 있을 것입니다.

누가 하늘에 전할 것인가? 누가 사자(使者)의 역할을 맡아, 죽음을 통해 하늘로 올라갈 것인가? 그것이 바로 신풍련 지사들이 믿은 우케이임을 저는 깨달았습니다.

하늘과 땅은 앉아서 보기만 해서는 결코 이어지지 않습니다. 하늘과 땅을 이으려면 어떤 결연한 순수의 행위가 필요합니다. 그 과단한 행위를 위해서는 일신의 이해득실을 넘어 목숨을 걸어야 합니다. 몸을 용으로 화하여 회오리바람을 일으켜야 합니다. 그리하여 낮게 떠도는 먹구름을 찢고 푸르게 빛나는 하늘로 올라가야 합니다.

물론 많은 사람들과 무력을 빌려 먹구름을 싹 쓸어버리고 하늘에 오르는 방법도 생각했습니다. 하지만 꼭 그러지 않아도 된다는 걸 차차 깨달았습니다. 신풍련 지사들은 일본도만으로 근대적인 보병대를 해치웠습니다. 구름의 가장 어두운 부분, 가장 더러움이 짙게 몰려 있는 한 점을 겨냥하면 됩니다. 온 힘을 다해 그곳에 구멍을 뚫고 홀로 하늘에 오르면 됩니다.

저는 사람을 죽일 생각은 하지 않았습니다. 그저 일본을 해롭게 하는 불길한 정신을 없애려면 그 정신이 두르고 있는 육체의 옷을 찢어 내야 했습니다. 그럼으로써 그들의 영혼은 정화되고, 밝고 곧은 야마토 정신으로 돌아가 우리와 함께 승천할 수 있을 테지요. 대신 우리도 그들의 육체를 파괴한 후 지체없이 배를 가르고 죽어야 합니다. 왜냐하면 한시라도 빨리 육체를 버리지 않으면 사자로서 하늘로 올라가야 하는 영혼의 화급한 임무를 수행할 수 없기 때문입니다.

폐하의 마음을 짐작하는 것부터가 이미 불충입니다. 충이란 그저 목숨을 버리고 폐하의 마음을 따르는 일이라고 생각합니다. 먹구름을 찢고 승천하여 태양 한가운데로, 폐하의 마음 한가운데로 들어가는 일입니다.

……이상이 저와 동지들이 마음으로 맹세한 내용의 전부입니다.

....

─혼다는 눈도 깜빡이지 않고 재판장의 얼굴을 보았다. 이사오의 진술이 이어지는 동안 기미가 끼고 노쇠한 그 하얀 뺨이 점점 소년 같은 홍조를 띠는 모습을 혼다는 보았다. 이사오가 말을 끝내고 의자에 앉자 히사마쓰 재판장은 분주하게

서류를 넘겼지만 감동을 숨기려는 무의미한 동작임이 분명해 보였다. 잠시 후 재판장은 이렇게 말했다.

....

재판장: 그게 다입니까. 검사, 의견 있습니까?

검사: 순서를 따라 우선 기토 마키코 증인에 대해 말하겠습니다. 이 증인을 소환하는 데에는 당 법원에서도 상당한 편의를 제공했으리라 생각합니다. 그러나 제가 보기에는 전혀 의미가 없는 증언일뿐더러, 위증이라고까지는 하지 못하겠지만, 일기 역시 그 신빙성이 매우 의심스럽다고 할 수밖에 없습니다. 서면 증거로서의 증거 능력에 상당한 의문이 듭니다. 게다가 '친동생 같은 애정'이라고 증언하셨는데, 이누마 집안과 기토 집안 양가가 오랫동안 교제해 온만큼 당연히 여러 가지 감정적인 배려가 오갔으리라 유추되며, 이누마 피고인 역시 '애착'이라고 말했듯 상호 간에 묵약이 있었다고 볼 수 있습니다. 따라서 기토 증인의 증언에도, 이누마 피고인의 진술에도 일종의 부자연스러운 과장이 드러나는 것을 유감스럽게 생각합니다. 검사 측은 이 증인을 소환한 것은 적절한 조치가 아니었다는 의견을 드립니다.

이어서 방금 이누마 피고인의 긴 진술은, 공상적이고 관념적인 요소가 강하며, 일견 열렬하게 뜻을 밝히는 듯하지만 중대한 부분은 고의로 얼버무렸다는 인상입니다. 예컨대 많은 사람들과 무력을 빌려 먹구름을 쓸어버린다는 결행의 계획이 왜 구름 한 점에 구멍을 뚫는 것만으로 만족하는 심경에 이르렀는지, 간과할 수 없는 비약점이 있습니다. 이에 대해서는 피고가 그간의 경위를 일부러 생략한 것으로 보입니다.

한편 기타자키 증인은 날짜에 대한 기억은 확실치 않지만, 작년 10월 말 또는 11월 초 호리 중위가 '알겠나, 중지해.'라고 소리쳤다고 증언한 부분은 매우 중요한 방증으로 보인다는 것이 저의 사견입니다. 왜냐하면 이누마 피고인이 11월 18일에 칼을 새로 샀다고 진술한 것과 명백하게 시기적인 관련점이 있기 때문입니다. 만약 그 전에 칼을 샀고, '중지해.'라고 소리친 밤이 뒤였다면 문제가 달라지겠지만, 그 반대라서 앞뒤가 맞는 것이죠.

··.

— 재판장은 검사, 변호사와 함께 다음 공판 일시를 협의한 뒤 두 번째 공판의 폐정을 선언했다.

달리는 말

1933년 12월, 그해의 종무[130]가 가까운 26일에 1심 판결이 내려졌다. 혼다가 바랐던 무죄는 아니었지만 판결 주문은 '피고인에 대한 형을 면제한다.'였다. 형법 201조 살인 예비죄의 단서 조항인 '다만 상황에 따라 형을 면제할 수 있다.'에 기초한 판결이었다. 판결서는, 살인 예비의 범죄 사실은 인정되지만 사와를 제외한 공동 피고인들의 나이가 매우 어리고, 동기가 순수하고 애국심으로 인한 결과였음이 분명하며, 모의한 뒤 범행 의도를 바꾸지 않았다는 증거도 불충분하므로, 전원 형을 면제한다는 논리를 펴고 있었다. 또한 사와는 나이로 보아 만약 주동자였다면 유죄를 피하지 못했을 테지만 도중에 모의에 합류했을 뿐 특별히 지휘한 사실이 없으므로 마찬가

---

130 관청에서 12월 28일까지 그해의 일을 끝내는 일.

지로 면제받았다.

혼다는 만약 무죄 판결이 내려졌다면 검사가 항소할 가능성이 높은데 이렇게 정리되면 항소가 없을 수도 있겠다는 희망을 가졌다. 어차피 일 주일 안에 알 수 있을 일이다.

피고는 모두 석방되어 각자 부모 품으로 돌아갔다.

26일 저녁 세이켄 학원은 내부 축하연을 열었다. 혼다가 주빈이었고, 원장 부부와 이사오, 사와, 원생 일동이 축배를 들었다. 마키코도 초대했지만 오지 않았다.

연회 시작 전까지 이사오는 멍하게 라디오를 들었다. 6시에는 어린이 동화극을 듣고, 6시 20분에는 무라오카 하나코의 「어린이 신문」을 듣고, 6시 25분 근위대 의료부장의 '독가스에 대처하는 시민 방호 수칙' 강연을 듣고, 6시 55분에 해럴드 파머[131]의 「커런트 토픽」을 들은 후 서둘러 일어났다. 집으로 돌아온 뒤로 이사오는 미소만 지을 뿐 아무 말도 하지 않았다.

석방 소식에 하염없이 울었던 어머니는 갓 세탁한 새하얀 앞치마를 입고 부엌에 틀어박혀 겨울 잎채소를 잘게 써는 칼의 약동에 몸을 맡겼다. 이날을 축하해 주러 온 주부들로 부엌은 붐볐고, 어머니의 바쁘게 움직이는 손끝이 이곳저곳의 접시들에 보이지 않는 광선을 쏘아 순식간에 색색깔의 생선회와 구이들이 쌓였다. 부엌에 가득한 여자들의 웃음소리는 이사오의 귀에 이 세상 것이 아닌 듯이 들렸다.

---

131 Harold Palmer. 1877~1949. 영어교육학자, 음성학자, 응용언어학자. 1922년에서 1936년까지 일본에서 활동하면서 영어교육연구소를 세우고 일본의 영어교육 발전에 기여했다.

이사오와 사와를 데리러 온 이누마와 원생들은 돌아오는 길에도 황궁과 메이지 신궁에 참배했는데, 집으로 돌아오자마자 다시 모두 모여 다른 신전으로 가서 참배했고, 그 후에야 비로소 이사오는 느긋하게 몸을 씻을 수 있었다. 신들에게 표하는 감사가 이렇게 끝나고 연회석 자리에 앉았을 때는 인간 세상에서 가장 감사를 표해야 할 사람인 혼다에게 인사를 전하는 일이 남았다. 가문 문양이 들어간 하카마를 입은 이누마는 훨씬 하석까지 내려가서 좌우에 아들과 사와를 두고 혼다에게 깊이 고개를 숙였다.

이사오는 시키는 대로 행동했다. 그 미소조차 누가 시켜서 짓는 듯했다. 귓가에서 무언가가 울리고, 떠들고, 눈앞에 반짝이는 것이 움직이고, 입에는 오랫동안 꿈꿨던 것이 들어왔다. 실로 확실한 오감이 사물의 현실감을 멀어지게 했다. 음식은 꿈속의 진수성찬 같은 덧없음으로 가득했다. 이사오는 자신이 앉아 있는 다다미 열두 장의 공간이 가차 없는 빛에 노출되어 갑자기 100장, 200장의 넓이로 바뀐 듯했고, 아득히 멀리서 한 무리의 사람들이 이 축하연 자리를 둘러싸고 있는 듯 느꼈다. 자신에게는 하나같이 낯선 이들이었다.

이사오의 눈에서 찌르는 듯 독특한 빛이 사라졌음을 재빨리 알아챈 것은 혼다였다.

"무리도 아니지요. 아직 멍한 상태입니다. 저도 그런 적이 있어요. 물론 저렇게 오랫동안은 아니었지만, 한 일 주일 정도는 허탈하기만 하고 해방감은 통 들지 않더군요." 이누마가 혼다의 불안을 웃어 넘기며 작은 목소리로 말했다.

"걱정하지 않으셔도 됩니다, 혼다 선생님. 그나저나 오늘 제가 뭘 축하하려고 이 자리를 만들었는지 짐작이 되십니까. 다름 아니라, 아들 놈의 성년식으로 삼으려 했습니다. 아직 만 이십 세가 되지 않았지만, 오늘이 이사오의 생애에서 가장 감격스러운 날이자 새로 태어난 날임은 의심의 여지가 없지요. 다소 극단적인 방식입니다만, 오늘 밤부터 저는 이사오를 정말로 각성시켜서 한 사람의 어른으로 대하려 합니다. 부디 선생님도 이런 아버지의 마음을 이해하시고 옆에서 말리지 마시길 부탁드립니다."

한편 이사오는 사와와 함께 원생들에게 둘러싸여 술을 마시고 있었다. 사와는 큰 소리로 옥중 생활을 이야기하며 흥을 돋우었지만 이사오는 미소 짓고 듣고만 있었다.

원생 중 가장 어리고 이사오를 경애하는 쓰무라는 지금처럼 여유 있고 흥겨운 분위기가 불만스럽고 이사오의 얼음처럼 준엄한 말이 듣고 싶은 마음에 계속 이사오 옆에 붙어 있었는데, 결국 이사오가 아무 말도 하지 않자 먼저 이렇게 속삭였다.

"이사오 씨, 구라하라가 실로 괘씸한 짓을 한 걸 아세요?"

그 구라하라라는 이름이 천둥처럼 이사오의 귀를 때렸다. 그 이름을 듣자마자 그토록 멀게 느껴지던 주위 현실이 순식간에, 땀이 밴 속옷이 피부에 달라붙는 것처럼 생생한 감각으로 다가왔다.

"구라하라가 어쨌는데?"

"어제 신문에서 봤어요.《황도신문》이 1면 전체를 할애했지요." 하고 쓰무라는 한 우익 신문의 이름을 말했다. "정말 괘씸해요."

쓰무라는 품 안에 접어 둔 타블로이드 신문을 꺼내어 이사오에게 내밀었다. 그리고 신문을 읽는 이사오의 어깨 너머로 들여다보며 뜨거운 숨을 뱉고, 분노하는 눈의 힘을 지면에 쏟을 기세로 재차 같은 말을 했다.

"정말 괘씸해요."

신문은 여기저기 활자가 깨진 조악한 인쇄로 다음과 같은 기사를 실었다. 주요 신문에는 실리지 않았지만 이세 신궁과 관계된 신토계 신문의 기사를 전재했다고 밝히고 있다. 내용은 이러했다.

지난 12월 15일, 구라하라는 간사이 지방 은행 협회의 모임에 참석하고 돌아오는 길에 이세에 들러 좋아하는 마쓰자카 소고기를 배불리 먹고, 다음 날 아침 지사(知事)와 함께 이세 신궁을 참배했다.

비서 등 수행원도 몇 명 있었지만 신궁에서는 구라하라와 지사를 위해 자갈길 위에 두 개의 접이식 의자를 놓고 각별한 대우를 했다. 다마구시 호텐도 두 사람에게만 미리 다마구시가 주어져 선 채로 그것을 바치고 축문을 들었다. 구라하라는 문득 등이 가려운 듯 다마구시를 왼손으로 옮겨 잡고 긁으려 했지만 손이 닿지 않아, 이어서 오른손으로 옮겨 잡고 왼손을 등 뒤로 돌렸다. 하지만 그래도 닿지 않았다.

축문은 여전히 이어지고 아직 끝날 기미가 없었다. 구라하라는 망설였지만 결국 거추장스러운 다마구시를 의자에 내려놓고 두 손을 뒤로 돌려서 등을 긁었다. 이때 축문이 끝나고 신관이 둘의 다마구시 호텐을 재촉했다.

구라하라는 자기 손에 다마구시가 없다는 걸 깜빡 잊고서 지사와 나갈 순서를 양보하기에 바빴다. 결국 못 이긴 지사가 먼저 다마구시를 바치러 나갔다. 이때 신관은 구라하라의 손에 다마구시가 없는 것을 보고 놀랐지만 때는 이미 늦었다. 지사를 먼저 내보내고 안심한 구라하라는 자기 의자에 다시 앉으면서, 위에 놓인 다마구시를 깔고 앉아 버렸다.

이런 실수는 음악이 연주되는 동안 재빨리 눈에 띄지 않게 처리되었고, 크게 이상하게 느껴지지 않을 정도만 지체한 후 구라하라가 새 다마구시를 들고 앞으로 나갔다. 그러나 이 광경을 본 신관 중 분노를 참지 못한 사람이 있어 이 일을 내부 신문에 썼고, 몇몇의 손을 거쳐 《황도신문》이 입수한 것이다.

이 이상의 신성 모독은 없다. 쓰무라가 분개하는 것도 당연했다. 단순히 실수라 해도 참배 전날 밤 짐승 고기를 먹고, 게다가 신전에서의 실책을 사과하지도 않고, 새 다마구시를 받아 든 채 신이 보는 앞에서, 사람들의 눈앞에서 당당하게 신성 모독을 저질러 놓고 덮으려 한 죄는 더더욱 컸다. ……하지만 죽일 정도는 아니라고 이사오는 문득 생각했다. 그렇게 생각하고 어린 쓰무라를 뒤돌아보며 소년답게 맑고 격렬하게 분노하는 눈을 바라봤다. 이사오는 왠지 부끄러웠다.

마음이 흔들린 그 순간 신문을 쥔 손의 힘이 빠진 모양이었다. 타블로이드 신문이 사와가 내뻗은 손에 바로 빼앗겼다.

"그만둬. 그만둬. 이런 건 잊어버려." 하고 어디까지가 진짜 취기 탓인지 알 수 없는 사와가 이사오의 어깨에 희고 살찐 팔을 두르고 술을 권했다. 이사오는 사와의 피부가 이렇게나 음침하게 희다는 것을 처음 알았다.

— 술잔이 한차례 돌고 모두 박수를 치며 노래를 부르고 두세 가지 장기를 선보인 뒤에 원장은 폐회를 알렸다. 그리고 혼다, 이사오, 사와만 남아 자기 방의 고타쓰[132]에서 아내가 내 오는 음식을 먹으며 한 잔 더 마시자고 제안했다.

혼다는 이때 처음 이누마의 방에 들어갔는데, 약 다다미 열 장 정도 되는 방 한가운데에 놓인 굉장히 아리따운 고타쓰 덮개가 수레[133] 무늬 비단으로 화려하게 장식되어 있는 것을 보고 놀랐다. 하지만 타고난 관찰력이 좋은 혼다는 이것이 미네가 가진 귀족 취향의 흔적임을 바로 알았다. 좀 전의 연회에서도 나무 밥통을 파란색 면으로 씌워 놓은 것을 보고 놀랐던 참이었다.

이누마와 아내의 대화를 지켜보며 혼다는 직감적으로 알 수 있었다. 이누마는 내심 어떤 면에서는 아직 아내의 과거를 용서하지 않았다. 그것이 마쓰가에 후작과의 과거 일인지, 아니면 비교적 최근에 일어난 일인지는 알 수 없다. 이누마는 아내를 결코 용서하지 않은 기색이 어딘가에서 엿보였고, 또한 미네 역시 어딘가에서 항상 용서를 구하듯이 비굴한 구석이 있다. 그러면서도 이 고타쓰 덮개가 보여 주듯이, 이누마가 아내의 과거가 지닌 음란한 원류를, 그 음란하고 요란한 미의식

132 일본식 난방 기구로 나무로 된 탁자에 담요를 덮어 사용하고 탁자 아래에는 화로나 전기난로를 둔다.
133 御所車. 헤이안 시대에 귀족이 탔던 지붕 있는 수레.

이 온 집 안을 채우고 있는 것을 자신의 취향에 반하면서까지 묵인하는 것은 기이했다. 어쩌면 이누마 자신도 마음 깊은 곳에는 이러한 귀족 하녀의 취향에 대한 향수가 숨어 있을지도 모른다고 혼다는 생각했다.

혼다가 도코노마 기둥을 등진 자리에 앉자 미네는 화로의 단지에 넣어 둔 술병을 쳐다보면서, 마치 사나워지기 쉬운 작은 동물을 살짝 만지듯이 수공예에 능한 긴 손가락 끝으로 술병을 몇 번 만졌다. 아무리 예의 바르게 행동해도 어딘가 장난치는 것처럼 보이는 여자였지, 하고 혼다는 생각했다.

네 남자는 고타쓰에 둘러앉아 말린 숭어알을 안주 삼아 술을 마시기 시작했다.

"오늘은 이사오도 마음껏 마셔라." 하고 이누마는 아들에게 술을 따라 주며 혼다의 얼굴을 힐끗 보았다. 아까 말한 '급진적인 방식'을 시작하려는 모양이었다.

"자, 아버지가 오늘 혼다 선생님 앞에서 네가 간이 떨어질 만큼 놀랄 이야기를 하려고 한다. 오늘부터 너는 심신 공히 성인이고, 아버지도 앞으로 너를 한 사람의 어른으로, 세상의 표리를 아는 어엿한 후계자로 대할 생각이기 때문이야. 단도직입적으로 묻겠는데, 일 년 전 너희가 체포된 것은 분명 누군가가 경찰에 신고해서인데, 그 사람이 누구라고 생각하느냐? 짐작 가는 사람 있으면 말해 보거라."

"……모르겠습니다."

"사양하지 말고 네가 짐작 가는 사람이 있으면 상관하지 않을 테니 말해 봐라."

"……모르겠습니다."

"그건 바로 이 아버지다. 어떠냐, 놀랐지?"

"아."

혼다는 그때 이사오의 표정에 놀란 빛이 그다지 드러나지 않는 것을 섬뜩하게 생각했는데, 이누마는 그 순간 아들의 시선을 피하며 먼저 서둘러 말했다.

"응? 어떻게 생각하느냐? 이 세상에 사랑하는 자기 아들을 경찰에 갖다 바치는 냉혹한 부모가 있을까? 웃으면서 자기 자식을 경찰에 넘기는 부모가 있을까? 응? 나는 그렇게 했다. 하지만 울면서 했지. 그렇지, 미네?"

"그렇고 말고요. 아버지는 우셨단다."

미네가 화로 저편에서 맞장구를 쳤다. 이사오는 차갑게, 그러나 예의를 잊지 않고 아버지에게 물었다.

"아버지. 아버지가 경찰에 신고하신 건 알고 있습니다. 그런데 우리가 하려 한 일을 아버지께 말한 건 누구죠?"

이누마의 팔자수염이 조금 떨렸다. 날아가려는 나비를 서둘러 붙잡듯이 이누마가 수염에 손을 댔다.

"그건 내 쪽에서 전부터 주시하고 있었기 때문이다. 아버지 눈을 옹이구멍이라고 생각한 건 네 실수다."

"그렇습니까."

"물론이지. 그렇다면 왜 나는 서둘러 경찰이 너를 체포하게 했을까? 그 이유를 꼭 알아야 한다.

솔직히 나는 네 뜻에 감복했다. 훌륭하다고 생각했다. 부럽기까지 했다. 할 수 있다면 그 뜻을 실현하게 해 주고 싶었다.

그것은 곧 네가 죽음으로 뛰어드는 것을 못 본 체하는 셈이다. 그대로 뒀으면 너는 반드시 저질렀겠지. 반드시 죽었겠지.

하지만 네가 꼭 알아 줘야 할 것은, 나는 세상의 다른 아버지들처럼 자식 목숨이 아까워서 중대한 뜻을 무시하면서까지 구하려 한 것은 아니라는 점이다. 이게 중요하다. 목숨도 구하고 싶고, 뜻도 이루게 해 주고 싶고, 도대체 어떻게 해야 좋을지 잠도 못 자고 생각한 끝에, 결국 일단은 네 목숨을 구하는 것이 크게 보아서, 길게 보아서 너의 뜻을 더욱 크게 이루게 하는 길임을 깨달았다.

알겠느냐, 이사오. 죽는 것만이 능사가 아니다. 목숨을 하찮게 여기는 것만이 충의가 아니다. 황공하게도 천자께서는 우리 백성 한 사람 한 사람의 목숨을 어여삐 여기신다.

5·15 사건 이후의 정세를 봐도, 세상은 정치의 부패에 질려서 이런 사건에 동정하며 갈채를 보냈다. 게다가 너희는 어려. 순수해. 동정과 갈채를 받을 요소를 전부 갖추었지. 게다가 뜻을 이루기 일보 직전에 체포되어 재판을 받으면 세상은 더욱 안심하며 박수를 보낼 것이다. 너희는 결행해서가 아니라 결행하기 직전에 꺾임으로써 더욱 큰 영웅이 되는 것이다. 그러면 앞으로 활동이 한결 수월해질 것이고, 정말로 대규모 유신을 일으킬 때는 무시할 수 없는 힘을 가지고 당당하게 싸울 수 있을 것이야. 내 예상은 틀리지 않았다. 네가 체포된 뒤에 쏟아진 감형 탄원서의 수를 봐도, 신문의 논조를 봐도, 모두 너를 칭찬하는 방향으로 여론이 흐르고 있어. 내 방식은 틀리지 않았다, 이사오.

말하자면 나는 사자가 사랑스러운 새끼를 단련시키려고 깊은 골짜기에 떨어뜨리는 행위를 모방한 것인데, 지금 너는 훌륭하게 골짜기에서 기어올라와 어엿한 어른이 되었다. 그렇지, 미네?"

"아버지 말씀대로야, 이사오. 정말로 훌륭해져서 돌아왔구나. 이래저래 모두 아버지가 사자 같은 애정을 가지고 계시기 때문이야. 아버지께 감사해야 해. 전부 너를 사랑해서 하신 일이니까."

해안 모래밭에 판 구멍이 아무리 막으려 해도 솟아오르는 바닷물에 무너져 버리듯이, 이누마가 마음먹고 의기양양하게 하는 이야기가 곧장 옆에 있는 청자의 어색한 침묵으로 무너지는 것을 혼다는 느꼈다. 사실 이누마가 말을 맺자마자 이미 침묵의 모래는 햇빛에 반짝이던 수면을 덮어 버렸다. 혼다는 이사오를 보고, 사와를 보았다. 이사오는 가슴을 편 채 고개를 숙였고, 사와는 도둑질하듯 자작을 하고 있었다.

이어지는 말을 이누마가 처음부터 할 생각이었는지 혼다는 알 수 없었다. 여하튼 이누마는 침묵을 겁냈다.

"알겠느냐. 여기까지는 그나마 네가 이해할 수 있는 이야기겠지. 그런데 이사오, 어른이 되려면 더 많은 것을 알아야 한다. 여자와 아이들은 알지 못하는 쓰디쓴 지혜를 삼켜야 해. 통과하지 않으면 어른이 될 수 없는 관문을 너는 지난 일 년간 겪어 왔고, 지금 여기서 마음으로 겪어야 한다.

오늘까지 네게 말하지 않았는데, 이 세이켄 학원이 누구 덕분에 이렇게 번성했다고 생각하느냐? 응? 누구 덕분이라고 생각해?"

"모르겠습니다."

"이름을 말하면 놀랄 텐데, 다름 아닌 신카와 남작 덕분이다. 너도, 사와도, 이것만은 원생들에게 절대로 말하지 마. 학원의 최고 기밀이니까. 이 학원 건물도 실은 신카와 남작이 익명으로 매입해 주셨다. 물론 그 보답으로 나도 여러 활약을 했으니 남작도 돈 낭비는 하지 않은 셈이지. 그렇지 않았다면 그 달러 매수라는 비난의 폭풍에서 남작이 무사하게 살아남았을 리 있겠어."

혼다는 다시 이사오의 얼굴을 보았다. 전혀 놀란 기색이 없는 냉랭함이 이번에는 혼다를 전율케 했다. 이누마는 말을 멈추지 않았다.

"신카와 남작과 그런 관계인데, 5·15 사건 직전에 남작이 나를 부른 적이 있었다. 돈은 매달 비서를 통해서 비밀리에 받고 있는데 직접 만나자고 하는 건 흔한 일이 아니었지.

얼마인지는 말하지 않았는데, 그때 남작이 두툼한 지폐 뭉치를 내게 건네면서 말했어. '이건 나를 위한 돈이 아니야. 분명히 말해 구라하라 부스케를 위한 돈이다. 그 사람이 자기 목숨을 돈으로 살 리가 없지만, 나는 구라하라 씨에게 적잖은 신세를 졌으니 그 사람에게 말하지 않고 내 판단으로 내는 거야. 부디 이 돈으로 구라하라 씨의 신변을 지켜 주게. 모자라면 더 내겠다고도 말해 주고.' 그래서 나는……."

"아버지는 돈을 받으셨지요."

"그래. 받았다. 신카와 남작이 선배를 생각하는 인정에 마음이 움직여서야. 그 후로 학원이 크게 번성한 건 너나 사와도 아는 대로다."

"그러니까 아버지는, 우리를 체포시켜서 구라하라를 보호한 거군요."

"그렇게 생각하겠지. 그러니 어린애 같다고 하는 거다.

아버지가 된 입장에서, 아무리 큰돈을 받는다 한들 아무 연고도 없는 재계 거물과 내 자식 중 누가 소중한지는 알지 않겠느냐."

"즉, 아들의 목숨도 구하고, 구라하라의 목숨도 구하고, 신카와 남작에게 도리도 다하는, 가장 좋은 방법을 쓰신 거지요."

드디어 이사오의 눈이 옛날처럼 타오르기 시작하는 것을 혼다는 기쁘게 바라봤다.

"아니다. 그건 네 얕은 생각이다. 알겠느냐, 네가 알아야 할 점은 이 세상은 복잡하게 엮여 있다는 것이다. 천국에 간다면 모를까 인간 세계의 이 엮임은 끊을 수 없다. 떨쳐내려 할수록 더 강하게 몸에 얽히는 법이지. 하지만 자기 뜻이 견고하다면 이런 엮임에 휘둘리지 않아.

나는 휘둘리지는 않았다, 이사오.

나로서는 아무리 큰돈을 받았다 해도 네가 신카와나 구라하라를 죽이는 것은 상관없었다. 나중에 내가 사죄의 뜻으로 배를 가르면 그만이다. 그 정도 각오는 돈을 받았을 때부터 서 있었어. 상인이 돈을 받고 물건을 건네지 않으면 그건 사기다. 하지만 애국자는 달라. 돈은 돈, 신의는 신의. 둘은 별개다. 돈에는 돈을 쓰고, 신의를 위해서는 배를 가르면 된다. 그뿐이야.

그 각오를, 대장부의 각오를 너도 가졌으면 하기에 굳이 내가 이런 이야기를 하는 것이다. 더러워졌지만 더러워지지 않는 것, 그게 진짜 순수다. 더러워지는 걸 꺼려서는 아무것도 못한다. 아무리 세월이 흘러도 대장부가 될 수 없어, 이사오.

이렇게까지 말했으면 알겠지? 너를 체포시킨 것은 구라하라의 목숨을 구하기 위해서가 아니다. 아니, 네 목숨을 구하기 위해서도 아니야. 그때 네가 결행해서 목숨을 버리는 것이 이름을 남기는 최상의 길이라고 생각했다면, 나는 기쁘게 너를 사지로 내보냈을 것이다. 결행을 막은 것은 내 생각이 그렇지 않기 때문이야. 알겠느냐. 방금 말했으니 되풀이하진 않으마. 네 뜻을 존중하고, 자식을 사랑하기 때문에, 나는 체포를 감행했다. 피눈물을 머금고 감행했다. 그렇지, 미네?"

"이사오, 아버지의 이런 마음을 고맙게 여기지 않으면 벌받아."

이사오는 말없이 고개를 숙였다. 취기가 눈가를 살구색으로 물들였고, 고타쓰 위에 놓인 손은 미세하게 떨렸다.

이 모습을 보고 혼다는 자신이 아까부터 이사오에게 절실하게 하고 싶었던 말이 무엇인지 문득 깨달았다.

그것은 이누마가 제멋대로 긴 훈계를 하는 동안 혼다의 마음속에서 틈만 있으면 샘솟으려 하던 한 마디였다. 말하면 모든 것이 무너지고, 혹은 이사오가 듣고서 각성하여, 두려울 것 하나 없는 드넓은 백광의 들판으로 달려 나갈 수 있을지 모르는 한 마디…… 하지만 지금 고개 숙인 이사오에게 위로랍시고 건넨다면, 아마도 그 생애에서 가장 순수한 단 한 번의 고뇌를 어리석기 짝이 없는 생각으로 만들어 버릴 위험이 있는 말…… 즉, 예의 환생의 비밀을 알려 주는 말…… 지금까지 지켜 온 비밀의 새장을 열어 버리고 일제히 날려 보내려 한 혼다의 조급한 마음은 다시 고개를 든 이사오의 뺨에 흐르는 눈물에 이내 가라앉았다. 이사오는 초조함에 쫓겨 짖는 어린 강아지처럼 이렇게 말했다.

"저는 환상을 위해 살았고, 환상을 노리고 행동했으며, 환상 때문에 벌을 받은 것이군요……. 부디 환상이 아닌 것을 가지고 싶습니다."

"어른이 되면 가지게 될 것이다."

"어른이 되기보다…… 그래, 여자로 다시 태어나면 좋을지도 모르겠어요. 여자라면 환상 같은 것을 좇지 않고 살아갈 수 있잖아요, 어머니."

이사오는 균열이 생긴 듯이 웃었다.

"무슨 말이니. 여자가 웬 말이야. 바보 같기는. 취했구나, 그런 말을 다 하고."

미네는 화난 듯이 대답했다.

— 연거푸 술을 마신 이사오는 곧 뺨을 고타쓰에 대고 잠들었다. 사와가 방에서 재우려 데려갔고, 그 틈에 이만 가겠다며 일어난 혼다도 걱정이 되어 사와를 따라갔다.

이사오를 잠자리에 조심스럽게 눕히는 동안 사와는 한 마디도 하지 않았다. 복도 저편에서 이누마가 부르는 소리를 듣고 사와가 나가자 혼다는 잠든 이사오와 단둘이 남았다.

이사오는 취기에 달아오른 얼굴로 괴로운 듯 거칠게 숨을 쉬었지만, 잠든 와중에도 눈썹은 늠름한 선을 그렸다. 갑자기 몸을 뒤척이면서 큰 소리로, 하지만 불명료하게 잠꼬대하는 소리를 혼다는 들었다.

"훨씬 남쪽이야. 훨씬 더워. ……남쪽 나라의 장밋빛 속에서……."

— 그때 사와가 자신을 부르러 들어와서, 아마도 취기의 열 때문에 나왔을 모호한 잠꼬대가 마음에 남았지만 혼다는 이사오를 살펴봐 달라고 몇 번이고 사와에게 부탁하며 현관으로 나갔다. 그렇게 모든 것을 걸고 이사오를 구하려 했고, 또 오늘 그것이 성공했는데도, 조금도 충만한 기분이 들지 않는 것을 혼다는 이상하게 생각했다.

39

다음 날도 쾌청했다.

아침에 근처 경찰서의 쓰보이가 놀러 왔다. 근황을 살피러
온 것이다.

이 초로의 검도 2단은 이사오가 다시 매주 일요일 도장에
와서 아이들을 지도해 줬으면 한다는 서장의 바람을 전한 후,
이렇게 말했다.

"사실 서장도 직업상 공공연하게 칭찬하진 못하지만, 뒤에
서는 자네에게 무척 감탄했어. 자네 같은 사람이 아이들에게
검도를 가르치면서 일본 정신도 불어넣어 주는 것을 부모들이
원하는 바이기도 하고. 항소가 없다면 새해부터 바로 부탁하
고 싶은데. 물론 항소는 없지 싶다만."

이사오는 주름이 또렷하게 잡히지 않은 그의 사복 바지를
보고, 아이들에게 검도를 가르치며 나이 든 자신의 모습을 상

상했다. 호면 뒤에 간사이 지방식으로 묶은 손수건의 틈새로 보라색 끈으로 묶은 백발이 빛날 것이다.

경찰이 돌아가자 사와가 이사오를 자기 방으로 데려와 말했다.

"오랜만에 방에 누워서 방석을 베개 삼아 일 년간 쌓인《고단 클럽》을 읽고 있으니 뭐라 말할 수 없는 기분이야. 그건 그렇고, 아무리 근신 중이라지만 너 같은 젊은이가 집에만 있을 수는 없잖아. 나와 함께면 나가도 되니, 오늘 밤은 활동사진이라도 보러 갈까?"

"음." 이사오는 모호하게 대답했다. 그 대답만으로는 퉁명스러운 것 같아서 "친구네 집에 가도 되는데……."라고 덧붙였다.

"아니야, 아니야. 당분간은 안 만나는 게 좋아. 자기도 모르게 마음에 없는 소리를 할 수 있으니까."

"그렇겠군요."

이사오는 정말로 가고 싶은 곳을 말하지 않았다.

"나한테 뭐 물어보고 싶은 것 없어?" 약간 어색한 침묵이 흐른 뒤에 사와가 말했다.

"네. 사실은 아버지가 하신 말씀 중 아직 이해되지 않는 것이 하나 있습니다. 우리 일을 아버지께 알린 사람이 누구일까요? 아마도 체포 직전에."

사와가 그때까지의 태연한 모습을 잃고 갑자기 침묵에 틀어박힌 것이 이사오를 불안하게 했다. 그것은 세계를 해롭게 만드는 듯한 침묵이었다. 이사오는 견디기 힘들어서, 투명한 유리창을 통해 다다미로 쏟아지는 풍부한 햇볕이 갈색으로 바랜 다다미 테두리를 빛의 손톱으로 희롱하는 광경을 지그시 바라봤다.

"정말로 알고 싶어? 들어도 후회하지 않을 거야?"

"저는 현실을 직시하고 싶어요."

"그렇다면 말하지. 선생님도 그렇게 강하게 말씀하셨으니.

사실은 체포 전날 밤에, 그러니까 작년 11월 30일 밤에, 마키코 씨에게서 선생님을 찾는 전화가 왔어. 내가 바꿔 드렸지. 선생님이 전화를 받고 무슨 이야기가 오갔는지는 나도 몰라. 그 뒤에 선생님은 바로 외출 준비를 하더니 아무도 데려가지 않고 혼자 나갔어. 내가 아는 사실은 그것뿐이야."

사와는 다정하게 추위에 떠는 사람 어깨에 담요를 덮어 주는 듯한 친절을 이어 갔다.

"네가 마키코 씨를 좋아했다는 건 알고 있어. 마키코 씨 역시 너를 좋아했다는 것도 알고. 어쩌면 마키코 씨가 몇 배는 더 뜨거웠을지도 몰라. 하지만 그 뜨거움이 무서운 결과를 낳았지.

재판에서 증인으로 나왔을 때 나는 그 사람의 본성을 보았어. 실로 무서운 여자더군. 이건 내 솔직한 감상이야. 그 사람은 네 목숨을 구하려고 모든 것을 걸었지만, 동시에 그 사람은 네가 감옥에 있는 것을 기뻐했어. 무슨 말인지 알아?

이걸 이해하려면 마키코 씨의 지난 결혼이 왜 쓰라린 파경을 맞았는지 알아야 해. 전남편은 마키코 씨를 사랑했지만 동시에 엄청난 난봉꾼이었어. 보통 여자라면 묵묵히 참았겠지만 긍지 높은 사람은 참을 수 없었지. 남편에게 반한만큼 더더욱 참기 어려웠을 거야. 그래서 주위 사람들의 기대를 저버리고 친정으로 돌아가 버렸어.

그런 사람이 다시 남자에게 반했다면 보통 일이 아니지. 허나 반하면 반할수록 미래가 불안해져. 전에 좋지 않은 경험이 있었던만큼 남자를 결코 믿지 않아. 급기야 설령 남자를 곁에 두지 못하더라도, 만나지 못한다는 끝없는 괴로움을 참아야 하더라도 그를 자기 한 사람만을 위한 남자로 만들고 싶어지는 것도 당연해. 남자가 절대 바람피울 수 없는 곳, 여자가 가장 안심할 수 있는 곳이 어디겠어? 감옥이야. 너는 그 사람을 반하게 한 탓에 감옥에 갇힌 거야. 생각해 보면 남자로서 더없이 행복한 이야기지. 그렇지? 솔직히 나도 네가 부러울 정도야."

사와는 이사오의 얼굴을 보지도 않고 조금 하얗게 부은 뺨을 어루만지면서 계속해서 떠들었다.

"그렇게 위험한 여자는 앞으로 피하고, 사랑스러운 여자들이 얼마든지 있으니 만나게 해 줄게. 선생님께서도 그렇게 분부하시면서 용돈을 넉넉히 주셨어. 어차피 간접적으로는 구라하라한테서 나온 돈이지만, 선생님이 말씀하셨듯이 돈은 돈, 신의는 신의니까. 넌 아직 여자를 안은 적이 없지?

오늘 밤 활동사진을 보러 가지 않을래? 시바조노 관에서 서양 영화를 봐도 되고, 아니면 고쿠가쿠인 대학 옆에 있는 히카와 관에 가타오카 시게조가 나오는 작품을 걸고 있으니 그걸 봐도 돼. 그 후에 햣켄다나에서 한잔하고 같이 마루야마로 가자고. 선생님이 말씀하신 대로 성인식을 해야지. 뭐든 항소

달리는 말

가 결정되면 소용없으니 그 전에 빨리 해치우는 거야."

"그런 말은 항소가 없는 것이 확정되면 해 주시죠."

"그러다 항소가 나오면 어떡하고? 다 물거품이야."

"그건 그때 가서 할 이야기입니다." 하고 이사오는 완강하
게 말했다.

　　12월 28일도 쾌청했다. 이사오는 망설였다. 다음 날 29일은 황태자 전하의 명명식이다. 그렇게 경사스러운 날 아침에 신문 지면을 불길하게 흐리게 할 바에야, 당일에 의식과 축하가 끝난 뒤에 하는 것이 그나마 나을 것이다. 항소 가능성을 생각하면 그 이상 기다리는 것은 위험하다.

　　12월 29일도 쾌청했다.

　　이사오는 사와에게 황궁 앞까지 이동하는 등불 행렬에 참가하자고 권했고, 교복 위에 외투를 입은 후 축하의 등불을 들고 집을 나섰다. 사와와 함께 긴자에서 이른 저녁식사를 하는 동안 꽃으로 장식한 노면 전차가 긴자 거리를 지나갔고, 국화로 장식한 '봉축(奉祝)' 조명, 자랑스럽게 가슴을 펴고 서 있는 기관사의 파란 유니폼 가슴께에 달린 금단추가 군중 사이를 정숙하게 빠져나가는 모습이 보였다.

달리는 말

스키야 다리에서 황궁까지 등불 행렬이 움직이기 시작했다. 머리 위로 높이 든 등불들이 황궁 해자에 비치고, 해 지는 겨울날의 소나무를 밝게 비추었다. 황궁 앞 광장에 모인 등불은 수많은 소나무가 잠겨 있던 어둠을 걷고, 구석구석을 때아닌 불빛의 흔들림으로 채웠다. 만세 소리가 끊이지 않았으며, 그럴 때마다 손에 들려 올라가는 등불의 불꽃이 어둠에 가려진 사람들의 입과 목울대의 그림자를 더욱 뚜렷하게 만들었다. 얼굴은 그림자 속에 잠겼다가 다시 갑자기 흔들리는 빛 속에 나타났다.

얼마 지나지 않아 사와는 이사오를 놓쳐 버렸다. 사와는 군중 속을 정처 없이 네 시간이나 찾다가 세이켄 학원으로 돌아가 이사오의 실종을 알렸다.

— 이사오는 긴자로 돌아와서 국화(菊) 한 글자가 쓰여 있는 단검 한 자루와 나무 칼집이 있는 작은 칼을 사서, 작은 칼은 교복 안에 감추고 단검은 외투 안에 감췄다.

서둘러야 했으므로 택시를 타고 신바시 역으로 가서 늦지 않게 아타미 행 기차를 탔다. 기차는 한적했다. 사인석을 혼자 차지하고 앉아 주머니에서 잡지 한 쪽을 꺼내 다시 읽었다. 사와에게서 빌린 《고단 클럽》 신년호의 한 쪽을 찢어 낸 것이다.

'정계 재계 거물들의 연말연시'라는 제목이 달린 박스 기사다. 기사에는 구라하라에 대해 다음과 같이 쓰여 있다.

'구라하라 부스케 씨의 연말연시는 골프도 치지 않는 간소함 그 자체로, 매년 종무와 함께 곧장 아타미 이즈산 이나

무라에 있는 별장으로 들어가서, 자랑거리인 귤밭을 손질하며 지내는 것이 가장 큰 즐거움이다. 주변의 귤밭은 대개 해가 가기 전에 수확하지만 구라하라 씨의 밭은 설 연휴까지 가지가 휘어지도록 달린 귤들을 그대로 두고 감상하며, 그 뒤에 수확한 귤은 지인들에게 나눠 주거나 복지 시설 및 고아원에 기부한다. 재계의 로마 교황이라고 할 수 있는 이 사람의 소박한 인품, 훈훈한 인정은 아무리 말해도 모자란다.'

이사오는 아타미 역에서 버스를 타고 이즈산 이네무라에 내렸다. 벌써 10시가 넘었다. 적막함 속에 바다 소리가 들렸다.

버스 도로를 따라 마을이 있지만 어느 집이나 문이 닫혔고 불빛도 새지 않았다. 이사오는 바다에서 불어오는 찬바람에 외투 깃을 세웠다. 바다로 내려가는 언덕 중간쯤에 큰 돌문이 있다. 외등이 있다. 구라하라라고 쓰인 문패는 바로 알아볼 수 있었다. 넓은 앞뜰 건너편으로 희미하게 불빛이 새는 저택이 조용히 서 있었다. 주변은 생울타리를 얹은 돌담으로 둘러싸여 있다.

길 건너편에 뽕나무밭이 있었다. 밭 가장자리에 양철 입간판이 있고, '귤 직판합니다.'라고 쓰여 있었다. 뽕나무에 묶인 입간판이 바람에 달그락거렸다. 이사오는 그 간판 뒤에 몸을 숨겼다. 바다로 우회해 내려가는 언덕길에서 무슨 소리가 들렸기 때문이다.

언덕을 올라오는 것은 순경이었다. 순경은 천천히 올라와 문 앞에서 잠시 멈추더니 칼 소리를 남기며 울타리를 따라 이어진 샛길로 물러갔다.

이사오는 간판 뒤에서 나와 조심조심 언덕을 가로질렀다.

맞은편에 도착하자 아래로 달도 뜨지 않은 시커먼 바다가 보였다.

돌담을 오르기는 쉬웠다. 그러나 그 위 생울타리에 가시철 조망이 숨겨져 있었다. 외투 옷자락이 찢겼다.

그 집의 정원에는 매화나무, 소나무, 종려나무 같은 정원수 사이에, 주인의 눈요기를 위해서인지 저택 바로 앞까지 귤나무가 침윤해 있었다. 어둠 속으로 이미 잘 익은 과일의 냄새가 향기로웠다. 거대한 종려나무의 마른 잎사귀가 나루코[134]처럼 바닷바람에 흔들리며 귀를 놀라게 했다.

한 걸음 한 걸음 밟는 땅이 윤택한 비료를 품은 듯이 부드러웠다. 이사오는 불빛이 밝게 새어 나오는 한쪽으로 조금씩 다가갔다.

기와지붕은 일본식이지만 창문의 만듦새와 벽 모두 서양식인 방이었다. 창문에는 레이스 커튼이 쳐져 있는데, 벽에 몸을 붙이고 발끝으로 서서 들여다보니 방 안 일부가 보였다.

벽 일부가 굴뚝이다. 서양식 난로가 있는 것 같다. 창가에 서 있는 여자의 허리띠 뒷부분이 보이고, 그 모습이 옆으로 사라지자 기모노 위에 녹갈색 겉옷을 걸친 작고 통통한 체구의, 하지만 얼굴은 우락부락한 노인이 나타났다. 틀림없이 구라하라였다.

여자와 무슨 대화가 오갔다. 여자가 방을 나갈 때 손에 든

---

134 鳴子. 새를 쫓아 농작물을 보호하는 소도구. 나무판에 작은 나무판을 앞뒤로 흔들리게 덧대어서 부딪쳐 소리가 나게 한다.

쟁반이 반짝이는 것을 보니 차를 가져왔던 모양이다. 여자가 나가자 방에는 구라하라만 남았다.

구라하라는 난로를 향해 안락의자 깊숙이 앉아 있는 듯, 창문에서는 벗어진 이마가 난로 불빛에 번들거리는 모습만 보일 뿐이다. 옆에 놓인 차를 마시면서 책을 읽는 듯하기도 하고 묵상을 하는 듯하기도 하다.

이사오는 입구를 찾았다. 정원에서 올라가는 두세 개의 돌계단이 있고 그 앞에 문이 있다. 빛이 희미하게 새어 나오는 틈새를 응시한다. 자물쇠는 없고 걸쇠만 걸려 있다. 단검을 꺼낸 뒤 외투를 벗어 부드러운 어둠 속의 흙 위에 내려놓았다. 돌계단 아래에서 이사오는 단검을 빼 들고 칼집은 버렸다. 칼날은 스스로 빛을 발하듯이 창백하게 빛났다.

발소리를 숨기며 돌계단을 올라, 칼끝을 문틈에 집어 넣어 걸쇠를 건드렸다. 걸쇠는 매우 무거웠다. 힘을 주어 걸쇠를 풀었을 때, 그 소리가 괘종시계만큼이나 크게 울렸다.

방 안의 변화를 알 수는 없었지만 그 소리를 구라하라가 알아챈 것은 보나마나 확실했기에, 이사오는 바로 문손잡이를 돌려서 밀고 들어갔다.

구라하라는 난로를 등지고 일어섰다. 그러나 소리치지는 않았다. 얼굴 전체가 엷은 얼음막처럼 굳었다.

"누구냐. 뭐 하러 왔냐." 무력하고 쉰 목소리가 말했다.

"이세 신궁에서 범한 불경죄의 신벌(神罰)을 받아라." 하고 이사오는 말했다. 높지도 낮지도 않은 또렷한 목소리에 이사오는 자신이 침착하다는 자신감을 얻었다.

"뭐?"

구라하라의 얼굴에 전혀 이해할 수 없다는 솔직한 표정이 떠올랐다. 잠시 기억을 더듬었지만 아무것도 짐작 가는 데가 없다는 기색이 역력했다. 동시에 불길하게 고립된 공포가 이사오를 미친 사람 보듯이 하는 심상을 말해 주었다. 아마 등 뒤의 불을 피하려 한 것이리라. 구라하라가 난로 옆 벽으로 몸을 튼 것이 이사오의 움직임을 결정했다.

예전에 사와에게서 배운 대로, 고양이처럼 등을 구부리고 오른쪽 팔꿈치를 옆구리에 꽉 붙인 다음, 칼날이 위로 향하지 않도록 칼을 쥔 오른쪽 손목을 왼손으로 잡아 누르며, 이사오는 구라하라에게 몸을 날렸다.

칼날이 상대방의 몸에 들어가는 느낌보다 오히려 손잡이 끝이 자기 배를 세게 짓누르는 충격이 앞섰다. 그래도 부족하다고 느껴서 이사오는 상대방의 어깨를 붙잡고 더 깊이 찌르려고 했으나 붙잡으려 한 어깨가 생각보다 훨씬 낮은 위치라 놀랐다. 그리고 움켜쥔 살은 체격에서 상상한 것과 달리 조금도 부드럽지 않았고, 나무판자처럼 뻣뻣했다.

그의 눈 아래 있는 것은 고통의 얼굴이 아니라 이완된 얼굴이었다. 눈은 뜬 채로, 입은 헤벌어졌으며, 위쪽 틀니가 빠져서 튀어나왔다.

이사오는 칼을 빼려고 했지만 빠지지 않아서 초조해졌다. 상대의 몸무게가 전부 칼에 쏠리고 구리하라의 몸뚱이가 칼끝을 중심으로 쓰러지려는 참이었다. 마침내 이사오는 왼손으로 어깨를 누르고 오른쪽 무릎을 들어 허벅지까지 짓누르고

서야 칼을 뺐다.

피가 뿜어져 나와 이사오의 무릎에 튀었다. 구라하라는 피의 행방을 좇듯이 앞으로 고꾸라졌다.

이사오는 몸을 돌려 방을 나가려고 했다.

복도로 나가는 문이 열리고, 창문에서 보았던 여자와 마주쳤다. 여자가 비명을 질렀다. 이사오는 재빨리 방향을 바꾸고 들어왔던 문을 통해 정원으로 뛰쳐나갔기에, 눈에는 그저 놀란 여자의 흰자위 구석만 잔상으로 남았다.

이사오는 정원에서 바다로 곧장 달려 내려갔다.

등 뒤에서 저택이 일제히 소란해지고, 비명이 잇따랐으며, 그 소리와 빛들이 이사오를 노리고 쫓아오는 것이 느껴졌다.

이사오는 달리면서 교복 안을 더듬어 칼이 있는지 확인했지만, 손에 든 단검이 더 확실하게 느껴져서 그대로 단검을 쥐고 달렸다.

숨이 차고 무릎이 꺾였다. 감옥에서 보낸 일 년 동안 다리가 얼마나 약해졌는지 이사오는 절감했다.

— 귤은 바다를 향한 계단식 밭에서 재배하는 것이 보통이다. 구라하라의 귤밭은 마치 히나 인형 장식대처럼 한 그루 한 그루를 단마다 심어 놓았고, 돌담으로 에워싸인 무수한 계단이 미묘하게 다른 각도로 햇빛을 받으며 뒤섞여서 바다로 기울어 있다. 평균 8, 9척의 높이의 귤나무는 뿌리가 짚으로 두껍게 덮이고, 가지들은 뿌리 가까이에서 사방으로 뻗어 있다.

이사오는 밭을 따라 달리며, 어둠 속에 주렁주렁 매달려

앞을 가로막고 미로처럼 방향 감각을 흐트리는 열매들과 고투했다. 바다는 가까이 있는 것 같으면서 좀처럼 닿지 않았다.

하지만 밭을 빠져나오자 갑자기 시야가 트였다. 앞으로는 바다와 하늘밖에 없었다. 절벽에 붙은 돌계단은 귤밭 가장자리의 나무문 바로 앞까지 이어졌다.

이사오는 귤을 하나 땄다. 그때 단검이 손에 없음을 깨달았다. 나뭇가지를 붙잡고, 얼굴을 가로막는 잔가지를 걷으면서 달려오는 사이 떨어뜨린 모양이었다.

귤밭 나무문은 쉽게 열렸다. 돌계단 아래로 바위를 때리며 솟아오르는 하얀 파도가 보였다. 처음으로 아침의 소리를 느꼈다.

귤밭 바깥도 구라하라의 사유지인지 아닌지는 알 수 없지만, 고목으로 덮인 절벽이 있고, 나무 사이로 샛길이 나 있었다. 이사오는 달리기에 질렸지만 다시 그 길로 들어가 나뭇가지와 잎에 얼굴을 찔리며 달렸다. 다리에 덩굴이 얽혔다.

마침내 절벽이 깊게 깎여 동굴처럼 된 곳으로 나왔다. 군데군데 파랗게 녹슨 바위가 침식되고, 상하로 구부러진 꼭대기에서 커다란 상록수 가지가 낮게 흘러내려 움푹 파인 곳을 가리고 있다. 양치식물로 덮인 바위 표면을 구불구불하게 흐르는 가냘픈 물줄기는 풀 사이를 지나 바다로 흐르는 듯했다.

이사오는 그곳에 몸을 숨기고 격하게 뛰는 심장을 가라앉혔다. 들리는 것은 파도와 바닷바람 소리뿐이다. 목이 심하게 말라 귤껍질을 거칠게 까서 통째로 입에 넣었다. 피 냄새가 났다. 귤껍질에서 반쯤 굳은 피가 끈적였다.

하지만 목을 축이는 과즙의 맛을 방해할 정도는 아니었다.

마른 풀, 억새, 눈앞에 흘러내린 상록수의 잎가지와 덩굴 너머로 밤바다가 보였다. 달이 보이지 않았지만 바다는 하늘의 미광을 반사하며 시커멓게 빛났다.

이사오는 축축한 흙 위에 무릎을 꿇고 교복 상의를 벗었다. 안쪽에서 나무 칼집을 꺼냈다. 그것이 온전히 품에 있었다는 사실에 온몸이 무너져 내리듯이 안도했다.

교복 안에 모직 셔츠와 속옷을 입고 있었지만 찬 바닷바람에 상의를 벗자마자 몸이 떨렸다.

'해가 뜨려면 멀었다. 그때까지 기다릴 수는 없다. 떠오르는 해도 없고, 고상한 소나무 밑동도 없으며, 반짝이는 바다도 없다.' 하고 이사오는 생각했다.

셔츠를 벗어 반라 상태가 되자 오히려 몸이 긴장하면서 추위가 가셨다. 허리춤을 풀고 배를 드러냈다. 칼을 뽑았을 때 귤밭 쪽에서 어지러운 발소리와 외침이 들렸다.

"바다다. 분명히 배를 타고 도망쳤을 거야." 하는 새된 목소리가 들렸다.

이사오는 심호흡한 후, 왼손으로 배를 어루만지고, 눈을 감고, 오른손에 쥔 칼의 끝을 대고, 왼손가락으로 위치를 잡고서, 오른팔에 힘을 주어 찔러 넣었다.

칼날을 배에 찌른 바로 그 순간, 태양이 눈꺼풀 뒤에서 밝게 솟았다.

(2권 끝)

환상 소설이 아닌 환생 이야기

'풍요의 바다'는 미시마 유키오의 유작 장편소설로서『봄눈』,『달리는 말』,『새벽의 사원』(가제),『천인오쇠』(가제)로 구성됐다. 네 권이 시간적 연속성으로 이어지긴 하나(『봄눈』: 1900년대 초기부터 1910년대까지,『달리는 말』: 1930년대,『새벽의 사원』: 1940년대,『천인오쇠』: 1970년대) 혼다 시게쿠니라는 인물이 통시적으로 등장하는 점을 제외하면 각 권은 새 인물과 혼다를 둘러싼 거의 독립적인 이야기이다. 혼다 역시 매 권마다 나이가 더해지며 다른 내적 갈등을 겪기 때문에 혼다의 변화와 더불어 전체 이야기도 꿈틀거리며 변한다.

『봄눈』에서 친구이자 동경의 대상이었던 마쓰가에 기요아키가 죽은 이후, 혼다가 나머지 세 권에 등장하는 인물들이 기요아키의 환생인지 아닌지, 또 환생을 어떻게 이해해야 하는지 자신의 인식의 한계를 느끼며 고민에 빠지는 것이 '풍요의 바다'의 기본 갈등이자 뼈대다.『달리는 말』에서 혼다는 나라현에서 열린 신전 봉납 검도 시합에 항소원장 대신 참석하여 이누마 이사오가 옛날 기요아키 집에 묵었던 그 이누마 시게유키의 아들이 맞는지 확인하고, 검도 시합이 끝난 후 폭포를 맞고 있는 이누마 이사오의 왼쪽 옆구리에 기요아키처럼 검은 점 세 개가 있는 것도 확인한다. 그리고 예언 같은 기요아키의 마지막 작별 인사를 떠올린다. "또 만날 거야. 분명히 만나게 돼. 폭포 밑에서." 만약 이사오가 다시 만난 기요아키라면 이사오는 기요아키의 환생이 되는데 그것은 이성의 건축물 안에서 안식을 얻는 혼다가 허용할 수 없는 사건이다. 혼다는 환생을 반신반의하지만, 기요아키가 남긴 꿈 일기의 한 장면이 눈앞에서 실제로 일어난 것을 보고 환생을 사실로 받아들이기 시작한다. 바로 "당신은 난폭한 신이야. 틀림없어."라고 기요아키가 꿈 일기에 남긴 말을, 이누마가 정화 의식 훈련에서 꿩을 죽이고 온 이사오에게 했을 때이다.

"이 말을 들은 순간, 혼다의 기억이 비로소 무자비하게 명확한 형태를 띠었다. 지금 의심의 여지 없이 눈앞에 되살아난 것은 1913년 여름의 어느 밤, 마쓰가에 기요아키가 꾸었던 꿈의 광경이었다. (…) 기요아키가 이사오로 환생했음을 설사 이사오는 모를지라도 혼다는 이성의 힘을 모조리 동원해도 부정할 수 없었다. 그것은 사실이었다."(311쪽)

지금까지 충실히 쌓은 이성의 건축물이 무너지기 시작하

자 혼다는 혼란을 느끼지만 과거에 읽었던 불교 서적과 고대 법전에 윤회와 환생이 언급된 것을 떠올리며 환생은 자기만의 법칙으로 움직이는 "갖가지 색으로 바뀌는 아름다운 공"이며 "혼돈의 근저에 있는 원리"임을 기쁘게 깨닫는다.

혼다가 쇼와 신풍련의 결행을 앞두고 체포된 이사오를 판사를 사임하고 변호하기로 결정한 것은 이사오가 기요아키의 환생이고 그 둘은 혼다가 매혹된, 혼다와 전혀 다른 종류의 인간이기 때문이다. 혼다가 이성의 건축물 안에서 세계를 신중하게 조감하는 관조자, 인식자인 반면, 이사오는 자신이 믿는 바를 행동으로 옮기고 그 일관성이 '순수'라고 생각하는 행위자다. 또 사토코를 향한 사랑에 한없이 몰입하는 기요아키의 그 열정은 혼다에게 없는 것이었다. "(…) 혼다에게 환생이란 자신이 절대로 들어설 수 없는 이상 세계일 것이다."(加来 1999: 47)

이사오의 '순수'란 충의를 위해 자결하는 것이다. 하지만 그 자결은 갑작스러운 충동에서 일어난 것이 아니라 당시 1930년대 일본 농민층의 빈곤과 정치 부패에 대한 분노에 기인하고 학습을 거친 것으로서, 왕에 대한 복종으로써 정치적 결단과 자아를 완성하는 '순수'이다. 당시 시대적 배경으로 소설에도 간략히 언급된 혈맹단 사건과 5·15 사건이 있다. 1932년 2월에 혈맹단이라는 테러 단체가 정치가와 재계 인물을 암살하고, 같은 해 5월 일본 해군 청년 장교들이 수상을 암살하고 군부 쿠데타를 일으켰다. 두 사건 모두 실업과 농촌 빈곤 등 경제적 위기와 정치 불신을 왕정으로 타개하려는 반동으로서 후반부에서 이사오가 자결하기 직전에 일으킨 최후의 행동은 이 역사적 사건들의 연장선에 있다.

소설에 인물 못지않게 비중 있게 존재하는 것이 있는데 검도, 신사의 백합 의식, 노가쿠 등 일본 전통 문화이다. 인물의 배경이라기보다는 별개로 전개되는 하나의 순수 예술처럼 내적으로 충만하고, 지극히 탐미적으로 묘사된다. 동시에 백과사전의 한 페이지처럼 자세한 설명이기도 하여 그 점이 충만감을 더한다. 한 해석에 따르면 미시마 유키오가 『문화방위론』(1968)에서 "'국화와 칼'의 순환(「菊と刀」の連環)"으로 일본 문화의 특성을 언급한 말에 비추어 볼 때, 국화는 기요아키, 칼은 이사오에 빗댈 수 있고 기요아키에서 이사오로 이어지는 환생은 일본 문화의 연속성을 말한 것이라고 한다(井上 2013: 59~60). 시간을 초월해 그 자체로 흐르는 문화가 있다는 다분히 신비주의적인 문화관은 『달리는 말』의 배경을 넘어선 문화에도 여실히 드러난다.

혼다는 환생이란 신비를 이성을 동원해도 부정할 수 없는 사실로 받아들였다. 이것을 문화에 인간이 개입하기를 포기한 미시마 유키오의 체념 혹은 의지로 해석할 수 있을까? 아직 환생 이야기는 끝나지 않았다. 그 다음 어떤 이야기가 이어질지 궁금하다.

방대한 양에 낯선 옛 시대를 담고 있는 소설인 만큼 녹록지 않은 작업이었다. 박여영 편집자님과 박지아 편집자님, 양수현 교정교열자님이 전문적이고 세밀한 도움을 주셔서 글을 완성할 수 있었다. 세 분께 진심으로 감사드린다. 만끽한 한 권

작품 해설

의 소설로 남기를 바랄 뿐이다.

7월의 시작 즈음,

유라주

인용 문헌

井上聡,「三島由紀夫『豊穣の海』の一解釈:「見る者」と「見られる者」の物語として」,《あいだ/生成》第3号, あいだ哲学会, 2013年.

加来流水,「『豊饒の海』論: 本多繁邦を中心に」,《国文研究》第44号, 熊本女子大学国文談話会, 1999年.

작가 연보

1925년   1월 14일 도쿄시 요쓰야구에서 농상무성 관료였던 히
         라오카 아즈사(平岡梓)와 히라오카 시즈에(平岡倭文
         重)의 장남으로 태어남. 본명은 히라오카 기미타케(平
         岡公威). 이층집에서 아이를 키우는 것은 위험하다는
         이유로 조모 나쓰코(夏子)가 양육한다.

1931년   가쿠슈인 초등부에 입학. 병약하여 결석이 잦았다. 12월
         가쿠슈인 초등부 잡지에 단가와 하이쿠를 실은 것을
         시작으로 중등부에 진학할 때까지 매호 시와 단가, 하
         이쿠를 발표한다.

1937년   4월 가쿠슈인 중등부에 진학하여 문예부원으로 활동.
         조모의 곁을 떠나 요쓰야구의 본가로 돌아간다.

1938년   3월 첫 단편 소설 「산모(酸模)」와 「좌선 이야기(座禪
         物語)」를 가쿠슈인 학보인 《보인회 잡지》에 발표.

1939년	1월 조모 나쓰코 사망. 문학적 스승인 시미즈 후미오 (淸水文雄)에게 문법과 작문 수업을 듣는다.

1939년 1월 조모 나쓰코 사망. 문학적 스승인 시미즈 후미오 (淸水文雄)에게 문법과 작문 수업을 듣는다.

1940년 2월부터 이듬해 7월까지 《산치자나무(山梔)》지에 하이 쿠와 시가를 투고. 이후 습작의 일부를 모아 『15세 시 집』으로 발표한다.

1941년 시미즈 후미오의 추천으로 《문예문화》 9월호부터 4회 에 걸쳐 「꽃이 한창인 숲」을 연재. '미시마 유키오'라 는 필명으로 활동하기 시작한다.

1942년 가쿠슈인 고등부에 진학하여 문예부 위원장이 된다. 《문예문화》 동인들과 교류하며 일본 낭만파의 영향을 받는다. 7월, 아즈마 후미히코(東文彦), 도쿠가와 요시 야스(德川義恭)와 함께 동인지 《아카에(赤絵)》를 창간 하였으나 아즈마의 사망으로 인해 2호로 폐간.

1944년 가쿠슈인 고등부를 수석으로 졸업하고 도쿄 제국대 학 법학부에 추천 입학. 첫 단편집 『꽃이 한창인 숲』 을 발간. 징병 검사에서 현역 면제, 보충 병역에 해당 하는 '제2을(乙)'급 판정을 받는다.

1945년 학도 동원으로 군마현의 비행기 제작소 총무부 조사과 에 소속, 「중세」를 집필. 입영 통지를 받지만 입대 전 폐 침윤의 '오진' 덕에 귀향한다. 근로 동원으로 가나가와 현 해군 공창에서 근무할 무렵 『고사기』, 『일본 가요시 집』, 이즈미 교카(泉鏡花) 등을 애독한다. 8월 15일 열 병으로 호덕사(豪德寺)의 친척 집에서 머물다 종전 소 식을 듣는다. 10월 여동생 미쓰코가 장티푸스로 사망.

1946년   가와바타 야스나리(川端康成)를 처음으로 만남. 가와
         바타의 추천으로 《인간》지에 「담배」를 발표. 「우리 세
         대의 혁명」, 「곳에서의 이야기」 등을 발표. 다자이 오
         사무를 만난다.

1947년   도쿄 제국대학 법학부 졸업. 고등 문관 시험에 합격해
         대장성 은행국 사무관으로 근무한다. 「사랑과 이별」,
         「가루노미코와 소토오리히메」, 「밤의 준비」, 「하루코」,
         「확성기」 발표. 11월 단편집 『곳에서의 이야기』 간행.

1948년   창작 활동에 전념하기 위해 대장성을 퇴직. 연초부터
         왕성하게 작품을 발표한다. 가와데쇼보의 의뢰로 『가
         면의 고백』 집필을 시작. 《근대문학》 동인으로 참가.
         첫 장편 『도적』과 단편집 『밤의 준비』를 발간.

1949년   『가면의 고백』, 단편집 『보석 매매』와 『마군(魔群)의
         통과』 간행. 「가와바타 야스나리론의 한 방법: '작품'에
         대해」 등을 발표.

1950년   마이니치 홀에서 「등대」 상연, 연출을 담당한다. 《개
         조문예》에 「오스카 와일드론」을 발표. 『등대』, 『사랑의
         갈증』, 『괴물』, 『청(靑)의 시대』, 『순백의 밤』 간행. 연
         극 모임 '구름회'에 참가.

1951년   『성녀』, 평론집 『사냥과 사냥감』, 『금색(禁色)』 1부, 『나
         쓰코의 모험』을 발간. 《아사히신문》 특별 통신원 자격
         으로 북남미와 유럽을 순회, 이듬해 5월에 귀국한다.

1952년   『금색』 2부인 『비악(秘樂)』 연재 시작. 《아사히신문》에
         「일본제」 연재. 기행문집 『아폴론의 잔(アポロの杯)』

간행.

1953년   『파도 소리』 취재를 위해 미에 현 가미시마(神島) 방
　　　　문. 신초사에서 이듬해 4월까지 『미시마 유키오 작품
　　　　집』(전6권)을 출간. 단편집 『한여름의 죽음』, 장편 『비
　　　　악』, 희곡 『밤의 해바라기』, 노(能)를 근대극으로 변안
　　　　한 『비단북』 간행.

1954년   장편 『사랑의 수도』, 희곡 『젊은이여 소생하라』, 『문학
　　　　적 인생론』 간행. 6월에 출간한 장편 『파도 소리』로 제
　　　　1회 신초 문학상 수상.

1955년   장편 『가라앉는 폭포』, 『여신』, 단편집 『라디게의 죽
　　　　음』, 평론 『소설가의 휴가』, 「흰개미집」으로 제2회 기
　　　　시다 연극상 수상.

1956년   1월부터 10월에 걸쳐 《신초》에 연재한 『금각사』를 간
　　　　행. 『흰개미집』, 『근대 능악집』, 평론집 『거북이는 토
　　　　끼를 따라잡는가』, 단편집 『너무 길었던 봄』 간행. 미
　　　　국 크노프 사에서 『파도 소리』 영역판 출간. 단편과
　　　　함께 가와바타 야스나리, 모리 오가이에 대한 평론 등
　　　　을 발표.

1957년   『금각사』로 제8회 요미우리 문학상 수상. 「브리타니퀴
　　　　스」로 제9회 마이니치 연극상 수상. 『근대 능악집』 영
　　　　문판 간행을 계기로 도미 후 남아메리카, 이탈리아, 그
　　　　리스 등지를 경유하여 이듬해 1월에 귀국. 이후 『근대
　　　　능악집』이 미국, 독일, 스웨덴, 호주, 멕시코에서 상연
　　　　된다. 희곡집 『녹명관(鹿鳴館)』, 장편 『미덕의 비틀거

림』, 평론집『현대 소설은 고전이 될 수 있는가』 간행.
신초사에서『미시마 유키오 선집』(전19권) 출간 시작.

1958년   단편집『다리 순례』, 기행문집『여행 그림책』 간행. 5월
에 간행한『장미와 해적』으로 주간 요미우리 신극상
수상. 가와바타 야스나리의 중매로 화가 스기야마 야
스시(杉山寧)의 장녀 요코(瑤子)와 결혼. 10월에 계간
지《소리(声)》를 창간, 창간호에『교코의 집』1, 2장을
발표. 미국 뉴 디렉션 사에서『가면의 고백』영문판, 독
일 로볼트 사에서『근대 능악집』독문판이 간행된다.

1959년   장편『교코의 집』, 평론·수필집『문장독본(文章読
本)』,『나체와 의상』간행. 2월 장녀 노리코(紀子) 태
어남. 크노프 사에서『금각사』영역본, 로볼트 사에서
『파도 소리』독역본 발간.

1960년   평론·수필집『부도덕 교육 강좌』, 장편『연회 후』,『아
가씨』간행. 주연 영화「칼바람 사나이」개봉. 11월부
터 두 달간 아내와 함께 세계 일주. 영국 피터 오웬 사
에서『가면의 고백』발간.

1961년   1월《소설 중앙공론》에「우국(憂国)」을 발표. 단편집
『스타』, 장편『짐승들의 유희』, 평론집『미의 습격』간
행.『연회 후』가 사생활 침해로 기소됨.『근대 능악집』
뉴욕 상연.『파도 소리』가 미국, 이탈리아, 유고슬라비
아에서,『금각사』가 독일, 프랑스, 핀란드에서 번역, 발
간됨.

1962년   「10일의 국화」로 제13회 요미우리 문학상 희곡 부문

수상. 신초사에서 『미시마 유키오 희곡 전집』, 『아름다운 별』 간행. 5월 장남 이이치로(威一郎) 태어남.

1963년 장편 『사랑의 질주』, 『오후의 예항』, 『검(劍)』, 평론 『하야시 후사오론』 간행. 미시마가 모델이 된 호소에 에이코의 사진집 『장미형(薔薇刑)』 발간.

1964년 『육체의 학교』, 『환희의 거문고』, 『미시마 유키오 단편 전집』, 『미시마 유키오 자선집』, 수필집 『제1의 성: 남성 연구 강좌』 간행. 10월 간행된 『비단과 명찰』로 제6회 마이니치 예술상 문학 부문 수상. 5월 '풍요의 바다' 1권 『봄눈』을 구상.

1965년 『봄눈』 취재를 위해 2월에는 나라 현의 원조사(円照寺)를, 10월에는 '풍요의 바다' 3권 『새벽의 사원』 취재를 위해 방콕을 방문. 9월부터 1967년 1월까지 《신초》에 『봄눈』을 연재. 스스로 감독과 주연을 맡은 단편 영화 「우국」을 완성. 소설 『음악』, 희곡 『사드 후작 부인』 간행. 10월 노벨 문학상 후보에 오른다.

1966년 『사드 후작 부인』으로 문부성 제20회 예술제상 연극 부문 수상. 단편집 『영령의 목소리』, 장편 『복잡한 그』, 『미시마 유키오 평론 전집』, 번역서인 『성 세바스티아누스의 순교』, 대담집 『대화·일본인론』 등을 간행. '풍요의 바다' 2권 『달리는 말』 취재를 위해 교토, 나라, 히로시마, 구마모토를 방문. 11월 25일 『봄눈』 탈고.

1967년 2월부터 이듬해 8월까지 《신초》에 『달리는 말』 연재. 가와바타 야스나리, 이시카와 준, 아베 고보와 함께 중국 문화 대혁명에 대한 항의 성명을 발표한다. 4월 자위대 체험 입대. 인도 정부의 초청으로 인도와 라오스, 타이 여행. 소설 『황야에서』, 『야회복』, 희곡 『주작가의 멸망』 등을 간행.

1968년   6월 23일 『달리는 말』 탈고. 9월 『새벽의 사원』 연재 시작. 『오후의 예항』으로 포르멘탈 국제문학상 2위 입상. 2월과 7월 육상 자위대 체험 입대. 이후 매해 3월과 8월, '방패회'(楯の会) 회원들을 인솔해 체험 입대. 《중앙공론》에 「문화방위론」 발표. 10월 방패회 정식 결성. 평론 『태양과 철』, 소설 『목숨을 팝니다』, 희곡 『나의 친구 히틀러』 등을 간행.

1969년   5월 도쿄대 전공투 주최 토론에 참가, 6월 『미시마 유키오 VS 도쿄대 전공투』 간행. 『봄눈』, 『달리는 말』, 『문화방위론』, 『젊은 사무라이를 위하여』, 희곡 『나왕(癩王)의 테라스』 등을 발간.

1970년   미국 잡지 《에스콰이어》에서 뽑은 '세계에서 가장 중요한 100인'에 들어 '일본의 헤밍웨이'라는 별명을 얻는다. 이즈음부터 궐기를 계획하기 시작, 육상 자위대에서 매월 군사 훈련을 실시. 7월부터 《신초》에 '풍요의 바다' 4권 『천인오쇠(天人五衰)』 연재 시작, 3권 『새벽의 사원』 간행. 이케부쿠로 도부 백화점에서 '미시마 유키오전' 개최. 11월 25일 새벽 0시 15분, 육상 자위대 이치가야 주둔지 동부 방면 총감실에서 헌법 개정을 위한 자위대의 궐기를 외치며 할복자살. 향년 45세.

1971년   1월 14일 다마 공동묘지(多磨靈園) 가족 묘지에 매장.

2월 신초사에서 『천인오쇠』 간행.

달리는 말

1판 1쇄 찍음	2024년 7월 24일
1판 1쇄 펴냄	2024년 7월 31일

지은이	미시마 유키오
옮긴이	유라주
발행인	박근섭, 박상준
펴낸곳	(주)민음사
출판등록	1966. 5. 19. (제 16-490호)

서울특별시 강남구 도산대로1길 62(신사동) 강남출판문화센터 5층(135-887)

대표전화 02-515-2000 팩시밀리 02-515-2007

www.minumsa.com

978-89-374-7984-7   04830

978-89-374-7982-3   04830(세트)